HÔTEL

CHAMBRE UN

Emma Mars

HÔTEL

CHAMBRE UN

FIRST
Editions

12, avenue d'Italie
75013 Paris – France
E-mail : firstinfo@efirst.com
Internet : www.editionsfirst.fr

ISBN : 978-2-7540-6551-1
Dépôt légal : mai 2014
Imprimé en Espagne

Mise en page : Nord Compo
Couverture : Hokus Pokus Créations

« Il le faut avouer, l'amour est un grand maître :
Ce qu'on ne fut jamais, il nous enseigne à l'être. »

Molière, *L'École des femmes* (Acte III, scène IV)

Paris, dans les premiers jours du mois de juin 2010, une chambre d'hôtel au milieu de l'après-midi

Je n'ai jamais appartenu à cette catégorie de femmes qui prétendent que toutes les chambres d'hôtel se ressemblent. Qu'elles ne sont qu'un seul et même espace anonyme, sans cachet ni personnalité. Une sorte de tunnel froid, au design uniforme, et offrant un confort standard jusqu'au jour suivant. Ces femmes-là n'ont sans doute fait qu'y dormir, entre deux trains ou deux avions, harassées par la fatigue des transports. Il faut pratiquer une chambre d'hôtel en journée, quand le reste de l'établissement est vide ou presque, pour goûter ce qu'elle a de singulier, d'unique. Il faut y vibrer, y faire parler ses sens, un à un, pour ressentir les traces de ceux qui, avant soi, ont pu y rire, y pleurer, y aimer ou y jouir. À l'hôtel, je l'ai appris ces derniers mois, ce que l'on reçoit est à l'aune de ce que l'on y apporte. Si vous ne faites que sombrer dans le sommeil, l'ennui ou la mélancolie, vous n'y capterez rien d'autre que le reflet de votre propre tristesse, ou de votre propre désœuvrement. Et vous en ressortirez telle qu'en vous-même, hélas inchangée.

Pourtant, si l'on prend la peine d'écouter ce qu'une chambre d'hôtel a à nous dire, on entend au contraire mille histoires, mille anecdotes, mille soupirs auxquels on brûle alors d'ajouter les siens. Les plus curieux se sentent parfois même possédés par les motifs antérieurs. Un parfum accroché aux rideaux ou au dessus-de-lit. Une petite tache qui a survécu. Le piqué d'un miroir qui dessine une ombre, presque une silhouette. Ces détails entrent en vous, infusent, et vous incitent à vivre l'histoire qui vous attend à votre tour.

C'est ce que je m'apprête à faire à l'instant, nue, les poignets attachés au montant du lit. Écrire les nouvelles pages d'un récit débuté bien avant ce jour, bien avant moi. Comme la plupart des chambres de l'Hôtel des Charmes, la Joséphine dispose d'un immense miroir fixé au plafond. Ainsi, en espérant que les choses sérieuses commencent, j'ai tout le loisir de me contempler. Moi, Annabelle Barlet, née Lorand, vingt-trois ans, mariée dans l'année, prête à me donner sans réserve à l'homme qui se prépare dans la salle d'eau attenante. Qui sera-t-il ? Je n'en sais rien encore. La seule certitude, c'est qu'il n'est pas mon mari. S'il s'agissait de lui, serions-nous ici ? Franchement, en serions-nous là ?

On me surnomme Elle. Depuis toujours et dans toutes circonstances. Sans doute parce que Belle aurait été trop lourd à porter. Mais Elle, croyez-moi, c'est encore pire. Elle, comme si j'allais résumer à moi seule toutes les femmes ! Concentrer en moi toutes leurs grâces. Cristalliser tous les désirs. Fondre en moi tous les fantasmes, ces métaux bruts dont sont faits les hommes.

Quand la porte de la salle de bains grince enfin, je pousse plusieurs petits cris de surprise, brefs. Peut-être un peu trop perçants. Sans doute avais-je fini par croire que sa présence n'était qu'un songe. L'inconnu s'immobilise, hésite à entrer de mon côté. J'imagine sa main crispée sur la poignée, son souffle suspendu.

— Madame ? Madame Barlet, tout va comme vous le voulez ?

La voix qui s'élève n'est pas la sienne. Elle provient du couloir. En coulisse, on s'inquiète pour moi. On tient à ce que je sois satisfaite. Madame est une habituée. Madame est une privilégiée en ces lieux. Mon homme leur a donné ses consignes. Il est du genre qu'on écoute ici, qu'on écoute et dont on exauce les vœux.

— Oui, monsieur Jacques… Ne vous en faites pas, tout va bien.

Je n'étais pas si choyée la première fois que j'ai séjourné dans cette chambre, il y a un an. Je n'étais pas si sûre de moi non plus. Les grands miroirs me renvoyaient une toute autre image. J'avais déjà les mêmes formes en guise de fardeau, les mêmes rondeurs en guise de promesse. Mais j'en ignorais encore le pouvoir, et plus encore l'usage. Je ne jouissais pas de l'autre, et encore moins d'être moi.

De quoi tu jouis, Elle ? Hein, de quoi je jouis ?
Est-ce que je le sais seulement ? C'est quoi, au juste,
le truc capable de me faire fondre le creux du ventre ?
De me détremper sans même me toucher, juste en y pensant ?
Le corps d'un homme dénudé ? Son odeur ?
La vision d'un sexe anonyme, dressé
pour moi ? Contre moi ? En moi…
(Note manuscrite du 05/06/2010, rédigée par mes soins.)

Non, il y a un an de cela, je ne savais pas que chaque chambre est un bouillon d'amour où chaque femme incube et apprend enfin à être elle-même. Je n'étais pas captive comme je le suis à l'instant et, pourtant, j'étais bien plus prisonnière que je ne le suis désormais. Aujourd'hui, ne vous y trompez pas, c'est moi la maîtresse, et pas juste celle de cet homme qui tremble derrière la porte. Mon abandon est total, mais jamais je n'ai à ce point été en mesure de contrôler le cours des choses.

Il y a un an, je n'étais encore que moi, Elle. Toutes les femmes moins moi-même. La femme que je devais encore faire naître…

1

Un an plus tôt, 3 juin 2009, dans la même chambre d'hôtel

Ce jour-là, j'étais libre de mes mouvements, lovée dans les draps défaits de la Joséphine. Libre, et pourtant si empruntée. Je ne connaissais l'homme qui allait partager mon lit que depuis trois heures, quatre tout au plus. Autant dire que je n'en savais pas beaucoup sur lui si ce n'était son état civil et la taille de son portefeuille – j'en saurais bientôt plus. Tout au long de la soirée qui avait précédé cet instant précis, je n'avais pas écouté un traître mot de sa conversation avec nos voisins de table. Je n'y avais participé qu'à coups de sourires et de hochements de tête dociles. Belle plante, comme on l'attendait de moi. Que fabriquait-il dans la vie, au juste ? Banque ? Import-export ? Ou bien était-il élu de quelque part, président d'honneur de quelque chose ? En tout cas, il comptait assez pour imposer le respect – et parfois même le silence – aux autres convives.

— Tu as une préférence, pour la position ? me demanda-t-il en m'aidant à dégrafer ma robe blanche légère, zippée dans le dos.

Amusant : il y a tout juste quelques minutes, penchés sur notre assiette de foie gras poché aux myrtilles, nous nous vouvoyions. La porte de la chambre franchie, il était passé d'autorité au « tu », intimité trompeuse des corps qu'on dénude trop vite.

— Pardon ? m'étranglai-je entre deux gorgées d'eau gazeuse.

Jamais un être vibrant pour vous d'un désir sincère, et dont vous espérez fébrilement les hommages, ne s'embarrasserait de telles considérations techniques. Votre corps, à sa manière de se livrer, lui apporterait d'emblée la réponse. Aucun mot ne serait nécessaire. Tout ne serait que musique, et l'accord de vos sens une évidence.

— Je veux dire… Y'a des positions qui te posent problème ? Des trucs qui te bloquent ?

Je me retournai et le détaillai plus attentivement que je ne l'avais fait jusque-là. Il était plutôt beau garçon, quadragénaire légèrement grisonnant, le genre athlétique, sans doute très sportif, raison probable de ma présence dans cette chambre. Sans cela, jamais je n'aurais envisagé de donner cette suite au dîner rasoir que nous venions de subir. Je m'en serais tenue à la formule de base. Toutefois, ce n'était que la troisième fois que j'acceptais de « poursuivre » ainsi, selon l'expression consacrée. En huit mois d'exercice, c'était, somme toute, assez peu.

À sa maladresse, à cette manière tue-l'amour de me consulter sur mes préférences, je devinai qu'il n'était pas plus expérimenté que moi. Peut-être même étais-je sa première *escort*. Je me retins de lui poser la question, pour ne pas dissiper ce reste de mystère qui demeurait entre nous.

— Non… Non, pas spécialement, mentis-je avec un sourire que j'espérais engageant.

— OK… approuva-t-il d'un hochement du menton, visiblement rassuré. C'est juste qu'il vaut mieux que je le sache avant.

J'avais la tête ailleurs…

~~La levrette me gêne parce qu'elle est bestiale.~~
~~Et, pour cette raison, je ne peux la pratiquer~~
~~qu'avec des hommes que je connais.~~
La levrette me fait jouir plus que les autres positions…
justement parce qu'elle est bestiale !
Et pour cette raison je rêve de la pratiquer avec un inconnu,
au visage masqué de préférence.
(Note manuscrite anonyme du 03/06/2009,
glissée dans ma boîte aux lettres, à mon insu.)

Je songeais aux notes que j'avais reçues depuis quelques semaines, depuis que j'avais trouvé dans mon sac ce petit carnet à spirales à la couverture argentée, un carnet vierge, et qu'une main anonyme avait déposé à la faveur d'une bousculade dans le métro. Collé à l'intérieur, ce billet énigmatique, et d'une écriture qui m'était inconnue, aurait dû m'alerter :

Une étude a établi que les hommes pensent au sexe
environ dix-neuf fois par jour.
Les femmes, pas plus de dix. Et vous, combien de fois
vous laissez-vous envahir chaque jour par ce genre de pensées ?

S'étaient ensuite écoulés plusieurs jours avant que je ne découvre, glissée dans ma boîte aux lettres, sans timbre ni affranchissement, une feuille volante perforée dont les trous correspondaient aux anneaux métalliques de mon carnet. L'auteur prenait un plaisir évident à imaginer ce que pouvaient être mes rêveries. Il avait écrit à la première personne, comme s'il était moi.

J'avais failli jeter la page manuscrite à la poubelle sans la lire. J'avais même songé à déposer une main courante au commissariat pour harcèlement. Mais ma curiosité d'étudiante en journalisme l'avait emporté, et j'avais sagement consigné la feuille dans mon classeur miniature, sans me douter encore qu'elle serait la première d'une longue série. Car la main sans visage ne s'arrêterait pas là… Oh non.

— Rien ne me bloque, finis-je par répondre à mon client.

Après tout, il n'était pas pire que la petite poignée d'hommes que j'avais laissés me posséder après certaines soirées trop arrosées ou plusieurs restaurants médiocres. Et si je songeais à ma première fois dans les bras de Fred, mon histoire la plus sérieuse à ce jour, il fallait avouer qu'elle aussi manquait singulièrement de glamour. À bien y regarder, le soir où nous avions fini par faire l'amour, j'avais capitulé parce que l'occasion se présentait, parce que le cours naturel de la soirée l'exigeait… pas par réelle envie. Alors quel mal y avait-il aujourd'hui à enrober le tout d'un vernis transactionnel ? Ne valais-je pas mieux qu'une part de pizza et deux verres de vin rouge ?

Lui au moins était riche, propre, bel homme et, par-dessus tout, élégant dans son costume deux boutons sur-mesure, dont je notais le raffinement des finitions, doublure de soie fuchsia et surpiqûre assortie aux boutonnières. Grâce à lui j'allais gagner plus en une soirée que je n'aurais empoché en une semaine de petits boulots alimentaires, à la caisse d'un fast-food ou ailleurs.

Bref, je me motivais comme je le pouvais. Le champagne de la soirée se dissipant déjà, j'avais besoin de relais, d'une autre effervescence que celle des bulles évanouies dans ma flûte.

En dépit du blanc-seing que je venais de lui accorder, Monsieur-sur-mesure, dûment gainé de latex, m'entreprit sans préliminaire ou presque et, surtout, sans un mot, d'une missionnaire poussive. L'absence de savoir-baiser chez les gens supposément bien éduqués me surprendra toujours. C'est probablement le seul apprentissage qui ne s'inculque pas, pour lequel il n'existe ni cours privé ni répétiteur.

— Ça va, je ne te fais pas mal ?

Non, ni mal ni rien d'autre. Étrange absence de sensations. Tout le bas de mon corps me semblait comme anesthésié. Je savais qu'il était question de moi, de mon sexe, d'une pénétration, d'un ébat on ne peut plus réel mais je ne parvenais pas à me sentir concernée. Les mains posées sur ses fesses, j'accompagnai pourtant son va-et-vient en moi avec douceur.

— Tout va bien, m'efforçai-je de l'encourager.

Ma propre inexpérience m'interdisait les initiatives qu'il devait légitimement attendre de ma part. Devais-je soupirer, râler, lui murmurer des exhortations obscènes à l'oreille ? Jusqu'à quel point étais-je censée simuler ? Cela faisait-il partie de la prestation ?

— Et pour toi, c'est bon ?

Voilà tout ce que je trouvai sur le moment. Je sais, c'était bien faible. Il se contenta d'ahaner un oui qui préfigurait une issue prochaine. Alors, soucieux de rentabiliser ce moment précieux, en homme d'affaires avisé qu'il devait être par ailleurs, il s'immobilisa une quinzaine de secondes, puis repartit à la charge, aussi régulier qu'un métronome suisse.

J'avais beau être un peu absente, je ne ressentais ni gêne, ni dégoût, encore moins de la colère. La main que je passais dans son dos, caressant lentement toute la surface de son échine jusqu'à ses reins, était pleine de bonne volonté, d'envie de lui faire plaisir. Je pris pour preuve de sa satisfaction les grognements qui s'intensifiaient. Franchement, ce rapport n'était pas pire que bien des parties de gymnastique horizontale que j'avais pu connaître par le passé. Et puis, voyez-vous, l'intérêt d'un coït sans passion, c'est qu'il laisse tout le temps d'apprécier le décor. Celui des chambres de l'Hôtel des Charmes valait qu'on s'y attarde. Outre l'immense miroir fixé au plafond, l'une des rares concessions du lieu aux exigences de notre époque, le lieu se présentait ici comme une réplique fidèle de la chambre occupée par Mme de Beauharnais, épouse Bonaparte, en son château de Malmaison. L'ensemble de la pièce circulaire apparaissait comme la plus luxueuse des tentes de campagne, soutenue par une série de fins piliers d'or reliés entre eux sur tout le pourtour par de larges tentures rouges, auxquelles leur drapé à l'antique conférait un volume et un mouvement des plus gracieux. Le vaste lit à baldaquin, surplombé par un aigle aux ailes déployées, prêt à prendre son envol, était bordé à la tête de deux cygnes dorés et à son pied de deux cornes d'abondance. Tout le reste du mobilier, y compris les fauteuils et une longue méridienne disposés à l'autre extrémité de la chambre, reprenait les teintes dominantes, or et sang, ainsi que les motifs floraux déjà présents sur la couverture et les montants latéraux du sommier.

L'illusion était parfaite, et il n'y avait guère besoin de forcer son imagination pour se voir projetée deux siècles en arrière. Napoléon donnait-il l'assaut à sa Joséphine avec cette même précision mécanique, ou variait-il au contraire sa partition ? J'en étais là de mes considérations esthétiques, ou sexo-historiques, quand Monsieur-sur-mesure me gratifia d'un ultime coup de bassin et d'un râle conclusif. Il n'avait pas tenu plus de trois ou quatre minutes, peut-être impressionné par la majesté du lieu ou, tout simplement, alourdi par le repas, affaibli par l'alcool.

Aussitôt ressorti, il roula sur le côté, son flanc presque au contact du mien, et lâcha ce petit compliment, pétri de reconnaissance post-orgasmique :

— Tu sais… tu es très jolie.

— Merci.

Que répondre d'autre, *a fortiori* quand on est persuadée du contraire ? Celle que j'apercevais au plafond ne me convenait pas. Elle ne m'avait jamais convenu. Et je savais que ce genre de séances ne me réconcilierait pas de sitôt avec elle. Trop ronde, trop ceci, trop cela. J'étais moi, quoi, davantage jeune fille mal dégrossie que femme fatale. En un mot, irrémédiablement, imparfaite.

— J'ai du mal avec les filles maigres, se confia-t-il. J'ai peur de les casser… et de me piquer à leurs os, aussi.

Manière de dire que mes rondeurs ne lui avaient pas déplu, à lui. Au moins l'un d'entre nous était-il content du menu que j'étais en mesure d'offrir. Abondance à tous les étages. Et pas d'angles saillants. De quoi le rassasier pour le moment, semblait-il.

J'attrapai la petite liasse de billets déposée à mon intention sur le guéridon en acajou, vérifiant le compte d'un regard, et profitai de sa disparition dans la salle de bains pour m'effacer à mon tour de la chambre, aussi muette que les fantômes qui l'habitaient. Qu'aurais-je pu lui dire qui n'aurait pas sonné comme un mensonge ou une fallacieuse promesse : « C'était vraiment super » ? « Merci encore » ? « À bientôt j'espère » ?

Je me chaussai sur le palier, la plante des pieds caressée par la douceur de l'épaisse moquette, et filai sans traîner vers le hall et la réception. Là, depuis son comptoir lustré, monsieur Jacques m'adressa un petit signe discret, invitation néanmoins explicite à m'approcher.

— Tout s'est bien passé, mademoiselle ?

— Oui, oui, lâchai-je à mi-voix. Très bien.

Le concierge de l'Hôtel des Charmes en imposait, cintré dans sa livrée de valet Grand Siècle biffée de passementerie or et argent. Mais, plus encore que son costume, c'est son apparence physique qui m'impressionnait : le vieil homme n'avait pas un seul poil sur toute la surface de sa tête, ni cheveux, ni moustache, ni barbe, ni sourcils. Pas même de cils pour border ses immenses yeux bleus, légèrement exorbités. Il était impossible d'être plus glabre que cet homme-là. Ni plus blanc de peau.

Étonnamment, ma mère, elle, n'avait rien perdu de sa chevelure grise malgré les séances de chimiothérapie. Les six derniers mois de son traitement avaient eu raison de ses muscles et de son tonus, mais pas de son crâne, toujours couvert. Maude Lorand tenait bon. Elle s'accrochait comme elle l'avait toujours fait, avec courage et humilité, sans un mot de trop ni la moindre plainte. Ses poumons foutaient le camp, mais sa dignité n'avait pas bougé d'un pouce. Statue de bronze parmi les cendres.

— Pensez-vous que vous aurez besoin d'une chambre dans les jours qui viennent ? Peut-être même demain ?

— Je ne sais pas encore. De toute façon, si c'est le cas… ce sera certainement la dernière fois.

Il ne parut pas surpris par cette sentence sans appel. Il en semblait presque heureux, comme le signifiait sans ambiguïté son large sourire. Monsieur Jacques ne voulait que mon bien. Disons plutôt – j'en avais eu le sentiment à chacune de nos rares rencontres – qu'il voyait le bien en moi. Que, en dépit des apparences et des raisons objectives de ma présence dans son établissement, il percevait ce que je pourrais faire de bon, ou de mieux. Quelques secondes de son regard posé sur moi suffisaient à me remonter le moral.

Mais, ce soir-là, je ne m'attardai pas à cette source bienfaisante. Il me souriait toujours tandis que j'étais déjà dehors, aspirée par la nuit douce et encore jeune.

2

Un peu plus tard, le même jour

— Alors, formule de base… ou formule de baise ?

L'auteur de ce mauvais jeu de mots, flirtant en permanence avec la vulgarité, pleinement consciente que celle-ci ajoutait à son charme canaille, c'était Sophia. Ma meilleure amie. Un peu la seule, à dire vrai. Sophia Petrilli, de deux ans mon aînée en âge et d'au moins cinq en expérience masculine et sexuelle. Des boucles brunes où tous les regards s'accrochent. Des seins qui appellent désespérément les mains susceptibles d'épouser leur galbe parfait. Des yeux où tous les hommes ne demandent qu'à s'abîmer. L'un de ses premiers amants l'avait baptisée Esméralda, tant la jeune danseuse qu'elle est respirait l'indépendance farouche, et inspirait les passions brûlantes. Au quotidien, elle n'était que Sophia, paumée, sans mec sérieux et sans emploi stable. Mais c'était suffisant pour faire d'elle l'être le plus vivant et le plus indépendant que je connaisse, ainsi qu'un soutien d'une fidélité à toute épreuve. Les petits copains passaient ; Sophia, elle, était toujours restée.

— Hum… répondis-je en esquivant la question d'un mouvement d'épaule. Seconde formule.

— Cela dit, vu l'heure, je m'en doutais un peu.

Il était convenu que, les soirs où nous officiions toutes les deux, nous nous retrouvions au Café des Antiquaires, rue de la Grange-Batelière, à deux pas de la salle des ventes Drouot, en plein cœur du 9e arrondissement. La règle était simple : la première des deux qui en avait fini avec son client attendait l'autre. L'option numéro un nous conduisait rarement au-delà de 23 heures. La numéro deux courait plus allègrement au-delà de minuit.

— Et toi, bonne soirée ?

— On peut dire ça, esquissa-t-elle un sourire en coin.

— Client friqué ?

— Odieusement friqué, tu veux dire. Je n'avais jamais vu une Rolex aussi clinquante. Et, en prime, j'ai eu droit au grand jeu, suite Pompadour et tout le tralala.

C'était l'autre particularité de l'Hôtel des Charmes : chaque chambre, invariablement louée à l'heure, se voyait attribuer le nom de l'une des grandes séductrices et courtisanes de l'histoire de France. S'y mêlaient des favorites et des maîtresses, des reines et de simples filles de joie passées à la postérité, ainsi qu'un étonnant aréopage de danseuses, espionnes, artistes et demi-mondaines, toutes connues pour leur extraordinaire ascendant sur les hommes et la manière dont elles en avaient usé au cours de leur existence tumultueuse. Aucun numéro n'était associé à ces patronymes, aucun ne figurait d'ailleurs au-dessus des portes. En revanche, comme j'avais pu l'apprécier moi-même un peu plus tôt, la décoration de chacune de ces pièces était en accord parfait avec le caractère et l'époque desdites aventurières, faisant de la pièce un écrin unique. Chaque chambre incarnait une femme, chaque fantasme prenait corps dans l'une de ces chambres.

— Pas mal, approuvai-je en forçant mon enthousiasme. Moi j'ai hérité de la Joséphine.

— La grande classe ! Tu l'avais jamais eue ?

— Non, pas encore.

Sophia fréquentait Les Charmes bien plus assidûment que moi. Parfois jusqu'à deux ou trois reprises dans le même mois, par principe jamais plus d'une fois par semaine, ces rendez-vous constituant cependant, selon la période et ses besoins, l'essentiel de ses revenus.

— Et ensuite, m'interrogea-t-elle en décochant son sourire le plus équivoque, c'était comment ? Bien ?

— Sophia ! m'écriai-je pour la forme. Tu sais bien… Je ne peux pas.

Elle connaissait le règlement aussi bien que moi : l'agence qui nous mettait en relation avec nos clients fortunés interdisait formellement que nous nous épanchions après coup à leur propos. Tout ce qui s'était passé dans ces alcôves précieuses et délicieusement surannées devait impérativement y rester et ne plus jamais en sortir. Certains des hommes que nous y accompagnions étaient des personnages importants, parfois même puissants, et toute information relative à leur comportement dans l'intimité, en particulier les détails concernant leurs préférences sexuelles, pouvaient devenir entre les mains de leurs ennemis des armes redoutables. La confidentialité était de mise, le secret s'imposait à nous comme un dogme.

Pour être tout à fait honnête, cet impératif m'arrangeait bien. Il m'avait mise à l'abri des confessions de Sophia et érigeait de mon côté une barrière salutaire. Parler de sexe était pour elle un plaisir au moins égal à l'acte lui-même. Un prolongement naturel, comme si la langue était chez elle un organe aussi érectile que son clitoris, les deux étant connectés par un lien secret. Ce sujet, qu'elle considérait comme universel, elle le dégainait à tout propos, en tout lieu, avec ses proches comme avec le premier venu. « Enfin, sérieusement, tu connais un truc plus digne d'intérêt que le sexe, toi ? me demandait-elle souvent, sur le ton de la provocation. On va quand même pas se mettre à parler bourse ou gamins, hein ? On n'a pas un sou en poche et, arrête-moi si je me trompe, on est encore loin de faire des gosses. Trente et un ans, c'est l'âge moyen auquel une femme a son premier enfant en région parisienne ! Trente et un ans ! »

Revenue à son thème de prédilection, elle se montrait intarissable, se délectant des détails qu'elle étalait sans pudeur, se repaissant de ceux qu'elle arrachait par force à ses interlocuteurs.

— Parce que mon client, ce soir, tu aurais dû voir comme il était équipé ! Monstrueux ! Un truc de dingue ! Encore plus balèze que son compte en banque, c'est pour dire.

— So' ! m'indignai-je, cherchant à maîtriser un début d'hilarité.

— Le type devrait se produire dans les cirques, je te jure.

— Arrête !

— Ben quoi ? Je ne t'ai pas dit son nom ! Je te parle juste de son pénis.

— Génial, ironisai-je, va pour les aventures d'un sexe anonyme.

— Non mais, vraiment, il était tellement gros que j'ai cru étouffer quand je l'ai su…

— Ah oui, tu as raison, la coupai-je pour ne pas en entendre plus. La fellation, il ne faut surtout pas trop la prolonger. Après ils deviennent accros et ne veulent plus que ça.

C'était ma parade classique à son tsunami de confidences inconvenantes, la seule que je connaissais : me cantonner prudemment à des clichés et quelques périphrases toutes faites, puisés pour l'essentiel dans les derniers articles sexo des magazines féminins.

— Cela dit, reprit-elle, ça ne vaudra jamais celui qui ne me touchait pas et qui exigeait que je me masturbe devant lui pendant deux heures… Il m'épuisait.

— Oui, mais si tu te masturbes devant lui, tu lui apprends comment te donner du plaisir. C'est pas toujours du temps perdu.

…in *Cosmo*, spécial sexe, juillet-août 2007. Ça devait venir de là.

Mais qu'est-ce que j'en savais au juste, personnellement, moi, Annabelle Lorand ? Pas grand-chose.

La vérité, c'est que la recommandation de l'agence était mon meilleur alibi pour ne pas lui en dire plus. La plupart du temps, cela suffisait à étancher sa curiosité, ou à tarir sa logorrhée impudique. Mes confidences, j'aurais pu les réserver à mon petit carnet secret. Mais une autre main que la mienne les consignait à ma place, dans l'intimité de ces pages blanches :

C'est idiot, mais j'ai l'impression que chaque sexe a aussi son âme sœur.
Comme si chaque vagin n'avait qu'un seul sexe d'homme dans le monde exactement dessiné et dimensionné pour lui. Et réciproquement. Tant qu'il ne l'a pas trouvé, chaque sexe n'est pas capable de s'épanouir pleinement. C'est mon cas, j'en suis sûre : mon sexe n'a encore jamais été mis en présence de son mâle sœur.

(Note manuscrite anonyme du 02/06/2009,
glissée dans ma boîte aux lettres : il n'a pas tort.)

Et, sans que je puisse démêler l'un et l'autre, qu'une autre main écrive à ma place m'excitait autant que cela me révoltait. Au bout du compte, l'idée devait m'affoler assez pour que j'y souscrive, puisque j'avais conservé le carnet et que j'y classais religieusement les rêveries inavouables que mon harceleur anonyme me délivrait, jusqu'à plusieurs chaque jour. Une fois ou deux, je fis le guet quelques heures, un œil rivé sur ma boîte. Mais jamais je ne le surpris.

Au début, je parvins à cacher l'existence du carnet à spirales à Sophia, pourtant dotée d'un radar pour ce genre de secret. Jusqu'au moment où, quelques jours plus tard, je renversai mon sac dans un café, pile au pied de sa chaise. Elle se pencha vers le contenu répandu sur le sol, dans un mouvement réflexe.

— C'est quoi ce bidule ?

— Rien… Donne !

— Trop glamour, le carnet ! C'est ton répertoire de plans cul ? gloussa-t-elle.

— Mais non… Arrête…

— Si, si… tu rougis !

Sans me demander la permission, elle l'ouvrit aux premières pages et se mit à le lire à voix basse…

— Je ne rougis pas ! Et rends-moi ça tout de suite !

…Puis plus haute.

— « …Et je me demande aussi quelle odeur et quel goût perçoit un mec quand il me lèche en bas… » Ouaouh ! Miss Lorand ! Tu te lâches grave !

— Sophia, donne-le-moi, putain !

Elle finit par obtempérer, mais le mal était fait.

— Tu as décidé de nous écrire la *Vie sexuelle d'Annabelle L.* ou quoi ?

— C'est pas moi qui ai écrit ça…

— Ben voyons !

— Je te promets. Un type me dépose ces feuilles dans ma boîte, tous les jours. Je ne sais pas qui c'est, ni ce qu'il me veut.

— Vraiment ? Et toi tu te contentes de les ranger là-dedans ?

— Je te jure que c'est la vérité.

Prise au piège, je lui racontai les circonstances mystérieuses dans lesquelles le carnet était parvenu entre mes mains. Puis, jour après jour, ces pages d'un journal intime qui aurait pu être le mien, mais qu'un autre – une autre ? – écrivait à ma place.

Une anecdote qui l'amusa plus qu'elle ne la choqua. L'idée m'avait traversé que Rebecca, la patronne de l'agence, pouvait être à l'origine de ce cadeau empoisonné. Mais si tel était le cas, pourquoi en étais-je la seule destinataire parmi toutes les Belles de nuit ? Car, sinon, Sophia s'en serait immédiatement vantée à moi.

— Ça me rend dingue : au milieu de toutes les filles de Paris, il a fallu que le taré qui a eu cette idée tombe sur *toi* !

— Pourquoi tu dis ça ?

— Ben, Elle... Admets qu'*a priori* c'est moins ton truc que le mien. Moi j'aurais *adoré* qu'un type me fasse un cadeau pareil ! Et je peux te dire que je n'aurais pas attendu qu'il le rédige à ma place.

Je lui tendis le carnet argenté, comme pour m'en débarrasser.

— S'il n'y a que ça pour te faire plaisir... je te le donne.

— Arrête, non ! C'est le tien, répliqua-t-elle avec un sérieux soudain.

— Tu parles... Il aurait pu le fourrer dans le sac de n'importe quelle autre fille de la rame.

— Non, me corrigea-t-elle. En fait, à bien y réfléchir, je pense que ce n'est pas un hasard. Il a senti que tu en avais besoin. Toi plus que les autres nanas autour de lui.

« Pour te décoincer », se retint-elle probablement d'ajouter. Je lui opposai une moue dubitative.

Depuis cet incident, et plus encore depuis que David était entré dans ma vie, j'éprouvais de plus en plus de difficulté à contenir les assauts inquisiteurs de mon amie. De fait, mon compagnon depuis trois mois n'était pas un client. Il ne l'avait jamais été. Les conventions qui s'appliquaient aux clients n'avaient pas lieu d'être s'agissant de lui.

— Et David, au fait, tu ne m'as jamais dit...

— Jamais dit quoi ?

— Eh bien, comment il est monté ? Normal ? King size ? Mini size mais qui en fait le maximum ?

— Non mais tu crois vraiment que je vais répondre à ce genre de questions ?!

« Ça ne coûte rien d'essayer », me répondit son regard rieur.

— Tu dois le retrouver, là tout de suite ?

Elle revenait à des considérations plus chastes.

— Oui. Enfin, non. Il doit rentrer tard. Je ne le verrai que demain matin. Si je le vois...

En outre, la personnalité et le statut pour le moins exceptionnels de David faisaient converger en elle la midinette et la nympho, la rêveuse et la mangeuse d'hommes. Que j'aie pu ferrer un tel spécimen la laissait pantoise et, ne serait-ce que par solidarité, au nom de notre amitié et de nos années de galère sentimentale, elle me considérait comme tenue de partager avec elle tout ce que je pouvais découvrir d'exotique ou d'affriolant sur lui.

— Ça ne te fait pas bizarre de le retrouver après un client ?

— Je viens de te le dire. Je ne le verrai probablement pas avant demain soir.

— Quand même... insista-t-elle. T'as pas peur qu'il capte quelque chose ?

— Et toi, ça ne te fait pas bizarre de ne jamais coucher deux fois de suite avec le même mec ? répliquai-je du tac au tac.

Touché. Trop bien visé, même. Son visage s'était rembruni d'un coup.

Sophia déclenchait le désir sans effort, mais cette facilité, associée à son goût plus que prononcé pour le sexe, l'empêchait généralement de garder un homme à ses côtés plus de quelques nuits. Quand elle ne trompait pas son amant du moment avec le suivant, elle renouait avec une vieille et tendre connaissance, le tout générant de temps à autre quelques incidents dont elle finissait par payer seule le prix. Ainsi, quand elle s'était fait prendre, ou qu'elle s'était tout bonnement lassée des uns ou des autres, elle passait le plus clair de son temps en compagnie de ses *sextoys* dont, avec les années, la collection s'était sérieusement étoffée.

— Excuse-moi...

— Non, t'inquiète. T'as pas complètement tort... On va prendre l'air ?

Nous aimions ces promenades dans Paris à la nuit tombée, par les rues désertes, balayées par les phares des taxis, sans autre but que de flâner.

L'un de nos plaisirs suprêmes était de lécher les vitrines des antiquaires et des bijoutiers qui pullulaient tout autour de Drouot, jusqu'à plusieurs par rue. Étant établi qu'aucun de ces trésors – même le plus modeste – n'était à portée de nos maigres économies, nous pouvions laisser libre cours à nos rêves. Divaguer tout à loisir sur le « jour où » l'opulence nous tomberait brusquement dessus, météorite de bonheur matériel échappée du ciel.

— La vache, t'as vu cette montre ? m'extasiai-je en désignant un modèle au premier plan, presque collé à la devanture.

— Le chrono pour homme ?

Cette boutique, les Antiquités Nativelle, avait l'intelligence de proposer, à côté de chaque objet en vente, une petite notice explicative, à la manière de ces papillons de couleurs affichant des recommandations de lecture dans certaines librairies.

— Oui, regarde… C'est une cent pour cent mécanique, fabriquée en 1969 !

— Et alors ? Tu cherches une montre érotique ? ironisa-t-elle gentiment.

« 69, année érotique », susurrait Jane Birkin cette même année sur la musique Ô combien langoureuse de Serge Gainsbourg.

— 69, à quelques jours près, c'est l'année de naissance de David. Il est né le 5 janvier 1970.

— C'est son année de conception, en tout cas, glousa-t-elle. Mais ne me dis pas que tu envisages de lui faire un cadeau pareil ?

— C'est pas l'envie qui me manque. Elle est magnifique, non ?

Aussi sobre que fine, la montre me faisait de l'œil depuis son petit présentoir en velours, scintillant dans la pénombre de tout l'éclat de son cadran bleu nuit. Je remarquai en particulier le bombé subtil du verre protecteur, qui certifiait sans doute possible l'âge et l'authenticité de l'exemplaire.

— Petite joueuse par rapport à celle de mon client… feignit-elle de déprécier l'objet. Mais je ne cracherais pas dessus si on me la donnait, c'est sûr.

— Pff… T'as vu le prix ?

— Oui, trois mille deux cents euros. Tu vas devoir faire des extras, ma chérie, si tu veux gâter ton nabab !

À elle seule, cette babiole de luxe représentait plus que mon budget pour survivre deux mois entiers. Sans compter…

— Avec les soins de maman, je ne pourrai jamais, soupirai-je.

La mutuelle bas de gamme dont ma mère bénéficiait était loin de couvrir tous les frais engagés pour ses soins et, dans la limite de mes moyens, je complétais la note et tâchais de lui procurer un minimum de confort, tant à la maison que lors de ses séjours si fréquents à l'hôpital. Une semaine de chimio, une semaine pour s'en remettre, et enfin une semaine à jouir d'un état vaguement satisfaisant, avant de replonger pour sept jours de traitement lourd. Tel était le tempo infernal qui lui était infligé. Elle avait tant fait pour moi tout au long de mon enfance, elle m'avait tant donné, qu'elle méritait bien que je lui consacre en retour une juste part de mes revenus, aussi faibles fussent-ils.

Derrière la montre que je lorgnais en silence, un autre objet attira mon attention. Un pic à cheveux en argent « ayant appartenu à la comédienne mademoiselle Mars », spécifiait le commentaire manuscrit. Une splendeur de la première moitié du XIXe siècle vendue la bagatelle de mille sept cents euros. Encore une merveille qui m'échapperait.

Sophia me tira par le bras sans préavis, loin de la vitrine tentatrice.

— Allez, viens, ma belle ! Ton prince charmant ne va pas s'évanouir parce que tu ne lui offres pas des joujoux qui valent trois SMIC à chacun de vos rendez-vous !

— C'est sûr…

— Par ailleurs, si je peux me permettre, vu ses moyens, c'est plutôt lui qui devrait te faire ce genre de cadeaux.

— C'est bien le problème, approuvai-je. Ce sont *ses* moyens, pas les miens…

Néanmoins, je ne pouvais donner tort à mon amie. Au petit jeu des preuves sonnantes et trébuchantes de notre amour naissant, j'étais perdante dès la ligne de départ face à un compétiteur tel que David. Combien de SMIC pouvait-il gagner chaque mois ?

Restait-il dans cette limite des quinze à vingt fois le salaire de base que certains politiques avaient songé un temps imposer au patronat français ? En un sens, je préférais ne pas le savoir. La simplicité de mes origines et les conditions frugales dans lesquelles j'avais grandi me conféraient une conscience aiguë de ce qui était décent ou ne l'était pas en matière d'argent. Or, acheter une telle montre sortait largement du cadre de ce que j'aurais moi-même admis en temps normal. Pourtant, je ne pouvais m'empêcher d'y rêver.

— Et puis, est-ce qu'il le mérite seulement, ce monsieur ? reprit Sophia sur un ton plus léger. C'est vrai, tu es prête à te fendre en deux pour lui, et on ne sait même pas où il se situe dans le palmarès de tes amants ? Top cinq ? Top trois ?

Voilà qu'elle revenait à ses lubies. Elle se prenait pour mon carnet – elle prendrait vite pour habitude de l'appeler mon « Dix-fois-par-jour », comme le nombre de pensées érotiques que j'étais supposée y consigner quotidiennement – et s'ouvrait désormais à tout instant, prête à recueillir mes pensées les plus secrètes.

— David, c'est différent…

— Différent de quoi ? Il n'est pas fichu comme les autres garçons ? Il te propose des trucs bizarres ?

— Je l'aime.

J'avais essayé de dire ça sans bêler, sans paraître plus niaise et cœur d'artichaut que je ne me sentais intérieurement mais, à la moue que ma tirade fit naître sur le visage de Sophia, je vis qu'elle débordait d'une chantilly indigeste à son goût.

— Oh pardon, j'avais omis ce détail… Tu l'aiiiiiimes ! Donc il peut te faire l'amour comme un tréteau, on s'en fiche, bien sûr, je suis bête.

— Arrête… Tu sais très bien que ce n'est pas ce que je veux dire.

— Est-ce qu'il t'a fait prendre au moins une fois ton pied, ton millionnaire ?

Joker. Je n'avais pas envie de répondre à ça. Non, en fait, je n'avais surtout pas envie de me poser la question. Probablement parce que je connaissais trop bien la réponse.

Je me contentai de hausser les épaules, assortissant mon mouvement d'un sourire que j'espérais énigmatique. Elle n'était pas dupe. Elle me connaissait beaucoup trop bien.

Pour couper court à tout développement, j'infligeai un virage abrupt à la conversation. Les enseignes de plusieurs cabarets m'offrirent une occasion toute trouvée.

— Bon, et toi, la danse... T'as de nouveaux spectacles en vue ?

— Bof. « C'est la crise », j'entends ça partout. Je te jure, j'ai pas l'impression d'avoir affaire à des chorégraphes ou à des producteurs mais à des banquiers !

— Et ta troupe, là, à Neuilly ?

— Elle a fermé. C'est tellement la dèche que même les plus rupins d'entre nous mettent la clé sous la porte.

— T'arrives à t'en sortir quand même ?

— Ça va, je me débrouille... chercha-t-elle à me rassurer sans conviction.

Je savais pertinemment quelles étaient pour elle les conséquences de cette pénurie de travail.

— Tu es obligée d'en prendre plus, c'est ça ?

— Hum, bougonna-t-elle en laissant son regard s'égarer sur les néons multicolores.

— Beaucoup ?

— En moyenne... deux par semaine.

Soit au-delà de la limite qu'elle s'était promis de ne jamais franchir. Comment allait-elle le vivre ? Dans quel état ressortirait-elle de cette activité qui, au début occasionnelle, était presque devenue un job à part entière ?

Je plissai involontairement le front. Je m'inquiétais pour elle. Sophia n'allait pas quitter l'agence de sitôt. Comme beaucoup de conditions hasardeuses qu'on acceptait sous le prétexte qu'elles étaient temporaires, celle-ci était partie pour durer. C'était sa vie, maintenant.

3

Paris, décembre 2008, huit mois plus tôt

Ce n'est pas juste un effet de ma discrétion naturelle. Je n'arrive vraiment pas à me souvenir aujourd'hui dans quelles circonstances précises Sophia avait évoqué Belles de nuit devant moi pour la première fois. Je crois bien qu'elle ne s'était pas encore inscrite, à cette époque-là. Elle hésitait. Elle s'interrogeait sur la nature exacte des prestations fournies aux clients par l'agence, troublée par des rumeurs et beaucoup de fantasmes, la plupart échappés de ses lectures ou des films qu'elle avait pu voir sur le sujet : *Belle de jour*, de Luis Buñuel, *Les Jours et les nuits de China Blue,* de Ken Russell ou, plus récent, le très sombre *Mes chères études*, récit d'une histoire vraie.

Comment avait-elle été informée de son existence ? L'avait-on approchée pour qu'à son tour elle y fût admise ? Et, si oui, qui avait joué ce rôle d'intermédiaire ?

Mystère.

— Belles de nuit, *Belle de jour*... Je t'accorde qu'ils ne se sont pas trop foulés pour la référence, admit-elle avec son sens critique habituel. En même temps, on ne vient pas les voir pour leur créativité.

Nous étions parvenues au pied d'un immeuble plutôt cossu, en plein Marais, sur l'une des rues qui délimitent le secteur gay de la capitale. La petite plaque au-dessus de l'interphone ne spécifiait pas la nature de l'activité. La société aurait aussi bien pu vendre des oreillers que proposer des danseuses légères. BELLES DE NUIT, 5e ÉTAGE, FACE.

— Je trouve ça plutôt joli, tentai-je de positiver. Poétique.

— Tu es sûre que tu veux y aller ?

— So', c'est jamais qu'un premier rendez-vous. Je viens me renseigner, c'est tout.

— OK, OK… Mais tu ne viendras pas me reprocher de t'avoir poussée à faire des trucs que tu ne voulais pas. On est d'accord ?

Je levai les yeux au ciel et recourus à cette voix de gorge, un peu piaillarde, que j'essayais de gommer au cours des entraînements radio que m'imposait mon dernier cycle en journalisme. Encore quatre ou cinq mois et, diplôme du CFJ en poche, je partirais à l'abordage des médias les plus prestigieux de ce pays, petite Rastignac prête à tout pour voir sa signature figurer en bas d'un article.

— J'ai vingt-deux ans. Ça va. Je suis une grande fille.

L'ascenseur était très étroit et, en dépit de nos petits gabarits, nous nous y compressâmes, le souffle suspendu.

— Entrez, entrez !

La cinquantenaire blonde et élancée qui nous ouvrit, à peine un pied posé sur le palier, dégageait une aura d'une extrême sophistication. Pas du tout le genre tenancière d'hôtel de passe que je redoutais.

Elle me tendit une main couverte de bagues et de bracelets répartis comme pour mieux cacher les taches de vieillesse qui pointaient çà et là.

— Bonjour. Rebecca Sibony. Je suis la directrice de Belles de nuit, se présenta-t-elle avec son timbre rauque de grande fumeuse.

Un sillage parfumé, subtilement capiteux, nous attira à sa suite, jusqu'à son vaste bureau, meublé avec sobriété.

— Annabelle est un peu… nerveuse, se lança Sophia sous mon regard assassin. Elle aurait besoin que vous lui expliquiez ce que vous attendez *vraiment* des filles qui signent avec vous.

Dressée sur mon fauteuil, je me défendis avec une maladresse enfantine.

— Pas du tout ! J'ai très bien compris !

En vieux jean rapiécé par mes soins, avec des ballerines élimées et les cheveux privés de coiffeur depuis des lustres, je ressemblais à une oie blanche sans un rond. Je n'avais nul besoin que Sophia en rajoute sur mon compte. Rebecca détailla chaque centimètre carré de mon anatomie, puis s'engagea dans un monologue qu'elle devait connaître par cœur.

— Écoutez, je ne sais pas ce que l'on vous a dit de nous mais il y a certainement beaucoup de faux. Notre activité souffre de nombreuses idées reçues et suscite pas mal de médisance. En réalité, ce que nous proposons est très simple, et surtout, je tiens à le préciser, parfaitement légal : nos clients sont des hommes riches, célibataires, qui ne peuvent décemment pas se présenter seuls aux nombreuses mondanités auxquelles ils sont tenus d'assister à longueur d'année. Votre rôle, si vous nous rejoignez, sera donc d'enfiler votre plus jolie robe, de sourire toute une soirée sans vous luxer la mâchoire et d'être capable de tenir un semblant de conversation si on vous demande votre avis sur le dernier Woody Allen. Comme vous le voyez, ce n'est vraiment pas la mer à boire.

« Qu'est-ce que je t'avais dit ! » me signifia Sophia d'une envolée éloquente de la main.

C'est pourtant bien elle, mon amie, qui m'avait fait le récit d'un rendez-vous brûlant organisé pour elle par l'agence quelque temps auparavant. Une mission sans le moindre alibi social. Un épisode qui m'avait d'ailleurs fourni quelques arguments, de prime abord, pour refuser l'offre de cooptation auprès de Rebecca Sibony.

— Un plan cul en *blind date* intégral ! La folie !

— Ah bon ? Mais comment tu…

— Eh bien comme dans les films, ma chérie. J'avais rencard au Raphaël à 15 heures piles, avec la consigne de surtout être bien à l'heure. Les volets et les rideaux de la chambre étaient déjà tirés. J'imagine qu'il avait donné ses ordres au personnel. Ensuite, je devais me mettre à poil sur le lit et éteindre la lumière.

— Et après ?

— Après, le type est arrivé. Dix minutes plus tard, je dirais.

— Quand il est entré, tu ne l'as pas aperçu ?

— Non, c'était une suite avec un vestibule. Ça fait sas. C'est à peine si j'ai distingué sa silhouette au moment où il a poussé la porte de sa chambre.

— C'était pas un peu… glauque ?

— Au contraire ! s'était-elle exclamée. Enfin, au début, j'avais un peu froid à l'attendre comme ça, toute nue, sans bouger. Mais il s'est déshabillé et il m'a prise dans ses bras pour me réchauffer.

— Vous avez fait l'amour tout de suite ?

— Pas immédiatement. On est restés plusieurs minutes l'un contre l'autre avant qu'il ne commence à me caresser.

— Et il ne te disait rien ?

— Rien du tout. Il avait juste des mains super douces. Je te jure, personne ne m'avait jamais câlinée comme ça. J'ai mouillé hyper rapidement.

— T'as pas essayé de voir sa tête ? C'était peut-être Quasimodo, le mec !

— Pour ce que j'ai réussi à palper de son visage, j'ai pas eu l'impression. Mais franchement, vu comme il me touchait, il aurait pu être E.T. en personne que j'aurais dit oui.

— À ce point ?

— Attends, il a dû passer au moins un quart d'heure à me masser l'intérieur du sexe. Avec ses doigts, avec son nez, avec sa langue… J'en pouvais plus ! J'étais totalement trempée. Je crois que j'ai joui au moins deux ou trois fois, juste comme ça, avant qu'il ne vienne en moi. Et ça, c'était que le hors-d'œuvre ! On est restés plus de trois heures au lit.

— Deux-trois fois… répétai-je songeuse.

— En plus, il sentait bon, ce con !

— Bon… comment ?

— Oh, je sais pas, un truc hyper sucré. Et sa queue, je te jure, elle avait un goût de fraise ou de framboise… J'aurais pu la manger toute la journée !

— So' !

— Quoi ? Tu peux pas savoir… C'est comme déguster du caviar les yeux bandés. Tout ce que tu perds en vision, tu le gagnes sur les autres sens. Surtout les odeurs et le goût.

— OK, OK, je crois que j'ai compris.

Rebecca reprit de sa voix éraillée, rompant le fil de mes souvenirs :

— Bien sûr, Belles de nuit a une certaine réputation. Nous n'engageons et ne proposons que des filles jolies, jeunes, propres, parlant un français irréprochable, et par-dessus tout cultivées. Je ne fournis pas des portemanteaux ou des potiches. Mais d'après ce que je peux voir et entendre, je ne me fais pas de souci vous concernant.

— Et c'est vraiment tout ? osai-je la presser.

— Oui. C'est tout ce à quoi vous vous engagez contractuellement vis-à-vis de nous, et tout ce que nous facturons aux clients.

— Bien, approuvai-je laconiquement.

— Vous semblez déçue. Qu'imaginiez-vous ?

Son ton s'était fait plus cassant, elle est brusquement devenue aussi hautaine que Uma Thurman dans cette publicité pour une boisson gazeuse au nom équivoque. Rebecca Sibony, à sa façon, devait aussi savoir tenir son monde en respect.

Puis un sourire tout juste perceptible, presque jocondesque, finit par éclore sur son visage, et elle ajouta à voix basse, accompagnant son propos d'un moulinet ample de la main :

— Après... si ce monsieur est à votre goût, c'est une autre histoire. *Votre* histoire. Vous êtes tout autant adulte que lui. Et je ne serai pas là pour vous empêcher de céder à vos appétits, ni lui aux siens.

— C'est bien ce que je dis toujours, compléta Sophia avec sérieux.

J'essayai de chasser l'image de mon amie, nue dans cette chambre de palace plongée dans le noir, livrée à cet inconnu au goût de fruits rouges, caresseur de vagin émérite.

— Je ne vais pas non plus embaucher que des préménopausées dans mon genre pour me mettre à l'abri de ce type d'incidents !

Elle avait ponctué ce dernier mot d'un soupir léger, comme si elle ne croyait pas elle-même que ce fût si dramatique, puis elle émit une sorte de rire de gorge très profond, à la limite de la toux.

Le message était limpide : libre à nous d'entraîner ces gentlemen à l'Hôtel des Charmes ou ailleurs à l'issue de la prestation contractuelle qu'elle leur avait vendue, mais elle n'en voulait rien savoir et, encore moins, percevoir. Cette partie-là nous appartenait en entier, durée, tarifs et revenus compris. Ce faisant, nous acceptions aussi les risques que cela comportait. Elle me mit en garde :

— Je ne pourrai rien assurer quant à ce qui serait susceptible de se passer dans ces chambres. À partir du moment où vous choisissez d'y entrer, nous sommes bien d'accord que vous n'êtes plus couverte.

— Et s'il devient violent ?

— Arrête ton cinoche ! intervint ma camarade. Ce sont des députés, des avocats d'affaires, des PDG… Aucun de ces types ne prendra le risque de t'en retourner une, même par jeu.

Elle avait bien dit « par jeu » ?

— Peu importe, la coupa Rebecca. Je le répète : dès l'instant où vous franchissez le seuil d'une chambre avec votre client, vous êtes seule. Quoi qu'il puisse se passer à l'intérieur. Je ne volerai jamais à votre secours. C'est bien compris ? Jamais.

— Oui, acquiesçai-je.

— Et si vous faites l'erreur de m'appeler à l'aide ou de mentionner l'agence auprès d'un tiers, par exemple la police, sachez que je nierai en bloc vous avoir jamais rencontrée. Vous serez radiée de mon fichier dans la minute.

Le masque dur qu'elle avait revêtu se détendit d'un coup.

— Bien ! Alors, félicitations ! Et bienvenue chez Belles de nuit !

Le quart d'heure qui suivit fut occupé par la paperasserie, marquant mon intégration officielle et immédiate à l'agence, ainsi que par ces recommandations élémentaires dont Sophia s'était déjà fait l'écho : ne jamais parler de ses missions à quiconque, même à un proche, même à un parent ou à une autre fille de l'agence ; ne jamais révéler une information ou une confidence faite par un client dans le cadre de ses missions ; ne jamais mentionner l'identité de ses clients ; ne jamais tenter de revoir l'un de ses clients en dehors des commandes passées par l'intermédiaire de l'agence.

— Sophia m'a dit que vous étiez journaliste ? s'enquit enfin la grande blonde, avec une inflexion légèrement soupçonneuse.

— Oui… enfin, pas encore. Je finis mes études.

— Parfait. Donc je ne trouverai jamais une ligne concernant notre rencontre ou vos missions dans la presse… N'est-ce pas ?

Sa question sonnait comme une menace.

— Non. J'ai besoin d'argent. Pas d'ennuis.

— Parfait ! conclut-elle en levant les deux mains au ciel. Après-demain, fin de matinée, vous seriez disponible ?

Je restai interdite quelques secondes. Se pouvait-il qu'elle m'ait déjà trouvé un client ? Sur la foi de ce que Sophia avait pu lui dire de moi – j'entendais presque d'ici mon amie lui vanter ce qu'elle appelait ma « sensualité aristocratique », mon « sex-appeal de bonne famille » –, s'était-elle sentie autorisée à pré-vendre mes services à l'un de ses habitués ?

Comme je fronçais déjà les sourcils, contrariée par le cours précipité que prenaient mes débuts chez *Belles de nuit*, elle s'adoucit tout à fait, se leva et me gratifia d'un geste presque maternel, sa longue main bijoutée posée sur mon épaule, palpant la laine bon marché de mon pull :

— On va arranger tout ça. Je vais vous aider. Nous allons faire les boutiques, toutes les deux. J'a-do-re ça !

— Les boutiques ? bégayai-je.

Sur son siège, Sophia trépignait de joie comme une collégienne.

— Oui, vous allez voir, deux-trois achats de rien du tout et vous serez magnifique !

Magnifique.

Ce qualificatif m'apparaissait comme un vêtement trois tailles au-dessus de la mienne. J'allais devoir m'y habituer, pourtant. Et vite.

4

Quitter Paris pour la banlieue était chaque fois un déchirement, je devrais même dire un déclassement. Le pouvoir d'attraction de la capitale agissait à plein sur la gamine de Nanterre que j'étais encore. Ainsi, le RER du soir en direction de l'ouest, attrapé aux Halles, à Opéra ou à Étoile, m'apparaissait comme la charrette du condamné. À cette différence près que j'y remontais chaque jour.

Le supplice s'étirerait jusqu'à ce que je sois en mesure de louer un appartement, et sur ce point j'étais d'ores et déjà formelle : plutôt une chambre de bonne miteuse en plein Paris qu'un deux ou trois-pièces tout confort en périphérie. Je voulais être au cœur de la grande ville, au cœur de l'actualité. Au cœur du monde.

Ce soir-là, mon contrat de l'agence en poche, je montai dans la rame bleu-blanc-rouge, dont la décoration intérieure avait été fraîchement taguée, sièges et strapontins compris. Aussitôt assise, je sentis se poser sur moi plusieurs regards. Masculins, s'entend. J'avais beau être coutumière du fait, la gêne que cela provoquait en moi ne s'estompait pas avec les années. « Je ne vois pas de quoi tu te plains ! s'étonnait parfois Sophia. Attends d'avoir cinquante balais et les seins sur les genoux. On verra si tu n'es pas contente de te faire mater dans le métro. »

En attendant cette échéance, chaque œillade appuyée me crucifiait. Je ne savais quoi faire de l'intérêt des hommes. Je jonglais avec leur désir latent comme un manchot avec une sardine congelée. Personne ne m'avait appris les règles de ce jeu-là.

Je n'avais donc d'autre choix que de me tenir prudemment à l'extérieur du terrain et de profiter de la première échappatoire venue. Les ignorer et contempler le paysage – le train ne roulait à découvert qu'à partir de Nanterre Université, la station précédant la mienne – ne suffisait pas à les dissuader, ni à dissoudre mon embarras.

Mes yeux tombèrent alors par accident sur la une du *Monde*, dont mon voisin de siège, un trentenaire, costume et mallette en cuir noir, tenait à la main l'édition du jour. Plusieurs gros titres occupaient la première page, mais l'un d'eux en particulier retint mon attention.

— David... David Barlet, murmurai-je en avançant la main vers son journal.

L'homme à ma gauche sauta sur l'occasion.

— Euh, non... Moi c'est Bertrand Passadier. Et vous ?

Il me tendit une main molle que je ne saisis pas, refermant déjà mes doigts sur son exemplaire du quotidien. Sans répondre à sa question, exactement comme s'il avait disparu de ce wagon, je me mis à lire les premières lignes de l'article consacré au patron du groupe audiovisuel privé qui portait son nom, le groupe Barlet, notamment propriétaire de la chaîne d'information en continu la plus regardée de France, BTV.

Dansant d'une fesse sur l'autre, mon dragueur cherchait désespérément un moyen de capter de nouveau mon attention.

— Vous vous intéressez à la télé ?

— Hum... grommelai-je sans lever les yeux.

— Si ça vous dit, je peux vous conseiller de très bons placements dans le domaine, vous savez. Barlet, c'est pas mal, c'est du solide, mais pour du court terme, y'a bien mieux.

Je n'écoutais plus un traître mot de ce qu'il me disait. Après avoir parcouru rapidement le papier, qui détaillait la stratégie de BTV pour taquiner l'audience, je ne faisais plus rien d'autre, désormais, que de contempler le portrait de David Barlet. Je l'avais déjà aperçu à la télévision ou dans les pages Médias des suppléments économiques, mais je remarquai pour la première fois sa ressemblance troublante avec le défunt acteur Gérard Philipe. Elle était pourtant frappante. J'avais la sensation d'entendre sa voix si belle, si douce, si familière, qui me contait le *Petit Prince* ou *Pierre et le loup* sur le vieil électrophone de maman, quand j'étais enfant.

Mais là où l'éternel jeune premier du théâtre et du cinéma français exprimait une forme de fragilité, tout en David Barlet traduisait au contraire la force, la détermination, la volonté farouche d'en découdre et la certitude absolue de parvenir à ses fins. Cela tenait probablement à ce visage légèrement plus carré et à son gabarit qui n'aurait pas déparé dans une équipe de rugby. À son regard, aussi, qui semblait jaillir de la page et vous mettre au défi d'en faire autant.

— ...guère plus de trois ou quatre pour cent l'an, autant dire rien du tout... poursuivait dans le vide mon harceleur.

BTV. Voilà où je devrais postuler sitôt mon diplôme décroché. Le geste engageant de Barlet sur son portrait de Une se tendait vers moi comme une invitation, songeai-je rêveusement.

Le couinement exaspérant des freins me ramena brutalement à la réalité et au panneau bleu et blanc qui annonçait sur le quai, pile au niveau de ma fenêtre : Nanterre Ville.

Ma station.

Je bondis sans réfléchir de mon siège, heurtant au passage les jambes de Bertrand Passadier, pour atterrir finalement sur le quai au moment même où les portes se refermaient dans un claquement sec. À l'intérieur, mon soupirant du jour se décomposait, bouche bée, le front collé à la vitre grêlée d'humidité. Brandissant son journal que j'avais pris en otage dans ma fuite, je le gratifiai d'un sourire impuissant, au fond pas mécontente de ma prise. Sur la photo en trois colonnes, le regard intense de David Barlet me félicitait de cette attitude conquérante.

Le pavillon de Maude, ma mère, n'est distant de la gare que de trois ou quatre cents mètres. Une maison mitoyenne en briques, dépourvue de jardin – si l'on fait abstraction des quelques mètres carrés de terrasse sur rue – nettement plus haute que large avec ses trois niveaux exigus. Autant que je m'en souvienne, j'avais toujours vécu là, avec elle, toutes les deux, et personne pour venir rompre notre douce routine.

Depuis le début de sa maladie, je tâchais d'être plus présente, de l'assister autant que mes cours et mes travaux alimentaires me le permettaient, dans toutes ces petites choses du quotidien qui constituaient désormais pour elle autant d'épreuves : ménage, courses, cuisine, toilette...

— Ça va, ma Elle ? T'étais en cours ?

Elle avait certes conservé tous ses cheveux, mais son teint était devenu gris. Un masque cireux accusait ses rides et figeait ses expressions. C'était toujours elle et, pourtant, j'avais parfois du mal à reconnaître la maman, à mes yeux si jolie, qui avait fait de mon enfance sans père un cocon chaleureux.

Certains jours, elle ne quittait pas sa vieille robe de chambre damassée, détail anodin, mais qui avait le pouvoir de me tirer des larmes. Jamais devant elle, toutefois ; plus tard, lorsque je regagnais ma chambre.

— Non... Sophia voulait juste me parler d'un petit job qu'une copine à elle aurait pour moi.

— Intéressant ?

— Oui... Non... Je ne sais pas encore.

Elle me remerciait sans cesse, se félicitait à voix haute et à qui voulait l'entendre d'avoir donné le jour à une fille aussi gentille. Les enfants étaient si ingrats, de nos jours. Mais moi, simplement, je n'oubliais pas tous ces matins où elle était partie travailler avant mon réveil, ces Noël sans un sou où elle parvenait pourtant à faire de moi une princesse ; jusqu'à ces études prestigieuses qui lui avaient coûté d'ultimes sacrifices, à un âge où l'on peut légitimement prétendre à lever le pied. Alors, autant que me le permettaient mes maigres revenus, j'essayais de la soutenir, et parfois même de la gâter un peu.

— Tiens, j'ai pris ça.

Je lui tendis une petite boîte à gâteau blanche, ceinte de bolduc turquoise.

— C'est quoi ? s'enquit-elle, les yeux sucrés de gourmandise.

— Assortiment de macarons aux fruits rouges : fraise, framboise, cerise...

Que les petites douceurs viennent de Paris leur conférait une saveur inégalée. Je l'admets, je trichais parfois, achetant à la va-vite des sucreries dans la pâtisserie à la sortie du RER, que je transvasais, chemin faisant, dans un vieil emballage plus prestigieux emporté avec moi le matin même. L'important ne résidait pas dans la marque, mais bien dans ce petit rituel qui nous unissait.

La sonnerie de l'entrée, drelin poussif, interrompit notre petit bonheur complice. Félicité, la vieille chatte de la maison qui ne sortait plus guère, collée à mes jambes, répondit par un miaulement paresseux.

— Ah zut, oui… j'ai oublié de te dire. Fred a appelé pour annoncer qu'il passerait te prendre. Ça doit être lui.

Je contins mon agacement et filai vers la grille, derrière laquelle se profilait une silhouette casquée, juchée sur les mille centimètres cubes encore chauds d'une moto noire. Fred, quoi. Mon petit ami depuis trois ans. Le seul que j'avais jamais présenté à ma mère. Fred Morino, preneur de son au chômage, amateur d'arts martiaux et de grosses cylindrées, tige blonde, sèche et musclée, gainée de cuir, dont la principale qualité était à mes yeux d'avoir supporté mes jérémiades tout au long de mes années d'étude. Fred, un amoureux tel qu'on peut en avoir dans de tels parages, ombrageux, courageux, en lutte perpétuelle avec lui-même et le reste du monde.

— Salut beauté ! T'es pas habillée ?

— Habillée pour quoi ?

— Ben… le cinoche ! La séance est dans moins de vingt minutes à La Défense. Ta mère t'a pas prévenue ?

— Non.

— Bon. Tu te dépêches quand même ?

— Fred… Je le sens pas ce soir. Je vais rester avec elle.

Sans avoir à me retourner, je sentis le regard maternel se poser sur nous deux, à travers le verre cathédrale de la porte d'entrée.

— Elle fait une rechute ? demanda-t-il sans feindre son empathie.

— Non. C'est juste moi. J'ai pas très envie.

Le motard me considéra un instant, toujours à cheval sur sa machine, puis embrassa le pavillon d'un coup d'œil plus large.

— Tu ne m'aurais pas planté comme ça il y a six mois, hein ?

C'était formulé sans acrimonie, plus comme une simple demande d'information, le besoin de savoir.

— Il y a six mois ma mère n'était pas mourante, Fred, lâchai-je entre mes dents, de peur que l'intéressée ne m'entende.

— Tu te souviens quand même qu'on était à deux doigts de prendre un appart' ensemble ?

Il ne se lamentait pas. Il se bornait à établir la liste exacte de ses griefs. Et je dois admettre que, plus les semaines s'écoulaient, ma vie prenant un tour nouveau, et plus je m'ingéniais à multiplier les sujets de dispute.

Un appart' ensemble, oui. Un magnifique deux-pièces tout confort à Nanterre, comme nous en avions visité quelques-uns. Tout ce que je ne voulais plus.

— Tu sais bien que je n'ai pas les moyens, esquivai-je. Si je veux pouvoir payer à maman ce traitement aux États-Unis, je dois réunir…

— Vingt-cinq mille euros, je sais, m'interrompit-il d'un air las. Tu me l'as dit cent fois.

Vingt-cinq mille euros, tel était le prix de la thérapie génique, l'intervention de la dernière chance, pratiquée dans une seule clinique au monde, à Los Angeles. Un protocole que d'ordinaire seuls des stars et des milliardaires pouvaient s'offrir. La vie avait bien un coût. Mais celle de ma mère, tout du moins à mes yeux, n'en avait pas. J'aurais fait n'importe quoi pour la sauver.

M'inscrire chez Belles de nuit à l'insu de tous, par exemple.

— Je te le répète. Tant que je n'aurai pas réuni cette somme, le moindre centime que je gagnerai y sera dédié.

Il opina du chef, il se voulait soudain plus conciliant.

Et dire que j'avais désiré ce corps à la folie. Et dire qu'il avait été l'un des premiers à fouler mon intimité. À faire résonner dans mon ventre ces accords mystérieux du désir. Je ne parvenais plus à renouer avec cet élan premier. Je ne voyais plus que le motard émacié, qui quémandait des reliefs de tendresse, l'œil humide, implorant.

— D'accord, mais ça n'interdit pas de te laisser inviter au cinéma par ton homme, si ?

— Pas ce soir… N'insiste pas, s'il te plaît.

J'accompagnai ma supplique d'une caresse un peu distante sur son avant-bras. Fermement, mais sans aucune violence, il repoussa ma main.

— Moi je sais ce qui t'a rendu comme ça, Elle, reprit-il, plus offensif.

— Ah oui ?

Un bruit de frottement discret m'apprit que ma mère était sortie sur le perron, quelques marches seulement derrière moi.

— C'est pas le cancer de Maude. C'est ton putain de journalisme.

— N'importe quoi...

— Si, si, tous tes petits fils de bourge, là, tes fils à papa qui lisent le *Monde diplomatique* et qui vont venir nous expliquer à la télé comment il faut se bouger le cul pour trouver un emploi ! Ce sont eux qui te mettent la tête à l'envers !

— Merde, Fred... je n'ai pas la tête à l'envers, je suis crevée !

Sophia n'aurait pas dit mieux. Depuis que nos chemins avaient divergé, au sortir de la fac de Nanterre, je ressentais avec elle ce même fossé de classes, cette même « fracture sociale », selon l'expression si chère à Jacques Chirac. Pour eux, j'étais un traître à la cause. Celle qui avait renié ses origines et que son ambition avait poussée dans le camp des nantis. Je ne vivais pas plus dans l'opulence que l'un ou l'autre, mais, à ma façon, j'étais déjà passée à l'ennemi.

— Et alors ?!

La voix altérée de ma mère avait claqué dans mon dos. Une main tremblante arrimée à la rambarde, elle tanguait sur les marches, pourtant prête à fondre sur mon compagnon.

— C'est un péché de vouloir réussir ? Hein ? Tu veux quoi ? Que ma fille s'accroche à l'arrière de ta moto toute sa vie ? C'est ça ce que tu projettes pour elle ?

— Maude, je...

— Et quoi, après ? Tu lui fais deux gosses et tu finis par la larguer parce que tu détestes ce que tu as fait de ton existence ?

— Maman...

Je la saisis par les épaules et tentai de la raccompagner à l'intérieur. Son intervention me touchait, bien sûr. Même en pareil état, elle n'avait qu'une chose à cœur : me protéger. Mais je ne voulais pas qu'elle se fatigue. C'était à moi de régler le problème Fred Morino. À moi seule.

Par l'entrebâillement de la porte, j'entendis la pétarade mécanique du bolide qu'on allumait. Il était parti sans demander son reste, dans un grondement assourdissant. Sa façon à lui d'hurler.

Le RER pris le lendemain matin en sens inverse, direction Auber, fut nettement plus joyeux. Rebecca Sibony avait tenu sa promesse et, par un bref SMS adressé tard la veille, elle me convoquait pour une séance de ce qu'elle appelait sobrement une « mise à niveau ».

Parvenue au sommet de l'escalator qui débouchait sur le boulevard Haussmann, je la reconnus d'emblée à sa longue silhouette d'échassier. Une cigarette au bec, elle faisait les cent pas à l'entrée du Printemps, son portable rivé à l'oreille. Elle m'accueillit avec un clin d'œil et un sourire carnassier qui ne voulaient rien dire d'autre que : « Toi, ma cocotte, on va faire de toi une vraie femme. »

Selon Rebecca, il n'était ce jour-là question que de me fournir l'équipement de base nécessaire à mes missions. Celui-ci comportait trois tenues complètes : une première pour les représentations en journée ainsi que les circonstances officielles, type décoration ou remise de distinction (tailleurs pantalon Zadig et Voltaire gris anthracite, lingerie Orcanta noire apparente sous la veste, collier de perles synthétiques Agatha) ; une deuxième pour les cocktails et les dîners en comité restreint (robe fuseau noire Armani à décolleté plongeant dans le dos, lingerie Lejaby pourpre et boucles d'oreilles Fred serties d'un éventail de pierres semi-précieuses) ; une dernière pour les réceptions de gala et les grands bals (robe à jupon nacrée de Jean-Paul Gaultier, lingerie gris perle La Perla, bracelet et diadème Bulgari). Ajoutons à cela trois paires de chaussures assorties, dont le talon gagnait trois centimètres par tranche horaire : six le jour, neuf le soir, douze la nuit.

Bien avant de parvenir à la caisse, nos bras chargés à l'excès, je produisis ce petit raclement de gorge qui trahit l'irritation du portefeuille :

— Rebecca, je trouve tout cela magnifique, mais…

L'index qu'elle dressa alors me prouva qu'elle attendait ce moment.

— Ne t'inquiète pas. C'est l'agence qui avance tout ça.

Elle avait bien parlé d'avance, pas de cadeaux.

— Mais je n'aurai jamais les moyens de rembourser ce genre de choses !

— Rassure-toi, tu n'auras rien à sortir de ta poche.

Je venais de comprendre. À l'instar des dealers ou des passeurs de clandestins, Rebecca gratifiait ses recrues de généreuses avances sur leurs futurs revenus.

— Vous le déduirez de mes premières missions, c'est bien ça ?

— C'est ça.

— Et tant que je n'aurai pas tout remboursé, je travaillerai pour vous gratuitement ?

Elle me dévisagea un bref instant, puis roula son rire caverneux :

— Moi qui pensais que tu étais seulement la plus jolie des deux ! Je constate avec plaisir que tu es aussi la plus maligne.

Maligne, peut-être, mais désormais sienne.

Il suffit pourtant qu'elle me fourre d'autorité tous mes paquets brillants dans les mains pour que je n'y voie plus ce cadeau empoisonné mais la promesse d'un avenir doré sur tranche. Une vie où je n'aurais plus à dépendre d'une Rebecca Sibony pour me permettre de telles folies.

Fred avait raison. J'étais bien passée de l'autre côté. Et je n'avais plus la moindre envie de revenir en arrière.

5

Avril 2009

— Vous pouvez ouvrir les yeux, Elle.

Comment avait-il pu réaliser un tel miracle ? En vingt secondes à peine, la vaste salle du dîner, sa cinquantaine de convives et ses serveurs compris, s'était entièrement vidée. Nous étions seuls, désormais, juste lui et moi au milieu des dorures et des magnums de champagne entamés, nimbés par l'éclairage vacillant d'une interminable farandole de chandelles. Celle-ci courait tout le long des tables et s'était substituée aux lustres électriques qui, l'instant d'avant, illuminaient la pièce d'apparat. Les accords cristallins d'un clavecin qui, depuis le salon attenant, distillait ce qui ressemblait à un air de Rameau, nous enveloppaient soudain.

— Comment… Comment vous faites ça ?

Lui et sa voix caressante, pourvue de cette limpidité parfaite qui m'émerveillait déjà chez l'interprète du *Cid* et de *Fanfan la tulipe*. J'avais ma petite théorie sur la question : jusqu'à un certain point, un prototype physique donné produisait un timbre de voix qui, d'un individu à l'autre, sonnait peu ou prou de la même manière. Celui de David Barlet ne se contentait pas d'imiter Gérard Philipe. Il y ajoutait des inflexions plus graves, plus profondes, qui résonnaient longtemps dans l'air une fois le dernier mot prononcé. Aussi étonnamment juvénile que son modèle, mais néanmoins capable de provoquer en vous les frissons d'une basse ou d'un baryton. Éclat et densité réunis.

Je le sais maintenant : une voix d'homme, juste sa voix,
peut me donner une envie de lui irrésistible.
La sienne est une sorte de sextoy qui titille mon clitoris
à chaque phrase.
~~*Tiens, je me demande s'il existe en version Rabbit...*~~

(Note manuscrite anonyme du 15 avril 2009 :
celle de David, je ne peux pas le nier...)

Une minute plus tôt – nous ne nous connaissions alors que depuis une demi-heure – il m'avait demandé de clore les paupières. J'avais juste eu le temps de le voir souffler à l'oreille d'un majordome en queue-de-pie et faire glisser une carte de visite, griffonnée à la hâte, à nos voisins de table immédiats. Quelques instants plus tard, le prodige s'était produit. David avait cette capacité-là. Celle d'un magicien. Celle d'un homme dont le pouvoir m'apparut dès lors sans limites.

Depuis ma séance shopping avec Rebecca en décembre dernier, les missions s'étaient enchaînées, au rythme d'une à deux par semaine. Comme elle me l'avait spécifié lors de notre entretien initial, cela consistait en effet pour l'essentiel à porter l'une des affriolantes tenues qu'elle m'avait achetées, à parader au bras d'un homme du double ou du triple de mon âge, les jambes allongées par l'extravagante hauteur de mes talons, le buste et la nuque aussi parfaitement droits qu'une danseuse étoile, dans tout un tas de soirées aussi clinquantes qu'inutiles. Au moins était-ce l'occasion de pénétrer dans certains des plus beaux bâtiments de la capitale – hôtels particuliers, ministères, musées et autres cercles privés – et de glaner, dans le flot entêtant des conversations, quelques indiscrétions que la journaliste en moi consignait sagement dans un coin de sa mémoire.

Rares étaient les invités qui m'interrogeaient sur mon compte. Ils se contentaient de me complimenter sur ma toilette, mon élégance ou ma grâce supposée, parfaitement conscients du rôle que j'occupais auprès de leur interlocuteur, celui d'un simple faire-valoir. Je n'étais pas vexée d'en être réduite à ce rôle. Je savais ce que je valais. Je prenais mon mal en patience et mon chèque à la fin de la soirée, voilà tout, me gardant de m'investir dans cette comédie plus qu'elle ne le méritait.

« Tes castings, t'en es où ? », m'avait demandé Sophia, quelques heures avant cette soirée-ci.

Enfin diplômée, je courais tous les plateaux télé de la capitale en chasse d'un emploi d'animatrice. J'avais fait de l'audiovisuel ma priorité, et je ne me déciderais à envisager un reclassement en radio ou dans la presse écrite que lorsque j'aurais épuisé toutes les options imaginables dans ce domaine. De fait, je ne négligeais aucune antenne, aucune émission, même les moins regardées. Mes essais ne me paraissaient pas pires que ceux de mes concurrentes mais, à chaque fois, la réponse était la même : pas assez d'expérience.

— Comment tu veux avoir de l'expérience… si on ne te donne jamais l'occasion d'en acquérir ! C'est absurde ! m'insurgeai-je face à mon amie.

— Je sais, c'est débile… On me demande exactement la même chose : la fraîcheur d'un petit rat de l'Opéra *et* le CV d'une étoile qui cire les parquets depuis quinze ans.

— « Pas assez d'expérience », moi je sais ce que ça veut dire, en réalité.

— Ah bon, et quoi ?

— « Pas assez de piston. »

Le réseau, le petit mot amical qui fait la différence, le renvoi d'ascenseur entre « gens autorisés », comme disait je ne sais quel comique… Un mal français par excellence, qui permettait aux élites de se reproduire plus vite qu'une famille de rats, toujours entre eux, toujours au profit des mêmes privilégiés, et qui fermait la porte à tous les autres : les filles comme Sophia et moi, sans nom, sans richesse, sans appui.

Dépourvue de recommandations, il était clair que je n'avais aucune chance.

— Vous êtes ravissante !

L'homme qui me fit ce compliment à l'entrée de la maison des X, un immeuble entier niché dans le très chic 7e arrondissement, était mon cavalier pour la soirée, une réunion d'anciens élèves de l'HEF, la Haute École de Finance. Il succédait, au palmarès de mes missions récentes, à un dentiste en congrès, un diplomate en représentation officielle, plusieurs patrons d'entreprises cotées et une majorité de cadres supérieurs qui avaient voulu faire impression sur leur direction, à l'occasion du grand raout annuel de leur boîte, en se pavanant devant leurs pairs aux côtés d'une créature telle que moi.

— Merci, c'est gentil, répondis-je en rajustant ma tenue numéro deux, la robe Armani, dangereusement affaissée sur ma poitrine.

— C'est sincère.

François Marchadeau, un journaliste renommé de la presse économique, affichait un physique sensiblement au-dessus de la moyenne, si je le comparais à ma clientèle des dernières semaines. Moins chauve, moins bedonnant, quadragénaire brun et de belle stature, cintré dans un costume propre à exalter sa musculature. Il devait s'entretenir, c'était patent et, force était de l'admettre, assez réussi.

— Vous savez où nous sommes ? m'interrogea-t-il, prenant mon bras pour me guider vers la salle de réception.

— La maison des polytechniciens.

— Oui, mais je veux parler de l'occasion. Savez-vous ce que nous célébrons ce soir ?

— Pas précisément, non…

— L'HEF est certes moins connue que HEC et consorts, mais la plupart des barons du CAC 40 en sont issus. Vous allez voir ici le gratin du patronat français. Et tous ou presque sont sortis des deux ou trois mêmes promotions de notre école.

Comme il m'exposait cela, la présidente de l'association des entrepreneurs français, que j'avais vu s'exprimer de nombreuses fois aux informations télévisées, le salua d'un petit geste amical, une flûte de champagne déjà en main.

— Et vous, là-dedans, vous êtes quoi ?

— Eux me considèrent comme le raté de la promo. Je suis probablement le seul à ne pas détenir de compte aux Caïmans ou de chalet à Gstaad.

— Alors pourquoi venez-vous dans ce genre de pince-fesse ? Pour vous faire humilier ?

Mon franc-parler lui tira un rire léger, dépourvu d'amertume.

— Parce que j'ai besoin des informations qu'ils voudront bien me lâcher après deux coupes pour remplir mes papiers. Et eux de moi pour dire du bien des stratégies anticrise qu'ils mettent en place pour rassurer leurs actionnaires et les pouvoirs publics.

— Donnant-donnant.

— Exactement.

Au cours de l'apéritif, j'eus ainsi l'occasion d'être informée d'un plan social imminent dans un grand groupe automobile, du lancement d'une tablette numérique révolutionnaire, et de quelques autres tuyaux exclusifs que je fis mine d'oublier aussitôt entendus, jouant à la perfection ma partition de belle ingénue. Je ne les consignai pas moins dans un recoin caché de ma mémoire, au cas où, fidèle aux automatismes de journaliste inculqués par mes profs.

Néanmoins, ce qui était excitant la première heure devint vite lassant. Et, alors que nous étions passés à table, je n'avais déjà plus d'autre attente que celle de ma libération, aussitôt la dernière bouchée de vacherin à la rose avalée.

Dans l'un de mes rêves érotiques récurrents, je suis invitée dans une
réception très formelle. Par jeu, et aussi un peu par provocation,
je n'ai pas enfilé de sous-vêtements sous ma robe, un modèle très
moulant qui révèle leur absence. Surtout pas de culotte.
Chaque courant d'air s'engouffre sous la soie
et vient flatter ma fente exposée,
titillant mon clitoris d'une petite cajolerie.
Par leurs regards de plus en plus appuyés sur les parties saillantes
de ma plastique, les hommes me signifient muettement
qu'ils ont tous remarqué ce détail.
Cela les affole tant qu'ils se sentent autorisés, sur mon passage,
et ce malgré la présence de leurs épouses,
à caresser qui mes fesses, qui mes seins ou mes cuisses...
Leurs désirs conjugués me font l'effet d'un bain de jouvence.
Je me perçois infiniment plus belle que dans la réalité.
Je finis par arrêter ma déambulation parmi eux, et je sens alors
une main anonyme s'immiscer dans mon entrejambe. Deux doigts
écartent mes nymphes et mettent à jour mon sexe ruisselant.

Au moment où je me réveille, ils s'enfonçaient brusquement en moi. Cette interruption si soudaine est douloureuse. J'ai le besoin impérieux d'être prise... dans ce rêve comme dans la réalité.

(Note manuscrite anonyme du 18/04/2009.)

— Je suis certain que tout cela vous passionne beaucoup plus que vous ne voulez le laisser paraître. Je me trompe ?

J'entendis sa voix incomparable avant même de le voir. Il s'était penché par-dessus mon épaule sans que je perçoive son mouvement d'approche. La deuxième sensation fut celle qui chatouilla mon nez, un parfum aussi suave que puissant, bouquet étonnant de notes hespéridées, de cuir blond et de tubéreuses en cœur, peut-être de l'iris. Je n'avais jamais rien senti de tel. Il devait s'agir d'une création sur-mesure. À l'image de sa voix, cette fragrance mêlait à la perfection la fraîcheur et la force.

Il me tendit une main large et, seulement alors, j'entrevis son visage pour la première fois.

— David Barlet.

— Ann... Elle.

— Annelle ? me reprit-il. Ou Anaëlle ?

Cela était demandé avec candeur, peut-être une légère pointe d'ironie, mais dont il était impossible de lui tenir grief tant son sourire emballait le tout dans un charme ensorcelant.

Rebecca m'avait conseillé de recourir à un pseudonyme dans le cadre de mes missions. Toutes les filles le faisaient. Sophia, pour sa part, s'amusait à changer de prénom à chaque fois, ou presque, devenant tour à tour Brenda, Zoé ou Cléopâtre. Moi, j'avais opté pour mon diminutif habituel, à la fois suffisamment énigmatique pour flatter l'imaginaire de ces messieurs, et assez familier à ma propre oreille pour ne pas que je me trompe ou me trahisse.

— Non, Elle... Comme le magazine. Anne est mon deuxième prénom, affabulai-je.

Le voir surgir ainsi, dans le ronron de cette soirée ennuyeuse, comme arraché à cet article du *Monde* que j'avais lu quelques mois auparavant, tenait du mirage. J'aurais voulu le palper pour m'assurer de son existence bien réelle. À la place, je saisis juste sa main qui espérait sagement qu'on s'en empare.

— Je devrais feuilleter plus de presse féminine, murmura-t-il d'un ton badin.

— Je disais ça comme ça… Ce ne sont pas vraiment mes lectures.

— Ah oui, et quelles sont-elles ?

Comme par enchantement, le barbon décati qui occupait la chaise à ma gauche avait disparu, la laissant vacante. David s'y coula avec souplesse, sans cesser de plonger son regard azur dans le mien, ni de me parler, sans doute conscient de l'effet produit par chacun de ses mots.

— Je ne sais pas… Les quotidiens, les news magazines…

Surtout ne pas jouer les groupies, ne pas lui parler du *Monde* !

— Ne me dites pas que vous lisez le torchon de notre ami François ? énonça-t-il à voix assez haute pour que mon cavalier puisse l'entendre.

Accaparé sur sa droite, celui-ci se retourna, un sourire mondain en guise de parade.

— N'écoutez pas ce vieux renard ! C'est un journaliste frustré ! Déjà, à l'époque, il était celui d'entre nous qui écrivait le plus mal.

— Tout à fait juste, admit Barlet, affichant un air de triomphe. Mais j'avais d'autres arguments de séduction que mes petits poèmes.

— Oui, je ne suis pas né au milieu des plumes et de l'or et sur ce point, très cher, je dois te le concéder, je n'ai jamais pu lutter.

Un rire commun scella la fin de leur brève passe d'armes.

— Dites-moi tout, Elle : comment cet oiseau déplumé de Marchadeau et vous avez-vous fait connaissance ?

— Nous…

Je n'avais pas anticipé un tel interrogatoire. Je redoutais surtout que mon client n'évente le secret qui nous unissait. Mais, bien que je puisse sentir sa présence dans mon dos, sans doute attentive à nos propos, Marchadeau demeura muet. Il me revenait, à moi seule, d'inventer une histoire crédible. Tout de suite. Et chacun sait que les meilleurs mensonges, ceux qu'on sera capable d'assumer dans la durée, contiennent au moins une petite moitié de vérité.

— Je suis étudiante en journalisme.

— Celsa ?

— Non, CFJ. Je viens d'en sortir. J'ai effectué l'un de mes stages dans le service de François.

— Et vous avez sympathisé, suggéra David.

— C'est cela.

Le regard jusque-là si doux, si caressant, de mon interlocuteur, s'échappa une seconde pour darder en direction de son ancien camarade. Il aurait pu le fusiller sur place. Le mélange de délicatesse et de violence chez cet homme me dérouta. D'une seconde à l'autre, il pouvait se montrer aussi apaisant qu'un baume, ou aussi cuisant qu'une brûlure. C'est seulement à cet instant que je parvins à m'extraire en partie de la fascination dans laquelle il me confinait malgré lui, pour remarquer le ballet des autres participants à ce dîner, femmes et hommes confondus, tous attirés par son aura comme autant d'insectes nocturnes. Il y avait pourtant là certains pedigrees qui pouvaient rivaliser avec sa notoriété ou avec sa fortune, mais c'est bien son contact, son attention et un peu de sa gloire à lui, que chacun semblait rechercher. Tous voulaient pénétrer le cercle magique de son immédiate proximité. Moi-même, admise si près de lui, je perçus cette onde de jalousie dont j'étais l'objet croître à mesure que les minutes filaient et qu'il me consacrait de son temps inestimable.

— C'est qui ? Tu la connais ?

— Jamais vue. Mais si tu veux mon avis, je la trouve plutôt ordinaire.

J'entendais les murmures. En coulisse, peut-être même à quelques chaises des nôtres, on me rhabillait pour l'hiver, sur le compte inépuisable de David Barlet. Qui étais-je donc pour accaparer la star de cette soirée ? Comment osais-je m'imposer ainsi ? N'aurais-je pas dû de moi-même écourter mon entretien avec le prince des médias pour laisser à chacun sa chance de l'approcher ?

— Et maintenant, vous travaillez où ?

David, lui, gardait toute son attention concentrée sur moi.

Tellement troublée, je n'avais même pas encore saisi cette perche que m'avait tendue la vie. Si énorme que je me sentais capable de ne pas la voir, subjuguée comme je l'étais par l'homme à l'autre extrémité.

— Hum... J'ai des pistes. Je me donne le temps.

— Je vois. Donc pour résumer... vous n'avez rien.

Ce genre de sentence sans appel donne normalement l'envie de gifler celui qui vous l'assène. Alors pourquoi restais-je ainsi, béate, benoîtement souriante, incapable du moindre sursaut d'orgueil ?

Comme je ne trouvais rien à lui répondre, il leva lentement une main en direction de mon visage, et m'ordonna à voix basse :

— Fermez les yeux, je vous prie.

— Pardon ?

— Vous m'avez entendu : fermez-les yeux. Juste quelques instants.

— Qu'est-ce que vous...

— N'ayez pas peur, m'intima-t-il, avec tout ce que son autorité naturelle pouvait avoir d'enjôleur.

Après le miracle, Marchadeau avait pourtant fini par glisser une tête dans la pénombre de la salle à manger, pour venir récupérer ce qui, le temps d'un soir, demeurait son bien : moi. Peut-être était-ce sa manière à lui de tenir tête à son vieux compère, ou de signifier que l'indépendance de la presse n'était pas tout à fait morte.

David s'inclina, beau joueur :

— Moi que l'exploitation abusive des stagiaires révolte, tu vas finir par me faire changer d'avis, François. Surtout si tu les choisis aussi bien.

— Tu trouves aussi, hein ? grimaça l'autre, agacé.

Révéler la nature exacte de ma fonction à ses côtés devait le démanger mais, pour la seconde fois de la soirée, il eut la délicatesse de ne rien dire.

— À bientôt, Elle.

La main qu'il me tendit était occupée par l'une de ses cartes de visite. À cause du geste, les manches de sa veste et de sa chemise remontèrent vers le coude, découvrant un instant son avant-bras gauche. Celui-ci était ceint d'un brassard de soie couleur nacre, ajusté par un laçage discret, et qu'on devinait très serré. Cet étrange ornement captiva mon regard une seconde de trop, et il se fit soudain plus pressant :

— Si vous ne la prenez pas maintenant... Dieu sait quand nous nous reverrons.

— Oui... bien sûr, excusez-moi, bredouillai-je en lui tendant ma carte en retour.

Un halo lumineux l'emporta alors, comme pour mieux me persuader que tout ce que nous venions de vivre ne pouvait être qu'un rêve.

— Elle ? Vous seriez d'accord pour m'accorder encore un peu de temps ?

L'invitation de mon client du jour avait beau revêtir les formes de la plus stricte courtoisie, elle me parut totalement incongrue. Aussi déplacée et vulgaire qu'une main aux fesses en pleine garden party. Il n'y avait qu'un homme au monde dont j'aurais pu alors envisager de partager le lit. Un seul qui aurait pu me faire perdre tout contrôle. Et cet homme venait de disparaître dans la nuit.

— Pourquoi pas... hésitai-je.

— Rebecca Sibony m'a parlé de l'Hôtel des Charmes. Il paraît que c'est très coquet. Vous connaissez ?

Je l'avais fréquenté une fois ou deux ces derniers mois, mue par l'appât du gain, légèrement émoustillée par les excès de bulles, assez insouciante pour n'y voir qu'un petit dérapage sans conséquence. En aucun cas une habitude ou une activité en tant que telle.

Maude, Fred, Sophia, Rebecca... David. Leurs visages défilèrent devant mes yeux à toute allure. Qu'en aurait pensé chacun d'eux ? Que m'auraient-ils soufflé ? De prendre l'argent où il était, d'où qu'il vînt ? Ou de rentrer sagement chez moi, de grimper dans ce taxi que mon cavalier ne manquerait pas de héler à mon intention ?

Je commençais néanmoins à effleurer en rêve les quatre billets de cent euros qui viendraient grossir ma cagnotte américaine à l'issue de cette nuit, quand le vibreur de mon portable me secoua brusquement.

Le message textuel provenait d'un expéditeur inconnu, et il scella aussitôt ma décision :

Ne nous quittons pas comme ça. Non, ce que je veux dire, c'est : ne nous quittons plus.

6

4 juin 2009

Comment mesurer l'inviolabilité de nos plus lourds secrets ? Peut-être au fait qu'on finit par les oublier soi-même, si bien intégrés, si profondément inscrits dans nos silences et dans ces mille manières de les dissimuler, qu'ils échappent au cours de nos pensées.

Proche, Dieu sait si David Barlet me l'était devenu dans les semaines suivant notre rencontre aussi magique qu'inattendue. De fait, et comme l'avait d'emblée suggéré son tout premier message textuel, nous ne nous étions plus quittés. Je retournais bien dormir de temps à autre à Nanterre chez maman, rue Rigault, mais il ne s'était plus passé un seul jour sans que nous nous voyions, ne serait-ce qu'une heure en coup de vent, le midi, dans un restaurant à proximité de la tour Barlet, l'immeuble ultramoderne d'acier et de verre que David avait fait édifier dix ans plus tôt, en bordure de périphérique sud, pour abriter toutes les activités de son groupe.

— On se retrouve où, ce soir ?

— Chez Le Divellec, m'avait-il indiqué un peu plus tôt, depuis sa voiture. Tu vois ou ça se situe ?

Je voyais, oui, mais je n'avais encore jamais fréquenté cet établissement réputé comme étant l'une des meilleures tables de poissons et de fruits de mer de la capitale, l'une des adresses préférées de feu le président Mitterrand, qui s'y rendait en voisin, parfois avec Mazarine, sa fille cachée.

— Rue de l'Université, c'est bien ça ?

— C'est ça. J'ai réservé à 20 h 30. Ça ira pour toi ?

Il me savait cent fois moins occupée que lui, et il poussait néanmoins la galanterie jusqu'à se soucier de ma disponibilité quand chaque seconde de la sienne valait quelques centièmes de point au CAC 40. Les semaines écoulées avaient été à l'image de cette attention : prévenance, délicatesse et surprises, lesquelles rivalisaient d'enchantement et de raffinement. David connaissait en particulier mon goût pour les Saint-Jacques ou un simple demi-homard revenu au beurre salé. Sa sélection du jour n'était donc pas le fruit du hasard. Mais celui de la mer et de son amour naissant.

L'exceptionnel était certes devenu ma norme, d'assiettes étoilées en lieux de prestige, mais je n'étais pas encore blasée par tout ce luxe. J'avais trop connu son opposé pour pouvoir jamais l'être, pensai-je en longeant la devanture bleue, identifiable de loin dans la rue.

— Mademoiselle, bonjour. M. Barlet vous attend à sa table.

Le maître d'hôtel appliquait sa consigne avec zèle et n'avait pas failli dans sa mission de reconnaissance à l'entrée. Je le suivis docilement à travers la salle feutrée, occupée par une poignée de dîneurs grisonnants ainsi que quelques célébrités de la chanson, de la politique ou des médias, dont les noms m'échappaient pour l'instant, aspirée comme je l'étais vers l'objet de mon rendez-vous.

David était déjà attablé devant un seau de vin blanc, le regard perdu dans la contemplation du vivier où les bêtes à pinces attendaient l'heure du court-bouillon, impavides. Mon apparition le tira de son état d'hébétude, fait rare chez lui, et provoqua un sourire dont la spontanéité ne pouvait être mise en doute.

— Chérie !

Les petits noms ne figuraient pas non plus au menu de ses habitudes, signe que cette soirée n'était pas pour lui une dînette de plus en ma compagnie. Son parfum sur-mesure, échauffé par une pleine journée de travail, embaumait tout le périmètre qui nous était réservé, sorte de comité d'accueil familier.

— Cet endroit est sublime.

— Oui, c'est correct, éluda-t-il sur un ton indifférent, qu'il chassa aussitôt d'un baiser déposé par-dessus nos verres.

— Ne fais pas l'innocent, tu sais très bien pourquoi on est ici, dis-je en désignant d'un léger mouvement de tête les homards agglutinés en un ban bleuté.

Son sourire de jeune premier céda à une expression figée, presque douloureuse, comme s'il avait craint tout à coup que je perce à jour je ne sais quel mystère de son cru. Non, Sophia, David Barlet ne m'avait peut-être pas encore offert l'orgasme définitif, ces montagnes russes érotiques sur lesquelles tu t'envolais chaque soir ou presque avec un partenaire différent. Mais il arborait en toute occasion ce visage si ouvert, si franc, si plein de grâce juvénile – à l'instar du comédien que la nature lui avait pris pour modèle – que n'importe quelle fille à ma place l'aurait suivi au bout de ses aventures.

— Premier service du menu « Tout-homard bleu », annonça à voix haute le serveur chargé de deux assiettes dressées avec art.

Il repêcha à l'épuisette le crustacé de David dans son jus d'embarras. Je ne pus réprimer mon excitation enfantine, les yeux brillants de gourmandise. Cette variation autour de mon mets favori était une attention charmante. David n'avait de cesse de me satisfaire, mais ce plat dépassait tout ce qu'il m'avait présenté de la gastronomie parisienne.

— Humm… Tu as vu ça ?

— Homard tiède, chips de topinambour et betterave, détailla l'homme au gilet noir, un torchon immaculé sur le bras. Bon appétit, madame, bon appétit, monsieur.

— Merci.

N'allez pas croire, je ne suis pas si mal dégrossie que ça. Je sais pertinemment qu'on ne remercie pas le personnel dans ce genre d'établissement. Il s'agit de ne pas les laisser croire que vous êtes du même bord. Mais peu m'importait. J'étais légère dans ma petite robe pull noire en laine – un conseil de Rebecca pour « une soirée que tu veux conclure dans de beaux bras » – probablement trop ajustée et surtout trop courte pour un tel lieu. Je lui attribuais d'ailleurs ces regards insistants que les autres convives nous décochaient à la dérobée entre deux fourchetées de purée de patates douces. Ou était-ce la surprise d'apercevoir ce célibataire notoire, si ouvertement chassé par toutes les bachelorettes de Paris, en compagnie d'une créature aussi ordinaire que moi ? Une désapprobation que, malgré les dénégations de David, j'avais déjà captée lors de précédentes sorties.

Je m'en fichais pas mal. Je me sentais bien, déjà ivre des quelques gorgées du grand vin choisi par mon homme.

— C'est délicieux, m'exclamai-je dès la première bouchée, saisie d'emblée par l'envolée de saveurs et la finesse de la texture.

— Ça ne posait pas de problème à ta mère que je te vole à elle ce soir ?

Il tendit sa main par-dessus la table pour la poser sur la mienne. J'aimais sentir son poids sur moi, annonciateur d'un autre assemblage, d'une autre pesanteur, où mon corps tout entier serait écrasé et livré à lui. À cette idée, je fus parcourue d'un frisson léger, mais pas assez impérieux pour que je prenne l'initiative de l'arracher à notre dîner tout juste entamé.

J'aurais aimé qu'il m'entraîne dans les toilettes
et qu'il me prenne là, debout, ma culotte sur les chevilles, son membre
impatient pressé contre mes fesses, sans autre forme de procès,
dans l'urgence de notre envie.
Jamais un homme ne m'a fait l'amour dans des toilettes publiques.
Je leur inspire de l'amour, des sentiments nobles, tout un tas
de choses très belles et auxquelles j'aspire aussi, bien sûr.
Mais j'aimerais qu'au moins une fois l'un d'entre eux me possède
à la sauvette, hâtivement, dispose de moi comme d'un objet conçu
pour son bon plaisir et ses fringales de sexe inopinées.
Je finirais peut-être à genoux devant lui, sur le carrelage maculé,
son gland gonflé à tout rompre se frayant un chemin
entre mes lèvres. Il empoignerait mes cheveux et propulserait
son sexe dressé loin dans ma gorge, baisant ma bouche
comme une traînée, accélérant la cadence, pressé d'en finir avant
qu'un autre client ne déboule. Il jouirait vite, plusieurs jets secs,
dans un râle étouffé. Et j'aurais tout juste le temps de rincer
ma bouche pour effacer les traces du sperme qui l'avait tapissée.

Pourtant, revenue à table, l'odeur enivrante de sa bite flotterait encore sur mes lèvres et parfumerait chacune de mes bouchées.

(Note manuscrite anonyme du 04/06/2009 :
est-ce que ça m'exciterait tant que ça ?
Je suppose que oui...)

Je l'avais remarqué dès les premiers envois mais, avec le temps, le phénomène avait encore gagné en précision : les missives licencieuses de mon harceleur collaient chaque fois un peu plus aux événements de ma vie. Elles cherchaient à s'y intégrer, à rendre compte avec minutie, et réalisme, des pensées qui auraient pu me traverser. L'inconnu était-il là, dans cette salle de restaurant, à l'instant même ? M'observait-il ?

Pas plus que je ne pouvais avouer à David mon activité chez Belles de nuit, je ne trouvai le courage de lui parler de cette relation coupable que j'entretenais avec le poète fou qui avait entrepris de sonder les plus secrètes de mes pensées. À sa manière, celui-ci avait déjà gagné la partie, puisque je l'avais laissé pénétrer mon existence.

— Ta maman... Tu ne voulais pas rester avec elle ? réitéra David.

— Non... Non, pas du tout, mentis-je à demi, la bouche pleine.

Décidément la reine du cloisonnement de l'information... C'est à peine si j'avais mentionné à Maude la merveilleuse irruption de David dans ma vie. J'avais surtout pris la précaution de ne pas mentionner son patronyme, de peur qu'elle ne fasse un rapprochement immédiat avec ce sémillant homme d'affaires qu'elle pouvait apercevoir de temps à autre à 20 heures, sur son petit écran. Elle ne savait donc pour l'instant que le strict nécessaire à sa tranquillité maternelle : un David, fort galant et à la situation confortable, avait pris la place de ce Fred qu'elle portait si peu dans son cœur. Cela suffisait à la rassurer, et m'avait évité jusque-là un choc que je redoutais plus que tout entre mes deux mondes. Je le savais inévitable, vu le cours que prenait ma relation avec cet homme, de l'autre côté de sa fourchette de homard.

— Tu as raison, c'est excellent, confirmait-il, les yeux mi-clos de plaisir, croquant l'une des chips de tubercule.

...Ou comment réhabiliter un légume injustement décrié.

L'argent ne faisait pas tout. David n'était pas qu'un compte en banque vivant, assez garni pour nous autoriser ce genre d'agapes, chaque soir de la semaine si nous le voulions. Il possédait une chose qu'aucun gain au loto ou aucune opération financière fructueuse n'aurait jamais pu lui conférer : l'éducation. Le seul ingrédient qui manquât jamais aux pizzas de Fred, offertes pourtant avec autant d'amour, et bien plus de sacrifices.

La suite était à la hauteur de ce divin préambule : cassolette de homard aux grains noirs, puis un homard poêlé et son jus de coquillages au champagne. Cette dernière sauce me tira de petits grognements ravis, irrépressibles, le palais finement titillé par l'effervescence du vin pétillant.

— C'est à mourir ! susurrai-je, tandis qu'il interceptait une goutte roulant par-dessus le rebord charnu de ma lèvre, à la lisière des taches de rousseur.

Mon bonheur était le sien, c'était manifeste. Il jouissait plus de me voir ainsi déflorée par ces délices qu'il ne profitait lui-même des saveurs inouïes qui étaient en train d'éclore dans nos bouches. Il exultait par procuration, et j'étais pour ma part heureuse de flatter son imagination – à défaut de ses sens – par la seule magie de mes papilles si sensibles, neuves encore, qui suppléaient les siennes, en partie blasées de ces accords merveilleux.

— Non, sérieusement... J'adorerais savoir préparer quelque chose comme ça.

— Vraiment ?

— Pas toi ?

— Si, si, sans doute, soupira-t-il.

Son rire s'envolait, aérien.

Depuis le début de notre relation, je n'avais pas beaucoup eu l'occasion de lui exposer mes maigres talents de cuisinière, pâle fac-similé de ceux de ma mère. Pour la nourriture comme pour le reste, je m'étais laissée aller à ce délicieux tourbillon qu'il produisait semble-t-il sans effort, et dans lequel je n'avais moi-même qu'à me laisser flotter. Tourbillon n'est peut-être pas le terme juste, à y songer maintenant – c'est capital, le choix d'un mot ou d'une image exacte, pour une apprentie plumitive telle que moi. C'était plutôt une tornade, si l'on considère que le mouvement qui m'aspirait était indéniablement ascendant, et que sa puissance était vertigineuse.

D'un geste tout juste perceptible, David appela le serveur, et se pencha à son oreille.

— Ne me dis pas que tu commandes encore du vin… Je suis déjà à moitié pompette.

— *Pompette* ?!

Me citant, il éclata d'un rire franc, désinhibé.

— Si tu persistes à employer les mêmes expressions que ta maman, gare à toi : la prochaine fois, je pourrais bien l'inviter à ta place.

Le serveur, qui s'était éclipsé le temps de ce bref échange, réapparut tout soudain, une note pliée en quatre à la main. À ma grande surprise, il me la tendit, m'encourageant d'un mouvement de tête à m'en saisir enfin :

— Mademoiselle… Avec les compliments du chef.

— Merci… bredouillai-je.

Un murmure avait parcouru la salle : aucune star de la cuisine ne divulgue ainsi ses secrets à la clientèle. Encore moins dans un sanctuaire de la gastronomie tel que celui-ci. Mais il avait suffi que David en exprimât l'envie, pour que la direction accepte de contrevenir à toutes les règles. Simplement pour satisfaire un caprice, le mien. J'en rougissais d'aise et de confusions mêlées.

— Tu n'as plus d'excuse : dès demain je demande à Armand de mettre la cuisine à ta disposition, me mit au défi mon roi enchanteur.

Armand, son homme à tout faire, mais aussi son chef particulier, celui grâce à qui le quotidien de M. Barlet s'écoulait dans cette perfection de tous les instants et du moindre détail. Je tordis ma bouche dans une moue que je savais propre à l'attendrir.

— Tu risques d'être déçu.

— Aucun risque. On y va ?

Tel était David, déjà debout, dissipant aussitôt le mirage qu'il venait lui-même de produire, à la fois le génie de la lampe et le coup de vent capable de renvoyer celui-ci à ses chimères.

À la satisfaction affichée par tout le personnel, et son empressement à nous permettre une sortie aussi discrète que rapide – les regards qui nous détaillaient se faisaient plus insistants que jamais –, je supposai que le billet négligemment abandonné sur la table par mon cavalier était des plus conséquents. Cependant, le voiturier de l'établissement, qui tapait l'asphalte de son soulier verni, ne se rua pas vers nous, comme on aurait pu s'y attendre. À la main, il ne tenait ni ticket ni clé de contact, mais un gilet fin en laine bleu marine, qu'il tendit à David. Celui-ci déplia le vêtement, et le déposa d'autorité sur mes épaules.

— On ne prend pas ta voiture ? m'étonnai-je.

Pas le moindre signe de sa Jaguar noire dans la rue.

— Non. On va marcher un peu, si tu veux bien.

Le jour était tombé durant notre orgie de homard et, en dépit du léger rafraîchissement, l'air demeurait suffisamment caressant pour inviter à la promenade. David me saisit par la taille, sa belle main d'homme calée au-dessus du rebond voluptueux de ma hanche, et m'entraîna dans la rue Fabert en direction des quais, en sens opposé des Invalides dont le dôme étincelait dans le couchant. Moi qui me faisais un devoir de ne laisser personne diriger ma vie, j'apprenais avec lui le plaisir de l'abandon. Le risque encouru me paressait faible, tant tout ce qu'il entreprenait était abordé avec l'assurance et l'aisance de sa caste, gigantesque airbag de fric, de relations et de confiance en soi, qui aplanissait chaque obstacle sans aucun effort.

J'aimais me sentir prise et conduite de la sorte. Mais, une fois de plus, je regrettai que ce qui aurait pu être un préliminaire ne fût pas suivi d'autres offensives ni de plus d'effets. Pas même un baiser.

Parvenus au quai d'Orsay, toujours sans un mot, il nous fit bifurquer sur la droite, vers le pont Alexandre III, l'un des plus richement ornés de la ville. À la base des lampadaires, on ne pouvait que noter le groupe de trois chérubins emportés dans une joyeuse sarabande et baptisé la *Ronde des amours*. Traversant l'élégante enjambée de pierre et d'acier – inaugurée pour l'Exposition universelle de 1900 – nous atteignîmes la berge opposée, rive droite, où quelques marches nous conduisirent alors jusqu'à un embarcadère.

— Tu sais, ironisai-je, je suis peut-être une modeste banlieusarde, mais j'ai déjà pris les bateaux-mouches, quand même !

Pour toute réponse, il me désigna une péniche accostée un peu plus loin, repeinte à neuf, dont les flancs vert bouteille luisaient de toute leur laque. Sur le pont, on pouvait apercevoir un petit dais dressé, sous lequel la lumière de plusieurs bougies dansait dans la brise. Notre esquif n'avait rien d'un piège à touristes. Au garde-à-vous sur l'étroit ponton d'embarquement, un majordome en uniforme et gants blancs nous accueillit avec une révérence.

— Mademoiselle, monsieur Barlet...

— Bonsoir, murmurai-je, plus impressionnée que je ne voulais le laisser voir.

À peine avions-nous posé le pied sur les lames vernies que les premières notes d'un quatuor à cordes s'élevèrent derrière la tente écrue, jouant un air de Vivaldi. J'hésitais : devais-je éclater de rire ou succomber à cette avalanche de chromos, comme on l'attendait visiblement de moi ? Même les auteurs à l'eau de rose n'employaient plus de clichés aussi éculés.

David lut mes pensées à voix haute.

— Le cheval blanc avait un rhume, il te demande de l'excuser. Il ne sera pas des nôtres ce soir.

— Hum..., feignis-je l'exaspération. Tu lui diras qu'un inspecteur de la Sécu va venir contrôler l'authenticité de son coup de froid.

— Je n'y manquerai pas, pouffa-t-il de bon cœur. Mais si tu veux te donner la peine...

Le domestique avait écarté un pan de toile, révélant une petite table ronde dressée avec simplicité : une nappe blanche, deux chaises de jardin de même couleur que la coque, deux bougies, deux flûtes et une unique bouteille de champagne. Alors seulement je constatai que le dais était dépourvu de toit, ouvert au-dessus de nos têtes sur une nuit de printemps étoilée.

— Je te préviens tout de suite, je serai incapable d'avaler autre chose que quelques bulles.

— Ça tombe bien. J'avais seulement l'intention de t'enivrer.

— Ah, et rien d'autre ? minaudai-je d'un air vaguement canaille.

À ces mots, il avait saisi ma main et la caressait comme on polit un galet, effleurement distrait, où l'objet de la caresse offre plus de douceur qu'il n'en reçoit.

Insensiblement, notre embarcation s'était éloignée du bord, dans un vrombissement qui faisait tinter nos verres l'un contre l'autre, petite note cristalline au milieu des longs vibratos des instruments à cordes. Le temps qu'il débouche le Moët millésimé d'un simple coup de pouce, nous dépassâmes la Concorde et l'Assemblée nationale, déjà parés de leurs éclairages nocturnes, et longeâmes bientôt les arches vitrées du Musée d'Orsay, lui aussi habillé par les projecteurs disposés au pied de sa façade.

Après tout, de tels clichés, j'en voulais bien tous les jours. Je pouvais faire semblant, jouer la petite intello revenue de tout... Il n'était pas dupe, et moi non plus. Qui peut prétendre se lasser du spectacle de telles splendeurs, vues depuis une barge privée ? Qui étais-je donc pour mépriser ce que des millions de femmes auraient rêvé de vivre à ma place ?

Je signai ma reddition d'un soupir, puis d'un sourire. Son charmant dispositif méritait au moins cela.

— Alors, à quoi trinque-t-on ? l'interrogeai-je, ma flûte brandie dans sa direction.

— Attends...

Lui d'ordinaire si sûr de son fait, il semblait pris de court par mon invitation à entrechoquer notre champagne habillé de cristal. Son regard se déporta subrepticement sur le paysage de carte postale qui filait de part et d'autre de la péniche, comme s'il cherchait désespérément je ne sais quel repère.

— Parce qu'il y a une heure pour trinquer, maintenant ? le taquinai-je, pas mécontente de ce soudain ascendant.

— Non, bien sûr... Disons que j'aimerais un décor plus...

Il cherchait le mot juste.

— ...plus approprié.

L'endroit me paraissait au contraire on ne peut plus adéquat. Le bateau avait filé jusqu'au pont des Arts, cette élégante passerelle piétonne devenue le haut lieu des rendez-vous romantiques parisiens. Depuis le fleuve, on pouvait apercevoir les milliers de cadenas que des couples enamourés, en plein ravissement des débuts, avaient verrouillés sur les grilles du parapet, pour l'éternité croyaient-ils. Un gage de fidélité et de postérité qui devait faire sourire d'autres éternels, leurs voisins du quai Conti, momifiés sous la coupole de l'Académie française.

— Je crois que tout le monde n'est pas de ton avis !

À l'instant même où nous passâmes sous l'arche métallique, une salve de bravi enthousiaste nous salua, dans une clameur d'admiration vibrante. Oui, de telles scènes ne se voyaient pas que dans les films, certains étaient suffisamment vernis pour les vivre, et ce soir, j'étais l'une d'entre eux.

Un de ces couples a-t-il déjà fait l'amour ici, à la sauvette, protégé des regards par un simple tronc d'arbre ou le poteau d'un réverbère ?
Une amie m'a confié un jour qu'elle avait participé, il y a des années, à une sorte de compétition informelle entre amants, sur Internet. C'était à qui forniquerait dans le lieu public le plus ouvert, ou le plus surprenant, et parviendrait à produire une image témoin de son exploit. Elle s'est ainsi fait prendre par l'un de ses camarades de jeu de l'époque, tour à tour dans les parkings souterrains du Centre Pompidou, dans un taillis au bas des Champs-Élysées et, leur chef-d'œuvre, perchés sur l'impériale d'un car bondé de touristes, si fascinés par le spectacle de la ville lumière à la tombée de la nuit qu'ils n'ont rien perçu de leurs ébats à l'arrière du véhicule.

(Note manuscrite anonyme du 05/06/2009 : Sophia ?)

La pointe du Vert Galant, cette langue de verdure à l'extrémité de l'île de la Cité, s'effaçait déjà sur notre gauche, et David se cramponnait toujours à cette étrange retenue.

— Annabelle, je…, balbutia-t-il, son visage d'habitude si rayonnant soudain terni par une expression que je ne lui connaissais pas.

Ah, il faut vraiment être au cœur même de l'événement pour demeurer à ce point aveugle et sourde à ce que chacun, de l'extérieur, aurait déjà perçu depuis bien longtemps.

— Oui ?

— Tu sais, on dit toujours que ce genre de proposition ne tombe pas du ciel…

— De quoi me parles-tu ?

Je devais ressembler à l'un de ces masques de théâtre en pierre qui ornaient le tablier du pont Neuf, petites gargouilles indécises, dont l'expression hésitait entre l'effarement, le plaisir, la joie ou la peur. Je ressentis avec force l'effet d'aspiration de la voûte sous laquelle notre vaisseau s'engageait, tiré vers l'avant – et de la probable révélation de David. Il semblait que nous voguions soudain beaucoup plus vite.

Qu'allait-il m'annoncer ? Un nouveau frisson, cette fois plus inquiet, me traversa de part en part, et je ne pus le lui cacher. Il se leva aussitôt pour remonter le gilet sur mes épaules, déposant ses lèvres chaudes sur ma nuque avide de caresses.

— Tu vas attraper la mort…

— Oui, je préférerais éviter, lâchai-je sans réfléchir, sur ce ton d'ironie badine qui m'est si familier.

Au même moment, le bras de Seine que nous remontions perdait, à ce niveau, une bonne partie de son charme, se résumant alors à un goulet étroit, sans aucun arbre planté sur ses quais. Pour parachever ce décor subitement sinistre, l'ombre du 36, quai des Orfèvres, le siège si fameux de la Police judiciaire, assombrissait encore un peu plus le cours des eaux boueuses, agitées là de remous tumultueux. Mon harceleur finirait-il par échouer entre ces murs ?

Sans doute pas, si je persistais à ne pas dénoncer ses coupables activités…

À l'abord de Notre-Dame, dont les deux tours se profilaient sur ma gauche, la vue se dégageait enfin, plus riante, quand le bourdonnement d'un gros insecte se fit entendre au-dessus de nous, au-dessus de notre table. Ce qui aurait dû provoquer chez mon partenaire un mouvement réflexe suscita au contraire un sourire où je pus lire clairement du soulagement.

— Qu'est-ce que c'est que ce…

Je levai à mon tour les yeux pour découvrir un engin noir et circulaire, de la taille d'un plateau de petit déjeuner, muni de quatre petites pales, et qui stationnait quelques mètres au-dessus de l'ouverture pratiquée dans le dais... au-dessus de nos têtes. Un drone !

Il produisait un tel souffle que les mouettes parvenues jusqu'ici depuis la mer, et qui voletaient en piaillant, fuyaient. Qui pouvait bien piloter cet appareil ? Déjà l'engin descendait sur nous, conduit avec une extrême précision. Lorsqu'il parvint à moins d'un mètre de la table, une pince métallique fixée au centre de la structure en plastique rigide s'ouvrit dans un claquement sec, et largua un petit colis enrubanné, qui s'écrasa sur la nappe dans un bruit creux, léger.

— On dit toujours que ce genre de choses ne tombent pas du ciel, répéta David. Mais j'avais envie que ce soit le cas pour toi. Vraiment : du ciel.

Interdite, je fixai un moment le paquet. Puis, sur un ordre de ses yeux, je m'en saisis, toujours muette d'incrédulité. Sa petite escapade en péniche nous avait conduits au-delà des poncifs, au-delà de ces rêves de princesse que, du haut de mes ambitions, je considérais depuis toujours avec tant de condescendance.

— Vas-y, Elle... roucoula-t-il de ce timbre inimitable, tout droit sorti d'un film de Christian-Jaque ou de Marcel Carné. Ouvre-le.

C'était donc cela que, pour sa part, il était parvenu à me cacher, certainement depuis des semaines.

Comment mesurer l'inviolabilité d'airain de nos plus lourds secrets ? À l'expression de surprise qu'arbore celui à qui on les révèle. À n'en pas douter. La mienne devait friser le ridicule, à cet instant.

Le papier doré vite arraché, j'ouvris l'écrin de velours noir qu'il dissimulait : la bague – or rose et diamants, expertisai-je d'instinct – était le bijou le plus somptueux qu'il m'avait été donné de voir à ce jour, ou même d'approcher, subtil équilibre entre la sobriété du montage et de la taille, et la préciosité extrême des matériaux. Mieux : dès le premier regard, on pouvait apprécier l'histoire contenue dans chacun de ses reflets, chacune de ses facettes. Cette bague ne sortait pas de la vitrine d'un joaillier. Elle avait une mémoire.

— Elle appartenait à Hortense, ma mère, commenta David avec gravité. Et à ma grand-mère avant elle. Et, si tu le veux bien, tu seras la troisième génération de femmes de notre famille à porter cette alliance. Je l'ai fait mettre à ta taille.

Famille. Alliance. Mariage ? Réduite à rien, mon cerveau ne fonctionnait plus que par mots-clés, chacun heurtant les autres dans un ballet d'auto-tamponneuses qui n'avait rien d'amusant. Une pulsation inédite traversait mes tempes. J'avais la sensation irrationnelle que les taches de rousseur sur mon visage rougeoyaient comme autant de signaux d'alarme.

— Alliance ?

Je fis celle qui n'ose pas comprendre.

— Bague de fiançailles et alliance à la fois. On l'enlève puis on la passe à nouveau au doigt de la mariée, le jour J. C'est notre tradition.

Pour mieux illustrer ses paroles, il retira l'anneau de l'encoche qui maintenait la bague et entreprit de la passer à mon annulaire gauche.

— Attends… Non !

Je rétractai ma main dans un geste dont je perçus immédiatement ce qu'il avait de désobligeant. C'est pourtant lui qui s'excusa.

— Pardonne-moi… Je force les choses, comme d'habitude.

Les badauds qui s'agglutinaient autour de la cathédrale ne durent pas saisir ce que cette seconde avait pour nous de critique, et d'incertain, car certains se mirent à nous applaudir à tout rompre. Notre idylle fluviale était un bonus inespéré à leur package du Paris romantique.

Contre toute attente, l'incongruité de la situation me fit rire aux éclats.

— Tu trouves ça ridicule ?

— Non ! Non, pas du tout !

Je contins mon hilarité à grand-peine, soucieuse de ne pas l'accabler.

— C'est juste que c'est tellement…

Inattendu. Énorme. Stupéfiant. Fantastique. Et malgré tout un peu kitsch. Il m'était impossible de savoir quel sentiment devait dominer, si ce n'est une immense gratitude. Celle-ci m'emplissait si bien que je sentais croître en moi une boule chaude et réconfortante. L'assurance qu'avec lui ma vie serait désormais un fleuve aussi tranquille, paisible et romantique que celui sur lequel nous voguions à l'instant présent.

Mme Annabelle Barlet. Moi, la gamine de Nanterre trimballée dans son RER.

— Ne me donne pas ta réponse tout de suite. Prends ton temps.

— Oui… Enfin, je veux dire : merci de me l'accorder, me repris-je aussi sec.

Cependant, sans que je parvienne à dire quoi, quelque chose clochait. Un détail sonnait faux dans ce tableau en tous points parfait. Le majordome, qui s'était tenu jusque-là en retrait, s'avança pour remplir les flûtes que nous avions à peine goûtées.

Les bulles qui s'agitaient, vivaces à nouveau, m'en évoquèrent d'autres. La veille. Avec celui qui devait être – ainsi l'avais-je décrété – mon dernier client. Ce souvenir en convoqua un autre, et les circonstances de notre rencontre, à David et moi, me revinrent à travers ces brumes que je laissais planer à dessein depuis des semaines. Ces secrets qu'on finit par oublier soi-même…

Et si François Marchadeau, l'ami de toujours de mon futur mari, son partenaire de tennis depuis des années, deux fois par semaine, l'homme dont j'avais partagé l'intimité le soir même où David était entré dans ma vie… Si François venait à parler ? Belles de nuit, le choix sur le catalogue en ligne… la chambre à l'Hôtel de Charmes.

— Soyons bien d'accord, ajouta celui qui ignorait tout de mes activités nocturnes. Je ne te dis pas ça pour te presser. Mais si tu ne tardes pas trop… J'envisageais de fixer la date dans très peu de temps.

Que devais-je comprendre dans ce sourire radieux, candide, si éloigné de mes turpitudes ? Quel sous-entendu m'échappait ?

— Tu entends quoi par « très peu de temps » ? l'interrogeai-je sur un ton glacial, qu'il eut le tact de ne pas relever.

— Le 18 juin.

Jour de mon anniversaire. De mes vingt-trois ans.

Mlle Annabelle Lorand, voulez-vous prendre pour époux M. David Barlet, ici présent, et vous engager à lui pour la vie, à un âge où vous devriez plutôt vous perdre dans une saine insouciance ?

— Mais c'est quasiment demain ! exagérai-je volontairement.

— Je sais, mais ça ne doit pas t'inquiéter : si tu es d'accord, nous ferons ça *chez nous*.

— À l'hôtel Duchesnois ?

— Oui. Armand s'occupera de tout. Tu n'auras qu'à lui donner la liste de tes invités. Et signer aussi quelques papiers, bien sûr.

Je ne pouvais pas le faire languir davantage. Cette association du premier et du supposé « plus beau jour de ma vie » était l'estocade finale, l'ultime coup de maître du négociateur hors pair qu'était David. Que répondre d'autre que…

— Oui.

À l'opposé de mon sourire radieux, à l'intérieur, dans l'une de ces zones viscérales qu'on méconnaît et qu'on néglige, un abîme venait de s'ouvrir, juste au creux de mon ventre. Un grondement effroyable, et qui provoquait en moi une onde douloureuse, se propageait dans le reste du corps, irradiant l'un après l'autre chacun de mes organes, chacun de mes membres.

Était-ce juste de la peur ? Du bonheur ?

Il se leva d'un bond, contourna la table et se pencha sur moi, pour me délivrer l'un des baisers les plus tendres qu'on ait jamais déposé sur mes lèvres. Plus tendre que fougueux, comme me l'indiquait l'absence de palpitation entre mes jambes. Mais ces sensations-là empruntent parfois des chemins longs et tortueux. J'essayai de me persuader qu'elles finiraient par venir à bon port, avec le temps.

D'une voix fébrile et qui lui ressemblait si peu, lui le patron, lui le séducteur, lui dont j'admirais le portrait dans la presse il y a quelques semaines encore, inaccessible, David me demanda confirmation, une lueur implorante dans les yeux :

— Oui… Oui ?

7

Oui.

Il ne faut guère plus que ce mot-là à une femme pour s'offrir. Parfois, elle sait, elle anticipe. Mais, le plus souvent, elle ignore si ces trois lettres d'acquiescement l'engageront pour quelques minutes ou pour de longues, si longues années de sa vie. Juste un peu de son temps et de son corps, ou son âme tout entière. On écoute son envie du moment, ses pulsions. Mais que connaît-on de ses désirs futurs ? Sait-on par avance combien de « peut-être », et parfois de « non », peuvent suivre un unique « oui », aussi sincère fut-il ?

Je n'ai pas eu tant d'orgasmes que ça, dans ma vie. Quelques dizaines, tout au plus. Mais un détail me frappe, à chaque fois qu'il survient : je fais partie de ces femmes qui crient « non », et pas « oui », au moment fatidique. Je sais que certaines s'exclament « mon dieu ! », « encore » ou énoncent simplement le prénom de leur amant. Que cela révèle-t-il ? Pourquoi suis-je une « poupée qui fait non, non, non, non, non, non » ? Je n'en sais rien. Je ne suis même pas sûre d'avoir envie de comprendre ce que cela trahit.

(Note manuscrite anonyme du 04/06/2009 :
mais comment peut-il savoir ça ??)

J'avais donc dit oui, trois fois, comme pour mieux écrire la parabole de mon propre destin, et je me retrouvai à nouveau cette nuit-là dans la chambre de David, nichée en plein cœur de son hôtel particulier, rue de la Tour-des-Dames. Au numéro trois.

— Viens !

Il m'entraîna dans le boudoir moderne de son espace privatif, où le décorateur mandaté avait pris soin de respecter l'esprit des intérieurs romantiques pour les tapisseries et le choix des couleurs tout en rompant avec la surcharge caractéristique de ce style, en particulier grâce au mobilier ultramoderne, tout en lignes droites et en épure.

Le seuil tout juste franchi, il se colla à mon dos, le nez enfoui dans ma nuque, son entrejambe prenant une ampleur croissante à mesure qu'il le frottait contre mes fesses. J'aimais cette immédiateté. Cette rigidité impérieuse. J'aimais qu'il me veuille sans préambule ni long discours et, surtout, sans que j'aie eu à lui en donner l'autorisation.

— Retire-la.

Ma culotte, bien sûr, dont les coutures saillaient sous la fine couche de laine noire de ma robe. Mes contorsions ne se révélant pas assez rapides à son goût, il passa une main sous mes fesses, saisit l'entrejambe de dentelle renforcée et tira dessus d'un geste brusque, dans l'évident dessein de l'arracher.

— Aïe ! glapis-je, mes hanches zébrées d'une éclatante marque rouge.

La culotte n'avait pas cédé. Symboliquement, je lui résistais, lui à qui rien ou presque de ce qu'il convoitait n'échappait jamais.

— Pardon, pardon... souffla-t-il à mon oreille, plus haletant et déçu que réellement désolé.

— C'est pas grave...

À ces mots, je pris appui d'une main sur une commode au revêtement métallique argenté et de l'autre, mon postérieur projeté le plus loin que je le pouvais derrière moi, j'effaçai sur le côté de mes lèvres gonflées d'impatience le rectangle de coton brodé qui constituait le dernier obstacle à son désir.

Il effleura mon sexe d'un majeur tremblant. Je n'étais pas aussi humide que je l'imaginais, ni autant qu'il pouvait l'espérer. C'est comme ça : je ne suis pas de ces filles qui se liquéfient au premier baiser. Ma sève ne s'écoule qu'après de doux préliminaires. Mon corps est un diesel, et mes sens ne s'échauffent qu'avec lenteur. Il faut le savoir. David le sait.

Et pourtant, ce soir-là, il espérait probablement que les vertus conjuguées du champagne et de sa demande officielle aient le pouvoir de déclencher en moi une cataracte me rendant prête à l'accueillir. Au lieu de cela, il n'eut droit qu'à une rosée légère, qui perlait timidement là où mes nymphes s'entrouvraient.

— Elle… feula-t-il sur ma nuque.

Son doigt se fraya malgré tout un passage entre les deux papillons de chair, qu'il eut pour effet de déployer largement. Une fois en moi, il entreprit un mouvement circulaire, un peu trop ample pour être réellement plaisant, et trop peu profond pour toucher ces abysses sensibles que certaines d'entre nous recèlent, tel un trésor, au creux d'elles-mêmes.

Ce n'est pas comme ça qu'il me fera décoller !

Non, David n'allait pas me faire décoller, et je n'avais pas besoin que cette petite voix en moi, venue de je ne sais où, se mêle de le souligner.

Comme s'il l'avait entendue lui aussi, il ouvrit sa braguette d'un geste sec, défourailla sa queue, à laquelle je devais reconnaître une honnête longueur, ainsi que cette finesse duveteuse qui offrait aux fellations une saveur inédite, et l'introduisit sans préavis dans mon vagin récalcitrant. Ce n'était pas jour de fête pour ce dernier, mais il tressaillit néanmoins d'un spasme reconnaissant. Il avait besoin d'être comblé, et de préférence par l'homme que j'aimais. Son va-et-vient était un peu emprunté, gêné par un angle défavorable qui arquait sa verge, jusqu'à ce qu'il fléchisse sensiblement les genoux et parvienne à aligner nos deux sexes de manière satisfaisante. Sophia aurait hurlé de m'entendre réduire la chose, si sacrée à ses yeux, à un exercice de géométrie dans l'espace. Et, pour être honnête, ainsi appairés, son mouvement en moi était loin d'être déplaisant. Je m'abandonnais presque à cette onde qui, sans être électrique, produisait une douce sensation de chaleur diffuse, quand soudain il pila net.

— Qu'est-ce qu'il y a ? soupirai-je.

— Rien… Si je poursuis comme ça, je vais venir trop vite.

J'étranglais le « déjà ?! » contrarié qui brûlait ma gorge et, de ma voix grave, je le gratifiai d'un réconfortant :

— D'accord… D'accord, mon amour, attends.

J'ai parfois entendu des amies se plaindre de certains de leurs amants, certes pas les plus nombreux, qu'elles trouvaient trop endurants. « Ça fait deux jours et ça me brûle encore ! » De tels hommes existent. Pour ma part, j'ai plutôt connu le modèle standard « trois petits coups et puis s'en va » ou, plus fréquent, celui qui tient sa petite dizaine de minutes syndicale. J'aimerais bien savoir, ne serait-ce qu'une fois, ce que cela fait d'être emplie longtemps, pleinement, jusqu'à oublier la sensation de mon vagin sans son occupant. Est-ce vraiment si douloureux ? Est-ce qu'on ne conçoit pas juste un sentiment de plénitude, de puissance même, à constater qu'on éveille un désir si durable ? Un homme serait-il capable de rester en moi, en érection, peut-être même sans bouger, des heures durant ?

(Note manuscrite anonyme du 04/06/2009 :
non mais de quoi je me mêle !!)

Un peu éméchée, mes fesses entre ses mains, aussi callipyge que je sais l'être, et postée dans une position de faiblesse caricaturale – bien que ce fût moi qui tienne alors son plaisir en joue – je venais de le *monamourer* pour la première fois. Sans presque en avoir conscience. Je ne sais pas si, de son côté, il avait noté cet aveu subit. Cela dut pourtant l'exhorter, car il reprit peu à peu son pistonnage avec une ardeur renouvelée. Non, je devrais dire nouvelle, car jamais je ne lui avais connu jusqu'alors pareille cadence, ni cette volonté manifeste de fouiller mon sexe au plus profond.

À force de cogner un point précis dans cet abîme chaud et velouté, il provoqua dans mon ventre une sorte de palpitation légère, à peine une contraction. Je me sentais encore loin de l'orgasme, mais déjà dans cette région où le corps bouillonne et gronde d'un plaisir qu'il espère plus qu'il ne le ressent vraiment.

— Tu aimes comme ça ?

— Oui… gémis-je en amplifiant sciemment ce miaulement plaintif. Continue !

Toutes les femmes le savent, même moi : la simulation, lorsqu'elle ne feint pas la jouissance ultime, mais se borne à exalter les réponses de nos zones érogènes aux caresses qu'on nous prodigue, oui, la simulation n'a rien de répréhensible. Elle constitue alors un encouragement que nous adressons à notre partenaire, dans l'espoir – souvent récompensé – qu'il s'applique mieux encore et nous conduise là où nous souhaitons tous deux aller. Elle est le turbo de notre plaisir parfois si paresseux, si rétif.

Alors qu'il venait de sortir de moi, je retins son abdomen d'une main, pour l'inciter à mon tour à une pénétration lente, progressive à l'extrême. Comme cela était prévisible, il se méprit sur l'intention, me prêtant ses propres sensations :

— Toi aussi… Toi aussi, tu viens ?

Non. Je n'avais peut-être pas la science érotique de Sophia, mais j'adorais par-dessus tout ce moment d'incertitude où la pointe du gland effleurait mes lèvres détrempées, les titillait d'un tremblement nerveux, puis les effaçait au ralenti, cherchant son chemin, hésitant, presque timide, avant de s'immiscer dans les replis de chair rosée avec plus de franchise, vers cet irrésistible inconnu qui les fascine tant.

Pour récompenser les efforts de David, un flux abondant vint baigner son sexe, soudain happé par ce regain de fluidité. Inévitablement, il accéléra le mouvement, laissant libre cours à cet ahanement essoufflé, un peu ridicule, et qui m'avertissait d'ordinaire d'une conclusion imminente.

Voilà près de trois mois que nous étions amants, et ce délai expiré ainsi que l'examen sérologique que nous avions effectué dans un luxueux laboratoire d'analyses de la rue Saint-Lazare avait emporté avec lui les chapeaux de latex. Ce que les couples accueillaient habituellement comme une bonne nouvelle, voire comme une étape cruciale dans l'évolution de leur relation, était pour moi l'annonce de…

— Oh non !!! Non !

… de rapports encore plus brefs, hélas.

On sait que le contact direct avec nos muqueuses augmente les sensations et précipite l'échéance (dans quel article avais-je glané cela ? Mystère).

Il venait de jouir en moi à longs traits, chauds et réguliers, l'une de ses mains agrippée à ma longue chevelure, marin arrimé à un cordage dans la tempête. Il s'affala alors sur mon dos courbé, ceignant ma poitrine de ses deux bras contractés, et demeura ainsi un instant. Puis il me redressa enfin et me porta contre lui, jusqu'à son lit d'une largeur improbable, lequel trembla à peine lorsque nous nous écroulâmes de concert sur le drap de soie nacrée.

Les yeux clos, le visage balayé par le souffle régulier de David, je m'abandonnai à la même torpeur que lui, bien que privée du motif qui l'avait amené à cet état. J'essayai de capter d'autres manifestations de mon organisme, en vain. Hormis la digestion de notre festin qui sollicitait mon ventre, lequel gargouillait joyeusement à cause des délices que nous avions engloutis, le reste de mon corps restait silencieux.

Lorsque j'entrouvris les yeux, ce fut pour découvrir mon homme recroquevillé sous la couette, habillé d'un pyjama de même nature que nos draps, abîmé dans un profond sommeil. J'avais du mal à croire que nous venions tout juste de faire l'amour. Combien de temps m'étais-je assoupie ?

Ma surprise fut plus grande encore lorsque je constatai que j'étais moi-même revêtue d'une nuisette que je ne me connaissais pas, et qu'il avait sans doute pris le soin d'acheter à mon intention. Si je pouvais admettre qu'on m'avait changée dans un demi-sommeil, je n'imaginais pas que David ait pu procéder sans mon accord à ma toilette intime. Or mon entrejambe, que j'explorai d'une main empressée, se révéla aussi propre et sec que celui d'un bébé qu'on vient de talquer.

Me redressant, adossée à la tête de lit en cuir blanc, je considérai alors nos deux piles de vêtements sagement rangés, ainsi que le meuble contre lequel il m'avait prise. L'avait-il seulement fait ? Rien dans la pièce ne trahissait l'urgence d'une effusion récente. Aucun parfum de sexe dans l'air apaisé de la chambre.

— Ça ne va pas ?

L'irruption de son timbre légèrement chuintant dans le silence assoupi me fit sursauter. Ce fut pourtant lui que je rassurai, chuchotement autoritaire :

— Non, tout va bien. Dors.

Il ne se fit pas prier, preuve qu'il émergeait d'un sommeil profond. Il était clair que le mien allait me fuir, désormais. Je me levai, glissai mes pieds menus dans les babouches marocaines déposées pour moi au saut du lit, et descendis au rez-de-chaussée de la grande bâtisse.

Dans le hall principal, moins vaste qu'incroyablement haut de plafond, bordé de part et d'autre par les deux versants d'un même escalier d'apparat, un spectre grisonnant s'affairait. Il ne pouvait s'agir que d'Armand, depuis toujours le majordome attitré de David Barlet et, avant lui, celui d'André et Hortense, ses parents.

— Vous ne dormez pas, mademoiselle ?

— Vous non plus, apparemment.

D'un chiffon distrait, il lustrait le verre d'un gigantesque sablier au socle et montant d'acajou, aussi grand et large qu'un rugbyman, l'une des plus récentes acquisitions de David, féru d'antiquités et visiteur assidu des salles de ventes voisines.

— Oh, vous savez, à mon âge… Le sommeil devient capricieux. Et puis il y a toujours quelque chose à faire dans une telle maison.

C'était dit sans aigreur ni reproche, tant le vieil homme m'apparaissait comme l'affabilité et la bienveillance même. À sa manière, comme son employeur – fallait-il dire son maître ? – il cultivait sa ressemblance avec un acteur, cette fois-ci britannique, le si distingué Michael Caine. Elle m'avait frappée, quand il m'avait ouvert pour la première fois la double porte vitrée à l'entrée de l'hôtel Duchesnois. Déjà émerveillée par l'élégance de ce petit hôtel particulier à l'étonnante façade en arc de cercle concave, j'étais restée bouché bée lorsqu'il m'était apparu, parfait mélange de distinction et de flegme. Je vivais alors un conte de fées, et Armand n'y déparait pas.

— Ce sont peut-être aussi les travaux à côté qui vous ont réveillée ?

Le majordome m'en avait informé quelques jours plus tôt : l'hôtel de mademoiselle Mars, contigu au nôtre, était en travaux depuis des mois. Son propriétaire s'était engagé dans l'ambitieux projet de restaurer cet hôtel à l'identique de son aménagement d'origine. Des travaux pharaoniques qui n'en finissaient pas.

— Pas à cette heure-ci, tout de même, s'insurgea-t-il doucement.

Je ne me souviens plus, Armand… Cet hôtel appartenait à la mère de David, ou à son père ?

La vérité, c'est que mon fiancé était demeuré muet sur le sujet, évitant ostensiblement toutes mes questions portant sur ses parents, disparus coup sur coup, une quinzaine d'années auparavant.

— À Mme Hortense, répondit-il comme s'il craignait qu'on ne surprît notre échange. Elle descendait directement de Mlle Duchesnois.

— Et elle, qui était-ce pour qu'une telle demeure prenne son nom ? J'imagine que ça n'arrivait pas si souvent, à l'époque, qu'une femme possède son propre logement…

— Vous avez raison. Mais Catherine-Joséphine Duchesnois n'était pas n'importe qui. Ce fut l'une des plus grandes tragédiennes françaises du Premier Empire. Et la grande rivale de mademoiselle George à la Comédie française.

Il récitait son petit chapitre historique avec gourmandise.

Je jouai ma béotienne :

— Mademoiselle George ?

— Georgina ! s'exclama-t-il sur le ton de l'évidence. L'une des plus ferventes maîtresses de Napoléon Bonaparte.

Une maison de femmes et de passion, donc. Et voilà qu'à mon tour j'entrais dans l'histoire de ces lieux, moi, la petite Annabelle de Nanterre. Je rêvai aux fastueux bals qui avaient dû être donnés ici, sur ce sol en damier noir et blanc, et dans la salle de réception attenante, restaurée pour sa part avec une fidélité religieuse, quand deux jappements secs m'arrachèrent à mon mirage.

Les deux carlins qui reniflaient mes pieds levaient vers moi un regard inquisiteur. « Encore toi ! » semblaient-ils dire de leurs yeux ronds comme des billes.

— Sinus ! Cosinus ! feula le majordome. Doucement, votre maître dort.

— À ce propos, Armand, David vous a prévenu… pour Félicité ?

— Votre chat, c'est ça ?

Ce fut dit sans animosité, mais avec un soupçon de dédain. Il faudrait bien qu'il s'y fasse, cependant. Elle et moi serions bientôt là toutes les deux, et plus que quelques nuits d'insomnie. D'autres valises viendraient rejoindre le sac de voyage que je déposais de temps à autre. S'agissant de Félicité, maman avait insisté pour qu'elle parte avec moi : « Prends-la, prends-la, c'est *ton* chat… Et puis moi, tu sais, je n'ai plus trop la force de m'en occuper. Je vais finir par oublier de la nourrir, la pauvre. »

— Oui, j'ai tout prévu : gamelle, litière…

— Non, je voulais dire… Vis-à-vis d'eux ?

Je désignai les deux boules de poils grèges qui se tortillaient là, réclamant déjà leur promenade du matin.

— Ah… Ne vous en faites pas. Ce sont de bons garçons. N'est-ce pas ?

Il flatta chacun d'une tape affectueuse sur l'échine.

— Une autre présence féminine ne sera pas de trop au milieu de tous ces mâles, ajouta-t-il avec malice.

— C'est sûr, approuvai-je en faisant mine de regagner l'étage. Merci pour tout, Armand.

— Je vous en prie, mademoiselle.

Je gravissais déjà les premières marches quand son interpellation en sourdine me figea :

— Oh, mademoiselle…

— Oui ?

— David ne m'a pas précisé…

Il l'appelait David, et non monsieur David, ou tout simplement monsieur, une familiarité qui, dans sa bouche, n'ôtait rien au respect qu'il lui vouait de toute évidence.

— …Madame votre mère a-t-elle choisi de s'installer ici avec nous, après votre mariage ?

L'offre de David, aussi généreuse fut-elle, n'avait pas emballé maman. Elle ne concevait pas de quitter Nanterre, Mme Chappuis, sa voisine, sa seule et unique amie, et toutes ses petites habitudes du quartier de la gare, *a fortiori* dans sa condition. Tant qu'elle arrivait à se déplacer, elle continuerait à aller seule à la boulangerie ou à la pharmacie et à prendre le 167 pour rallier l'hôpital Fourestier.

— Non, pas pour le moment. Mais merci d'avoir posé la question.

Il acquiesça d'un hochement de tête courtois.

J'avais beau nourrir plus d'un scrupule à l'idée de la laisser seule, la privant aussi de la compagnie de Félicité, de mon côté je m'arrangeais bien de son refus poli. Je ne parvenais pas à imaginer la greffe entre son monde et celui de mon futur mari. Le rejet me semblait une fatalité, que ce fut sur l'arbre ou sur le greffon, tant l'abîme social entre les deux parties me semblait grand. Malgré tout son amour pour moi, jamais David n'accepterait ma mère telle qu'elle était. En dépit de notre attachement inconditionnel, jamais celle-ci ne supporterait de se voir projetée dans un tel univers de fric, de pouvoir et d'artifice.

— Son voyage est prévu pour bientôt ?

Il y a au moins une part des bienfaits apportés par David que j'avais acceptée sans rechigner : le financement intégral du voyage thérapeutique de maman à Los Angeles. Vingt-cinq mille euros qu'il se proposait de régler cash, dès maintenant, alors même que Maude et lui ne s'étaient jamais rencontrés.

— Dans moins d'un mois, en principe. Mais j'attends confirmation de la clinique.

— Bien, acquiesça-t-il sur un ton compatissant.

— Au fait, j'y pense : il faut que je vous donne ma liste d'invités.

— Ne vous en faites pas, rien ne presse. De toute façon David me demande toujours de prévoir très large.

— D'accord…

— Bonne nuit, mademoiselle.

— Bonne nuit, Armand.

J'écrasai les quelques heures de sommeil qui me restaient de tout le poids de ces angoisses. À mon réveil, David avait bien évidemment disparu, appelé dès l'aube vers les mille obligations de sa journée. Un calme irréel – Armand devait être en train de sortir les chiens – baigné de rayons matinaux, habitait le vieil édifice. En parcourir les pièces en robe de chambre, les pieds nus sur le dallage frais était chaque jour un bonheur renouvelé. Dans le hall, l'immense sablier brillait de tout son éclat, fruit des travaux nocturnes d'Armand.

Je remarquai aussitôt que ce dernier avait pris soin, probablement à la demande de David, de le retourner. Un décompte s'était enclenché dès le premier grain versé dans le réceptacle du dessous. Un petit monticule blond s'y accumulait déjà. Combien de minutes ou d'heures cela pouvait-il représenter ? Et combien en restait-il encore à s'égrener ainsi jusqu'à ce que le globe supérieur soit à nouveau tout à fait vide ?

Un reflet à la surface du verre me révéla alors une série d'inscriptions, gravées de haut en bas de l'étonnant appareil, à même le verre : une échelle graduée. Celle-ci s'étendait de un à quinze. Minutes, heures… jours ? Vu la lenteur à laquelle chaque intervalle se comblait sous mes yeux, j'optai pour la dernière solution. Quinze jours. Soit deux semaines grain pour grain avant notre mariage. L'ingéniosité et la délicatesse de ce dispositif me tirèrent un sourire béat. Je n'étais pas une fille dont on emporte le cœur d'artichaut à coup de gestes romanesques… et, pourtant, quelle belle attention.

Alors seulement j'avisai, sur la console en ébène où Armand avait pour habitude de déposer le courrier personnel de David, une petite enveloppe de couleur coquille d'œuf, comme celles dans lesquelles on envoie les faire-part. Le majordome avait-il pris les devants au point de se dispenser de me consulter sur le sujet ? Le pli ne portant aucune mention de destinataire, j'hésitai un instant à l'ouvrir. Je songeai à ce propos que, en trois mois de vie presque commune, jamais je n'avais été en contact avec l'écriture manuscrite de David. Abreuvée de SMS et de mails, à aucun moment je n'avais pu apprécier la trace de sa plume… Une lacune qui aurait pu le mettre au rang des suspects dans l'affaire du carnet. Mais non, allons, c'était impossible : pas lui !

N'y tenant plus, je succombai à la tentation, le cœur étreint. Je soulevai le rabat et sortis une feuille pliée en deux. Une page perforée, identique à toutes celles que je recevais depuis des semaines… et cependant la première à me parvenir à cette adresse. Mon cinglé m'avait donc pistée jusqu'ici.

Les mots aussi m'étaient familiers, mais pour d'autres raisons. Si familiers que je sentis un instant la pièce vaciller autour de moi.

Ce n'est pas comme ça qu'il vous fera décoller.

8

5 juin 2009

« Vous » faire décoller. Pourquoi David m'aurait-il vouvoyée ? Et pourtant, sur l'instant, je n'entrevis d'autre option que celle-ci, effroyable : David était mon harceleur. Certes, il n'était pas très logique qu'il parlât ainsi de lui à la troisième personne, surtout pour se dénigrer.

Était-il fou à ce point ?

Une question pour mieux en chasser une autre, tout aussi orpheline de réponse : comment avait-il pu lire ainsi dans mes pensées ? Les avais-je énoncées à voix haute ? Peut-être au cours de ces phases incertaines où le rêve le dispute à la réalité… Maman me soutenait que j'avais été sujette à quelques crises de somnambulisme étant petite, me levant, et parfois même me confiant dans mon sommeil. Peut-être était-ce à nouveau le cas…

Rapidement habillée, je passai le reste de la matinée à fouiller fébrilement la maison – le terme seyait mal à ce lieu, que son luxe et ses dimensions apparentaient plus à un palais – en quête de n'importe quelle note ou mention écrite de la main de David. Rien dans la chambre, bientôt *notre* chambre, dans le salon ou dans les autres parties communes de l'hôtel Duchesnois. Rien non plus sur la fameuse console de l'entrée. Quant à son bureau, logiquement la pièce la plus susceptible de me fournir de tels échantillons, la porte était verrouillée à clé. Et je ne voyais pas comment demander l'accès à Armand sans éveiller ses soupçons.

— Je peux vous aider, mademoiselle ?

C'est le nez dans la poubelle de la cuisine, à quatre pattes sur le carrelage, que celui-ci me surprit.

— Non... bredouillai-je. Non, je crois que j'ai jeté une liste de courses avant de les faire.

— Ah, c'est ennuyeux... Vous voulez que je regarde pour vous ? Je crois savoir à quoi ressemble votre écriture.

Si le message sur la feuille volante n'avait pas été si personnel, si équivoque, j'aurais accepté son aide, sa connaissance de David aurait constitué une ressource cruciale. Mais là... « Ce n'est pas comme ça qu'il va vous faire décoller. »

— Merci Armand, je... ça va aller. Maintenant que j'y suis, ça n'est pas la peine qu'on soit deux à se salir.

Je contrefis un petit rire nerveux, qu'il accepta pour réponse et pour congé, disparaissant aussi sec dans l'office voisin.

Quand enfin...

Tennis François décalé, vendredi 21 heures

Pas de confusion possible, ce papillon jaune fluo, maculé de lait et de sauce tomate, ne pouvait être que l'œuvre de David. Une écriture beaucoup plus ronde et régulière que celle du billet anonyme, moins nerveuse, presque féminine. La comparaison était sans appel. L'immense soulagement créa en moi une petite dépression qui m'immobilisa un instant, les fesses sur le sol glacé. Comment avais-je pu douter de lui ?

Enfin je rangeai la nouvelle note dans le carnet argenté aux côtés de ses semblables, et m'attardai un moment sur la graphie particulière de leur auteur, dont l'identité m'échappait plus que jamais. Quel était le problème de celui ou celle qui les composait ? D'où venait la sensation singulière de malaise qui émanait de ces caractères heurtés, formés de manière convulsive, presque accidentelle ? Pourquoi avait-on le sentiment, en les lisant, que leur auteur souffrait au moment de les écrire ?

Je partageai mon après-midi entre divers coups de fil – maman, Sophia, et quelques appels de relance infructueux, consécutifs à mes derniers castings – quand me parvint un SMS de David :

Ce soir, je devrais rentrer de bonne heure.
Tu veux sortir ?

« De bonne heure », en langage David Barlet, signifiait au mieux 21 heures.

Non, désolée, j'ai promis à maman de l'accompagner
à son dernier bilan à l'hôpital avant le départ pour L.A.

Vous avez rendez-vous si tard que ça ?

On ne ment pas sans risques à un homme qui manie les demi-vérités à longueur de journée dans l'exercice de son travail. Je devais trouver plus convaincant.

À 18 h 30, mais tu sais comment c'est…
On patiente au moins une heure,
plus le temps de la consultation…
J'ai peur qu'on ne sorte au mieux qu'à 20 h 30
ou 21 heures, et ensuite je dois la raccompagner chez elle.

Je comprends. Pas de souci.
Envoie-moi un texto
quand tu seras sur le chemin du retour.

OK, mais ne m'attends pas pour dîner.
Je mangerai sans doute à Nanterre avec maman.
Tu sais comme elle est : une fois que je suis avec elle,
elle ne me lâche plus.

C'est bien normal. Bon courage à vous deux.
Je t'embrasse.

Je t'embrasse aussi.
Et merci encore pour tout
ce que tu fais pour elle.

Mon dernier message demeura sans réponse, David ayant sans doute été happé par une réunion ou une nouvelle urgence. Le SMS reçu une heure plus tard n'émanait pas de son numéro :

Rappel BDN : rendez-vous à la galerie Alban Sauvage,
15, rue de Sévigné, 75003,
à 20 h 30 précises. Le client vous reconnaîtra.
Carton d'invitation virtuel joint à ce message.
Bonne soirée.

BDN, pour Belles de nuit. Rebecca, en bon chaperon, prenait toujours le soin de nous adresser ce genre de pense-bête, peu avant l'heure dite. Et, sans réaction de notre part, elle insistait, encore et encore, jusqu'à ce qu'elle soit totalement assurée que nous honorerions notre engagement. La réputation de son agence en dépendait.

Les premières fois, elle avait accompagné son rappel de recommandations sur ma toilette. Désormais, en vertu des retours unanimes de ses clients, elle me faisait confiance sur ce point.

Pourtant, j'avais été claire lors de nos derniers échanges : je n'acceptais plus aucune mission, et ce jusqu'à nouvel ordre. « Raisons personnelles », avais-je sobrement invoqué. Mais son présent message me prouvait qu'elle s'en moquait. De son point de vue, je figurais toujours au catalogue de l'agence. Je me contentai donc d'accepter d'un simple *C'était bien noté, merci.*

Après tout, j'avais plus que jamais besoin de cet argent. Et pour le meilleur des motifs : grâce à cette ultime mission – en admettant qu'une conclusion aux Charmes soit envisagée –, la montre vintage en vente aux Antiquités Nativelle serait à moi. Ou, plus exactement, à David. *Mon* cadeau de mariage. Ma façon à moi de le surprendre, de lui couper le souffle.

Je ne trahissais pas David puisque j'acceptais cet ultime sacrifice pour lui. « Je ne trahis pas David », me répétai-je intérieurement, plusieurs fois de suite, comme un mantra.

Oui, vraiment, la dernière, cette fois. Pour de bon.

— Dernière fois, hein ?

— Dernière fois.

Je tentai d'y mettre toute la conviction voulue. Mais je n'en menais pas large. Je ne parvenais plus à me convaincre moi-même : la dernière, vraiment, et après tout cela resterait derrière moi ? Tout ce versant de mon passé retournerait à jamais dans l'ombre de ma seule mémoire, sans que jamais personne ne vienne y fureter ?

— Je te signale que tu disais déjà ça l'autre jour… me fit Sophia au téléphone, moralisatrice, alors que j'en étais à choisir mon parfum. Et même encore celle d'avant !

Pour ne pas ployer sous la culpabilité, je préférai me concentrer sur les impérieuses futilités de l'instant. Ma tenue, tout d'abord : une robe noire à corolle tutu de Repetto, des ballerines assorties, ainsi qu'un sac en cuir noir La Rue, de Nina Ricci, soit le top de la tendance de ce printemps selon mon coach officieux. Puis vint le moment, peut-être le plus délicat, d'accompagner cet ensemble de la fragrance adéquate.

Même ici, dans le secret de ces pages,
j'ai un peu honte de me l'avouer :
j'adore l'odeur du sexe des hommes. Non, plus exactement, j'adore
l'odeur du sexe de l'homme que j'aime. Dès ma première fois,
j'avais seize ans, j'ai ressenti cette ivresse incroyable à humer
le membre de celui qui allait me posséder. Aujourd'hui encore,
en me concentrant, j'arrive à convoquer ce bouquet
un peu lourd de vanille, d'alcool, et de fleurs sur le déclin.
D'où ces questions que je me pose sans cesse sur l'arôme
de mon propre sexe et sa capacité
à éveiller le désir de mes partenaires,
comme le leur fait naître le mien.
Évidemment, aucun d'entre eux ne s'en doute mais, quand je
rencontre un homme qui me plaît, ne serait-ce qu'un peu, l'une des
premières questions coquines qui me traversent l'esprit est : lui, quel
sera son parfum ? Va-t-il bouleverser mon nez, mettre le feu à ma
tête, et tout préparer en moi pour accueillir l'homme qui le distille ?

(Note manuscrite anonyme du 06/06/2009 :
n'importe quoi !)

Sans eau de toilette je me sens nue, incapable de sortir, pas présentable en l'état. À seize ans, et durant quelques années, j'avais officié quasiment chaque week-end comme hôtesse dans une parfumerie des Quatre Temps, le centre commercial de La Défense. Un complément de revenu alors indispensable pour moi. De cette expérience, j'avais tiré plusieurs dizaines de flacons test et échantillons, tous gratuits, ainsi qu'une infidélité chronique en matière de parfum, élisant la senteur du jour au gré de mes humeurs.

— T'es avec moi… ou tu t'es déjà barrée ?

Sophia me ramena à l'instant présent.

— Si, si, je suis là…

— Ne me dis pas que tu le fais pour payer cette saloperie de montre à ton milord ?

Elle gouaillait presque lorsqu'elle sortait ce genre de phrases, son petit côté Arletty d'outre-Pyrénées. Mais elle visait juste.

— Non ! me récriai-je.

— Putain, c'est pas vrai… elle le fait pour ça ! T'es vraiment une gourde ! Tiens, c'est simple, t'es bonne à épouser le premier couillon venu !

Voilà : Miss Dior Chérie, un classique revisité, légèrement plus âgé que moi, enivrant, mais sans excès. Je pressai deux fois le vaporisateur de chaque côté de mon cou.

— Charmant pour David ! feignis-je de m'insurger.

— Au fait, alors… hier soir, c'était comment ? C'était quoi sa grande surprise ?

Sans bien savoir pourquoi, je décidai de lui taire les événements décisifs des dernières heures, demande en mariage et lettre anonyme comprises.

— Oh, rien. David connaît ma passion pour le homard, il m'a emmenée dîner chez Le Divellec.

— Ne me dis pas : « le meilleur restau de fruits de mer de Paris », et bla, et bla…

— Quelque chose comme ça, oui, m'esclaffai-je.

— Et la suite… trois étoiles aussi ? adopta-t-elle son ton égrillard.

— Hum… un bon dix-huit sur vingt.

— OK, je vois… Donc un petit neuf, et encore je fais bon poids.

Impossible de berner Sophia sur ce genre de sujet. Mais toujours possible d'écourter le débat.

— So', je dois finir de me préparer…

— File, ma fille, file !

Ce que je fis une demi-heure plus tard, en taxi, pour prévenir tout retard éventuel.

La galerie Alban Sauvage se situait dans la partie basse de la rue de Sévigné, à proximité du métro Saint-Paul, en plein Marais. Réduite à une étroite devanture, on la devinait en revanche très profonde, enfilade de petites salles séparées par des panneaux blancs amovibles. Dans la vitrine, sans qu'aucune mention ne soit faite de l'artiste exposé, trônait un gigantesque phallus de résine rose, habillé comme une poupée : robe blanche, Babys noires vernies, collier de perles, etc.

Un rapide coup d'œil circulaire à l'intérieur m'informa que le reste de l'installation conceptuelle était à l'avenant : scrotum déguisé en nounours, vulve en tenue de bricoleur, et ainsi de suite, chaque attribut sexuel empruntant l'apparence d'un jouet pour enfants.

— Ça vous plaît ?

Un jeune homme chauve, vaguement barbu, le sourire ahuri et l'œil allumé, était sorti comme un diable de la galerie. Par la porte entrouverte, je pouvais saisir les échos de gloussements mondains, des flûtes qu'on entrechoque et des méchancetés qu'on se glisse à l'oreille. Un vernissage parisien, enfin. On se fichait pas mal de savoir si l'on appréciait ou pas les créations de l'artiste. L'important était d'être présent, de profiter du buffet gratuit et, surtout, d'être invité à la prochaine occasion similaire.

— Je ne sais pas… J'attends juste quelqu'un.

— Rentrez, il est peut-être déjà à l'intérieur.

L'affectation de son invite laissait subsister peu de doute quant à son orientation sexuelle, mais elle ne suffit pas à me décider.

— Veneeez, insista-t-il en me saisissant par le bras, geste qu'il accompagna d'un soupir outré. Vous n'allez pas rester là comme une godiche, enfin !

Je n'eus d'autre choix que de le suivre parmi la faune compacte, aux looks bigarrés, mêlant les journalistes en uniforme noir, les artistes débraillés, tatoués ou piercés, et les créatures à demi nues dans leurs robes de luxe.

Je me demandais qui pouvait bien avoir besoin de la compagnie d'une *escort* au milieu d'un tel aréopage, confit de branchitude, et où tout le monde semblait se connaître tout en prenant grand soin de se snober, quand mon chauve à lunettes d'écaille me tendit à la fois une coupe et sa main à serrer.

— Alban Sauvage.

— Ah…! glapis-je. Alors on est chez vous ?

— Un chez moi à crédit et qui me coûte les deux bras et les deux jambes mais, oui, on peut dire qu'on est ici chez moi.

Avait-il une maman à qui donner le change ? Ou des investisseurs à convaincre qu'enfin il se rangeait ? Pire : étais-je moi-même, et à mon insu, une sorte de happening conceptuel, imaginé par l'un des tordus présents ? La call-girl au pays de l'art contemporain…

Je ne savais pas comment aborder le sujet de front.

— Vous… ?

— Non. Ce n'est pas moi. Suivez-moi, je vais vous présenter.

Je crus pour de bon à un canular quand j'aperçus mon client : ceint dans un costume cintré qui marquait sa taille et signait son élégance, la veste ouverte sur un gilet assorti, l'homme dans la quarantaine était muni d'une canne à pommeau d'argent à la main droite, et son visage était chaussé de lunettes de soleil. M'abandonnant à lui sans un mot d'introduction, Alban tourna aussitôt les talons, roucoulant son prétexte :

— Je vous laisse, j'ai mes Chinois à plumer. *Business is business*, les filles !

Comme je restais statufiée à deux pas de lui, l'inconnu retira ses verres fumés et me dévisagea en détail, d'abord sans un mot. Mais en avait-il besoin ? Débarrassé de son artifice un peu grotesque, il imposait par son seul regard une présence magnétique. Ses yeux avaient beau être d'une couleur noisette plutôt commune, quoique virant à l'or selon l'éclairage, leur renfoncement léger leur conférait une expression d'une rare intensité. Un regard de tueur, songeai-je, pour chasser aussitôt cette pensée. En vain, car il décida alors de le planter dans le mien, désormais captif. Il me fouillait. Il cherchait à entrer en moi. Avant même le premier mot, il élisait domicile chez son interlocuteur.

— Bonsoir, Elle.

Le reste était à l'avenant : un visage long et ovale, des pommettes hautes, une stature droite, un port altier, une nuque un peu raide et des mains assez fines pour être celles d'un chirurgien, ou d'un pianiste...

Il figurait sans conteste dans le top trois de mes clients les plus attirants. Non pas beau comme ces statues vivantes à l'entrée de certains magasins de vêtements, pièges à minettes insignifiants, mais pourvu de cette aura dont jouissent les plus captivants personnages de fiction lorsqu'ils s'incarnent sur scène ou à l'écran, enfin descendus jusqu'à nous, hommes et femmes ordinaires.

Je n'eus pas besoin d'observer la salle pour sentir toute l'attention converger vers lui. Celle des autres femmes présentes, en particulier, qui tressaillaient autour de nous comme autant de feuilles au vent. Il ne faisait rien de spécial – rien du tout, même, puisqu'il demeurait lui aussi immobile – et, pourtant, il écrasait la concurrence masculine par la seule vertu de cette attitude hiératique. Parfaitement là, et néanmoins détaché, comme flottant quelques nuages au-dessus de la vile multitude.

— Bonsoir, balbutiai-je.

Le pas qu'il fit vers moi, cahoteux, balançant tout son poids sur le bâton en bois précieux, me prouva que cette infirmité-là n'était pas feinte. Loin de briser son image, elle ajoutait encore à son charme. Il n'était pas qu'une enveloppe ou une posture, décidément. Il charriait avec lui toute une histoire – une histoire qu'on devinait douloureuse – et n'en était que plus fascinant.

— Pour une fois, je ne suis pas déçu par les promesses extravagantes de notre amie Rebecca.

Mais son compliment, cette manière de me faire comprendre qu'il était un habitué de nos services, était déplaisant, et même grossier. Généralement, pour nous mettre l'un et l'autre à notre aise, les clients de Belles de nuit s'ingéniaient au contraire à jouer la comédie de la normalité, comme si nous n'avions pas eu besoin d'intermédiaire pour nous rencontrer. Pas lui. Et cette franchise inhabituelle m'irrita d'emblée. Comme si, soudain, il avait cherché sciemment à ternir l'impression première laissée par son apparition.

— C'est pourtant ce que nous accomplissons à chaque fois, répliquai-je sur un ton un peu trop vif… Tenir nos promesses.

— Vous avez toute la soirée pour m'en convaincre… Elle.

Je détestai cette façon de détacher mon prénom du corps de ses phrases, de jouer avec, tel le chat avec sa proie.

Certes, pour mon ultime mission j'aurais préféré un nounours doux et malhabile, simplement fier de s'exhiber à mon bras. Mais, enfin, les *escort* ne composent jamais leur propre menu.

— Je ne connais même pas votre nom, l'attaquai-je de front. Vous êtes monsieur… ?

— Patience… Cela aussi, nous avons toute la soirée pour le découvrir.

À chaque seconde qui passait l'enchantement se dissipait un peu plus, et je perdais pour ma part de ma contenance. Mon envie de fuir grandissait. L'image mentale de la montre millésime 69, dans la vitrine des Antiquités Nativelle, parvenait encore à me raisonner. Sans ce pédant magnifique et ses quelques billets – Rebecca m'avait précisé, pour abattre mes dernières résistances, qu'il proposait un double tarif pour m'obtenir, moi, spécifiquement – je pouvais lui dire adieu. Il me fallait donc tenir. Mais combien de temps ?

Comme s'il sentait la panique monter en moi, le dandy boiteux changea de registre et se mua en un interlocuteur plus affable, plus badin, me posant quelques questions de pure politesse : étudiante ou non ? Parisienne ou provinciale ? Amatrice d'art contemporain ou plutôt réfractaire ?

Enfin il daignait descendre de son piédestal.

— Les galeries, ce n'est pas trop votre truc, avouez-le… ? s'enquit-il avec un sourire plus ouvert, presque charmeur.

— Non… Pas trop.

— Dans ce cas, est-ce que je peux me permettre d'être votre guide ?

— Mon guide ?

— Oui, ici, ce soir. Vous savez, David Garchey est un artiste qui monte, déjà très coté à New York et à Londres.

David. Tel était donc le prénom de celui qui exposait en ce lieu. Un léger sourire intérieur accueillit l'ironie de la coïncidence. David Barlet. David Garchey. L'homophonie était troublante.

— D'accord, je veux bien que vous me conduisiez, approuvai-je, légèrement plus détendue.

Avec un air engageant, il m'offrit un bras ferme auquel me tenir. Celui-ci était fin, musclé sans excès, mais il s'en dégageait surtout une énergie fiévreuse, une tension sans répit. M'attirant vers telle ou telle œuvre, tel ou tel recoin de la galerie, l'inconnu profitait de notre nouvelle proximité pour s'autoriser des gestes familiers, comme on s'en permet entre intimes. Ainsi cette mèche collée sur ma nuque qu'il releva du bout des doigts, jusqu'à effleurer le duvet de mon échine, parcourue aussitôt d'une onde électrique.

— Voyez-vous, pontifia-t-il d'une voix plus posée, plus grave aussi, David n'est pas qu'un enfant gâté, issu d'un milieu favorisé, et qui cherche à dénigrer ses origines.

— Si vous le dites...

Si je voulais abréger cette soirée pensum, autant lui laisser le beau rôle. Moins on apportait la contradiction à de tels personnages, et plus vite ils se lassaient de leurs propres péroraisons. En cela, il ne devait pas être bien différent de ces profs d'université qui chassent l'étudiante crédule, et dont certains m'avaient entreprise à la fac – sans succès.

À cette distance, je pouvais sentir les deux notes de son parfum, vanille et lavande, chauffées par le charbon ardent qui semblait l'habiter constamment.

— Je l'affirme. La portée sociale de son œuvre va bien au-delà de sa propre appartenance.

À ces mots, d'un geste ample, il désigna une *Sophie la Girafe* géante, pourvue d'implants mammaires à fort bonnet et habillée d'un string en lamé argent lui rentrant dans les fesses.

Les manches de sa veste et de sa chemise dégagèrent alors son avant-bras gauche, laissant apparaître une lettre tatouée, un a minuscule, ainsi que la pointe d'une plume de stylo. Impossible de voir ce qui la prolongeait, plus haut sur la peau blanche.

— Désolé, mais je ne suis pas sûr de vous suivre. En quoi le fait de ridiculiser les jouets de son enfance, d'en faire des objets sexuels aussi grotesques… En quoi cela échappe-t-il à l'archétype du petit bourgeois qui crache dans la soupe ?

Cela avait été plus fort que moi. Il avait titillé mon esprit critique, et celui-ci avait réagi au quart de tour.

Je m'attendais à me faire congédier sans égard – et sans mes émoluments – ou à tout le moins fusiller par son regard de feu, mais ses yeux brillèrent au contraire d'un intérêt nouveau, plongés dans les miens, soulignés par un sourire où je lus autant d'étonnement que d'excitation.

— Notez bien le choix des personnages, Elle : David aurait pu sur-sexualiser des jouets déjà réputés pour leurs attributs provocants, comme les Barbie. Mais il a préféré transformer en symboles d'émancipation sexuelle des objets au contraire synonymes d'enfance, d'innocence…

— OK, si vous voulez. Et alors ?

— Ce qu'il cherche à mettre en scène, c'est la rapidité et la violence avec laquelle les enfants d'aujourd'hui passent de leur candeur originelle à l'état d'individus sexués. Jusqu'à faire cohabiter l'enfant et le prédateur sexuel dans une seule et même personne. Chassé *et* chasseur.

Le relent de discours moral qui sous-tendait son exposé me mettait légèrement mal à l'aise. Et, par-dessus tout, il me surprenait de la part d'un homme dont j'ignorais certes tout, mais qui ne semblait pas bridé par des principes étroits.

— Savez-vous quel est l'âge de la première exposition à un film pornographique ? reprit-il, cette fois avec sérieux.

— Non… Je ne sais pas… Quatorze ans ?

— Onze ans. À onze ans, la majorité des préadolescents, garçons et filles confondus, n'ignorent plus rien de la fellation, de la sodomie, de la double-pénétration et de pratiques bien plus extrêmes encore.

— Oui, c'est sûr, ça pose probl…

— Mais non ! éructa-t-il, enflammé par son discours. Ils ignorent tout au contraire ! Et c'est bien là tout le propos. La banalisation des représentations de la sexualité propage *l'illusion* selon laquelle chacun est correctement initié et informé sur le sujet. Toutes ces publicités porno chic, tous ces vêtements suggestifs, toutes ces séries dont les enfants se gavent et qui ne parlent que de sexe… rien de tout cela ne les éveille à la sexualité. Ce n'est qu'un gigantesque marché, incroyablement lucratif, mais en aucun cas une éducation sexuelle digne de ce nom. Tout y est faussé, déformé, ridicule, parfois même violent… Tout sauf érotique. Tout sauf vrai !

— Donc si je vous suis bien, le problème c'est non seulement que tous ces contenus sexués existent, mais plus encore le fait que les enfants y soient confrontés avant de venir *naturellement* à la sexualité ?

— Oui, approuva-t-il avec passion. C'est exactement ce qu'expriment les œuvres de David : trop de sexe ambiant précipite chacun dans une sexualité en trompe-l'œil, où le temps nécessaire à l'apprentissage a été purement et simplement escamoté. Nié. Aucun de ces enfants qui consomment du sexe dès le plus jeune âge n'est armé pour filtrer ces images, et rétablir un semblant de vérité. Ils prennent toute cette merde pour argent comptant. Voilà le drame ! Voilà le scandale !

— Alors d'après vous, m'enquis-je, quel serait le bon âge pour être initié ? Et surtout, par qui ?

L'image de mon carnet et de ses mystérieuses notes m'envahit un instant. Celui qui me les adressait ne poursuivait-il pas à sa manière, si brutale, si intrusive, proche du viol, ce même objectif : m'éduquer ?

— Il est différent pour chacun d'entre nous. Il n'y a pas *un* âge donné pour laisser éclore sa propre libido, comme cherchent à nous le faire croire les législateurs et les statisticiens. Il y a autant de timings que d'individus. Certains sont prêts plus tôt que d'autres. Mais ce n'est pas une raison pour aligner l'apprentissage sexuel sur un modèle standard.

Laisser s'exprimer l'état sexuel naturel de chacun, tout en le préservant durant ce temps des sollicitations marchandes fallacieuses de la société, tel était donc la philosophie de ce Rousseau du sexe. Je remarquai cependant qu'il avait laissé sans réponse ma seconde question : à qui devait-on confier l'apprentissage sexuel ? À qui donc puisqu'il récusait – non sans raison – le modèle dominant proposé par le marché ?

Après réflexion, son exposé ne me laissait pas tout à fait insensible. Pourtant, fallait-il employer cette forme spécifique pour le diffuser ? Quid des adolescents du lycée voisin qui passaient plusieurs fois par jour devant la galerie et étaient exposés aux monstres entre Sophie et Gomorrhe sans aucun discours pour les préparer à ce spectacle d'une rare crudité ? Était-ce vraiment moins nocif que la pornographie telle qu'ils la rencontraient en ligne ? L'artiste n'était-il pas le complice (involontaire ?) du mal qu'il prétendait dénoncer ?

Je gardai mes réserves éthiques pour moi-même. Car mon guide vivait tellement ce qu'il disait que je finis par croire que David Garchey était son nom et qu'il était l'auteur de ces abominations.

— Tiens, quand on parle du diable… On sent son odeur de soufre nous parvenir !

D'un coup de tête fébrile, il désigna quelqu'un dans mon dos puis cette personne, sur son geste d'invite, ne tarda pas à nous rejoindre, fendant à pas lents la foule des pique-assiettes.

— Bonsoir, lança timidement le presque adolescent en chemise blanche, une longue mèche brune cachant la moitié de son visage.

— David, je te présente Elle. Elle, voici le jeune homme dont je défends le travail avec tant d'ardeur, comme vous avez pu le constater.

Doux euphémisme.

Je grimaçai un sourire de circonstance à l'attention de l'artiste, aussi à l'aise qu'un porte-manteau.

— Bonsoir et… bravo.

— Merci, répondit-il timidement.

— J'imagine que vos œuvres n'ont pas laissé la presse indifférente ?

— En effet, intervint à sa place mon cavalier. Nous avons eu quelques beaux articles. Mais le plus important n'est pas là. L'important, c'est que certains de vos confrères ne se sont pas arrêtés à ce qu'il y a de provocant dans l'œuvre de David, et qui n'est là que pour capter l'attention du public. Ils ont bien compris la portée sociale et éducative de son message.

Comment connaissait-il ma future profession ? Rebecca ne devait-elle pas garder pour elle ce type d'informations strictement confidentielles ?

J'allais le questionner à ce sujet quand une grande métisse en robe pailletée, aussi peu couverte que si elle sortait d'une piscine, vint se coller à lui avec une familiarité parfaitement décomplexée. Elle lova son grand corps aux formes idéales contre celui, plus sec, de mon interlocuteur. Contrairement à David, *mon* David, lui ne ressemblait à aucun acteur en particulier. Cependant, cette fièvre qu'on sentait en lui permettait de le ranger aux côtés d'un Willem Dafoe, d'un Christian Bale ou d'un Anthony Perkins, dans cette famille des physiques inquiets et ténébreux. Pas beau comme une statue, non : incandescent.

— On y va, Loulou ?

— Allons-y, oui. Elle, je vous laisse avec l'avenir de l'art contemporain.

L'avenir en question regarda la pointe de ses chaussures effilées.

— Attendez… Vous partez ?

C'était la première fois qu'un client me plantait de la sorte, pour repartir au bras d'une fille cent fois plus jolie et sophistiquée que moi. Le volant de ma robe tutu en frémissait de rage et d'indignation. Qu'il m'abandonnât ainsi me piquait tant que j'en oubliai le bonus de nuit dont sa fuite me privait. J'étais juste vexée. Simplement éconduite.

— N'ayez crainte. Nous nous reverrons, promit-il en saisissant la taille de la liane couleur caramel qui me foudroya de ses yeux noirs. Oh, et j'oubliais…

Qu'oubliait-il ? La plus élémentaire courtoisie ? Ou de me payer, aussi, peut-être ? Selon les cas, le client me rémunérait directement et versait à l'agence sa commission séparément, ou certains habitués, qui disposaient d'un compte attitré, réglaient l'ensemble à Rebecca, qui se chargeait par la suite de nous rétribuer à hauteur de notre part. Je n'osai poser la question, mais supposai qu'il appartenait à cette catégorie privilégiée.

Il tendit son bras tatoué vers mon chignon bas, lequel s'était en partie écroulé dans mon cou au fur et à mesure de la soirée. Je me raidis brutalement lorsque sa main le survola.

— Quoi ?

— Vous devriez utiliser un pic pour vos cheveux plutôt que des barrettes, suggéra-t-il, comme s'il lisait dans mes pensées. Ça dégagerait encore mieux votre nuque. Et ce serait dommage de la cacher.

— Oui, je ne sais pas… bafouillai-je.

— Bonne nuit, Elle.

Le duo allait bientôt disparaître entre les grappes d'invités, l'homme scandant chaque pas d'un claquement sec de sa canne sur le sol en béton ciré… quand il fit brusquement volte-face, et revint seul vers moi. Que me voulait-il encore ?

— Je me rends compte que je ne me suis même pas présenté.

— En effet…

Il était temps, pensai-je.

— Je suis Louis…

Je restai sur ma faim. Louis qui ? D'un geste évasif, je lui signifiai ma légitime curiosité.

— Louis… ?

— Barlet. Je suis le mécène de David Garchey…

Louis Barlet, répétai-je plusieurs fois en mon for intérieur, pour mieux me convaincre de la réalité de ces deux noms ainsi assemblés, et qui me firent l'effet d'une soudaine déflagration.

— …et le frère de David Barlet.

Il s'éloignait à nouveau, marqua l'arrêt un bref instant, tout sourire, le temps de jeter dans son dos, tel une grenade prête à me souffler son vent mortel au visage :

— Mais vous l'aviez déjà compris, n'est-ce pas ?

Ce frère dont David me parlait si peu, qu'il rechignait à me montrer en photo, et à qui il repoussait constamment le moment de me présenter. C'était maintenant chose faite. Et dans les pires circonstances qu'on puisse imaginer.

Sa créature et lui s'évanouirent au-dehors pour de bon, me laissant là, pantelante.

— Elle ?

Alban, le Zébulon du jour, avait encore surgi devant moi sans crier gare. Il me tendit une enveloppe un peu rebondie.

— Tenez. Louis m'a chargé de vous donner ça.

— Merci, mais qu'est-ce que… ?

— Tutut, filez ! Votre taxi vous attend devant. Vous l'ouvrirez dans la voiture.

Sans un au-revoir à l'artiste, je me précipitai à l'extérieur, où une grosse berline sombre faisait tourner son moteur, à cheval sur le trottoir. J'hésitai un instant sur l'adresse à donner au chauffeur, puis indiquai :

— 3, rue de la Tour-des-Dames, s'il vous plaît. Dans le 9e.

Il partit sans un mot et, confortablement calée dans les fauteuils à l'arrière, j'eus alors tout le loisir d'ouvrir le pli que Louis avait confié à son ami galeriste. L'enveloppe contenait huit billets de cent euros, si parfaitement lissés qu'ils semblaient sortir d'un coffre de la Banque de France. Huit cents euros pour moi, donc, soit le double exact de la prime que j'aurais perçue si toutefois nous avions fini la nuit à l'Hôtel des Charmes. Un montant conforme à sa promesse. Louis Barlet avait renoncé à me posséder sous couvert de son anonymat… Mais il s'était offert mes services comme ceux de n'importe quelle courtisane.

Sa générosité faisait de moi une vulgaire pute, et il ne pouvait l'ignorer. Comme il ne pouvait ignorer ce lien familial qui bientôt nous unirait.

Je m'apprêtais à envoyer à David le SMS annonçant mon retour quand un message s'afficha spontanément sur l'écran de mon Smartphone. Sans aucune indication sur son expéditeur, et pourtant sans ambiguïté quant à l'identité de ce dernier :

À demain.

J'aurais dû jeter mon téléphone par la fenêtre. Ou tout bonnement supprimer ces deux mots de ma mémoire. Tremblante, les tempes traversées par d'étranges décharges, ma tête prête à s'enflammer, je n'en fis rien, pourtant. Je luttai juste pour contenir ces larmes qui m'envahissaient, flot irrépressible venu de je ne sais quelle vieille douleur sans nom.

C'est ainsi que Louis Barlet entra dans ma vie.

9

6 juin 2009

Ce matin-là, David ne me souhaita pas le bonjour. Pas en personne. Il avait chargé sa carte de crédit, assortie d'une petite note manuscrite déposée sur ma table de nuit – nouvelle preuve de son innocence dans l'affaire du carnet – de me donner le sourire et le tonus dès le saut du lit.

Tu as bien un casting, aujourd'hui,
je ne me trompe pas ?
Alors fais-toi belle comme tu le sens
et surtout comme tu en as envie.
Je t'aime.
D.

L'attention était charmante, comme toutes celles qu'il me prodiguait depuis deux mois. Mais je n'arrivais pas à en apprécier toute la saveur. Un rouage demeurait grippé en moi. L'émotion ne circulait pas comme elle aurait dû. Pas comme à nos débuts. Pourtant, l'amour dure trois ans, c'est bien ça ? Pas deux mois !

À mon retour la veille au soir, David était déjà couché, emporté semble-t-il vers les régions les plus reculées du sommeil. Je fus aussi discrète que possible au moment de le rejoindre sous l'épaisseur moelleuse de plumes et de soie, mais je ne pus cependant m'empêcher de me retourner, encore et encore, à chaque fois que l'un des clichés entêtants de cette soirée catastrophique me traversait.

Je ne trouvai de qualificatif plus approprié, ni assez de sang-froid pour résumer autrement la situation : mon futur beau-frère, qui selon toute vraisemblance était résolu à me piéger – pourquoi, je l'ignorais encore – avait loué mes services de poupée de luxe à l'insu de mon fiancé. Un seul mot de Louis à David, et tous mes plans d'avenir se dissiperaient dans la seconde, comme poussière au vent. Finie ma vie rêvée ; fini le traitement miracle de Maude… Son stratagème odieux, et pour tout dire inexplicable, avait anéanti tout ce que nous avions semé, David et moi, ces derniers mois. Même cet argent compté et recompté à l'arrière du taxi, si sale qu'il n'avait pas daigné me le remettre de ses mains soignées, avait corrompu le symbole de mon amour pour son frère : cette montre que désormais je répugnais à acheter pour David, tant elle symboliserait le fruit de ma honte et de ce secret qui nous unissait, Louis et moi.

Je n'arrivais pas à admettre l'hostilité manifeste d'un homme que, jusqu'à ce soir, je n'avais jamais rencontré. Que lui avais-je donc fait ? Ne voyait-il en moi que l'une de ces petites ambitieuses, ces arrivistes, ces intrigantes sans qualité ni cervelle, qui tournaient autour de la fortune familiale comme autant de sangsues ? L'idée me vint même un instant que David en personne avait pu mandater Louis pour tester la sincérité de mon attachement, comme il devait sans doute mettre à l'épreuve ses plus proches collaborateurs au cours des interminables processus de recrutement qu'il leur imposait. Mais pas avec moi. Je ne croyais pas à cette hypothèse abjecte… Pas après une demande en mariage comme il m'avait offerte sur la péniche. Un homme capable de ce genre de choses ne pouvait être si manipulateur dans ses affaires privées – c'est ce qui le différenciait de Louis, prêt à toutes les manigances, pour ce que je pouvais en juger.

— Tu dors ? murmura-t-il soudain d'une voix chiffonnée.

Je m'attendais si peu à l'entendre que je faillis hurler dans l'obscurité totale de la chambre.

Comme s'il avait senti mon besoin d'être rassurée, il plaqua son torse athlétique contre mon dos, son corps idéalement imbriqué dans le mien, cuisses contre cuisses, et caressa mon cou de son souffle régulier. « Ça dégagerait encore mieux votre nuque, m'avait susurré Louis moins d'une heure plus tôt. Et ce serait dommage de la cacher. »

Le souvenir de ses paroles, et plus encore celui du contact de ses doigts le long du sillon sensible, dégagé par ma chevelure relevée en chignon, éveilla en moi une vague de chaleur inattendue. Une boule d'énergie autonome semblait se promener à sa guise depuis mon cou jusqu'à mes reins, pour s'emparer alors de mes fesses et des replis charnus de mon sexe, lesquels gonflèrent presque instantanément d'une envie irrépressible. En un mouvement réflexe, je pressai mon postérieur contre le sexe de David, qui ne tarda pas à émerger de sa torpeur.

— C'est l'hôpital qui te met dans cet état-là ? murmura-t-il sourdement, ses lèvres soudées à mon oreille.

Je gémis ma réponse, avec une lascivité qui ne me ressemblait pas.

— J'ai envie de toi… Prends-moi maintenant.

— Tu ne veux pas que je te…

— Prends-moi ! lui intimai-je.

Il ne se fit plus prier, libérant son érection du carcan de coton qui l'emprisonnait, et vint se planter en moi, sans préambule ni aucune caresse liminaire, en cuillères. Cette position n'autorisait qu'une pénétration peu profonde, et des allers-retours de faible amplitude. Outre le confort qu'elle offrait, le seul avantage que je lui trouvais était cette totale licence qu'elle laissait à mes mains, pour fourrager librement dans ma toison, puis de deux doigts écartés en V, de part et d'autre du petit monticule sensible qui dardait maintenant entre mes jambes. Ma respiration s'affolait. Un râle léger me saisit, à mesure que le bouton rosé gonflait sous mon action. Je ne sentais pas encore le grand chavirement, celui qu'on attend toutes mais, depuis ce point, un tressaillement sourd me traversa de part en part. J'en voulais plus, plus fort, et surtout plus longtemps. Je voulais que ça ne s'arrête pas et, la bonne nouvelle, c'est que cela dépendait uniquement de moi. De ma capacité à dispenser sur mon corps les bonnes caresses. Ma main libre rejoignit celle de David et l'invita à pincer plus franchement le mamelon dressé. Cette action conjointe sur mes deux pointes érigées créa une sorte d'arc électrique. Les muscles de mon dos et de mes cuisses se contractèrent dans un bel ensemble, presque douloureux. J'aurais aimé que cette décharge se prolonge plus que ces quelques instants, à mon goût bien trop brefs.

Je ne me souviens plus de la fois où j'ai découvert la bonne technique pour me faire jouir. J'imagine que c'était dans mon lit de jeune fille, face à un poster de Depeche Mode et entre deux peluches.

Depuis ce jour, je procède presque toujours à l'identique : je commence par effleurer le galbe de mes seins. Je ne me l'explique pas trop mais il semblerait que, chez moi, tous les organes érectiles soient liés entre eux. Survoler mes mamelons de la paume de la main a pour effet immédiat et invariable de réveiller le petit bonhomme rose sous son chapeau. Mais, surtout, je ne me précipite pas pour le toucher. Je poursuis l'exploration dans la partie haute : tétons, cou, nuque… Parfois je passe aussi une main dans mes cheveux, qui coulent lentement sur mon visage en autant de petits doigts cajoleurs. Lorsque je sens mon entrejambe s'échauffer peu à peu, alors seulement je laisse l'une de mes mains gambader vers mon nombril, le rebond de mon ventre, jusqu'à ma toison. Je joue avec elle un moment, enroulant mes boucles sauvages autour du majeur ou de l'index. Mon autre main frôle mes lèvres. Par instants, un doigt ou deux s'immisce dans ma bouche, où ma langue leur décoche un petit coup humide.

En bas, les choses sérieuses s'engagent alors : majeur et index écartés en V, j'abaisse cette fourche naturelle de part et d'autre.

À chaque mouvement, la base de mon outil naturel vient frapper le petit sommet, désormais bien excité. J'ai l'impression qu'il grossit à vue d'œil. Qu'il jaillit de moi, tel un haricot magique poussant en accéléré. Surtout je poursuis ce va-et-vient, sans faire de halte.

À certains passages, je referme juste mes deux doigts comme une pince autour du clitoris, soudain écrasé, et que j'imagine d'un rouge écarlate. Puis je reprends encore et encore. Quand mon plaisir me semble imminent, alors ma seconde main entre en action. Selon les fois, j'applique un petit mouvement circulaire de la pulpe de mon index directement sur le gland qui commence à irradier un plaisir irrépressible, ou bien j'introduis le même doigt dans mon vagin, où il se promène, pétrit en tous sens mon intérieur détrempé.

Sous le fol effet de ces actions simultanées, une première vague naît depuis le clitoris, aiguë, puissante, et frappe tout mon ventre alentour. Une deuxième, parfois suivie de plusieurs répliques, gronde comme un tsunami depuis un épicentre enfoui dans mes entrailles et déferle lentement en deux directions opposées : vers le bas jusqu'à la pointe de mes pieds, et vers le haut où elle soulève ma poitrine et renverse ma tête en arrière. « Oh, non, non... », je gémis le plus souvent, avant de m'affaler d'un coup, puis de me recroqueviller sur le côté, épuisée. Satisfaite à défaut d'être réellement heureuse.

(Note manuscrite anonyme du 06/06/2009 :
à part le poster de Depeche Mode,
tout est juste ou presque… comment fait-il ?)

Encouragé néanmoins par ce qu'il croyait être le produit de ses efforts, David redoubla la cadence, et ne tarda pas à s'épancher en moi, dans un cri d'abandon plaintif qu'on aurait pu croire douloureux. Sentir ses contractions à l'intérieur m'apparut comme une sorte de récompense. Un encouragement.

Car si, côté pile, tout était déjà fini, David se retirant aussitôt après, côté face je poursuivais le balayage du majeur et de l'index, maintenant sur toute la surface de ma vulve, introduisant l'un ou l'autre doigt à tour de rôle dans ma fente enfin humide. Bientôt, il y eut un déclic net, puis une vague qui me parut naître sous mon nombril pour déferler sur la plage abandonnée de mon bas-ventre et de mes jambes. Une seule vague, cette fois-ci.

— Nooooon…

Ce n'était pas l'orgasme du siècle, mais c'en était bien un, tel que je savais les identifier et surtout me les dispenser à moi-même, plaisirs de poche à consommer vite fait, entre deux coussins. En cela, ma sexualité avec David n'était pas très différente de celle que j'avais connue avec Fred ou durant mes quelques mois de célibat, faite d'un plaisir qui savait ne devoir compter que sur moi, et moi seule.

J'espérais qu'il donnerait toutefois le change à mon amant, lequel s'en attribuerait alors le mérite, mais un ronronnement léger, annonciateur d'un ronflement bientôt plus puissant, s'élevait déjà à mes côtés. David dormait, et je ne tardai pas à le rejoindre, épuisée par cette avalanche d'émotions contraires, aussitôt emportée par un rêve étrange où David Garchey, le petit prodige promu par Louis, vêtu de la même tenue de poupée que son pénis géant, me murmurait avec un sourire effacé : « Pourquoi tu ne lui apprends pas à te faire l'amour ? Hein, qu'est-ce que tu attends ? »

C'est fou, les vertus d'une carte au crédit illimité, paré de sa couleur platine, black ou je ne sais quel autre verni privilège ! Dégainer celle de David, une bonne demi-douzaine de fois au cours de la matinée qui suivit, effaça presque complètement les angoisses et les errements de la veille. À chaque composition de son code confidentiel, marque suprême de sa confiance, j'oubliais un peu plus Louis, l'œuvre tératologique de David Garchey et tout ce pompeux verbiage conceptuel sur l'apprentissage amoureux. J'oubliais sous quelle menace m'avait placée la rencontre avec mon beau-frère. Je n'écoutais plus que le babil des vendeuses, comme autant de sirènes à l'enivrante mélopée.

— Ça fera quatre cent cinquante-huit euros, s'il vous plaît, mademoiselle.

— Le gilet, la jupe, les escarpins, le petit sac à main… Je vais vous demander huit cent vingt-trois euros cinquante, s'il vous plaît.

— Deux cent soixante-sept euros, je vous prie. Vous avez la carte du magasin ?

— Ouh là, je vois que vous êtes bien chargée. Vous voulez que je vous appelle un taxi ?

— Cinq cent vingt et un euros, en comptant les quinze pour cent de rabais pour les montants au-dessus de cinq cents, d'accord ?

— Vous avez jeté un œil sur la nouvelle collection ? Tout à fait votre style !

Quoi qu'on me dît, j'acquiesçais sans écouter, flottant sur un tapis volant d'aisance et d'argent facile. En quelques heures, j'écumai toutes ces petites enseignes de créateurs plus ou moins branchées qui ont élu domicile dans le quartier des Abbesses, triangle de sophistication circonscrit entre les très populaires rue Lepic, rue des Martyrs et rue des Trois-Frères. Le soleil était radieux, et l'air caressant chassait les quelques pensées qui s'attardaient encore du côté des Barlet.

L'autre avantage à être identifiée comme une cliente sans problèmes de fin de mois, quand bien même ce fut sur le compte de monsieur, c'est le changement radical du regard porté sur vous. Soudain, je n'étais plus cette fille un peu trop ronde, à laquelle on tend sa taille quarante avec un air de dégoût, mais une plantureuse créature, l'égale de ces nouveaux mannequins qui assument pleinement leurs formes et que la publicité cherche aujourd'hui à ériger en modèles après les avoir bannis durant des décennies.

Ainsi encouragée, je n'avais plus aucun scrupule à choisir ces hauts moulants ou ces jupes bouffantes qui, tous, exaltaient mes lignes voluptueuses. Un physique « à la Boucher, ou à la Poussin », appréciait parfois David, en amateur de peinture classique.

Des Abbesses à la place Pigalle, il n'y avait que quelques pas à se laisser couler au bas de la rue Houdon, dizaines de mètres que j'effectuai en avalant un sandwich aux falafels, gras et dégoulinant à souhait. L'enseigne devant laquelle je m'arrêtai enfin boulevard de Clichy était bien plus clinquante que celle des boutiques de mode que je venais de fréquenter. Les néons roses et rouges composaient une silhouette dénudée qui clignotait son appel à la luxure. Des hommes levaient le nez, certains s'arrêtaient, dont une poignée s'engouffrait dans l'entrée tapissée de miroirs.

— Entre, mademoiselle, c'est super aussi pour les filles ! m'exhorta un rabatteur au crâne rasé et au fort accent maghrébin. Entre !

— Non… Je viens juste voir une amie qui danse ici. So…

Je me retins. Dieu sait sous quel pseudonyme elle pouvait se produire dans un tel lieu. Je ne voulais pas éventer son anonymat.

— Elle est comment, ton amie ?

— Brune, les cheveux longs et bouclés… avec des…

Les joues pivoine, je mimai l'opulence de sa poitrine de deux mains en corbeille.

— Ah ah ! s'esclaffa-t-il, dévoilant une denture abîmée. Mais tu crois quoi, ma gazelle ? Elles sont toutes brunes avec des gros nibards !

— Comment je la retrouve moi, alors ? m'enquis-je avec toute la candeur possible.

Il appliqua dans mon dos une main amicale, mais ferme, me propulsant à l'intérieur de l'établissement.

— Allez vas-y, va… Après les miroirs tu prends le petit couloir à droite. Tu passes la porte indiquée « privé », et là tu vois toutes les filles. Ta copine est forcément dans une des cabines.

J'obtempérai, maudissant déjà Sophia de m'avoir donné rendez-vous sur son lieu de travail. « Tu sais, le genre de trucs de danse pour exciter les mecs avant qu'ils rentrent baiser bobonne à la maison », avait-elle minimisé dans son message vocal, tournant la chose comme une version féminine d'un spectacle de Chippendales.

Je savais que, en ces temps difficiles, elle avait dû sérieusement revoir ses ambitions à la baisse. L'imaginer était une chose, mais être le témoin de sa déchéance en était une autre. Une tout autre.

Je m'engageai dans le boyau mal éclairé, trop étroit pour moi et mon monticule de sacs griffés. À travers l'une des minuscules lucarnes qui perçaient les portes alignées, j'aperçus mon amie de dos, vêtue d'un string si fin que je ne notai sa présence qu'à la faveur d'une figure où elle me fit face un instant. Juste assez longtemps pour constater qu'elle avait retiré les deux piercings qu'elle portait d'ordinaire au nombril. Son déhanchement lascif échappait à toute chorégraphie. Ses évolutions sur le disco poussif qui résonnait à l'intérieur n'avaient pour seul but que de présenter au mieux sa poitrine, sa bouche et ses fesses à la vitre opaque qu'on devinait du côté opposé de la pièce minuscule. Par moments, elle collait l'un de ces attributs à même le verre sans tain. Derrière celui-ci, un homme était sans nul doute en train de se masturber.

Cinq minutes ! m'indiqua-t-elle à la dérobée, de sa main gauche déployée dans ma direction, signe qu'elle avait bien repéré ma présence.

Dans un autre de mes rêves moites, je suis allongée sur mon lit, nue, occupée à me caresser. Ce doit être l'été, car je ressens la chaleur, et un voile léger de sueur perle sur ma peau dénudée. Je ne porte rien sur moi et, si je m'abandonne si librement à mon plaisir, c'est que je suis convaincue d'être seule dans cette maison de vacances.

Mes cuisses sont écartées, mon sexe est grand ouvert, et j'applique ma technique infaillible : le V inversé autour de mon bouton érigé, le majeur de mon autre main plongé en moi, déjà ruisselant. L'intérieur est brûlant. Malgré la distance, je sens le parfum léger de mon liquide flotter jusqu'à mon nez, et cela m'excite plus encore. Pourtant, alors que je sens le point culminant approcher, j'entends distinctement des pas derrière la porte. Le parquet ancien craque sous le poids de celui qui se tient là, soudain immobile. Je peux presque percevoir le souffle retenu, haletant, de l'inconnu qui n'ose plus se manifester.

M'a-t-il surprise par hasard ? M'épiait-il ?

En d'autres circonstances je me serais rhabillée à la hâte ou dissimulée sous l'unique drap blanc. Mais c'est plus fort que moi. Je poursuis mon œuvre, j'amplifie même les cercles que décrivent les deux doigts tout au fond de mon sexe, à la recherche de ces zones sensibles des profondeurs. Je mords mes lèvres. Bientôt, je ne pourrai plus me retenir de crier. Savoir cet homme si près de moi, pétrifié par l'émoi, tremblant sans doute de son propre désir, décuple mes sensations. Je halète bruyamment… et lui aussi, désormais. Il a dû empoigner son sexe et se frotte maintenant au même rythme que moi, soucieux de contenir ses gémissements. Je me réveille juste avant que, je le suppose, nous jouissions de concert. Dans le demi-sommeil qui suit, j'imagine qu'il repart sans demander son reste, ni m'avoir révélé son identité.

(Note manuscrite anonyme du 06/06/2009 :
je n'ai jamais fait ce rêve mais, mon Dieu…
j'ai déjà vécu cette scène !)

Je restai quelques dizaines de secondes supplémentaires à contempler le numéro de Sophia, quand brusquement une lumière rouge au plafond de la cabine se mit à indiquer ce qui devait être le décompte final.

Dix, neuf, huit…

Alors, le cul tendu vers le client anonyme, son visage tourné vers moi, les yeux clos, Sophia introduisit un majeur dans son vagin, effaçant le fil si ténu de sa culotte. Elle se pénétra ainsi, d'abord avec lenteur, puis de plus en plus vite, simulant l'entrée en elle d'un tout autre membre.

…sept, six, cinq…

Cela faisait-il partie de son contrat ? Le doigt allait et venait en elle avec vigueur, comme si elle cherchait à combler son propre désir, et non pas celui du client.

…quatre, trois, deux…

Elle semblait prendre un plaisir intense dans cette offrande, mais je souffrais de la voir dans cette position dégradante, cet échange de dupes : quelques billets contre un fantasme inassouvi. Sa bouche s'entrouvrait. Ses paupières battaient malgré elle. Allait-elle jouir, là, à quelques pas de moi, pour ce pauvre type tombé si bas ?

…un, zéro.

La pièce fut brusquement plongée dans le noir. D'instinct, je fuis en direction de la sortie tandis que, derrière la porte rouge à la peinture écaillée, je l'entendais récupérer les vêtements légers dont elle s'était défaite au cours du show.

Les minutes promises s'étaient tout juste écoulées quand elle me rejoignit sur le trottoir, sous le regard entendu du rabatteur.

— Si tu dis que ça t'a plu, je m'inquiète… et si tu me dis que ça ne t'a pas plu, je t'égorge ! lança-t-elle en saisissant mes épaules dans un élan affectueux.

Je n'avais jamais osé lui poser la question de manière directe, mais j'étais à peu près convaincue que, au milieu de sa noria d'amants, figuraient aussi quelques maîtresses. Qui étaient-elles ? À quoi pouvaient-elles ressembler ?

— Je n'ai rien dit ! ris-je à la cantonade.

Ce début d'après-midi rayonnant appelait ouvertement à la flânerie, en dépit de ces sacs qui pesaient au bout de mes bras. Il me restait encore deux bonnes heures avant mon casting, dont une petite demi-heure de métro pour me rendre du côté de Levallois-Perret, au studio. Le parfum capiteux de Sophia, un mélange où les notes florales se mariaient au patchouli, le disputait aux relents du monstrueux kebab qu'elle s'offrit en chemin. Elle avait beau dévorer son en-cas avec la grâce d'un camionneur au bord de la route, c'est sur elle que les regards masculins s'attardaient. Cela avait toujours été sur elle, validant ce signal de disponibilité sexuelle qu'elle émettait sans effort, presque sans s'en rendre compte.

Quand elle eut fini son casse-croûte, nous nous attablâmes place des Abbesses, au soleil, à siroter un Monaco frais, sa boisson favorite. Était-ce l'ébriété légère du panaché ? Je ne tardai pas à lui raconter ma rencontre si peu fortuite du soir précédent.

— C'est un malade ! Faut absolument que t'en parles à David !

— Pour lui dire quoi ? Que son frère m'a traitée dix minutes comme une princesse et tout le reste du temps comme une traînée ? Et pourquoi ça ? Ah oui, attends, je sais : parce que *je suis* une traînée !

Les deux buveurs de bière à la table voisine, bobos oisifs postés là à l'affût de leurs prochaines conquêtes, nous jetèrent des regards égrillards.

— Enfin, Elle, il t'a tendu un traquenard dans le dos de son frère. Tu ne peux pas laisser passer ça !

— David peut entendre beaucoup de choses, So'… Il m'accepte déjà telle que je suis, malgré mes dix étages d'ascenseur social en moins. Mais il ne pourra jamais passer l'éponge sur cette partie de mon passé. Tu imagines les titres dans la presse ? « David Barlet, PDG du groupe Barlet, épouse une call-girl ! »

— T'es pas une call-girl, putain de merde… T'es une *escort*, ça n'a rien à voir.

Nouvelles œillades insistantes à notre droite.

— Ah ouais ? Va expliquer ça à ces chacals de la presse people !

Elle dénigra l'attention que nous portaient les deux importuns d'un œil sombre, et revint sur moi, un sourire aux lèvres :

— Euh, j'ai pas rêvé… Tu as bien dit « épouse » ?

— Hum, oui, soupirai-je. Enfin ça, c'était avant la soirée d'hier.

— Nan, nan, nan ! Défense de déprimer ! L'un des mecs les plus beaux et les plus friqués de France veut te passer la bague au doigt, à *toi*. Alors tu es gentille, tu ne vas pas tout faire foirer au dernier moment.

Mon téléphone vibra alors dans mon sac, suspendant un instant ses injonctions :

Urgence BDN : Annabelle,
êtes-vous disponible pour une mission ce soir,
théâtre des Champs-Élysées, à 20 h 30 ?
Triple solde proposée par le client en
dédommagement de la commande de dernière minute.
Merci de me répondre au plus vite.

Désolée, non, autres projets en vue.

J'avais répondu sans une seconde d'hésitation. Car si David ignorait bien évidemment tout de mon activité chez Belles de nuit, j'avais également pris soin de dissimuler à Rebecca mon union imminente, eu égard à la notoriété de mon futur époux.

Quant au commanditaire de cette mission surprise, je n'avais aucun doute sur son identité : Louis Barlet. Qui cela pouvait-il être d'autre ? Il me l'avait annoncé : « À demain. »

— Y'a un truc pas clair dans ton histoire, poursuivit Sophia. Comment son frère a-t-il pu savoir pour toi ?

— Je ne sais pas. J'imagine qu'il est client de l'agence. Vu la fille avec laquelle il est reparti de la galerie, je ne suis même pas étonnée.

— Rebecca propose des centaines de filles dans son fichier. C'est tout de même un peu énorme qu'il soit tombé sur toi.

— David a dû lui montrer un portrait de moi… spéculai-je. Il m'aura reconnue en feuilletant le catalogue.

Le mobile exigea de nouveau mon attention.

Vous avez déjà refusé
trois missions le mois dernier.
Vous connaissez la règle :

encore un refus et vous êtes radiée.
Réfléchissez bien.

C'est tout réfléchi.

Bien. Mais dois-je vous rappeler
le montant des dépenses engagées sur votre compte
et que vos missions n'ont pas encore couvertes ?
Je vous rappelle que j'ai étalé leur remboursement
à VOTRE demande. Vous ne serez pas libérée
du contrat nous liant tant que vous ne m'aurez pas
restitué cet argent jusqu'au dernier centime.
Je suis conciliante, mais je ne tiens pas un foyer de charité !

Je ne le savais que trop bien. Encore mille sept cent cinquante-cinq euros. Une somme que mes économies du moment auraient largement pu couvrir. Mais une fois de plus, cela supposait de renoncer à mon cadeau pour David.

— Ça va ? s'inquiéta Sophia.

— Oui, oui… C'est justement Rebecca qui me harcèle.

— Envoie-la promener, cette vieille salope ! gloussa mon amie. T'auras qu'à demander un peu d'argent de poche à ton milliardaire et tu pourras lui jeter ce que tu lui dois à la figure. Serviteur !

Elle jeta avec mépris une liasse imaginaire à un hypothétique loufiat. Ma rébellion l'allégeait elle aussi du poids de son esclavage, au moins un peu, au moins le temps d'en rire.

— Millionnaire, pas milliardaire, la corrigeai-je.

— Mouais, eh bien ça devrait suffire pour honorer tes dettes. Zappe-moi cette conne de ton portable.

Sur son ordre, je supprimai le SMS menaçant de Rebecca. Mais un autre le remplaça presque aussitôt dans la liste des messages non-lus, accompagné du tintement caractéristique.

— Elle s'accroche, la vieille peau ! s'exclama Sophia.

— Euh, non, c'est pas elle… Merde.

Ce que j'apprenais là, en quelques mots polis et circonstanciés, me faisait bien plus de mal que les comptes d'apothicaire de Rebecca Sibony. De l'argent, je n'en manquerais plus dorénavant, c'était un fait indéniable, et pour moi une victoire sur ce destin misérable qui m'avait été donné à la naissance.

Mais la reconnaissance professionnelle, elle, ne s'achetait pas.

— C'est qui ?

— Mon casting… Il est annulé. Ils ont déjà pris une autre fille. La gonzesse de la météo.

— C'est une vraie quiche !

— Je sais… Mais elle fait tellement starlette à l'antenne qu'elle passe au zapping tous les jours. Sa tête est déjà connue.

— Hum… Je ne comprends pas pourquoi tu t'acharnes à bosser pour ces gros nazes de la télé. Je suis sûre que tu déchirerais dans la presse magazine.

— Je te rappelle que mon fiancé est l'un des « gros nazes » en chef, répliquai-je aussi sec.

— Et moi qui ignorais que vous alliez vous marier il y a encore cinq minutes.

Sophia cherchait vainement les mots qui réconfortent. Bien qu'harassée par les heures passées à se trémousser devant une vitre sans visage, elle trouvait encore l'énergie nécessaire pour me consoler.

— Au moins, toi, tu ne seras plus jamais une hotelle.

— Une ho-quoi ? m'étonnai-je.

— Rebecca n'en a jamais parlé devant toi ?

— Non…

— C'est comme ça qu'elle appelle les filles qui finissent leurs missions plus souvent qu'à leur tour dans une chambre. *Hot* plus elle = hotelle. Plutôt bien trouvé, non ?

Les filles comme elle, Sophia. Une hotelle qui allumait le désir des hommes le jour, dans sa cabine, pour l'éteindre de ses caresses tarifées le soir.

— Je ne savais pas qu'elle donnait dans les jeux de mots littéraires, persiflai-je.

— N'empêche que pour toi, c'est fini tout ça.

J'aurais voulu en être sûre. J'aurais tant aimé que ce casting me permette de refermer la porte de la chambre Joséphine, et toutes les autres portes de l'Hôtel des Charmes, une fois pour toutes. Être Annabelle, tout bonnement. Ni elle, ni *hot*.

— Ça t'embête si j'appelle David là, maintenant ?

— Non, bien sûr, vas-y. Tu veux que je te laisse ?

— Non, reste.

Je la retins d'une main sur son avant-bras bronzé. L'été la vêtait d'un hâle qui lui allait si bien…

— Pas très dispo, dis-moi, ton empereur des médias, remarqua-t-elle lorsque je raccrochai peu après.

— En journée, jamais, non. Mais justement, c'est bizarre… Il veut que je le rejoigne à son bureau.

— Maintenant ?

— Oui, tout de suite. Il m'a dit qu'il m'attendait.

— Il t'a peut-être préparé une petite conférence de presse : « Annabelle Lorand, vous vous apprêtez à épouser David Barlet et vous êtes par ailleurs *escort girl* le soir… comment vivez-vous le grand écart entre ces deux mondes, si différents ? »

— Andouille !

Je la quittai précipitamment et, lestée de mes emplettes, je sautai dans un taxi en direction de la porte de Sèvres. Jusque-là, je n'avais fait qu'approcher la tour Barlet. Cette haute vigie scintillante, dominant le périphérique et, au-delà, tout le sud de la capitale, contrastait avec les goûts privés de David, plus portés vers les bâtiments anciens. De près, elle était encore plus glaçante, comme je le constatai en entrant dans le hall vertigineux.

— Mademoiselle Lorand ?

Une petite blonde boulotte et un peu chevaline, impression soulignée par son chignon tressé, m'accosta dès mes premiers pas dans l'édifice, sans doute à l'affût de mon arrivée.

— Je suis Chloé. M. Barlet m'a chargée de vous conduire à son bureau. Si vous voulez bien me suivre ?

— Oui, avec plaisir.

— En fait, se reprit-elle comme si sa vie en dépendait, il vous retrouvera en salle de réunion. Il est actuellement en rendez-vous dans son bureau.

— Bien.

Je me sentais comme embarquée malgré moi dans une machinerie qui me dépassait, et où Chloé n'était probablement qu'un rouage mineur et, à ce titre, sujette à toutes les pressions. Entre notre entrée dans l'ascenseur et la porte transparente de la pièce où elle me laissa, elle avait regardé sa montre au moins une dizaine de fois.

— Je peux vous offrir un café ? Un thé ? De l'eau ? Une boisson fraîche ?

— Non, rien, ça ira très bien. Merci.

— OK. M. Barlet sera là dans moins de…

Ultime contrôle du chrono.

— …Trois minutes. Quatre maximum.

— C'est parfait, faillis-je éclater de rire.

Mais je me ravisai, songeant que cette vie où chaque entrevue est calibrée à la seconde près était le quotidien de cette pauvre fille, mais aussi de l'homme dont je partageais la vie.

Je m'assis dans l'un des fauteuils en cuir à roulettes flambant neuf, et je feuilletais la presse économique qui traînait sur un coin de table, lorsqu'une ombre se profila derrière la cloison vitrée. Son parfum, cette association caractéristique de lavande et de vanille, me parvint avant que je ne sois capable de l'identifier. Je relevais tout juste le nez de ma lecture distraite, quand la voix dans l'embrasure me saisit :

— Elle ! Chez nous, et en personne ! Mais quel honneur !

Les deux mains pressées sur le pommeau de sa canne, Louis Barlet me fixait de ses yeux si vifs, gainé dans un costume tout aussi étriqué – et néanmoins aussi élégant – que la veille. Ma respiration se bloqua un instant dans ma poitrine. Je devais faire une tête de poisson mort, ou quelque chose d'aussi affriolant, car son sourire s'élargit, et il effaça de son visage ce dédain qu'il affichait par défaut, m'offrant cette expression avenante qu'il avait adoptée dans les premiers moments de notre rencontre.

Mais pouvais-je me fier à cette bonne mine ? Se pouvait-il qu'il m'ait traquée jusqu'ici, n'obtenant pas la réponse qu'il espérait par l'intermédiaire de Rebecca ?

Je fis quelques pas décidés, et me plantai si près de lui qu'il ne pouvait pas échapper à une explication.

— Qu'est-ce vous foutez là ?

— Ce que je fiche là ?

Il semblait jouir de l'incongruité de la situation, presque hilare. Son apparition, plus déplacée encore que le soir précédent à la galerie, me foudroya tout autant que la veille. Exaspérant et pourtant si intense, si juste, comme si chacune de ses cellules se savait légitime en ce lieu, et dans l'instant présent.

— Je crois que mon absence de réponse a été assez claire, martelai-je. Je ne suis pas disponible ce soir. Ni aucun autre soir, d'ailleurs.

— Mais j'avais très bien compris la première fois.

Au moins admettait-il clairement être derrière cette invitation. Je fulminais sous son nez, résistant à l'envie de lui saisir la gorge ou de décocher un croc-en-jambe à son genou débile.

— Alors... Alors pourquoi m'avez-vous suivie ici ?

— Je ne vous ai pas suivie, je vous le promets.

— Vous mentez ! tonnai-je, contenant ma rage avec difficulté.

— Calmez-vous. Chloé m'a juste informé de votre pré...

— Ah ! Vous voilà tous les deux !

La voix enjouée de David s'était invitée dans la bulle de colère où je me débattais. Celle-ci explosa aussitôt, pour laisser place à la surprise, puis à ses bras qui m'enlacèrent avec une chaleur mesurée.

— Les présentations sont enfin faites, c'est magnifique.

Pour David, tout était toujours « splendide » ou « magnifique ». S'il n'employait pas l'un de ces qualificatifs enthousiastes, on pouvait conclure que la situation lui paraissait médiocre, voire terrible. En cet instant, il semblait sincèrement heureux de nous voir ensemble.

Louis tentait de dissimuler sa jubilation, et cherchait à capter mon regard pour mieux s'en emparer.

— On peut dire ça, oui.

— Voilà donc mon affreux grand frère ! plaisantait David en pressant l'épaule de son aîné. Et accessoirement le Directeur de la communication de Barlet Groupe.

— Directeur de... bredouillai-je, effarée.

— Le seul que nous ayons jamais eu... mais néanmoins, et de très loin, le meilleur.

L'humour patelin de David agaçait prodigieusement Louis, c'était évident. Et pourtant, en la présence de son frère, il faisait preuve d'une retenue qui tranchait sur son attitude débridée de la veille. Le respect de l'employé pour son patron, certainement. Ou celui du fils prodigue pour son frère qui a réussi.

Le PDG se tourna vers son bras droit et lui demanda sur un ton tout professionnel :

— Maintenant, si ça ne t'ennuie pas… J'ai deux mots à dire à Annabelle. En privé.

— Bien sûr.

Louis s'inclina servilement, m'adressa un regard impénétrable et s'éclipsa enfin, disparaissant bientôt dans les confins de l'étage, sa longue silhouette vacillante réfléchie quelques instants par le jeu de la lumière extérieure et des immenses panneaux de verre.

Louis Barlet a des fesses musclées, saillantes, que je devine divinement pommées sous la toile moulante, tendue à l'extrême, de son pantalon. Des fesses qu'on a irrémédiablement envie d'agripper, de presser, peut-être même de mordre, de les…

(Note manuscrite anonyme et incomplète du 06/06/2009 : *no comment !*)

— Ma chérie ?

— Oui ?

— Assieds-toi, s'il te plaît.

Je m'exécutai et me retrouvai pour la première fois face à David, dans la position de celle qui se doit d'écouter avec toute la docilité requise d'une bonne épouse.

— J'ai bien réfléchi à ton histoire de casting, tout ça…

— N'en parlons plus.

— Si, si… Parlons-en, justement. J'ai discuté cet après-midi avec Luc Doré, le directeur de l'antenne de BTV. Il songeait depuis longtemps à ajouter une case culturelle dans sa grille de début de soirée. Notre prime time du jeudi soir ne décolle pas. Jusque-là, c'est plutôt moi qui freinais… mais je viens de lui donner mon feu vert.

Freiner. Feu vert. Exprimé ainsi, le job de David paraissait aussi simple et réjouissant qu'une partie de Mille Bornes. Un jeu où il gagnait toujours, bien sûr.

— Et alors ? feignis-je de ne pas lire dans ses cartes.

Il me saisit la main.

— Alors, mademoiselle Lorand... Je devrais dire madame Barlet... J'ai le plaisir de vous annoncer que, d'ici quelques semaines, vous animerez la nouvelle émission culturelle généraliste de BTV, *Cultur'Mix*.

— Tu plaisantes ?

— Pas du tout. J'ai récupéré tes bandes démos au CFJ, je les ai montrées à Luc, il s'est montré enthousiaste.

— Mais David... je n'ai jamais fait d'antenne de ma vie !

— Eh bien tu vas faire comme quatre-vingt-dix-neuf pour cent des animateurs télé : tu vas apprendre sur le tas.

Il retira sa main et se leva, apparemment alerté par sa petite Chloé intérieure qui veillait sur son emploi du temps.

— Évidemment, le titre est provisoire... S'il ne te plaît pas, tu peux en changer. Sur ce, je te laisse. Je suis en retard de deux minutes. On en reparle ce soir à la maison.

Mon futur mari venait de bouleverser ma vie encore plus radicalement que je ne l'avais rêvé. Et mon patron venait de me quitter sans un au-revoir, ni le moindre baiser.

Hélas pour moi, il s'agissait du même homme.

10

Le RER pour Nanterre ne m'avait jamais paru aussi beau, ni le trajet depuis le cœur de Paris aussi bref. J'en oubliai jusqu'aux manœuvres de Louis et celles, pas moins inquiétantes, de mon harceleur. Je crois même qu'une fois ou deux je souris bêtement à mon vis-à-vis. J'aurais voulu que mon petit nuage soit contagieux et que chaque voyageur puisse grimper sur le sien pour poursuivre la route. C'était peut-être trop demander…

Dehors, la lumière déclinante parait les grands ensembles gris de couleurs flatteuses, et ils me parurent beaux, soudain.

J'étais si guillerette que je renonçai à entrer dans le commissariat du centre-ville, comme je me l'étais promis ces derniers jours, et que j'en oubliai aussi de faire halte à la boulangerie pour rapporter à maman ses petites douceurs. La proposition de David effaçait toutes mes craintes, toutes mes peurs.

— C'est pas grave, m'accueillit Maude dans son éternelle robe de chambre. J'ai fait une blanquette façon grand-mère.

Elle n'en avait ni l'âge ni la descendance, mais la maladie lui en conférait déjà les stigmates : ce teint gris uniforme, ces rides qui semblaient être plus creusées chaque jour, cette pesanteur dans le moindre pas…

J'éprouvai d'abord quelques scrupules à étaler mon bonheur devant elle, puis je me lançai tout en touillant d'une main le ragoût de veau à la sauce écrue, dont les senteurs de muscade et de laurier me chatouillaient suavement le nez. Comme pour partager ma joie, Félicité ronronnante décrivait de savantes boucles entre mes jambes.

Je tâchai de minimiser la chance exceptionnelle que m'offrait David, mais ma mère en savait assez pour la mesurer à sa juste valeur :

— C'est merveilleux ma chérie ! C'est merveilleux…

Elle se colla à mon dos et m'enlaça de ses bras si faibles que j'eus la sensation qu'elle s'agrippait à moi pour ne pas vaciller. Je passai ma main libre derrière moi pour la câliner, les yeux rivés au bouillon épais.

— Oui, c'est sûr…

— Mais… ?

— Je suis gênée qu'il fasse tout ça pour moi.

— Pourquoi ?

— Enfin, tu vois bien : j'ai vingt-trois ans, je sors à peine de l'école… Et je vais avoir *mon* émission, à une heure de grande écoute, sur l'une des chaînes les plus regardées de France. Tu as conscience de la manière dont les gens vont qualifier ça ?

— Un coup de bol ? risqua-t-elle avec un petit rire, convaincue de parler jeune.

— Non… un gros coup de piston. Si je ne suis pas excellente, je vais me faire massacrer !

Elle plaqua sa joue sur mon dos, comme le font les enfants. Sa voix déjà altérée se fit plus menue encore.

— Mais tu *seras* excellente, Elle. Un point c'est tout.

— Maman… soupirai-je dans un sourire. C'est adorable, mais crois-moi. Ce genre de passe-droit, surtout dans ce milieu, on finit toujours par les faire payer. La copine du patron qui squatte l'antenne, ça agace tout le monde : les spectateurs, les commentateurs… et je ne te parle pas des autres animateurs recalés par ma faute. J'en ai suffisamment pâti moi-même.

Je songeai au SMS de refus reçu quelques heures plus tôt et le congédiai aussitôt de ma mémoire.

À cette distance, le parfum tout simple de rose que portait invariablement ma mère, autrefois si rassurant, se mêlait aux effluves du plat mijoté.

— Moi je ne crois pas à la chance, ni au hasard, répliqua-t-elle avec toute la fermeté dont elle était encore capable. Si cette chose t'arrive, sois-en sûre, c'est que tu la mérites.

— Hum…

— Tu m'as dit que ce Luc Machin avait adoré tes essais ?

— Oui… Enfin, c'est ce que dit David. Et je pense surtout que l'autre cherchait à ménager son patron. Pour ce que j'en ai vu aujourd'hui, mon chéri n'a pas l'air franchement commode dans le travail.

— Je ne te trouve pas très gentille avec ton ami, m'asséna-t-elle sur un ton doux, mais sans appel.

Je me retournai vers elle, un peu surprise par cette brusque condamnation.

— Pas gentille ? Avec David ?

— Tu pourrais avoir un peu plus confiance en son jugement. Après tout, tu le dis toi-même : c'est le patron d'une très grande chaîne. S'il estime que tu es compétente pour ce poste, je ne vois pas de raison de ne pas le croire.

Je la dévisageai un moment, interdite, les yeux prêts à déborder. Je jetai plutôt un regard vers le salon, par la porte entrouverte. Sur le buffet trônait cette collection de photos de moi qu'elle entretenait religieusement, mémorial de tous les minuscules triomphes de ma jeune existence, jusqu'à ces images prises le jour des résultats du bac ou ce cliché qui me montrait dans les bras de Sophia, notre diplôme d'université en main.

— C'est normal que tu aies des doutes, ma chérie, reprit-elle en saisissant mes mains dans les siennes, si légères. Mais, au niveau de responsabilité qui est le sien, David ne peut pas se permettre d'en avoir. Et c'est *toi* qu'il a choisie.

Elle trouvait les mots, ceux qui éclairent et qui apaisent, comme toujours, comme toutes ces fois où j'avais réclamé mon ectoplasme de père et ne disposais pour tout réconfort que d'une antique photo aux couleurs fanées : lui et moi en bébé joufflu, datée de l'époque de sa disparition, fin 1987.

Richard Rodriguez, chef de chantier d'origine espagnole qu'elle avait épousé sur le tard, probablement par dépit, était parti coordonner un projet au Québec, soi-disant quelques semaines, et n'était plus jamais reparu. Pffutt, le fantôme.

— Merci, maman…

Je la pressai contre moi, assez fort pour partager avec elle un peu de ma chaleur.

— Oh, j'suis bête... j'allais oublier le plus important !

J'avais joint les mains telle une gamine, excitée à nouveau.

— Qu'est-ce qu'il y a ?

— Attends...

Je filai dans l'entrée, fouillai mon sac accroché à la patère et revins vers elle, brandissant une enveloppe allongée, au rabat de laquelle figurait un planisphère en traits filaires.

Maude écarquilla des yeux interrogateurs.

— C'est quoi ?

— Tada ! claironnai-je joyeusement. À ton avis : ton passeport annuel pour Disneyland.

— Hein ?

Elle hésitait entre rire et me chapitrer. Je fis semblant de la fouetter avec mon fleuret de papier.

— Mais non ! Nos billets pour L.A. ! C'est l'assistante de David qui me les a donnés tout à l'heure.

— « Elle est » ?

— Los Angeles, maman... faut que tu te mettes un peu à niveau. Franchement, là, tu crains.

Tant que je ne franchissais pas certaines limites, elle adorait que je la charrie de la sorte, établissant avec elle cette complicité qu'on réserve habituellement aux amies du même âge.

— Tu aurais vu la tête de Mme Chappuis quand je lui ai dit que j'allais partir aux États-Unis cet été !

— Je parie qu'elle ne t'a pas crue.

— Elle a carrément pensé que je yoyotais, oui ! « Ben voyons, l'Amérique, maintenant... »

— Tu lui enverras une carte postale.

— Tu la signeras avec moi. Elle enragera encore plus, cette vieille bique !

Elle se saisit de la pochette et en sortit les rectangles de papier rigide, bardés d'informations et de codes. Elle parcourut le premier un instant.

— On part le 20 juin ?

Deux jours après mon mariage, songeai-je, retenant pour moi cette information capitale, incapable de partager avec elle mon bonheur quand sa vie même était en suspens.

Mon mariage… Même à moi cette perspective paraissait irréelle, tant il en était peu question dans les échanges avec mon entourage. David n'en parlait pas, comme si, mon accord obtenu, la chose était déjà acquise, et que la suite des événements ne serait plus désormais qu'une formalité négligeable et fastidieuse. Comme promis, Armand œuvrait dans l'ombre pour que tout fût parfait le jour venu, si bien qu'il m'excluait des décisions les plus élémentaires (le choix des faire-part, des fleurs, du menu, etc.), dont je n'obtenais que de lointains échos une fois les choix déjà entérinés par ses soins ; Sophia en personne, d'ordinaire intarissable sur ce type de sujet, semblait gênée d'évoquer avec moi cette échéance pourtant si proche. Jalouse ? Vexée que je ne l'aie pas d'emblée choisie comme témoin ?

— Oui, nous partons le 20, pourquoi ? Tu avais autre chose de prévu ? répliquai-je, toujours légère.

— Et tu commences quand ton nouveau travail ?

— En principe dans trois jours, le 9. Mardi 9.

Refermant l'enveloppe et prenant mes mains dans les siennes, si fragiles, elle leva sur moi un regard grave et déterminé.

— J'irai seule.

— Quoi ? glapis-je.

— Tu ne peux pas venir avec moi. Tu viendras juste de prendre ton poste sur cette chaîne.

— Mais maman, l'avion décolle un samedi ! Y'a aucun problème !

— Sois raisonnable : tu ne vas pas faire l'aller-retour à l'autre bout du monde dans le week-end. Et puis c'est très important pour toi. Tu ne peux pas partir plusieurs jours en congé à peine engagée.

— C'est David qui a fait réserver les billets. Et David est *aussi* mon patron, maman. Si ça lui avait posé problème, il me l'aurait dit. Il n'aurait pas choisi ces dates.

Aussi affaiblie fut-elle par la maladie, elle demeurait ma mère, capable de m'imposer quand elle le souhaitait sa volonté d'un seul regard. D'un seul mot.

— Non, non… Tu restes ici, ma fille. J'irai là-bas seule. Je peux très bien faire la traversée comme une grande.

Elle avait dit ça comme s'il était question d'embarquer sur un transatlantique pour plusieurs semaines et, pourtant, sans une once de drame dans la voix.

— Je ne m'inquiète pas seulement à propos du voyage…

— Je me trompe, ou c'est toi qui m'as expliqué à quel point la clinique où tu m'envoies est *formidable*, et qu'une infirmière serait aux petits soins pour moi dès l'arrivée à l'aéroport ?

— C'est moi… admis-je dans un soupir coupable. Et elle *est* formidable. C'est vraiment le top niveau mondial. Ils ont soigné tout le gratin d'Hollywood et au moins deux présidents des États-Unis.

— Alors que veux-tu qu'il m'arrive de pire qu'ici ?

Rien, en effet. La seule chose à laquelle elle s'exposait dans cette aventure, c'était une guérison qui, en dépit des efforts louables déployés à l'hôpital Max Fourestier de Nanterre, la fuyait chaque jour un peu plus.

— De toute façon, je ne vais pas t'apprendre comment ça marche : tu es heureuse, *je* suis heureuse. Et si je suis heureuse…

Elle brida sa phrase, sans doute par superstition. Elle ne voulait pas s'inventer un avenir, et préférait rêver au mien, désormais radieux. Je choisis de ne pas la contrarier, reportant la discussion à une autre fois.

La blanquette fut à la hauteur de ses promesses odorantes, et je trouvai à ma mère meilleur appétit que les fois précédentes, soulagée de la voir engloutir les morceaux de viande fondante avec un plaisir évident.

— Tu n'as pas regardé ton courrier ?

Je n'avais pas encore signalé à la poste mon changement d'adresse.

— Non. Pourquoi ? Y'a quelque chose de spécial ?

— Non. Les paperasses ordinaires : factures, prospectus… Ah, et si, tiens.

Elle se leva tout à coup, avec un tonus étonnant, et se dirigea vers le petit guéridon de l'entrée.

— Tu as une drôle d'invitation.

— Pourquoi « drôle »… ?

Je suspendis ma question et ma fourchette de concert.

— Parce qu'il n'y a pas d'adresse sur l'enveloppe. Juste ton nom.

Autrement dit : ce pli avait été directement déposé à mon intention dans sa boîte aux lettres. Celui qui avait pris cette peine savait non seulement que mon courrier arrivait chez ma mère mais aussi que j'y venais assez régulièrement pour le récupérer. Comme l'auteur des pages de mon carnet, pensai-je fugacement.

Je n'attendais aucun courrier. Si David avait voulu me réserver une surprise de cette nature, jamais il ne l'aurait adressée ici.

Revenue à table à petits pas glissés, Maude me tendit ladite enveloppe. Je crus tourner de l'œil. Ma main se figea, crispée sur le papier.

— Ça ne va pas ? s'étonna ma mère.

— Si, si…

Le choix de la couleur, un argent moucheté de paillettes, évoquait bien les modèles utilisés pour les faire-part de mariage ou de naissance, ou encore les sollicitations mondaines de type vernissage ou avant-première.

Surtout, je reconnus la teinte exacte de mon Dix-fois-par-jour. Comment croire à une pareille coïncidence ? Cette couleur était si rare, si singulière.

— Tu ne l'ouvres pas ?

Le rabat n'était pas cacheté, seulement passé sous le dos rectangulaire. Ainsi, n'importe qui aurait pu en découvrir le contenu à ma place. Sans que je parvienne à comprendre pourquoi, cette perspective me tira un frisson d'effroi.

À l'intérieur, l'élément le plus visible était une carte magnétique en plastique rigide. Je faillis tomber une deuxième fois à la renverse en identifiant le logotype frappé sur l'une de ses faces :

Hôtel des Charmes

Il savait cela aussi, donc…

Puisqu'aucune des chambres de cet hôtel ne portait de numéro, il était impossible de savoir à laquelle d'entre elles cette clé magnétique pouvait correspondre. Étrangement, passé le choc initial, ce fut la première idée qui m'assaillit : sans cette information, la carte était inutilisable.

J'ai déjà fait l'amour plusieurs fois dans cet hôtel, mais je n'y ai encore jamais joui. Je n'ai pas apporté ma petite contribution aux fantômes de plaisir qui hantent ces murs. Est-ce si grave ?

(Note manuscrite anonyme et incomplète
du 06/06/2009 : que peut-il en savoir ?
Il n'est pas dans mon sexe pour spéculer ainsi
sur ce que je ressens ou non !)

Au verso de la carte, on avait collé un papillon rose repositionnable. Une sorte de déception s'empara de moi en constatant que l'écriture manuscrite qui composait cette note était bien différente de celle du mystérieux message adressé à mon corps.

Chère Zelle,
ce soir, 22 heures.
Soyez ponctuelle.
Ne prenez pas votre portable.

Cette écriture me sembla moins accidentée que l'autre, plus calme et plus régulière. Celle d'une personne apaisée, là où la première respirait l'inquiétude et le mal de vivre.

— Mauvaise nouvelle ? s'enquit ma mère, alertée cette fois-ci par mon teint blême.

Le temps de compulser le bristol qui accompagnait le tout, je pus lui répondre en toute connaissance de cause, et sans affabuler ou presque :

— Oui… Enfin, tu avais raison, c'est une invitation.

Le carton blanc était pour sa part imprimé. Il ne comportait cependant qu'une seule phrase, centrée dans l'espace immaculé, immanquable :

1 – Ton corps tu aimeras

L'analogie de cette injonction avec les commandements du décalogue ne pouvait pas m'échapper. Au cours de mes études, j'avais suivi un atelier de plusieurs heures sur les formes littéraires dans la Bible : sermon, parabole, psaume, etc. Les tables de la loi en faisaient partie.

— Ah oui, pour quoi ?

Maude, qui respectait mon intimité plus scrupuleusement qu'un sacrement – une attitude qui m'avait permis jusque-là de débouter ses demandes répétées d'une rencontre avec David –, se piquait maintenant de curiosité.

— À… À un bal costumé.

— Vraiment ? C'est chouette ! C'est ton école qui organise ça ?

Elle me contraignait à improviser.

— Oui. Le président du BDE n'habite pas loin d'ici. J'imagine qu'il a trouvé plus sympa de me la délivrer en personne.

— Ça n'a pas l'air de t'emballer, remarqua-t-elle en se resservant un demi-verre de vin rouge.

— Tu sais, moi, les grandes fêtes… ça n'a jamais été mon truc.

— Vas-y ! Tu vas bien t'amuser.

Si ma propre mère l'affirmait…

Cette fois, l'identité de l'expéditeur était à peu près certaine. Qui d'autre que Louis Barlet pouvait me convier ainsi dans une chambre et pour un service qu'il avait déjà payés ? Mais ce qui me bouleversait plus encore que cette hypothèse, c'était qu'il puisse être celui qui me poursuivait depuis des semaines de ses messages scabreux. L'homme du carnet. Ce dépravé qui s'était mis en tête de parfaire mon éducation sexuelle. Par qui devait-on être initié ? m'étais-je demandé face à lui, le soir du vernissage. Voilà que j'obtenais ma réponse…

Un instant, je me revis quelques heures auparavant, avec David et Louis, dans la salle de réunion perchée au sommet de la tour. *Leur* tour. Être en présence des Barlet réunis avait laissé en moi une impression étrange, non seulement désagréable, mais presque contre-nature, l'un des deux me paraissant de trop, sans qu'il fût possible de déterminer lequel. Comme s'ils résumaient à eux seuls toutes leurs différences, leurs avant-bras gauches m'apparurent côte à côte : celui de David, gainé de son bracelet de soie claire ; celui de Louis, plus fin, frappé d'un tatouage qu'il ne m'avait pas encore été donné de voir dans sa totalité.

La sonnette m'arracha brusquement à cette énigme sans solution. Sans que je la voie se déplacer, maman s'était déjà postée à la fenêtre, sans doute avertie par ces pétarades qu'elle exécrait tant.

— C'est Fred, lâcha-t-elle laconiquement.

— Qu'est-ce qu'il veut ?

— Récupérer ses affaires dans ta chambre.

— Il t'avait prévenue qu'il viendrait ?

— Moui… Il avait juste dit qu'il passerait un de ces soirs.

Mon ex ne faisait rien de ses journées et, comme par hasard, il se présentait ici juste aux heures où il savait pouvoir m'y croiser. Le tintement redoubla, le visiteur s'impatientait.

— Va à la cave, m'intima-t-elle.

— Quoi ?

— Descends à la cave, je te dis. Il n'ira pas te chercher en bas.

— Je n'ai aucune raison de fuir devant lui. Je ne l'aime plus, c'est tout…

— Tu n'as pas besoin de ça en ce moment, décréta-t-elle d'une inflexion épuisée.

Mais Fred n'avait pas attendu son autorisation pour franchir le portail. Son ombre se dessinait déjà derrière le verre cathédrale de la porte d'entrée, à trois pas de nous.

— Annabelle ?

— Descends ! me souffla ma mère.

— Annabelle ? J'ai vu que t'étais là. Ouvre !

— Arrête, maman, c'est ridicule !

Il frappait maintenant le carreau à coups de poing sonores.

— Ouvre, putain ! C'est moi !

De ce côté de la vitre, maman semblait partagée entre la colère et la panique.

— Tu te souviens ? Le mec que t'as largué comme une pauv' merde !

Comme je tendais la main vers la poignée, elle m'arrêta d'une petite claque sèche.

— Annabelle, je t'interdis d'ouvrir cette porte. Il est complètement saoul !

La voix rocailleuse et menaçante du motard lui donnait raison : il n'était pas dans son état normal.

— Je veux juste te parler…

Il se radoucit un peu :

— Tu me dois bien cinq minutes, non ? Moi, après, je te laisse toute la vie pour faire ce que tu veux. Cinq minutes, Elle… Juste cinq minutes.

— Elle ne veut pas te parler, Frédéric.

L'intervention de la malade dut le désarçonner, car il se fit encore plus conciliant.

— Je suis désolé, Maude… Je voulais pas vous faire peur. Je veux juste qu'Annabelle me le dise en face.

— Te dise quoi, nom d'un chien ?

— Que c'est fini…

— Eh bien moi je te le dis : c'est fini ! glapit-elle, puisant dans ses ressources. Et bien fini, même !

Quelques secondes de silence lui répondirent, puis il revint à la charge, manifestement ébranlé par cette bravade.

— Pourquoi vous dites ça ?

— Parce que c'est la vérité. Elle a quelqu'un d'autre. Quelqu'un de bien.

« Non ! la suppliai-je du regard. Ne lui raconte pas ça ! »

— Qui ça ?

Et tandis qu'elle crucifiait la silhouette désormais immobile, affalée au-dehors sur le verre opacifié, lui racontant David, ma carrière assurée, ma maison de rêve, mes succès garantis, ce bonheur que je connaîtrais, oui, mais avec un autre, mes pensées s'évadèrent de nouveau.

…Vers l'enveloppe.

Avec l'arrivée inopinée de Fred, je n'avais pas remarqué son poids inhabituel. Tout au fond, sous les papiers, gisait une grosse clé crantée, polie par le temps et l'usage. Rien n'indiquait ce qu'elle pouvait bien ouvrir. Pas plus que ne m'était expliqué ce que l'on attendrait de moi le soir même, ou cette faute bizarre sur mon nom : Zelle.

Je me sentais néanmoins pleine d'une certitude, aussi ivre d'elle-même que l'homme derrière la porte l'était de son chagrin : je n'avais d'autre choix que de répondre à cette convocation.

Me défiler était maintenant impossible.

11

Notre professeur de méthodologie, durant mon cursus en journalisme, prétendait que derrière chaque dicton se nichait une vérité. Aussi fallait-il avoir éprouvé dans sa vie, parfois même dans sa chair, ce que cette phrase toute faite recouvrait réellement, pour accéder à cette strate signifiante, profondément enfouie sous la surface banale des mots.

« Quand on vit un peu plus ce que l'on écrit, et qu'on l'intellectualise un peu moins… professait-il en roulant la pointe de sa moustache à la Dourakine, c'est fou la force que prennent alors les mots. Ils *sont* ce que vous éprouvez. Ils ne font plus qu'un avec vous. »

De fait, je ne trouvais pas une seule formule pour définir la fièvre qui m'habitait en ce début de soirée. Papillons dans le ventre ? Chair de poule ? C'était tout ce bestiaire à la fois, et bien plus encore. Plus sourd. Plus puissant.

L'enveloppe argentée fourrée précipitamment dans mon sac, contre son grand frère le carnet, je m'étais empressée vers le prochain RER, après que Fred eut fini par lever le camp. Il avait capitulé, mais non sans jurer qu'il reviendrait pour un ultime face-à-face.

Dans la rame à moitié vide, à contre-courant du flot des banlieusards, je bravai les insuffisances du réseau mobile et tentai à plusieurs reprises de joindre Rebecca – après tout, raisonnai-je, c'est bien elle qui avait accepté de mettre l'aîné des Barlet en relation avec moi – puis directement Louis sur sa ligne professionnelle.

Une vraie folie. Dans sa cage de transport, Félicité désapprouvait, d'ailleurs, en un chapelet de miaulements contrariés.

Un répondeur m'accueillit chez la première, et une assistante revêche au standard du second, qui prétendait que son patron avait déjà quitté son bureau pour la soirée.

— Vous ne pouvez pas me donner son numéro de portable ?

— Non, désolée, je ne suis pas autorisée à vous le communiquer, récita-t-elle.

— Écoutez, je comprends très bien que vous soyez tenue de préserver sa vie privée. Mais je viens d'être embauchée par David Barlet en personne. Vous pouvez vérifier auprès de Chloé.

— Je ne mets pas votre parole en doute. Mais je ne suis pas autorisée à vous communi…

— D'accord ! m'emportai-je, coupant son débit machinal. J'ai bien compris ! Mais je suis en train de vous expliquer que je suis la…

Copine du grand patron ? Sa future femme ? Comment dire les choses sans avoir l'air de me vanter ou de prendre de haut une fille qui devait, peu ou prou, sortir des mêmes quartiers périphériques que moi ?

Je finis néanmoins par lâcher :

— …La présentatrice du nouveau prime time de BTV.

Pas sûr que cela ne soit pas pire.

— Je ne peux rien faire, glapit-elle, probablement déchirée entre la peur de perdre son job… et celle de se mettre à dos le patron de son patron. Je suis sincèrement désolée.

Le tunnel suivant, celui qui marquait le passage sous La Défense et l'entrée du RER dans Paris, coupa court à cet échange passionnant. Il me retint aussi de confier mon dilemme à Sophia, me privant totalement de réseau.

À chaque station, ma détermination était emportée un peu plus loin de moi, vers l'instant d'après, par le souffle du train qui repartait à vive allure. En me rendant aux Charmes, j'avais bien conscience de me plier au jeu pervers initié par Louis dès notre rencontre. Avant ça, même, spéculai-je, la tête en feu, en réalisant que ses premiers envois inconvenants avaient précédé ma rencontre avec David. En le refusant, je m'exposais bien sûr à ce qu'il révèle dans l'instant ce qu'il savait de moi à David. Par ailleurs, son lien de parenté avec mon futur époux m'interdisait ces poursuites que j'envisageais encore quelques heures plus tôt. Je ne pouvais le dénoncer à la police sans autre forme de procès. Et ce carnet que je portais sans cesse sur moi, écrit à la première personne, fourmillant de détails intimes, n'avait rien d'une preuve à charge. Puisque je l'avais accueilli dans ma vie, il m'impliquait désormais autant que son auteur légitime.

Mais, à ces termes simples, tranchés nets par la lame du chantage, était venu s'ajouter un paramètre que je n'aurais pu imaginer quelques jours auparavant : la curiosité. Je refusais encore de qualifier autrement ce trouble infime, teinté d'aigreur et de colère, que me procurait l'évocation de Louis.

— Bonsoir, mademoiselle. David m'a chargé de vous prévenir qu'il ne dînerait pas avec vous, ce soir.

L'hôtel Duchesnois, éclairé seulement au rez-de-chaussée, distillait ce silence caractéristique qui signale l'absence du maître dans les vieux édifices. Armand se tenait sur les marches du perron, un torchon à la main, avec cet air affairé de ceux qu'on surprend en pleine préparation culinaire.

— Ah... Bien.

J'étais un peu surprise que mon compagnon n'ait pas pris le soin de m'en avertir personnellement... avant de constater que le RER l'en avait empêché, et que trois tentatives d'appel avorté étaient enregistrées dans mon combiné.

Je libérai enfin Félicité de sa boîte, sous l'œil interdit du vieux domestique. Elle fit ses premiers pas au ralenti sur le marbre en damier, le museau collé au sol. Sans doute percevait-elle déjà l'odeur de Sinus et Cosinus, planqués on ne sait où.

— Son rendez-vous avec les partenaires coréens risque de se prolonger tard. Il vous conseille de ne pas l'attendre.

— OK. On se fait une dînette ? lançai-je comme si Armand était une copine qui passait à l'improviste.

— C'était prévu, et cela nous attend à la cuisine, si vous avez déjà faim.

— Je n'ai pas faim. Je *meurs* de faim.

C'était faux. Notre dîner précoce avec maman me pesait encore sur l'estomac. L'idée d'un second repas ne m'enchantait guère. Mais surjouer ma gaieté était le seul viatique que je trouvai dans l'instant à ces sentiments contraires qui me déchiraient. Mon emballement ne fut pas feint, en revanche, quand je découvris le contenu de nos deux assiettes encore fumantes sous leurs cloches métalliques.

— Gambas sautées et leur jus de coquillages au champagne, annonça Armand avec solennité.

La recette confiée par le chef du Divellec ! Je n'en revenais pas, souriant comme une fillette le matin de Noël. L'attention était si belle, si juste, si propre à balayer mes doutes.

— David pensait bien que cela vous ferait plaisir.

— C'est… c'est parfait ! Merci.

Emportée par ma joie, je claquai sur sa joue parcheminée un baiser chaste et sonore. Il y répondit par un geste timide en direction des crevettes idéalement dorées :

— À table ? proposa-t-il, rosissant.

— À table !

Le résultat ravit presque autant mes papilles que dans leur récent souvenir. Je me fis la réflexion que, sous ses airs modestes, Armand aurait pu lui aussi tenir un restaurant plutôt que de rester confiné dans l'anonymat de sa domesticité. Mais son sourire béat, satisfait de me voir l'être, me dissuada d'aborder le sujet.

— Je ne sais pas si vous avez remarqué mais, depuis quelque temps, je reçois de nombreux messages. Des messages anonymes.

— Anonymes ?

— Des petites pages perforées, libellées à mon attention, pliées en quatre… Vous me les posez avec le reste du courrier, sur la console.

— Ah, oui…

Il grimaça sa réponse :

— Je les avais bien repérées, en effet, mais comme je me garde bien de me mêler de…

— Aucun souci, Armand, le rassurai-je. Je sais bien que vous êtes d'une absolue discrétion. Je me demandais juste si vous aviez noté quelque chose d'inhabituel à ce propos… ou peut-être eu l'occasion d'en parler à notre facteur ?

— Je lui ai posé la question. Mais il ne délivre pas le courrier sans timbre ni adresse. Celui qui vous envoie ces lettres les poste directement dans notre boîte. Si vous le voulez, dans la mesure de ma disponibilité, je peux surveiller les allers et venues devant le porche.

— Ce serait très gentil à vous, oui, je veux bien.

— Vous pensez qu'il est nécessaire d'avertir la police ?

— Non… Merci, non, je ne pense pas qu'il faille aller jusque-là.

Jusqu'à Louis, pensai-je.

Puisque les circonstances s'y prêtaient, j'en profitai pour adopter le ton de la confidence.

— Armand… Vous connaissez bien Louis ?

La mention du frère de son employeur provoqua un froncement furtif de ses sourcils, creusant sa ride du lion, et conférant à son visage une brusque gravité.

Une cavalcade assourdie à l'étage me signala que les deux carlins de David et mon chat venaient de faire connaissance. Pas de cris, pas de feulements : ils devaient jouer.

— À peu près aussi bien que je connais monsieur David. Comme vous le savez, j'étais au service de leurs parents, de leur vivant. Je peux donc dire sans me vanter que je les ai vus grandir, tous les deux.

— Est-ce que…

J'interrompis à dessein ma question pour lire sur les plissements de son faciès l'inconfort ou l'inquiétude éventuels que celle-ci ferait naître.

— Oui ?

— Est-ce que Louis pourrait avoir des raisons d'en vouloir à son frère ?

— Ma mère disait toujours : « Montrez-moi une fratrie où chacun des enfants n'a pas toutes les raisons du monde d'en vouloir à ses frères et sœurs, et j'en ferai un cadre. »

— On est d'accord, approuvai-je, sans être pour autant mystifiée par sa formule. Mais dans leur cas, vous ne voyez rien de plus… spécifique ?

Si ma question ne sembla pas le surprendre, elle le plongeait de toute évidence dans l'embarras. Il prit le temps de se servir un nouveau verre de vin blanc, puis d'en boire quelques gorgées, avant d'hasarder une explication. Son nez, couperosé par endroits, ainsi que le nombre anormalement élevé de cadavres de Pouilly ou de Montrachet que j'avais observés certaines fois dans la remise, me prouvaient qu'Armand entretenait pour la bouteille un penchant prononcé. Excessif, même.

— Vous parler de David et de Louis sans vous parler au préalable d'André Barlet ne voudrait rien dire...

— Je vous en prie, lui souris-je doucement pour mieux l'encourager.

Encore une lampée de nectar fruité, puis il se livra enfin. En tendant l'oreille, je pouvais entendre le bruissement léger des cristaux de silice qui persistaient à s'écouler dans le sablier, et qui tomberaient jusqu'à ce que je succombe moi-même dans les bras de David, mon futur mari.

— Pour comprendre les frères Barlet, entonna-t-il, il faut savoir de quoi est parti leur père : c'est-à-dire à peu près rien. Après la guerre, il a juste hérité d'une petite fabrique de meubles en bois sur le déclin, près de Nantes, et qui n'avait survécu durant cette période troublée qu'en produisant des cercueils en sapin vite faits, et plutôt mal finis. Le fait est que la clientèle n'était pas très regardante, à cette époque.

Je frémis en imaginant les alignements de planches en bois blond, et ne relevai même pas le trait d'humour noir, inhabituel chez mon interlocuteur.

— Des cercueils ?

— Plus personne n'avait les moyens de s'offrir des meubles, mais les bières, ça, on en avait plus besoin que jamais, vous pouvez me croire.

Quel âge avait donc Armand durant la guerre ? Il n'était pas assez vieux pour avoir connu les affres de l'Occupation...

— Ils ne se sont quand même pas enrichis dans les pompes funèbres ? couinai-je avec l'espoir qu'il démente.

— Non ! Pierre, le père d'André, avait déjà diversifié son affaire. Du bois, il était passé peu à peu au papier. Et du papier à l'imprimerie puis à l'édition. Il avait investi dans plusieurs titres de la presse locale. Notamment dans un journal qu'on a soupçonné après coup de complaisance avec l'occupant : *Le Salut*.

— Et alors ? À la Libération, qu'est-ce qui s'est passé ?

— Le père et le fils ont dû graisser les pattes qu'il fallait parce que, par un coup de baguette magique, *Le Salut* est devenu *L'Océan libéré*, et l'une des principales tribunes de la Résistance dans l'Ouest. C'est d'ailleurs à ce moment-là que Pierre a propulsé André à la direction du journal.

Ce portrait de petit patron de presse régionale ne cadrait pas avec l'empire médiatique dont David tenait les rênes. Qu'avait-il pu se produire pour porter les Barlet des rives de la Loire à celles de la Seine ? De la place du Commerce au CAC 40 ?

— Celui-là a très vite manifesté une ambition bien supérieure à celle de son père, poursuivit-il.

— Comment ça ?

— Il a commencé par profiter des nouvelles accointances de sa famille avec le CNR…

Je traduisis pour moi-même en appelant à mes vieux souvenirs de cours d'histoire : le CNR, ou Conseil National de la Résistance, l'organisation provisoire qui avait géré la transition après la chute du gouvernement de Vichy.

— … pour racheter un à un tous les journaux du coin qui avaient ouvertement collaboré. Pour une bouchée de pain, bien sûr.

— Ils ont gonflé artificiellement leur lectorat, complétai-je.

— C'est cela, et dans des proportions que Pierre n'aurait jamais osé rêver. Dès le début des années 1950, *L'Océan Libéré*, rebaptisé *L'Océan*, est devenu le quotidien de référence de tout le Grand-Ouest. Et je vous parle là d'une époque quasi sans télévision, et où il n'existait guère plus de deux stations de radio dans tout le pays. Le journal, lui, touchait des millions de lecteurs chaque jour. Un seul article dans ses colonnes pouvait faire ou défaire la réputation de n'importe qui. Les caisses se sont très vite remplies dans des proportions colossales.

La suite était désormais assez prévisible.

— J'imagine qu'après ça ils ont poursuivi leur politique d'acquisition ?

— En effet. Pierre est mort en 1956. Mais André n'a plus arrêté de racheter tout ce qui lui semblait à portée de sa bourse : des journaux, des magazines, mais aussi des radios avec l'explosion de la FM dans les années 1980, puis des chaînes de télé dans les années

1990... Au milieu des années 1970, le groupe a quitté Nantes et s'est installé à Paris. Avant que David ne fasse construire la tour, les choses se passaient encore dans un immeuble Art nouveau de la rue de Miromesnil. Les journalistes maison l'appelaient « le Cargo », à cause des fenêtres en forme de hublot.

Une saga à la française comme le pays en avait connu à la même époque : les Hersant, les Arnault, les Pinault, les Lagardère... L'histoire de la dynastie Barlet était passionnante. Mais je brûlais surtout d'en savoir plus sur la nouvelle génération.

— Et les fils Barlet, dans tout ça ?

— C'est là où je voulais en venir. André les a élevés avec une seule chose en tête, Annabelle : sa succession à la tête de l'entreprise. Toute leur enfance, il ne s'est jamais comporté avec eux comme un père, mais comme un arbitre.

— Un arbitre ? Vous voulez dire que... ?

— Dès la naissance du second, David, il a décrété que s'ouvrait entre eux une compétition. Et que ce serait le meilleur des deux qui prendrait sa suite. Dans cet objectif, tout entrait en ligne de compte : les résultats scolaires, bien sûr, mais aussi les prouesses sportives, le nombre de copains, la popularité et même le succès auprès des filles. C'est comme s'il tenait un tableau avec les scores de chacun. Peut-être était-ce le cas, d'ailleurs.

Leurs jeunes années avaient donc été une succession de tests et de mises à l'épreuve, pour déterminer lequel était digne du sceptre paternel.

Je me demande si, pour se départager dans ce domaine spécifique des conquêtes féminines, David et Louis ont été tentés, à cette époque, de se mesurer l'un à l'autre dans un lit. Ont-ils déjà fait l'amour à trois ou plus ?
~~*L'idée des deux frères réunis par le trait d'union d'une même femme, l'un plongé dans son sexe, l'autre aspiré par sa bouche, alternant les orifices et les combinaisons, capables à eux deux de faire jouir cette fille comme elle n'a jamais joui, cette idée me trouble autant qu'elle m'écœure.*~~

(Note manuscrite anonyme du 07/06/2009.)

Sur ces derniers mots, la voix d'Armand avait fléchi. Il semblait accablé par ce qu'il me dépeignait avec tant de sincérité.

— C'est horrible... exprimai-je sans retenue mon sentiment.

— Hortense a toujours cherché à minimiser les effets de cette lutte ouverte. Quelquefois, elle s'est même violemment heurtée à son mari. Mais lorsqu'il était à la maison, rien n'y faisait. André les excitait l'un contre l'autre comme deux chiots fous.

— Il y a tout de même un moment où ils ont dû se calmer ? Leur père a bien fini par faire un choix, non ?

Il opina du chef et, dans son sourire chagrin, je lus que ce qui aurait pu être l'épilogue de ce duel fratricide n'avait rien résolu.

— Oui, pas très longtemps avant de mourir, d'ailleurs. C'était peut-être un accident, mais il avait sans doute senti la chose arriver.

Les doutes d'Armand quant aux conditions dans lesquelles André Barlet était mort ne m'échappèrent pas, mais je m'abstins de tout commentaire.

— Ils ont continué à s'affronter ?

— De plus belle ! En prenant la direction du groupe, David a remporté une manche importante, mais ils n'ont pas arrêté de se défier pour autant : la petite amie la plus jolie, la montre la plus chère, le placement boursier le plus judicieux, etc.

Fortuit ou non, le départ d'André avait été si subit, qu'il n'avait pu siffler lui-même la fin de la partie. L'arbitre était mort avant de mettre un terme au match, qui s'étirait d'année en année, et encore aujourd'hui, à chaque occasion. Orphelins, les deux joueurs s'épuisaient dans d'éternelles prolongations.

— Aucun des deux n'aura jamais vraiment le sentiment d'avoir gagné... n'est-ce pas ?

— Je le crains, abonda-t-il d'une voix sourde.

Pourtant, par son mariage annoncé, David n'était plus très loin de mettre Louis définitivement K.O. Il suffisait que nous mettions un enfant au monde, dans un avenir proche, et la victoire lui serait acquise de fait, quoi qu'en dise son challenger. Sa descendance serait l'avenir des Barlet. Le sceau inviolable de son emprise sur la famille.

Dans ce contexte, je m'étonnai que le perdant des deux, Louis, ait accepté avec une bonne grâce apparente le strapontin octroyé par son frère : Directeur de la communication du groupe. Comment avait-il pu se satisfaire d'un si maigre accessit ? Ou peut-être ne s'en contentait-il pas si bien qu'il le laissait croire. Peut-être son plan si tortueux pour me circonvenir sonnait-il enfin pour lui le temps de la revanche.

À cette pensée, je me rappelai l'énergie qui circulait dans ce corps longiligne, et qui passait en vous au moindre contact, même le plus superficiel.

— Voilà toute l'histoire…

Ses sourcils charbonneux arqués dans une position d'attente, Armand semblait espérer de moi autre chose. Une autre réaction. Mais qu'aurai-je pu ajouter ? Que je me sentais tout à coup comme un vulgaire trophée ? Le pompon que l'un des deux compétiteurs s'apprêtait à saisir ? Le ballon au moment du penalty ?

Je chassai ces images dégradantes aussi loin que je le pus. À la place, j'empilai dans ma mémoire fragile tous les signes les plus flagrants de l'amour que David me portait, jusqu'à ce dîner que, en fantôme attentionné, et en dépit de son absence, il avait voulu parfait pour moi.

— Il m'aime vraiment, dis-je comme un aveu de faiblesse. Et je l'aime aussi.

Ma voix tremblait légèrement.

— Je l'espère sincèrement pour vous deux.

Dire que je professais mon amour pour David à un presque inconnu et que je n'avais toujours pas trouvé le courage nécessaire pour annoncer mon union imminente à ma mère… Je me disculpai en songeant que l'irruption de Fred m'en avait empêchée. Que, aujourd'hui, j'avais été tout près de tout lui raconter. Mais je ne me convainquais pas moi-même. Je me sentais comme étrangère à ce supposé « plus beau jour de ma vie », si imminent, et dont l'organisation m'échappait.

Soudain la vibration de mon téléphone brisa l'instant d'émotion. Je dégainai mon combiné, et ouvris le message d'un doigt tremblant. Il comportait deux photos attachées : la première me montrait entrant à l'Hôtel des Charmes ; la seconde, le même jour, mais prise quelques heures plus tard à en juger par l'éclairage de nuit, me montrait sortant de l'établissement. Les deux clichés avaient été réalisés depuis un point de vue identique. Celui qui avait appuyé sur le déclencheur m'avait guettée tout ce temps, sans bouger. Quant à mes vêtements, je reconnus ceux que je portais le soir de ma rencontre avec David, j'en étais certaine. Celui que j'avais poursuivi aux Charmes avec son vieil ami Marchadeau. J'en frémis.

Le corps du message était pour sa part vierge de tout texte, et néanmoins sans la moindre ambiguïté. On m'attendait en ce lieu. Et pas dans deux heures.

Maintenant.

12

Discret, pimpant, romantique. Tel m'apparut ce soir-là l'Hôtel des Charmes.

Voilà un autre jeu littéraire auquel nous soumettait en son temps notre prof moustachu, lissant son crâne glabre de l'autre main : s'efforcer de définir chaque chose, lieu, individu, situation ou sensation, en seulement trois qualificatifs. « C'est bien suffisant, proclamait-il. Ne boursouflez pas vos textes d'images. Mieux vaut trois adjectifs choisis avec soin que de longues métaphores vaseuses. »

L'Hôtel des Charmes n'était distant de mon nouveau domicile que de trois ou quatre cents mètres, guère plus. Malgré la déclivité assez forte sur ce tronçon de la rue de La Rochefoucauld, il ne me fallut pas plus d'une poignée de minutes pour parvenir sur place, sans un regard pour les vitrines clinquantes des magasins de musique, si nombreux dans le quartier.

La jonction de cette voie en pente avec la rue Pigalle formait une sorte de pointe allongée, petite place triangulaire que dominait l'hôtel sur son versant méridional. Ce qui frappait au premier regard, c'était l'étroitesse de l'immeuble : deux minces fenêtres par étage seulement, sur cinq niveaux, chaque rambarde fleurie des mêmes pétales rouge sang.

Essoufflée, rhabillée en hâte – j'avais justifié mon départ précipité auprès d'Armand par une urgence Sophiesque – je déboulai au pied du bâtiment à l'instant même où la petite cabine téléphonique à carte, une antiquité, s'entêtait à sonner dans le vide.

J'arrachai le combiné à son support bleu, jetant un regard alentour sur la placette, à la recherche d'un hypothétique observateur. Plongée malgré moi dans ce mauvais roman d'espionnage, je n'en menais pas large.

— Allô ?

Mais les trois arbres rachitiques plantés là – des charmes ? – ne pouvaient dissimuler le moindre curieux. Pas plus que les rangées de scooters garés pour la nuit. Un souffle régulier se fit entendre quelques instants à l'autre bout de la ligne, puis on me raccrocha brusquement au nez.

L'entrée de l'hôtel sur la rue Pigalle sacrifiait elle aussi à l'impératif de secret. Aucune enseigne trop voyante, pas de marquise ou de dais ostentatoire. Jusqu'au nom même de l'établissement, qui n'était spécifié à l'attention des passants que par une simple plaque chromée.

HÔTEL DES CHARMES
CHAMBRES PERSONNALISÉES
LOUÉES À L'HEURE

Fébrile. Transie. Excitée ?

En pénétrant dans le hall – ce n'était pourtant pas ma première fois ici – je me sentis comme une gamine à l'instant de son bal inaugural. Juste avant son premier rendez-vous. Je luttai contre cette impression ridicule et inspirai profondément pour chasser l'émotion qui gonflait au bas de mon ventre, adressant à l'immense chauve en livrée un sourire complice.

— Bonsoir, monsieur Jacques.

Ses yeux bleus, éternellement écarquillés, me reconnurent avec une lueur affable.

— Bonsoir, mademoiselle. Vous désirez une chambre ?

— En fait… J'ai déjà une carte.

Je sortis de ma poche le rectangle de plastique rigide et le lui tendis. Il ne manifesta ni surprise ni approbation et se contenta de saisir la clé.

— Bien. J'imagine qu'on vous l'a donnée ?

— Donc ce n'est pas vous qui me l'avez envoyée… conclus-je pour moi-même à mi-voix.

— Non, ce n'est pas moi. Tant que les clients me les rapportent à la fin, ils sont libres d'en disposer comme ils l'entendent.

— Je comprends. Mais vous n'avez pas moyen de savoir quelle chambre celle-ci peut ouvrir ?

— Si, évidemment.

Ce disant, il glissa la carte dans la fente noire d'un lecteur magnétique, et braqua son regard exorbité sur l'écran intégré à son comptoir.

— Tiens. Ça, c'est bizarre, soupira-t-il.

— Qu'est-ce qu'il y a ?

— Rien, justement… La carte est vierge de toute information, et pourtant…

— Et pourtant ?

— La piste magnétique est encore active. Elle ne semble pas avoir été réinitialisée.

— Qu'est-ce qu'on peut faire ?

Retardée. Agacée. Impatiente ?

— Je ne vois hélas qu'une solution : la tester sur toutes les chambres déjà louées. Actuellement, nous en avons… onze. Réparties sur quatre des cinq étages.

Chaque seconde qui me séparait du dénouement alourdissait le sentiment de trahison qui m'accablait depuis mon départ de l'hôtel Duchesnois. Je ne pouvais pas faire cela à David… et je devais le faire pour lui. Pour nous. Puisqu'aucune issue légale ne s'ouvrait à moi, il fallait en finir ici, ce soir. Vite. Quitte à me retrouver dans l'une de ces chambres avec Louis.

— Attendez…

De l'enveloppe couleur argent, j'eus alors l'idée d'extraire la grosse clé crantée…

— Est-ce que ceci vous dit quelque chose ?

L'objet lui tira un sourire amusé.

— Non… Désolé. Nous n'utilisons plus ce genre d'antiquité depuis au moins vingt ans.

— Zut.

… Puis, en désespoir de cause, le papillon rose qui l'accompagnait.

— Et ceci ?

Chère Zelle,
ce soir, 22 heures.
Soyez ponctuelle.
Ne prenez pas votre portable.

Il me retourna alors un sourire large et si franc qu'il ne pouvait être que libérateur.

— Celui qui vous a adressé ça connaît bien la maison, Elle.

C'était, je crois, la première fois qu'il s'adressait à moi en usant de mon diminutif. J'imagine que l'un de ses clients l'avait mis dans la confidence.

— Que voulez-vous dire ? le pressai-je.

— Zelle n'est pas une erreur faite sur votre prénom. C'est le nom de famille de l'une de nos plus célèbres égéries.

Celles dont les patronymes identifiaient les chambres.

— Ah bon ? Laquelle ?

— Pas la moindre : Margaretha Geertruida Zelle.

— Pardon ?

J'avais beau fouiller mon cerveau…

— Mata Hari, si vous préférez.

Je préférais, oui.

— Cinquième étage, anticipa-t-il ma demande. Vous remarquerez la porte la plus à droite en sortant de l'ascenseur. Mais Ysiam sera là pour vous assister.

Ysiam ? J'entendais ce prénom exotique pour la première fois.

Une autre particularité des Charmes était depuis toujours, et encore maintenant, la présence à chaque niveau d'un garçon d'étage.

Celui qui m'accueillit au cinquième était un Pakistanais, ou peut-être un Sri-Lankais, à la peau très sombre et au sourire franc et immaculé. Ses cils, si longs qu'on aurait pu les croire artificiels, donnaient à son regard un ombrage très doux qui inspirait une confiance immédiate.

Dès ma sortie de la cabine, il s'enquit du nom de ma chambre avec une extrême courtoisie puis me guida presto jusqu'à une porte d'un rouge profond, sans aucune plaque.

Là, Ysiam, sans demander de gratification, se contenta de demander :

— Vous n'aurez besoin de rien d'autre, mademoiselle ?

— Euh, non… je ne crois pas.

D'aucune aide, songeai-je, si ce n'est pour estourbir celui qui m'attendait dans cette chambre. J'aurais aimé appréhender l'instant avec une telle distance, voire même un soupçon de dérision. Mais je n'étais qu'une boule de nerfs prête à se rompre, sensible au plus petit bruit, au moindre jeu d'ombre ou de lumière sur le carmin de la porte, tendue déjà vers le contenu de cette chambre que, comme dans un mauvais rêve d'enfant, j'imaginais tissé de toutes mes terreurs.

Ysiam me laissa seule et, après quelques secondes à retenir mon souffle, je me décidai à glisser la carte magnétique dans la gouttière. Le déclic mécanique succéda au bip électronique, et je n'eus qu'à presser la poignée pour aller à la rencontre de mon sort.

Stupéfaite.

Déroutée.

Charmée.

La chambre était vide de tout occupant, mais elle était splendide. Le style Belle Époque, qui constituait son décor, me rappelait l'une de ces photos début de siècle à l'ambiance orientalisante, chargée d'une multitude d'objets précieux et colorés, comme les Puces de Saint-Ouen ou les brocantes en regorgent. Les tentures murales associaient des motifs floraux et une multitude d'insectes caracolant en tous sens. Armoire, console et commode étaient faites de trois essences exotiques différentes, que je ne sus identifier. Mais ce sont les accessoires qui signaient le mieux l'époque à laquelle je me trouvais projetée : plusieurs lampes Gallé en verre multicouche ornementé, ainsi que divers petits bronzes érotiques représentant, pour l'essentiel, des satyres agrippés au corps nu d'une vierge voluptueuse. La pièce maîtresse était un gigantesque paravent aux panneaux de bois percés en moucharabieh.

Je restai quelque temps à contempler ce lieu fascinant. Ne voyant personne venir, je me trouvai sur le point de partir. Jouer avec moi comme avec une poupée de chiffon, ou l'un de ces personnages virtuels des jeux vidéos, c'est donc ça qui émoustillait Louis Barlet ? De même qu'il m'avait fait venir à la galerie

Sauvage pour m'y abandonner, il me convoquait ici en vain, ne daignant pas même m'honorer de sa présence un seul instant.

J'en pleurais d'impuissance et de rage, quand une ombre anonyme glissa sous la porte un petit papier plié.

Déshabillez-vous

L'ordre lapidaire était visiblement écrit de la même main que celle qui avait rédigé le mot montré quelques minutes plus tôt à monsieur Jacques.

Sans m'attarder sur cette coïncidence, j'attrapai mon sac et tournai le bouton ouvragé de la porte… pour constater que celle-ci avait été verrouillée. Le si doux Ysiam, ou je ne sais qui d'autre encore, avait condamné l'unique accès à la chambre. Je ne cédai pas immédiatement à la panique. Après tout, le lieu m'était familier. Je n'y tenais certes pas mes quartiers comme Sophia. Mais monsieur Jacques connaissait mon prénom, signe que j'y étais identifiée. L'échange que nous avions eu quelques minutes plus tôt me garantissait que mon entrée avait dûment été enregistrée.

Néanmoins, la peur avait déjà modifié mon métabolisme. Je tremblais très légèrement. Ma nuque était plus raide. Je sentais les effets de l'angoisse qui me gagnaient, des pieds à la tête, jusqu'aux taches de rousseur sur mon visage qui piquaient comme autant de minuscules brûlures.

J'avisai le combiné téléphonique, un antique modèle à cadran circulaire, et composai le numéro de la réception : 00. Mais mes appels résonnaient dans le vide. Personne ne consentait à répondre.

Songeant que monsieur Jacques patrouillait peut-être dans les étages, je lançai de discrets appels au secours à travers la porte, trop consciente du ridicule de la situation pour réclamer de l'aide à pleine voix.

— Monsieur Jacques ? Monsieur ? Il y a quelqu'un ?

Le silence feutré du couloir désert, où chaque pas était amorti par l'épaisseur extravagante de la moquette, fut le seul écho que j'obtins. Sans grand espoir, je tentai d'introduire la clé crantée dans le pêne, un relief de l'ancienne serrure, mais celle-ci était bien trop grosse pour la fente étroite. Le concierge avait dit vrai.

Il n'y avait que moi. Moi et cette chambre surchargée de meubles et de motifs, aussi hermétiquement fermée qu'un coffre à bijoux. Même l'unique fenêtre semblait scellée. Impossible de tourner la poignée. À travers son verre dépoli, je devinais au loin l'élégante silhouette illuminée du Sacré-Cœur.

« Ne prenez pas votre portable. » Sottement, j'avais respecté cette consigne, qui me voyait désormais coupée du monde extérieur. À moins de briser la vitre et de me jeter du cinquième étage sur la petite place en contrebas, sinistre fleur rouge sur le pavé, je serais prisonnière de ce lieu aussi longtemps que mon hôte le souhaiterait. Combien de temps cette mascarade allait-elle durer ?

Je commençais à tambouriner sur la porte de mes deux poings impuissants, quand un phénomène étonnant se produisit dans mon dos : sur tout le pourtour de la pièce, les panneaux de bois sur lesquels étaient fixées les tentures chamarrées pivotèrent sur eux-mêmes de concert, visiblement mus par un mécanisme électrique synchronisé. Ils cédèrent la place à autant de miroirs en pied appuyés au mur du fond.

Je n'étais plus seule, non. Mon image multipliée à l'infini m'offrait la compagnie de toutes les facettes de ma silhouette. Tous mes angles, tous mes visages, toutes mes grâces et mes disgrâces étaient enfin réunis. Je compris que ce dispositif n'était qu'un rappel de la précédente sommation : « Déshabillez-vous. »

— C'est ça qui vous branche, hein ? Mater ? C'est juste ça votre truc ? interpelai-je à voix haute un possible voyeur.

Bien sûr, je n'obtins pour écho que ma voix, altérée par la fureur, assourdie par l'épaisseur des tapisseries.

De mon sac, je sortis le carnet couleur argent, plein de toutes les notes reçues, et l'agitai comme un prédicateur brandit sa bible, vindicative :

— Ça vous excite, hein, d'imaginer ce que j'ai dans la tête ? Et dans le cul aussi, n'est-ce pas ?

Le silence aiguisait toujours plus ma colère.

— Vous croyez vraiment que c'est en violant l'intimité des gens qu'on les éduque ? Vous pensez que je suis devenue votre chose parce que vous avez couché sur le papier deux-trois saloperies à mon sujet ? Mais je ne vous appartiens pas ! Je ne vous appartiendrai jamais ! Je suis à David ! À David, vous m'entendez ?

Plusieurs minutes s'écoulèrent sans que rien ne se passât, ni dans la chambre, ni au-dehors. Parcourue par de longs frissons, quelques larmes à fleur de paupières, je choisis à la fin d'obéir. Si je voulais sortir de ce piège, je ne disposais d'aucune autre option. J'enrageais. Dieu sait combien de temps Louis était prêt à me séquestrer si je n'obtempérais pas. La nuit entière ? Et, dans ce cas, comment pourrais-je justifier auprès de David toutes ces heures passées au-dehors ? Il me faudrait tout lui raconter, alors…

Je défis dans un premier temps les boucles de mes chaussures, une paire de Louboutin offerte par David, dont le fermoir en forme de fleur avait séduit la fashionista que Rebecca avait su faire naître en moi. Le reste de ma tenue du jour était plus sobre, puisque je ne portais qu'un jean slim couleur denim et un petit haut en soie écrue dont l'échancrure bateau dessinait un décolleté changeant. Je retirai l'un, puis l'autre, conservant sur moi mes sous-vêtements, culotte et soutien-gorge finement ouvragés de dentelle, à travers laquelle on devinait ici mes aréoles brunes, là ma toison foisonnante.

En quoi une telle vue pouvait satisfaire celui qui – je n'en doutais pas une seconde – devait en jouir en coulisse par je ne sais quel jeu de vitre sans tain ou de caméra ?

Ce que j'observais n'était guère plus affriolant que l'Annabelle qui me dévisageait chaque matin dans la glace de la salle de bains. Les mêmes hanches, trop larges. Les mêmes cuisses et les mêmes fesses, trop replètes. Le même ventre, affecté de ce petit rebond. « Ton corps tu aimeras » ? Encore fallait-il qu'il fût séduisant !

Comme pour répondre à ce constat d'évidence, l'éclairage se modifia soudain, sans que j'eusse à actionner la moindre commande. Chaque ampoule modula son intensité, plongeant la pièce dans une pénombre traversée de rayons lumineux qui modelaient mon corps de manière inédite. Chaque membre, chaque rondeur, chaque volume prenait une forme nouvelle, plus douce, à la fois pleine et harmonieuse. J'étais exactement la même et, néanmoins, plus belle que je ne m'étais jamais vue, à taille et poids égal.

Je constatai soudain que la température avait été augmentée car, en dépit de ma nudité, je ne ressentais aucun froid. Le tressaillement qui me parcourait ne devait rien à l'atmosphère, mais bien à cette fébrilité intérieure, oscillant entre la colère et le trouble.

« I could feel at the time
There was no way of knowing »

La voix du chanteur, aiguë et légèrement ouatée, s'était élevée depuis d'invisibles haut-parleurs dissimulés à chaque angle, après quelques notes de guitare aérienne qui ne m'étaient pas inconnues. J'avais déjà entendu ce morceau, il y a longtemps. Quand ? Où ? Je ne savais plus bien. Ce genre de soul-rock suave, nimbé de nappes électroniques assez datées, n'était pas vraiment le type de mélodies qu'appréciait Fred. C'est au refrain que je sus en deviner le titre, et décrypter le message qui m'était adressé à travers lui :

« More than this
Tell me one thing…
More than this »

Plus que ça. On ne pouvait être plus explicite que dans cette injonction susurrée par Bryan Ferry : il voulait en voir plus.

Étais-je aussi pressée d'en finir que me le claironnait ma raison ? Ou cédai-je alors à autre chose ? À l'envie ? Non. J'éprouvais un véritable élan. Une impulsion irrépressible, fruit improbable de ces sentiments contraires et impossibles à démêler.

Je dégrafai mon soutien-gorge d'une main plus preste que jamais. Il dégringola sur le sol, libérant mes seins lourds, qui manifestèrent leur plaisir d'être décorsetés par une palpitation puis un gonflement subit de leurs mamelons. J'effleurai leur pointe du plat de la main, pour constater qu'ils ne s'étaient pas dressés sous l'action d'une quelconque fraîcheur ambiante. Ils étaient chauds, presque brûlants. Le va-et-vient de ma paume les faisait darder un peu plus sur le devant, assombrissant leur teinte cramoisie.

« More than this
You know there's nothing… »

Si. Il restait quelque chose.

La culotte en coton, ajourée au niveau de ma toison de petites ouvertures brodées, glissa sans effort le long de mes jambes, rejoignant au sol le reste de mes vêtements. Plus rien, désormais, ne s'interposait entre son regard et mon intimité. Je crois que même devant David je ne m'étais jamais montrée aussi crûment, avec autant d'indécence. Je n'eus d'ailleurs pas ce réflexe de poser la main sur mon bas-ventre, là où les lèvres se joignent et esquissent la fente, dissimulée dans les boucles brunes.

J'ai attendu quinze ans pour m'aventurer dans cette région de moi-même que seul un regard extérieur peut connaître. Je crois d'ailleurs que c'est à cette époque que je me suis mise à me masturber en connaissance de cause. Avant, je me limitais à des frottis indistincts de tout l'entrejambe, contre une peluche ou un oreiller. J'avais emprunté un miroir de poche à maman et, enfermée dans la salle de bains, un pied posé sur le bord de la baignoire, je l'ai placé à la verticale de ma fente. Ça manquait de lumière, je devinais mon sexe plus que je ne le voyais. Je me souviens que j'ai réitéré l'expérience trois ou quatre fois avant de trouver le dispositif adéquat : une torche posée à même le sol, sur son culot, braquée sur mon minou, la glace en équilibre sur le rebord, je disposais de mes deux mains pour écarter les deux replis bruns et dévoiler enfin ce monde inconnu. J'étais fascinée. Je passai de longues minutes à palper chaque recoin, en priorité ceux qui étaient luisants d'humidité, de la pulpe de mon index. J'avais un peu peur de me faire mal. En le passant enfin sur le capuchon rosé, je compris que ce n'était pas la douleur qu'il me faudrait craindre. Je massai celui-ci un moment, maladroite, mais avec assez de ténacité tout de même pour provoquer quelques soupirs, et manquer chavirer à la renverse dans le bac émaillé. J'avais découvert ce que je voulais savoir. Et, de manière assez peu compréhensible, je n'ai jamais repris cette exploration là où je l'avais laissée en ce temps-là.

(Note manuscrite anonyme du 07/06/2009 : c'était dans ma chambre, pas dans la salle de bains. Pour le reste…)

À regarder mon corps se refléter de la sorte, sous tous ses aspects, dans tout son relief, j'eus l'impression étrange de le découvrir pour la première fois. C'était donc ce tableau que convoitaient les hommes lorsque je me dénudais devant eux. C'était donc cette femme-là, et non pas celle que mon regard critique, déformé par les années de complexes et d'éducation, fractionnait en autant de défauts. Le plus surprenant, c'est que mes imperfections ne disparaissaient pas pour autant. Mais les voir pour la première fois recomposées en un paysage unique leur conférait un attrait indéniable, que j'étais à mille lieues d'imaginer.

La seule qualité physique que je m'étais jamais accordée, dans mon intransigeance, était la douceur de ma peau. Je l'entretenais savamment, à grand renfort de monoï, d'huile d'amande douce et de karité, privilégiant les soins naturels aux couteux complexes issus de l'industrie cosmétique, persuadée que mon charme résidait par-dessus tout dans l'aspect soyeux de mon épiderme.

D'instinct, je fermai les yeux. Un balayage superficiel de mon ventre, mon cou, le haut de ma poitrine, le galbe de mes seins, me confirma que ces efforts n'étaient pas vains, ni ma réputation usurpée. Ma main se promenait avec plaisir, échauffant légèrement chaque région parcourue, appelée naturellement vers la suivante, jusqu'à descendre sur le bas de mes reins, sur mes fesses et, pour finir, l'intérieur si velouté de mes cuisses.

Le chanteur de charme ne roucoulait plus langoureusement dans les enceintes. Le chorus instrumental étirait la mélodie et ses notes de guitare égrainées en pizzicato. La fin du morceau était proche. Elle fut soudain couverte par un crépitement qui me fit sursauter.

Le bruit provenait d'une console à deux étages, que je n'avais pas remarquée jusque-là tant elle se faisait discrète derrière le paravent. Une petite imprimante s'y était activée, crachant des rectangles de papier rigide. Je saisis le premier d'entre eux et le retournai aussitôt.

Médusée. Flattée. Reconnaissante ?

Des photos en couleurs apparurent. Chaque cliché me dévoilait sous un angle différent, cadré de manière plus ou moins serré.

C'était le puzzle de mes charmes, dont l'instigateur du jeu de cache-cache venait de se repaître. Étrangement, toute rancœur s'était éteinte en moi. Me voir si belle en ces mille éclats de miroir fit éclore en moi une sensation de bien-être, d'apaisement. Je n'étais pas louée aujourd'hui pour mes seuls appâts, cet aspect de moi que je ne reconnaissais pas encore comme pleinement mien. C'était bien plus que ça : je me sentais réconciliée avec moi-même. Image recomposée et, plus que tout, apprivoisée.

Le déclic brusque dans la serrure électronique, qui mettait un terme manifeste à ma captivité, ne rompit pas pour autant ce sentiment singulier. Remettre mes vêtements s'apparenta à une lente caresse, que je ne fis rien pour précipiter, goûtant chaque instant, chaque centimètre de peau cajolée. Les photos enfouies dans mon sac, je n'avais plus qu'à quitter les lieux, un peu groggy. Sans que cela me surprît vraiment, je ne croisai personne durant ma traversée de l'hôtel, et ce jusqu'à la sortie sur la rue. Pas même monsieur Jacques, absent de son comptoir.

Tel un automate, et pourtant étrangement languide, je descendis la pente douce de la rue Pigalle comme dans un rêve. À cette heure tardive, seuls quelques bars de nuit étaient encore ouverts. Chemin faisant, je perçus à peine les sifflets que m'adressa un groupe de buveurs indélicats attablé en terrasse.

Parfois, je réalise que j'ai fait l'amour avec des hommes pour de l'argent. Moi, Annabelle. Elle. J'ai beau me dire que ça ne fait pas de moi une femme si différente de toutes ces greluches entretenues, qui écartent les jambes pour s'assurer le train de vie auquel elles aspirent, je me dégoûte quand même un peu. Paradoxalement, quand je me répète cette phrase avilissante quelques fois de suite, « je suis une pute », une excitation sourde me gagne, confusément.

(Note manuscrite anonyme du 08/06/2009.
Une fois encore : sans commentaire.)

Vibrant, humide, disponible.

Mon sexe était chatouillé par la bande de coton prête à s'y glisser à chacun de mes pas. Son contact flattait si bien mes lèvres gonflées, mon clitoris embrasé, ma fente entrouverte et palpitante d'envie que, sans le sursaut de pudeur qui me retint, j'aurais pu enfourner ma main dans ma culotte, ici, en pleine rue, et me prodiguer à la vue de tous ces caresses dont je connaissais la bienfaisante issue.

Mon sexe, frémissant, prêt à tout ou presque… Affamé.

13

7 juin 2009

Si j'avais dû effectuer une déposition sur ce qui m'était arrivé cette nuit-là, qu'aurais-je pu dire : que je m'étais mise nue, seule, et somme toute de mon plein gré, dans la chambre d'un hôtel situé à quelques centaines de mètres de mon nouveau domicile, et que j'avais déjà fréquenté par le passé ? De quelle infamie pouvait-on blâmer celui qui m'y avait conduite ? Comment pouvait-on qualifier cela, si ce n'est en concluant à une lubie pour le moins incongrue de ma part ?

Que l'absence de Louis aux Charmes m'ait déstabilisée n'était pas un argument que l'on pouvait retenir contre lui. Pas plus que cette moiteur qui n'avait pas quitté mon entrejambe et l'humectait encore à mon réveil, alors que David avait déserté la maison depuis longtemps, me laissant seule, comme chaque matin, au sortir d'une nuit tourmentée.

Ce qui aurait pu témoigner à charge contre l'aîné des Barlet, en revanche, c'était cette nouvelle note :

Vous me ressentez, n'est-ce pas,
au creux de vous ?

Comme ses devancières, elle m'attendait dès mon lever sur la console de l'entrée. Dans le sablier, une quantité impressionnante de sable s'était déjà écoulée vers l'alvéole du bas. Notre mariage moins quelques grains…

— Bonjour, Elle.

Le ton était enjoué, presque espiègle, et tranchait par sa légèreté sur mes sombres pensées. Il me dérouta tant que je mis plusieurs secondes à reconnaître la voix :

— Louis !

La source présumée de mes tourments, annoncée une fois encore par l'entêtante fragrance dont elle se parait constamment.

— C'est bien moi, envoyé à vous par monsieur votre futur époux.

Il accompagna ses mots d'une inclination exagérément déférente.

De quoi me parlait-il ? Comment osait-il se présenter ici ? Mon humiliation du soir ne lui suffisait-il donc pas pour qu'il vienne ainsi me narguer au saut du lit ?

Je retins une exclamation exaspérée.

— David ?

— Vous en connaissez un autre ? ironisa-t-il gaiement.

Était-il possible d'être ce monstre manipulateur le soir, et d'agir le lendemain avec un tel détachement ? Apparemment. Il affichait un sourire radieux, jouant avec sa canne qu'il faisait virevolter entre ses mains avec une dextérité d'acrobate. Rien dans son attitude ne trahissait notre « rencontre » de la veille.

— Non, bien sûr. Mais qu'est-ce que…

— David m'a chargé de faire de vous une « vraie Athénienne ».

Ce disant, il s'était saisi de ma main sur laquelle il affecta de déposer un baiser. Je la lui confisquai d'un geste brusque, prête à le gifler.

— Une Athénienne… répétai-je mécaniquement, glacée d'indignation.

— Ce sont ses termes. Alors me voilà !

Le majordome, surgi sans crier gare des confins de l'office, approuva d'un sourire candide. Son irruption me privait de tout mouvement d'humeur. À grand peine, je me composai un sourire crispé, qui sembla l'abuser.

— C'est exact, mademoiselle. David tient à ce que vous vous sentiez chez vous non seulement dans ces murs, mais aussi dans ce quartier. Pour les raisons que vous n'ignorez plus maintenant, celui-ci est très cher au cœur de cette famille.

— Vous avez vu ce temps superbe ? abonda Louis, enthousiaste, débarrassé de cette arrogance qu'il affichait lors de notre première entrevue. N'est-ce pas une journée parfaite pour une balade à pied ?

Puisque le chef de la lignée – et mon futur mari – avait approuvé cette initiative, je pouvais difficilement la repousser. Encore moins devant témoin. Il me fallait trouver une excuse, et vite.

D'un bref regard oblique, Louis avisa Félicité, qui se dandinait à quelques pas de là. Dans l'escalier, on pouvait entendre le trottinement de Sinus et Cosinus, à la recherche de leur nouvelle partenaire de jeu.

— Si, sans doute… Mais je ne me sens pas très bien, prétextai-je.

— Justement, le grand air vous requinquera ! appuya Armand.

— Franchement, Elle, que pourriez-vous avoir à faire de mieux aujourd'hui ? Profitez donc de vos quelques jours de liberté avant vos grands débuts à l'antenne. Vous verrez qu'une fois prise dans le rythme de la chaîne, les *récréations* dans ce genre ne seront pas si fréquentes.

Je pinçai les lèvres pour ne pas lui hurler mon dégoût. « Récréations » ? Et comment qualifiait-il donc une séance comme celle du soir précédent ? Une innocente distraction ?

— Non, vraiment… C'est très gentil, mais je ne suis pas en état… Si je veux être présentable lundi, je crois au contraire que je ferais mieux de rester au repos.

Pourquoi David livrait-il sa fiancée à celui qui, depuis plusieurs jours, la manipulait avec autant de machiavélisme ? Je m'accrochais à cette réponse : il ne pouvait pas être au fait des sournoiseries de son frère. Puis je chassai cette autre perspective : en aucun cas il n'aurait pu en être le complice. Pas lui. Pas David.

— Allez, laissez-vous tenter. Venez !

Il attrapa à nouveau ma main et, cette fois, la captura avec une force dont je ne pus me libérer qu'en produisant du tapage.

— Lâchez-moi ! Vous me faites mal !

Sous l'œil réprobateur d'Armand, il relâcha aussitôt la pression autour de mon poignet, tel un gamin pris en faute.

— Comme vous voudrez, balbutia-t-il, le regard bas. Je pensais juste…

Je le coupai durement.

— Vous pensiez quoi ?

— Que cette promenade serait l'occasion de vous en apprendre un peu plus.

— Un peu plus ? Et sur quoi ?

— Sur nous… David et moi. Je le connais. C'est un grand cachotier. Je suis certain qu'il ne vous a rien raconté ou presque de notre enfance. Ni sur cette maison, d'ailleurs.

Touché.

S'il tenait parole, l'offre n'était pas dépourvue d'intérêt. Et puis, c'était le moment ou jamais de le sonder à mon tour. Peut-être même de faire tomber ce masque qu'il arborait à chacune de nos rencontres. De le confondre, une fois pour toutes.

Je voulus aussi me rassurer en songeant qu'il n'oserait rien tenter de déplacé en plein jour, en pleine rue. L'œillade encourageante d'Armand acheva d'étouffer cette furie qui ne me quittait plus depuis la veille.

— Bien… d'accord, approuvai-je sèchement. Vous m'accordez quand même le temps d'une douche ?

— Autant de douches que vous le voulez. Nous avons toute la journée devant nous.

Dans sa bouche, et à mon oreille, cela ne résonnait pas comme la promesse d'un divertissement innocent sous le soleil printanier, mais plutôt comme la menace de longues heures de supplice. Je ne m'attendais pas à autre chose.

Je froissai la note manuscrite dans mon poing fermé – en voilà une qui échapperait au carnet argenté – et, une boule au ventre, je filai sous l'eau. Moins de quinze minutes plus tard, je reparus devant mon bourreau, habillée d'une robe à fleurs toute simple, quoique agrémentée à ma manière de plusieurs empiècements de feutrine cousus à la main, de ballerines couleur chair et d'un petit sac contenant le strict nécessaire. Assez apprêtée pour ne pas offrir le flanc à la critique ; suffisamment sobre pour brider tout signe équivoque. Bien qu'elle ne se vît pas, je pris soin d'enfiler la culotte la plus épaisse et la moins affriolante de ma collection de lingerie, chassant l'image de celle que j'avais ôtée en rentrant la nuit d'avant, trempée de cyprine.

Devant le numéro 3 de la rue de la Tour-des-Dames, une fois franchie la petite cour en croissant de lune et le porche à l'antique de l'hôtel Duchesnois, un soleil éclatant nous accueillit. Je ne pouvais contredire Louis sur ce point : c'était une journée magnifique, qui appelait ouvertement à la flânerie.

Il y mettait tant de bonne humeur, qu'il m'était difficile de ne pas me laisser contaminer par sa gaieté affichée. Et, pourtant, chacun de ses regards posés sur moi me ramenait instantanément à cette chambre où, la veille, je m'étais mise à nu pour lui, plus que je l'avais jamais fait pour aucun homme.

— Elle… Avez-vous la moindre idée de ce que voulait dire David lorsqu'il m'a demandé de faire de vous une Athénienne ?

La question ne sonnait pas comme un piège. Elle était formulée sans acrimonie ni sous-entendu, juste pour s'assurer de quel niveau partait son élève. Il attendait ma réponse, ses yeux tourmentés soudant les miens.

— Non, admis-je. Pas vraiment.

— Alors sachez qu'on appelle le quartier où nous nous trouvons la Nouvelle Athènes. Entre la rue des Martyrs à l'est, la rue Pigalle à l'ouest et la rue Saint-Lazare au sud, vous avez là quelques pâtés de maisons qui ont vu naître rien moins que le Romantisme français.

J'écarquillai malgré moi des yeux intrigués. Je m'attendais à des piques acerbes, peut-être même quelques remarques salaces, pas à un cours d'histoire. Il semblait bien décidé à se comporter comme si la scène de la chambre Mata Hari n'avait jamais eu lieu.

— Comment ça ?

— Dès le milieu des années 1820, se sont installés ici tous les plus grands noms de ce nouveau courant artistique : des poètes et des écrivains, évidemment, tels que George Sand, Eugène Scribe, Marceline Desbordes-Valmore, Alexandre Dumas et même, plus tard, le grand Victor Hugo ; des musiciens, Liszt, Berlioz, Auber, Chopin, Wagner ; des peintres aussi, comme Delacroix, Vernet,

Gavarni ou Ary Scheffer. Mais ce que l'on ignore souvent, c'est que les premiers artistes à avoir nourri ce vivier…

Il suspendit son énumération et leva des yeux émerveillés, presque des yeux d'enfant sur le bâtiment que nous venions de quitter, unique en son genre, par la vertu de cette façade incurvée ouvrant sur une petite cour d'honneur.

Je remarquai que, depuis notre dernière entrevue, il avait laissé pousser sur ses joues une barbe naissante, laquelle, loin de l'étoffer, creusait plus encore son faciès émacié. Elle me semblait exprimer, à la surface de sa peau, cette fièvre qui l'habitait.

— Oui ?

— …Furent des comédiens, Elle. De simples comédiens.

— Mademoiselle Duchesnois ? proposai-je.

— Notamment. Mais, avant elle, il y eut d'autres grands noms qui s'installèrent tout autour : mademoiselle Mars juste à côté, au numéro 1…

Je songeai un instant au pic à cheveux dans la vitrine des Antiquités Nativelle, celui qui m'avait fait saliver d'envie quelques jours plus tôt. Mais Louis poursuivait, enflammé, sa longue main posée sur mon avant-bras pour mieux capter mon attention :

— L'immense Talma, l'acteur préféré de Bonaparte, au numéro 9. Mais aussi Marie Dorval, la maîtresse d'Alfred de Vigny, un peu plus bas, rue Saint-Lazare. Au début des années 1830, cette rue où vous habitez aujourd'hui était les Champs-Élysées de la nouvelle scène artistique.

À l'écouter dispenser son savoir, j'oubliai presque le pervers, le beau-frère déloyal qui monnayait d'étranges faveurs pour prix de son silence. Le fou qui détaillait ma sexualité comme dans un livre surgi de l'enfer, page après page.

Il vivait si intensément son exposé que tout son être semblait propulsé à l'époque qu'il tâchait de faire revivre.

— Mais pourquoi « Nouvelle Athènes » ? m'enquis-je, ma curiosité piquée au vif. Et pourquoi ont-ils tous afflué ici ?

— Selon la version officielle, l'appellation serait née sous la plume d'un éditorialiste du *Journal des débats*, Dureau de la Malle, en 1823. Mais, à mon sens, les raisons sont assez diffuses :

avec la révolte des Grecs contre le joug ottoman en 1921, la Grèce était très à la mode à cette époque. Le style néoclassique et néoraphaélique des immeubles de Constantin a dû certainement jouer, aussi.

— Néoraphaélique ? interrogeai-je, dévoilant ainsi mon ignorance.

Tout en parlant, il avait passé son bras sous le mien, en apparence le plus chastement et le plus naturellement du monde, pour m'entraîner vers la rue de La Rochefoucauld, sur mes pas de la veille. Il le fit avec tant d'ingénuité que ma garde se baissa, laissant place à une chaleur douce et enveloppante.

« Plus tu le laisses te toucher, plus tu te prépares
à l'accueillir ailleurs en toi. »
C'est l'intérieur de mon bras, oui, cette petite étendue de peau fine au creux du coude, si sensible, qui m'a susurré ça, je crois.
Je me demande si on peut jouir d'une zone érogène
en apparence aussi anodine ?
(Note manuscrite anonyme du 07/06/2009.)

Un nouveau frisson me transperça néanmoins en songeant vers quelle version de moi, impudique, offerte, il m'avait conduite. Pourquoi le suivais-je, docile ?

— Oui, regardez cet immeuble : vous voyez ces niches arrondies au-dessus du refend entre le premier et le deuxième étage ? Et sur celui-ci, ces trois baies en serlienne, la croisée centrale avec son arc en plein cintre et les deux baies plus étroites, de part et d'autre, coiffées d'un linteau simple ?

Son érudition, loin de m'écraser, ouvrait mes yeux sur un paysage neuf. Cette ville que je croyais connaître, il en décelait tous les mystères. Une pression de sa main sur mon épaule manqua me faire défaillir.

— Tout ça, poursuivit-il, est caractéristique du maniérisme architectural italien de la Renaissance.

— Raphaël ? proposai-je.

— Oui, et aussi Palladio, Serlio, Sangallo… Percier et Fontaine, les architectes officiels de l'Empire, s'en sont largement inspirés. Et leurs relevés ont ensuite influencé tous les grands programmes de lotissements privés jusque dans les années 1830. La Nouvelle Athènes, en particulier.

Cette fois, c'est moi qui m'agrippai à son bras, mon sein gauche accidentellement pressé contre un biceps que je sentis tendu à l'extrême. Je me détachai presque aussitôt de lui, l'air de rien. Je ne devais pas lui laisser sentir ce mamelon rebelle qui enflait ainsi à son contact et trahissait mon émoi naissant.

— Et puis, en concentrant autant de beauté et d'intelligence, le quartier a vite fait figure de pôle culturel de premier plan, dont la réputation a largement dépassé nos frontières. Il en venait de toute l'Europe ! Imaginez : en 1850 vivaient sur ces quelques rues plus d'une centaine d'artistes. Tous ne sont pas passés à la postérité, mais tous ont forgé l'âme de ce lieu.

Ce fut dit avec une évidente nostalgie, comme s'il regrettait un temps qu'il n'avait pas connu, hélas, et dont il aurait tant voulu partager le souffle.

Emporté par sa verve, il s'était échauffé. Il retira sa veste, relevant les manches de sa chemise blanche, bientôt roulées sur ses bras. Pour la première fois, le tatouage inscrit à l'intérieur de son avant-bras gauche m'apparaissait dans son intégralité. Qu'il se dénudât à son tour devant moi, même aussi partiellement, n'était pas sans me troubler. Mais je tâchai de me concentrer sur le motif qu'il venait de me dévoiler. Pourquoi ces deux ailes déployées et cet entrelacs autour d'une sorte de sceptre m'étaient-ils donc si familiers ?

Comme il surprit mon regard insistant, il commenta à mon intention, un sourire presque pincé sur les lèvres :

— C'est un Caducée d'Hermès.

Un Caducée, c'était donc ça, identique à celui qui flanquait certaines officines ou cabinets médicaux.

Plus bas, au niveau du poignet, figurait aussi une lettre, un a minuscule, isolé, et frappé dans une typographie rappelant celle des vieilles machines à écrire.

— Et la lettre, là… Pourquoi juste un a ? A comme Artiste ? Comme Anarchie ?

Mes hypothèses un tantinet provocatrices ne le firent pas rire. Son visage s'assombrit au contraire, brusquement, une moue gommant cette frivolité dont il avait fait preuve jusque-là.

— Non, simplement la première lettre de l'alphabet, finit-il par murmurer.

Son repli soudain aurait dû me dissuader de creuser, et pourtant :

— Uniquement la première ?

— Oh, rassurez-vous, les autres vont suivre.

Je comprenais à demi-mot son projet : graver toutes les lettres sur son corps. Faire de celui-ci un syllabaire vivant, une boîte à outils qu'il porterait sur lui, en lui, et pour toujours. C'était beau et un peu con à la fois. Touchant et risible. Puéril, aussi. Le genre d'entreprises qu'on envisage à l'adolescence, plus rarement à l'âge adulte.

— Et la plume, dans tout ça ?

Car, comme je l'avais entrevu le soir de notre rencontre à la galerie Sauvage, le Caducée ne s'achevait pas par une vulgaire pointe biseautée, mais bien par la plume d'un stylo.

— Disons que c'est le stylet qui permet de dispenser chacune d'entre elles. Et à la fin, c'est son pouvoir à lui, celui d'assembler les lettres en autant de mots, qui nous guérit.

Ma lecture de la Bible m'avait déjà acclimatée au concept de verbe créateur, voilà que Louis le reprenait à son compte, pour le prolonger en un verbe curateur. Or au commencement était… le sexe, n'est-ce pas ? Comment avait-on pu nous faire avaler pendant des millénaires une genèse dépourvue du moindre acte charnel ?

Je voulais encore le cuisiner sur ce sujet – sa réaction me confirmait que je touchais là un point très sensible – quand il s'arrêta net, quelque part au milieu de la rue Chaptal, rabattant la manche ouverte par-dessus son tatouage, sa manière à lui de me signifier que le chapitre était clos.

Nous étions au niveau du numéro 16. Un arbre y jaillissait d'entre les façades pour pencher son ombrelle feuillue sur le trottoir. Un boyau étroit, bordé de verdure, s'échappait à la perpendiculaire de ce point, vers une cour ensoleillée que l'on devinait charmante. Au loin, de vieilles dames se reposaient sur un banc, à l'ombre d'un rosier géant.

Mon regard s'attacha un instant à la plaque sur rue :

MVR

Musée de la vie romantique

— À propos d'alphabet… reprit-il avec un sourire délicat, ce lieu est le B.A.-BA du Romantisme parisien. Vous ne pouvez pas comprendre cet arrondissement et son histoire sans une visite préalable ici.

Voulait-il parler de la grâce de ce havre hors du temps, arraché au brouhaha moderne par les quelques dizaines de mètres de venelle pavée ? La bâtisse en fond de cour était ravissante, avec ses volets et balcons verts, à moitié cachée derrière de hauts bouquets de roses thé.

Il retint mon bras avec force lorsque je manquai trébucher sur les blocs de granit disjoints. L'incident provoqua une nouvelle collision de ma poitrine contre lui, cette fois avec son flanc, dense et musclé.

Je posai la première question venue pour, surtout, ne rien laisser paraître de mon trouble.

— À qui appartenait cette maison ?

— À Ary Scheffer, le peintre. En quelque sorte, le portraitiste officiel de l'intelligentsia romantique. Liszt, Sand, Chopin, Renan… Il les a tous immortalisés dans ces murs.

Au lieu de m'attirer directement à l'intérieur de l'édifice, il me saisit la main pour me conduire dans le jardinet sur sa droite. Là, après un parterre de fleurs roses ceint de quelques bancs, s'ouvrait un splendide jardin d'hiver, vaste verrière en arceau, qui prolongeait le corps de bâtiment principal. Dehors comme dedans, des touristes, appareil photo en bandoulière, sourire béat aux lèvres, sirotaient leur thé autour de petites tables de bistrot rondes.

— C'est joli, n'est-ce pas ?

J'approuvai d'un hochement de tête enchanté, ma main toujours prisonnière de la sienne. Qu'un tel endroit puisse encore exister en l'état dans cette ville, en marge de son tumulte, relevait du miracle. Et que ce fut lui – précisément lui – qui m'en révélât l'existence, participait de la plus cruelle ironie.

Louis me présenta une chaise, et s'assit à son tour, visiblement très à son aise dans ce décor désuet. Quelques notes de piano mélancoliques coulaient d'une petite cascade artificielle, sans doute distillées par une sono dissimulée entre les rochers. Après avoir religieusement écouté le morceau durant une poignée de seconde, il énonça son titre, le regard dans le vague :

— *Nocturne n°20* de Frédéric Chopin, en do dièse mineur. C'est l'une de ses pièces posthumes.

Qui d'autre autour de moi était capable de reconnaître une composition de Chopin après moins de deux lignes de musique ? Mais je me ressaisis aussitôt, songeant qu'il aurait aussi bien pu me faire croire que c'était du Schubert ou du Beethoven, je n'y aurais vu que du feu.

— Voyez-vous, embraya-t-il, c'est ici qu'est né l'amour de George Sand et Frédéric Chopin. On parle souvent de leur rencontre à l'Hôtel de France, chez Liszt. Ou de leur petit paradis du square d'Orléans. Mais c'est en vérité à Scheffer que ces deux-là doivent d'avoir surmonté leur répulsion première. À Scheffer et sa manie de mêler à toute force ses amis.

Il accompagna ceci d'un geste lent qui embrassait l'édifice, dont l'ouverture sur le jardin disparaissait derrière un épais rideau de velours gris, comme pour mieux protéger le secret de leur passion.

— Leur répulsion ? m'étonnai-je. Je croyais qu'ils étaient fous l'un de l'autre.

— Tout à fait, j'ai bien dit *répulsion*. Savez-vous ce que Chopin a écrit à propos de Sand après l'avoir vue pour la première fois ?

— Non…

On nous apporta alors le thé et les biscuits secs commandés. Après m'avoir servie, son regard aimanté au mien, un délicieux effluve de jasmin s'échappant peu à peu de ma tasse, il cita de tête :

— « Quelle femme antipathique cette Sand ! Est-ce vraiment bien une femme ? Je suis prêt à en douter. »

— Charmant ! Un vrai gentleman !

— C'est une jolie leçon d'humilité amoureuse, en tout cas. Vous ne trouvez pas ? On ne sait jamais où une première impression, même désastreuse, peut nous mener…

À mon tour d'éviter le sujet trop scabreux que m'ouvrait sa conversation. Je voyais bien que le choix des lieux, comme celui des thèmes qu'il abordait, nous ramènerait invariablement à notre histoire. Ou plutôt, à cette obsession malsaine qu'il nourrissait pour moi.

Je ne vais pas recopier in extenso ce poème libertin de George Sand adressé à Alfred de Musset, alors son amant, mais de mémoire cela commence ainsi :

« Je suis très émue de vous dire que j'ai
bien compris l'autre soir que vous aviez
toujours une envie folle de me faire
danser. Je garde le souvenir de votre
baiser et je voudrais bien que ce soit
là une preuve que je puisse être aimée
par vous. »

Ce qui, une fois décodé, en n'en retenant qu'une ligne sur deux, se traduit par :

« Je suis très émue de vous dire que j'ai
toujours une envie folle de me faire
baiser et je voudrais bien que ce soit
par vous. »

(Note manuscrite anonyme du 07/06/2009 :
s'il pensait m'apprendre quelque chose, c'est raté.
Sophia m'avait déjà fait découvrir ce poème,
quand nous étions encore ensemble à la fac.)

Je décidai de contre-attaquer : à moi de mener la conversation.

— C'est aussi un tatouage ?

Pour une fois, ma question le prit de court.

— Pardon ?

— Le brassard en soie que porte David : il cache un tatouage comparable au vôtre ?

Il blêmit, incapable de trouver les mots pour me répondre, lui d'ordinaire si disert.

Au moins, n'était-ce pas de la colère. Lorsque j'avais tenté d'interroger mon fiancé à ce sujet, au lit, quelques jours auparavant, il m'avait gratifiée d'une réponse courroucée, et sans appel :

— C'est un accident, et ça ne regarde personne d'autre que moi.

— Pas même ta future femme ?

— C'est… De toute façon, c'est du passé.

Chapitre clos.

Louis tira sur sa manche, couvrant son caducée, comme si ce geste avait le pouvoir de préserver le secret de son frère.

— Non… David n'arbore pas ce genre de choses.

— Quoi alors ?

Il ne m'avait encore jamais connue si tenace. Il ne voyait en moi que ce qu'il voulait voir : une proie facile, que les informations qu'il détenait mettaient à sa merci. Un jouet, un simple jouet, et une fille dont il connaissait désormais le corps sous toutes ses coutures.

Je lus pourtant un instant de panique dans ses yeux assombris.

— David ne vous a rien dit ?

— Dit quoi ?

— À propos de son bras…

— Non. Que faut-il savoir ?

Il avala bruyamment plusieurs gorgées du breuvage encore brûlant, puis se lança, la voix moins assurée qu'à l'accoutumée.

— Ce n'est pas qu'une histoire de bras… dit-il gravement en reprenant son souffle.

Par cette introduction, je compris qu'il ne s'agissait pas d'une aimable anecdote.

D'un regard bienveillant, je l'encourageai à poursuivre son récit.

— Lorsque j'avais vingt ans, et David dix-neuf, nous avons rencontré ensemble une jeune femme durant les vacances d'été. Et nous en sommes tombés amoureux. Tous les deux. En même temps.

Les propos d'Armand sur leur rivalité me revinrent. Le pouvoir à celui qui saurait conquérir les plus jolies femmes…

— Comment s'appelait-elle ?

— Aurore. Aurore Delbard.

Prononcer son nom semblait agir dans sa bouche comme une boisson aigre. Ses joues étaient traversées de crispations involontaires. Qu'avait-elle pu être pour lui, pour eux deux, pour provoquer encore de tels sentiments ?

— Dans quelles circonstances l'avez-vous rencon…

— Peu importent les circonstances, me coupa-t-il sans égards. Malgré son jeune âge, Aurore a choisi David. Ils se sont fiancés puis mariés, très vite, au bout de quelques semaines.

Marié ? Je ne serais donc pas la première Mme David Barlet ? Je refoulai cette hypothèse, aussi tranchante qu'une feuille de papier, aussi exaspérante qu'un prurit, et me concentrai sur son seul récit.

Louis avait donc perdu cette manche contre son frère. Les traces laissées en lui par cette défaite pouvaient se lire sur son visage décomposé. Cela avait-il été le premier des succès décisifs qui avaient mené David jusqu'au trône de la famille Barlet ? Et moi, n'étais-je donc que cela pour lui : un lot de consolation, un joujou qu'il était prêt à casser dans les mains même de son frère, à défaut de pouvoir le lui ravir ?

Pour la première fois, c'est moi qui approchai spontanément ma main de la sienne, mais il la déroba si vite que je ne pus la saisir.

— Ils formaient un couple parfait. Tout le monde les appelait les Delbarlet. Même leurs noms de famille allaient bien ensemble.

Je ne relevai pas l'évidence – avec lui aussi ce jeu sur les noms aurait fonctionné – préférant le laisser poursuivre tant qu'il était disposé à se livrer. Voilà des semaines qu'il me manipulait et, pour la première fois, j'avais la sensation de reprendre la main, d'être celle qui menait la partie. À la faveur d'un mouvement nerveux, il découvrit à nouveau son avant-bras gauche, laissant apparaître son a minuscule. A comme Aurore, ne pus-je m'empêcher d'établir le raccourci.

— Mais ce que David et moi ignorions, c'est qu'Aurore était dépressive.

— Dépressive à quel point ?

Il répondit à mon impertinence par l'un de ses regards fous.

— Destructrice. Et manipulatrice. À l'époque il n'y avait pas encore de terme pour sa maladie…

— Et aujourd'hui ?

— On appelle ça le syndrome Borderline. Il touche presque exclusivement des femmes. Toutes abandonnées ou abusées durant leur petite enfance. Je me suis pas mal documenté sur la question.

Pour ma part, je résistai à la tentation d'en apprendre plus sur le passé effroyable de la première femme de mon futur mari. Une femme dont il m'avait, à ce jour, caché jusqu'à l'existence. Je raisonnai mon irritation, chassai l'image d'un David menteur et déloyal, et tentai d'imaginer quel calvaire la maladie d'Aurore avait pu lui infliger. Jusqu'à un certain point, sa douleur justifiait son silence.

Et après tout, qui étais-je pour le juger, moi qui répugnais à lui présenter ma propre mère ?

— Et que s'est-il passé ? Je veux dire, après leur mariage ?

— Au début, cela allait tant bien que mal. David arrivait à gérer les sautes d'humeur et les exigences d'Aurore. Et Dieu sait qu'elles étaient nombreuses. Car c'est la signature même de cette pathologie : soumettre son partenaire au plus grand nombre d'épreuves possibles, dans l'espoir morbide qu'il craque et finisse par vous rejeter. Aurore était capable, par exemple, d'ingurgiter le contenu entier d'un réfrigérateur en une soirée, avant de se faire vomir et d'ordonner à mon frère de remplir à nouveau le frigo, au beau milieu de la nuit, quand tous les supermarchés sont fermés. Elle devenait effroyablement tyrannique, dans ces moments-là.

J'avais du mal à me représenter David le grand patron, David le charmeur un brin autoritaire, se laisser manœuvrer de la sorte. Les deux tableaux ne cadraient pas. Et pourtant, c'était bien le même homme.

— Il a fini par le faire ?

— La rejeter ? s'exclama-t-il, surpris par ma question. Non ! Il s'est accroché jusqu'au bout. Je ne cache pas qu'il a songé à jeter l'éponge, après certaines crises plus violentes. Mais il tenait bon. Et moi… je le soutenais de mon mieux.

— Vous n'étiez pas un peu jaloux ?

Lui, si fier, si orgueilleux, il serait passé sans état d'âme de son statut de soupirant éconduit à celui de confident de son frère ? Là encore, quelque chose me gênait. Que Louis s'attribuât un rôle si noble, si chevaleresque, me semblait suspect, et ne m'inspirait que plus d'empathie pour celui qui apparaissait comme la seule véritable victime de ce drame : David.

Louis avait-il été aussi amoureux d'Aurore qu'il le prétendait ?

— Si j'étais jaloux de l'enfer qu'il vivait ? Pas vraiment, non… En un sens, je bénissais chaque jour le destin qui avait conduit Aurore à choisir David plutôt que moi. Et malgré tout ça, je crois que j'avais encore des sentiments pour elle. Je ne me voyais plus vivre avec elle, mais je souhaitais sincèrement qu'elle trouve une forme d'apaisement avec lui. Qu'elle soit un peu heureuse, à sa façon.

Pas besoin de fouiller plus loin son regard humide pour comprendre que cela n'avait pas été le cas. Louis aborda de lui-même l'épilogue de son récit.

— L'année suivant leur mariage, nous avons tous passé l'été au bord de la mer. Nos parents étaient encore vivants. Il faisait beau, l'ambiance était plus détendue qu'à l'accoutumée… Même Aurore semblait aller mieux.

— Que s'est-il passé ?

— Un soir, elle a voulu prendre un bain de minuit. Il y avait pas mal de houle et David a cherché à la dissuader. Elle n'avait pas de maillot sur elle, mais elle a décrété qu'elle irait toute nue.

— Elle s'est baignée quand même ?

Ses yeux fuirent un instant vers le ciel, à la recherche d'une réponse, ou d'un hypothétique soulagement, puis se posèrent à nouveau sur moi, encore assombris.

— Oui. Elle agissait toujours selon le même rituel : elle mettait David au défi, et comme il était récalcitrant, elle finissait par prendre le risque toute seule. Alors il était obligé de voler à son secours. Mais, ce soir-là, les vagues étaient vraiment déchaînées… Il n'a rien pu faire. Aurore a disparu entre deux groupes de rochers qui affleuraient, dans une sorte de siphon naturel qui a dû l'aspirer… et elle n'est jamais remontée à la surface.

— C'est comme ça qu'il s'est blessé au bras ?

— Non… Pas comme ça. Pourtant, ça aurait été préférable pour tout le monde.

Cette dernière remarque fut suivie d'un silence pesant.

Au moins, songeai-je, il ne cherchait pas à se donner le beau rôle. Ce drame, aussi épouvantable fût-il, ne redorait guère son blason. Éconduit par Aurore, il n'avait rien fait de plus que son frère pour le salut de cette dernière. Il s'était contenté de regarder le couple s'enfoncer dans la démence de la jeune femme, aspiré comme elle l'avait été elle-même par les courants sous-marins.

— Pourquoi dites-vous ça ?

Le gazouillis de plusieurs oiseaux s'immisça dans nos propos, comme s'ils essayaient d'apporter un peu de légèreté. En vain. Chaque seconde de son mutisme s'étirait comme une torture.

Un courant d'air léger s'engouffra dans le jardin quand un groupe de visiteurs franchit le rideau gris, nous offrant un aperçu fugace de l'intérieur du musée, dont je devinais la richesse chamarrée du décor. Depuis son cadre, le regard lourd de George Sand portraiturée par Ary Scheffer, une fleur rouge dans les cheveux, me toisa une seconde avec sévérité.

— Je regrette que sa blessure ne date pas de cette nuit tragique parce que David a mis plusieurs années à s'en remettre, lâcha-t-il enfin. Trois ans après la disparition d'Aurore, il a tenté de se supprimer.

— Quoi ?

Je retins un cri. Louis m'imposa le calme d'un geste tranchant.

— Cet idiot s'est heureusement raté. Il s'y est mal pris, et il a profondément abîmé les veines de son avant-bras gauche. Ses cicatrices sont plutôt… spectaculaires.

D'où le cache-misère.

Vraiment, le jeune homme éploré et suicidaire ne collait plus avec le capitaine d'industrie implacable qu'il était devenu entre-temps. Ce brassard était une précaution élémentaire pour maintenir son passé si peu glorieux sous cloche, et préserver son image actuelle aux yeux de tous.

Y compris moi.

Je m'en voulais tant d'avoir forcé sa confidence à ce sujet. D'avoir voulu mettre à jour cette blessure, sans doute encore cuisante, plutôt que de la laisser reposer en paix dans son écrin de soie nacrée. Il avait besoin de ma tendresse, de mon amour, de ma présence à ses côtés. Pas d'une inquisition.

14

J'avais envie de le prendre dans mes bras et de lui susurrer des banalités réconfortantes. Que je n'étais pas Aurore. Que je ne serais jamais assez inconséquente pour me baigner dans la mer une nuit de tempête. Que je ne ferais pas de sa vie un enfer, ni de ma mort un supplice, car je n'avais aucune intention de mourir, mais bien celle de vivre à ses côtés. Longtemps. Doucement. Peut-être sans passion, mais avec tout l'amour qu'il méritait.

Mais ce n'est pas David qui me souriait, goguenard, ce rictus dédaigneux infléchissant ses lèvres, de l'autre côté de la théière dont s'échappaient encore des vapeurs subtiles de jasmin.

— Vous m'avez cru ?

Il arborait un petit air de triomphe cruel, comme s'il venait d'écraser un vulgaire insecte sous sa chaussure. Et l'insecte, c'était moi !

— Vous avez cru mon conte pour enfants, n'est-ce pas, Elle ?

J'en restai muette de rage. Ma colère se trouvait bâillonnée par la stupeur, soufflée par l'extraordinaire perfidie de son attitude. Était-il possible d'imaginer une fable aussi noire, aussi terrible, pour le seul plaisir de voir son interlocuteur y adhérer et s'y engluer, détail après détail, telle une mouche collée en plein centre de la toile tendue à son intention ?

Louis était au bord de l'hilarité. Il jubilait manifestement de la facilité avec laquelle il m'avait mystifiée. Le rire muet de l'araignée au moment de dévorer son repas.

— C'est fou comme le romanesque est facile à faire naître chez les jeunes femmes telles que vous ! Un jardin, un peu de musique, juste ce qu'il faut de drame… et vous vous enflammez comme la première allumette venue. C'est presque trop facile. Mais vraiment, c'est très touchant.

Quoique chancelante, je parvins à me lever et, le plus dignement possible, à quitter la table en direction de la rue, sans un mot. Je bousculai au passage un groupe de touristes asiatiques qui encombrait la venelle.

— Annabelle ! Restez !

En dépit de sa patte folle, il se rua à ma suite et tenta de saisir un bras que je dérobai, aussi prompte que possible malgré l'irrégularité des pavés.

— Foutez-moi la paix !

C'en était fini. Il pourrait révéler à son frère ce qu'il voudrait à mon sujet. J'étais disposée à courir le risque. À mettre l'amour que David me portait à l'épreuve de l'entière vérité. Ce qui était certain, en revanche, c'est que je ne supporterais plus d'être ainsi livrée à la fourberie de Louis, cet homme blessé, brisé par ses échecs, si cruel. Il n'obtiendrait plus rien de moi. Et il pourrait m'adresser autant de pages qu'il voudrait de ses insanités, elles finiraient toutes à la poubelle sans que je les lise. Mes pensées m'appartiendraient de nouveau.

Il me suffit de trotter légèrement pour le distancer, toute course lui étant impossible.

— Je suis désolé… brama-t-il dans mon dos, loin déjà. Annabelle !

L'usage inédit de mon prénom ne m'amadoua pas plus que le regard interloqué des passants, devant lesquels nous nous donnions en spectacle. Parvenue dans la rue Chaptal, je tournai à droite, vers la rue Blanche, sans demander mon reste.

Mais après quelques dizaines de mètres, la sonnerie de mon mobile me força à ralentir.

— David ?

— Hello, ma belle. Comment se passe la petite balade touristique avec Louis ?

— Euh, je… ça va, ça va… mentis-je, d'une voix étranglée.

— C'est une bonne idée, hein ? T'as vu ce temps magnifique !

— Oui…

— Je savais que ça te plairait. C'est un guide passionnant.

À mesure qu'il me parlait, je pouvais sentir mon poursuivant gagner du terrain.

— Tu peux me le passer ?

— Non… non, il est aux toilettes, improvisai-je, le souffle court.

— Ah… ça ne m'étonne pas. Pour ce genre de choses, c'est une vraie gonzesse.

— Tu veux que je lui demande de te rappeler ?

Je priai pour qu'il accepte cette solution, lui qui n'avait jamais une seconde à perdre.

— Non, ce n'est pas grave… Je vais patienter. Ça me fait plaisir de t'entendre en journée. Cela n'arrive pas souvent.

Cette fois, Louis était sur moi, à deux ou trois pas. Il s'approcha encore et attrapa mon poignet libre, son visage d'icône traversé par un rictus menaçant. Sa force me surprit, et me tira une grimace à mon tour.

Je ne pus contenir un petit cri assourdi.

— Elle ? Elle, ça va ? s'inquiéta David à l'autre bout de la ligne.

« Répondez-lui », m'intima le regard implacable du boiteux.

— Oui… C'est rien, je me suis cognée contre un…

— Contre un… ?

Louis tendit son autre main vers le combiné, sans relâcher pour autant l'étau qui maintenait mon bras captif. Je ne pouvais plus fuir, et encore moins crier. David aurait tout entendu.

— Salut, frangin ! lança l'homme à la canne, avec une légèreté déconcertant. Oui, oui, tout va bien. Annabelle est une élève disons… un peu dissipée, mais très curieuse. À la fin de la journée, elle saura *tout ce qu'elle doit savoir* sur le quartier.

Il avait appuyé ces quelques mots à mon intention. Quel message espérait-il me faire passer ?

Ils échangèrent quelques banalités d'usage à propos de la chaîne – je ne sais quelle opération promotionnelle d'été – puis enfin Louis raccrocha, conservant toutefois le téléphone en main. De l'autre, il maintenait mon poignet prisonnier.

Alors il me fut permis d'exploser :

— Désolé ? C'est tout ce que vous trouvez : « désolé » ?

— Persistez sur ce ton, dit-il, cinglant, et je rappelle immédiatement notre cher David. Venant de votre portable, je suis sûr qu'il aura à cœur de prendre l'appel.

Son affabulation au sujet de son frère n'était rien, bien sûr, au regard de ce jeu malsain dans lequel il m'avait embarquée la veille. C'était la honte d'avoir souscrit à cette mascarade-là, que j'avais envie de lui cracher au visage.

— Allez-y ! Allez-y, appelez-le ! le mis-je au défi. Et tant que vous y êtes, racontez-lui ce que vous fabriquez le soir dans les chambres d'hôtel avec sa future femme !

— Je doute que cela l'int...

— Ah mais si, si, ça va le passionner ! Et n'oubliez pas de lui parler des lettres aussi. Je suis sûr qu'il sera ravi d'apprendre que son propre frère s'excite en écrivant les fantasmes sexuels de sa fiancée !

Ma poitrine s'était gonflée malgré moi. Mes seins semblaient prêts à exploser. Mes mamelons pointaient à travers les couches fines du bonnet de coton et de ma robe, aussi durs et froids que de la porcelaine. Briser la loi du silence qu'il m'imposait aurait dû me soulager, et pourtant j'avais l'impression de m'enfoncer dans des sables mouvants : y penser me troublait ; chasser par force le souvenir de ses messages m'y ramenait plus sûrement encore et m'aspirait plus bas, à des profondeurs dont je sentais bien qu'il me serait impossible de remonter.

Surtout, ne pas penser à sa main, posée sur eux, les pinçant
comme un fruit dont on cherche à faire jaillir le noyau,
les roulant entre ses doigts pour éprouver le point où le plaisir
devient chez moi douleur, et à nouveau un bonheur si intense,
précis, localisé, mais prêt à irradier tout mon corps.
(Note manuscrite anonyme du 07/06/2009 : évidemment,
il n'a pas cessé ses envois pour autant...)

Sans doute perçut-il cette brusque modification de mon état, car il recouvrit alors une attitude à la fois plus douce et plus déterminée, plus fière aussi, libérant mon poignet, marbré d'une empreinte rouge.

— Je vous jure que je n'ai pas écrit ces lettres dont vous me parlez.

C'était dit avec un tel aplomb que ma furie s'en trouva un instant mouchée.

Après un instant d'hébétude, j'extirpai mon carnet argenté et l'ouvris au hasard, sur l'une des pages couvertes de cette écriture fiévreuse :

— Vous me soutenez que cette écriture… n'est pas la vôtre ? Vous pouvez me l'affirmer, Louis, en me regardant dans les yeux ?

Il laissa s'écouler une seconde puis, avec gravité :

— Dans les yeux, je vous l'affirme. Et je vais même faire mieux : je vais vous le prouver.

Il dégaina à son tour un petit bloc-notes en cuir noir, puis un stylo-bille de la même couleur, et suspendit la pointe de ce dernier au-dessus d'une feuille encore vierge :

— Je vous en prie, dictez-moi quelque chose.

Son initiative me prit de court.

— Je ne sais pas…

— N'importe quoi, ce qui vous passe par la tête.

— « Aurore Delbard est morte noyée en mer », finis-je par lancer, moi-même surprise par cette provocation.

Il me dévisagea un moment, partagé entre une colère sourde et un semblant d'admiration – il devait me trouver tout de même un peu de cran – puis griffonna ladite phrase sans relever le nez de son carnet. À la fin, il me le tendit, grand ouvert.

— Voilà. Je vous laisse juge.

Aurore Delbard est morte noyée en mer

J'étais médusée. Certes, cette écriture était aussi heurtée que celle de mon carnet, quoique plus sèche, plus masculine. Mais il n'y avait pourtant aucune confusion possible. Celle-ci filait plus vite encore, comme une seule ligne continue, caracolant à perdre haleine sur le papier, là où les caractères formés par mon harceleur anonyme apparaissaient plus ronds, plus lisibles aussi.

Pour mieux m'en convaincre, je superposai presque les deux feuilles. Je le revis aussi, quelques secondes plus tôt, laissant courir la pointe dorée du stylo dans un geste qui n'était, semble-t-il, ni artificiel ni contraint. Rien à faire : cette écriture n'était pas celle de mon Dix-fois-par-jour.

Toutes les folles hypothèses échafaudées ces derniers jours, toute cette aigreur, tout cela s'effondrait comme un château de sable sous le pied d'un enfant après une longue après-midi de plage.

— Je suis confuse, je…

Il affichait un triomphe modeste, comme s'il s'y était attendu.

Alors que je demeurai coite, mon regard fiché dans le sien, il me servit un sourire que je n'avais encore jamais vu sur son visage. Entre la supplique de celui qui cherche à se faire pardonner et la réconciliation complice. Un sourire « à la George », aurait probablement apprécié Sophia, jamais avare de références people.

— Puisque nous avons éclairci certains points qui vous tracassaient, je vous propose de reprendre cette promenade, cette fois sur un meilleur pied. Qu'en dites-vous ?

Le poing qui écrasait mon ventre me soufflait de me méfier, de ne pas prendre sa soudaine bonne figure pour argent comptant quand l'exaspération insoutenable de mes seins clamait le contraire.

— Je vous le promets : j'arrête les bêtises.

Desquelles parlait-il ?

— Plus aucun mensonge jusqu'à la fin de la journée, appuya-t-il avec un soudain sérieux.

— Vraiment aucun ?

En toute conscience, je n'avais qu'une seule envie, à cet instant : rentrer seule, et ne plus jamais revoir cet être abject de toute mon existence. Qu'il fût ou non le responsable de mes tourments.

Mais dès mon premier jour à BTV, il serait là, dans un bureau à quelques portes du mien. Puis encore à notre mariage, dans une petite quinzaine maintenant. Et, par la suite, année après année, à chacune des occasions familiales qui nous réuniraient, immanquablement. C'était le frère de David, et je ne pouvais l'effacer de nos vies sur un coup de colère. Que dirait mon futur époux s'il apprenait que j'avais planté là son aîné, uniquement parce que celui-ci m'avait joué un tour de mauvais goût ?

— Je m'en tiendrai à mon rôle de guide. Aucun risque que je vous raconte des craques à propos de l'histoire de ce quartier : je la connais mieux que personne.

Cela aurait pu être une nouvelle marque de son arrogance, et pourtant je savais qu'il ne surestimait pas l'étendue de sa propre culture sur le sujet.

Renfrognée mais presque calmée, je me laissai mener sans un mot à travers les rues de la Nouvelle Athènes pour la suite de notre visite. Fidèle à son engagement, il n'était plus maintenant que ce cicérone volubile.

— Vous voyez ce numéro plus gros que les autres au-dessus de cette porte ?

Nous descendions la rue Blanche et, de fait, je relevai que certaines plaques émaillées de numérotation des immeubles étaient affectées de dimensions anormalement importantes.

— Oui, c'est étrange…

— C'est le seul signe distinctif des anciennes maisons closes encore visible aujourd'hui.

— Ah oui ?

Mon ingénuité suscita chez lui un petit sourire, qu'il effaça aussitôt, de peur de me froisser à nouveau.

— Avant que la loi Marthe Richard ne les bannisse pour de bon, en 1946, les bordels et autres lupanars avaient tout de même pour consigne de se faire discrets. On ne leur autorisait ni les enseignes sur rue, ni les devantures comme à Amsterdam, mais juste quelques éléments de décoration en façade, que les initiés pouvaient facilement reconnaître.

— Comme quoi, par exemple ?

— Les fameuses lanternes rouges, mais aussi des détails plus subtils comme du verre dépoli aux fenêtres, un grillage au judas de la porte d'entrée, ou encore des persiennes qui restaient constamment abaissées. Le « Gros Numéro » – c'est d'après lui qu'on finit par désigner ces établissements – faisait partie de cette panoplie.

Je ne fis aucun commentaire à ce propos, mais tout le reste de la visite se déroula à l'avenant, l'histoire des lieux que nous parcourions étant relatée à travers ce prisme unique des amours terrestres et des mœurs dissolues de nos ancêtres : au square d'Orléans, il fut question une fois de plus de la dévorante passion entre Sand et Chopin ; au 8 de la rue La Bruyère, Louis me conta par le menu la relation adultérine que la poétesse Marceline Desbordes-Valmore avait entretenue, trente années durant, avec son amant Henri de Latouche... Mais le clou fut sans conteste son évocation ardente des filles de joie qui avaient élu domicile autour de l'église néoclassique construite en contrebas :

— Comme elles racolaient les ouvriers autour du chantier, puis les paroissiens quand celui-ci fut enfin achevé, on les a nommées selon ce lieu : les « lorettes ».

Les quatre colonnes corinthiennes et le portique à l'Antique de Notre-Dame de Lorette s'élevaient devant nous.

— Pourtant, j'avais cru comprendre que c'était un coin plutôt chic, non ?

— Mais les lorettes aussi ! s'emporta-t-il, plaidant leur cause avec ferveur. Elles n'avaient rien à voir avec les grisettes de la Bastille ou de Belleville, qui n'étaient généralement que de petites employées lingères ou modistes, et qui vendaient leurs charmes à la sauvette pour arrondir leur fin de mois.

— Ce n'était pas le cas des lorettes ?

— Non ! Dans l'ensemble, c'étaient des filles de qualité, éduquées, sachant lire et écrire, et en partie entretenues. La prostitution s'apparentait plus pour elles à un art de vivre qu'à une nécessité économique.

— Plus courtisanes que prostituées, en somme.

Est-ce qu'il fréquente souvent les filles telles que nous,
lorettes ou hotelles, comme cette métisse magnifique
le soir du vernissage ? Peut-être même de véritables prostituées,
celles qu'on ramasse dans les allées du bois de Vincennes
et qu'on culbute à la va-vite à l'arrière des petites camionnettes
mitées par la rouille ? Que cela fait-il de posséder tous ces sexes
sans nom, presque sans visage ? Est-ce qu'on se sent un homme
plus fort, plus viril, plus désirable pour les autres femmes ?
Vraiment, se sent-on différent après avoir pénétré un vagin,

gainé de latex, sans affect, sans tendresse,
petite chatte docile qu'on ne baisera plus jamais ?
(Note manuscrite anonyme du 07/06/2009 :
ce sont bien des propos et des interrogations d'homme…
Lui qui prétend être chez lui dans ma tête, cette fois il a tout faux.)

Ma formule à l'emporte-pièce déclencha chez lui un rire spontané. Un rire clair et, me sembla-t-il pour une fois, dénué de cynisme ou de calcul. De son côté, la tension de notre récent accrochage paraissait totalement dissipée. Du mien, ce n'était pas le cas… Je jouais juste ma partie du mieux que je le pouvais, pressée d'en finir.

— On peut dire ça comme ça, oui.

Les heures avaient filé sous le soleil, émaillées de plus d'histoires et de détails architecturaux que je ne pouvais en mémoriser. Il m'était difficile de l'admettre, mais je pris un réel plaisir à l'écouter parler du style vénitien qui ornait certains immeubles autour de la place Saint-Georges, tout en médaillons, frises et candélabres, fort différent du néoclassicisme dépouillé de la rue de la Tour-des-Dames.

À l'heure du déjeuner, nous avalâmes une omelette sur le pouce, dans une brasserie proche de Drouot, Le Central, à deux pas des antiquaires dont Sophia et moi aimions tant lécher les vitrines. Étrange coïncidence, Louis s'arrêta pile devant celle des Antiquités Nativelle. Ma boutique fétiche. Après un temps d'observation assez bref, il fit mine d'y entrer.

— Vous me donnez un instant ?

Sans attendre ma réponse, il s'était engouffré dans l'échoppe. Le cœur serré, impuissante, je le vis désigner au marchand, un petit homme dégarni et chaussé de bésicles, ce pic à cheveux que je reluquais depuis des semaines. Le pic en argent de mademoiselle Mars, ma nouvelle voisine à travers les siècles.

Quelques minutes suffirent pour qu'il en ressorte, un paquet vite emballé entre les mains.

— Tenez.

Je repoussai le présent d'un geste que je voulais ferme.

— Louis… Je ne peux pas accepter ça. Si David l'apprend, il…

Il me coupa d'un ton doux.

— Il n'y a aucune ambiguïté, ni aucune méprise, Elle. Je ne fais qu'appliquer ses consignes à la lettre : vous promener… et vous gâter. À ses frais, évidemment.

Je reconnaissais bien là la prévenance de mon fiancé, qui avait dû déposer ce pouvoir temporaire entre les mains de son frère en toute innocence.

— Dans ce cas… J'imagine que je dois accepter.

Il accueillit mon assentiment docile avec une lueur plus intense dans les yeux. Il ne faisait pas qu'obéir à David, je le voyais bien. Il y prenait un plaisir qui n'appartenait qu'à lui. Car, puisqu'il était celui qui dispensait ces bienfaits, je lui offrais en retour ma gêne et ma gratitude, toutes choses dont il paraissait se délecter.

— J'ai une autre course à faire. Un peu rébarbative. Si vous êtes d'accord, attendez-moi dans ce café. J'en ai pour une petite demi-heure.

Ma table habituelle au Café des Antiquaires me fit l'effet d'un port d'attache après des jours et des jours de mer agitée. Ne manquait plus que Sophia, hélas injoignable sur son portable, pour entendre mon dernier compte rendu. Faute de son oreille compatissante, je me laissai bercer par l'atmosphère cosy du lieu, emportée dans une rêverie où l'attitude lunatique de Louis venait brouiller l'image auréolée de son frère.

Que lui avait-il pris de me piéger ? Quelle jouissance tirait-il de ces jeux avec moi ? L'empire qu'il exerçait sur ma personne ne pouvait pas seul expliquer ce besoin d'éprouver mes nerfs qu'il manifestait à chacune de nos rencontres.

Son entrée soudaine dans le bistrot fouetta mon visage d'un vent frais.

— Voilà ! C'est fait. Vous êtes prête ?

Il tenait à la main un sac plastique rouge et blanc, floqué d'un D majuscule qui signait sa provenance : Drouot, le temple des ventes publiques. Qu'avait-il bien pu avoir à acheter là-bas de si urgent ? Rien dans la forme longue du paquet, bourré de papier journal, ne trahissait son contenu.

Retenant ma question indiscrète, je le suivis pour une ultime promenade à travers l'élégant passage couvert Jouffroy, autre symbole architectural du Paris romantique. 1846, indiquait l'horloge au niveau du décrochement qui coudait la galerie à mi-distance. Comme elle, comme les statues de cire du Musée Grévin à notre gauche, Louis me paraissait figé dans un autre temps que celui des passants alentour. Certains, d'ailleurs, le dévisageaient comme une curiosité touristique, vestige du dandysme alors en vogue.

— Vous me raccompagnez ? Je commence à fatiguer un peu…

Nous marchions depuis le début de la matinée, et ma requête dut lui paraître légitime car il acquiesça. Quelques pas plus loin, comme nous débouchions sur le boulevard Montmartre, il héla même un taxi, soucieux de me soulager.

Dix minutes plus tard, la voiture s'engageait au bas de la rue de La Rochefoucauld quand, au croisement suivant, j'avisai la moto noire de gros cylindre.

— Stop ! intimai-je au chauffeur.

— C'est plus haut, la rue de la Tour-des-Dames, mademoiselle.

— Oui, je sais… Mais déposez-nous ici, s'il vous plaît.

— OK, c'est vous qui savez, concéda-t-il en garant sa Mercedes blanche le long du trottoir.

Arraché à ses pensées, Louis s'étonna.

— Quelque chose ne va pas ?

— Non, non, tout va bien, mentis-je malaisément.

À son tour il l'aperçut, accoudé à son monstre mécanique, moulé dans son blouson en cuir, un casque intégral passé au poignet : Fred.

— Vous êtes toute pâle, Elle. C'est ce garçon qui vous met dans cet état-là ?

— Oui, glapis-je en sortant du véhicule.

— Qui est-ce ?

— Mon ex… Et il n'a rien à faire ici.

— Il vous fait peur ?

Je me raidis. Je ne sus dire ce qui me déplaisait le plus : l'irruption sans préavis de mon ex, ou que Louis fut le témoin de mon désarroi.

— Non… non. Mais je préfère quand même passer par derrière.

Depuis la rue Saint-Lazare, au numéro 56, une impasse remontait vers le nord et offrait un accès dérobé aux jardins des hôtels particuliers de la rue de la Tour-des-Dames. Seuls les riverains connaissaient cette ruse.

Mais, saisissant mon bras, son flanc collé au mien, Louis m'offrit un visage déterminé et me tira d'autorité vers celui qui guettait notre arrivée.

— Je le comprends, vous savez. Vous n'êtes pas le genre de fille qu'on lâche si facilement. Mais venez. Puisqu'il est là, nous allons lui en donner pour son argent.

Mauvaise idée !

Fred nous aperçut enfin et se précipita vers nous, d'un pas leste et martial. Je connaissais par cœur son air d'avant la bagarre, les yeux et les épaules rentrés, le front bas, les poings serrés.

— Alors c'est toi ? s'adressa-t-il familièrement à Louis.

— C'est moi.

Louis lui tenait tête, aussi peu apeuré que je l'étais de mon côté, arborant un air de défi aristocratique. Excité par cette résistance, le motard lui décocha une chiquenaude du plat de la main sur la poitrine.

— Salaud ! Ça ne te fait pas chier de faucher la copine des prolos ? Hein ? Ça ne te suffit pas de les foutre à la rue à longueur d'année ? Faut que tu voles leurs femmes, en plus ?

La méprise était flagrante. Fred croyait avoir affaire à David, et Louis, chevaleresque, acceptait de jouer ce rôle qui lui allait pourtant si mal, afin de me protéger des assauts de mon ancien compagnon.

J'empoignai le bras de ce dernier, aussi dur que la pierre, dans un mouvement désespéré.

— Fred ! Arrête !

— C'est ça ton grand amour, putain ? Un handicapé !

— Là, vous allez trop loin, jeune homme.

Cette fois, c'est Louis qui marchait sur lui, brandissant sa canne. Sans réfléchir, je hurlai, dans l'espoir qu'Armand ou toute autre personne du voisinage vienne s'interposer ou appelle des secours.

— Arrêtez !

— Ah, ça aide à fermer les yeux et à ouvrir les cuisses, toute leur saloperie de fric ! crachait le blond, son casque en avant tel un bouclier.

Un premier coup de canne s'abattit sur la visière, puis un second vint frapper la main de Fred, qui brama un cri de douleur.

— Enculé !

Ivre d'orgueil et de douleur, le blessé s'apprêtait à charger son opposant, quand Louis fourragea dans le sac Drouot. De l'amas de papier il dégaina avec une vitesse étonnante un objet souple et fin, dont il zébra l'air devant lui. Une cravache !

Chacun de ses mots fut ponctué par un sifflement aigu du cuir :

— Vous… n'approchez… plus… d'Elle ! C'est compris ?

— Espèce de malade ! beugla Fred, nettement moins fier.

Les voir prêts à se battre m'a terrorisée. Mais, je dois l'admettre aussi, cela a fait résonner en moi cet instinct de femelle qui se demande lequel des deux mâles fera valoir ses droits et se jettera sur elle pour la saillie aussitôt le combat terminé. Sur l'instant m'est venu le désir fugace de les voir s'écharper pour moi, totalement nus.

(Note manuscrite anonyme du 07/06/2009 : « femelle » ? Mais pour qui se prend-il ? Un superhéros ?)

Le temps que Fred recule, l'extrémité effilée avait fouetté son visage, y apposant une balafre rouge sang. Impressionnante, mais superficielle si l'on en jugeait par l'absence d'écoulement. Cela suffit néanmoins à le faire battre définitivement en retraite. La main portée au visage, les yeux fous, humilié, il recula jusqu'à son engin qu'il enfourcha dans le même mouvement. Prêt à fuir.

Mais Louis ne semblait pas se satisfaire de cette victoire. Il s'acharnait à menacer l'autre de sa cravache, qu'il agitait en tous sens. Ce n'est qu'au moment où la moto gronda et fila à contresens dans la rue qu'il sembla se souvenir pour qui il venait de mener cette bataille. Il ramassa sa canne tombée à terre et s'avança vers moi, plus penaud que fanfaron.

— Je suis désolé…

— Vous n'y êtes pour rien.

Alors, il prit ma main, la retourna paume vers le ciel, et y déposa la badine de cuir avec cérémonie.

— Qu'est-ce que vous… ?

— C'était votre deuxième cadeau. Mais je n'étais pas censé m'en servir avant de vous l'offrir.

— Elle est magnifique.

Mais que voulez-vous que j'en fasse ? m'écriai-je mentalement.

— Elle a appartenu à une élégante Anglaise autour de 1850, s'empressa-t-il d'ajouter. À l'époque, ce genre d'accessoire était très à la mode. Y compris chez les femmes qui ne montaient pas.

— Merci…

Deux présents, un sauvetage… Malgré son comportement si imprévisible, si versatile, et ce chantage odieux qu'il pratiquait avec moi, je ne pouvais laisser mon héros du jour sans remerciement. Et comme je l'embrassais chastement sur les deux joues, il posa sur ma nuque l'une de ses mains, fine et douce. Pour la deuxième fois, je pus sentir son parfum : son combat avait dissipé la lavande et exalté la note vanillée. Cela me cuisait de l'admettre, mais c'était un délice qui, ajouté au contact de ses doigts sur ma peau, déclencha plusieurs vagues de frissons, d'abord légers, puis dont l'intensité crut à mesure qu'ils déferlaient depuis mon cou jusqu'à mes reins. Était-il envisageable de jouir en stimulant une zone érogène aussi peu orgasmique que la nuque ?

Je n'attendis pas pour le découvrir et me détachai de lui, le front brûlant, le regard perdu.

— Vous allez bien ? se soucia-t-il.

— Oui… ça va. Je suis juste un peu secouée par tout ça.

Je désignai le bout de la rue, où le vrombissement des mille centimètres cubes de Fred s'éloignait progressivement.

Alerté par le vacarme, Armand venait de passer la grille et trottait à notre rencontre.

— Je vous laisse entre les meilleures mains de Paris.

— Oui, je sais, approuvai-je. Armand est…

— Que s'est-il passé ? interrompit ce dernier, livide d'inquiétude.

— Au revoir, Elle.

Louis repartait déjà, claudiquant, le soutien de sa canne lui semblant plus nécessaire que jamais. Où et quand avait-il bien pu blesser cette jambe ? N'était-il qu'un simulateur, un comédien qui cherchait à parfaire son personnage avec ce verni d'étrangeté ?

Armand me soutint jusqu'au perron, comme si j'avais été blessée dans la bagarre. J'avais beau me récrier, prétendre que j'étais entière et en pleine possession de mes moyens, il insista tant que je m'abandonnai contre son épaule encore robuste.

Je crus pourtant défaillir pour de bon lorsque j'aperçus le pli sur la console : une deuxième enveloppe couleur argent, en tous points identique à la première.

— Qui a déposé ça ? demandai-je, fébrile.

— Je ne sais pas. Je l'ai trouvée au courrier ce matin. Il y a un problème ?

— Elle n'est pas affranchie.

— Ah… Je n'ai pas fait attention.

— Vous n'avez pas vu qui l'a déposée ?

Pas Louis, conclus-je pour moi-même, puisqu'il ne m'avait pas quittée de la journée.

— Non. Je suis désolé… Tout va bien, mademoiselle ?

— Oui, oui…

Je forçai un sourire reconnaissant.

— Merci, Armand.

J'attendis qu'il tourne enfin les talons pour ouvrir le rabat. Comme la dernière fois, l'enveloppe contenait la carte d'accès à l'une des chambres des Charmes, ainsi qu'une note manuscrite et un bristol imprimé. Décidément, cela tournait au rituel.

Ce soir, 22 heures,
au lieu habituel.
Munissez-vous de votre équipement.

Mon équipement ? Que pouvait entendre par là le mystérieux expéditeur ?

Je retournai alors le bristol…

...Quand Armand reparut dans le hall.

— Avec toutes ces émotions, j'ai oublié de vous dire...

— Oui ?

Je dissimulai la petite liasse dans mon dos, à la hâte, élève prise en faute.

— David a organisé un dîner, ici, ce soir. À 21 heures.

— Un dîner ?

Voilà qui tranchait mon dilemme, comme le réveil met un terme aux cauchemars.

— Il veut vous présenter quelques-unes des personnes qui comptent à BTV. Vos futurs collègues, en quelque sorte.

Mais pas Louis, pensai-je. J'agréai l'information d'une voix blanche.

— D'accord.

— Mais rien de formel, chercha-t-il à me rassurer. Une petite dînette entre amis. Ce ne sont que des proches de David. On pourrait même dire le cercle de ses intimes.

J'entrevis sans peine – mais avec une soudaine sécheresse de la gorge – l'objet officieux de cette invitation surprise : ce dîner serait mon véritable examen de passage. Et de sa réussite dépendrait évidemment ma bonne intégration au sommet hiérarchique de la chaîne. Je devrais être brillante, mais sans en faire trop. Apprêtée, mais sans éclipser les autres femmes présentes. Joyeuse, mais surtout pas hystérique. Et en aucun cas revêtir ce costume de châtelaine que le lieu et mon mariage imminent me poussaient à endosser. Une pro, pas une dinde.

— Je m'occupe de tout. Vous n'avez qu'à vous faire belle.

D'un geste réflexe, je fouillai la petite poche sur le flanc de ma robe. Je l'avais oubliée tout le jour et pourtant elle ne m'avait pas quittée, pesant de tout son poids sur le tissu léger : la grosse clé crantée, sésame d'un monde nouveau, et dont j'ignorais tout encore.

15

8 juin 2009

— Non, mais… il est barge !

Telle fut la réaction première de Sophia lorsque je lui fis enfin le récit téléphonique des événements de la veille. Et, sur le moment, je ne sus déterminer si elle parlait de Louis ou de Fred. Du machiavélisme de l'un ou de l'impulsivité sanguine de l'autre. Je sentais pourtant que, sans oser le dire de manière aussi franche qu'à son habitude, elle avait déjà pris parti. Ma meilleure amie n'avait jamais porté mon petit copain motard dans son cœur. « Ce mec est un loser *et* un nid à emmerdes » était sa sentence favorite à son sujet. Hélas, ces dernières années, Fred s'était ingénié à lui donner raison : chômage, manque d'argent endémique, bagarres et embrouilles régulières, etc. Ses interventions malheureuses, rue Rigault comme ici même la veille, illustraient une fois de plus le désarroi dans lequel il se débattait.

Louis, Sophia pouvait le voir et l'entendre dans mes propos pourtant mesurés, était autrement glamour. Et même si je n'avais pas encore la preuve formelle que le frère de David était aussi le tordu qui avait glissé le Dix-fois-par-jour dans mon sac, cette seule éventualité suffisait à émoustiller Esméralda.

— Tu veux pas me le présenter ?

— Qui ça ? Louis ?

— Oui ! J'adore ce genre de mecs un peu joueurs !

— So'… C'est un taré ! Sous prétexte d'une visite historique, il ne m'a parlé que de sexe toute la journée.

— Je ne vois pas vraiment le problème, gloussa-t-elle.

— Il m'a menti sans arrêt. Il m'a fait croire que David m'avait caché son passé pour me détourner de lui. C'est pas retors, ça ?

En étais-je si sûre ? Certes, il s'était rétracté et avait fait passer ses fausses révélations sous le couvert de la farce. Mais qui me prouvait qu'Aurore n'avait jamais existé ? Ni que le brassard en soie de David ne recouvrait pas les cicatrices laissées par une telle histoire ?

— Hum… minimisait-elle. En tout cas, tu es fixée sur ton Dix-fois-par-jour : c'est pas lui.

— Non, mais je crois que tu ne te rends pas bien compte : dans dix jours, ce type sera mon beau-frère !

— Raison de plus pour me le refourguer, ma chérie. Ce serait pas la classe ? Toi et moi, on serait belles-sœurs !

— Si tu permets, j'ai pas vraiment envie de te voir finir en HP. Ni de t'y rendre visite à l'heure du thé.

Mais, réagissant à peine lorsque je lui fis la demande officielle d'être mon témoin, elle déroulait à voix haute le fil de sa rêverie…

— Un taré branché sexe comme ça, et avec un tel pedigree… Honnêtement, je crois que je pourrais passer l'éponge sur ses petits travers.

Ah, ce génie qu'a Sophia pour foncer droit sur les complications ! Elle pouvait brocarder Fred, elle ne faisait guère mieux. L'un de ses derniers clients en qualité de hotelle, qui l'avait conduite deux ou trois fois aux Charmes ces dernières semaines, s'était tant amouraché d'elle qu'il exigeait maintenant qu'elle quitte sa fonction pour lui appartenir en propre, sans autre contrepartie que son amour éternel. « T'imagines un peu le rat ? S'il veut que je sois sa poule à temps plein, va falloir qu'il raque un peu plus que des *ma chérie* et *mon amour* ! »

De mon côté, je tus évidemment ce qui avait pu me troubler pendant cette journée en compagnie de Louis Barlet. Jusqu'à ce trouble animal qui s'était emparé de moi au moment du pugilat, et que mon harceleur avait lu en moi. *Une vraie femelle au moment de ses chaleurs…*

À travers notre babillage, je fus surprise d'entendre l'eau couler dans la salle de bains contiguë. Exceptionnellement, et bien que nous fûmes lundi matin, David ne s'était pas évaporé avant mon réveil.

— Oh, au fait, je ne t'ai pas dit… J'ai eu Rebecca au téléphone. Elle était assez furieuse de ton désistement, l'autre soir.

— C'est pas toi qui m'encourageais à l'envoyer promener ?

— Si, si… Je voulais juste te prévenir qu'elle n'a pas l'air décidée à passer l'éponge sur le fric.

— Je m'arrangerai, éludai-je d'un ton vaguement excédé.

J'en aurais très bientôt les moyens.

Le dîner organisé par David à mon intention avait marqué mon entrée dans le monde enchanté des médias : la dizaine d'invités avait persiflé toute la soirée sur tout un tas de personnes que je ne connaissais pas. En me tenant à l'écart de cette curée, j'avais prouvé, je crois, mon indépendance de ton et d'esprit. En d'autres termes : je n'étais pas juste la jolie potiche de service au bras du grand patron. Alice, une grande blonde sculpturale qui s'était présentée à moi comme la « Directrice marketing international de BTV », insistant à dessein sur son titre ronflant, s'était clairement comportée comme une rivale potentielle. Regards assassins, remarques suavement perfides et, plus que tout, cette manière insidieuse de déplacer la conversation sur des terrains où elle me savait par avance inconfortable, usant à outrance du *name dropping* et des acronymes cryptés.

Est-ce que cette fille a couché avec David ? Probablement…
Pourquoi n'aurait-il pas été attiré par cette bouche parfaite,
ces yeux bleu azur, ces seins aussi droits que s'ils venaient
d'être refaits, ces fesses délicieusement moulées par un fourreau, dont
le décolleté échancré dévoile judicieusement le haut du sillon ?
Impossible pour un homme de ne pas avoir envie
de se jeter sur une telle créature…
Alice et David. David et Alice. Ça sonne si bien. Peut-être trop bien
pour fonctionner. Et si je lui proposais, un jour, avant qu'il ne se
lasse de moi, que nous fassions l'amour tous les trois ? Est-ce que
je pourrais imaginer meilleure partenaire pour un tel jeu ? Je
pourrais découvrir à mon tour quelles sensations procurent les
lèvres d'une femme aussi belle. Sa toison est-elle aussi rayonnante

que sa crinière ? Je ne lui imagine pas un sexe de jeune fille, délicat et rosé, mais au contraire une fente large, des lèvres charnues, des nymphes aux ailes longues et largement déployées. ~~Une chatte d'amazone, de conquérante, au bouquet puissant et musqué~~. Comment réagirait mon homme s'il me voyait la lécher ou introduire plusieurs doigts en elle ?

Serais-je capable de la faire jouir par mes seules caresses ?

(Note manuscrite anonyme du 08/06/2009.)

La soirée s'était prolongée tard et, en capitaine responsable, David avait fini par congédier tout son petit monde, attendu dès le lendemain matin sur le pont de son entreprise, non sans leur avoir dispensé d'ultimes conseils de prudence, tant les mets raffinés préparés par Armand avaient été copieusement arrosés. Nous étions l'un et l'autre si fatigués qu'il me questionna à peine sur ma journée avec Louis, écoutant mes réponses édulcorées d'une oreille assoupie.

— La broche t'a plu ? finit-il par me demander.

— La broche… Ah, le pic à cheveux, tu veux dire ?

— Oui, c'est ça, le pic.

— Il est magnifique. Merci.

Il reçut mon baiser avec un sourire absent.

Heureusement, j'avais pris soin, juste avant de descendre recevoir nos convives, de cacher la cravache anglaise derrière plusieurs piles de vêtements. Cependant, j'avais conscience qu'il s'agissait là d'une cachette bien peu sûre, et qu'il me faudrait me débarrasser au plus tôt de cet objet compromettant.

David apparut dans la chambre, une serviette blanche nouée sur les hanches. Son ventre plat, ses pectoraux merveilleusement ciselés, tout dans sa plastique dénotait le sportif assidu. Outre ses séances de tennis bihebdomadaires avec François Marchadeau – je frémissais à chacune d'entre elles, spéculant sur les sujets que ces deux-là auraient pu aborder –, il s'entretenait quotidiennement dans la salle appareillée installée dans le sous-sol de la maison, à raison d'une demi-heure. Moment bref mais intensif.

Radieux, le visage miraculeusement épargné par les excès de la veille, il me taquina sur un ton des plus enjoué :

— Allez, la paresseuse, prépare-toi ! On va être en retard.

— Euh… Je ne commence pas demain seulement ?

« Mardi 9 juin, 8 h 30 », m'avait encore confirmé Chloé deux jours plus tôt, dans un message vocal résumé à l'essentiel.

— Si, mademoiselle… Mais je n'ai jamais dit que je t'emmenais au travail.

Son sourire éclatant distillait une grâce communicative. Il avait ce pouvoir rare de détendre, de rassurer, de faire vibrer votre âme à son diapason. Comparé à lui, Louis n'était qu'un bloc opaque, dur et insondable.

— Où ça, alors ?

— Ah ah… Habille-toi et la lumière tu verras !

Ce n'était pas qu'un jeu de mots, car la lumière jaillit lorsque nous entrâmes dans l'obscurité, près de deux heures plus tard. D'accord, bien avant le tunnel, j'avais déjà capté quelques indices sur notre destination : la Gare du Nord, l'escalator pour grimper sur la mezzanine, le contrôle douanier, les hôtesses vêtues d'un uniforme comme on en voit plutôt dans le transport aérien, le TGV jaune, blanc et bleu…

Mes yeux verts s'étaient éclairés d'une lueur enfantine.

— On va à Londres ?

— *Yes, madam*. C'est pas splendide ? Tu ne pourras plus te plaindre que je te délaisse toute la semaine.

— Tu passes ta journée avec moi ?

J'en trépignais presque, tant sa surprise me ravissait.

— Non… admit-il, un peu penaud. En réalité, j'ai des rendez-vous non-stop à partir de midi. Mais j'ai pensé que ça t'amuserait de faire un voyage avec moi. C'est quand même sympa… tu auras toute la journée pour faire du shopping.

— C'est génial, tu veux dire ! Et on rentre quand ? Ce soir ?

— *Tu* rentres ce soir, oui. Moi j'ai un dîner ultra-ennuyeux et une dernière conférence demain matin. Inutile que je t'inflige ça. À moins que les fusions-acquisitions dans la TNT ne te passionnent autant que moi.

— Pas franchement, grimaçai-je pour de faux.

Ma présence à ses côtés s'avérait d'autant moins nécessaire que les horaires, idéalement choisis, me permettaient d'envisager une soirée à Nanterre. Et je me creusais déjà la tête pour trouver quelles surprises *made in Britain* je pourrais rapporter à maman.

Affalée dans mon fauteuil de première classe, je ne tardai pas à somnoler. David traitait je ne sais quelle urgence sur son ordinateur portable tandis que, calée contre son flanc ferme et chaud, je m'abandonnais à mes rêveries, négligeant le copieux petit déjeuner qui nous était offert.

Très vite, le regard aspiré par le paysage réduit à de longues lignes grises, vertes et bleues, mes pensées se firent moins futiles… Jouant avec la bague d'Hortense qui compressait mon annulaire – elle demeurait trop étroite pour moi en dépit de la mise à la taille effectuée à la demande de David – je finis par poser les yeux sur le brassard de soie, qui dépassait tout juste de sa manche de chemise.

— Qui est Aurore Delbard, David ? Qui est-elle pour toi ?

Non, cette question-là ne franchit pas mes lèvres. Emportée par le roulis léger de la rame à grande vitesse, je retournais pourtant ce numéro cruel qu'avait joué pour moi Louis Barlet. Si cette fille n'avait jamais existé, ou si elle n'avait pas pris auprès de David la place qu'il avait d'abord prétendu, alors pourquoi me servir une telle fable ? Dans le cas contraire, pourquoi se dédire aussi subitement et s'attribuer le mauvais rôle du baratineur ?

Contrairement à ce que Sophia m'exhortait de faire, je renonçai une fois pour toutes à mettre David dans la confidence. À dix jours de notre mariage, cela relevait du suicide. Jamais il ne comprendrait. Jamais il ne me pardonnerait. Et ce n'est pas une montre, aussi belle fût-elle, et quel que fût son prix d'humiliation et de sacrifice, qui suffirait à me racheter. À ses yeux j'étais certainement aussi pure qu'il m'avait voulue, le soir de notre rencontre, dans cette salle qu'il avait vidée de ses occupants pour me l'offrir en écrin.

Dès l'avant-veille, en franchissant le seuil des Charmes, je le savais, j'avais déposé mon sort entre les mains de son frère. À mon inscription au catalogue de Belles de nuit s'ajoutaient désormais ces photos de moi, nue, absolument indécente, livrée à son regard. L'une d'entre elles gisait sans doute encore au fond de mon sac, là, à mes pieds.

Mais je frissonnai en songeant que ce qui ne se voyait et ne s'entendait pas, ce qui sourdait muettement en moi, au creux de mon ventre à l'instant même, dans cette palpitation involontaire de mon sexe, m'aurait plus accablée encore que toutes les preuves matérielles.

— Elle, tout va bien ?

J'avais dû m'agiter sur mon siège malgré moi.

— Oui… Je crois que je me suis un peu endormie.

— Dors, ma belle… Dors, je le veux !

Et pour forcer l'effet ensorcelant de son ordre, il calqua son timbre sur celui d'un autre enchanteur, qui avait captivé des générations d'enfants, mettant sa voix au service des plus beaux contes. Gérard Philipe, dans ses œuvres magiques.

— Arrête ! ris-je alors de bon cœur. Quand tu fais ça, j'ai vraiment l'impression de l'avoir devant moi.

Pour tuer le temps et tenter de déloger en moi certaines idées sombres, je sortis ma tablette connectée et entrepris de refaire, sur plan, le chemin que Louis et moi avions parcouru la veille : rue de la Tour-des-Dames, rue de La Rochefoucauld, rue Chaptal sur la gauche, puis la rue Blanche presque jusqu'à La Trinité…

Tiens, c'est amusant… ça forme un e minuscule.

Mise en éveil par cette anomalie, je poursuivis mentalement notre périple : la rue Saint-Lazare vers l'est, puis la rue Taitbout vers le nord, avant de décrire une petite boucle dans le square d'Orléans et de revenir sur nos pas jusqu'à la rue Saint-Lazare…

C'est pas possible… un l maintenant !

Aussi flagrant qu'un appel, bien que dessiné par un alignement approximatif des rues, mon diminutif apparaissait là, en toutes lettres. Encore un *l* lorsque nous avions accompli ce détour par la rue La Bruyère, puis ce *e* final qui nous avait conduits à travers l'élégante place Saint-Georges, jusqu'à l'église Notre-Dame-de-Lorette, où nous avions pris le métro, en direction de la rue Drouot. Pour achever de m'en convaincre, j'usai de la fonction surligneur et, du bout de mon doigt, je repassai chaque voie à l'encre virtuelle.

« Elle »… Cela ne pouvait pas être un effet de mon imagination ni de mon trouble. Il savait pertinemment quelles arabesques nous tracions sur la Nouvelle Athènes, pas après pas. Louis ne s'était pas contenté de mettre la ville à mes pieds, il m'avait inscrite dans son histoire, dans sa pierre, comme si j'étais à mon tour l'une de ces héroïnes dont il avait brossé le portrait pour moi.

Le souffle brusque de l'entrée sous la Manche, soudaine compression de l'habitacle, coupa court à mes divagations. C'en était trop. Je ne comprenais que trop bien son jeu : à l'instar des auteurs romantiques, ses modèles, il plantait tout autour de moi une véritable « forêt de symboles », vaste champ d'indices et de coïncidences, tous destinés à faire de moi son otage. Ainsi, où que se portât mon regard ou mon attention, je n'avais d'autre solution que de penser à lui.

Liste des symboles équivoques les plus convenus, et qui ont
néanmoins pour effet de me faire penser invariablement au sexe :
les tunnels, les sucettes, les glaces à deux boules, les boules de
Noël, les pointes d'asperge, les triangles orientés pointe en bas,
les bananes flambées ou pelées par le haut, les concombres,
les glands, les champignons, les abricots fendus, les berlingots,
le pli charnu du coude, les lances à incendie,
le pistil turgescent de certaines fleurs, etc.
De même que les mots suivants, employés pourtant dans
leur sens propre : bourse, bite, chatte, con, fente, trou, touffe,
fourrure, fourrer, bourrer, enfoncer, défoncer, sucer, lécher,
mouiller, doigter, décharger…
(Suite au prochain épisode.)
(Note manuscrite anonyme du 08/06/2009.)

Quoique désormais éveillée, je fermai les yeux tout le reste du voyage, de crainte que David, relevant le nez de son écran, ne décèle sur mon visage un trouble quelconque. Pour rester inerte et tenter de tisser un nouveau fil invisible entre mon voisin de fauteuil et moi, je m'employai à répéter inlassablement cette formule que Sophia, adepte un temps de méditation ho'oponopono, m'avait apprise : « Je t'aime. Je suis désolée. S'il te plaît, pardonne-moi. Merci. » Dite et redite à l'infini, elle avait, selon la mystique hawaïenne, le pouvoir de purger notre corps des affects parasites et de nous réconcilier avec nous-mêmes.

J'abordai la capitale britannique dans un état proche de la transe, hébétée. David, déjà pendu à son téléphone, dans lequel il parlait un anglais d'une fluidité parfaite, ne remarqua rien. Après m'avoir déposée au Savoy, l'un des plus prestigieux palaces de Londres, dont le dallage à damier du hall n'était pas sans rappeler celui de l'hôtel Duchesnois, il repartit aussitôt, me gratifiant d'un chaste baiser sur le front.

— Amuse-toi bien, *darling*. Si tu as besoin de quoi que ce soit, demande au concierge, Clive. C'est un amour de british pur Oxbridge. Plus courtois, tu meurs.

— Tu le connais ?

— Depuis mes quinze ans, chérie. On descendait déjà ici du temps de mes parents. Il se fera un plaisir de se plier en quatre pour toi.

— OK.

— Je file, on se voit demain.

Clive et sa diligence se montrèrent en effet à la hauteur de leur réputation. Après m'avoir fait profiter des merveilles du spa et du salon d'esthétique, l'homme à la moustache et aux favoris broussailleux mit à ma disposition une voiture attachée à l'hôtel, laquelle me balada d'une boutique à l'autre tout au long de l'après-midi.

Apprêtée, chouchoutée, je n'eus d'autre souci que de dépenser un argent qui n'était pas encore le mien. Je me devais de remplir ma garde-robe au-delà des basiques fournis – et à quel prix ! – par Rebecca. La splendide Alice m'avait donné une petite idée du niveau d'exigence vestimentaire en vigueur à la chaîne. Je me devais donc de faire honneur à mon homme et patron. De son côté, je pense que me gâter n'était pas sa seule motivation : il considérait sans doute aussi ces dépenses comme une sorte de placement. C'était de bonne guerre.

Vers 16 heures, Will, mon chauffeur, me déposa à ma demande à quelques rues du Savoy, se chargeant de déposer mes emplettes à notre chambre, d'où elles seraient directement expédiées à Paris. Le genre de petits privilèges qu'on ne réserve qu'aux habitués dans ce type d'établissements. J'avais besoin d'un peu d'air, d'un peu de liberté.

Je déambulai ainsi de longues minutes, le nez au vent, humant l'odeur urbaine de Londres, si différente de celle de Paris, sans doute plus métallique, plus masculine. Je ne pus m'empêcher de songer aux anecdotes licencieuses dont Louis aurait immanquablement émaillé une telle promenade. Était-ce l'hôtel où Diana et Dodi s'étaient aimés en secret la première fois ? Les prostituées avaient-elles battu ces pavés, à une certaine époque ?

Sans savoir pourquoi, cela me fit penser à Fred. Fred le vaincu de la veille. Fred le bafoué, l'humilié. Je lui devais bien quelques explications et, par-dessus tout, des excuses. Il avait raison : il méritait que je lui parle « en face ». Mais je n'obtins aucune réponse sur son mobile. Peut-être filtrait-il mes appels, cuvant encore sa honte et sa rancœur.

J'en étais à ces considérations quand, à quelques pas seulement du Savoy, je passai devant l'une des toutes dernières cabines rouges encore en activité. Comme avec sa consœur française, devant Les Charmes, la sonnerie de celle-ci se mit à tinter à l'instant même où j'arrivais à sa hauteur. Je tournai sur moi-même, à la recherche d'un point d'où l'on aurait pu m'épier, mais je ne notai rien de suspect. Juste ce drelin insistant. Incrédule, j'entrai et décrochai le combiné noir.

— Allo ? Allo... *Is there anybody here ?* bafouillai-je dans mon anglais scolaire.

Non, personne à l'autre bout, on s'en serait douté.

En revanche, une spécialité locale retint mon attention : sur tout le pourtour de la platine métallique s'étalait une myriade de petits prospectus promotionnels d'un genre particulier, chacun vantant les mérites d'une strip-teaseuse, d'une call-girl ou d'une *escort* différente. De l'indienne en tenue folklorique à la plantureuse matrone new burlesque, il y en avait pour tous les goûts. Les cabines publiques ne devaient plus faire l'objet d'un entretien aussi régulier qu'autrefois, car les couches de flyers coquins s'empilaient, des plus récents aux plus jaunis. Presque sur le dessus, l'un d'entre eux me sauta au visage :

French Love with Elle

Le pire n'était pas cette référence à mon diminutif, mais bien cette photo de moi, nue, telle que je m'étais exhibée aux Charmes, dans ce décor 1900 de la chambre Mata Hari, en accord avec le choix typographique. Je l'arrachai à son unique point de fixation et m'apprêtais à la rouler en boule lorsque, sur le verso, des caractères agrippèrent mon regard :

2 – Tes sens tu éveilleras

Mot pour mot le commandement reçu la veille. Celui auquel j'avais décidé de me soustraire.

Je m'adossai un instant à la vitre fraîche, la tête soudain traversée par un martèlement lourd. J'en lâchai même l'affichette froissée, incapable du moindre mouvement. Le message était on ne peut plus clair : à Londres, Paris, New York ou ailleurs, il n'abandonnerait jamais la partie. Où que j'aille, il serait en mesure de m'y retrouver et de me rappeler à ses désirs, ceux que j'acceptais en échange de son silence. Sa toile n'était pas faite que de symboles, mais aussi d'une présence bien réelle, quoique invisible, oppressante, une présence telle que la ressentent les héros des récits d'espionnage, traqués par une puissance occulte.

Je titubai hors de mon abri vermillon et hélai un taxi. Inutile de retourner à l'hôtel : tout ce dont j'avais besoin se trouvait sur moi, y compris mon billet retour, que je n'eus aucune peine à échanger pour me ruer dans le premier Eurostar.

Tout le long du trajet, à quelques années-lumière de l'excitation ressentie à l'aller, je me retournai dans mon fauteuil tel un insomniaque dans son lit de torture. Je frémis à l'idée que d'autres prospectus à mon effigie avaient pu être collés dans les cabines proches du Savoy. Qui sait, la main complice qui agissait contre moi de ce côté-ci de la Manche avait aussi bien pu en apposer sur le poste public situé dans le hall de l'hôtel… ou, plus efficace encore, directement sur l'oreiller de la suite numéro 24, celle de David.

Je ne pus recouvrer mon calme, même en psalmodiant les mantras de Sophia. Sous l'effet de la colère, ils se muaient en ce genre de formule : « Je ne t'aime pas, je te déteste… Je ne suis pas désolée un seul instant. Que ça te plaise ou non, dégage de ma vie ! Merci. »

Je résistai à la tentation de harceler l'assistante revêche de Louis – je ne doutais pas une seconde qu'elle filtrerait cet appel au même titre que les précédents – puis à celle, plus violente encore, de foncer à la tour Barlet aussitôt descendue du train.

Si je déclenchais un esclandre à BTV la veille de mes débuts dans la maison, je ne donnais pas cher de mon avenir professionnel. David serait certes capable de pardonner, mais quid des autres, les Luc, les Chloé et autres Alice ? Et puis, il faudrait expliquer à mon futur époux la raison d'un tel mouvement de rage et de peur. Pour quel obscur motif aurais-je pu prendre à parti mon beau-frère, celui-là même qui s'était montré, la veille, le plus obligé des guides ?

De la Gare du Nord, j'empruntai la ligne B du RER, puis la correspondance avec la ligne A aux Halles, sur le quai opposé. Moins de quarante minutes plus tard, rythmées par mes battements de cil assoupis, j'arrivai à Nanterre.

— Tu as mangé ? s'inquiéta d'emblée maman.

Il était 21 heures passées, et je n'avais rien avalé depuis le sandwich au concombre grignoté durant mon shopping dans les boutiques de Covent Garden.

— Non…

— Il reste de la blanquette, si tu veux. Ou je peux te faire une salade de pommes de terre.

— Va pour la salade.

Ce n'est qu'une fois attablée, ma fourchette plantée dans les petits cubes couverts de grains de moutarde et de jaunes d'œufs réduits à l'état de flocons, que je notai sa voix plus grasseyante encore qu'à l'accoutumée, sa respiration difficile. Elle n'allait pas bien, c'était évident. Pourtant, elle paraissait joyeuse.

— Regarde un peu ce qu'on m'a déposé, aujourd'hui !

Elle s'échappa un instant dans le salon et revint dans la salle à manger, un vase entre les mains, d'où jaillissait un magnifique bouquet de fleurs des champs.

— Attends, c'est pas tout...

Elle me présenta une énorme boîte à gâteaux plate, dont je reconnus instantanément le vert céladon et la frise dorée.

— Macarons ? hasardai-je.

— *Cinquante* macarons à la rose !

— Ce sont tes préférés...

— Oui !

Elle se réjouissait comme une fillette à qui l'on donne un sachet de bonbons à la sortie de l'école.

— Tu sais d'où ça vient ? Y'avait une carte ?

— Rien du tout. Mais j'ai ma petite idée...

La même que la mienne, si j'en jugeais le sourire reconnaissant qu'elle m'adressa alors : David. Comment pouvait-on être aussi parfait ? Plus que parfait, même. J'avais dû mentionner les goûts de ma mère devant lui, bien innocemment, et voilà qu'il la gâtait comme il le faisait avec moi.

Bien sûr, qu'il entrât en contact direct avec elle n'était pas sans provoquer chez moi un certain malaise. Mais cette attention, somme toute assez légitime à dix jours du mariage, n'avait peut-être pas d'autre objet que celui-ci : forcer une présentation officielle que je repoussais sans cesse.

Je me fendis néanmoins d'un SMS de remerciement :

Merci pour les fleurs et les macarons.
Maman est aux anges.
Je t'aime.

Moins d'une minute plus tard :

Je t'aime aussi.
Mais désolé, pas moi pour les fleurs.
Ta maman a un autre admirateur !

Louis ! Qui d'autre ? Certainement pas Fred. Ni même ce voisin, le papy pervers du quartier qui, un temps, avait fixé son attention fétichiste sur notre pavillon.

Louis, enclin à s'immiscer dans le moindre interstice de ma vie, prêt à en combler tous les vides, à sa façon. Aussi éphémère fut-elle, la joie qu'il venait de procurer à Maude était sans prix. Pour ça, je ne pouvais lui en vouloir. Et il le savait pertinemment : à travers elle, c'est mon propre cœur qu'il étreignait dans sa main fine.

— En tout cas, aujourd'hui, pas de jalouse, ajouta maman. Toi aussi tu as ton petit cadeau.

— Un cadeau… ?

Elle désigna la petite boîte recouverte de papier argenté déposée sur le buffet du salon, au pied de mes photos, et dont la présence m'avait échappé jusque-là.

— Moi je crois que ton copain du bureau des élèves en pince pour toi, plaisanta-t-elle, l'air canaille, décidément bien légère.

Je soupirai, le paquet vibrant entre mes mains, comme s'il s'était agi d'un colis suspect et qu'il m'avait incombé de le déminer.

— Ah… Oui, c'est bien possible.

Par précaution, je me retirai dans ma chambre pour l'ouvrir. Sous l'œil désapprobateur de mes vieilles peluches, j'en sortis une sorte d'œuf allongé, en métal brillant. Sophia possédait-elle ce modèle dans sa collection de gadgets érotiques ? Si sa fonction paraissait évidente, je préférai ne pas y songer et repoussai une à une les images qui le mettaient en scène, en moi.

Dans l'enveloppe adjointe figurait une autre carte des Charmes, ainsi que l'éternel papillon rose, griffonné manifestement de la même main que les deux précédents :

22 heures.
N'oubliez pas votre cadeau.
Je suis certain que, cette fois, vous aurez à cœur d'honorer notre rendez-vous.

16

Un jour, je m'en faisais la promesse depuis des mois, je trouverais la documentation ad hoc, et je vérifierais si les trois arbres plantés sur la placette étaient bien des charmes. Les charmes : ceux qu'on plante, ceux qu'on vante, ceux qu'on vend… Et moi qui m'apprêtais à les donner, à perte, en échange de rien, si ce n'est un peu de paix et de liberté.

Pourtant, je me sentais presque légère, comme s'il était question d'abandonner dans cette chambre une partie de moi dont je ne voulais plus. Une peau morte d'après la mue. Oui, c'était ça, j'allais faire semblant de sacrifier à Louis ce qu'il voudrait de moi. Mais je ne serais déjà plus là. Ni avec lui. Ni pour lui. Il n'étreindrait qu'une version obsolète de celle qu'il circonvenait depuis tout ce temps avec ses petites notes obscènes, et qu'il se croyait prêt à remonter enfin dans ses filets. En réalité, il ne dévorerait qu'un fantôme. Il ne croquerait qu'une ombre. Et moi, au bout du compte, je laisserais entre ces murs tout ce qui m'éloignait encore de David, y compris ces choses que j'avais apprises sur lui et n'aurais jamais dû savoir. Alors, alors seulement, je lui appartiendrais pour de bon, et à lui seul. Annabelle Barlet, épouse de David.

Je ne sais pas bien qui je croyais tromper en retournant des idées si naïves. Il faut croire que cela m'était nécessaire…

J'étais déjà en retard par rapport à l'heure fixée, et je pressai le pas depuis le métro Saint-Georges, où une équipe de tournage au complet se préparait à filmer une scène dont le décor, un kiosque rétro et une traction avant garée à proximité, évoquait la période de l'Occupation. De mon côté, saisie par la puissance de leurs projecteurs, je déambulais un siècle plus tôt, sur les traces que nous avions laissées la veille, Louis et moi.

Je reconnus ces immeubles dont il m'avait conté tous les détails de l'histoire. J'hésitai même à repasser rue La Bruyère, dans l'espoir idiot d'y croiser Marceline et son amant, bras dessus bras dessous. À l'angle des rues Notre-Dame-de-Lorette et La Rochefoucauld, sous un balcon à colonnades, un Bacchus en médaillon me tirait la langue. En voilà un qui appréciait l'ironie de la situation. Une fraction de seconde, je vis à sa place le visage de Louis en diable espiègle, clignant d'un œil. Omniprésent.

Pourquoi donc s'enfermait-il dans ce rôle de petit marquis pervers et manipulateur ? Que lui avait donc infligé David – qu'il ne lui aurait fait lui-même à sa place, je n'en doutais pas – pour qu'il s'acharnât ainsi sur moi, objet entre eux d'une interminable transaction ? S'il acceptait d'être en permanence le Louis apaisé de ces quelques merveilleux instants de promenade, gai, parfois même drôle, mu par son seul désir de partager ce qu'il recélait de savoir et de curiosité, alors pourrions-nous envisager de devenir, lui et moi… je ne sais pas, des amis ? Plutôt que d'être un motif de plus à leur discorde, j'aurais pu tracer entre eux un trait d'union. Être l'ange de leur réconciliation.

— Bonsoir, Elle. Je ne m'attendais pas à vous revoir aussi vite… mais j'en suis ravi, bien sûr.

Aussi obligeant qu'à son habitude, rivé à son comptoir, monsieur Jacques me salua respectueusement, pliant sa longue silhouette dans l'une de ces petites révérences dont il était coutumier, fugace inclinaison du buste telle que la pratiquent en toutes occasions les Japonais. Au passage, l'effluve acidulé d'une eau de toilette à la bergamote vint me chatouiller le nez.

— Merci, écourtai-je les amabilités. Dites-moi…

Je sortis l'œuf en métal poli qui m'avait été adressé.

— Ah, ah ! s'exclama-t-il, l'œil brillant. Une nouvelle énigme ?

À plusieurs reprises, j'avais repensé au rôle que monsieur Jacques pouvait jouer dans les mises en scène de Louis. C'était son hôtel, après tout. Les cartes des chambres ne se baladaient pas impunément dans la nature sans qu'il en fût informé. Se contentait-il de les fournir à l'aîné des Barlet et de fermer les yeux sur le reste ou était-il plus que cela, son complice ? À l'instar de son crâne glabre, le concierge demeurait aussi lisse qu'insondable.

— Il semblerait, oui...

— Pas d'indice, cette fois ?

— Non. Juste ça.

Je déposai l'objet dans sa main tendue, longue, arachnéenne, si délicate qu'elle en était presque inquiétante. Il referma ses doigts sur l'acier scintillant et le porta à ses yeux exorbités.

— Marie... sourit-il après un temps de réflexion.

— Marie ?

— Marie Bonaparte.

— La fille de... Napoléon III ? risquai-je.

Il me corrigea avec courtoisie, mais je perçus un friselis indéfinissable dans son regard, comme un soupçon de gêne, ce qui ne cadrait pas avec l'attitude figée, impénétrable, que je lui connaissais habituellement.

— L'arrière-petite-nièce de Napoléon Ier.

— Soit. Je vous crois sur parole. Mais pourquoi un œuf ?

Il leva son absence de sourcils sur ses yeux éperdument bleus.

— Hum... On ne vous a jamais rien dit de ses relations avec la famille Freud ?

— Non, admis-je.

— Marie Bonaparte était très en vue dans les salons et autres cercles intellectuels de la fin du XIXe siècle. À force de les fréquenter aussi assidûment, elle s'est liée d'amitié avec quelques sommités de ce temps-là, dont un psychologue français, Gustave Le Bon.

— Jamais entendu ce nom...

— Pourtant, à l'époque, il a beaucoup fait parler de lui. Son ouvrage sur la psychologie des foules fut même une sorte de best-seller. C'est lui qui a conseillé à Marie la lecture de l'*Introduction à la psychanalyse* de Freud.

La suite coulait presque de source, et je voyais enfin où son verbiage érudit m'emmenait.

— Et elle a réussi à rencontrer Freud, c'est ça ?

— Bien mieux que cela : elle s'est fait psychanalyser par lui, pendant près de quinze ans.

— C'est incroyable. Mais quel rapport avec l'œuf ?

— Eh bien, cette chère Marie Bonaparte avait certaines lubies. Je veux dire : sexuelles.

— Ah bon ?

— Elle était incapable de connaître un plaisir véritable. Et, pour une raison qu'on ignore encore aujourd'hui, elle s'est convaincue elle-même que l'origine de la frigidité féminine ne venait pas d'un quelconque trauma inconscient… mais d'un souci *anatomique*.

Il avait retenu son timbre grave sur ce dernier mot, comme s'il craignait de trop l'appuyer et d'en tirer je ne sais quel effet indésirable.

— Anatomique ? C'est-à-dire ?

— Elle soutenait avec le plus grand sérieux que le clitoris était placé trop loin du vagin pour accomplir efficacement son seul rôle connu : l'orgasme. Elle a même écrit plusieurs articles sur le sujet.

— Et alors ? Elle pensait résoudre le problème avec *ça* ?

Je désignai l'objet oblong qu'il faisait rouler entre ses paumes, tel un galet, abandonnant au profit de ce dernier son éternel stylo-plume en laque noire à liserés dorés.

— Non, pas exactement. Elle a d'abord cru qu'elle pouvait refaire ce que la nature avait si mal agencé. Elle a subi pas moins de trois opérations chirurgicales pour rapprocher de l'orifice de la copulation ce petit organe à son sens si mal disposé.

Je ne pus retenir mon cri.

— Quoi ? Mais elle était complètement cinglée !

— Un peu, oui. Puis elle a placé ses espoirs dans la psychanalyse, encore balbutiante. Mais malgré les années passées sur son divan, Freud en personne n'a pas réussi à lui faire abandonner sa fixation. Quant à cette petite chose-ci…

Il éleva l'œuf devant lui, fragile trophée brandi à fleur de doigts, l'œil exalté.

— ...Elle fait partie des nombreux jouets intimes dont elle a usé et abusé pour tenter de déclencher, par la stimulation interne, le plaisir que la stimulation externe lui refusait. Elle était tellement convaincue qu'ils finiraient par la « décoincer » – vous me pardonnerez l'expression – qu'elle s'est mise à faire une promotion acharnée des premiers vibromasseurs électriques, apparus à cette époque. Comme ça, à titre gracieux... Disons, une sorte de sacerdoce érotique.

— Incroyable.

— Mais ne vous y trompez pas. Aussi excentrique fût-elle sur certains sujets, c'était une femme de bien. Durant la guerre – elle n'était déjà plus si jeune – elle est intervenue personnellement pour permettre à de nombreux intellectuels juifs de fuir l'Autriche et l'Allemagne. Freud était d'ailleurs du lot.

Il pencha sa haute stature vers moi pour me restituer mon bien, vaguement mélancolique :

— Vous savez tout. La Marie Bonaparte est au troisième étage, première porte sur votre gauche en sortant de l'ascenseur. Je vous souhaite une bonne soirée, Elle.

Aucun sous-entendu graveleux dans le ton de sa voix. Juste sa courtoisie ordinaire.

Comme je me retournais, le sourire immaculé d'Ysiam me surprit. Ysiam, qui m'avait conduit à ma première cellule. Qui n'avait pas répondu à mes appels à l'aide. La main qui glissait les ordres de Louis sous la porte. En dépit de sa mine inoffensive, il n'était rien d'autre qu'un geôlier.

— Vous me suivez, mademoiselle ?

Mais est-il raisonnable de blâmer le messager ? Je m'engouffrai avant lui dans l'ascenseur, qui s'éleva bientôt dans un brinquebalement feutré. Au sortir de la cabine – nous n'avions pas échangé le moindre mot durant le bref transport mécanique – il s'écarta sur la droite pour me laisser passer et me désigna une porte bleu nuit, une couleur dont je découvris qu'elle habillait tout l'étage, au même titre que le rouge singularisait le cinquième ou l'or le premier, celui où se nichait la Joséphine.

Parvenue devant l'huis, ma carte en main, je me préparais à le questionner sur son commanditaire, quand il brisa le silence qui lui avait été imposé lors de notre première rencontre :

— Cette fois, il n'y aura pas de consignes. Vous comprendrez ce qu'il faudra faire. Toute seule.

— Pas de consignes ? m'étonnai-je avec une ingénuité de façade. Et qui a décrété qu'il n'y aurait pas de consignes aujourd'hui ?

— Ça, je ne peux pas vous le dire.

— C'est votre consigne à vous, n'est-ce pas ?

— Oui, approuva-t-il.

J'aurais juré que sa peau si sombre rosissait.

— Je suis sûr que vous mourez d'envie de me le dire… ! le défiai-je, rendue joueuse par sa réserve, chat déroutant sa souris.

Le pauvre garçon avait perdu son immuable quiétude. Il était si attendrissant, ses yeux apeurés grands ouverts, éperdus, cherchant désespérément un point sur lequel se fixer.

— Pas du tout !

Son regard finit par se poser sur la carte que je tenais en main. Elle était son échappatoire, et il la saisit comme telle, sans me demander mon avis. Il la glissa dans le lecteur, qui actionna aussitôt l'ouverture de la porte. Ma prison était sa libération.

Sans un mot de plus, il s'évapora à l'autre bout du couloir en un battement de cils. Louis pouvait être fier de lui : Ysiam n'avait pas failli. Il devait le payer grassement pour s'attacher ainsi ses services.

Je savais pourtant qu'il reviendrait vite, ce qu'il fit en effet aussitôt la porte refermée sur moi, pour la verrouiller dûment.

La chambre ne ressemblait pas à une chambre, mais plutôt à un cabinet, décoré avec sobriété, dans un style fin de siècle difficile à dater avec exactitude : un bureau en merisier verni, couvert d'un marocain vert, une lampe-boule métallique, un petit fauteuil club élimé et, surtout, à l'autre extrémité, juste sous l'unique fenêtre condamnée, un divan de velours rouge sang sur lequel on avait jeté pêle-mêle plusieurs coussins brodés d'or.

Une ambiance somme toute assez cohérente, compte tenu de la personnalité à laquelle elle était dédiée. Ce que l'on attendait de moi en première instance m'apparut assez évident, et je m'allongeai sur la méridienne sans attendre un quelconque ordre.

Comme la première fois, un temps assez long s'étira sans qu'on prît la peine de se manifester à moi. Je captais juste les échos, assez lointains, des allers et venues de l'ascenseur, de portes qu'on refermait ici ou là, et quelque chose comme le brinquebalement d'un chariot de room-service qu'un garçon d'étage devait pousser à travers le couloir.

Je ne remarquai la présence du seul élément de modernité, un écran plat accroché comme un cadre sur le mur opposé au divan, que lorsque celui-ci se mit spontanément sous tension. Je vérifiai que je ne m'étais pas assise malencontreusement sur une télécommande, mais non. L'appareil avait été actionné depuis l'extérieur de la pièce, je ne voyais pas d'autre explication à ce prodige. Très vite, à la neige électronique succéda la vue d'une autre chambre.

Celle-ci tranchait sur tout ce que je connaissais de l'établissement, et qui faisait sa réputation. Pas de décor rétro ou d'évocation précieuse d'une figure historique. Les murs étaient d'un noir légèrement bleuté, le mobilier résumé à un lit composé d'un sommier, d'un matelas épais et d'une couette, ainsi que deux fauteuils de style Louis XV tapissés de toile sombre. L'éclairage était faible, et il me fallut attendre l'irruption de deux individus, un homme et une femme, tous deux nus et masqués, pour comprendre quel artifice contribuait à cette atmosphère si étrange : leurs corps luisaient dans la pénombre telles deux lucioles arrachées à l'obscurité par la magie de cette lumière noire dont raffolent les danseurs de boîtes de nuit. Ainsi plongée dans les ténèbres, leur peau ressortait de manière saisissante et pourtant irréelle, chaque défaut gommé par le double filtre de la lumière diffuse puis de sa captation électronique.

Se savaient-ils observés ? Et, si oui, qui étaient-ils donc pour se prêter à un tel manège ? La rapidité avec laquelle ils se mirent en action, escamotant des préliminaires, qui devaient leur paraître superflus, me fit les envisager comme de simples mercenaires, missionnés et payés par Louis pour m'offrir le spectacle de leurs ébats. La fille, plus petite, mais aussi plus fine que moi, me sembla-t-il, sa poitrine limitée à deux petites pommes tout juste saillantes, s'agenouilla devant son partenaire et entreprit de faire grossir avec sa bouche ce qui n'était encore qu'un objet flasque et inerte entre les jambes du garçon. Elle le suçait avec application, je devrais dire avec minutie, privilégiant les petits agacements de la langue sur son frein à un avalement en règle de toute la hampe, ne lui réservant ce traitement privilégié que par instants, assauts subits sur sa queue qui lui tiraient des râles de plus en plus prononcés, à mesure qu'il gonflait, impérieux, au fond de sa gorge.

Que ce spectacle fût monté de toutes pièces, à mon intention exclusive et probablement avec deux acteurs échappés de je ne sais quel *live-show* de Pigalle, tout cet aspect artificiel, fabriqué, aurait dû m'en tenir à distance. Mais à l'indifférence, teintée d'un léger dégoût, succéda bientôt la curiosité – celle de voir comment elle pouvait s'y prendre pour lui procurer autant de plaisir avant même l'échéance finale. Ce qui m'aurait repoussée dans n'importe quel film X agissait sur moi comme le plus radical des stimulants. Effet de réalité. Fascination pour ces lèvres qui s'attardaient maintenant sur le gland parvenu à maturité, sombre et tumescent, luisant de leurs désirs mêlés. Je répugnais à l'admettre et pourtant si, si, si… leur numéro m'excitait follement.

— Vas-y encore… Oui !

J'eus la sensation étrange d'entendre la voix du type en double, soulignée à chaque mot par un étrange écho. Je me levai alors du divan, approchai de la cloison qui portait le téléviseur et constatai qu'au haut-parleur intégré de l'appareil s'ajoutait en effet une autre source, plus directe, en quelque sorte plus présente, et de ce fait plus troublante encore : c'est dans la chambre contiguë qu'ils s'aimaient tous deux, et le mur était si fin qu'il laissait filtrer le moindre de leurs gémissements.

Les savoir proches à ce point, là, si près que j'aurais pu les toucher, déclencha en moi une envie folle et goulue de me joindre à eux. De participer, au moins à ma façon. Déchirée entre l'image et le son, je collai mon oreille à la cloison, puis m'en éloignai quelques secondes pour me repaître des tableaux qu'ils m'offraient, chaque nouvel aperçu donnant à voir une combinaison différente, Kama Sutra dont chacun tirait, selon l'agencement, un plaisir spécifique. Ysiam avait raison, et l'homme qui nous guidait tous deux dans l'ombre aussi : je savais quoi faire. Je n'avais cette fois-ci besoin d'aucun ordre, d'aucune consigne.

Je n'avais qu'à suivre les mains de l'homme qui couraient maintenant sur sa partenaire, pressant tel rebond charnu, filant sur tel golfe, un doigt s'immisçant au passage dans le sillon de ses fesses ou s'offrant une incursion entre les lèvres brunes, vultueuses, boursouflées d'envie. De mon côté du miroir électronique, je me déshabillai lentement, pièce après pièce, chacune enflammant sur son passage un pan de peau spécifique, concentré de stimuli : fesses, ventre, cuisses, épaules ou mamelons... Je ne pouvais pas lâcher des yeux les mains de l'homme... Debout, ma dentelle toujours en place, j'entrepris de mimer chacun de ses gestes. Je devenais mon propre amant, découvrant sous mes doigts une douceur inédite.

Au moment d'effleurer mon clitoris, lequel dardait désormais entre mes nymphes, pressé contre la dentelle de ma culotte, fier de ses nouvelles proportions, je vis l'homme engouffrer son visage entre les cuisses de la petite brune. À chaque coup de langue, elle ondulait frénétiquement, ses fesses lévitant au-dessus du lit, les seins dressés vers lui. Aussi menus fussent-ils, ils paraissaient plus gros et tendus à chaque vague qui l'emportait, loin, vers son premier plaisir. Malgré le petit gabarit de sa maîtresse, la tête de l'homme disparut soudain plus profondément encore entre ses jambes. Il se fondait à son sexe, le nez perdu dans la motte sombre, tel un affamé. Il suçait, il mordait, il se goinfrait du moindre repli de chair palpitante. Puis, aux gémissements qu'elle se mit à pousser, plus stridents, plus réguliers, je supposai qu'il avait introduit sa langue en elle, *sextoy* naturel et visiblement si habile.

L'orgasme la saisit par surprise, cambrant son dos dans une improbable courbure, cassant sa nuque, contractant chacun de ses muscles. Puis elle s'effondra, comme électrocutée.

Sortant son visage de cet enfer si doux, il la contempla un instant, comme le peintre devant son chef-d'œuvre. C'est lui qui l'avait fait jouir, et lui seul. Sa langue était son pinceau, son trait de génie. Ce triomphe ne dut pas suffire à le contenter car, d'autorité, il écarta à nouveau les cuisses refermées et y glissa sa queue. Elle me semblait plus énorme encore que lorsqu'il l'avait enfournée dans la bouche de la fille.

L'homme ahana puissamment lorsqu'il la pénétra de face, planté droit sur ses jambes, la fille allongée sur une petite table que je découvris alors dans un angle de la pièce. À son tour, elle exprima un plaisir reconnaissant lorsqu'il se coucha sur son dos, fouillant un moment ses fesses de son sexe pour trouver la vulve détrempée, puis aller et venir en elle tout en agaçant son capuchon gonflé d'une main passée sous le ventre de la jeune femme.

— Oui… Oui, continue comme ça, l'implora-t-elle.

Sa voix était réduite à un souffle. L'angle de la caméra ne permettait pas de contempler son visage au complet, mais je devinai cependant sa bouche entrouverte – je l'imaginais aussi humide que sa vulve – zébrée de mèches rebelles, et dont les soupirs s'échappaient, de plus en plus rapprochés, de plus en plus sonores.

La stimulation synchrone de ses zones les plus sensibles paraissait avoir raison d'elle. À chaque entrée de l'homme en elle, elle projetait sa chair palpitante en arrière, à la rencontre de son assaillant. Elle grognait, maintenant, oui, elle libérait un feulement rauque, primitif, animal, hoquetant un plaisir qui sourdait visiblement de toutes parts, à en juger par les tressaillements incontrôlés de ses membres et de sa nuque.

Son deuxième orgasme la cogna comme un uppercut. Sa tête valsa sur le côté et, le temps d'un long spasme parcourant son échine, elle ne bougea plus.

J'étais tout aussi sonnée. Une moiteur au creux de mes jambes, puis leur flageolement soudain, me rendirent brusquement tout mon poids. Je ne flottais plus. J'avais un an, j'avais mille ans, j'étais percluse de désir inassouvi et trop longtemps contenu. Je me retins au mur, puis m'affalai à quatre pattes, une position grotesque dans laquelle je parvins à me traîner jusqu'à la méridienne. Le nez enfoui dans le velours rouge, j'aperçus l'œuf métallique sagement posé dans un creux d'étoffe. Il me regardait. Il me provoquait. Il attendait de moi que j'agisse.

Dans mon dos, sur l'écran, les hostilités étaient loin d'avoir trouvé leur terme. Satisfait d'avoir fait venir sa complice – il flattait sa croupe de petites tapes et de qualificatifs improvisés, parlant d'un « bon petit cul pour sa bite » et autres formules plutôt dégradantes – mais pas repu pour autant, il repartit dans une furieuse cavalcade à travers les lèvres déployées, déjà luisantes de ses premiers frissons. Ce qui avait précédé m'apparut alors comme un simple échauffement tant il rivalisa alors de fougue – d'aucuns auraient parlé de rudesse, voire de violence –, écrasant le corps supplicié de plaisir. La femme hurlait presque, sans qu'il soit possible de distinguer les encouragements des appels au secours, la douleur de la volupté.

À l'instant où j'effaçais la fine bande de coton brodé qui contenait ma vulve, libérant un torrent translucide sur la face intérieure de mes cuisses, je songeai qu'aucun homme ne m'avait sans doute jamais conduite jusqu'à un tel dilemme : en vouloir plus, et souhaiter que cela s'arrête, dans le même bonheur, le même instant. Tout et son contraire, encapsulé dans la jouissance qui ravit et qui épuise, unique.

Ou peut-être que si… Peut-être que ce moment, cet œuf, cette capitulation de mon corps à la merci d'un Louis triomphant, dont l'œil n'en perdait sans doute pas une miette en coulisse… peut-être étais-je justement en train d'atteindre mon premier et sublime déchirement.

Quand j'introduisis enfin la forme oblongue dans mon sexe ruisselant, la fille de l'écran mugissait son nouvel orgasme. Je poussai la chose en moi sans aucune résistance, au plus profond, d'un geste sec, comme si j'étais pressée de la rejoindre et de crier à mon tour. Mon vagin se contracta d'abord autour de l'objet froid, surpris par la visite inopinée de cet intrus, puis il l'épousa, parvenant même, au prix de quelques crispations de mes fesses et de mon périnée, à jouer avec lui, l'avalant tout entier, l'aspirant dans des abîmes d'où mes doigts ne sauraient le déloger. Nouveau roi en mon royaume.

Je trouvai enfin la force de me hisser sur le canapé, qui accueillit mon abandon avec cette suave mollesse des vieux meubles capitonnés, assouplis par les corps qui s'y sont déjà livrés. Les jambes largement écartées, mon sexe ouvert sur l'écran, je me sentais pénétrée par la sarabande des deux protagonistes. Comme si leur plaisir traversait l'écran et s'immisçait en moi, y déposant le surplus de leur félicité.

Le visage de l'homme, qui n'émergeait de l'ombre que par intermittence, à la faveur de leurs changements de position, revêtait des traits changeants, selon les variations de l'éclairage, plus ou moins doux, plus ou moins creusés. David m'apparut d'abord, souriant, rassurant, son visage juvénile plongeant entre mes cuisses.

C'est à ce moment précis que je perçus les premières vibrations distillées par l'œuf, à l'intérieur de moi, si puissantes qu'elles irradiaient tout le pourtour de ma vulve, mes lèvres, et jusqu'à la pointe incandescente de mon clitoris. Je ne pouvais même pas effleurer celui-ci, tant il me semblait sensible, traversé de part en part par ces ondes bienfaisantes qu'une main anonyme commandait à distance.

Puis, dans le flash suivant, alors qu'il relevait la tête et ressortait d'entre mes jambes, mon amant électrique arborait le faciès sombre de Louis, tendu, percé de ces yeux affamés et brûlants. C'était un prédateur, un loup décidé à mordre de toutes ses dents dans ma chair écartelée. Les spasmes qui s'emparèrent de mon vagin me firent l'effet de crocs. Je me sentais déchirée, dévorée, chaque infime partie de mon sexe broyée dans la mâchoire la plus puissante qu'il ait jamais connue. Une sorte d'explosion survint dans mes profondeurs. Déflagration muette, étrangement ralentie, comme une reconfiguration à zéro de ma matrice. La frayeur qui me submergeait l'instant d'avant s'effaçait un peu plus à chaque vague sourde. Ce fut à mon tour de me voir anéantie. Ma tête se révulsa soudain. Je poussai un long cri silencieux, ma bouche en O gobant chaque seconde de plaisir, délice au présent et que j'aurais voulu sans fin.

Quand je retombai enfin sur le sofa, pesamment, comme démembrée, puzzle de chair flapie, je vis que l'écran s'était éteint. L'œuf aussi, qui refluait maintenant hors de ma fente ébahie.

Il ne m'avait pas touchée un seul instant. Il n'était pas même entré dans cette chambre. Et pourtant, je l'admis dans un sanglot bienheureux, un sourire extatique et amer sur les lèvres : Louis venait de me faire jouir. Louis Barlet m'avait possédée.

Et je n'y avais pas laissé qu'un peu de peau.

17

9 juin 2009

Rien sur la console de l'entrée. Rien non plus dans la boîte aux lettres de l'hôtel Duchesnois. Le lendemain matin fut vide de toute missive anonyme. Je me retins d'interroger Armand à ce sujet, persuadée qu'il m'aurait transmis tout nouveau pli avec sa diligence habituelle.

Ce silence épistolaire aurait pu être une bonne nouvelle. J'aurais même pu le prendre pour un repli contenté, un armistice. Repu des images de la veille, mon prédateur, quel qu'il fût, aurait alors relâché sa proie, desserré son étreinte un moment.

Mais je n'y croyais pas. Cette absence m'apparut plus menaçante encore que les mailles serrées qu'il tissait auparavant.

Le choix de ma toilette m'occupa une grosse demi-heure. Je ne voulais pas manquer mon entrée à BTV. Je savais qu'on me jaugerait à l'envi, que toutes les Alice de la chaîne m'habilleraient de perfidie dès le premier regard. Je me devais – et je le devais à David aussi – d'être irréprochable malgré mes rondeurs et ces courbes trop voluptueuses pour être parées comme je l'aurais rêvé. Je parachevai le tout en enfilant mes Louboutin. Je me revis les essayant sous l'œil réjoui de David, dans cette boutique de la galerie Vivienne, déchirée entre ma joie de gamine et la conscience si aiguë du jeu d'artifices dans lequel de tels accessoires m'entraînaient. Ma mère se mourait d'un cancer, et moi je me tenais bouche bée devant une paire de talons à mille euros…

— Bonjour, Annabelle.

— Bonjour, Chlo…

— Il est 8 h 28, me coupa la blondinette, boudinée dans son tailleur. David vous attend dans la grande salle de réunion à 8 h 35 avec toute l'équipe. Si vous voulez, ça vous laisse pile le temps d'un café.

Elle était postée dans le hall de la tour Barlet, aux aguets, sans doute depuis de longues minutes, les bras chargés d'un bloc, d'une pile de chemises, d'un monceau de magazines et au moins d'autant d'enveloppes affranchies, le tout probablement destiné à son employeur : mon homme.

— Ça ira, merci.

De toute évidence, ma réponse la soulagea.

— OK, super. Alors on y va.

Son trottinement inquiet, clac-clac empressé de talons trop hauts pour elle, nous conduisit jusqu'aux ascenseurs parés à s'envoler. Dans la cabine en acier brossé, elle me débita mon emploi du temps – tel qu'établi par David, supposai-je – sur un ton nerveux :

— Après la présentation officielle, vous voyez Albane Leclerc à 9 h 30, pendant au moins deux heures. Ensuite je vous emmènerai vous installer dans votre bureau. Vous verrez, il est très bien situé, orienté plein sud, à mi-chemin entre celui de David et de Louis.

Pourquoi cela ne me surprenait-il pas ?

Je remontai le fil de sa litanie, deux phrases en arrière.

— Albane Leclerc ?

— David ne vous a pas parlé d'elle ?

— Non…

— C'est la rédactrice en chef de votre émission. Elle va vous aider à établir le sommaire des premiers numéros de *Cultur'Mix*. Et aussi à briefer la rédaction pour monter les différents sujets.

Anticipant mes interrogations, elle poursuivit :

— Jeune, mais très pro. Son père a dirigé *L'Océan* pour le compte du groupe pendant vingt ans. Elle travaille main dans la main avec Luc.

Luc Doré, le directeur de l'antenne. Ça je le savais puisqu'il figurait au nombre des invités du dîner donné en mon honneur.

— Une enfant de la balle, quoi.

— Oui, en quelque sorte.

Telle était donc la limite de la confiance que David m'accordait. Il avait beau m'avoir imposée à toute sa petite armée comme sa botte secrète, un chaperon guiderait chacun de mes pas dans ce monde encore inconnu. Ainsi, la moindre de mes gaffes pourrait être immédiatement corrigée, et ses effets atténués.

Le tintement discret annonça le dix-huitième et dernier étage. Chloé bondit hors de la cabine, l'œil arrimé aux griffonnages illisibles de son bloc-notes.

— Cet après-midi, reprit-elle en mode mitraillette, vous avez une première réunion de production à 14 h 30 avec Luc Doré donc, mais aussi Philippe Di Tomaso, le prod' exécutif, et Christopher Heames, notre directeur artistique. L'ordre du jour est l'habillage de l'émission. Chris a déjà planché sur plusieurs maquettes. En principe, vous n'aurez plus qu'à trancher avec Luc.

Tout allait si vite ! Et aucun bouton d'arrêt d'urgence à portée de main… Qu'aurais-je pu répondre ? Que c'était une méprise, un malentendu grotesque ? Que je n'avais rien à faire là, et qu'une foule de prétendantes plus compétentes attendaient déjà au pied de l'immeuble ?

Je reconnus la salle vitrée où Louis m'avait été présenté. Instinctivement, je cherchai sa silhouette d'oiseau décharné dans le groupe qui nous attendait déjà, au jugé une bonne vingtaine de personnes, toutes munies d'un gobelet. À mon grand étonnement, il ne s'y trouvait pas. Le directeur de la communication n'avait manifestement pas jugé utile d'être présent.

David surgit devant nous au même moment, rayonnant dans un costume gris perlé que je ne lui connaissais pas (j'avais renoncé à explorer sa penderie, véritable caverne d'Ali Baba de l'élégance masculine).

— Tout le monde est là, c'est parfait !

— 8 h 33, approuva Chloé. On attend encore deux minutes ?

— Non, allons-y. J'ai une conf'call avec Séoul dans quinze minutes.

Durant le quart d'heure qu'il consacra à mon adoubement, mêlant avec aisance un humour léger et des notes plus sévères sur « l'enjeu formidable de la case prime time du jeudi, cette soirée qui doit nous permettre de capter les téléspectateurs pour ne plus les lâcher de tout le week-end », je m'attendis à voir apparaître son frère à tout instant. Mais il n'y eut aucun nouvel entrant. Les couloirs vitrés n'étaient sillonnés que par des journalistes en chemise blanche et autres clones de Chloé.

Assise sur un coin de table, dissimulée en partie par une rangée de têtes qui me détaillaient avec une défiance polie, Alice, la grande blonde, manifestait un désintérêt criant pour le discours, son auteur et plus encore son objet, jouant d'une main fébrile avec la molette de son Smartphone. Résolument sourde à ce qui se disait là, c'est tout juste si elle grimaça un rictus méprisant lorsque mon homme exprima la foi qu'il plaçait en moi pour redresser ladite case de programmation.

Quand David annonça la fin de la récré, initiant en mon honneur des applaudissements mollement repris par le reste de l'assistance, Chloé se rua sur ma rivale et lui souffla à l'oreille je ne sais quelle réprimande. La belle créature, ses seins artificiels exaltés par une robe hypermoulante, se redressa d'un bond et s'exclama, visiblement piquée au vif :

— Maintenant ? Mais qu'est-ce qu'il me veut ?

Cela sentait le remontage de bretelles. Mais je ne pus m'empêcher de songer qu'un patron courtisant l'une de ses employées n'aurait pas manœuvré autrement pour donner le change et la posséder dans son bureau sans éveiller les soupçons.

L'assistante lui saisit le bras pour lui intimer la discrétion et l'entraîna à sa suite dans le couloir, petit remorqueur ouvrant la voie au paquebot majestueux, dont le roulement de hanches produisit sur la gent masculine cette irrépressible flexion de l'œil, aspiré dans ses remous captivants. Je saisis plus d'un regard aimanté, alors même que ces messieurs fréquentaient ses grâces depuis des années.

— Salut, je suis Albane. Tu es Elle, c'est ça ?

Dans cette atmosphère compassée, écrasée par la toute-puissance débonnaire de David, le sourire affable et le ton très direct de cette jeune et jolie brune, petit bout de femme sec aux allures de garçon manqué, m'inspira une sympathie immédiate. Chemise ouverte, pantalon de toile défraîchi, chaussures de marche plus adaptées aux sentiers qu'aux moquettes épaisses, avec pour tout accessoire une simple chaîne en argent au cou… Elle se situait à mille lieux des fashionistas de BTV.

Surgie de derrière le rideau de corps plus imposants qu'elle, elle me tendit une main aussi menue qu'énergique.

— Oui. Enfin, c'est Annabelle… Mais tout le monde m'appelle Elle, en effet.

— Le grand manitou a décidé qu'à l'antenne et dans la communication de la chaîne tu serais Elle… Donc on va garder ça, si tu veux bien.

— Pas de problème, ça me va.

Directive. Mais ouverte, et beaucoup plus pédagogue que ne laissait augurer son franc-parler. Elle passa une grande partie de la matinée à m'exposer le b.a.-ba du métier, s'appliquant à détailler pour moi chaque concept ou chacun des termes du jargon avec lequel elle jonglait elle-même depuis tant d'années. Elle se voulait patiente, mais n'hésitait pas à me houspiller quand je ne me montrais pas suffisamment réactive. Mon statut de future épouse du big boss ne semblait ni l'impressionner ni brider sa langue. J'en déduisis que la relation d'amitié professionnelle qui liait sa famille aux Barlet devait la placer au-dessus de toutes représailles… ou peut-être était-ce grâce à ses compétences avérées, qu'elle n'aurait eu aucune peine à monnayer ailleurs en cas de disgrâce.

— Je file, lança-t-elle à midi pétant. De toute façon, on va se revoir super vite. Tu n'as pas fini de m'avoir sur le dos !

Cela sonnait plus comme une promesse que comme une réelle menace. Albane serait une alliée, ces quelques heures avaient suffi pour m'en convaincre.

12 h 09, aurait constaté Chloé, qui s'acquitta rapidement de mon emménagement. Elle n'avait pas menti : mon bureau était clair, d'une taille extravagante au regard de mon âge et de mon inexpérience, et situé en plein cœur de l'étage de la direction,

indécent privilège. À travers la baie vitrée orientée nord-ouest, la vue sur le périphérique était spectaculaire.

12 h 12 : non sans m'avoir délivré un badge d'accès et de cantine frappé d'un portrait que je ne me connaissais pas – où David avait-il bien pu le dénicher ? – elle me planta là, hélée depuis le couloir par un troupeau caquetant, sans doute ses homologues, en route pour le restaurant d'entreprise situé au premier étage de la tour.

12 h 22. Je jouais depuis plusieurs minutes avec le combiné flambant neuf trônant sur mon bureau, seul élément de décoration visible, dans l'espoir ridicule d'une invitation à déjeuner. Je résistai à la tentation d'appeler David, nécessairement indisponible, pour ne pas m'exposer à la blessure d'un refus. Quant à Louis, toujours invisible, il n'en était pas question.

12 h 45… N'y tenant plus, je composai le numéro de Sophia. Par chance, elle répondit instantanément.

Vingt minutes plus tard, nous sirotions des Monaco trop sucrés, presque écœurants, à la terrasse d'une brasserie des environs, Le Saint-Malo. Devant nos salades mixtes, nous reprîmes le fil ordinaire de nos confidences, ancre rassurante dans ce contexte nouveau, étranger, presque hostile.

— Dis donc, elle te serre drôlement, ta bague ! s'exclama mon amie, découvrant mon annulaire rougi. Tu crois que tu vas réussir à l'enlever et à la remettre le jour J ?

— Oui, regarde…

Forçant sur mon doigt, je le désincarcérai de l'anneau d'or rose, non sans peine. D'un geste naturel, elle tendit la main pour me la prendre et l'observer de plus près.

Ses yeux brillaient d'une envie difficile à dissimuler.

— Ben dis donc, ma chérie, t'as pas intérêt à grossir…

— Je la ferai agrandir.

— Fais gaffe, quand même, c'est pas le genre de matériau qui s'étire à l'infini. C'est beau, mais c'est fragile.

Parlait-elle seulement de la bague ?

Une longue minute, elle observa le bijou sous toutes les coutures, muette d'admiration, toute à son plaisir et à ses rêves. Puis, approchant encore l'objet de son œil :

— Tu dis qu'elle a appartenu à qui, avant ?

— À Hortense, la mère de David. Et à sa mère avant elle. Mais je ne connais pas son nom. De toute façon j'ai bien fait de l'enlever, Armand doit faire ajouter nos noms et la date dès demain.

Elle secoua la tête d'un air entendu, sans décrocher son regard de l'alliance.

— Hum, hum... Et ils se sont mariés en quelle année, les parents de David ?

— J'en sais rien. Vu l'âge de David et de son frère, je suppose entre le milieu et la fin des années 1960. Pourquoi ?

— Parce que dans ce cas... ton charmant futur époux est le fruit d'un couple de fantômes !

— Qu'est-ce que tu racontes ?

Avec une gravité peu coutumière, elle brandit la bague vers moi, de manière à me présenter l'intérieur, qui avait été poncé afin d'en effacer les inscriptions successives.

— Regarde toi-même.

— Je vois rien...

— Si. Si tu penches la bague de telle sorte que la lumière vienne raser la surface, tu verras qu'une ancienne gravure apparaît encore par endroits. On ne peut pas décrypter le jour, mais l'année est assez lisible : 1988.

Elle avait vu juste. Sophia la fofolle, la danseuse légère, la collectionneuse d'hommes et de sextoys, avait su déceler la vérité à travers cette bague que je portais en toute insouciance depuis plusieurs jours.

— T'as raison... soufflai-je. C'est dingue que je n'aie rien vu avant.

Le relief était certes ténu mais néanmoins suffisant, sous un angle précis, pour mettre à jour les quatre chiffres. Un degré dans un sens ou dans l'autre suffisait à les renvoyer dans l'ombre. Envisagée de face, comme n'importe quel observateur le ferait, et comme je l'avais scrutée moi-même à plusieurs reprises, l'alliance gardait jalousement son secret.

Je demeurai saisie.

— Et il avait quel âge, en 1988, ton prince charmant ?

— Dix-neuf ans… lâchai-je d'une voix sans vie.

« Ils se sont fiancés puis mariés, très vite, au bout de quelques semaines », avait dit Louis. 1988, l'année du premier mariage de David, me claironnait ce mirage chiffré. Il me le crachait au visage.

Pourquoi Louis avait-il éprouvé le besoin de faire passer cette vérité, peut-être la seule dans ses affabulations, pour un mensonge ? Pourquoi s'être rétracté de la sorte ? Par peur ? Mais peur de quoi, de qui ?

— OK. Alors tu diras à ton chéri que c'est pas très classe de t'offrir une bague achetée aux puces et de te la refourguer comme un bijou de famille.

— Je lui dirai…

Vite : trouver un autre sujet, ne pas trembler, ne pas m'effondrer devant elle. Pour me ressaisir, je forçai un sourire sans rapport avec ma question :

— Et Rebecca ? Tu as eu des nouvelles ?

— Non. C'est à nouveau le silence radio. Ça commence à faire chier. J'ai plus une thune et j'ai deux loyers de retard. Si elle ne se bouge pas pour me placer, je ne sais pas où je serai le mois prochain.

— Au pire tu pourras prendre ma chambre chez maman, suggérai-je du tac au tac.

— C'est gentil, ma loute… Mais reconnais qu'en ce moment y'a plus fun que chez ta mère.

Elle se fit pardonner sa remarque peu délicate d'un sourire bienveillant.

— T'es passée à l'agence ? éludai-je.

— Là aussi, Rebecca est aux abonnés absents. Je ne sais pas comment elle gère son business, mais c'est pas comme ça qu'on va devenir riches. Enfin, ça ne te concerne plus, tout ça…

Ce n'était pas un reproche, à peine la nostalgie de cette période, sans doute trop brève à ses yeux, où nous avions partagé nos activités clandestines et cette étrange communauté de destin. Sophia avait toujours voulu nous voir comme deux sœurs. L'entrée de David dans mon existence avait coupé net ce ruban tissé d'espoir et d'adolescence.

Je savais bien que Sophia ferait toujours partie de ma vie. Mais nos embrassades, au moment de se quitter devant la tour Barlet, alors que nous nous trouvâmes bientôt cernées par des hordes de déjeuneurs, claquèrent comme des adieux.

Dans l'ascenseur, j'essuyai le silence et la gêne de quelques visages que j'avais aperçus le matin même, lors de mon intronisation. Personne n'osa me demander si tout se passait bien ou si mon déjeuner en solo avait été agréable. Le syndrome du premier jour dans toute sa splendeur. Mais qu'en savais-je au juste, moi qui vivais mon vrai premier jour ?

Par fébrilité, probablement aussi sous l'effet des révélations de Sophia, je suivis docilement la troupe à sa sortie de la cabine. Ce n'est qu'après avoir parcouru la moitié du couloir, que je réalisai être descendue au mauvais étage. Celui-ci abritait une partie des studios et des régies de BTV. Les cloisons étaient elles-aussi en verre, mais aucune n'offrait de prise à la lumière extérieure, privant les corridors de cette extraordinaire clarté qui prévalait au sommet de l'édifice. En dépit de la semi-obscurité, je reconnus immédiatement les deux ombres qui occupaient sur ma droite l'un des plus petits plateaux. D'où j'étais, ils ne pouvaient me voir, mais je redoutais cependant de trahir ma présence par un quelconque mouvement. Je restai donc là, immobile, à les observer, le souffle court à l'idée qu'ils puissent sortir subitement et que nous tombions nez à nez.

David me semblait très calme, parfaitement maître de ses gestes et de ses émotions. Tout chez son interlocutrice trahissait en revanche l'exaspération. Elle relevait ses cheveux sans cesse, avec nervosité, d'une main frémissante, le buste tordu par un déhanchement plus douloureux que gracieux. À cette distance il était impossible de le certifier, mais j'aurais juré que sa poitrine se soulevait plus haut et plus vite que la normale. Sanglotait-elle ?

En tout cas elle ne parlait pas, se contentant d'écouter les propos de son patron, que je supposais mesurés, peut-être même apaisants à en juger par cette main posée sur le bras de la jeune femme, puis sur son épaule.

Soudain, Alice sortit de sa réserve affligée et s'effondra dans les bras de David. Celui-ci la retint contre lui un instant, pour moi une éternité d'effarement et de rage contenue, avant de la repousser loin de lui lentement, avec cette forme de douceur aristocratique qui n'appartient qu'à lui.

« Vraiment, tu es sûre de toi… c'est elle que tu préfères ? »

Comme je le faisais petite, lorsque je regardais des films en cachette par la porte entrebâillée du salon, j'essayai de poser des mots plausibles sur les lèvres pulpeuses de l'éplorée.

« Oui, c'est elle. Je suis désolé », aurait pu lui répondre David.

Quelles qu'elles fussent, ses paroles avaient calmé la belle blonde, en même temps qu'elles l'avaient crucifiée. Celle-ci, ravalée au plus bas de sa superbe, baissa la tête puis esquissa un pas en arrière avant de s'éclipser du studio par une petite porte fondue au décor, en direction des coulisses, supposai-je.

J'étais fière de lui. Il avait su tuer ses espoirs sans pour autant se montrer brutal ou gratuitement méchant. Il avait agi en chef d'entreprise, ferme mais juste, soucieux des intérêts de l'ensemble, mais aussi attentif à ne blesser aucun de ses éléments constitutifs. Alice remise à sa place, je supposais bien que d'autres rivales ne manqueraient pas de se lever, un jour ou l'autre, ici ou dans ces innombrables occasions où je ne serais pas là pour le voir à l'œuvre. Mais sa loyauté du jour, si elle avait fermé de son côté la porte d'une vieille tentation, ouvrait pour moi celle de mon engagement.

Mon erreur d'étage n'était pas un accident, je le voyais bien. J'avais besoin de croire en David, de voir son amour pour moi se déployer en dehors et surtout au-delà de ses cadeaux mirifiques, de le voir s'incarner dans plus d'actes et moins de paroles. Le petit spectacle muet qu'il venait de m'offrir valait tous les présents. Peu m'importait désormais qu'il ait épousé une Aurore ou même une Alice avant moi. C'est moi qu'il avait choisie, ici, maintenant, contre tous.

Plus que toutes.

18

Isolement : État ou situation d'une personne isolée (voir Isoler) ou qu'on isole.
Isoler : éloigner quelqu'un de la société des autres humains.

Le Larousse me donnait la définition, mais ma mélancolie ne l'acceptait pas. Claquemurée dans mon bureau ministériel, je passais de la contemplation du ciel et ses infinies variations météorologiques à la consultation du dictionnaire qu'une main anonyme avait déposé ici, à mon intention, pendant l'heure de déjeuner. Je relus aussi les notes prises durant l'exposé d'Albane, lesquelles creusèrent plus encore mon sentiment de lacune et d'inadaptation. David m'avait fait le plus joli cadeau possible, mais celui-ci agissait tel un miroir implacable, où tout ce que je n'étais pas – pas encore, se serait empressée de corriger ma mère – s'affichait en relief.

Je dus m'assoupir un instant car, lorsque Chloé déboula, ses yeux arrondis d'indignation, je tressaillis et ressentis un engourdissement qui mit plusieurs secondes à se dissiper.

— Tout va bien ? s'inquiéta-t-elle.

— Oui…

— Parce qu'ils vous attendent… Salle de réunion numéro trois. 14 h 30…

Que j'écorne son beau planning dès le premier jour la scandalisait mais, bien évidemment, elle n'en exprima rien. Elle se montra même assez magnanime pour ne pas me notifier le nombre de minutes de retard dont je m'étais rendue coupable. Elle se contenta de m'indiquer la porte, comme si je pouvais la manquer et, de son trottinement caractéristique, m'invita à la suivre séance tenante et plus vite que ça, semblaient dire ses talons, à travers le dédale des couloirs.

Je ne sais pas ce que je perçus en premier. Sa silhouette ? Son rire ? Ou étaient-ce les échos lavandés de son parfum, qui flottaient loin hors de la pièce, comme autant d'appels à le rejoindre ?

Entouré de trois autres hommes – je reconnus Luc Doré à sa crinière grise et à son faciès de vieux bonze – il parlait fort, volubile, très à son aise. Pourtant il y avait quelque chose d'incongru à le voir dans ce contexte. Et pas seulement en vertu de ce que je connaissais de lui ou des autres circonstances dans lesquelles nous nous étions fréquentés. Je pouvais le voir à son excès d'assurance : il n'était pas dans son élément. Il jouait un rôle et, même s'il était rompu à son interprétation, cela demeurait une comédie qui l'éloignait de lui-même. Sans doute méprisait-il ses interlocuteurs.

— Elle ! s'exclama Louis, lorsque j'entrai enfin dans son champ de vision. On ne vous espérait plus. Je vois que vous avez déjà intégré toutes les règles de l'entreprise : le pouvoir appartient à celui qui se fait le plus attendre.

Je rougis. Le reste du groupe se tourna vers moi et chacun des autres se présenta, à l'exception de Luc, qui s'arrogea le droit d'une embrassade amicale.

— Bienvenue, Elle. Je n'ai pas eu l'occasion de te le redire ce matin, mais on est tous très contents que tu nous rejoignes. Vraiment !

Une pression des deux mains sur mes épaules accompagna son mot d'accueil. Le geste se voulait purement affectueux, Luc appartenant à cette famille des tactiles, mais j'aurais pu jurer que l'aîné des frères Barlet avait grimacé d'agacement à me voir ainsi étreinte. Livrée, l'espace d'un instant bref, et pourtant si chaste, aux mains d'un autre homme.

— Louis, tu restes avec nous ? lança Luc.

— Hum… Pourquoi pas. Après tout, l'habillage d'une nouvelle émission phare, c'est *aussi* l'image de la chaîne. Non ?

Les autres agréèrent d'un murmure indulgent.

Je n'avais pas revu Louis depuis son altercation avec Fred, deux jours auparavant. Je le trouvai fatigué, les traits plus creusés encore que dans mon souvenir. Suprême et sublime injustice, cette altération fiévreuse exaltait ce qu'il y avait de plus animal, de plus pur et pour tout dire de plus sensuel en lui. En dépit de son infirmité, il me faisait l'effet d'un fauve, dont chaque mouvement exprimait toute la force, toute l'énergie prête à jaillir dans une explosion de vie rugissante. La tour Barlet était sa cage de verre. Il acceptait son sort mais, comme toute bête sauvage en de telles circonstances, il n'aurait de cesse de chercher une issue, le chemin vers la jungle où s'ébattre. Il dévorerait ses gardiens et ses soigneurs à la première occasion.

— Chris, tu nous montres tes œuvres ?

Ledit Chris, grand échalas blond, mou et barbu, au look d'ado attardé si prisé chez les graphistes et autres créateurs d'image, ouvrit l'ordinateur portable qu'il portait sous son bras. En quelques pressions virtuoses sur le clavier, il afficha ses propositions à l'écran.

— Bon, ça c'est une piste plutôt très urbaine, hein, étira-t-il son accent britannique avec affectation. Ambiance béton, total gris, post-hip-hop…

Décryptage : de grosses lettres arc-en-ciel formées dans un style tags sur un mur en briques sombres.

— …Et en même temps très *laid back*, acheva-t-il son exposé pompeux. Plus Berlin-baba-cool que New-York-speed. Vous voyez le truc ?

Je n'aimais pas du tout, même si je faisais abstraction de son amphigouri prétentiard. Je n'en dis rien, bien sûr, mais cela dut se percevoir, car Luc m'interrogea du regard :

— Elle ? Tu en penses quoi ?

— Hum… J'ai un peu de mal à me faire une opinion sur une seule proposition. On peut envisager les autres voies ?

Le directeur artistique ne pipa mot. Je venais sans équivoque d'entrer dans le camp de ses opposants, tous ces peigne-culs ignares et sans culture visuelle, qui donnaient leur avis sur ses créations comme on choisit un papier peint. Il me détestait déjà, c'était flagrant.

— Oui, siffla-t-il sur un ton pincé. Il y a toujours d'autres voies, c'est sûr…

Sous-entendu : de mauvaises.

À mesure qu'il faisait défiler les vues, où se mêlaient des essais de logotypes, de génériques, et même certains éléments de décors pour le plateau où je serais amenée à parader sous peu, je sentis la présence de Louis s'affirmer dans mon dos. À sentir ainsi les effluves de son parfum, où la vanille dominait peu à peu les notes de fleur, mais aussi cette onde enfiévrée qui émanait de lui, j'en conclus que moins d'un pas nous séparait. Lorsqu'il se penchait par instants au-dessus de mon épaule, sans doute sous le prétexte d'embrasser du regard la totalité de l'écran, je pouvais sentir son souffle caresser ma nuque – j'avais relevé mes cheveux à l'aide du fameux pic – où une mèche rebelle voletait paresseusement.

Chacune de ses expirations me mettait au supplice. La peau de mon cou frémissait un peu plus à chaque passage du courant d'air chaud, légèrement sucré. Je ne pus réfréner ce frisson qui traversa mon échine, et qui s'annonçait comme un aveu.

— Je préfère la piste plus champêtre, claironnai-je soudain d'une voix malaisée.

Une ambiance naïve, qui n'était pas sans rappeler les toiles exotiques du Douanier Rousseau, plus forêt tropicale que bocage vendéen.

Ce disant, j'imprimai à mon buste une rotation en direction de Luc, que l'homme collé à moi fut contraint d'éviter par un mouvement de recul instinctif. Les automatismes sociaux, tels qu'ils nous sont inculqués dès le plus jeune âge, et tels que notre corps les intègre, sont parfois bien pratiques.

Il essuya cet affront avec un regard courroucé. Et moi je savais bien que, ici ou ailleurs, je ne lui échapperais pas si facilement. Les palpitations saccadées de mon ventre, et cette poigne de fer qui tordait le mont de Vénus en-dessous, en étaient la preuve flagrante.

— D'accord, approuva le directeur grisonnant, mais pourquoi la campagne ?

— Eh bien…, improvisai-je. D'abord parce que ça me semble moins attendu qu'un décor urbain quand on parle de culture et de société.

Et pan sur le nez de Chris l'esthète. Et un point pour moi, si j'en jugeais par le hochement approbateur de Philippe Di

Tomaso, petit homme au teint et au physique de pruneau fripé, et qui n'avait pas encore prononcé le moindre mot.

— Et puis, ça me semble un moyen de signifier qu'on ne se bornera pas à l'actualité parisienne. Que la décentralisation sera au cœur de notre projet, et pas juste une posture de bobos déconnectés de la vraie vie.

— Pas bête, valida Luc Doré, un sourire naissant sur les lèvres.

J'avais débité les premières fadaises qui me passaient en tête, le genre de galimatias marketing contre lequel tous mes profs m'avaient mise en garde pendant mon cursus. Mais il semblait pourtant que cela fût de nature à les contenter. J'étais en train de découvrir que, dans le monde du travail, un peu d'esbroufe bien tournée l'emportait hélas souvent sur des considérations mûrement réfléchies. Mieux valait épater que convaincre.

— Louis ? Ton avis ?

— Sur les créas de Chris… ou sur le joli couplet que Mlle Lorand vient de nous réciter ?

Ses yeux se fichèrent dans les miens comme deux pointes plantées dans un bois tendre. J'étais pétrifiée, incapable de la moindre réaction. Néanmoins, dans mon corps de pierre je sentais certains organes battre à tout rompre : mon cœur, bien sûr, mais aussi mon sexe, ce traître, que la situation parut réveiller.

Le perçut-il ? Car, lâchant mon visage, son regard entreprit de fouiller chaque repli de ma robe noire, avec autant de lubricité que si celle-ci avait été un mince voile de brume.

Quel moment avait-il préféré, la veille au soir ? De quel instant de moi s'était-il le plus délecté ? Je revis l'œuf quitter ma fente, collant de plaisir, retenu dans le vestibule comme un gland disproportionné et qui peine à s'en extraire… Comme s'il s'était agi de son propre sexe.

— Ce que vient de dire Elle me semble au contraire très sensé.

Le producteur volait à mon secours.

— Ah bon ?

Louis se redressa autant que le lui permettait la canne et son handicap, paon en son domaine, jusqu'à ses poses qui exprimaient mieux que des mots ce que nous étions tous à ses yeux : de vulgaires animaux de ferme.

— Oui, abonda Luc. Si on veut toucher du monde en prime-time avec une émission culturelle, on ne peut pas s'enfermer dans un ghetto pour une élite qui passe ses soirées au Châtelet et ses week-ends à Bayreuth. Il faut aérer tout ça !

Au silence embarrassé qui suivit, je compris que Louis n'aurait eu besoin que d'un geste pour moucher le directeur d'antenne, peut-être même le virer séance tenante. Mais il se contint et abandonna un instant mon corps frissonnant, parcouru de tiraillements douloureux et plaisants à la fois, pour se concentrer sur son contradicteur.

— On veut produire une émission culturelle ambitieuse… Pas une copie de « L'Amour est dans le pré » !

— Tu proposes quoi ? demanda Philippe en le toisant sans peur apparente. Des spéciales sur tes petits copains du Marais à longueur de programme ?

À ma grande surprise, il ne saisit pas monsieur le pruneau au col – c'eût été pourtant chose facile pour lui – et demeura d'un calme olympien.

— Non. Vois-tu, je sais faire la part des choses entre mes goûts personnels et notre mission vis-à-vis du public. Et, excuse-moi, mais ton exemple est aussi caricatural que ceux de Luc.

— Dans ce cas, quel concept tu présenterais ? le challengea celui-ci.

— Je ne vous dis pas qu'il faut faire une émission pour *happy few* courant les cocktails. Au contraire. Je pense que l'accès aux plaisirs dont il est question ici est un droit fondamental. À mon sens, faire jouir son cerveau est aussi vital que faire exulter son corps.

Brève œillade de braise en ma direction. Je retrouvais là cette tonalité progressiste, presque libertaire, qui m'avait frappée à la galerie Sauvage.

Mais parlait-il encore d'art et de culture ? Non, contestait mon sexe, assez humide pour adhérer spontanément au coton doux de ma culotte. Le léger mouvement de bassin que j'esquissai pour le décoller ne fit qu'empirer la situation, l'étoffe s'insinuant dans le repli charnu, jusqu'au capuchon rose affamé d'un tel contact.

— Tu veux parler de quoi, alors ? De l'art de fumer le poisson chez les Esquimaux ?

— Pas spécifiquement, répliqua-t-il avec un sérieux en décalage avec l'ironie de Luc. À moins que cela ne devienne un phénomène de mode au bord de nos rivières. Quand ce sera le cas, pourquoi pas.

— Tu veux faire un magazine de tendances, quoi, une émission de société ? se rembrunit Luc.

— Oui... et non. Je pense que ce qui excitera nos spectateurs, c'est l'idée d'être les premiers à saisir ce que leurs voisins de palier s'arracheront demain. Appelle ça des tendances si tu veux, moi j'appelle ça des pépites. Des choses encore rares aujourd'hui, mais que bientôt tout le monde voudra avoir chez soi, sur soi, en soi...

Il marqua un temps après ce terme, qui ne pouvait être le fruit du hasard ou d'un accident d'élocution, parfaite chez lui.

— Ce pourra être un livre, un disque, mais aussi bien un accessoire de mode, une recette de cuisine ou une nouvelle manière de se comporter en société. Elle est là, la culture, de nos jours. Dans ces phénomènes aussi puissants qu'éphémères, et qui dictent nos actes mieux que la politique ou la religion. Qui déplace les foules, de nos jours ? Le Pape ? Une manifestation contre une réforme ? Non... Mais la sortie d'une nouvelle tablette, un *flashmob* artistique, l'avant-première d'un film sulfureux... voilà ce qui nous titille. Voilà ce qui nous donne envie.

Comme pour mieux m'adresser son discours, et à moi seule, il se leva, se plaça derrière moi et profita de sa soudaine proximité pour se pencher sur mon dos, posant sa main libre sur un montant de la chaise, pile contre l'élastique d'une culotte désormais en ébullition. J'aurais donné n'importe quoi, à cet instant, pour y plonger ma main... Et virer la sienne de mes reins sans faire d'esclandre, aussi.

Lui poursuivait comme s'il était parfaitement étranger aux phénomènes qu'il déclenchait, papillon inconscient de ses effets dévastateurs.

— C'est un monde d'idées dans lequel chacun veut et doit puiser pour redonner du sens à son quotidien. Vous ne voyez pas comme nos vies sont en panne de sublime ?

Son exaltation laissa les autres interdits. Ils étaient sans nul doute assez intelligents pour comprendre un tel discours, mais aussi assez lucides pour percevoir ce que, mis en images et diffusé à l'antenne, il pouvait y avoir de dangereux, et pour tout dire de subversif dans ce projet. En d'autres termes : c'était tout sauf consensuel, et donc résolument impropre à attirer les annonceurs avides de concepts simples et, de préférence, déjà éprouvés.

Luc sonda ses acolytes à la recherche d'un soutien raisonnable – Philippe avait jeté l'éponge, et Chris se désespérait muettement que la conversation les ait entraînés si loin de ses créations – puis s'exprima en son seul nom :

— OK, je ne dis pas qu'il n'y a pas du vrai là-dedans. Mais tu aurais un exemple de sujet concret pour nous éclairer ? Quelque chose que tu verrais figurer dès le premier numéro…

— Tu ne crois pas qu'on devrait convier Albane à notre petit débat, si on creuse ce genre de problématique ?

Je ne sais pas ce qui m'avait pris de défier ainsi la source de mes tourments dont le pouvoir sur moi – l'intérieur de mon sexe distendu en était témoin – ne cessait de croître, jour après jour, heure après heure. Peut-être tentais-je de rompre le charme tant qu'il en était encore temps, profitant de ce que nous n'étions pas seuls, lui et moi.

Il se redressa brusquement, et me fit face à nouveau.

— Je l'ai déjà briefée dans ce sens.

— Quoi ? Mais quand ça ? s'insurgea Luc.

— Il y a plus d'un mois. Elle a mis un quinze minutes en boîte il y a près de deux semaines.

Ce n'était pas qu'une initiative de franc-tireur. Dans le cadre hiérarchisé de la chaîne, même une débutante telle que moi pouvait y lire un véritable crime de lèse-majesté. En aucun cas le directeur de la communication n'aurait dû s'arroger un tel pouvoir. De la sorte, il piétinait sciemment les prérogatives du directeur d'antenne et du producteur.

Cependant, les deux intervenants affectèrent de prendre la nouvelle avec obligeance.

— Et ça parle de quoi ?

— Vu les délais qui sont les vôtres, ne me dis pas que ça te dérange que je vous aie un peu rempli le frigo ?

Pour ma part, je me demandais quel genre de pression il avait bien pu exercer sur ma nouvelle camarade, au demeurant si farouche, si indépendante, pour la contraindre à ce faux pas. Avait-il couché avec elle ? Tenait-elle son assurance de ce type d'appui occulte ?

Martelant le sol de sa canne, Louis préparait déjà sa sortie, proche de la porte translucide.

— Non, évidemment, ça fait gagner du temps, maugréa Luc. Mais tu me permettras de m'interroger sur cette ligne éditoriale pour le moins… inattendue ?

— Te connaissant, je pense que tu vas aimer. C'est un sujet tout à fait dans l'air du temps…

Son sourire narquois distillait un sous-entendu fielleux, que les deux autres hommes firent mine de ne pas relever, mais que Luc Doré encaissa sur un ton aigre.

— C'est-à-dire ?

— Sais-tu qu'au Japon plus d'un tiers des lycéennes et des étudiantes sont contraintes de vendre leurs charmes pour subvenir à leurs besoins frivoles : fringues, sorties, notes de téléphone mobile, etc. ?

— C'est ça ton sujet ? s'étrangla Philippe.

— Non. Mon sujet concerne la France. Elles sont certes moins nombreuses que là-bas, mais chez nous aussi il existe une petite communauté de jolies jeunes femmes qui arrondissent leurs fins de moi à l'horizontale.

Moi, allongée sur le divan de la chambre Marie Napoléon. Il ne pouvait qu'y songer !

Comme la veille au soir, je crus m'écrouler d'un coup, masse épuisée, impuissante, parfaitement dominée par son instinct, par son sexe.

— C'est pas très nouveau… grinça Luc. Y'a déjà eu un bouquin et même un téléfilm, si je me souviens bien.

— Tu as raison. Ce qui est nouveau, c'est que désormais ce ne sont plus juste des gamines crève-la-faim qui se font culbuter dans leur sous-pente de banlieue. Il existe une offre structurée, avec des filles de haut vol, éduquées, susceptibles de frayer dans les milieux les plus huppés… Certaines sont même actives, placées à des postes à responsabilité.

— Des *escort*, quoi ! s'exclama le producteur.

— Mieux que ça. Ce ne sont ni de simples accompagnatrices, ni des putes de luxe. Leur service s'apparente plus à celle des geishas, pour revenir au Japon. Des dames d'une telle qualité qu'elles sont en mesure de ravir autant l'intellect que les sens de leurs clients.

— Et tu les appelles comment, ces créatures de rêve ?

Le rire gras de Philippe indiquait non seulement son intérêt tout personnel, mais aussi qu'il avait probablement déjà loué des filles à l'heure ou à la nuit.

— Des hotelles.

— Des hôtels ?

L'emploi de ce néologisme me fit chanceler un peu plus encore : la complicité de Rebecca et Louis ne pouvait plus être niée.

Il épela le mot, lettre après lettre, chacune accompagnée d'un battement de cil qui m'était destiné, moins appuyé qu'un clignement de l'œil, plus subtil, plus intime. Tour à tour, ses caresses à distance me cognaient à la tête, à la poitrine, au ventre ou au sexe.

Si j'avais été capable du moindre mouvement, je lui aurais sauté à la gorge. Mais j'étais là, pantelante, déchirée entre la honte, la colère, et cette force invisible qui comprimait mon vagin, juste avant le plaisir, juste après la douleur, quelque part au centre de moi et de mes craintes les plus viscérales. J'avais envie de jouir et de me battre à la fois, incapable d'arracher la haine qui m'habitait sans emporter au passage des lambeaux de fascination et de désir brut. Tout se fondait en une même détresse, et si Luc n'avait pas pris sur lui de lever la séance, m'extirpant de cette torpeur trompeuse, je crois bien que j'aurais fondu en larmes devant eux.

Tel un automate, je sortis de la pièce, de longues secondes après que Louis se fut évanoui dans le couloir. Tel un zombie, je regagnai mon bureau à l'aveuglette, guidée par un sens de l'orientation qui me surprit moi-même. Aussi molle qu'une poupée de chiffon, je m'écroulai dans mon fauteuil en cuir, dos à la ville et sa frénésie, le regard perdu sur le plateau encore vierge de mon bureau. « On viendra vous installer votre ordinateur demain », avait promis Chloé.

— Chloé ?

L'assistante de David possédait pour qualité première de toujours répondre dès la première sonnerie de son téléphone, au pire à la deuxième, jamais au-delà.

— Oui, Elle… je peux vous être utile ?

— Vous ne m'avez pas indiqué si j'avais d'autres rendez-vous après la réunion habillage…

Réunion « mise à nu » aurait été plus approprié.

— Vous n'avez rien de prévu. C'est déjà pas mal pour un premier jour, non ?

Elle avait souri en répondant sur le ton de la connivence, plus détendue que lors de nos premiers contacts. Puisque je ne m'étais pas montrée d'emblée hostile, il était temps pour elle de se mettre la femme du patron dans la poche.

— J'imagine… murmurai-je, absente.

— D'ailleurs, David m'a chargé de vous dire qu'il vous renvoyait à la maison quand Luc vous libérait.

— Ah, bien.

Attention. Prévenance. Traitement de faveur. En un mot : David. Mais sans doute ignorait-il la présence de son frère à cette réunion, et à quel point sa dispense me fit l'effet d'une délivrance.

Comment pourrais-je tenir plus d'une journée dans la même boîte que lui ?

— Au fait, vous avez trouvé votre paquet ?

Paquet, paquet… Mes yeux scrutèrent la pièce à la recherche d'un…

— Oui… bredouillai-je.

Elle ne l'avait pas déposé sur le bureau mais sur une chaise, dans un angle que l'ouverture de la porte dissimulait au regard des entrants.

Emballé de papier argent. Nouveau cousin dans la famille de mon Dix-fois-par-jour.

— Parfait. Alors je vous laisse. À demain, Elle.

Je raccrochai sans répondre, déjà debout.

Le colis était plus gros et plus pesant que les précédents. Outre une enveloppe, dont je devinais déjà le contenu – passe de chambre, bristol et note d'invitation –, il recélait un large écrin de velours bleu nuit. Un modèle beaucoup plus imposant que celui dans lequel David m'avait offert la bague d'Hortense.

Je repoussai la tentation de l'ouvrir et décachetai plutôt le pli. Carte magnétique, sans nom ni numéro, émise par l'Hôtel des Charmes, c'était bien ça. Un mot, de cette même écriture ronde et douce, enjôleuse, à laquelle on aurait pu se fier sans crainte.

22 heures,

parée de vos plus beaux atours.

Jamais encore il n'était resté aussi énigmatique. Quant au nouveau commandement, son objet était sans équivoque, et il m'était facile d'anticiper ce que l'on exigerait de moi d'ici quelques heures.

3 – Aux regards sans retenue tu te livreras

La surprise, la seule véritable de cet envoi, provint de la boîte à bijoux. Je réprimai un cri au moment de déflorer enfin son secret. À l'intérieur gisait sur son coussin de soie le plus extraordinaire collier qu'il m'ait été donné de voir. Même les pièces les plus rares exposées dans la vitrine des Antiquités Nativelle ne l'égalaient pas. Il alignait sur trois rangées une collection extravagante d'émeraudes – à première vue plus d'une trentaine, de tailles diverses – le tout maillé d'or rose et d'une infinité de diamants, soit disposés en chaînes, soit regroupés en médaillons, sur tout le pourtour. Il n'y avait pas besoin d'être expert pour deviner qu'un tel joyau était porteur d'un fabuleux héritage, mais surtout que sa valeur frisait l'inestimable. Il fallait être fou pour offrir un tel présent, et plus encore pour l'acheminer dans un vulgaire carton, laissé aux soins insouciants des responsables du courrier et des secrétaires.

Muette d'admiration, je détaillai encore et encore la pièce, éclat de patrimoine parvenu par je ne sais quel miracle entre mes mains, quand retentit la sonnerie de mon portable, cruellement banale et contemporaine.

— Salut gamine, c'est moi.

Sophia, évidemment.

— Salut. Ça va, aujourd'hui ?

— Euh... Tu te souviens qu'on a mangé ensemble y'a pas trois heures, rassure-moi ?

— Si, oui... Excuse-moi. Je suis un peu ailleurs.

— Je vois ça. Et t'es pas la seule.

— Qu'est-ce qu'il t'arrive ?

— À moi, rien... rien directement. Mais figure-toi qu'après notre salade je suis passée rue du Roi-de-Sicile à nouveau.

L'adresse de Belles de nuit, le siège de l'agence.

— Et alors ?

— Alors la dernière fois que j'étais venue, je t'ai dit, ça ne répondait pas. Mais ce coup-ci j'ai croisé la concierge. Je l'ai baratinée, je lui ai fait croire que j'avais laissé des affaires là-haut...

— Elle t'a ouvert ?

— Ouaip... Et je crois que j'aurais préféré qu'elle ne le fasse pas.

— Pourquoi tu dis ça ?

— Parce que ça ne sent pas bon du tout, ma poulette : l'appart' était totalement vidé. Plus la queue d'une Rebecca ou d'un fichier. Même plus une poubelle avec de vieux papiers. Le désert total. Gobi sur Seine.

Tandis que je l'écoutais, j'eus la curiosité de saisir l'adresse du site BDN sur le navigateur de mon Smartphone. « *404 file not found* », me répondit-il presque aussitôt. Fichier non trouvé...

Comme je lui fis part de cette autre découverte, elle se lamenta à voix basse, plus affligée que je ne l'avais jamais entendue.

— On n'existe plus. Tu réalises : les hotelles n'existent plus.

Louis n'aurait certainement pas été de cet avis.

19

Ce qui s'apparentait pour Sophia à un désastre n'était pas loin d'être pour moi la meilleure nouvelle de ces derniers jours. Belles de nuit dissoute, le site web et le fichier des filles disparus, il ne restait pour seules traces de mes activités coupables que quelques photos volées, aussi bien susceptibles d'avoir été fabriquées de toutes pièces par un esprit mal intentionné. N'importe quel bricoleur numérique était aujourd'hui capable d'intégrer un visage sur un autre corps, dans une image fixe comme dans une séquence animée. Accessoirement, cette volatilisation effaçait la dette contractée auprès de Rebecca.

En résumé, il ne demeurait plus rien ou presque qui ne fût accablant au point de me faire craindre une confrontation avec David. Tout au moins c'est ce que je me répétais au moment de quitter la tour Barlet, m'accrochant à ce rebondissement comme à une bouée que le destin me jetait enfin.

L'écrin glissé dans mon sac, j'avais tout de même éprouvé le besoin de faire un détour avant de rentrer à la maison. Je m'étais souvenue de la cravache offerte par Louis – elle n'avait pas quitté depuis lors la pile de vêtements où je l'avais dissimulée – et des propos flatteurs qu'il avait tenus à ce sujet sur les experts de Drouot. Revêches, mais à son sens les plus pointus de la capitale. Mon intuition fut la bonne, j'en eus la confirmation dès que j'eus poussé la porte de leur cabinet, cette boutique sans chichis située juste en face de l'immeuble moderne où se nichait la prestigieuse salle des ventes.

La présentation de mon trésor agit sur eux tel un sésame, chassant pour partie les préventions qu'avaient pu leur inspirer mon sexe, mon âge et ma dégaine de jeune écervelée. L'un d'eux se montra particulièrement diligent… et plus encore volubile :

— Hum, je le connais. C'est l'un des colliers les plus célèbres de l'impératrice Eugénie, l'épouse de Napoléon III.

Je ne m'étais donc pas trompée sur son ancienneté, ni sur sa valeur. Cependant, le vieillard déplumé doucha aussitôt mon enthousiasme, remontant les demi-lunes qui s'affaissaient sur son nez rougeaud :

— Enfin, celui que vous avez là est une réplique d'époque. Un bel ouvrage, hein, ne vous y trompez pas… Mais il était assez fréquent que les joailliers produisent un double de moindre valeur à la demande de leurs clients. Ainsi madame portait-elle la copie lors des sorties en ville, tandis que le modèle plus précieux demeurait sagement au coffre.

— Comment pouvez-vous le distinguer du vrai collier ?

— Oh, c'est assez facile, regardez : les pierres sont taillées moins finement, elles sont légèrement moins grosses, parfois serties avec moins de métal précieux, donc plus susceptibles de se détacher en cas de choc ou pendant le port… C'est tout un ensemble de détails, mais qui ne trompe pas, croyez-moi.

— Et l'original ?

— Il n'est plus en France depuis longtemps, ma petite demoiselle. Il est passé un temps entre les mains de la famille régnante d'Iran, puis il a échoué il y a une trentaine d'années chez un collectionneur asiatique que je connais bien, à Séoul.

Aussi passionnant que fût son babil, il m'éclairait peu sur ce qui m'occupait.

— Vous êtes absolument sûr qu'il appartenait à l'impératrice Eugénie ?

À ma connaissance, aucune chambre des Charmes ne portait son nom. Et pour cause : Eugénie de Montijo, marquise d'Ardales, marquise de Moya et comtesse de Teba, impératrice des Français au bras de Napoléon le troisième du nom, n'avait rien d'une courtisane.

S'agissait-il d'une erreur ? D'une fausse piste ?

— Je suis formel. Ses bijoux sont tous identifiés par notre corporation et inventoriés dans le moindre détail. Eugénie possédait l'une des plus riches collections de son époque. En revanche, si vous me parlez de ce collier en particulier, elle n'est pas la seule femme de renom à l'avoir porté.

Nous y voilà... Suspendue à son récit, je m'attendais à ce qu'il me cite Dieu sait quelle star hollywoodienne.

— La Païva est sans conteste la plus célèbre d'entre elles.

— La Païva... répétai-je, songeuse, fouillant ma mémoire.

— Esther Lachmann de son véritable patronyme. Une mondaine qui a tenu l'un des salons parisiens les plus courus du Second Empire. C'est elle la première qui a racheté l'orignal de votre collier à Eugénie. Six cent mille francs, rendez-vous un peu compte : pour l'époque, c'était une somme colossale !

— Et elle habitait où, cette Païva ? poussai-je ma curiosité.

— Aujourd'hui on visite surtout son hôtel particulier des Champs-Élysées, un cadeau de l'un de ses amants, Guido von Donnersmarck, le cousin de Bismarck. Mais elle a occupé beaucoup plus longtemps sa maison de la place Saint-Georges.

Là même où nos pas nous avaient portés, Louis et moi.

Revenue à l'hôtel Duchesnois, je passai la fin de l'après-midi à retourner ces informations. À la demande d'Armand, je lui confiai ma bague de fiançailles pour qu'il fasse procéder à la nouvelle gravure : « Annabelle et David, 18 juin 2009. »

En échange, le majordome me tendit une feuille quadrillée et pliée, perforée sur le côté gauche, que je reconnus aussitôt. Je faillis en lâcher l'anneau que je confiais à son bon soin.

— Vous l'avez trouvée quand ? l'interrogeai-je, la voix tremblante.

— Tout à l'heure, après le déjeuner. Je dirais entre 14 heures et 15 heures, quelque chose comme ça.

Au moment où nous avions débuté notre réunion, en présence de Louis. Sa main n'était donc pas celle qui avait glissé cette note dans la boîte. Mandatait-il un factotum pour ce genre de tâches mineures ? Ysiam, peut-être, que son service aux Charmes rendait quasi-voisin de la rue de la Tour-des-Dames. Un détour rapide à la faveur d'une pause, et le tour était joué. Qui remarquerait un modeste livreur indo-pakistanais dans un quartier où les représentants de sa communauté pullulaient ?

Je commençai à déplier le papier avec prudence, démineur de mes propres émotions. Après deux jours de sevrage, deux journées de silence épistolaire, je ne pouvais présumer de son contenu, et encore moins de ma réaction. Serais-je indifférente ? Ou, au contraire, replongée dans cet état d'ébullition que la présence de Louis avait provoqué quelques heures plus tôt ? Aurait-il à cœur d'évoquer la manière dont je m'étais en quelque sorte donnée à lui, le soir précédent, sur ce divan ?

Une boule de poils lancée à travers la pièce comme un projectile m'ôta brusquement la page des mains : Félicité. Depuis son installation ici, elle alternait les périodes de déprime, confinée au creux d'un placard, lovée sur la pile moelleuse de mes pulls, se réfugiant dans un sommeil écrasé, et quelques rares accès d'euphorie durant lesquels elle s'entendait subitement avec Sinus et Cosinus, les carlins de David, comme larrons en foire. Voici qu'ils avaient choisi notre chambre pour terrain de jeu. Ils tournaient dans la pièce comme les trois cercles d'un même tourbillon. On se serait cru en plein Tex Avery.

Convaincue de semer ses deux poursuivants, la chatte bondit soudain par la baie entrebâillée. Je m'apprêtais à la refermer, mettant un terme à leur sarabande, quand j'aperçus le félin grimper sur le mur mitoyen qui séparait notre jardin de celui de mademoiselle Mars. Les miaulements perçants qui me parvinrent indiquaient que Félicité, dans sa fuite, avait emprunté un chemin qu'elle ne savait pas reprendre en sens inverse.

Deux minutes plus tard, je sonnai à l'interphone moderne du numéro 1 de la Tour-des-Dames. Au-dessus de la porte bleue, une ancienne plaque émaillée de forme ovale avait été conservée en l'état :

Bureau des voyages de la jeunesse

L'homme qui, au bout d'une longue série de pressions sur la sonnette, finit par m'ouvrir en combinaison de travail, ne fit aucun effort d'amabilité. Manifestement je le dérangeais. Robuste, le crâne rasé, la mâchoire aussi large que le haut de son visage, il ressemblait aux catcheurs des années 1960. Son regard me balaya de la tête aux pieds, sans même un arrêt sur ma poitrine pourtant soulevée par l'émotion.

— Oui ?

— Bonjour, susurrai-je. Je suis votre voisine du 3. Je crois que mon chat s'est échappé dans votre jardin.

— Hum... Et alors ?

— En fait, je crois qu'elle est piégée de l'autre côté du mur. Elle n'arrive pas à revenir.

« Mon chat », « elle »... Rien à faire, je ne parvenais pas à prononcer le mot chatte en public, *a fortiori* devant un inconnu aussi peu amène, sans une gêne insurmontable. Je préférais encore verser dans des incohérences grammaticales, dont ni moi ni mes interlocuteurs n'étions dupes.

— Vous êtes sûre ?

— Oui, je l'ai vue sauter.

— OK, grommela-t-il. Je vais regarder.

J'esquissai un pas vers l'intérieur du bâtiment, faisant mine de le suivre, mais il repoussa d'un coup sec la porte, m'interdisant sans équivoque de le suivre à l'intérieur.

Derrière l'huis refermé, on pouvait entendre les bruits distinctifs d'un chantier. J'eus l'occasion de les recenser durant un temps qui me sembla assez long. Il reparut à la fin, tenant la fautive par le gras du cou, comme la maman chat transporte ses petits.

— C'est bien le vôtre ? s'enquit-il sans politesse.

— Oui... Je vous remercie.

À peine m'étais-je saisie de Félicité que la porte bleue claqua de nouveau, sans un salut ni le moindre au-revoir. « Pas tibulaire, mais presque », selon l'expression consacrée de Sophia.

La page perforée était restée exactement là où mes trois trublions l'avaient fait s'envoler. Enfin il m'était donné d'en apprécier le contenu.

Une blague de mauvais goût ? Ou alors un oubli… Comment sinon interpréter cette feuille vierge ?

Assise au bord du lit, le regard évaporé au fond du jardin, où déjà Félicité et les carlins s'adonnaient à un nouveau jeu, je ne mis pas longtemps à comprendre le sens de ce message en creux. Si la page m'avait été délivrée vide, c'est bien sûr qu'il m'incombait de l'écrire. Toutes ces notes, toutes ces incursions en force dans les méandres de ma libido n'avaient pour objectif que cet instant, celui où je m'emparerais à mon tour de la plume et où je ne pourrais contenir plus longtemps l'envie de la faire courir au rythme de mes désirs.

Le bip-bip de mon portable interrompit le cours de ces réflexions. Le temps que je me confronte à la courtoisie du voisin, maman m'avait laissé un message. Un long message :

« Bonjour ma chérie, c'est maman. J'espère que ta première journée de travail s'est bien passée, ma Elle. D'ailleurs, je ne l'espère pas : j'en suis certaine. »

Ma mère et son inconditionnelle confiance.

« Moi, ça ne va pas très fort. Je me demande si ce voyage aux *stètss* est bien raisonnable, finalement. Et puis tu sais, madame Chappuis dit que Max Fourestier est dans le top 5 des hôpitaux des Hauts-de-Seine. Elle a lu ça dans son magazine… Le top 5, c'est pas si mal, non ? Qu'est-ce qu'ils pourraient faire de plus ou de mieux, là-bas ? »

Ma mère, son insupportable voisine et sa propension à tout voir par le bout le plus minuscule de sa lorgnette. Moins par ignorance ou étroitesse d'esprit, que par humilité. Comme si elle ne méritait pas mieux.

« Ah si, y'a quand même eu quelque chose de bien, aujourd'hui : ton David m'a encore gâtée. Des Calissons d'Aix et des pivoines ravissantes. C'est adorable, mais il faut que tu lui dises d'arrêter, ma chérie ! Je ne sais plus où mettre toutes ces choses… »

Maude, ma mère, prête à croire le premier conte de fées venu, pourvu que j'en fusse l'héroïne.

« Allez, je t'embrasse fort. Et ne me rappelle pas, surtout. Je suis sûre que tu auras mieux à faire ce soir. »

Je n'en avais guère le courage, mais me forçai néanmoins. Je dus renouveler mon appel plusieurs fois, sa ligne étant constamment occupée, avant qu'elle ne décroche. Pas un seul jour ne se passait sans que je l'appelle. Cela faisait partie de nos rituels avant sa maladie, déjà, et plus encore depuis, presque toujours à la même heure, quand l'après-midi touchait à sa fin. Je l'écoutai se plaindre de Laure Chappuis, je ris même aux dépens de celle-ci. Nous nous disions des choses futiles et simples, mais cela nous faisait du bien.

Une heure plus tard, comme la lumière qui entrait par les hautes fenêtres se faisait plus orangée, je perçus dans le hall des bruits qui ne devaient rien aux habitants sur quatre pattes de la maison. Comme Armand effectuait généralement ses tâches dans une discrétion proche de la furtivité, et que d'aucuns eussent trouvée suspecte, la source d'un tel tintamarre ne pouvait être que…

— Elle chérie ! C'est moi !

David est rentré chez nous à 18 heures : un mot sonnait comme un intrus dans cette phrase. Et ce n'était pas le pronom possessif, le « nous », car plus les jours passaient et plus je m'acclimatais à ce havre calme et sophistiqué, je me sentais moi aussi « dans ma maison ».

— Tu me retrouves en bas ?

Aboiement réjoui des chiens qui rejoignent et fêtent leur maître, eux aussi surpris de ce retour prématuré. Claquement des portes qu'on ouvre et qu'on ferme, à la recherche d'un jouet pour les animaux ou d'un verre pour son whisky roboratif.

— Armand, vous êtes là ? Appela-t-il encore à la cantonade. Vous nous rejoignez dans le salon ?

Je fus la première dans le décor néo-pompéien de la pièce principale. Contrairement à notre chambre ou aux pièces de commodité telles que la cuisine ou la salle de bains, celle-ci avait été restaurée au plus juste de l'esprit original du lieu. Tout y semblait d'époque, jusqu'au mobilier Empire, aux frises florales où s'ébattait une nuée d'oiseaux de Paradis, ou encore au piano demi-queue qui occupait un angle opposé au jardin.

Le baiser que David déposa sur mon front me parut lui aussi échappé d'un autre temps. Il n'était pourtant pas sans tendresse.

— Tu sais que tu as fait forte impression à tout le monde !

— Vraiment ? m'étonnai-je sans fausse modestie.

Il me sourit comme s'il s'agissait d'une évidence qui ne faisait que confirmer ses prédictions à mon sujet.

— Mais oui ! Luc et Albane ne jurent que par toi. Et même Louis, dont je ne te cache pas qu'il émettait au départ quelques réserves sur ton parachutage, s'est montré très favorablement impressionné par ton aplomb pendant votre réunion avec Chris et Philippe. Moi je dis que tu ne pouvais pas commencer par une meilleure journée !

Une journée où Louis avait fait de moi sa chose. Une journée où il m'avait démontré une fois de plus qu'il me tenait à sa merci. S'il n'y avait pas eu cette nouvelle concernant Belles de nuit, je n'aurais pas été loin de penser qu'il s'agissait d'une des pires de ma jeune existence. Et ma dernière déjà, en même temps que la première, à BTV.

— Armand ! Entrez donc !

Celui-ci se pressait depuis le vaste hall d'entrée, où les trois bêtes de la maison s'étaient elles aussi réunies. Sa face lunaire, où la légère couperose qui teintait son nez et ses joues tranchait sur la blancheur immaculée des cheveux et des sourcils, se profila presque aussitôt. Été comme hiver, il était invariablement vêtu d'un pantalon en velours brun, d'une chemise blanche recouverte d'un gilet boutonné, et chaussé de mocassins en cuir retourné.

— C'est pour ça que je voulais qu'on rentre tôt tous les deux, ce soir, dit David en s'adressant à moi. Armand va nous faire un petit débrief' des préparatifs.

— Et Dieu merci, tout s'annonce pour le mieux, appuya le domestique de son timbre si profond, si chaud. Par quoi veux-tu que je commence ?

Je notai, non sans une légère surprise, qu'il tutoyait David, et que celui-ci le vouvoyait en retour. Comme père et fils dans ces vieilles familles issues de l'aristocratie ou de la plus haute bourgeoisie. Il y avait fort à parier qu'Armand avait fait plus ou moins office de père pour les frères Barlet à la mort d'André et d'Hortense.

— Vous savez mieux que moi.

Armand sortit une paire de bésicles en écaille de la poche de son cardigan et les ajusta sur son nez rougi. Il plongea son regard dédoublé dans les notes qu'il tenait entre ses mains, jalousement collées à sa poitrine, comme s'il redoutait qu'on en découvrît le fin mot.

— Alors… Pour commencer, vous remercierez pour moi votre amie, Mlle Petrilli. J'ai bien reçu la copie de ses papiers d'identité, ainsi que son formulaire signé.

— Parfait !

Pour une fois que Sophia assurait pour ce qui ne relevait pas de la gaudriole…

— Vos documents, mademoiselle, sont bien parvenus à la mairie. J'ai dû insister pour qu'ils acceptent de vous ajouter aux mariages prévus ce jour-là. En plein mois de juin et à dix jours de l'échéance, cela n'a pas été chose facile. Mais heureusement, cette année, le 18 tombe un jeudi, et non pas un samedi. Sans cela, nous étions faits !

— À quelle heure, la cérémonie ?

— 13 heures. Ce n'est pas l'idéal, je l'admets, mais je te propose que l'on offre une première coupe à vos invités, ici, avant de se rendre à pied à la mairie. Quelques mises en bouche permettront de faire patienter les estomacs jusqu'à l'heure du déjeuner.

— Très bien, approuva David, visiblement aux anges.

De mon côté, je prenais comme un heureux présage l'aisance avec laquelle Armand dégommait un à un les nuages flottant sur notre union. Grâce à lui, tout paraissait enfin s'éclaircir au-dessus de nos têtes et s'aplanir sous nos pieds. Si l'on exceptait l'aggravation de l'état de maman, notre noce s'annonçait sous les meilleurs auspices. Mieux que cela même…

— Tu penses que je peux dévoiler à Annabelle nos petits secrets ?

L'homme à la crinière blanche adopta un air de conspirateur à l'intention de mon futur époux.

— Je vous en prie ! Il en restera toujours assez pour le jour J.

Secrets ? De quels secrets parlaient-ils ?

Je frémis à l'idée des mystères que ces deux-là pouvaient partager, mais je pris néanmoins sur moi pour ne laisser transparaître que mon excitation de petite fille.

— Allez-y ! encourageai-je Armand.

— Bien : tout d'abord, sachez que toutes les personnes présentes sur votre liste ont répondu présents.

Même Fred ? m'étonnai-je intérieurement.

— Ensuite, il faudra que vous m'aidiez à établir le plan de table. On ne répartit pas deux cent cinquante personnes au hasard, encore moins au dernier moment.

J'avais bien entendu : il avait parlé de deux cent cinquante invités… Plus que n'en avait jamais contenu mon répertoire.

— Mais on ne pourra jamais accueillir tout ce monde ! m'exclamai-je, balayant la pièce pourtant vaste d'un regard circulaire.

— Tout juste. C'est bien pour cela que nous allons faire dresser deux dais dans le jardin. Je ne dis pas qu'avec la scène, le bar, les animations prévues et le recul de sécurité imposé pour le feu d'artifice… Bref, ce sera serré. Mais j'ai fait faire des simulations sur plan, et au final on devrait s'en sortir sans avoir l'impression de prendre le métro à l'heure de pointe.

— Et s'il pleut ? s'enquit David.

— J'ai appelé ton contact à Weather Channel. Il est formel. Pas une goutte de pluie sur Paris entre le 15 et le 20 juin. C'est garanti par le plus gros programme de projection météo. Celui qu'utilise la Nasa pour ses lancements, si j'ai bien compris.

Ce diable d'Armand, sorte de Merlin du monde enchanteur que David s'ingéniait à façonner autour de moi, avait décidément réponse à tout.

— Et concernant qui vous savez ?

— Elle sera là, aucun souci. Elle a même promis qu'elle ferait un direct dans votre émission, Elle, à la date de votre choix.

— Génial ! s'enflamma David avec sa fougue de gamin.

— En fonction de ses disponibilités et de ses passages en France, bien sûr, s'empressa de préciser l'autre.

Je fis celle qui ne comprenait pas, puisque c'est évidemment ce qu'ils attendaient de moi.

— « Qui vous savez » ?

Pour toute réponse, Armand se borna à sortir de sous sa pile de feuilles volantes le dernier CD de l'artiste qui se produirait ce jour-là pour nous, à quelques pas seulement d'ici : la plus grande star des trente dernières années en personne.

Non pas que j'appréciais à ce point sa musique, mais qui au monde n'aurait pas supplié pour qu'une telle célébrité apparût le jour de son mariage ?

— En revanche son agent a été très ferme : un set d'une heure, pas une minute de plus.

— Qu'est-ce que ça représente ? se fit préciser David. Une quinzaine de chansons ?

— C'est ça. Une douzaine, plus environ trois rappels. Le temps pour la coupe et la part de gâteau sont en bonus, si toutefois elle accepte de rester un quart d'heure après la fin de sa performance.

Je n'en revenais tout simplement pas. La Madone de la pop n'allait pas se contenter de nous apporter en personne ses bons vœux. Elle allait prendre le micro pour nous une heure durant !

David exultait, lui aussi.

— Merci pour tout ça, Armand.

— Je t'en prie.

— Maintenant, si vous voulez bien, j'aimerais rester seul un moment avec Elle.

— Bien sûr.

La silhouette enveloppée s'éclipsa, laissant derrière elle un sillage d'eau de Cologne très léger.

Si Louis était capable de faire vibrer mon corps sans même avoir à me toucher, David avait cette faculté miraculeuse d'effacer de quelques mots toutes mes douleurs enfantines : je ne doutais pas un instant que les prodiges réalisés par Armand étaient le fruit de ses instructions. Avec lui, je n'étais plus la petite fille modeste, abandonnée par son père et élevée par une mère impécunieuse. Je devenais telle qu'il m'avait vue avant tous les autres, y compris ses subordonnés : compétente, assurée… conquérante. Et cela me faisait un bien fou.

Mais, même choyée comme je l'étais, croulant sous les attentions et les surprises, je me sentais plus spectatrice qu'actrice de l'événement à venir, comme si je faisais moi-même partie des invités. N'avoir plus qu'à valider des choix faits à ma place était certes confortable, mais cela m'impliquait et m'engageait si peu que je n'aurais presque pas été étonnée si l'on m'avait finalement annoncé que la mariée élue était une autre que moi. Depuis ma cage dorée, j'aurais bien aimé avoir droit à un mot sur la couleur de mon perchoir ou le contenu de ma mangeoire. Toute cette organisation au cordeau me semblait si peu spontanée, et si loin du mariage précipité de David et d'Aurore, portés qu'ils avaient été par leur passion !

— Il y a une dernière surprise que je voulais te réserver...

Un saut en parachute sur l'hôtel Duchesnois dans ma robe de mariée, façon Johnny Hallyday au Stade de France ?

— Oui ? minaudai-je.

Nos épousailles retransmises en direct et en mondovision sur l'antenne de BTV ?

— Je n'ai pas eu l'occasion de t'en parler... Mais je ne voulais pas que nous fassions un voyage de noces dans n'importe quel décor de carte postale.

Des images de plages infinies et de mer azur s'estompèrent en moi, sans réel regret. Je savais que nous aurions toute la vie, et tous les moyens voulus, pour sacrifier plus tard à ce genre de caprices.

D'un ton exagérément enjoué, je l'invitai à se dévoiler.

— Alors... On va où ?

— Au bord de la mer... Mais pas au bout du monde. C'est ici. Je veux dire, en France.

— Tu veux que je devine, c'est ça ?

Ma proposition joueuse sembla le dérouter.

— Non... Non. Je voulais juste que tu saches que cet endroit compte plus pour moi que tout autre. Plus qu'ici, même. Et que je voulais partager ça avec toi.

— D'accord, approuvai-je d'un sourire soumis. Mais tu ne veux pas me dire avant le moment venu, je me trompe ?

— C'est ça !

Soudain, il avait recouvré son sourire de star, rayonnant.

Mais ma prochaine question allait le dissiper aussi vite qu'il était apparu.

Le bord de la mer… Un lieu si important à ses yeux qu'il ne pouvait en envisager d'autre pour y situer notre nuit de noces… Un pèlerinage que, par la grâce de notre amour, il imaginait thérapeutique, je suppose. De quel autre lieu pouvait-il s'agir, si ce n'est celui où Aurore avait trouvé la mort ?

Alors mes pensées et ma langue dérapèrent de concert :

— Cette alliance que tu m'as offerte…

— Je sais, elle est trop petite. Armand m'a dit que tu la lui avais rendue pour qu'il l'ajuste.

— Ce n'est pas ça… Cette bague n'a pas été portée que par ta mère, n'est-ce pas ?

Il se figea tout à fait, brusquement raidi dans une attitude impassible, si peu naturelle chez lui.

— Tu l'as déjà passée à un autre doigt avant le mien.

— Qui t'a raconté ces âneries ?

Je n'avais plus face à moi le séducteur, l'homme à la voix de velours, mais bien le capitaine d'industrie, l'animal à sang froid qui conduisait sa vie comme une série d'OPA hostiles.

— L'anneau, David… Il parle de lui-même. Vous vous êtes bien mariés en 1988, Aurore et toi ?

Son expression se crispa subitement. Plus rien, soudain, ne différenciait son visage de celui de Louis. Sa douceur s'était évanouie, et j'eus bientôt la sensation de voir naître sous mes yeux un monstrueux hybride des deux frères Barlet.

— 1988, appuyai-je. C'est la dernière date gravée à l'intérieur.

— Tu racontes n'importe quoi !

Il combla les quelques pas nous séparant avec une rapidité inquiétante. L'instant d'après il était là, menaçant, dressé devant moi.

— Aurore Delbard, bluffai-je. Elle a été ta première femme… Oui ou non ?

— C'est Louis qui t'a débité ces salades ?

À mon tour, mon silence valut pour un aveu. Je pouvais lire en David le combat qu'il livrait pour se dominer. À chaque inspiration il paraissait reprendre la maîtrise de ses nerfs et de son discours.

— Je ne sais pas quelle farce ce crétin a pu inventer pour t'impressionner... Mais oui, nous avons rencontré une Aurore Delbard quand nous avions une vingtaine d'années. Ce qu'il a visiblement omis de te dire, c'est que c'est lui qui est devenu dingue de cette fille. Il a même voulu l'épouser, c'est vrai. Hélas pour eux deux, c'est de moi qu'elle est tombée amoureuse.

— Et pas toi ?

— Non, pas moi.

D'un geste inattendu, trop prompt pour qu'il puisse l'éviter, je saisis son avant-bras gauche, empoignant son brassard de soie de toutes mes forces. Il grimaça de colère. Ou était-ce de douleur ?

— Alors ce n'est pas pour cette Aurore que tu t'es infligé cette chose sur ton bras ? Tu en es bien certain ?

Il tenta de se libérer mais je tenais bon, agrippée à lui comme à mon bonheur, marin arrimé au bastingage balayé par les vents et les paquets de mer grands comme des immeubles. Chacun de ses efforts pour se dégager me frappait comme une nouvelle lame.

— Lâche-moi ! Tu me fais mal !

— Réponds-moi, David...

La gifle partit sans préavis. Elle eut pour effet immédiat de me faire lâcher prise. Puis d'appuyer sur ce bouton qu'ont en elles toutes les femmes et dont un simple effleurement suffit pour libérer les larmes.

— Excuse-moi, Elle... Je...

Je me redressai, humiliée, secouée par des sanglots qu'un reste d'orgueil et de dignité s'évertuaient à refouler. Je sifflai alors d'une voix rauque qui ne m'appartenait plus :

— Dégage ! Dégage... putain !

Il dut comprendre que toute tentative pour me calmer ou me retenir serait vaine, car je traversai la pièce sans rencontrer le moindre obstacle, aucune main pour m'amadouer. J'attrapai mon sac à main sur la console de l'entrée ainsi qu'un gilet que j'avais laissé traîner là.

Plus loin dans le hall monumental, je notai sans y penser que le sablier avait déjà égrené près de la moitié de son contenu.

Leurs pattes collées au globe de verre, Sinus, Cosinus et Félicité tentaient d'attraper le fluide qui s'écoulait sans fin depuis le réservoir supérieur. Dans ma rage et ma précipitation, un pied déjà au dehors, il m'apparut que ce qui s'y consumait m'échappait autant qu'à leurs griffes impuissantes. Tout filait aussi vite que ce sable, y compris ma vie.

20

Lorsqu'on est parvenu à l'âge adulte et que l'on sait écouter les signaux adressés par son corps sans les considérer comme des offenses ou des trahisons, on devient capable de sentir naître en soi la détermination, s'effacer les doutes, poindre l'action. Le souffle qui s'accélère ou au contraire s'apaise. Les muscles qui se tendent ou se délient. Je veux dire par là qu'il n'est pas nécessaire d'être une femme d'exception pour ressentir les signes physiques provoqués par l'envie d'en découdre. La tension d'avant la bataille. L'élan vital de défense ou de protection.

Il était à peine 20 heures quand je fuis l'hôtel Duchesnois. Deux heures durant je déambulai donc, sans éprouver à aucun moment le besoin de m'asseoir ou de me reposer, pas même pour me désaltérer d'un Monaco. J'avais au contraire besoin de maintenir cette résolution martiale, cette force de guerrier, qui s'était emparée de moi.

Reviens s'il te plaît. J'aimerais qu'on réussisse à se parler. Calmement. Je t'aime.

Tout en marchant, j'effaçai un à un les messages de David sans répondre à un seul d'entre eux. À chaque poussée sur le bouton de suppression, ma colère contre lui semblait croître. Il pouvait m'envoyer autant de signaux que cela lui chantait, je ne nourrissais aucune indécision : je finirais bien la soirée aux Charmes.

Pour le punir, sans doute ; pour y chercher aussi un peu de cet étrange réconfort qu'on trouve parfois dans la soumission, et cette forme d'avilissement léger qui y éclot.

Pourtant, pas après pas, je ralentis le rythme, et un calme nouveau s'imposa peu à peu à moi. Les yeux sombres de Louis m'apparaissaient, ainsi que le battement de ses cils lorsqu'il avait prononcé ce dernier mot à mon intention, à la fin de notre réunion : des hotelles.

Je n'allais pas seulement à ce damné rendez-vous pour me livrer à lui, mais pour lui arracher quelques précieux lambeaux de vérité. Je ne jouais pas la carte de l'un contre l'autre. Je jouais la mienne avant tout. Confronté à la version de David qu'aurait-il à répondre ? L'histoire d'Aurore Delbard n'était-elle que celle d'une amourette adolescente, un épisode de plus dans le feuilleton de leur perpétuelle rivalité ? Si tel était le cas, pourquoi David avait-il esquivé ma question concernant son bras avec autant de violence ?

Oui, vraiment, en entrant à l'Hôtel des Charmes après avoir arpenté l'arrondissement sans autre but que de laisser libre cours à ma furie, j'étais remontée jusqu'au plus petit rouage. Prête à saisir à la gorge celui ou celle qui me résisterait…

Monsieur Jacques, par exemple, paré de son insupportable obséquiosité.

— Bonjour, Elle…

— Je ne sais pas ce que vous traficotez avec Louis Barlet… feulai-je par-dessus son comptoir sans lui laisser le temps d'achever ses salamalecs. Mais laissez-moi vous dire que je ne me laisserai plus enfermer sans rien dire dans l'une de ces chambres. Bouclez-moi encore une fois… et je porte plainte ! Vous m'entendez ?

Passé l'instant de stupeur, il se redressa de toute sa hauteur, regagna sa distinction et son assurance naturelles. C'est avec un sourire parfaitement affable qu'il me répondit, étirant à dessein chaque ponctuation :

— Mais vous porteriez plainte pour quoi, chère Elle : racolage actif ? Prostitution ? Deux ou trois habitués de l'hôtel pourraient témoigner de ces fois où vous leur avez proposé vos faveurs contre un peu d'argent liquide. Est-ce bien ce que vous voulez, mademoiselle ?

S'il dévoilait enfin son jeu véritable, il n'en perdait pas pour autant sa légendaire courtoisie. Même menaçant il demeurait ce parangon de tact et d'aménité qu'appréciait tant sa clientèle étrangère en particulier.

— Sans compter qu'il me serait aisé de vous interdire l'accès aux chambres dès maintenant, ajouta-t-il, sûr du pouvoir qu'il détenait sur moi. Et je ne pense pas que cela corresponde à vos attentes. Sinon vous ne seriez pas ici ce soir, fidèle à l'appel et pile à l'heure convenue.

Il me prouvait là qu'il n'ignorait rien des manigances de Louis. Ni de mon urgence à revoir ce dernier, bien qu'il se méprît sur mes intentions.

J'allais contre-attaquer, lui suggérer que j'en savais autant à son sujet et qu'il me serait facile de prouver devant les flics – et aux yeux, plus sourcilleux encore, de la justice – que ses fameuses « chambres louées à l'heure » ne camouflaient qu'un vulgaire hôtel de passes, quand une voix s'éleva dans mon dos, presque enjouée :

— Elle ? Elle, c'est bien vous ?

Je me retournai brusquement, les nerfs prêts à rompre, disposée à gifler le premier importun venu, quand je reconnus mon client de la semaine précédente, le quadragénaire sportif et maladroit, celui qui posait dans l'intimité des questions aussi balourdes que : « Tu as une préférence, pour la position ? » Celui dont je croyais alors, naïvement, qu'il serait le dernier.

— Bonjour... bredouillai-je de surprise et de rage contenue.

Mais le plus exaspérant n'était pas son apparition inopinée. À son bras je reconnus immédiatement la métisse à la plastique de rêve avec laquelle Louis paradait le soir de notre rencontre. Comme alors, son corps idéal collé à celui de son cavalier, elle me gratifia d'un regard teinté du plus souverain mépris.

Avait-elle jamais fait partie de Belles de nuit ? Le site et le fichier disparus, je n'aurais plus l'occasion de le vérifier. Quoi qu'il en soit, je supposai que son physique de haut standing lui permettait d'offrir ses services en direct, sans s'embarrasser d'un intermédiaire.

Me dévisageant avec plus de surprise que d'envie, l'homme manifesta, trop bruyamment à mon goût, un étonnement sincère :

— Ma parole, vous avez le don d'ubiquité !

— Pardon ?

— Attendez… C'est bien vous que j'ai aperçue il y a cinq minutes place Saint-Georges ?

J'avais certes erré au gré des rues du quartier, aveuglée d'angoisses et d'autant de fantômes, mais j'étais à peu près certaine de ne pas être passée par là.

— Oui… Oui, ça devait être moi… confirmai-je pour ne pas le vexer.

Je pris congé d'eux le plus poliment possible au vu des circonstances et fonçai en direction des ascenseurs où m'attendait un groom. Ce soir-là, je le déplorai presque, ce n'était pas Ysiam, mon Indien doux et timide, mais un grand roux au nez court et aux joues mouchetées de plus de taches encore que les miennes.

— La Païva, s'il vous plaît.

— La Païva, abonda le liftier. Quatrième étage.

Les portes y étaient toutes couleur argent, de cette même teinte opaline, irisée, que Louis employait pour ses envois. J'en déduisis que cet étage, d'une manière ou d'une autre, était le sien, peut-être même à titre exclusif, et que je posais alors le pied en son royaume.

Le rouquin me conduisit sans un mot devant l'une des portes, et glissa pour moi la carte dans la borne de lecture. Le vantail pivota sur ses gonds dans un léger grincement, s'ouvrant avec lenteur sur le plus baroque des décors qu'il m'avait été donné de voir en ces lieux.

À l'instar de son modèle – on peut encore visiter celui-ci de nos jours, sur les Champs-Élysées – cette réplique à l'identique des appartements de la marquise s'imposait dès le premier coup d'œil comme une extravagante débauche de matériaux précieux et d'ornementations. Le plus saisissant, dans cette chambre de style Second Empire, c'était sans conteste le soin apporté au plafond à caissons de bois, ciselés, marquetés, dorés à l'or fin sur toutes les lignes de crête, et plus généralement modelés selon des formes géométriques aussi diverses que le carré, l'ovale ou le losange, dont le renflement pointu dardait par endroits vers le sol, stalactite équivoque achevé par une sorte de gland.

Aux inévitables miroirs géants, bordés de colonnes à l'antique, un sur chaque mur de la pièce, s'ajoutait aussi une cheminée, soutenue par deux élégantes cariatides de bronze et placée étonnamment sous la fenêtre. Était-elle purement décorative ?

Les tapisseries fleuries répondaient trait pour trait, nuance pour nuance, à l'épaisse moquette pourpre qui couvrait le sol et étouffait le claquement de mes talons. Car, dans l'espoir un peu stupide de dominer mon sujet, j'avais sorti mes chaussures de nuit, telles que les avait définies Rebecca, rescapées de ma tenue numéro trois. Mes douze centimètres de fierté féminine et d'inconfort de marche. Le temps de nos emplettes sur les grands boulevards me semblait déjà si lointain…

Je n'attendis aucune directive pour les retirer et jouir du contact direct de mes pieds avec la laine aussi souple et rebondie qu'un tapis d'exercice. À ma manière, parée de mes plus beaux atours – comprenez le collier d'Eugénie autour du cou – j'étais en accord parfait avec ce décor. Je n'étais pas qu'une simple visiteuse, *j'étais* la Païva.

J'en venais à constater que cette pièce, contrairement à la précédente, ne comportait aucun élément de technologie moderne apparent, quand quelques notes de musique s'élevèrent autour de moi, attestant la présence d'un appareillage d'amplification quelque part derrière ces lambris. Je connaissais cet air… Mais j'étais incapable d'en donner le titre ou l'interprète.

— Il s'agit de « *Tunnels* », d'Arcade Fire.

Sur l'instant ma poitrine se déchira de frayeur. Puis je reconnus la voix qui venait de s'élever, soulignant le martèlement grave de la batterie, s'enroulant autour des volutes de piano, malvenue, et cependant si familière. Celle de Louis, bien sûr, que j'identifiai avec soulagement, et même un plaisir que je ne pouvais nier, ni réprimer.

À l'opposé, du côté de la porte d'entrée, le cliquètement du verrou m'indiqua que j'étais une fois de plus sa captive.

Passé un moment de stupéfaction, je tentai de reprendre le dessus et m'adressai à lui aussi fort et aussi naturellement que s'il était présent à mes côtés. Un afflux de sang inconnu battait sourdement dans mes tempes, à la naissance de mon cou et dans mon bas-ventre.

— Vous ne pourriez pas arrêter toute cette comédie, juste un moment ?

— Une comédie ? Une comédie érotique, alors… Et dans laquelle vous vous êtes pleinement emparée de votre rôle, Elle. Vous souhaitez que je vous remontre votre prestation d'hier soir pour vous en convaincre ?

Qu'il ait tout filmé n'était pas une surprise. Juste une lame de plancher supplémentaire qui se dérobait sous mes pas.

J'ignore pourquoi, mais je songeai que, la veille, mes ébats solitaires n'avaient été ponctués d'aucun accompagnement musical. À moins de considérer les cris et les râles des deux acteurs sur l'écran comme la meilleure bande-son possible…

— Trouver la musique parfaite pour faire l'amour est un travail de longue haleine, reprit-il depuis la coulisse. Pour certains, le travail d'une vie. Voilà des années que je m'y emploie et je ne suis toujours pas certain d'avoir mis la main sur la partition idéale.

Je le voyais bien : mon seul moyen de le faire parler, de l'attirer peu à peu sur *mon* terrain, était d'accepter dans un premier temps ses propres règles. Alors seulement reprendrais-je peut-être assez d'ascendant pour qu'il m'accorde quelques miettes de sincérité et une vue, aussi réduite fût-elle, sur son passé commun avec Aurore.

— Et à quoi devrait-elle ressembler, cette musique de sexe selon votre goût ? Je suis curieuse…

Mon intérêt subit dut le déstabiliser car il retint un instant sa réponse. Puis enfin :

— Un rythme lent. Répétitif. Presque mécanique. Pour la plupart d'entre nous le plaisir ne vient que dans le rabâchement inlassable d'un même mouvement, d'une même stimulation… La musique choisie doit être à l'image de cette régularité, de cette obstination à faire jouir l'autre.

— D'accord, je veux bien vous croire sur parole. Mais donnez-moi des exemples. Je suis sûre que votre esprit en fourmille.

— Oh, il n'y a pas besoin d'être bien mélomane. Certains des morceaux les plus populaires du patrimoine musical sont des odes à peine dissimulées à la sexualité et à son tempo si particulier. Le *Boléro* de Ravel, notamment, avec sa montée crescendo et son explosion finale.

La métaphore sonore était explicite, en effet.

— Et quoi d'autre ? insistai-je. Quelque chose que vous pourriez nous passer, là, maintenant…

— Je ne sais pas…

— Quelque chose qui me correspondrait… le provoquai-je. À moi.

Le mettre ainsi au défi ne me donnait pas pour autant l'ascendant, mais il me sembla que cela équilibrait nos forces. Je n'étais plus seulement l'une de ces oies blanches qu'il sacrifiait à ces caprices érotiques. Je devenais une partenaire de jeu à part entière, et cette seule pensée me combla un instant d'aise.

Jusque-là je n'avais pas prêté d'attention particulière au lit. Difficile à éviter pourtant, car il était massif, composé d'une tête et d'un pied de bois chantourné, sur lesquels je devinais des motifs d'angelots chargés d'une lyre ou d'une harpe.

Posé à même le dessus-de-lit, je découvris un masque. Il ne ressemblait pas à ce modèle blanc, anonyme et sans style que portaient les deux amants le jour précédent. On aurait dit plutôt un masque de carnaval vénitien. Je pensai instantanément à l'un des rares films érotiques que j'avais pu voir dans ma vie, sous un alibi culturel bien commode : *Eyes wide shut*, de Stanley Kubrick. L'un des rares films, aussi, à figurer au panthéon des souvenirs cinématographiques dont, sous un montage qui n'appartenait qu'à moi, l'évocation était capable de m'émoustiller. Sous la forme d'un flash m'apparut cette femme magnifique, nue, perchée sur des talons aussi hauts que les miens aujourd'hui, et qui finirait étendue dans le casier réfrigéré d'une morgue, sous l'œil médusé de Tom Cruise, prêt à embrasser ses lèvres bleuies dans un baiser éternel.

— Ceci, par exemple… répondit Louis après un temps que j'imaginais consacré à la recherche du morceau adéquat.

La rythmique entêtante emplit la pièce, et je frémis en mettant un nom sur ce martèlement sourd qui résonnait jusqu'au creux de mon ventre : j'avais toujours adoré…

— « *Karmacoma* », énonçai-je à mon tour. Massive Attack.

— Je vois que vous connaissez vos classiques. C'est presque surprenant, pour quelqu'un de votre âge. Après tout, vous n'aviez guère que neuf ou dix ans quand cet album est sorti.

— C'est le propre d'un classique, non ? Survivre à la génération qui l'a vu éclore.

La musique ne faisait pas tout dans ses choix. Le texte comptait au moins autant, porteur de sens, colporteur des messages que Louis n'était pas capable de formuler seul. La voix de 3D, le chanteur du groupe mythique de Bristol, vint s'immiscer dans cet autre dialogue, silencieux, qui s'établissait entre nous :

« You sure you want to be with me
I've nothing to give »

Entre deux strophes de cette mélopée envoûtante, le chaloupement du tempo et de la flûte reprenait, implacable, imprimant à mes hanches un mouvement irrépressible. Sans m'en rendre compte ou presque, je m'étais mise à danser, doucement, de manière tout juste perceptible. La transe : tel était l'objet d'une telle composition. Et celle de tout rapport sexuel, non ?

Mais je ne pouvais pas me laisser emporter, tomber une fois encore dans son tissu de roublardise et de perversité, même si celui-ci visait si juste en moi, tirant je ne sais quelle ficelle invisible. Je devais tenir bon, revenir à la confrontation qui m'amenait ici :

— Aurore aurait quel âge, d'ailleurs, aujourd'hui ?

— Je ne vois pas ce qu'elle vient faire là ! se défendit-il sur un ton plus sec.

— David prétend que vous êtes celui qu'Aurore a rendu fou.

— C'est absurde ! C'est lui qui l'a épousée ! C'est lui qui s'est…

Il s'interrompit, comme si une autre partie de lui-même muselait celle qui se confiait à présent.

— …Qui s'est infligé tout ça pour elle, reprit-il.

Au moins me confirmait-il que son premier récit, celui où David s'était consumé pour Aurore jusqu'à l'irréparable, était probablement le plus sincère des deux. Ses dénégations ultérieures, elles, ne relevaient que du jeu qu'il jouait avec moi.

— Mais vous… Vous l'avez aimée aussi, n'est-ce pas ?

Un long silence me répondit, puis l'augmentation du son. La musique s'accrochait désormais aux murs comme un élément supplémentaire à leur décor, conférant à ce dernier un volume et une présence inédits, vibrants, presque vivants.

— Il faudrait poser la question au Louis d'il y a quinze ou vingt ans, éluda-t-il… Moi je ne peux que témoigner de ce que ressent celui d'aujourd'hui.

Je ne percevais pas d'autre bruit que l'étouffante pression de la musique, presque assourdissante à ce moment, mais j'aurais juré pourtant que quelque chose se déplaçait dans la pièce, autour de moi. Mouvement furtif. Je demeurai interdite quelques instants puis, me rapprochant de la cloison opposée au lit, je notai une imperceptible modification de sa surface, sans parvenir à déterminer dans l'immédiat la nature de cette altération. Il fallut que d'autres ouvertures, toutes identiques, apparussent sur tout le pourtour de la chambre pour que je réalise enfin de quoi il retournait : au moins une vingtaine d'œilletons, judas réduits à un simple trou, s'étaient ouverts. Derrière chacun d'entre eux un œil s'était collé et m'observait à loisir.

— Déshabillez-vous, Elle.

— Vous ne croyez tout de même pas que je vais…

— Ils vous attendent, me coupa-t-il.

Autant d'yeux cillèrent tout autour de moi comme pour confirmer ses dires. « Aux regards sans retenue tu te livreras », m'intimait le commandement du jour. C'était donc comme ça qu'il jouissait ? À distance ? Sans jamais toucher celle qu'il convoitait ?

Peut-être même cela faisait-il l'objet d'un accord entre David et lui, plus ou moins secret, plus ou moins tacite : l'un consommait ce que l'autre ne parvenait pas même à toucher. David était l'acteur, imparfait, maladroit, et Louis l'éternel spectateur, pur, drapé de désir contenu et d'idéaux, une sexualité sublimée où la chair se rêvait plus qu'elle ne se dévorait. Aurore avait-elle été la victime d'un tel partage ? Et, s'agissant de moi, se put-il que David n'ignorât rien du jeu que son frère menait à mes dépens, distillant rencontres et ultimatums tel un supplice ?

Histoire vraie : autrefois, lorsque le temps le permettait, maman faisait sécher notre linge dehors, suspendu à un fil, sur la terrasse à l'avant de la maison. Or, autour de mes quinze ou seize ans, à cet âge où les formes féminines sont désormais acquises, mes sous-vêtements, culottes et soutien-gorges, se sont subitement mis à se volatiliser de l'étendoir. Les premiers temps nous avons blâmé un « vent fripon », comme l'aurait chanté Brassens, dont – hasard coquin – le souffle sélectif n'aurait emporté que mes dessous de jeune fille en fleur, épargnant ses vieux effets de femme mûre. À la quatrième petite culotte disparue, nous avons monté la garde, un œil posé à travers la fenêtre du salon sur ma précieuse lingerie. Après un mois de ce mystère, je fus celle qui résolut l'énigme : j'aperçus notre voisin de gauche, un retraité célibataire dans sa soixantaine qui, depuis la lucarne de sa salle de bains, parvenait à tendre la ligne de sa canne à pêche et hameçonnait ainsi mes dessous de coton blanc, si légers qu'il n'avait aucune peine à les arracher à leurs pinces à linge puis à les ramener jusqu'à lui dans de grands coups de moulinet. Je le vis même porter l'entrejambe lavé de frais à son nez, l'air ravi. Ce jour-là je me sentis aussi honteuse et sale que si ce vieux dégoûtant l'avait collé à même ma ~~foufoune~~ minette encore vierge. C'est avec cette image odieuse en tête que je me dispensai pourtant, les mois suivants, mes caresses les plus enfiévrées, prenant soin à chaque fois ~~d'éponger~~ de tamponner après coup mon sexe humide avec le triangle de coton, comme pour y déposer à son attention ce qu'il ne serait plus jamais en mesure de renifler. Si jeune, et déjà un peu perverse, il faut croire…

(Note manuscrite du 10/06/2009, rédigée par mes soins.)

Comme pour mieux infléchir ma décision, un autre changement se produisit dans l'agencement surprenant de la pièce : au-dessous de chaque ouverture s'ouvrit une trappe aussi peu large que haute, juste assez grande pour laisser passer une main. Plusieurs s'y engouffrèrent de concert, tendues vers l'intérieur de la chambre, avides de saisir ce qui s'y trouvait et se refusait pour l'heure à eux : moi.

— Vous voyez comme ils vous veulent ! Il n'y a pas un homme en ce monde qui ne puisse vous désirer.

Je crois que le morceau avait repris du début, boucle lancinante. Il cherchait à enfoncer le clou de mon trouble, à marteler mon esprit et mon corps avec tout outil susceptible d'affaiblir mes défenses, pour l'assouplir, l'ouvrir tel un fruit mûr et, à la fin, en faire jaillir mes envies.

— Vous êtes si belle… Montrez-le-nous.

J'observais leurs doigts affamés dans un mélange de peur et d'excitation folle, tanguant d'un bord à l'autre de la pièce, prête à les laisser m'effleurer. C'est alors que Louis appuya, avec une conviction qui fit voler en éclats mes inhibitions :

— Prouvez-le-vous !

En quelques gestes irréfléchis, marionnette pendue à ses fils, je me dévêtis lentement. Chaque geste pesait une tonne. Chaque effet était une lutte perdue d'avance, chutant invariablement sur le sol, où il rejoignait les autres. Lorsque je me fus débarrassée de ma culotte, le collier d'émeraudes et de diamants accroché à mon cou pour ultime parure, sa voix m'intima alors, de plus en plus grave, de plus en plus enveloppante :

— Mettez le masque sur votre visage.

Tout cela aurait pu n'être qu'une simple redite de ma première reddition, ici même, quelques étages plus bas, cette fois où il m'avait voulue nue et livrée à l'objectif.

— N'ayez pas peur… Ils ne salissent rien, ils dévoilent… Ils agissent comme un révélateur.

De fait, je finis par m'approcher des mains anonymes et, à leur contact, je sentis chaque partie de moi qu'ils touchaient exister autrement, gagner un volume ou une texture inédite. Je n'avais jamais senti mes fesses aussi douces, mon ventre aussi rond, ni mes reins aussi creusés. Jamais une paume n'avait exalté le galbe lourd de mes seins comme le fit alors cette paume sans nom et sans histoire.

— Si vous pouviez voir comme ils vous désirent !

Et vous ? Et toi ? hurla silencieusement mon vagin. Mais, les yeux clos, passant d'une main à sa voisine, petite boule de chair palpitante rebondissant d'un angle à l'autre de la pièce, je n'étais plus en état de répliquer quoi que ce soit. Je tournai, je tournai encore et encore, manège incessant où chacun de mes passages piquait un peu plus leur avidité, pour la frustrer aussitôt, déjà repartie vers le suivant.

Après plusieurs rotations, certains doigts se firent plus hardis, qui s'aventurant entre mes fesses, qui s'accrochant aux boucles de ma toison ou tentant carrément une incursion fugace dans ma fente, d'où la cyprine coulait désormais à flots et débordait en fines ridules sur mes cuisses.

— Continuez… Continuez comme ça…

Plus je filais entre leurs doigts, sous leurs yeux, et plus il me semblait que mon corps tout entier prenait une consistance nouvelle. Je n'existais plus seulement en tant qu'Annabelle, somme de mes organes et de mes membres, fruit de ma seule conscience, mais c'est bien désormais leurs désirs conjugués, tous accrochés à moi, qui tissaient ma nouvelle étoffe, ma nouvelle peau. J'étais, parce qu'ils me voulaient. Louis n'aurait pu mieux dire…

« Karmacoma, jamaica' aroma »

Oui, l'arôme de l'extase, ce parfum si suave et si reconnaissable qui annonce le plaisir, c'est bien cette odeur-là qui flottait entre nos murs. Je pouvais le flairer à travers les cloisons si peu épaisses.

« Karmacoma… »

À travers les cloisons ou bien…

Que s'était-il passé ? Les yeux descellés, immobile en plein centre de la chambre, je remarquai alors que ces ouvertures étaient situées à hauteur de taille. L'une après l'autre, elles se comblèrent en effet d'un autre organe, unique et pourtant si divers, selon le spécimen et son état, ici flaccide, là déjà en pleine érection, long ou court, fin ou plus trapu, décalotté ou non. Une vingtaine de verges pointaient vers moi, dardant dans l'inconnu et l'espoir que je les touche comme j'avais moi-même été flattée.

Je chancelai vers l'une, vers l'autre, effectuant un nouveau tour, baladant le bout de mes doigts sur les glands dressés comme on caresse une nuée d'épis dans un champ de blé, juste pour le bonheur de les sentir ployer, vibrer d'impatience et reprendre leur fière position aussitôt la douce pression que j'exerçais sur eux envolée. Au passage, j'effaçai sur une ou deux d'entre elles quelques gouttes de liquide séminal qui perlaient déjà. Je portai leur sève à mon nez. Ils sentaient si fort, ils sentaient si bon…

Mais que pourrai-je faire de tous ces désirs ? Qui étais-je pour prétendre tous les satisfaire ? Je n'étais que moi. Je ne demandais qu'à combler un seul homme. Louis ? David ? Lequel des deux plus que l'autre ?

La réponse aurait dû tomber sous le sens, imposée qu'elle m'était par mes sentiments et ce mariage à venir. Et, pourtant, plus je passais en revue cette armée de phallus et moins je me sentais capable de choisir, d'exclure une option au profit de l'autre. Louis aurait réussi au moins cela : introduire en moi le doute, à défaut de s'y engouffrer lui-même.

Ce n'est pas tant un bataillon de bites qu'il avait réuni là, à ma disposition. Mais bien cet immense champ des possibles érotiques que je m'apprêtais néanmoins à condamner, scellés par le serment de mon union avec David, et à ranger sagement, comme sa cravache l'était déjà, entre deux piles de vêtements.

La musique s'était tue. Le maître de cette étrange cérémonie dut lire mon désarroi, car il annonça d'une voix douce ce qui était manifestement la fin de notre séance :

— Vous pouvez vous rhabiller, Elle.

Comme les fois précédentes, le déclic automatique de la serrure se fit entendre du côté de la porte. Les sexes anonymes prirent aussi l'ordre pour eux car tous disparurent par les judas en même temps que les trappes se refermaient, une à une. Juste avant d'être rabattue, la dernière d'entre elles laissa passer une enveloppe, qui chut sur la moquette fleurie.

Encore à demi-nue, mes fesses et mon con imparfaitement recouverts de ma culotte en voile, je me précipitai vers l'objet. Du pli blanc, je sortis d'abord une liasse de billets de cent euros qui manqua me faire hurler de honte… Puis, à bien regarder le reste du contenu, je me calmai et compris leur usage. Sur un bristol figurait une « Liste de lectures obligatoires » comprenant plusieurs dizaines de titres, une trentaine, peut-être. Et, accrochée à lui par un trombone, je trouvai une carte de visite pourvue d'un nom et d'une adresse :

La Musardine
La Librairie érotique de Paris
122, rue du Chemin-Vert, 75011 Paris

Voilà qu'il m'imposait des devoirs à la maison.

21

10 juin 2009

— Cette fois-ci, je ne peux pas me permettre de refuser… Mon vieux poste ne captait plus que deux chaînes avec de drôles de bandes.

Maman venait de recevoir sa livraison-surprise du jour : un téléviseur dernier cri, écran plat 3D et connecté, aux dimensions si vertigineuses qu'elles s'étaient révélées pour le moins inadaptées à l'espace étriqué de son salon.

— Mais dis-lui que c'est beaucoup trop. On ne s'est encore jamais rencontrés… et il m'a déjà offert des années et des années de cadeaux de Noël !

— Que veux-tu, maman, c'est du David tout craché, fis-je mine de me lamenter.

— Je sais bien que je ne ferai pas de vieux os…

— Tsss, ne dis pas ça ! la grondai-je doucement.

— …Mais ça n'est pas une raison pour rattraper par avance le temps perdu ! Quand bien même ce garçon en a les moyens.

Deux livreurs s'étaient présentés une heure plus tôt et avaient éprouvé toutes les peines du monde à caser le monstre technologique dans son pavillon de poche. Les branchements achevés, ils venaient tout juste de repartir, la laissant un peu incrédule, un peu joyeuse, et surtout hagarde, dépassée par ce déferlement bienveillant qui s'abattait sur nous.

— Tu l'as allumée, au moins ?

— Oui, oui… Je suis en train de regarder mon feuilleton. Avant j'avais l'impression que c'était diffusé directement depuis le Brésil. Et maintenant on dirait que les acteurs ont débarqué à la maison. Mais c'est plutôt agréable, comme sensation !

Après tant d'années de frugalité et d'inconfort, des années où chaque centime qui aurait pu adoucir son quotidien m'était attribué d'office, elle avait bien le droit de s'abandonner à de tels plaisirs enfantins. Et, jusqu'à un certain point, je ne pouvais que me réjouir qu'il en fût ainsi. Jusqu'à un certain point, j'insiste. Car je connaissais l'origine de cette prodigalité sans borne.

Mais, ce jour-là, un autre détail éveilla ma vigilance.

— Maman… C'est bien ce matin que tu as reçu ta nouvelle télé ?

— Oui, je viens de te le dire : à l'instant. Pourquoi tu me demandes ça ?

Trois fois rien, à peine l'ombre d'une intuition. Et pourtant…

— Et le cadeau d'avant, c'était quoi déjà ?

— Eh bien… les pivoines, avec les calissons. Qu'est-ce qu'ils sont bons, d'ailleurs ! J'ai tout fini hier avec cette chipie de Laure Chappuis. Tu ne sais pas ce qu'elle a encore inventé pour se plaindre… ?

Je cessai de l'écouter, elle et les facéties de l'inénarrable Mme Chappuis, le temps de récapituler. Les pivoines et les calissons : juste après la soirée dans la chambre Marie Bonaparte, la soirée à l'œuf vibrant.

Une dernière vérification s'imposait.

— Et les macarons à la rose, tu te souviens quand ça pouvait être ?

— J'en sais rien. Il y a deux jours. Peut-être trois.

Deux, notai-je pour moi-même, désormais sûre de mon fait.

Les macarons à la rose : parvenus à Nanterre le lendemain du premier rendez-vous mystère que j'avais honoré aux Charmes.

— Mais qu'est-ce qu'il y a, ma Elle ? Tu te fais du souci ?

— Non, maman, c'est rien du tout…

Juste un nœud de plus qu'il passait autour de mon cou. Un lien supplémentaire qu'il tissait, à mon insu, entre nos vies. Il n'y avait plus de coïncidence possible : après chacune de ses invitations, et si toutefois je remplissais dûment la mission qu'il m'imposait, il me récompensait dès le lendemain sous la forme d'un cadeau délivré à Maude. J'obtempérais, et il m'offrait l'un de ses susucres, visant là où il me savait la plus vulnérable. 29, rue Rigault, à Nanterre.

Les billets de cent euros empochés la veille me brûlaient à travers le cuir de mon portefeuille. Il ne rétribuait pas mes charmes, non. C'était bien pire. Puisqu'il en avait les moyens, il s'offrait tout simplement ma vie. Passé et mère cancéreuse compris. Qu'étions-nous à ses yeux, si ce n'est une minuscule PME en perdition qu'il pouvait s'offrir et croquer sans peine ? Son frère était peut-être le roi des OPA, mais c'est sur moi que Louis envisageait la seule fusion-acquisition qui comptât à ses yeux.

Je repris, le combiné écrasé sur mon oreille pour mieux dissiper ce vertige.

— À ce propos… Je dois t'annoncer quelque chose.

Il était temps. Enfin je lui fis part de la grande nouvelle. De la bague familiale qu'on agrandissait à mon intention. Et même du dispositif princier que David et Armand avaient conçu pour moi en secret, et dont certains aspects provoquèrent d'étranges hoquets ravis. J'eus à puiser dans mes ressources, et certains vieux rêves de petite fille, pour simuler une joie qui me fuyait. J'emballai le tout dans quelques anecdotes de conte de fées, mêlant sans vergogne le vrai et le faux pour composer un tableau assez convaincant : la demande sur la péniche, les présents dont il m'avait moi aussi comblée… jusqu'à prétendre que je n'avais été informée de la date, si proche, si merveilleusement choisie, que la veille au soir. Ultime et divine surprise.

Elle accueillit mon récit sans un mot mais, je le devinais à l'autre bout du fil, avec plus d'une larme.

— Ne pleure pas, maman…

— Non, non… gémissait-elle entre deux reniflements sonores. Tu as raison, c'est complètement idiot. Mais je suis tellement heureuse… tellement heureuse pour toi, ma fille.

— Je sais… Tu comprends mieux, maintenant, pourquoi il te couvre de cadeaux comme ça ?

D'accord. Ce n'est pas joli de mentir à sa mère mourante. Mais avais-je le droit de gâcher son bonheur, de lui infliger une version autrement plus trouble, plus obscure ? Une version où je me livrais à des désirs sans visage ? Une histoire où je ne savais plus que croire, que penser, qui aimer… et à qui offrir mon corps à la fin pour accéder au plaisir. Qu'aurait-elle compris, et plus encore accepté, du jeu dangereux que m'imposait Louis Barlet ? On était bien loin des fées et de leur baguette magique. Bien loin de l'idéal rêvé par une mère pour son enfant chérie.

Le rêve commence comme ça : je suis la promise, le jour de son mariage. Je suis en pleurs, enfermée dans ma suite nuptiale. Mes témoins tentent vainement de me ramener à la raison, mais je leur refuse obstinément l'entrée. La cause de ce drame ? Je suis nue. Ma robe est détruite. ~~Des mains inconnues me l'ont arrachée dans des circonstances qui m'échappent~~. Tout est gâché. Je ne saurais me présenter devant les invités dans une tenue de secours. L'un des amis de mon futur époux trouve cependant les mots pour me convaincre. Je lui ouvre. Me prenant dans ses bras, il me console. Puis il m'embrasse et enfin m'étend sur le sol. Je suis si désespérée que je me sens prête à me livrer à lui. Mais, son sexe au-dessus de moi, il se masturbe avec application. Très vite, sans doute trop vite à son goût, des flots ininterrompus de sperme jaillissent de lui et se répandent sur tout mon corps. Le fluide m'enrobe et bientôt m'habille d'une robe blanchâtre qui sèche dans l'instant, à même ma peau. Me voilà vêtue de sa semence. Me voilà sauvée.

(Note manuscrite du 10/06/2009, rédigée par mes soins.)

Depuis son geste et ses mots malheureux de la veille, David et moi ne nous étions plus parlé. Son départ ordinairement matinal pour le bureau, son indisponibilité chronique sur son mobile, tout favorisait une bouderie partagée.

— Bonjour, bureau de David Barlet, que puis-je pour vous ?

— Allô ? Chloé ?

Elle ne reconnut pas ma voix, peut-être moins assurée au téléphone qu'au naturel :

— Oui ? Qui est à l'appareil ?

— Chloé, c'est Elle.

— Elle…

La secrétaire zélée fouillait manifestement sa mémoire, déconcertée par mon diminutif ambigu.

— Annabelle. Elle Lorand, si vous préférez.

— Elle ! Oui, pardon ! Je ne m'attendais pas à vous entendre au bout du fil. Il y a un problème ?

9 h 23, devait lui rappeler l'horloge sur son standard, soit près d'une heure de retard sur l'horaire que j'étais tenue de respecter.

— Non… Enfin, je ne me sens pas très bien.

— Rien de grave ?

— Je ne crois pas. Juste un gros rhume, baratinai-je. Vous pouvez prévenir David, et aussi Albane, que je ne serai pas d'attaque pour venir aujourd'hui ?

Deuxième jour de travail, et déjà souffrante. S'il restait encore une personne dans cette entreprise pour défendre mes petites fesses de parachutée, elle allait sans doute profiter de l'occasion pour lâcher. Car personne ne serait dupe de mon prétexte bidon, pas plus mon futur époux que mes nouveaux collègues. Louis interpréterait-il cette absence comme une fuite, le seul moyen que j'avais trouvé pour me soustraire momentanément à ses rets ? Peu m'importait. Pour moi, il était urgent de prendre de la distance. De mettre enfin sur pause le cours si chaotique, si capricieux, de ma relation avec les deux frères Barlet. J'avais besoin d'autres lumières que leurs seuls propos, tour à tour incomplets, allusifs ou franchement contradictoires, dont je finis par me demander si la flagrante incohérence n'avait pas pour but de me perdre dans les méandres du doute et de la peur.

Restée seule à la maison, Armand peu visible et surtout si peu disponible, accaparé au-dehors par nos préparatifs, j'eus tout le loisir de fouiller les pièces et les recoins que j'avais jusqu'alors négligés. Depuis mon emménagement je m'étais cantonnée paresseusement à notre chambre, sa salle de bains attenante, au salon et, de manière plus rare encore, à la cuisine. Mais cette promenade dans mon nouveau chez-moi me fit prendre toute la mesure du bâtiment dessiné par l'architecte Constantin, celui-là même qui avait dessiné les plans du lotissement de la Nouvelle Athènes.

Ce qui devait être autrefois le boudoir attaché à la chambre de Mlle Duchesnois – aujourd'hui la nôtre – faisait désormais office de bureau pour David. Une pièce, comme j'avais déjà eu l'occasion de constater et de m'y casser le nez, qui demeurait constamment fermée à clé.

Une clé… Le mot ricocha en moi jusqu'à toucher un souvenir récent. Cette caroube vermoulue, visiblement forgée depuis quelques siècles, que Louis avait jointe à son tout premier envoi… Et si celle-ci m'ouvrait l'accès aux secrets de son frère ?

Au moment de glisser ladite tige métallique dans la serrure, je marquai un arrêt. Étais-je si sûre de vouloir lever le voile sur ce passé dont je serais, de fait et à jamais, exclue ? Que cela m'apporterait-il, au fond ? David, comme chacun de nous, comme moi avec mon père fantôme, n'avait-il pas droit à l'oubli ? À ce que je lui voue un amour sans condition et sans soupçons, à la mesure des bienfaits qu'il me prodiguait ?

Mais la tentation était trop forte, et j'introduisis la pointe arrondie dans le logement sombre et creux, d'un geste sec, et que je voulais sans regret.

— J'suis conne… murmurai-je pour moi seule.

…Et par-dessus tout bien naïve d'imaginer que cela serait aussi aisé. Clé et serrure étaient étrangères l'une à l'autre. Impossible de pousser l'objet à fond, et plus impossible encore de le tourner à l'intérieur. Rien à faire.

Le reste de la bâtisse ne me livra guère plus de pistes. Dans les quelques meubles qui m'étaient accessibles, pour l'essentiel de magnifiques pièces de style Restauration en harmonie avec notre décoration, en particulier dans le salon et la salle à manger, je ne trouvai que des liasses de papiers et de coupures de presse sans importance, la plupart afférentes aux activités du groupe Barlet. Certains étaient en vrac, réunis en piles aléatoires, calés entre plusieurs magazines économiques, dont une bonne moitié affichait David en couverture… Saisissant résumé de son ascension, année après année, décennie après décennie. Je croyais revoir le générique d'*Amicalement vôtre*, qui avait traversé mon enfance télévisuelle.

Je pris néanmoins le temps de feuilleter plusieurs gros classeurs, lesquels synthétisaient les articles les plus significatifs. Je relus notamment cette pleine page du *Monde* que j'avais parcourue dans le RER, non sans un peu de nostalgie. J'avais du mal à croire que je partageais désormais la vie de cet homme sur la photo…

Affalée sur la méridienne du salon, Félicité collée à mon ventre – lassée qu'elle était, je supposai, de ses jeux brutaux avec Sinus et Cosinus – je m'abandonnais à des pensées aussi brouillonnes que contradictoires. Promenant une main distraite sur le pelage tigré, doux et rassurant, je me forçai à ne pas céder à des spéculations manichéennes. Voilà une autre leçon que mon prof moustachu m'avait inculquée dans son petit bréviaire du journaliste émérite : même en cas de guerre, aucun sujet ne devait être perçu en termes d'opposition tranchée. « Il n'y a que dans la Bible, et les films hollywoodiens, qu'on trouve d'un côté le Bien, immaculé, pur, exempt de la moindre souillure, et de l'autre le Mal et son cortège de fautes et de péchés. Hélas, l'actualité, ça n'est ni Caïn et Abel, ni Luke Skywalker contre Dark Vador. C'est toujours et infiniment plus embrouillé que cela. Et votre rôle à vous est justement de démêler cet écheveau inextricable. C'est de tirer un fil de cette pelote, puis de le donner à voir au public, sans jamais imputer à qui que ce soit une supposée faute originelle. Il n'y a jamais de cause première. Il n'y a qu'un point visible dans une longue, longue chaîne de causalité. À vous de choisir ce point et d'expliquer pourquoi vous l'avez choisi. C'est cela qui constituera l'angle de votre papier ou de votre sujet. » À mon grand désespoir, monsieur moustache avait mille fois raison.

Pourtant, tout aurait été beaucoup plus simple pour moi si Louis s'était contenté de me mentir et de me manœuvrer comme son jouet. S'il n'avait rien tiré de moi, ni désir ni plaisir. Tout aurait été plus clair si David avait retenu sa main, plutôt que ses secrets.

J'avais beau m'efforcer à la mesure, je bouillais. Mon désœuvrement n'était qu'un trompe-l'œil. Et je ne devais cette accalmie qu'à ma position temporaire de retrait. Ni l'une ni l'autre, je le savais, ne dureraient bien longtemps.

Dans mon sac je remis la main sur les documents fournis la veille au soir par une trappe anonyme dans la chambre de la Païva. Je pris le temps de compulser la liste qui m'avait été donnée par Louis. Si quelques titres me disaient vaguement quelque chose – ma culture érotique était proche du néant – je dus admettre que je n'avais jamais lu aucun de ces livres. Les plus familiers devaient sans doute être parvenus jusqu'à moi grâce à leur adaptation cinématographique :

1. *Femmes secrètes*, Ania Oz
2. *Lunes de fiel*, Pascal Bruckner
3. *L'Amant de Lady Chatterley*, David Herbert Lawrence
4. *Les Onze Mille Verges*, Guillaume Apollinaire
5. *Sexus*, Henry Miller
6. *Histoire d'O*, Pauline Réage
7. *La Philosophie dans le boudoir*, Marquis de Sade
8. *Emmanuelle*, Emmanuelle Arsan
9. *Vénus Erotica*, Anaïs Nin
10. *Mémoires de Fanny Hill, femme de plaisir*, John Cleland
11. *Portnoy et son complexe*, Philip Roth
12. *Les Mémoires d'une culotte*, Aymé Dubois-Jolly
13. *Le Con d'Irène*, Louis Aragon
14. *Autoportrait en érection*, Guillaume Fabert
15. *Histoire de l'œil*, Georges Bataille
16. *La Femme de papier*, Françoise Rey
17. *Le Boucher*, Alina Reyes
18. *L'Amant*, Marguerite Duras
19. *La Mécanique des femmes*, Louis Calaferte
20. *La Foire aux cochons*, Esparbec
21. *Le Cahier noir*, Joë Bousquet
22. *Les Vies de Loulou*, Almudena Grandes
23. *La Vie sexuelle de Catherine M.*, Catherine Millet
24. *Dictionnaire horizontal*, Jean-Luc Fornelli
25. *Éros mécanique*, Pierre Bourgeade
26. *Le beau sexe des hommes*, Florence Ehnuel
27. *Baise-moi*, Virginie Despentes
28. *Contes de la folie ordinaire*, Charles Bukowski
29. *Ma vie secrète*, Anonyme
30. *Ma reddition*, Toni Bentley

Que ce fût *Baise-moi* ou *Les Mémoires d'une culotte*, je me voyais mal lire la plupart d'entre eux en présence de David ou, pire encore, en un lieu public tel que le métro.

Je ne me sentais pas encore prête – le serais-je jamais, ou fallait-il vraiment que je le sois ? – à assumer aux yeux du monde cette part de moi-même. L'envie était là, cependant, indéniable, pointant son doigt.

Du haut de mes connaissances fort réduites je remarquai néanmoins qu'aucune logique apparente ne semblait conduire ce programme de lecture : ni chronologique – on passait par exemple de Sade à Philip Roth sans transition –, ni linguistique, ni même érotique, puisque le plus léger le disputait au plus cru. Fallait-il lui faire confiance et me livrer, en partant du premier, lecture après lecture, au parcours qu'il avait sans doute mûrement réfléchi et composé pour moi ?

Réflexion brute : ~~le sexe~~ l'amour physique, celui qui nous arrache aux contingences terrestres, celui qui nous emporte et nous fait tout oublier, n'est jamais seulement une question de sexes, de deux corps fugacement rapprochés. Le seul sexe qui nous ravisse réellement ne peut-être que le fruit de nos imaginaires, de nos doutes, de nos questionnements et des espoirs que nous fondons sur un monde inconnu. Fantasmer revient à se croire le premier ou la première à planter le drapeau sur une nouvelle planète. Sans doute est-ce faux, mais si le songe est assez beau, il suffira alors à nous faire décoller – on y revient ! Un petit pas pour ma chatte, un pas de géant pour ma vie rêvée. C'est dans le creux de nos pensées et de nos rêveries moites que le sexe s'épanouit, mieux encore que dans le plein de nos ventres ou de nos fesses. C'est en laissant divaguer ainsi notre esprit, livrant notre enveloppe aux caresses, que nous sommes capables de jouir en retour, ici et maintenant.

(Note manuscrite du 10/06/2009, rédigée par mes soins.)

Comme la veille, la porte d'entrée claqua à une heure inhabituelle, dissipant à la hâte le trouble qui m'avait peu à peu enveloppée et tirée hors de moi-même, vers ces contrées moites et escarpées, Ô combien excitantes, où Louis m'invitait.

— Elle, tu es là ?

La voix de David tintait tel un carillon, guillerette, presque primesautière, enjambant allègrement notre accrochage du jour précédent, comme s'il s'agissait d'un obstacle négligeable, et qu'un peu de bonne humeur saurait effacer.

— Au salon, répondis-je d'une voix atone.

Il apparut aussitôt, rayonnant, plus solaire que jamais, les bras chargés d'une gigantesque housse à vêtements derrière laquelle il disparaissait pour partie. Seul son sourire béat surmontait la masse de plastique rosé. Au bouffant de la chose, mais aussi à ses dimensions improbables, je devinai d'instinct qu'elle ne contenait pas un costume masculin.

— Tada ! claironna-t-il sur un ton puéril.

Si ses centaines d'employés, ces messieurs de la presse économique ou ses plus proches partenaires financiers avaient le loisir de le voir ainsi, l'action du groupe Barlet perdrait probablement quelques dizaines de points au CAC !

— Qu'est-ce que c'est ?

Au moment même où il avait surgi, j'avais choisi de jouer la détente. De même que je n'avais obtenu de Louis un semblant d'aveu qu'au prix de quelque sacrifice, je ne pourrais faire parler David sans jouer la partition qu'il attendait de moi.

— Ta robe !

— Ma robe ?

J'accueillis sa surprise avec un sourire conciliant.

— Enfin… C'était celle de maman à son mariage. Ça m'a sauté aux yeux, l'autre jour : elle avait exactement la même corpulence que toi. À une bagatelle près, bien sûr, que j'ai fait corriger. Et la voilà !

Ne pas lui sauter à la gorge. Ne pas lui demander si cette robe est à l'image de la bague qu'il m'a déjà offerte : non seulement celle de sa mère, mais aussi celle d'une autre. Celle de sa première femme. Celle d'une morte.

— Mais chéri… miaulai-je ingénument. Tu ignores que tu ne dois pas la voir avant le jour J ?

— Qui te dit que je l'ai vue ?

Il affichait cet air de triomphe juvénile, celui qu'il devait déjà arborer, adolescent, quand il battait son adversaire au tennis.

— Eh bien… Je suppose que c'est le cas, non ?

— Tu supposes mal, madame Barlet. Depuis que je l'ai entre les mains, elle n'a jamais quitté une housse opaque. Sauf chez la couturière, bien sûr, mais je n'étais pas derrière son dos pour tricher !

— Et le mariage de tes parents ? Et les photos ?

— Elles sont toutes jaunies, on l'aperçoit à peine…

Sa moue se voulait attendrissante. Comment repousser une offre de réconciliation aussi franche, aussi généreuse ? Une fois la robe sortie de sa housse, cette éventualité s'envola totalement. Le prenant aux mots, je m'étais éclipsée dans la salle à manger pour l'étudier loin de ses yeux. Je n'avais jamais rien vu, et encore moins porté, d'aussi prodigieux.

— Elle est… Elle est fabuleuse !

— C'est du Schiaparelli, força-t-il le ton depuis la pièce contiguë. Elsa Schiaparelli était déjà très âgée, à l'époque, mais elle l'a dessinée sur mesure pour maman. C'est une pièce unique, tu sais !

Unique, oui, le qualificatif seyait à merveille à cette splendeur, dont aucun détail, aucune finition et encore moins l'état de conservation, ne pouvait trahir l'âge. Contrairement à la plupart des robes de noce, celle-ci n'était pas un soufflé indigeste de tulle ou de gaze, saupoudré de broderies, et vaporeux jusqu'à l'écœurement. Pour résumer mon impression première, subjuguée, je m'exclamai en sourdine :

— C'est une vraie robe… Simplement une vraie robe.

— Qu'est-ce que tu dis ?

— Non, je dis : je vais passer la robe.

— Vas-y, ma belle ! Je l'ai apportée pour ça. Si on doit encore apporter quelques retouches, autant qu'on le sache tout de suite.

Ce ne serait pas nécessaire, je le sentis à peine la soie couleur nacre posée sur ma peau. Mes hanches, ma taille, mes seins et même ces fesses trop rebondies à mon goût, d'ordinaire si difficiles à loger dans les modèles de prêt à porter... Tout mon corps y trouvait sa place, pleinement, naturellement, comme moulé dans la masse par un sculpteur. Le haut épousait parfaitement mon torse, simple bustier croisé en V affecté de volants dosés avec science, puis s'élargissant à partir des hanches en une corolle drapée, dont les trois mouvements superposés simulaient à ravir le tournoiement d'une valse. Chaque strate était liée à sa voisine par de larges fleurs de même étoffe, dont le cœur cousu de diamants piquait l'ensemble d'une note éclatante.

— Alors ?

— Alors... c'est parfait !

Pivotant sur mes talons, tirée par je ne sais quel cavalier invisible, je me trouvais face au grand miroir de la salle à manger. Je reconnaissais bien la femme dont le reflet me souriait, et pourtant elle me semblait autre. J'étais sûre de mon fait : je n'avais pas pris ni perdu un seul gramme au cours des dernières semaines, mais quelque chose en Elle, en moi, avait manifestement changé. Je me trouvai plus épanouie, plus généreuse. Même mon teint me semblait plus clair. Les taches de rousseur qui mouchetaient mon visage, et que j'avais toujours détestées, m'apparaissaient soudain comme la plus sublime et la plus naturelle des parures. Deux ou trois d'entre elles avaient d'ailleurs éclos sur mes lèvres comme autant de bourgeons sur un terreau frais et humide.

C'était donc vrai, ce que l'on en disait : les regards de désir avaient pour effet de vous façonner, d'exalter en vous ce qu'il y avait de plus beau, de plus aimable. Et ceux des spectateurs braqués sur moi la veille m'avaient définitivement sortie de cette gangue adolescente qui m'engluait jusqu'à aujourd'hui. J'avais laissé mon ancienne peau aux Charmes et j'en étais ressortie neuve, habillée du nouveau moi, capable de se trouver belle et de se désirer. Qu'on puisse vouloir posséder ce corps-là ne me semblait plus absurde.

Derrière la porte dont j'avais pris le soin de tourner le verrou, David s'impatientait. J'estimai que le moment était bien choisi pour abaisser mon masque de gratitude et de soumission.

— Promets-moi : *elle* ne l'a jamais portée, au moins ?

— Porté quoi ? De qui tu me parles ? résista-t-il au premier chef.

J'insistai sur mon ton le plus doux, le plus caressant :

— Aurore... Elle n'a jamais porté cette robe ?

— Non ! Pourquoi l'aurait-elle fait...

Il mentait, je pouvais l'entendre à cette altération aigrelette de sa voix, ce flottement incertain si éloigné de son assurance habituelle. Et déjà il cherchait à changer de sujet comme on fait tomber un fruit gâté de l'arbre.

— Je peux entrer ?

— Non... Pas tant que tu n'auras pas répondu à mes questions.

— Elle... se fit-il plus plaintif. Je t'ai dit tout ce qu'il y avait à savoir : un banal triangle amoureux. Louis aime Aurore, qui aime David... qui ne l'aime pas. Point. Il n'y a rien d'autre à ajouter.

Je feignis de prendre son scénario trop bien ficelé pour argent comptant, puis revins à la charge :

— Sa dépression, c'était à cause de cela ?

— Pas du tout. Elle était malade longtemps avant qu'on ne la rencontre, Louis et moi.

— Alors pourquoi se serait-elle jetée dans une mer déchaînée... si ce n'est par dépit ?

— Je ne sais pas. Personne n'a jamais su ce qui s'était passé exactement. Même pas Louis. Et pourtant il est le premier à être arrivé sur place.

— Il a tenté de la sauver ?

Louis avait prétendu le contraire. Il avait attribué à son frère le rôle du héros chevaleresque. Mais pourquoi ?

— C'est juste. Mais il n'a rien pu faire... Si ce n'est se fracasser le genou sur les rochers. Après coup, dans les semaines qui ont suivi, on a bien cru qu'il ne remarcherait plus jamais.

— C'est toute l'histoire ?

— Oui, affirma-t-il avec un aplomb retrouvé. Les gendarmes ont mené une petite enquête, en principe de simple routine.

— Pourquoi « en principe » ? relevai-je.

— Parce que, d'un interrogatoire à l'autre, Louis s'est pas mal contredit.

— Mais il n'a pas été inquiété, au final ?

— Non… Les flics ont conclu à l'accident.

Sa voix s'était rapprochée de moi. Je supposai qu'il s'était collé au vantail, prêt à entrer.

— Et toi… tu en penses quoi ?

Il laissa s'écouler plusieurs secondes avant de reprendre, plus grave :

— Connaissant le caractère ombrageux de Louis, je t'avoue que de sales idées me sont passées par la tête.

— Par exemple ?

— Des bêtises…

— Tu sais que tu n'entreras pas ici avant de m'avoir répondu ?

— J'ai pensé qu'il avait pu la pousser dans ces rochers, voilà ! aboya-t-il avec retenue. Aurore et lui connaissaient par cœur le lieu où ça s'est passé. Pour tout te dire, il est assez étonnant qu'elle ait pu se laisser surprendre par une vague à cet endroit-là… Même un soir de gros vent.

— Tu le crois vraiment capable d'une chose pareille ?

— Non… je ne sais pas… Je crois qu'on ne peut jamais mesurer à l'avance ce qu'un individu est susceptible de faire par ressentiment.

Sur ce point tout au moins il visait juste. Je ne me laissais pas abuser pour autant. Je voyais des lacunes dans sa version des faits : et son bras à lui ? Que lui était-il arrivé ?

Mais j'évitai prudemment de provoquer les mêmes effets que lors de notre dernier échange. Il venait déjà de me confier plus sur le sujet qu'il n'en avait probablement dit à qui que ce fût.

Ôtant la robe que je rangeai prestement dans sa housse, je me contentai d'ajouter :

— Tu t'en es voulu… N'est-ce pas ?

— Oui… j'imagine que oui. Mais tout cela est derrière nous depuis si longtemps…

Cherchait-il à s'en convaincre, à confiner culpabilité et fantôme là où ils devaient tous deux rester, sous la lourde dalle de l'oubli ?

Il esquissa un toc-toc léger et implorant sur la porte, que je finis par déverrouiller. Ce ne serait pas la première fois qu'il me verrait en sous-vêtement…

...Mais néanmoins la première qu'il m'entreprendrait dans cette pièce dont le décor suranné m'évoquait plus de sages veillées au coin du feu que des effusions et des soupirs.

Il se colla à moi spontanément, sans que je réussisse d'abord à déterminer s'il venait chercher contre moi plaisir ou consolation. Il demeura immobile plusieurs secondes, le nez plongé dans mon cou, agité par de faibles soubresauts destinés à ajuster son corps au mien. On aurait dit un enfant blessé réfugié dans le giron maternel.

Je passai ma main sur sa nuque, geste lent et doux, à mon sens plus réconfortant qu'érotique, qu'il prit pourtant pour une invitation. La sienne caressa du plat de la paume mon dos, et s'oublia plus bas, sur la naissance si vallonnée des fesses. À son contact, mes reins se creusèrent dans un mouvement réflexe qu'il dut considérer là aussi comme une incitation à poursuivre. Nous n'avions plus fait l'amour lui et moi depuis mes deux capitulations successives aux Charmes.

Quelle part de la nouvelle Annabelle, cette femme que je venais de découvrir dans la glace, lui appartenait encore ?

— On n'a pas baptisé cette pièce, non ? me souffla-t-il à l'oreille.

Voilà le genre de proposition qui ressemblait aussi peu que possible à nos ébats ordinaires, exempts de défi, hélas privés de toute notion de jeu. Que lui arrivait-il ?

Je nous contemplai tous les deux dans le miroir immense, sculptés par la lumière crue de cet après-midi estival, beaux autant que nous pouvions l'être. Assortis, aurait jugé n'importe quel regard tiers. Je n'étais pas la seule à m'être métamorphosée. Chez lui le changement était plus subtil mais, l'espace d'une seconde, j'aurais juré avoir capté sur ses lèvres ce même sourire canaille, carnassier, cannibale, que Louis posait sur ses proies.

— Viens !

Sans attendre mon consentement, il me porta jusqu'à la longue table de marbre, plantée sur ses pieds de bronze, et me déposa de tout mon long sur la pierre glacée. J'eus tout juste le temps d'avoir un frisson qu'il me tirait déjà vers lui, mes jambes relevées, les pieds pendus dans le vide. Il repoussa plus loin encore mes cuisses vers mon ventre, et s'accroupit entre elles, sa bouche à hauteur de culotte. Je pouvais sentir son souffle chaud traverser la bande de coton satiné, et flatter mon sexe jusque-là aussi sec qu'un biscuit.

Il effaça l'étoffe d'un seul doigt et se mit à lécher ma vulve de bas en haut, comme s'il s'était agi de m'enduire. Parvenu au sommet érectile, encore niché à l'abri de son capuchon protecteur, il reprenait au début, avec une application digne d'un manuel.

Heureusement, il compensait cette maladresse scolaire par une lenteur exaspérante, assez justement dosée pour me donner envie de lui murmurer :

— Va plus vite…

— Mais sinon, ça va comme ça pour toi ?

— Oui, l'abusai-je. Continue. Mais plus vite.

Il s'exécuta servilement, non sans un certain succès. À chaque passage de sa langue, je pouvais sentir mes lèvres – grandes et petites – se déployer, peu à peu disposées à recevoir cette intruse. Bien sûr, avec cette régularité de métronome et ce souci d'humecter également toute la zone, il ne s'attardait jamais assez à mon goût sur mon bourgeon sensible. Ce dernier en réclamait plus, bien plus. Tandis que l'une de ses mains s'aventurait sur mes seins, dans un pétrissage appliqué qui n'était pas tout à fait pour me déplaire, je posai mon majeur sur mon clitoris orphelin et le roulai sous son manteau, tel que j'avais appris de longue date à le faire.

Un instant déconcerté par mon initiative, David se figea :

— Tu es tellement belle comme ça…

Mais dans ses mots doux je n'entendais plus seulement son timbre suave, ensorcelant. S'y cognaient désormais dix voix, cent voix, mille peut-être, autant que l'Hôtel des Charmes aurait pu contenir d'hommes à ma merci.

Je poursuivais mon ouvrage sous son regard asservi, sa fascination d'affidé. Pour la première fois, je ne répugnais pas à lui offrir un tel spectacle.

En même temps qu'un frisson précurseur, une interrogation me traversa de part en part : parmi ces sexes tendus vers moi dans la chambre de la Païva… se pouvait-il que celui de Louis y figurât ? L'avais-je touché sans le savoir ? Si je n'avais cédé à mon ivresse, peut-être l'aurais-je reconnu, à une tension particulière, à une nervure, et l'aurais-je alors englouti avec une ferveur décuplée ?

Celui de David me pénétra d'un coup sec, décidé, sans préavis. Je n'avais rien vu venir, et son irruption en moi me pétrifia. Je ne voulais pas ça, tout au moins pas encore, pas maintenant.

— Caresse-toi encore, m'ordonna-t-il.

Qu'il me dominât ainsi n'était pas un problème. Mais, en suivant son instinct de mâle empressé, mu par l'irrépressible urgence d'en finir, il brisait en autant de morceaux les pièces du puzzle fantasmatique que j'ébauchais tout juste.

— Non, toi... Sors ! lui intimai-je à mon tour.

Je dus recourir à un ton si décidé qu'il m'obéit sans la moindre récrimination. Dieu merci, tout ne s'était pas envolé : l'image se recomposait progressivement, celle d'une bouche avide, disposée à tout pour me satisfaire, des lèvres soudées à mon sexe jusqu'à lui tirer le jus sucré de ma jouissance.

— Mets-la-moi ! poursuivis-je mes directives.

Le pauvre fut saisi d'un instant de panique : comment pouvais-je le lui interdire et l'exiger d'une phrase à l'autre ? Je clarifiai aussitôt la méprise, d'une voix surgie de mon ventre et que je méconnaissais :

— Ta langue... je veux que tu la fourres en moi... Vas-y !

Et c'est bien ainsi qu'il se soumit, sa pointe de chair rosée frétillant en moi, tendue à l'extrême, plongée suffisamment loin pour que je me sente pénétrée, mais pas prise pour autant. Servie, et non conquise. Abouché telle une sangsue, il la tournait obstinément à l'entrée de mon vagin.

Ses lèvres disparaissaient dans les miennes, désormais baignées d'un fluide épais, d'où s'échappait une écume blanche qui tapissait tout le pourtour de sa bouche, telle une moustache de cyprine et d'amour.

J'ai lu dans l'un de mes magazines féminins qu'une gynécologue française avait résolu le mystère du point G. Celui-ci ne serait pas une zone érogène autonome, injustement présente chez certaines et absentes chez d'autres.

Il s'agirait en réalité, imagerie médicale à l'appui, d'une protubérance échappée des profondeurs sensibles du clitoris. En effet, et contrairement à une idée largement reçue, celui-ci ne se limite pas aux quelques millimètres de sa face émergée, protégée par son célèbre capuchon. À l'intérieur du ventre de la femme, il se prolonge sur une dizaine de centimètres où, selon l'anatomie et la corpulence de chacune, il innerve les organes qu'il côtoie. La sensibilité que certaines ressentent dans leur rectum, en particulier au cours de la sodomie, relèverait de cette même présence en nous, si bien enfouie, si mal connue.

(Note manuscrite du 10/06/2009, rédigée par mes soins.)

— Tourne plus vite… oui !

À chaque rotation, la langue pressait le renflement grumeleux de mon gouffre, minuscule bourrelet de plaisir qui n'espérait plus un tel traitement.

— C'est ça, reste là ! Là !

Il entendit la consigne et se concentra un instant sur ce seul point primordial. Mais brusquement, sans autre préavis qu'un mouvement de recul inattendu, et pour tout dire assez désagréable, il se retira de moi. Alors, d'un coup sec, il enfourna à la place son membre, tendu à l'extrême, et dont l'humidité propre me prouvait à quel point d'impatience il était lui aussi rendu. C'était plus fort que lui. Il ne pouvait se mettre à mon service plus de quelques instants. Il fallait à la fin qu'il domine, qu'il conquière, qu'il m'envahisse. Par chance, ses travaux préliminaires avaient si bien préparé mon sexe que ses va-et-vient mécaniques en prolongèrent les effets, et je m'ouvris plus largement, jusqu'à le recevoir dans mes tréfonds les plus sensibles, non loin de l'utérus. Là, je le savais, une petite langue de muqueuse plus douce et sensible que le reste, difficile à atteindre du bout de l'index ou du majeur, était capable de me faire jouir en un tournemain. Il y était. Son gland y frappait en cadence, désormais, là où mon corps parut soudain se ramasser, attiré par une force improbable, l'égale d'un trou noir, qui fragmenta chacun de mes membres, chacune de mes cellules, avant de les projeter tout autour de moi aux quatre coins de la pièce, volant sur les traits de lumières venus du dehors. Chevauchant un abîme dans lequel je retombai enfin, pesamment.

Pour la toute première fois, il m'avait fait jouir, lui seul, sans aucune intervention manuelle de ma part, lui et sa bouche et sa queue, toutes deux encore barbouillées de mes humeurs.

Mais étais-je si sûre qu'il fût le seul auteur d'un tel miracle ? Dans son soupir, je crus entendre le jumeau (ou presque) d'un autre.

22

11 juin 2009

Mon carnet ! Mon carnet, mon carnet, mon carnet…

Encore nue dans la salle à manger, pantelante, l'entrejambe et les cuisses barbouillés de mon plaisir, j'avais retourné ces deux mots à l'envi, presque jusqu'au vertige, comme l'Avare dépouillé de sa cassette. Mon carnet argenté, resté en évidence, sur notre lit. Mon Dix-fois-par-jour, désormais augmenté de mes propres notes. Jamais je ne survivrais à la honte que m'infligerait David s'il posait un œil sur ces lignes. Quant aux pages qui n'étaient pas de ma main, je préférais ne pas penser aux mensonges qu'il me faudrait inventer pour justifier leur présence et conserver un peu de son estime, de sa confiance.

Je grimpai l'escalier tournant quatre à quatre, les fesses à l'air, mes vêtements plaqués à la hâte sur mes seins et mon ventre, priant pour ne pas croiser Armand au gré de ses déplacements furtifs dans le bâtiment. Au-dessus, j'entendais déjà les pas de mon homme dans notre chambre. Puis ils s'arrêtèrent, net. En pénétrant enfin dans la pièce, je le trouvai dos à la porte, contemplant le jardin, et je ne pouvais deviner le contenu de ses mains jointes sur le devant. Ma respiration se figea lorsque je constatai que le carnet avait disparu de la couette.

Enfin, mettant fin à mon supplice, il se retourna :

— Dis-moi…

Ses mains étaient vides. Inspiration profonde. Fin du cauchemar ? Ou avait-il eu le temps de le ravir et le camoufler dans ses propres affaires ?

Nouvelle crispation du poing sur ma poitrine dénudée, écrasant le mamelon tel un grain de raisin mur.

— Oui ?

Éteint par le contre-jour, son visage semblait vide de toute expression. Même sa voix me parut moins douce et bienveillante que d'habitude.

— Il va quand même falloir que tu y retournes…

Où ça ? Chez ma mère ? À Nanterre ? Auprès de Fred, là où gisait ma vie d'avant, si médiocre, si minuscule ?

— Ne te méprends pas, le choix que j'ai fait ne doit rien aux sentiments que je te porte.

Mais de quoi parlait-il donc… ? Si j'étais là, c'est bien parce qu'il m'aimait ?

— Mais j'ai quand même dû batailler un peu pour que tout le monde accepte ton arrivée.

Je tremblais d'appréhension, entrevoyant enfin le sens de sa déclaration, et bafouillai toutefois un prudent :

— Mon arrivée… ?

— À BTV. De quoi crois-tu que je parle ? Les syndicats n'apprécient jamais les parachutages, tu sais. Pour eux, tant que tu n'auras pas fait tes preuves, tu ne vaudras guère mieux qu'une promotion canapé.

L'avait-il déjà pratiquée ? J'évacuai cette idée et affichai un visage compatissant.

— Oui, bien sûr… Je comprends.

— Et moi, ils ne me lâcheront pas, ajouta-t-il, le regard assombri.

Nouvel afflux d'air dans mes poumons. Il n'était donc question que de cela. Tout ne me serait pas enlevé. Pas tout de suite. Pas encore.

Mais… où était donc passé ce maudit carnet ?

— Si tu veux t'imposer seule, appuya-t-il son propos, par tes qualités propres, il faut que tu sois sur le pont avec eux. Et même plus qu'eux, encore. Ces gens-là, tu les bluffes ou tu les braques. Ils ne font pas dans la demi-mesure.

Christopher et Louis m'avaient donné un avant-goût de cette culture d'entreprise intransigeante. Je devais gagner mes galons à leur contact, sur leur terrain, c'était une évidence. Je ne pouvais prétendre gagner leur respect et leur soutien en restant cloîtrée ici ou embastillée dans cette prison de verre qu'était mon bureau. J'avais encore tout à démontrer.

— Tu as cent pour cent raison… admis-je.

« Mais », hurlait le silence accroché à cette phrase. Mais je ne peux pas supporter d'y croiser ton frère ? Mais celui-ci a programmé un reportage qui risque de tout te révéler à mon propos ?

— Alors… haut les cœurs !

Il s'approcha de moi et me prit dans ses bras avec cette ardeur, ce bouillonnement paisible qu'on voyait en lui et qu'il partageait si généreusement à chaque contact.

— Tu crois que c'est acceptable si je reste encore à la maison demain ? Après, c'est promis, je reprends ma place comme un bon petit soldat.

J'usais rarement de ces astuces de filles éculées mais dont les effets sur la gent masculine ne se démentaient pas : yeux et bouche arrondis, battements de cils, inclinaison légère de la tête… C'était le moment ou jamais. Et même s'il ne pouvait me voir, nichée comme je l'étais au creux de son épaule, il dut percevoir ma mimique qui l'implorait.

— OK, juste demain. Mais après… au boulot, jeune fille ! Et sans discussion !

Il souffla un sourire conciliant dans mon cou, qui m'offrait l'ouverture que j'attendais.

— Au fait, tu n'aurais pas vu un petit carnet qui traînait sur le lit ?

— Un carnet ?

Il s'était détaché et me dévisageait d'un œil franc, dans lequel je ne décelais pas la plus petite trace de duplicité.

— Oui, un carnet argenté…

— Non. Tu as regardé sous le lit ?

Il gisait sous le lit, en effet. Et sur le lit nous passâmes le plus clair de la soirée, tout juste interrompus par une collation déposée devant la porte par Armand – privilège des nantis qui peuvent vivre chez eux comme à l'hôtel – et quelques appels urgents que David se devait de prendre.

Hélas, pas une fois au cours de ces heures paresseuses je n'atteignis un orgasme comme celui qui m'avait saisie dans la salle à manger. Retour à la normale de nos effusions syndicales.

Le lendemain matin, ce ne fut pas mon carnet qui m'attendait sur la table du petit déjeuner – cette fois je l'avais dûment rangé dans une poche intérieure zippée de mon sac à main – mais une épaisse liasse de feuilles dactylographiées, réunies par une pince à papier en argent en forme de serre d'aigle. J'aurais dû y voir un présage…

— Bonjour, Elle ! entonna un Armand très fringant.

Sans me consulter, déjà très au fait de mes petites habitudes matinales, il me servit une grande tasse de thé vert très clair, infusé selon mon goût, à la perfection.

— Bonjour Armand.

— David vous a laissé ceci à lire.

— Je vois ça… Mais qu'est-ce que c'est ?

Maître Christian Olivo, Notaire à Paris, annonçait l'en-tête austère sur la première page, frappé d'une Marianne stylisée, le tout à moitié mangé par la patte du rapace.

— Le projet de votre contrat de mariage. Je vous laisse aussi un feutre rouge et un bloc de papillons autocollants pour apporter les modifications qu'il vous plaira.

Un contrat de mariage ? À aucun moment David n'avait évoqué devant moi cette manière si formelle d'envisager notre union.

Tournant d'une main ma cuillère dans le mug fumant, je survolai de l'autre l'épais document, page après page, arrêtant mon regard de façon aléatoire sur une ligne dont certains mots retenaient mon attention. En dépit de mes notions juridiques pour le moins sommaires, je n'eus aucun mal à comprendre que cette convention avait pour objet essentiel la préservation des avoirs et du patrimoine de la famille Barlet. « Séparation des biens des époux », spécifiait sans ambiguïté la rubrique Nature du régime matrimonial.

Je pouvais certes le comprendre, et la femme indépendante en moi, avide d'autonomie, farouche défenseur du devoir des femmes à s'assumer en toutes choses, tâchait de minimiser ce que je découvrais là. Mais la froideur procédurale avec laquelle ces termes m'étaient soumis, l'absence de dialogue préalable, tout cela me fit l'effet d'une claque.

— Je dois l'avoir relu pour quand ? demandai-je sur un ton glacial.

— Si possible dans la journée.

Je considérai un instant la pile de feuilles sagement rangées puis relevai les yeux vers le majordome habillé de son éternel gilet de laine.

— C'est bon. Vous pouvez le reprendre tout de suite.

Il demeura interloqué une seconde ou deux puis s'étonna à voix haute :

— Vous êtes sûre que vous ne voulez pas le relire plus en détail ? Ou soumettre certains passages à quelqu'un de votre entourage ? Un avocat ?

— Non, non… ça ira très bien comme ça.

— Ce contrat vous engage, Elle. Vous ne pouvez pas le signer à la légère.

Son conseil sonnait comme ces avertissements en caractères minuscules, au bas des publicités pour des formules abusives de crédit : « Un crédit vous engage et doit être remboursé. » J'essayai de ne pas entendre dans sa phrase un aussi funeste rappel.

— Je le sais bien. Mais je fais confiance à David.

— Oui, bien sûr, approuva-t-il de sa voix bonasse. Mais quand même…

— J'ai raison, n'est-ce pas ? le coupai-je, mes yeux subitement fichés dans les siens. De lui faire totalement confiance… ?

Il eut du mal à réprimer un petit rictus au coin des lèvres. Avait-il déjà commencé à boire, de si bonne heure ?

— Oui… Oui, évidemment.

Trempant ma tartine dans le thé, aussitôt brouillé par une nappe de beurre fondu, je conclus, faussement enjouée :

— Alors tout va bien.

Il reprit le tas de feuilles, le bloc et le stylo, et m'informa de la suite comme s'il occupait aussi, dans l'existence si ordonnée de David, le rôle de greffier :

— Eh bien, je vais pouvoir éditer la version définitive. Je vous la déposerai ce soir sur la console pour signature.

— Parfait, le congédiai-je d'un regard. Merci, Armand.

Mon petit déjeuner tout juste avalé, je reçus un appel de Sophia avec autant de joie qu'un grand courant d'air frais. Mon jogging à peine enfilé, je m'engouffrai dans le métro pour la rejoindre. Elle vivait dans ce petit appartement bon marché à Nogent-sur-Marne, certes à l'exact opposé de Nanterre sur la ligne A du RER, mais accessible sans changement en trente-cinq minutes seulement depuis le pavillon de maman. Son studio, logé au dernier étage d'une résidence des années 1970, cubique et sans charme, était cependant idéalement situé à quelques enjambées du bois de Vincennes. La vue imprenable sur le terminal des bus et la voie ferrée n'avait rien d'agréable – raison probable du loyer modéré – mais au moins elle n'était scrutée par aucun vis-à-vis au cours de ses parties de jambes en l'air homériques.

Je la retrouvai dans son survêtement rose pâle, devant Le Relais, le grand café avec véranda à l'angle des avenues Clemenceau et des Marronniers.

— Salut la rupine !

— Salut l'obsédée…

Le genre d'amabilités qui signaient notre affection réciproque, tout en permettant à chacune de faire passer en douceur ses menus griefs.

Nous partîmes aussitôt au petit trot sur l'avenue de Nogent, le long de la piste cavalière déjà crottée des cavalcades de l'aube. Un jeudi matin de juin, au milieu de la matinée, les coureurs n'étaient pas légion, pas plus que les cyclistes ou les cavaliers. Le bois semblait nous appartenir, et je me félicitai intérieurement, malgré le tiraillement de mes poumons à court d'entraînement, de renouer ainsi avec nos vieilles habitudes du temps de l'université. Sophia était tenue de faire de l'exercice régulièrement, mais pas moi : chaque foulée réveillait un groupe de muscles assoupi, bientôt endolori.

— Allez ma vieille ! m'encourageait-elle. Je te rappelle que dans une semaine tu auras une robe à enfiler autour de tout ce machin flasque qui te sert de corps !

Le ciel était clair, l'air encore frais, et une brise embaumée de senteurs florales nous flattait doucement, ajoutant encore à l'agrément de la promenade. La route était à peu près vide de véhicules, si ce n'est, arrêtées çà et là sur les places de stationnement désertées, quelques camionnettes rongées de rouille, dont la présence en ces lieux et l'usage n'étaient que trop clairs. Les prostituées qui s'y donnaient pour quelques billets de dix euros, pour la plupart des clandestines sans papier venues à prix d'or depuis l'Afrique de l'Ouest, restaient claustrées à l'intérieur de leurs cabines miteuses.

— Si ça continue… soupira Sophia, Voilà où je vais finir, moi !

— Arrête tes bêtises ! Qu'est-ce que tu racontes ?

— J'ai plus un sou, Elle ! J'ai reçu une première mise en demeure pour mes impayés de loyer. Et je te rappelle que la trêve hivernale pour les expulsions… c'est en hiver ! Pas au mois de juin.

— T'as réessayé de joindre Rebecca sur son portable ?

— Cette salope a totalement disparu des écrans radars. Sa ligne pro a été coupée. Et je n'ai jamais eu d'autre numéro.

— Attends, c'est pas si dramatique. T'as encore tes « spectacles »…

Les guillemets dont j'avais entouré ce dernier mot, pudique précaution oratoire pour ne pas nommer ses peep-shows, ne firent pas redescendre son exaspération. Elle interrompit subitement sa course, le teint rosé par l'effort et la colère naissante, ses deux mains posées sur les hanches.

— J'aimerais t'y voir, toi, madame Barlet-dorée-sur-tranche !

— Alors vraiment sur la plus petite tranche, tentai-je d'alléger l'atmosphère, songeant encore au contrat soumis par Armand.

Mais mon amie ne me laissa pas le temps de développer.

— Merde, Elle… J'ai bientôt vingt-six ans, j'ai pas de mec, pas de job fixe, mes parents n'ont pas un sou et de toute façon ils s'en balancent complètement.

— So'…

— Tu comprends pas ? J'ai plus aucune ressource, là. Que dalle ! Et je vais pas me fourrer un doigt dans la chatte devant des vieux dégueulasses douze heures par jour pour payer mon loyer !

— Je te l'ai déjà dit. Je peux te prêter un peu de fric.

Soudain, au détour d'une étroite allée transverse, un bruit de moteur vrombit dans notre dos, depuis la chaussée, nous incitant à nous retourner.

Une limousine sombre aux glaces teintées, un modèle allemand selon moi peu commun, roulait au pas, rasant le trottoir surélevé. Il s'arrêta bientôt à notre niveau.

Une vitre à l'arrière s'ouvrit de notre côté. Comme dans les films d'espionnage, on devinait à peine le visage qui se terrait ainsi dans la pénombre de l'habitacle luxueux, tout en nuances anthracite.

— Bonjour ! Vous êtes Sophia, c'est bien ça ?

La voix qui provenait de l'intérieur, derrière laquelle on pouvait entendre la boucle entêtante du *Boléro* de Ravel, ne m'adressa pas un mot.

— Oui…

— Je suis Louis Barlet. Le futur beau-frère d'Annabelle. Et aussi le directeur de la communication de BTV.

Elle que je connaissais depuis toujours assurée et gouailleuse, voilà qu'elle se décomposait, médusée par cette soudaine apparition.

— Je peux vous l'emprunter ? demanda-t-il en me désignant d'un mouvement de menton. Vous ne m'en voudrez pas, j'espère ?

Alors seulement le visage émacié de Louis apparut, tout sourire, aussi affable en cet instant qu'il savait être d'une férocité de fauve par ailleurs. Les notes de vanille et de lavande qui s'échappaient par la fenêtre entrouverte se confondaient désormais avec le parfum de sous-bois. Tel était le pouvoir de Louis Barlet : laisser son empreinte partout, façonner chaque lieu, chaque situation à son exacte image, les reconfigurer par le seul pouvoir de sa présence, comme il avait voulu le faire pour moi en inscrivant mon nom dans la ville.

— Nous avons une petite urgence à voir, Elle et moi, au sujet de son émission.

Comment peut-on mentir avec un tel aplomb ? Il était évident qu'il nous avait suivies jusque-là, et que son irruption échappait à tout motif professionnel.

Son coude posé sur l'appui de la fenêtre, indolent, il ne détachait pas son regard habité des formes de Sophia, avantageusement moulées dans ses leggings et son haut près du corps.

— Alors… ? insista-t-il sur un ton joueur. Vous n'allez quand même pas me la louer ?

Cela semblait dit sans le moindre sous-entendu, mais j'aurai pu jurer qu'à ce mot la peau si mate de mon amie s'était empourprée.

— Non ! se ressaisit-elle enfin. Je vous la laisse bien volontiers. De toute façon, elle se traîne comme une vache !

Je me rebellai pour la forme.

— Merci ! Et la « vache » a peut-être aussi son mot à dire !

— Allez, ne te fais pas prier, puisque ton *collègue* insiste.

— Ça va ? Ça ne t'ennuie pas de rester seule ?

— T'inquiète, je cours plus vite que les pervers du bois !

Cette fois, c'est elle qui planta le jais charbonneux de ses yeux dans ceux de notre visiteur surprise.

Ceci dit, elle imprima dans mon dos une poussée, dont je ne sus dire si elle était destinée à m'encourager ou à se débarrasser de moi.

Louis ouvrit la porte, s'écarta sur la banquette pour me laisser entrer puis cogna à la paroi opaque qui nous séparait du chauffeur pour lui donner le signe du départ. J'eus tout juste le temps de refermer la portière sur moi que nous partions déjà, dans le feulement grave du moteur de grosse cylindrée.

Je n'ai jamais ~~baisé~~ fait l'amour dans une voiture. C'est pourtant d'une banalité ! J'ai parfois l'impression d'être la seule, ou plus exactement la dernière, à vivre des expériences ~~sexuelles~~ érotiques par lesquelles tous et toutes sont déjà passés. ~~À commencer par Sophia, qui m'en a raconté de belles sur ce qu'il était possible de réaliser dans un espace aussi étroit.~~

En la circonstance, s'il avait dû se passer quelque chose dans cette limousine, nous aurions bénéficié de tout le confort nécessaire. Le vaste espace au pied des sièges m'aurait permis, agenouillée devant lui, de me glisser entre ses jambes pour dégainer sa queue. Bercée par les suspensions souples de l'engin, ma bouche serait allée et venue sur sa hampe sans effort. De temps à autre, j'aurais mordu la base de son gland pour m'y arrimer et éviter qu'un nid-de-poule ne précipite celui-ci trop profondément dans ma gorge. Quand il serait venu, à la fin, j'aurais tiré de la boîte de mouchoirs à disposition un carré d'ouate et j'aurais essuyé ma bouche givrée de sperme dans un unique balayage d'essuie-glace.
(Note manuscrite du 11/06/2009, rédigée par mes soins.)

— Vous m'emmenez où ? le défiai-je d'un ton braillard qui m'agaça moi-même. Aux Charmes ? Mes nuits ne vous suffisent plus ?

— Ce serait bien volontiers, croyez-moi... Mais je ne ferai rien sans votre accord.

Il paraissait sincère, presque choqué que je mette en doute ses manières et sa bonne foi.

— Je n'ai pas eu l'impression que la délicatesse vous a retenu, jusqu'ici !

— Détrompez-vous, me corrigea-t-il en saisissant ma main. Si, à un moment, j'avais senti que vous étiez réellement réticente face à ce que je vous proposais, j'aurais tout arrêté sur-le-champ. D'ailleurs vous avez bien vu, l'autre soir... C'est moi-même qui ai mis un terme à notre séance. Je ne force rien, Elle. Je ne fais que vous accompagner sur un chemin sur lequel vous vous êtes engagée de votre plein gré.

Son toupet était confondant. Moi, de plein gré, dans ces chambres ? Moi qu'il avait rendue otage de ses bacchanales, la victime de son chantage odieux ?

Confirmant mes préventions, sa main se referma sur la mienne et la maintint un instant prisonnière puis, comme s'il était revenu à lui, il la relâcha soudainement, en proie à un combat intérieur que son visage peinait à masquer. Il sentit mon regard sur lui et tourna la tête du côté opposé, pour mieux échapper à mon examen.

Je notai toutefois que, pour la première fois, nous parlions ouvertement de ces rencontres dans le secret capitonné de l'hôtel tenu par monsieur Jacques. En un sens, qu'il l'évoquât aussi librement valait pour aveu. Enfin, il avançait vers moi à visage découvert. Enfin, le Louis social se confondait avec le Louis secret et manipulateur, chacun des deux cherchant manifestement à l'emporter sur l'autre.

Je regrettai de ne rien avoir pour en garder une trace, pas même la fonction dictaphone de mon Smartphone pour pouvoir le piéger. Les poches de mon pantalon de molleton gris ne contenaient guère que mes clés et un paquet de mouchoirs.

— Et qu'est-ce qui nous empêche d'avancer plus loin, hein ? Qui vous dit que je n'en voulais pas davantage, ce soir-là ?

Le champ de verges dressées, tendues vers moi, frémissantes sous mes doigts, ondula dans mon souvenir. Je pouvais presque percevoir le bruissement de leurs râles et de leurs soupirs à travers les heures qui m'en séparaient.

— Vous n'étiez tout simplement pas prête, Annabelle… Pas encore. Il y a bien des choses que vous devez découvrir, avant que nous n'allions plus loin.

Il avait abandonné cette morgue qu'il affichait si ostensiblement en public. Ni satyre masqué, ni fanfaron imbu, voilà ce que devait être le véritable Louis. Son parfum flatta mon nez, mais je tins bon, forçant mon attitude et ma voix, pour ne pas me laisser griser une fois encore.

— Comme vos suggestions de lecture, par exemple ? C'est ça ?

Quel était le titre du premier volume de la liste, déjà ? Ah oui : *Femmes secrètes*… Devais-je considérer cela comme un programme qui m'était destiné ? Le premier temps d'une formation ? Était-ce qu'il voulait de moi, à la fin, que je sois moi aussi une femme secrète qu'il posséderait comme son jouet aussi longtemps que cela lui plairait, à l'insu de son frère ?

— Oui, cela en fait partie. Mais il n'y a pas que ça…

Il suspendit sa phrase, volontairement énigmatique.

Au lieu de me répondre, il se pencha vers le micro qui lui permettait de communiquer avec le conducteur et souffla à son intention :

— Aux Tuileries, s'il vous plaît.

Le moteur ronronna et, comme il montait dans les tours, nous colla aux banquettes de cuir souple, si douces au toucher. La sensation de puissance et d'abandon était plaisante, et je m'y livrai un instant, observant Louis du coin de l'œil, toujours aussi fébrile et retenu. Que pouvait-il redouter de moi ? C'est lui qui m'enlevait à mon amie et à ma vie. Lui qui jouait avec cette dernière comme un vulgaire passe-temps.

À l'extérieur, les immeubles avaient remplacé les arbres. Un léger ralentissement, ainsi qu'un concert de klaxons impatients, m'indiqua que nous étions entrés dans Paris.

— Voyez-vous, Elle, on ne peut pas progresser dans la connaissance de soi et de ses sensations si l'on ne commence pas par prendre pleinement conscience de l'environnement dans lequel notre corps s'inscrit.

Je retrouvais ce baratin pontifiant, et pour tout dire un peu creux, dont il nous avait gratifiés lors de la réunion habillage : « Vous ne voyez pas comme nos vies sont en panne de sublime ? »

Et pourtant la manière dont il habitait chacun de ses mots résonnait en moi, pinçant une corde invisible dont le *la*, onde bienfaisante, gagnait peu à peu chacun de mes organes. Je pouvais toujours le nier, il avait ce pouvoir sur moi : celui de me faire vibrer, quoi qu'il dise, quel que fût son discours.

— C'est-à-dire ?

Je fis celle qui ne se contenterait pas d'une formule passe-partout.

— Regardez dehors ! Il n'y a pas une rue, pas une porte-cochère, pas un banc public ou même un simple pavé qui ne soit chargé d'une histoire sensuelle. À chacun de ces endroits, aussi minuscule soit-il, vous pouvez être sûre que sont accrochés des dizaines, voire des centaines de baisers, de gémissements... peut-être même d'orgasmes !

Je le repris sans me démonter.

— Oui, mais aussi des meurtres, des appels au secours, des larmes…

— C'est là où vous vous trompez, Elle. Le plaisir a certes besoin d'une dose de morbide pour éclore, mais il l'emporte toujours sur la mort. Vous m'entendez, toujours !

Éros, Thanatos, pulsion de vie, pulsion de mort, et leur combat éternel pour dominer la psyché humaine : son socle théorique, emprunté à Freud, était assez convenu. Mais là où le psychanalyste autrichien avait fini par envisager une tension visant à l'équilibre entre ces deux forces, Louis, lui, paraissait croire en la victoire finale du plaisir sur le néant. Là où sa thèse devenait troublante, et même assez séduisante, c'est qu'il y intégrait une dimension spatiale et historique :

— Et savez-vous pourquoi, Elle ?

Son œil brillait d'une nouvelle intensité. Insensiblement, il s'était penché sur moi, et je pouvais sentir la flamme qui le consumait à cet instant.

— Non, admis-je.

— Tout simplement parce que pour *une* mort, une destruction, et avant cela la naissance qui y a conduit, les corps se seront rapprochés des centaines de fois, quelque part dans ce gigantesque paysage érotique que vous contemplez. Des centaines de fois où ils auront joui, là, tout autour de nous. Pour qui sait regarder attentivement, les traces de leur plaisir seront toujours plus faciles à percevoir que celles des événements tragiques que vous évoquiez.

— Pourquoi pas… Mais en quoi cela nous concerne, vous ou moi ?

— Patientez encore quelques instants, je vais vous donner un exemple qui sera très parlant. Vous allez voir.

Il murmura à nouveau vers l'avant du véhicule, sa bouche prête à toucher la paroi de séparation :

— Richard, vous pouvez accélérer un peu, s'il vous plaît ? Merci.

Aussitôt la berline s'engagea dans le couloir de bus et s'extirpa du magma de voitures entassées rue Saint-Antoine, pour débouler à toute vitesse dans la rue de Rivoli, sans crainte des contrôles policiers, pourtant nombreux à cet endroit.

Lui, son regard, sa voix, son odeur, la promiscuité de l'habitacle, ses mains que je voyais effleurer le cuir souple et qui auraient aussi bien pu courir sur une autre peau… Je suffoquai presque et pris la liberté d'entrouvrir la vitre électrique de mon côté, un peu d'air rafraîchissant mes sens exaspérés.

Reprendre mes esprits. Reprendre le contrôle. Ne pas me laisser gagner par cette douce torpeur.

— D'accord, finis-je par approuver. Mais à une condition : vous arrêtez de me balader avec cette histoire d'Aurore. Je veux tout savoir sur les conditions de sa mort. Je veux la vérité, Louis. Entière.

Il me dévisagea avec un regard traversé de surprise – n'était-ce pas la première fois que je l'appelais par son prénom ? – et empreint d'une forme de respect. J'y lus un sentiment digne, et profond.

Une nouvelle vague me traversa sans que je puisse lutter, et je songeai pour ma part qu'il aurait eu mille fois l'occasion, à la faveur de cet espace confiné, de glisser sa main sous l'élastique distendu de mon vieux jogging, puis dans ma culotte. Cette idée provoqua une contraction involontaire de mes grandes lèvres et, en-dessous, de mon périnée, que je maîtrisai non sans mal. Si par malheur je venais à mouiller, alors…

Ce n'est pas vraiment un rêve, c'est plutôt une pensée, l'un de ces songes humides qui parfois me traversent, le temps d'un feu rouge ou d'un arrêt de métro dans une station, aussitôt dissipés par la reprise du mouvement.

Dans ce bref laps de temps, j'attribue à tous les hommes qui m'entourent le même visage. Je choisis bien sûr le plus beau d'entre eux, que je copie et que je colle à ses voisins, pour que tous me semblent égaux devant mon désir. Ainsi équipé, aucun ne me paraît repoussant. Tous me semblent dignes de les recevoir. Je les sens divers, multiples, bardés de différences, ne serait-ce que par les odeurs si variées de leur peau, et pourtant je les vois uniques. Ainsi réunis, et pourtant si nombreux, je n'ai aucun scrupule à me livrer à leurs mains

qui m'effleurent ou me pétrissent, à leurs doigts
et leurs sexes qui me pénètrent tour à tour.
~~À chaque nouveau partenaire, le sexe me semble plus~~
~~énorme, et plus dur en moi~~. Quand je reprends mes esprits,
je pense à chaque fois que je ne suis pas assez vaste ou que
je suis dotée d'un nombre insuffisant d'orifices, pour tous les
combler. Je m'en veux de cette lacune et je repars, le rouge
aux joues, la culotte un peu mouillée, leur adressant la
muette promesse de faire mieux la prochaine fois.
(Note manuscrite du 11/06/2009, rédigée par mes soins.)

Et pourtant, hormis cette main qu'il avait tenue quelques secondes, Louis s'était abstenu de tout contact. Oui, vraiment, à sa manière, faite de contradictions et de soudains revirements, cet homme me respectait. Ou alors cette retenue était-elle une manière plus subtile encore de disposer de moi, comme et quand il le voudrait, et pas seulement quand les circonstances l'y poussaient ?

— On se rapproche… chuchota-t-il, fouillant le décor urbain d'un œil impatient. Et vous allez voir : ce que je voulais vous montrer va satisfaire votre curiosité.

Je ne percevais pas vraiment le rapport entre les Tuileries et la mort d'Aurore mais, cramponnée à la poignée, je ne trouvai rien à lui opposer. Tant mieux. Car tout ce qui aurait pu sortir de ma bouche à cet instant-là aurait sonné comme un appel à se jeter sur moi. À me prendre. À m'épargner les explications doctes et à me dispenser ce qu'il persistait à repousser, à chacune de nos rencontres.

Enfin, les longs corps du bâtiment du Louvre émergèrent sur notre gauche et, en quelques coups d'accélérateurs surpuissants, nous dépassâmes le palais des rois de France pour parvenir à la trouée de verdure qu'offraient les Tuileries dans le tissu si dense de la ville. Cependant, je savais qu'il n'en avait pas toujours été ainsi. Et que là où s'élevaient aujourd'hui des arbres, s'était dressé autrefois un second édifice, le Palais des Tuileries, brûlé par les insurgés communards en 1871.

— Pour peu qu'il fasse preuve de caractère, continua Louis, chacun d'entre nous peut s'identifier à un personnage historique. C'est un jeu assez amusant.

Sur quel sentier détourné m'embarquait-il encore ? Je décidai de ne pas le contrarier, et alimentai même sa lubie du moment, recourant à dessein à l'une de ces grivoiseries qu'il affectionnait tant :

— Moi je me suis toujours bien vue en Ninon de Lenclos... Mais je surestime sans doute un peu trop mes talents.

Ses mains désormais croisées paraissaient se maîtriser l'une l'autre et lutter pour qu'aucune des deux ne jaillisse en ma direction.

— David, quant à lui, poursuivit-il sans relever ma référence, possède tous les attributs d'un petit Bonaparte. Charismatique, volontaire, conquérant... Un homme qui prend tout par la force, et à qui tout ou presque réussit.

Sous le panégyrique, je sentais poindre la critique, ou plutôt l'incompréhension d'une nature si différente de la sienne. Mais il me fallait admettre que la comparaison n'était pas sans fondement, si ce n'est le physique, doux et avenant chez David, sec et inquiétant chez l'Empereur des Français.

La voiture fit halte à l'angle de la rue de Rivoli et de l'avenue Lemonnier, laquelle était couverte sur la moitié de sa longueur par le Jardin des Tuileries. Toujours aussi distant, Louis rafraîchit mes notions d'histoire très parcellaires :

— Le Palais qui s'élevait ici il y a encore cent cinquante ans était la pièce maîtresse du Louvre dans sa version la plus complète. Entre autres occupants de prestige, on compte Napoléon Ier, qui mit un point d'honneur à faire du lieu où Louis XVI était tombé sa résidence officielle. Mais ce n'est pas ce qui nous intéresse ici...

— Qu'est-ce qui nous intéresse, alors ?

— Toute l'histoire amoureuse de Napoléon Bonaparte, ou presque, se joue dans ce petit périmètre. C'est au Palais Royal qu'il s'est fait dépuceler alors qu'il était jeune officier sans le sou. C'est à quelques rues d'ici qu'il a vu Joséphine pour la première fois. Et c'est dans ce palais aujourd'hui disparu qu'il recevait la plupart de ses innombrables maîtresses.

J'avais envie de le secouer : une fois de plus, quel rapport avec David, avec Aurore ? Et surtout : quel rapport avec nous ? Avec cette envie manifeste, réciproque, qui enflait dans l'habitacle jusqu'à faire frémir chaque molécule de l'air raréfié ?

Mais je n'eus pas à intervenir, car il savait parfaitement où nous amènerait son préambule érudit :

— Comme Napoléon lorsqu'il a rencontré Joséphine, David est tombé dans un premier temps sous une totale emprise d'Aurore. Elle faisait de lui absolument ce qu'elle voulait. Vous savez, ses fameuses crises borderline… Elle l'a même trompé sans aucune vergogne.

J'avais du mal à me représenter David en soupirant malmené et cocufié.

— Puis, après leur mariage, quand il a commencé à prendre des fonctions plus importantes au sein du groupe, exactement comme Bonaparte est passé du rang de simple élève officier à celui de général, puis de Consul, le rapport de force entre eux s'est progressivement inversé. Désormais, c'est lui qui était en vue, lui que toutes les femmes courtisaient…

— Et Aurore ?

— Elle s'est vite fanée. Elle rongeait son frein à la maison et elle s'est abîmée progressivement dans sa dépression.

— David s'est mis à la tromper, lui aussi, c'est ça ?

Comme je trompais à mon tour David, à ma façon…

— De manière presque compulsive, et sans se cacher, approuva-t-il sans jugement. Dans les Tuileries, un escalier de service partant du rez-de-chaussée menait directement à une seconde chambre, plus petite que la chambre d'apparat, et nichée au-dessus du cabinet de travail de l'Empereur, où Constant, le premier valet de Napoléon, faisait monter les jeunes femmes de la cour sur lesquelles ce dernier jetait son dévolu.

— Pourquoi vous me racontez tout ça ?

Il se tourna enfin vers moi, sévère et incandescent, tel un prédateur si sûr de sa force qu'il peut s'offrir le luxe de laisser sa proie divaguer à l'envi, sans douter un instant qu'il la mangera au final. De fait, son regard me dévorait déjà.

— Parce qu'à l'époque dont je vous parle, David n'habitait pas encore à l'hôtel Duchesnois. Il occupait l'appartement qui est le mien aujourd'hui, avenue Georges Mandel, dans le XVIe. Un appartement qui offre un dispositif tout à fait comparable à celui des Tuileries : le petit deux-pièces situé au-dessus, et qui nous appartient également, est bien sûr accessible par la cage d'escalier principale, mais aussi par quelques marches qui y conduisent depuis chez moi. J'ai fait condamner cet accès il y a déjà longtemps. Mais, en ce temps-là, David s'en servait plus souvent qu'à son tour…

À quoi avaient pu ressembler ces femmes d'un soir ?

Combien de femmes David a-t-il eues avant moi ?
Jamais nous n'en avons parlé. Dois-je les compter en dizaines, en centaines… Plus ?
Peut-on ne pas être jalouse des étreintes du passé ?
Quand on possède un corps, est-il possible d'en effacer la mémoire, et d'écraser toutes celles ou ceux dont il a disposé ?
(Note manuscrite du 11/06/2009, rédigée par mes soins.)

Était-ce là la nature profonde de David, chasseur insatiable, toujours avide de nouvelles proies, là où Louis se concentrait sur une seule : moi ?

Je me demandai où pouvait bien se cacher un escalier dérobé dans l'hôtel Duchesnois.

— Il vous en parlait ?

— Oui. Auprès de moi, David s'en vantait. À ses yeux, cela alimentait notre petite compétition.

Son visage, jusque-là impassible, fut secoué d'un rictus tout juste perceptible.

— Son attitude vous choquait ?

— Elle ne me choquait pas… Elle me révoltait ! Je ne supportais pas qu'il puisse se débarrasser d'Aurore comme d'un jouet cassé, juste parce qu'elle était plus fragile que lui. Juste parce qu'elle…

Il plaqua sa main sur la vitre de son côté, comme s'il cherchait à effacer la vue qu'elle nous offrait.

— Parce qu'elle... ?

— Pour justifier ses écarts de conduite, David a prétendu qu'Aurore avait des *talents* très limités. Et qu'il avait beau essayer de résister à la tentation, il ne pouvait pas se satisfaire de ce qu'elle avait à lui offrir.

Il n'eut pas à me détailler la nature des talents en question.

— Vous voyiez les choses autrement... hasardai-je.

Ce disant, j'avais posé sur son genou une main qu'il avisa avec un regard empreint de désir et de souffrance. Je la retirai aussitôt. Je ne voulais pas gâcher cet instant, aussi chaste fût-il, pas plus que je ne voulais éteindre ses confidences et les voir s'éloigner à jamais.

Louis le libertin, Louis le pervers, s'était mué sous mes yeux en un Louis transi, déchiré entre ses envies et le poids écrasant de ses souvenirs, visiblement soucieux de me ménager. Ces égards nouveaux me déroutaient.

— Oui. Je pense que c'est David qui l'étouffait. Au moment de leur rencontre, il en avait fait son objet parfait, une sorte d'être intouchable. Il l'avait tellement idéalisée... que lorsqu'il a appris les frasques d'Aurore, il a tout fait pour la couper du monde.

— Il les lui a fait payer.

— Je dirais plutôt qu'il a voulu reprendre la main sur leur couple. Je vous rappelle : David, c'est Napoléon. Vous pouvez tout lui prendre, sauf le pouvoir. Enfermer Aurore chez eux était le moyen le plus commode d'affirmer son ascendant. Sa santé avait bon dos, et les médecins qu'il payait se montraient assez complaisants pour prescrire un repos constant à Aurore.

— Elle ne sortait donc jamais ?

— À la fin, presque plus... Que ce soit avenue Mandel ou à Dinard, elle vivait sous cloche. Le pire est qu'elle ne s'en plaignait pas. Elle était devenue totalement dépendante de lui.

Napoléon et Joséphine, le souverain et sa vieille maîtresse délaissée. Entre David et Aurore, ce ne pouvait être la différence d'âge qui avait eu raison de leur passion. Alors quoi ? Fallait-il croire cette hypothèse pleine d'amertume : leurs besoins sexuels si divergents les avaient éloignés l'un de l'autre ?

— Et ensuite ?

Un nouveau toc-toc sur la cloison pour intimer à Richard-le-chauffeur de repartir.

— Le jour de la mort d'Aurore, nous étions tous à Dinard, aux Roches brunes, la grande villa que papa avait achetée sur la corniche de la Malouine. Il se l'était offerte une vingtaine d'années plus tôt, comme un caprice, en revendant une partie des parts qu'il possédait dans *L'Océan*.

Dinard.

« Au bord de la mer... Mais pas au bout du monde », avait suggéré David, s'agissant de notre lune de miel. C'est donc là qu'il comptait m'emmener ? Là où tant de ses souvenirs s'accrochaient au paysage tourmenté...

— Vous y allez encore ?

— Moi, non... répondit-il en sourdine. Je n'y suis plus jamais retourné. La maison est restée en l'état ou presque. Je crois juste qu'Armand va y faire un peu de ménage, une fois par an, mais c'est tout.

— Alors ce jour-là, le pressai-je. Que s'est-il passé ?

— David s'était absenté précipitamment, soi-disant pour affaires, comme d'habitude. Aurore restait enfermée dans sa chambre. Elle pleurait tout le temps. Elle avait trouvé un message de l'une de ses maîtresses. Bref...

— Vous étiez là, vous aussi ?

— Oui, avec ma compagne de l'époque.

Louis Barlet avait donc déjà eu des « compagnes ». Lui, l'animal sauvage et insaisissable, s'était laissé un temps enfermer dans la prison du couple, tel que celui-ci devait lui apparaître. Accepterait-il jamais d'y revenir de son plein gré ?

— C'est mon amie qui a réussi à faire parler Aurore à travers la porte et qui a compris ce qui s'était passé. Un vaudeville banal... et hélas un épisode très semblable à tout ce qu'il lui avait infligé auparavant.

Je ne l'interrompais plus. À cet air grave qui était tombé sur son visage, comme un grain venu du large, je sentais bien qu'il lui faudrait se livrer complètement.

— Puis nous sommes sortis dîner à Saint-Malo, tous les deux. Mes parents étaient là. Armand aussi. Il n'y avait aucune raison de s'inquiéter.

Apparemment, si…

— Elle s'est échappée, en douce, dans la nuit. Vous verrez, quand vous ircz là-bas…

David l'avait-il mis dans la confidence sur la destination de notre voyage de noces ?

— La maison est accrochée à flanc de falaise. Côté mer, le seul accès à la plage passe par un petit escalier très escarpé. Il débouche sur un chemin de douanier qui est recouvert à marée haute.

Je ne pus chasser la vision macabre qui surgit soudain en moi :

— Elle s'est noyée là ?

— Oui… Enfin, ce n'est pas très clair. Mais, juste en dessous de cette promenade, il y a de très gros rochers, très affûtés. Quand la mer les découvre, on croit qu'on peut marcher dessus, mais en fait ils sont percés de trous et de crevasses. Il suffit de plonger un pied dans l'une d'entre elles pour s'y trouver piégé.

— Pourquoi ?

— L'eau qui s'y engouffre agit comme une pompe. Elle vous aspire. Et pour peu que la mer remonte, il ne faut pas longtemps pour être submergé. Si personne n'intervient pour vous tracter hors de là dans les minutes qui suivent…

Ce récit corroborait celui qu'il m'avait déjà fait, plusieurs jours auparavant, devant une tasse de thé.

Je remarquai sans oser l'interroger que notre voiture filait maintenant vers l'ouest, dépassant la Concorde puis l'Étoile.

— Vous croyez qu'il a pu s'agir d'un accident ?

— Honnêtement, non. Je ne le crois pas.

Ce fut exprimé sans pathos.

Alors que son regard s'était échappé jusque-là par la fenêtre, il se tourna vers moi, et m'adressa un petit sourire soulagé. Se put-il que je fusse la première à laquelle il se confiait de la sorte ?

— De toute manière, on ne le saura jamais… Quand je suis arrivé sur place, il était trop tard, bien sûr. Il n'y avait plus qu'un pan de chemise de nuit blanche qui surnageait à la surface.

Comme un idiot j'ai voulu plonger à cet endroit… Tout ce que j'ai réussi à faire, c'est d'être embarqué à mon tour. J'ai juste eu un peu plus de chance. Je n'y ai laissé que celui-là…

En même temps, il tapotait son genou meurtri d'un geste las..

— Vous vous en êtes sorti comment ?

— C'est un pêcheur qui rentrait au port qui m'a aperçu. Il a pris le risque de s'approcher du rivage plus qu'il n'y était autorisé pour me sortir de là.

— Vous lui devez une fière chandelle !

— Oui. Et je ne sais même pas de qui il s'agit. Cet idiot n'a jamais voulu donner son nom au personnel de l'hôpital de Saint-Malo. Il est reparti comme il était venu.

— Et Aurore ?

— Quand j'ai repris connaissance, ma copine de l'époque m'a appris qu'on n'avait pas retrouvé son corps. Ses restes sont sans doute encore là-bas, quelque part au fond de la mer… peut-être déjà mélangés aux débris de coquillages.

— Et David… Quelle a été sa réaction ?

— Exactement celle que je vous ai déjà racontée, Elle. Lui qui l'avait si mal aimée, il n'a pas supporté sa disparition. Plusieurs années après, il a fait cette entaille qu'il porte encore sur le bras. Pendant un temps, il m'a même fait porter le chapeau : il est allé raconter à droite à gauche que c'est moi qui avais poussé sa femme dans les rochers.

Encore un avantage pour sa version. Elle recoupait les derniers propos de David sur le sujet, au moins sincères sur ce point.

— C'est absurde, bien sûr. Mon amie a pu témoigner que j'étais en voiture avec elle au moment des faits.

Et les autorités ont conclu à un simple accident. Fin de l'histoire. Fin d'Aurore. « Le plaisir l'emporte toujours sur la mort », avait affirmé Louis un peu plus tôt. Pour ma part, je ne parvenais pas à distinguer en quoi il avait triomphé de sa vieille rivale, en quoi Éros avait damé le pion à Thanatos, dans ce drame affligeant.

Je me redressai dans le fauteuil, faisant crisser le cuir sous mon poids, et Louis s'abîma à nouveau dans la contemplation silencieuse du paysage. Le récit de ce drame avait dissipé pour l'essentiel la brume sensuelle qui flottait entre nous depuis notre départ de Nogent.

Après la longue enfilade de tunnels qui perfusaient les sous-sols de La Défense, nous débouchâmes sur une avenue de banlieue qui m'était familière, la nationale 13, là où elle traversait le bas de Suresnes et du Mont-Valérien, puis Nanterre. Je frémis à l'idée qu'il puisse vouloir m'accompagner chez maman, mais la berline poursuivit sa folle équipée vers l'ouest sans marquer le moindre arrêt.

Enfin, après avoir dépassé le centre-ville de Rueil, nous prîmes sur notre gauche une allée bordée de marronniers. Bientôt la voiture se gara devant la grille d'un élégant château que je reconnus sans peine : La Malmaison, ce havre de paix et de verdure, réputé aujourd'hui encore pour ses roseraies, et que Bonaparte avait offert à sa Joséphine une fois sa fortune assurée.

Qu'espérait donc Louis ? Que nous allions honorer ensemble cette chambre dont j'avais déjà fréquenté la réplique aux Charmes ? J'en doutais, vu son attitude.

Mais voilà qu'après ces confidences pesantes, il redevint soudain fidèle à lui-même, léger, imprévisible, pièce insaisissable d'un échiquier fou, où les cases changeaient constamment de couleur et de place.

Pour la première fois depuis le début de notre périple, je me tournai entièrement vers lui et lui fis face, prête à le confronter, disposée à ne plus être à la merci de ses constants changements d'humeur :

— Qu'est-ce que vous cherchez, au juste, avec moi ? C'est quoi, votre jeu ?

— Je ne joue pas, Annabelle, me répondit-il avec le plus grand sérieux. Je ne joue jamais. Tout ce que je fais… C'est révéler.

Une fois encore, ses yeux revendiquaient sa sincérité, clamaient son innocence et, accessoirement, me transperçaient de part en part.

— Révéler ?

— Oui, c'est ça. Considérez-moi… comme un produit photographique. L'agent qui fait apparaître l'image invisible contenue dans vos sels d'argent. Vous ne vous en rendez sans doute pas compte… Mais moi je la perçois. Je la vois qui commence à poindre sur vous…

La couleur choisie pour mon Dix-fois-par-jour, ainsi que ses autres envois de cadeaux, n'était donc pas fortuite ? Couleur argent. La couleur de la révélation.

— Les produits photo n'existent plus, aujourd'hui, rétorquai-je avec un peu de morgue. Personne n'en utilise. C'est fini. Tout est numérique.

— Pas chez moi.

Son sourire finit par éclore comme une fleur nouvelle en son jardin. D'un geste discret, presque modeste, il désigna la bâtisse de style néoclassique, pierres blanches et toit d'ardoise :

— Vous l'avez déjà compris… Je suis d'un autre âge !

Comme il bondissait brusquement de la limousine – avec toute la vivacité que lui autorisait sa patte folle –, sa cheville se découvrit brièvement, juste le temps pour moi d'entrevoir sur sa peau un autre tatouage, une autre lettre, sorte d'écho au *a* gravé à son poignet. Il s'agissait d'un D majuscule, apposé dans une police de caractère en entrelacs précieux.

A et D. Autrement dit : AD.

— Aurore Delbard, ne pus-je m'empêcher de murmurer.

23

Le reste de la journée avait été une suite d'instants doux et badins, dans la grâce printanière des massifs de roses et à l'ombre des alignements de tilleuls. Le parfum des fleurs n'était pas sans rappeler celui de maman, et un voile de culpabilité flotta quelques instants sur moi à considérer le peu de temps que je passais ces temps-ci à ses côtés.

Heureusement, quoique modeste, le parc de la Malmaison était un ravissement : sans agencement tape-à-l'œil, sans jeux d'eau ou animations spectaculaires, il offrait un vaste espace dans lequel il était plaisant de flâner, coupé de la ville et du temps. Comme il l'avait déjà fait à Paris, Louis s'appliqua à n'être qu'un guide exquis, fourmillant d'anecdotes piquantes, parfois même sulfureuses, toujours chargées de cette nuance équivoque, qui transformait l'histoire en une véritable encyclopédie des mœurs dissolues. D'ailleurs, il s'appesantit plus que nécessaire sur la dépendance construite à la demande de Napoléon pour y recevoir ses maîtresses, sans importuner pour autant celle de maison.

Nous grignotâmes un déjeuner tardif dans une brasserie voisine, et l'après-midi touchait déjà à sa fin quand la limousine me déposa au pied de l'hôtel Duchesnois.

— À bientôt ? se contenta de me demander Louis dans un sourire fait d'espoir et d'humilité.

Je ne l'avais pas repérée jusque-là, mais il m'apparut alors que, au bas de sa joue droite, naissait une petite fossette, et ce à chaque fois qu'il semblait sincèrement remué. Cette fossette de la vérité, comme je la baptisai dans l'instant, s'était déjà creusée les rares fois où il s'était livré à moi sans fard. Dans le jardin du musée de la Vie romantique. Et aussi, plus tôt ce même jour, dans sa voiture, quand il m'avait fait le récit complet de la mort d'Aurore.

— Peut-être bien… lâchai-je pour toute réponse. De toute façon, on aura bien l'occasion de se revoir pendant l'une de ces passionnantes réunions à BTV !

Il apprécia mon trait d'ironie douce et caressa ma main du bout des doigts.

La porte de mon côté s'ouvrit alors d'un coup, avant même que j'en aie saisi la poignée. Richard-le-chauffeur, qui était demeuré derrière son volant toute la journée sans jamais se montrer à nous, surgit dans le contre-jour.

— Mademoiselle… grommela le colosse qui s'effaça pour me laisser descendre.

Prévenance surprenante, après tant de discrétion.

Mais une fois dehors, et dans la lumière, je ne pus que reconnaître ce crâne, cette mâchoire et, par-dessus tout, cette affabilité de dogue… « pas tibulaire mais presque ». Le voisin si mal embouché, qui m'avait rendu Félicité comme une crotte, c'était lui !

J'en restai bouche bée. Il regagna son siège à l'avant de la voiture, aussitôt suivi par un claquement de porte, puis par le ronflement sourd du moteur. Je m'interrogeais encore sur ce fâcheux mystère que la berline décampait déjà à l'autre bout de la rue, citrouille moderne, bruyante et véloce.

Comme souvent à cette heure-là, et plus encore depuis qu'Armand courait la ville pour nos préparatifs, la maison était vide. Les trois lascars à poils, quant à eux, devaient être au jardin, profitant des chauds rayons qui illuminaient le versant sud de l'hôtel Duchesnois.

À côté de l'enveloppe argentée – pouvais-je encore parler d'une surprise ? – je notai la présence d'un message manuscrit, de la main de David, preuve qu'il était repassé par ici au cours de la journée.

Nouveau dîner pensum avec les Coréens.
Vu leurs coutumes, biture en vue.
Je risque de rentrer tard. Ne m'attends pas.
Je t'aime.
D.

Je pris tout mon temps pour décacheter l'autre pli qui, avant même d'être ouvert, me parut moins rebondi que les précédents. En effet, il ne contenait en tout et pour tout qu'un habituel passe magnétique des Charmes, ainsi que deux bristols.

L'absence de note les accompagnant faisait office de test : désormais, j'étais supposée connaître le lieu et l'heure de nos rendez-vous. Les Charmes, à 22 heures.

Je retournai les deux rectangles de papier rigide, pour découvrir avec un fond de stupeur que chacun portait un commandement différent. Louis n'avait plus besoin de répéter l'un d'entre eux pour me convaincre de venir. Il savait par avance que je serais là. Et puisque c'était un fait acquis, il pouvait désormais mettre les bouchées doubles. Passer à la vitesse supérieure :

4 – À ton maître tu te soumettras

Puis, peut-être plus comminatoire encore sous son apparente bienveillance, contenant en germe une menace sourde, venait ce deuxième ordre :

5 – Ton désir tu écouteras

Que savais-je vraiment de mes désirs ? Si le stratagème de Louis avait bien éveillé en moi des envies gommées par le temps et les étreintes bâclées – un révélateur, avait-il dit… –, étais-je si sûre de vouloir m'y abandonner ? Que valaient donc ces pointes de plaisir, ces accès de jouissance aigus, piquants, et par nature éphémères, contre les immenses terres balisées du bonheur selon David Barlet ?

Je décidai de respecter pour l'heure le silence mensonger de ce dernier. Si l'histoire racontée par son aîné était aussi vraie qu'il le prétendait, alors David n'était pas qu'un vulgaire dissimulateur. Il avait été la première victime de la folie d'Aurore, en même temps que son bourreau. Et je pouvais imaginer la chape de honte et d'infamie sous laquelle il vivait depuis, les années effaçant à peine la douleur lancinante de ces lointains événements, impuissantes à alléger le poids de ses erreurs. J'étais pour lui un territoire vierge, une entreprise qu'il ferait fructifier cette fois sans s'égarer, et cette ambition justifiait bien quelques silences, aussi pesants et déloyaux fussent-ils de prime abord.

Après une collation rapide dans la cuisine, Sinus et Cosinus à mes pieds, à l'affût des miettes que je leur concéderais, je m'enfermai dans la chambre, et sortis d'entre mes dessous les trésors offerts par Louis au cours des derniers jours : la clé mystère, la cravache, cet œuf dont la seule vue suffisait encore à provoquer en moi une contraction irrépressible, le collier de la Païva, et même ce pic à cheveux, certes payé par David, mais dont le choix revenait sans nul doute à son frère. Je retournai chacun d'eux dans mes mains, appréciant la douceur de l'un ou la richesse ornementale de l'autre. Durs et raffinés, lisses et rigides, pénétrants et impénétrables, ils composaient une mosaïque étrange, bric-à-brac fidèle aux contrastes de leur expéditeur. Subtilement équivoques. Pourtant, cette brocante érotique n'était rien si je ne décidais pas de m'en emparer. Sa mise en scène savante n'avait eu d'autre but que celui-ci : faire de moi une actrice de mes plaisirs, et faire de ces objets inanimés mes vivants partenaires.

Alors, pourquoi aucun objet n'accompagnait ma convocation du jour ? Une autre surprise de son cru m'attendait-elle sur place ? Ou devais-je m'attendre à quelque chose de plus *incarné* ?

Oui, une nouvelle contemplation dans la psyché de notre chambre suffit à m'en convaincre, j'avais changé. Définitivement, sans doute. Je n'étais plus une hotelle, mais j'étais encore moins ce matériau meuble, presque trop souple, que David croyait pouvoir façonner à sa guise. Et si je persistais à me glisser avec docilité dans les luxueux atours qu'il me servait – cette maison, cette robe, et ce mariage en première classe – et qu'il ajustait pour moi avec le plus grand soin, quelle partie de moi y adhérait encore ? Était-ce toujours moi dans cette vie dorée, ou bien la petite fille de Nanterre qui survivait en moi ? Quant à la nouvelle Elle, celle qui avait éclos au gré de mes rendez-vous secrets avec Louis, à quoi aspirait-elle ? Le savait-elle seulement ? Dans quelle chambre serait-elle bientôt croquée ?

Dépourvue d'indices matériels, je me présentai enfin devant Les Charmes, quelques minutes avant l'heure habituelle. 22 heures moins quelques feuilles.

J'y entrai sans un regard ni un mot pour monsieur Jacques, occupé à quelques travaux d'écriture. Après notre récent accrochage, je me voyais mal solliciter une fois de plus son aide, et je filai directement vers les ascenseurs.

— Bonsoir, mademoiselle !

Je retrouvai le sourire d'Ysiam avec une joie non feinte. Ses longs cils battirent un peu plus vite, signe que ce plaisir était partagé. J'avais beau le savoir assujetti à Louis, agent servile de son maître, il conservait à mes yeux une innocence qui me le rendait sympathique malgré tout.

— Bonsoir, Ysiam. Vous me conduisez à la bonne chambre ?

— Bien sûr. Laquelle est-ce ?

Sa bouche s'élargit. Il affichait un air joueur.

— Eh bien… J'imagine que vous le savez, non ?

— Moi, oui. Mais c'est vous qui devez me le dire !

Puisqu'il le prenait comme ça…

— D'accord. Voyons donc ce qu'il me reste en magasin : j'ai une clé, une vieille clé qui pourrait ouvrir n'importe quelle porte…

— N'importe quelle porte, confirma-t-il, pas mécontent de poursuivre la partie. Donc aucune.

— Hum, je n'ai plus de collier, plus d'œuf… J'ai un pic à cheveux.

— Vous êtes certaine qu'il figure dans votre stock d'accessoires ?

— Non… Vous avez raison. Et, dans ce cas, il ne me reste plus… qu'une cravache !

Il acquiesça d'un clin d'œil réjoui.

— Voilà ! Ça, c'est en magasin !

— Une cravache… répétai-je, songeuse.

Laquelle de nos courtisanes légendaires pouvait bien user d'un tel joujou ? Je tâchai de passer en revue l'intitulé des chambres qui m'étaient connues, mais rien ne me venait. Quand soudain, à quelques pas derrière lui, j'aperçus cette affiche rétro…

Ysiam perçut l'axe de mon regard qui déviait insensiblement. Il se retourna. Sur le poster encadré, une réplique récente d'une publicité d'époque, on pouvait voir une danseuse espagnole tenant d'une main un éventail, et de l'autre, comme pour mieux souligner sa posture martiale, elle était armée d'une cravache. Je n'eus dès lors qu'à lire le nom de cette ténébreuse beauté : Lola Montez.

— Lola Montez ? m'étonnai-je en soulignant le *z* final. On ne dit pas Montès ?

— *Lola Montès*, c'est le titre du film que Max Ophuls a imaginé à partir de sa vie. Mais son vrai nom, c'était Montez.

Sa petite leçon récitée – je ne doutais pas une seconde de qui il la tenait – il m'entraîna dans la cabine de l'ascenseur et nous embarqua d'une brève pression du pouce vers le deuxième étage.

Le spectacle se révéla saisissant. Là où les couloirs des autres niveaux brillaient par leurs couleurs éclatantes, tout l'étage en question était habillé de noir, murs, portes et moquette compris. L'éclairage pourtant vif des appliques peinait à percer cette obscurité de four. Et, sous peine de trébucher, il fallait progresser pas à pas, presque à tâtons, jusqu'à la chambre.

L'intérieur de la pièce était à peine plus gai, plongé dans une pénombre épaisse, qu'irisaient les reflets d'une ou deux veilleuses sur les dorures des plinthes et du plafond. Ce cénotaphe à la mémoire de la plus mythique cocotte de l'ère romantique inspirait *a priori* plus de recueillement que d'excitation. Mais le déclic de la porte qu'on verrouillait dans mon dos me rappela brusquement ce que je venais chercher ici, tel un premier coup de fouet donné à mes sens.

— Approche…

Comme la fois précédente, l'irruption de ces mots sans visage dans l'espace clos me sortit de mon hébétude, décharge sonore qui manqua me tirer un cri d'effroi. Mais cette fois-ci, il n'était pas question de haut-parleurs. Le timbre métallique, distordu par l'artifice électronique d'un vocodeur – ou autre appareil de ce type – ne provenait pas des hauteurs de la pièce, mais bien du côté opposé à la porte, là où l'ombre ne permettait plus de distinguer quoi ce fût, silhouette ou décor.

Je perçus néanmoins un mouvement furtif dans cette opacité. Je pouvais le jurer : on progressait vers moi. Je reculai à pas lents, chacun de mes mouvements ralentis par la peur et le désir mélangés, vieux complices de nos plus odieux cauchemars, engluée dans l'attente du réveil.

— N'aie pas peur. Si tu es là, c'est que tu n'as plus peur.

Le son produit était effrayant, mais ses inflexions se voulaient rassurantes. Sur ces mots, enfin, il m'apparut pour partie. Il demeurait pourtant anonyme, cagoulé qu'il était de latex noir et mat, enveloppé d'une combinaison de même matière et qui couvrait l'ensemble de son corps élancé, jusqu'à la pointe des pieds. Stupéfiant costume qui ravivait pêle-mêle divers chromos d'enfance – catcheur, hercule de foire – et certains fantasmes autrement plus adultes – Catwoman, soumis SM ou que sais-je encore.

Le renflement distendu du matériau élastique, éclat saillant sous son bas-ventre, indiquait clairement qu'il bandait déjà.

— N'est-ce pas ? insista-t-il.

Prudemment, j'approuvai :

— Non, je ne crains pas…

De derrière son dos, il sortit un objet fin et long que je ne parvins pas tout de suite à identifier.

— Alors, viens vers moi. Tu ne risques rien.

Une cravache ! Comparable à celle que Louis m'avait offerte, et avec laquelle je jonglais innocemment, quelques minutes plus tôt.

Un détail me frappa alors : malgré l'obscurité, il était flagrant que l'homme qui se dressait devant moi ne tenait rien qui ressemblât à une canne, et il ne paraissait pas avoir besoin d'un tel appui pour se tenir debout.

— Vous n'allez pas… m'étranglai-je.

— Te fouetter ? Non. Pas si ça n'est pas nécessaire. Pas si tu es sage.

Je tentai de recouvrer la maîtrise de ma voix et de ma raison.

— OK, OK… Ça va un peu trop loin pour moi, là.

— Tsss… siffla-t-il en avançant. Nous ne sommes encore allés nulle part, et tu te défiles déjà !

— Je ne veux pas être battue.

— Qui a dit que tu le serais ? Il y a mille autres choses à faire que te battre avec *ça*, tu sais.

Pour illustrer son propos, il se mit à caresser mon corps de la pointe de cuir souple à travers le rempart dérisoire de mes vêtements. Chaque passage m'électrisait autant que s'il s'était agi de sa langue.

Ce qui, en d'autres circonstances, simple spectatrice, m'eût probablement paru grotesque, distillait en moi le sirop d'un abandon aussi doux que vénéneux. Être au centre de son attention et de son dispositif abattait ma raison, paravent bien fragile dressé entre mes désirs et moi-même. Mes défenses tombaient une à une et je sentais l'impérieux besoin de me laisser aller à ses injonctions.

— Ferme les yeux… Concentre-toi sur ce que tu ressens.

Je n'eus pas besoin de les rouvrir pour percevoir sa présence, plus proche, quasiment à mon contact si j'en jugeais par ce souffle qui balayait mon visage et mon cou à intervalle régulier. Ce qui me dérouta, en revanche, c'était son manque flagrant d'odeur corporelle. Rien d'autre n'émanait de lui, pas même un relief d'eau de toilette, que l'arôme artificiel du latex, aigre et entêtant.

Il prit alors ma main et, avec une délicatesse pleine d'égards, me conduisit jusqu'au lit revêtu lui aussi de draps noirs, catafalque de soie sur lequel il finit par me renverser au ralenti.

Fait étrange, ma chute déclencha de la musique, laquelle s'éleva depuis les hauteurs de la pièce, et retomba sur nous en pluie fine, puis de plus en plus forte.

Je ne connaissais pas ce morceau, mais je dus admettre qu'il collait parfaitement à la situation, mélopée envoûtante, tendue tout du long par une seule nappe musicale et chantée dans une langue que j'étais incapable de reconnaître. On aurait dit le chant grégorien d'un culte nouveau, et dont les femmes auraient été les grandes prêtresses. Les mots importaient peu, car il n'y avait qu'à se laisser hisser par cette voix si haut perchée, jusque-là où elle culminait.

Un à un, l'homme retira mes vêtements – j'avais fait sobre et simple, ce soir-là – et poursuivit sur mon corps dénudé la promenade alanguie de la lanière de cuir. À la précision maîtrisée de ses gestes, je devinais une musculature développée, mais sèche.

— Ce morceau s'appelle « *Forever without end* »... murmura-t-il à mon attention.

C'est ce que m'inspirait sa cravache, qui semblait avoir intégré un plan détaillé de mes zones érogènes les plus sensibles. Elle ne ciblait que les meilleures, et s'attardait avec une application parfaite sur celles qui déclenchaient les frissons les plus doux, les plus longs et, surtout, les plus visibles. La base de mon cou approuva, frémissante. Le dessus de mes épaules abonda, dans un tressaillement irrépressible, où une douleur légère le disputait au plaisir. Même ce triangle de peau sans nom, situé entre l'oreille et la nuque manifesta son contentement et son aise. Et que dire de mes seins, de mon ventre, et de tout l'intérieur extasié de mes cuisses, qui s'écartaient un peu plus à chaque passage, tremblantes et si curieuses de découvrir la suite, comme si on leur racontait cette histoire pour la première fois ?

Tout mon corps était parcouru d'une même tension, impatiente, avide d'en apprendre et, plus que tout, d'en sentir plus. Plus fort ?

— J'aime beaucoup ça... soupirai-je, sans que je sache moi-même si je parlais de ses caresses ou de la musique.

L'intrusion soudaine du bâton de cuir entre mes grandes lèvres me tira un piaillement exaspéré. Il frotta ainsi ma fente à plusieurs reprises, sans forcer, appliquant une pression juste assez marquée pour que chaque passage me mette au supplice, mes reins tendus à l'extrême, mon dos creusé, projetant mon sexe à sa rencontre.

— Aïe !

Le premier coup sur mon ventre était parti sans préavis, léger, et néanmoins assez net pour que je sente sa morsure.

— Vous ne deviez pas me battre !

Je me relevai, furieuse, mais d'une main il me plaqua à nouveau sur la couche, sans qu'il me fût possible d'échapper à son poids.

— Fouetter n'est pas battre.

— Ah oui ? Vous expliquerez la différence à ma peau !

— Ne t'arrête pas aux mots… Ressens plutôt.

Loin de me couper de mes sensations, ma petite colère amplifiait les signaux adressés par mon corps. À chacune de ses frappes cinglantes, j'en espérais plus, suspendue à l'intensité de la suivante, m'interrogeant par avance sur sa violence mais aussi la partie de moi qu'elle toucherait. Il zébra tour à tour mes seins, mes cuisses, le flanc de mes fesses, évitant soigneusement mon visage, révulsé de douleur et d'envie.

Je réprimai malgré tout un réflexe de panique quand, me chevauchant soudain, ses genoux interdisant à mes bras le moindre mouvement, écrasée sous sa masse, je compris ce qu'il manigançait : le contact glacé du métal sur un premier poignet, le zip de la pince qui se referme, puis la même chose pour attacher l'autre main.

Menottée.

Comme je rouvrais les yeux pour deviner la suite qu'il comptait donner à mon plaisant martyr, je découvris que tout avait disparu : les veilleuses avaient été éteintes et la pièce reposait dans un noir parfait. Je ne pouvais désormais le situer dans l'espace qu'à son souffle ou au peu de chaleur perceptible que dégageait son corps gainé.

Il dut lire cette dernière pensée, car le bruit d'une glissière se fit entendre, et j'en conclus qu'enfin il se dévêtait. Ce faisant, il ne libéra pas que son corps, mais aussi cette fragrance Ô combien familière, et que la gangue de latex avait retenue jusque-là prisonnière.

Vanille. Lavande. En un nom : Louis. Ou un homme parfumé comme lui ?

Les derniers doutes s'évaporèrent quand sa voix, rendue à son timbre naturel, se joignit à l'odeur :

— Il n'y a pas de noir assez noir pour t'éclipser…

Je supposai qu'il parlait… de ma beauté ?

La cravache ne fut pas le seul accessoire dont il apporta ce soir-là une réplique.

— Oh non !

L'œuf métallique qu'il venait de plonger d'autorité dans mon sexe était le jumeau de celui par lequel il m'avait déjà transportée.

— Si, se contenta-t-il de confirmer.

Puis, sans comprendre ce qui allait ensuite se passer, j'entendis le frottement subtil de ses pieds sur la moquette puis le double déclic de la porte qu'on ouvre et qu'on referme.

Était-il réellement sorti ?

Je n'eus pas le temps d'imaginer une autre hypothèse. En moi la graine de plaisir avait germé, l'œuf s'était animé spontanément, mu par un ordre que j'imaginais distant. Les mains liées, il m'était impossible de contrôler quoi que ce soit, ni sa puissance, ni sa trajectoire en moi, et encore moins la durée de ses vibrations.

Le premier orgasme frappa mes profondeurs comme une implosion. Je ne me sentis pas dispersée mais, au contraire, ramassée en une boule de feu et de plaisir, compactée telle une sculpture moderne dont n'auraient émergé que le sexe, la vulve sidérée.

— C'est pas ça… C'est toi… pleurai-je presque d'extase et de frustration.

Je voulais en finir. Ou plutôt, je voulais tout commencer. Je n'en pouvais plus de ces jeux et de cette jouissance mécanisée. Je le voulais lui. En moi. Sans plus aucun délai, si ce n'est celui que nous nous imposerions tous les deux pour nous faire venir.

Et, à l'instant même où il franchit le seuil, j'ajoutai, désespérée et plaintive, reconnaissante et livrée :

— Viens…

Sans un mot, il fondit sur moi et retira l'œuf de mon vagin. Le flot qui s'en écoula provoqua jusque dans ma poitrine une vague apaisante. Je me sentais submergée. Aspirée dans le tourbillon de mon orgasme. Noyée, et heureuse de l'être.

— Prends-moi… Prends-moi, le suppliai-je.

Il se fit aussi sourd à cet appel que si j'étais restée muette. À la place, je sentis qu'il s'agenouillait entre mes jambes, tirant mes fesses d'un mouvement brusque au bord du lit. Il se mit à lécher mon sexe détrempé comme un assoiffé au sortir du désert.

Le contraste avec la méthode employée par David était frappant. Là où mon futur époux brillait par sa régularité de métronome, Louis n'était qu'accidents, interruptions et changement de rythme. Il n'avait pas besoin de s'immiscer en moi pour en exploiter le meilleur. Et ce qui aurait dû retarder mon plaisir – ne prétendait-on pas que le cunnilingus ne valait que s'il était long et appliqué ? – attisait plus encore mon envie, gonflait nymphes et lèvres, et érigeait mon clitoris jusqu'à des sommets inédits.

Je ne sais plus à quel propos l'un de nos profs de fac, à Sophia et moi, avait jugé bon de nous citer en exemple un ouvrage de photographies érotiques : Née de la vague, de Lucien Clergue. Après coup, j'avais eu la curiosité de chercher sur Internet à quoi celui-ci pouvait ressembler, et j'avais été fascinée autant qu'incommodée par ces images de beautés nues, la plupart sans tête, plongées dans les flots et l'écume. Leur vision m'avait renvoyée à un aspect de mon propre sexe qui m'avait toujours mise mal à l'aise, alors même que ce détail avait, chez la gent masculine, le pouvoir de m'exciter : l'odeur de ~~ma chatte~~ mon sexe. J'aurais pu très bien m'en accommoder et refouler celle-ci dans un coin secret de mes complexes si, plusieurs fois chaque jour, bien qu'habillée et parfumée de frais, je ne la sentais émaner délicatement. Sur les bancs du lycée puis de la fac, comme dans une salle de cinéma ou assise sur un strapontin de métro, partout où les circonstances me mettaient au contact d'inconnus, j'étais persuadée que ceux-ci se trouvaient en mesure de sentir l'effluve si odorant, si musqué, de ~~ma chatte~~ mon minou. Cette fragrance marine, bien sûr, que j'attribue depuis toujours à mon sexe, les pages de ce livre me semblaient, elles aussi, les exhaler.

(Note manuscrite du 11/06/2009, rédigée par mes soins.)

De la pointe de sa langue, il se glissa sous le capuchon et joua un long moment avec mon bouton, directement, effaçant cet ultime écran en même temps que mes derniers scrupules. Par instants, ce fut presque douloureux, mais soudain un éclair traversa la pièce et vint le frapper, lui, le minuscule organe de ma félicité, déchirant mon ventre, brûlant mes entrailles d'une gerbe de flammèches qui brouillaient ma vue et disjonctaient un à un tous mes autres sens.

— Oh, ouiiiiii !

J'étais foudroyée. J'étais cramée. Je n'étais plus une femme qui jouit en Non, mais bien en Oui.

Cette fois-ci, je ne l'entendis pas sortir. Et c'est seulement en bougeant l'un de mes bras que je compris qu'il m'avait libérée de mes entraves.

Mais, même affranchie, je le savais bien : je lui appartenais, maintenant. Je pouvais me marier avec qui je voudrais. Y compris son frère. Je pourrais construire autour de moi toute une existence de confort douillet.

Je n'aurais dorénavant plus qu'un seul maître. Et c'était Louis. C'était lui.

24

12 juin 2009

Confrontée à un problème personnel important ou, pire, un dilemme, j'avais toujours agi de la même façon, c'est-à-dire en suivant la méthode la moins journalistique et la moins professionnelle qui fût : plutôt que de chercher auprès de mes proches des exemples édifiants ou des points de comparaison, je regardais tous les films ayant trait, de près ou de loin, à ladite problématique. À bien des égards, je faisais plus confiance aux cinéastes qu'à mes confrères de la presse ou aux experts, psychologues ou sociologues patentés, pour avoir fait à leur manière le tour des questions intimes. Par exemple, s'agissant du cancer de maman, j'avais revu plusieurs fois, dans les semaines suivant son annonce, le *Journal intime* de Nanni Moretti, l'un des films sur le sujet le plus apte à vous ragaillardir.

Sur l'amour partagé entre deux frères ou deux sœurs, il me semblait difficile de faire plus juste et sensible que *Hannah et ses sœurs,* de Woody Allen, ou encore cet autre film italien, la saga *Nos meilleures années*, dont la vision, encore adolescente, m'avait définitivement acquise à la cause de la sublime Jasmine Trinca, dont je singeais dès lors la moue boudeuse et les grands yeux effarouchés.

Contrairement au Elliot de la fameuse Hannah, qui revenait sagement à sa conjugalité, après un tour affriolant dans les bras de la bouillante Lee, je refusais cette fatalité bourgeoise, frappée au sceau de la morale et du conformisme. Ne pas faire de choix, essayai-je de me convaincre toute la nuit suivante – je la passai à me retourner d'un côté puis de l'autre, contre un David inerte –, c'était déjà une forme de choix.

Après tout, n'était-il pas envisageable de vivre ainsi, partagée entre leurs attentes respectives, scindée en deux, moi-même déchirée entre mes désirs et ma raison, mon corps et mon cœur, entre celui qui avait voulu me conquérir par la ruse et par la force, et cet autre versant de moi-même, plus apaisé, où les jours s'écoulaient sans passion mais aussi sans douleur, bercés par la musique suave du confort, de la tendresse et de la facilité ?

— Bonjour, Elle. J'ai édité le contrat définitif. Il est sur la console, comme convenu. Si vous voulez bien y jeter un dernier œil et le signer…

Armand était apparu dans la cuisine au petit déjeuner, aussi discret qu'un spectre. Plus la date du mariage approchait et plus je lui trouvais mauvaise mine. Le stress des préparatifs ? L'abus d'alcool consécutif à celui-ci ?

— Oui, merci Armand. Je suis sûre que ce sera parfait.

Aux commandements de Louis, déviants, cinglants et excitants, répondaient les impératifs édictés par David, somme de règles qui contribueraient à faire de notre vie commune une longue balade programmée par un régulateur de vitesse. Aucun heurt, aucun accident, la griserie sage d'un parcours où les bons jours ne se distingueraient qu'à peine des mauvais, amortis qu'ils seraient par l'airbag de son argent et de mes concessions. Je pourrais même fermer les yeux, tout serait définitivement sous contrôle.

— Ah, j'allais oublier, s'exclama-t-il avant de retourner aux urgences du jour. Le bijoutier m'a rendu la bague. Je me suis permis de la déposer dans votre chambre, sur la table de nuit.

À côté du dossier contenant le contrat, je trouvai une autre pile, moins épaisse, mais dont la présence m'émut plus sûrement : dans leur pochette plastifiée, une liasse de feuilles perforées vierges, identiques à celle qui m'avait déjà été déposée. Comme s'il ne doutait pas un instant que je puisse en avoir l'usage, mon fournisseur prévoyait déjà la suite que je donnerais à mon Dix-fois-par-jour. Mieux, il y faisait lui-même son grand retour. Car sur la toute dernière page il avait griffonné, de son écriture si reconnaissable, les mots suivants :

Quand je mets à vos pieds un éternel hommage,
Voulez-vous qu'un instant je change de visage ?
Vous avez capturé les sentiments d'un cœur
Que pour vous adorer forma le créateur.
Je vous chéris, amour, et ma plume en délire
Couche sur le papier ce que je n'ose dire.
Avec soin de mes vers, lisez les premiers mots :
Vous saurez quel remède apporter à mes maux.

Je restai interdite un moment devant cette forme si singulière – depuis quand s'exprimait-il en vers ? – et plus encore ébranlée par le fond. Se déclarer ainsi, aussi ouvertement, en une langue sans fards malgré son élégance, ne lui ressemblait pas.

Puis, attrapant dans le salon la tablette numérique qui ne quittait jamais la table basse, je rentrai les premiers mots de son texte dans le navigateur Internet. Le clin d'œil m'apparut aussitôt, évident : « Réponse d'Alfred de Musset à George Sand. » Autant le poème codé de cette dernière ne m'était pas étranger, autant la réplique de son amant m'était inconnue. La clé de cryptage était ici plus simple, puisqu'elle était donnée en toutes lettres à l'avant-dernier vers : « Avec soin de mes vers lisez les premiers mots. » Si on l'appliquait, cela produisait la question suivante : « Quand voulez-vous que je couche avec vous ? »

De lien en lien, je dénichai aussi l'ultime réponse apportée par George Sand à ce jeu littéraire qu'elle avait elle-même initié : « Cette insigne faveur que votre cœur réclame/Nuit à ma renommée et répugne à mon âme. » En clair : cette nuit.

Un sourire intérieur fleurit en moi : était-ce là son projet ? Établir entre nous, par le biais de mon carnet, une correspondance comparable à celle tenue en leur temps par ces deux plumes inspirées ?

Mon Dix-fois-par-jour repêché du fond de mon sac, j'y consignai les deux vers en question. Même si Louis ne les lisait jamais, au moins le dialogue entre nous ne serait-il pas rompu.

Je me demande si, une seule fois depuis que je suis sexuellement active, j'ai pris l'initiative d'un rapport, même fugace, avec l'un de mes partenaires. Je crois bien que non, et je n'en suis pas particulièrement fière. Il n'est pas question de honte, mais plutôt de regrets, tant je crois aujourd'hui que celui des deux qui exprime le premier son désir bénéficie d'une sorte de prime. Aurais-je plus souvent joui, ou été une maîtresse plus conforme à leurs fantasmes, si je m'étais jetée certaines fois sur mes amants précédents ? Je ne le saurai jamais. Mon sexe, et mon corps tout entier, est à jamais orphelin des élans qu'il n'a pas eus autrefois.

(Note manuscrite du 12/06/2009, rédigée par mes soins.)

Aiguillonnée par cette nouvelle facétie, je me préparai en hâte, enjouée et légère. L'heure tournait à une vitesse folle et, après deux jours d'absence, il n'était pas question que j'arrive au bureau avec un retard qui ferait l'objet de nouveaux commentaires. J'imaginais déjà qu'on jasait à mon propos et que la tour Barlet tout entière bruissait des commérages perfides sur mon inconséquence.

— Ouf ! J'avais peur que vous ne reveniez plus du tout !

Selon sa déplorable habitude, Chloé se jeta sur moi à peine la porte automatique du hall franchie. Elle paraissait plus fébrile encore qu'il y a deux jours. Mon absence avait-elle causé tant de trouble parmi le personnel ? Je songeai aux propos de David sur le regard sans concession des syndicats.

— Mais non, me défendis-je. Pourquoi ne serais-je pas revenue ?

Elle me dévisagea comme si j'étais une folle ou une ermite sortie de sa retraite après dix années coupées de toute information.

— David ne vous a rien dit ?

Dit quoi ? Se put-il qu'il ait cédé à la pression des encartés de tout poil et qu'il m'ait sacrifiée sur l'autel de la paix sociale ?

— Il aurait dû me parler de quelque chose en particulier ? demandai-je avec moins d'assurance.

— Alice !

Je le revis prendre la blonde renversante dans ses bras consolants.

— Alice et Chris !

Alissécris... On aurait dit je ne sais quel juron québécois. Mais malgré cette idée saugrenue, je n'avais pas la tête à plaisanter.

— Je suis désolée, Chloé, mais je ne comprends pas du tout ce que...

— Chris Heames, le directeur artistique, et Alice Simoncini... Ils ont été surpris en pleine action, si vous voyez ce que je veux dire. Dans son bureau à elle !

La sublime directrice marketing s'était-elle offerte à ce grand dadais prétentieux par dépit ?

— Excusez-moi, fis-je mine d'être au-dessus de tels potins crapoteux, mais je ne vois toujours pas le rapport avec moi ?

— Eh bien ils ont été virés pour faute grave, tous les deux ! Pile le jour où vous êtes arrivée ici. Pas d'indemnités, pas de chômage, même pas un pot de départ... Rien.

Je n'en croyais pas mes oreilles.

— Tout le monde ne parle que de ça. Il paraît même que Yves, à l'informatique, aurait actionné la webcam de son portable, via le réseau, et qu'il aurait tout filmé. Mais bon, moi il est hors de question que je regarde un truc pareil. C'est dégoûtant !

La manière lascive dont elle replaçait inlassablement son chignon sur sa tête clamait tout le contraire.

Je songeais, encore et encore, à cette scène que j'avais surprise entre mon homme et la congédiée. Ce n'était donc pas la fin d'une aventure qu'il lui avait annoncée sous mes yeux, comme je l'avais cru de prime abord. Mais son licenciement. Sous des gestes empathiques, presque tendres, il s'était comporté comme le plus inflexible des patrons. Un soir il l'invitait chez lui, à sa table. Le lendemain ou presque il la mettait dehors comme une paria.

Cette perspective posa dans mon dos la main glacée du doute et de la peur. Et s'il venait à apprendre l'étrange relation qui nous liait désormais, son frère et moi, qui saurait l'empêcher de m'infliger le même sort ? Chassée, répudiée... tondue !

Notre arrivée au dix-huitième étage me prouva que l'effervescence décrite par Chloé n'était pas encore retombée. Et si l'on me scrutait ainsi à travers les baies vitrées, tout au long de ma progression dans le couloir, ce n'était pas parce que je cheminais à mon tour vers l'échafaud, mais bien pour lire sur mon visage les effets de cette nouvelle. Que cela me plût ou non, je faisais désormais partie de ces figures de la chaîne dont l'opinion, à défaut de peser sur la destinée de l'antenne, ricochait d'oreille en oreille, et occupait les esprits.

— Ne faites pas attention à eux, me souffla l'assistante de David à l'oreille. Ils se demandent qui sera le prochain. Ils sont inquiets…

Et moi donc !

— …Mais au fond ils ne sont pas méchants.

Parvenues devant mon bureau – au premier coup d'œil je constatai qu'aucun pli, argenté, ne m'y attendait –, Chloé s'échappa vers ses obligations minutées :

— 8 h 48… J'ai déjà au moins six minutes de retard sur mon planning. Je vous laisse. Mais n'hésitez pas à m'appeler si vous avez besoin de quoi que ce soit.

Je supposais que cela, comme son accueil dans le hall, faisait partie des consignes directoriales et des quelques petits privilèges que mon statut particulier impliquait. Sur mon bureau toujours aussi vide, une note manuscrite d'Albane m'informait que j'étais attendue dès 9 heures à l'étage au-dessous, pour mes tout premiers essais caméra. Je n'eus donc que le temps d'un expresso infect, crachoté par un distributeur asthmatique, avant de descendre dans l'arène.

Vêtue d'un sweat-shirt informe et d'un treillis, la journaliste m'accueillit d'un sourire franc dans sa tenue de combat. Elle claqua sur mes joues deux bises sonores avant même que je ne dégaine ma main.

— Salut ! Tu vas mieux ?

— Oui… ça va, dis-je en feignant un ton lointainement souffrant.

— OK. Tant mieux. Parce que fini de rigoler. Aujourd'hui, on commence les choses sérieuses. C'est le grand jour, celui où tu entres dans la lumière !

— Il semblerait…

— D'ailleurs, suis-moi, je vais te présenter toute l'équipe technique.

Ou comment être projetée en moins de quinze secondes dans la pénombre d'une régie, devant une quinzaine de paires d'yeux qui vous jaugent, vous jugent, bulle muette de condescendance que rien, pas même vos plus beaux sourires, ne pourrait crever.

— Bonjour…

Mais ce n'est ni leur nombre ni leur air de vieux camionneurs tatoués qui me laissèrent sans voix après ce timide salut. Ce qui me stupéfia, c'était de retrouver parmi eux…

— Fred !

Il était sorti du groupe et s'avançait vers moi, aussi détendu que si l'on avait rendez-vous pour un brunch entre copains.

— Salut, ma Elle.

« *Ma* Elle », appuyé juste comme il le fallait, afin que chacun pût apprécier l'accent possessif de ce pronom.

Je l'attrapai par la manche et le tirai sur-le-champ hors du bocal, vers le plateau encore vide et dépourvu d'éclairage.

— Qu'est-ce que tu fous là ? Ça ne te suffit pas de venir taper un scandale devant chez moi ?

— D'abord tu dis bonjour, et ensuite tu te calmes. Tel que tu me vois, j'ai été embauché pour un CDD de six mois. Et pour ton information, tout le monde nous regarde.

Je trouve parfois stupide, et même un peu injuste, que ce que nous avons appris sur notre propre sexualité ou ce que nos anciens amants ont pu découvrir sur le sujet ne soit pas transmis à notre partenaire du moment. Comme il existe un carnet de santé, devrait être édité pour chacun d'entre nous un carnet de sexualité, non pas rempli par notre médecin, mais par tous ceux ou toutes celles qui ont un jour partagé notre couche. Ainsi, lorsque nous nous trouvons pour la première fois dans un lit avec une nouvelle conquête, celle-ci pourrait le consulter et procéder directement aux gestes et aux caresses qui nous plaisent plutôt que de tâtonner des jours ou des mois, parfois toute la durée de la relation.

Qu'aurait pu écrire Fred sur la Elle intime qu'il avait connue ? Par exemple qu'il ne parvenait pas à trouver la manière de me faire jouir en me léchant ? ~~Ou encore que j'étais une piètre suceuse, timorée, incapable de l'avaler aussi profondément qu'il l'aurait voulu, dégoûtée à l'idée de recevoir son sperme dans ma bouche, faveur que je lui refusais systématiquement ?~~

(Note manuscrite du 12/06/2009, rédigée par mes soins.)

Un coup d'œil oblique à travers l'épaisse paroi vitrée me confirma que la bande des techniciens se délectait sous cape de nos retrouvailles houleuses. La copine du boss qui tombe nez à nez avec son ex, voilà qui était cocasse et qui rompait avec la routine.

— Tu as été embauché sur *mon* émission ?

— Oui. Ils cherchaient un preneur de son dispo et compétent. Et me voilà !

— Comme par hasard ? fulminai-je en sourdine. Tu te fous de ma gueule, là ?

— J'en ai l'air ?

Il me détailla alors comment, après son départ précipité de l'hôtel Duchesnois, Louis s'était débrouillé pour trouver ses coordonnées puis le contacter. Les deux hommes avaient bu quelques bières ensemble un soir, il y a quelques jours de cela, à l'issue de quoi, un peu grisé, Louis s'était proposé de le faire embaucher dans le groupe audiovisuel dirigé par son frère, « à titre de réparation ».

— C'est ce qu'il t'a dit ? glapis-je du fond de ma fureur. « À titre de réparation » ?

— Ben oui, quoi. Ça lui semblait un deal honnête, et à moi aussi : son frangin me fauche ma nana, il me trouve un job.

Le plus affligeant, dans cette histoire, n'était pas que Louis manipulât le désarroi de Fred et son criant besoin d'un contrat. Non, ce qui m'humiliait plus encore que tout ce qu'il m'avait fait subir jusque-là, c'est la manière dont sa nouvelle machination me reléguait au rang de vulgaire valeur d'échange sur le marché de l'emploi.

— Je suppose que David n'est pas au courant de votre petit arrangement ?

— Oh ben non… Je ne vois pas pourquoi. C'est entre Louis et moi.

Plus notre discussion durait, plus l'hilarité gagnait les troupes enfermées en régie. Certains devaient déjà avoir travaillé avec Fred, car j'en vis deux ou trois qui lui adressaient des grimaces déplacées et autres petits signes complices et grivois.

Au fond, que pouvais-je répondre à cela ? Et qu'aurais-je pu en dire à David, qu'il ne prît comme l'aveu d'un attachement persistant et coupable à mon ex-compagnon ou d'un différend suspect avec son frère ?

Je choisis plutôt l'option suivante, saisissant l'occasion qui m'était offerte de reprendre enfin la main sur le cours de choses :

— OK. Fred, y'a un truc qu'il faut que tu saches, à propos de Louis.

— Il te court un peu après, non ?

C'est fou comme, en quelques jours, et par la magie d'un recrutement miraculeux, celui-ci semblait avoir enfin coupé avec moi toute attache affective. Louis avait visé juste : en lui rendant son honneur, il avait tari la colère de mon ex, en même temps que la source des sentiments qu'il me portait encore.

— Pas exactement. Disons qu'il se comporte bizarrement.

J'omis soigneusement tous les chapitres concernant les invitations, les commandements et nos rendez-vous aux Charmes, et j'insistai sur la façon dont il me circonvenait à travers une prodigalité sans bornes, et dont maman était la première bénéficiaire.

— Ah oui, en effet… C'est chelou.

— Ça m'embête de te dire ça…

Je fis la moue.

— Quoi ?

— …et ça n'enlève rien à tes capacités, bien sûr. Mais je pense que s'il t'a choisi, ce n'est pas une coïncidence. C'est moi qu'il veut toucher à travers toi ou maman.

Il me considéra un instant, circonspect, soudain plus sérieux, à nouveau habité par cette violence que je connaissais trop.

— D'accord… Selon toi, si on me propose un bon job, ça ne peut pas être parce que j'en vaux la peine. C'est forcément par rapport à mademoiselle et son petit nombril !

Je tentai d'attraper un avant-bras qu'il dégagea d'un geste brusque.

— Ne te braque pas, Fred, merde…

Il regagnait déjà le groupe de ses pairs, quand ma question le figea :

— Il ne te l'a pas dit ? Hein ?

— Pas dit quoi ?

— Que tu bosserais pour moi ? Je suis certaine qu'il s'est bien gardé de te le préciser.

— Hum… C'est vrai. Il n'a rien dit. C'est la DRH qui me l'a appris. Mais qu'est-ce que ça prouve ?

— Qu'il te manipule, tout simplement. La liste des techniciens de l'émission est bouclée depuis une semaine, bluffai-je. Si tu as atterri ici, et que David n'est pas au courant, c'est forcément que Louis est intervenu.

— Possible, admit-il, toujours sur ses gardes.

— Tu ne vois pas qu'il joue avec toi, avec nous tous ? Pour un type comme lui, on n'est rien. Des insectes sous sa chaussure !

L'image dut faire mouche car je vis à l'intensité de ses yeux délavés que j'avais reconquis toute son attention.

— Et tu proposes quoi ?

— Si David apprend comment tu as été embauché, il annulera le contrat. Je te le garantis.

— Qu'est-ce qui te rend si sûre de toi ?

— Tu es arrivé quand ici ?

— Avant-hier.

— Alors tu as vu comment il a viré les deux autres lapins, la grande blonde et le crétin niqueur… En moins de temps qu'il lui en faut pour se moucher.

Je claquai des doigts pour souligner mon effet.

— OK. J'imagine que ton silence ne sera pas gratuit, suggéra-t-il avec un éclat plus vif dans le regard.

— Disons que là aussi, c'est un échange de bons procédés : tu gardes ce job…

Je suspendis ma phrase, à la recherche du seul service que Fred était réellement en mesure de me rendre. Le seul susceptible d'équilibrer le jeu de pouvoir auquel Louis me soumettait, nouvelle page dans ce dialogue muet que nous avions tous deux entrepris.

— Et moi ?

— Et toi… tu te débrouilles pour enregistrer le plus souvent possible les conversations de Louis avec son entourage.

— Tu délires ou quoi ? Tu me prends pour James Bond ?

— Je ne veux pas savoir comment tu fais, Fred. Mais tu me chopes ses communications sur son fixe, tu enregistres quand il cause à proximité d'un micro sur un plateau… Tout ce que tu peux attraper, je prends.

L'intervention d'Albane mit fin à notre tractation, mais je lus l'approbation dans son hochement de tête résigné. Pauvre Fred : même les bonnes nouvelles tournaient pour lui en coups fourrés.

— Elle ? Tu viens au maquillage ? Si on veut boucler les essais avant le déj', il ne faut pas tarder à s'y mettre.

La matinée qui suivit passa comme un souffle. La présence constante d'Albane à mes côtés, elle que tous respectaient, quels que soient leur ancienneté et leur grade, ainsi que les passages éclair de Luc et Philippe sur le plateau pour s'assurer du bon déroulement de cette phase initiale, contribuèrent à installer un climat plus serein entre l'équipe et moi. Même Fred fit profil bas, rangeant pour la circonstance son orgueil de mâle blessé et se montrant même assez bien disposé, à certains moments, pour jouer les bons offices, d'une blague ou d'une facétie destinées à détendre l'atmosphère.

La fille qui apparaissait dans les écrans de contrôle me ressemblait aussi peu qu'une actrice à sa doublure mais, au fil des heures, je parvins à m'habituer à cet étrange dédoublement, et à assouplir mes expressions et mes gestes sous l'œil intraitable de la caméra.

— Tu viens déjeuner avec nous ? me lança Stan, le réalisateur de l'émission, comme si cela allait de soi.

J'aurais mille fois préféré une salade et un Monaco avec Sophia mais, dans un souci d'intégration, j'acceptai l'invitation de bonne grâce et picorai mon hachis Parmentier d'une fourchette la plus amène possible.

Albane, dont les formes inexistantes attestaient d'un certain dérèglement alimentaire, nous lâcha aux abords de la cantine. C'est pourtant bien elle qui me harponna, dès mon plateau déposé sur le comptoir de la plonge.

— Elle ! Je peux te parler deux minutes ?

— Qu'est-ce qui se passe ? m'enquis-je, alertée par son air chafouin.

— J'espère que la bouffe de la cantoche était à la hauteur, parce que tu vas avoir besoin de réserves.

— Des réserves… Pour quoi ?

À sa manière, directive, un peu pète-sec, elle m'entraîna sans un mot dans les toilettes pour femmes, voisines de la sortie du self. Puis, au milieu du brouhaha et des conversations, elle avoua enfin :

— On commence demain soir, se contenta-t-elle de balancer.

Pour ne pas m'évanouir et lui donner le temps de m'achever, je fis l'idiote :

— On commence quoi ?

— L'émission.

— C'est une blague ? Les autres t'ont chargée de me bizuter, c'est ça ?

— Crois-moi, je préférerais…

— Mais pourquoi ? Qui a décidé ça ?

— À ton avis… ?

Elle réprima un sourire aigre.

David aurait décidé de me jeter dans la fosse aux lions que je ne l'aurais pas mieux pris. Je ne comprenais pas le sens de ce sacrifice. Qu'espérait-il en m'envoyant de la sorte au casse-pipe ?

— Ça ne lui a quand même pas pris comme ça, tout à coup, en arrivant au bureau ?

— Non, évidemment. On vient d'apprendre que notre concurrent direct avait avancé sa nouvelle émission de variétés d'une semaine.

— Et elle commence demain soir, spéculai-je.

— Tout juste.

— M'enfin, c'est absurde ! Je croyais qu'on nous plaçait le jeudi parce que ce n'était pas une case de programmation trop exposée.

— Je le croyais aussi.

— On n'envoie pas une coquille de noix commandée par un mousse face au plus gros porte-avion ennemi !

Ma métaphore navale dut lui plaire car elle me gratifia d'un geste amical de la main, fait rare chez elle.

— Eh bien, on va apprendre à nager, on n'a pas le choix !

Nous échangeâmes quelques regards affligés, nimbées toutes deux par instants d'un nuage de poudre ou de parfum.

— Qu'est-ce qu'en pense Luc ?

— Comme toi : qu'on va se faire massacrer. Mais va dire ça à un amiral qui n'a d'yeux que pour le matelot en question…

Je baissai les yeux puis la tête. Elle avait cent fois raison. Les sentiments que David me portait affectaient son discernement en profondeur. Il ne décidait plus en patron, mais en homme amoureux, impulsif, confiant à l'excès, incapable d'entendre les discours alarmistes ou simplement prudents de son entourage.

Lorsque Chloé me vit passer la tête dans son bureau, elle écarquilla des yeux qui mesurèrent d'instinct l'urgence de la situation.

— David est disponible ?

— Oui… paniqua-t-elle un instant, avant de consulter l'écran de son ordinateur, puis sa montre. Encore dix minutes. Après il part en rendez-vous extérieur. Je vous annonce ?

— S'il vous plaît, oui.

Mon futur époux me reçut à bras ouverts, comme si je lui rendais une banale visite de courtoisie, en voisine soucieuse d'entretenir des relations cordiales.

— Elle ! Chérie ! Tu as appris la grande nouvelle ?

Je n'imaginais pas que le bureau d'un homme aussi important puisse être aussi dépouillé. Hormis son bureau, trois fauteuils et un petit canapé, la pièce ne comprenait pour toute décoration qu'un buste en bronze de son père, André Barlet. Lui aussi, c'était la première fois qu'il m'était présenté.

David me prit dans ses bras un bref instant et me désigna le siège face au sien, comme il l'aurait fait avec n'importe lequel de ses collaborateurs.

— C'est magnifique, non ?

— Magnifique, oui, approuvai-je avec lassitude. Mais totalement impossible, aussi.

— Pourquoi ? À cause de cet abruti de Chris Heames ?

— Non, je…

— On s'en contrefiche. On a au moins vingt décors tout prêts dans la réserve. Il ne reste qu'à les installer, régler les lumières… et en avant !

Tout paraissait si simple, et même envisageable, dès qu'il l'exprimait avec cet enthousiasme confondant.

— David… Tu oublies un détail.

— Quoi donc ?

— Je n'ai jamais fait de télé !

— Mais si ! éclata-t-il de rire.

Autant essayer de convaincre le Docteur Folamour de ne *pas* appuyer sur le bouton.

— Mais non !

— Tu t'angoisses pour rien. Tu as la meilleure équipe de pros de toute la télé française avec toi.

Dont Fred, mon ex… Le type qui voulait te faire la peau, il y a quelques jours encore.

— Super ! Et pour parler de quoi ?!

— Relax ! Albane m'a dit qu'elle avait assez de sujets montés en stock pour couvrir trois émissions.

Dont un reportage sur les hotelles ! hurlai-je muettement. Je ne pus contenir plus longtemps mon exaspération. Si quelqu'un pouvait encore lui ouvrir les yeux dans cette maison de fous et de lâches, c'était bien moi.

— Enfin… Tu fais exprès de ne pas comprendre ou quoi ?

— De ne pas comprendre quoi ?

Il se rembrunit.

— Que je suis nulle ! Nulle, tu entends ? J'ai foiré tous mes castings, David. Et ce n'est pas uniquement parce que tes concurrents sont des aveugles ou des salauds.

— Si, ce sont de vrais cons.

Je me levai d'un bond.

— Tu ne peux pas balancer une émission avec une débutante comme moi dans la tranche horaire la plus importante de toute ta grille, et sans aucune préparation ! C'est du délire ! Je ne suis pas prête, David, point barre !

À son expression, fermée, impassible, je perçus les effets de mon explosion verbale.

— Je ne ferai pas cette émission, conclus-je, sur un ton plus mesuré.

— Tu la feras, répliqua-t-il du tac au tac.

— Non.

— Tu la feras... parce que je le veux... parce que tu seras bientôt ma femme...

Pas encore, ne pus-je m'empêcher de penser.

— Et parce que si tu sors de ce bureau en restant sur ta position, ce n'est pas la peine de revenir ici demain. Ni après, d'ailleurs.

Il était prêt à me congédier, moi, sa fiancée, celle qu'il portait aux nues l'instant d'avant, comme il l'avait fait avec Alice et Chris, coupant leur tête du tranchant de sa volonté. Irrévocable.

— Réfléchis bien, Elle. Si tu ne fais pas cette émission demain, tu demeureras ma femme, la femme que j'aime... Mais tu ne seras plus jamais une employée de cette entreprise. Cette partie-là de notre vie sera finie.

25

— Bon, c'est pas parce qu'on doit pondre cette émission à l'arrache qu'on va se la jouer petits bras, hein…

Plus je fréquentais Albane, plus j'appréciais l'énergie de cette jeune femme moins fruste qu'il n'y paraissait. À mesure que nous planchions sur notre catastrophique échéance du lendemain soir, je comprenais la raison de cette attitude : dans un monde masculin par nature, il n'y avait pas cinquante manières d'exister. Soit on se compose un personnage de créature subjuguante et intouchable, une femme fatale telle qu'Alice, mais encore fallait-il disposer des attributs nécessaires et accepter de vivre en permanence sur les douze centimètres de son piédestal, poudrier en main ; soit, à l'instar d'Albane, on défie les hommes sur leur terrain, celui du professionnalisme et du verbe haut. Je disposai de tout le reste de l'après-midi pour apprécier son sens inné de la formule, son humour ravageur et cette capacité à transformer la plus banale des réalités en sujet palpitant.

— On ne peut pas se contenter d'enfiler les reportages comme un gamin des nouilles sur le collier de sa maman. On doit trouver un thème directeur pour emballer tout ça. Même si c'est du flan, on doit encapsuler notre tambouille dans un intitulé plus global.

— Tu penses à quelque chose ?

— Moui… C'est très fourre-tout, mais vu le timing, on aura du mal à trouver mieux : quelque chose comme « Les dix plaisirs de l'été ».

— Pas mal, approuvai-je. On pourrait affiner ainsi : « Les dix plaisirs de l'été, cinq pour lui, cinq pour elle ».

— Pas idiot…

— Cinq plaisirs chacun, dont un plaisir interdit, ajoutai-je, sottement fière de ma trouvaille.

— Excellent ! Ça va me permettre de caser le sujet que Louis m'a fait bidouiller l'autre jour. Je me voyais mal proposer la prostitution occasionnelle comme une bonne idée pour occuper les vacances. Mais du coup ça rentre impec' dans ta rubrique.

Ou comment se tirer une balle dans le pied, le sourire aux lèvres.

— Tu es sûre ? Moi il me dérange un peu ce reportage…

— Pourquoi ? ironisa-t-elle. Il chatouille la féministe farouche qui est en toi ?

— Oui… Y'a de ça. J'ai surtout peur que ça plombe un peu le reste. Je sais que Louis considère les phénomènes de société comme faisant partie de la culture. Mais si on pouvait éviter de commencer par du trash…

— On est d'accord. Mais moi je lui vois une immense qualité, à ce sujet.

— D'être déjà en boîte ? soupirai-je.

— Exactement. Et plus encore : d'avoir été produit sur les fonds secrets de Louis Barlet. Mine de rien, ça nous fait faire dix pour cent d'économie sur le budget du pilote.

— C'est si important que ça ?

— Si on veut défendre notre bifteck en cas d'audience insatisfaisante, oui, ça peut même être vital.

— Je comprends. Mais qu'est-ce qui nous certifie qu'on va prendre un tel bouillon ?

— Moi, je te le dis. On n'a jamais vu une émission sans préparation ni aucune promo cartonner. Donc si le petit caprice de Louis nous permet de prouver qu'à défaut de péter l'audimat, ton émission coûte moins cher que toutes les autres… Je dis « on prend » !

Je ne trouvai aucun argument valable à répondre à cela. Il serait donc question des hotelles. Je ne pouvais qu'avaler cette couleuvre et boire un grand verre d'eau par-dessus pour la faire mieux passer. Dans l'immédiat, je me contentai de quelques gorgées d'un thé fumé qu'Albane avait fait infuser pour nous deux.

— Si tu veux, on le visionne maintenant, suggéra ma consœur. Tu seras moins mal à l'aise en plateau si tu as le temps de préparer un lancement qui te permet de prendre tes distances… Tu vois, le genre : « Je vous balance ça, mais c'est pour mieux dénoncer les salopards qui recourent à ce genre de service. »

Je n'ai pas regardé beaucoup de films X, au cours de ma vie. Quatre, ou peut-être cinq, tous à cette période où Fred avait jugé bon que nous les visionnions ensemble, soi-disant pour relancer une libido assoupie. Mon seul souvenir de ces séances, c'est cette peur infondée, et pourtant irrépressible, qui me gagnait à chaque fois dès le générique de début. Pas la peur de mes réactions ou celle d'être troublée par un spectacle que je trouvais avilissant. Non… La crainte absurde de voir apparaître sur l'écran mon corps et mon visage, comme si mon double avait pu participer à ce tournage sans que je le sache. Cette perspective idiote me bloquait totalement, sans que Fred comprenne ce qui était de nature à me tétaniser ainsi. Intérieurement, sous ma peau de marbre, je bouillais. Mon sexe était en ~~alerte rouge~~ feu. Et plus l'une des actrices me ressemblait, plus ma fente s'humectait d'un ~~fluide~~ nectar abondant et épais.

(Note manuscrite du 12/06/2009, rédigée par mes soins.)

Cette attention l'honorait. Décidément, sous cette carapace un peu grossière vivait un être bien plus subtil et empathique qu'il n'y paraissait.

— Non, non, si tu dis qu'il est bon, je te fais confiance… concédai-je à contrecœur. C'est toi la pro.

D'arbitrage en capitulation, je passai le reste de la journée à la regarder façonner *mon* émission. Mais qu'espérais-je, au juste ? Ne l'avais-je pas dit moi-même à David, quelques heures auparavant : je n'y connaissais rien ? Et, sans une Albane pour pallier mon incompétence, mes débuts à l'antenne n'eussent guère été plus probants qu'un bricolage potache entre copains, je le voyais bien, face à ses automatismes.

J'étais si accaparée par tout cela que, emportée par le flot trépidant de ma nouvelle camarade, j'en oubliais presque les Barlet, leurs mensonges et ces filets qu'ils me tendaient l'un et l'autre, emmêlés d'une si inextricable manière, et où chaque nœud recouvrait un entrelacs plus complexe encore.

Mon portable en mode silencieux, j'omis de consulter mes messages. Enfin, à la faveur d'une brève pause, j'entendis la voix de maman me raconter comment trois ouvriers étaient venus le matin même au pavillon pour réparer ces mille petits détails qui empoisonnaient son quotidien et qu'elle laissait se détériorer, autant par lassitude que par manque de moyens : interrupteurs hors d'usage, carrelages disjoints, tuyaux bouchés et autres peintures écaillées.

Albane revint dans mon bureau accompagnée d'une jeune brune à lunettes, elle-même lestée de plusieurs cintres garnis d'étoffes printanières.

— Elle, je te présente Géraldine, elle s'occupera de tes tenues sur l'émission…

Nous échangeâmes les salutations d'usage.

— On soignera davantage le concept sur les suivantes, poursuivit-elle. Mais, pour l'instant, comme j'ai cru comprendre qu'on s'orientait vers un thème belle des champs et chapeau de paille, voilà ce qu'on peut te proposer.

Soit cinq petites robes à motifs fleuris, toutes plus courtes et transparentes les unes que les autres. J'attendis qu'elle les ait toutes essayées elle-même avant d'arrêter mon choix, désignant un modèle rose et blanc, résolument virginal.

— Celle-là, elle est pas mal.

— Vendu ! approuva Albane sur un ton définitif. Si avec ça on ne ratisse pas du prépubère au retraité… c'est que je pipe rien aux fantasmes masculins !

Destinée à détendre l'atmosphère, sa remarque n'en soulignait pas moins une évidence que j'occultais : j'allais bientôt être exposée à des milliers d'yeux anonymes, et tous allaient poser sur moi leurs attentes, plus sûrement encore leurs critiques, tous allaient jauger cette enveloppe si imparfaite, et je ne pourrais rien faire pour les en empêcher. Pire, c'est moi qui me présenterais devant eux, de mon plein gré. Soudain, à côté de ce calvaire, l'exhibitionnisme auquel Louis m'avait astreinte aux Charmes me semblait bien peu de chose…

Cette récréation marqua la fin de notre séance de travail du jour. La costumière repartit, portant la robe élue devant elle comme le saint sacrement de la cérémonie médiatique à venir.

— Demain matin, tu peux venir à quelle heure ?

Elle parlait bien de demain, samedi, premier jour du week-end. Mais elle n'eut pas à me le rappeler : il fallait que je me fasse dès maintenant à de tels sacrifices.

— Tôt. Avant 8 heures. Je suppose que David sera là aussi, si bien qu'on arrivera ensemble pour une fois.

Je regrettai aussitôt cette phrase qui soulignait mon statut particulier dans l'entreprise. Mais le large sourire qu'elle me tendit en guise d'au-revoir me prouva qu'elle n'en prenait pas ombrage.

— Si je peux me permettre un conseil, lança-t-elle depuis le couloir : ne prévois rien ce soir. Et, surtout, couche-toi tôt !

Je m'apprêtais à quitter la tour Barlet, quand Fred se présenta à la porte de mon bureau, impressionné de me découvrir dans ce sanctuaire :

— Entre ! l'encourageai-je.

Il referma la porte sur lui, arborant un air de conspirateur qui ne lui ressemblait pas.

— J'ai un petit quelque chose pour toi. Deux, même.

— Déjà ?

— Oui. Louis est un monsieur très occupé, tout le temps pendu au bout du fil. D'ailleurs je me demande ce qu'il fabrique exactement, à part passer du temps au téléph…

— OK, viens-en au fait, le coupai-je, légèrement agacée.

— Il a discuté un bon moment avec son frère sur ton plateau.

— Ah bon ? À propos de l'émission ?

— Non, pas vraiment… J'ai pas tout enregistré depuis le début, mais disons que Louis m'a plutôt semblé reprocher à David le licenciement d'Alice.

Voilà qui était plutôt surprenant. En quoi le sort de cette dernière pouvait bien affecter ce dandy égotiste qu'était Louis ? « Ma copine de l'époque », avait-il dit sans la nommer, dans son récit de la mort d'Aurore. Depuis quand Alice Simoncini travaillait-elle pour les Barlet ? Se put-il qu'elle… ?

— Tiens, écoute…

Il pressa la touche de lecture d'un enregistreur numérique de poche. Les deux voix fraternelles s'invitèrent dans le silence de mon bureau :

« Merde ! Tu peux pas la virer comme la première salope venue ! Tu veux que je te rappelle le nombre de petites connasses que tu t'es envoyées dans ton bureau ces quinze dernières années ?

— La ferme ! Maintenant tu te tais !

— Oh, c'est facile, persiflait Louis, il suffit de demander à Chloé de recenser les cases "Ne pas déranger" de ton emploi du temps… Tu es aussi facile à décrypter qu'une porte de chambre dans un hôtel, mon pauvre garçon…

— La différence, c'est que je suis ici *chez moi*. Je baise qui je veux et où je veux ! Pas Alice !

— C'est parce qu'elle aurait rêvé que ce soit un peu chez elle aussi, que tu la dégages comme ça ? C'est ça que tu lui reproches ? De t'avoir collé trop longtemps ?

— Ça n'a aucun rapport, et tu le sais bien.

— Ou alors est-ce le fait qu'elle se tape ce crétin de Chris Heames ? Tu n'en veux plus, mais ça te gonfle qu'un autre utilise ton vieux jouet, c'est ça ?

— Tu commences à me faire chier, Louis ! Continue comme ça, et ils ne seront pas les deux seuls départs de la semaine !

— Mais vas-y ! Vas-y, fais-toi plaisir ! Si tu savais depuis combien de temps j'attends ça ! »

Brusquement, un bruit mécanique couvrit leurs voix, les interrompant net dans leur conversation. Je supputais l'apparition probable de techniciens sur le plateau.

Sous l'œil attentif de Fred, je ne fis aucun commentaire sur le coup que cela venait de m'asséner et lui demandai plutôt :

— Et l'autre enregistrement, c'est quoi ?

— Un coup de fil depuis son fixe. J'ai eu du mal à l'intercepter, mais au final on ne capte pas trop mal.

— Il appelait qui ?

— Apparemment, une Rebecca je-ne-sais-quoi. Il n'a pas dit son nom.

Voilà que celle-ci ressurgissait enfin. Un retour sur le devant de la scène qui, sans me surprendre, provoquait en moi un malaise inévitable.

— Vas-y, l'enjoignis-je. Balance.

— Elle… Je suis pas sûr que tu aies envie d'entendre ça.

Il paraissait sincèrement embarrassé.

— Pourquoi ?

— Parce qu'ils parlent de toi. Et de David.

Que pouvaient-ils donc se dire à mon propos que je ne sache déjà ?

— Vas-y quand même. Je suis blindée.

De nouveau il actionna la lecture du fichier numérique.

« …Becca ? C'est moi.

— Bonjour, mon Lou. Comment ça va ?

— Ça peut aller. Même si la situation est de plus en plus difficile à tenir, ici.

— Je me doute.

— On a failli en venir aux mains avec David, tout à l'heure. Je ne sais plus à quand remonte notre dernière bagarre… mais on a été à deux doigts de remettre ça. Comme quand on s'écharpait pour Aurore.

— C'est fini, tout ça.

— Oui… enfin, il faut croire que non. Pas tout à fait.

— Il ne faut pas que tu perdes ton sang-froid, l'encourageait-elle. Pas maintenant. Il doit continuer à croire que tu roules pour lui.

— Je sais, je sais…

— Et de l'autre côté, ça avance comme tu veux ?

— Oui. Ça avance. Je crois…

— Tu penses qu'elle va finir par renoncer ? »

« Elle ». Il s'agissait là du pronom personnel, et pourtant j'y entendis mon diminutif. La suite me donna raison.

« Je n'en sais rien. Armand m'a dit qu'elle avait accepté de signer le contrat de mariage.

— Tu ne dois pas te décourager : tant qu'elle n'a pas dit oui, il te reste un espoir.

— Oui, bien sûr, abonda-t-il avec une lassitude inhabituelle.

— Tu veux que je lui parle ?

— Hum… Peut-être. Je ne vois pas ce que cela changerait.

— Tu me fais confiance, oui ou non ?

— Si… si…

— Regarde : tu m'as demandé de dissoudre l'agence, et je l'ai fait !

— C'est vrai. Merci.

— Je l'appelle et je te tiens au courant.

— OK. Je t'embrasse.

— Courage. Tu sais que je suis là pour toi, mon Lou. Tout entière. »

Les informations se bousculaient dans ma tête. Il aurait fallu que je l'écoute plusieurs fois de suite pour tout analyser. Cette familiarité entre eux, cette façon qu'elle avait de l'appeler « mon Lou », mais surtout la deuxième partie de leur échange… celle où il était question de me faire renoncer à mon union avec David. Pourquoi ? Je ne parvenais pas à mettre en évidence le chaînon manquant entre ces confidences et le grand jeu érotique auquel Louis m'avait conviée. Tout cela avait-il depuis le début ce but unique : me faire abandonner mon projet de mariage avec David ? Et dans ce cas, d'où lui venait ce noir dessein, lui qui ne me connaissait que depuis quelques semaines ? Et pour quelle raison aurait-il pris contact avec moi, par le biais de ses fameuses notes perforées, avant même que je ne rencontre celui que je finirais par épouser ? Ça n'avait aucun sens, aucune logique…

J'en étais là de mes errances quand mon mobile retentit. « Numéro masqué », indiquait l'écran de mon combiné. Je congédiai Fred d'un sourire crispé.

— C'est bon, maugréa-t-il. Je te laisse.

Mon appel le figea sur le pas de la porte.

— Fred !

— Quoi ?

— Je suis désolée.

— Non, ça va, se méprit-il.

— Je veux dire : pour *tout ça*…

Il haussa les épaules et traîna les pieds jusqu'à l'autre extrémité du couloir. Le temps que j'en finisse avec lui, mon mystérieux correspondant avait échoué sur ma messagerie vocale :

« Elle, c'est Rebecca. Rebecca Sibony. Je sais que Sophia et toi avez tenté de me joindre… Je vous dois quelques explications. Peut-être encore davantage à toi, en fait. Il y a un petit restaurant libanais à l'angle de la rue du Roi-de-Sicile et de la rue Ferdinand-Duval. L'Escale du Liban. J'y serai vers 20 heures. Je te demande de venir seule, s'il te plaît. À tout à l'heure. »

Le temps de confier à Chloé un message d'absence pour David puis de sauter dans un taxi commandé aux frais de la chaîne, je déboulai avec quelques minutes d'avance dans ce quartier que je méconnaissais encore, quelques mois plus tôt, lorsque Sophia m'y avait entraînée à sa suite.

Pour patienter, je léchai les vitrines voisines. Chaque boutique me semblait avoir été placée là à mon intention. Chaque enseigne résonnait comme un aspect de moi-même ou de la situation présente : La Dame 2 cœurs était un magasin de lingerie plutôt osée ; Sens unique proposait des parfums sur mesure ; quant à Dollhouse, la bien nommée maison de poupée, juste au pied de l'immeuble où était située il y a peu encore l'agence, elle partageait son espace de vente réduit entre des sous-vêtements érotiques et des sextoys.

Sophia m'a raconté un jour comment avait démarré sa collection de sextoys. Une de ses amies, à la fac, une Suédoise particulièrement libérée, lui avait donné un petit vibromasseur en plastique rose. Ordinaire, mais efficace. Comme Sophia parle un anglais aléatoire, elle se méprit sur ce que lui avait dit Jenny-la-suédoise. Elle pensait en toute bonne foi qu'il s'agissait d'un cadeau, et donc d'un objet neuf… alors qu'il était seulement question d'un prêt. En d'autres termes, elle avait déjà joui plusieurs fois grâce à ce petit jouet d'apparence si inoffensif, quand elle comprit que sa camarade en avait déjà fait un abondant usage avant elle. Cette information, qui aurait pu la dégoûter des sextoys, de Jenny, et du sexe en général, l'excita au contraire au plus haut point. Et elle ne rendit jamais son jouet à la suédoise, qui finit par le lui abandonner de bonne grâce.

(Note manuscrite du 12/06/2009, rédigée par mes soins.)

Quand j'entrai chez le traiteur libanais, Rebecca me fit un petit signe discret depuis le fond de la salle. Je la retrouvai telle que je l'avais connue lors de nos rares rencontres : soignée à l'excès, outrageusement blonde, maigre à faire peur et, pour finir, aspergée d'une dose de Shalimar qui aurait suffi à embaumer toute la rue.

Elle faisait semblant de picorer des pâtisseries orientales, qu'elle me désigna de ses ongles interminables :

— Tu veux goûter une bouchée aux amandes ? C'est délicieux.

— Non, merci… Je n'ai pas faim.

C'était faux. Mais je n'étais pas là pour une dînette entre copines.

Elle commença par me servir à son tour un mensonge aussi plâtreux et indigeste que semblait l'être son gâteau. Il y était question d'une descente de police qui aurait eu lieu, quelques jours auparavant, dans plusieurs hôtels que fréquentaient les filles de son fichier. Privées de point de chute, celles-ci se seraient retrouvées dans l'impossibilité d'offrir un service complet à leurs clients. Ce faisant, c'est toute l'activité de Belles de nuit qui en avait pâti de manière immédiate, raison pour laquelle elle avait été contrainte de mettre provisoirement la clé sous la porte.

Au point de vider ses locaux ? De couper sa ligne professionnelle ? De ne plus répondre à un seul appel ? Cela ne tenait pas debout. Mais il m'était impossible de divulguer ce que j'avais entendu de sa bouche, dans l'enregistrement pirate de Fred.

— Vous connaissez Louis Barlet depuis longtemps, Rebecca ?

Elle dissimula sa surprise avec l'aisance des vieilles renardes qui savent ne jamais ciller. Je pouvais néanmoins deviner dans quelle stupeur la question la plongeait.

— Assez, oui. Pourquoi cela t'intéresse-t-il ?

— Parce que lui et moi, on va être amenés à se croiser assez souvent, maintenant.

Elle me décocha un large sourire, dans lequel je pouvais lire sa tentative pour reprendre un ascendant perdu.

— C'est vrai ! J'ai appris pour ton mariage avec David. Toutes mes félicitations. Tu vas figurer tout en haut de la liste des unions de prestige que l'agence aura permises

— David Barlet n'a jamais été l'un de mes clients.

— Ah oui ? éluda-t-elle, le regard absent.

— Il l'a déjà été auprès d'autres filles ?

Comme elle esquivait encore mon regard, en même temps que ma question, je me saisis de ses deux mains et les maintins prisonnières des miennes avec fermeté. Je me fichais pas mal de savoir si David avait couché avec toutes les hotelles de son fichier. Ce n'est pas ce passé-là, sur lequel sa dispute avec Louis se révélait bien assez explicite, qui m'intéressait.

Elle me fusilla de ses iris azur puis, envahie peu à peu par la détermination qui sourdait de mes paumes bouillantes, elle se radoucit et posa enfin sur moi des yeux lourds et attendris, où je pouvais lire une tristesse sans âge.

— Je connais Louis depuis que j'ai vingt et un ans. Il en avait tout juste quinze. On s'est rencontrés dans l'un des rallyes que sa mère organisait pour David et lui. Avec tout leur argent, et cette compétition stupide entre eux, les deux frères Barlet ne se faisaient pas beaucoup d'amis. Hortense pensait qu'en invitant des jeunes gens bien comme il faut, choisis parmi les enfants de leurs relations d'affaires, ils apprendraient à se mélanger. À part moi, qui n'avais pas grand-chose à voir avec ce milieu-là, ça a plutôt été un échec.

— Vous avez été amants ?

— Avec Louis ? Oui, on peut dire ça. Il serait fâché que je te raconte ça, mais j'ai longtemps été sa roue de secours. À chaque peine de cœur, il revenait vers moi. Le temps de réparer un peu son orgueil… et puis il repartait vers une autre. Plus jeune. Plus fraîche.

Rebecca, la vieille maîtresse, havre d'indulgence et de tendresse dans le tumulte de sa vie sentimentale.

Mais alors, ce soir-là à Dinard, dans ce restaurant de Saint-Malo puis dans la voiture de retour aux Roches brunes… ce n'était pas Alice !

— À la mort d'Aurore… Vous étiez de nouveau ensemble, n'est-ce pas ?

— Oui. J'étais là. Comme à chaque fois qu'il a eu besoin de moi.

C'était dit sans amertume. J'y entendis au contraire un amour infini pour celui qui se jouait de moi. Un amour qui n'avait jamais été payé en retour.

— Mais ça n'a pas suffi à l'empêcher de se jeter bêtement à l'eau, déplora-t-elle.

— Il aurait pu la sauver.

— Non. Ce soir-là ou un autre, elle serait parvenue à ses fins. Et David aussi, au bout du compte.

Elle savait pertinemment qu'en suggérant cela, je ne pourrais qu'approfondir mon interrogatoire.

— David ? Vous insinuez qu'il souhaitait sa mort ?

— Pas exactement. Mais Aurore malade, elle ne lui servait plus à grand-chose. Elle n'était plus qu'une pierre gâtée sur sa couronne.

Elle me le décrivait tel que Louis l'avait fait aux abords des Tuileries, en monarque qui n'envisageait ses relations avec autrui qu'en termes de gloire et d'ambition. Un homme assez cynique pour souhaiter la disparition de celle qui ternissait sa propre image et un avenir professionnel que tous prédisaient brillant.

— Vous pensez qu'il l'a laissée s'enfoncer sans rien faire ?

— Sans rien faire… et même en lui donnant un petit coup de pouce.

Le dispositif décrit par Louis me revenait en mémoire : la garçonnière au-dessus de l'appartement de l'avenue George Mandel. Les maîtresses à foison. L'escalier dérobé. Le parfait Don Juan, consommateur de femmes sans états d'âme apparents.

Ternir son image : n'était-ce pas exactement ce à quoi Rebecca s'employait devant moi, à la demande de Louis ? Je me retins de lui cracher mon mépris au visage. Que David fût autoritaire, égoïste, prêt à user des autres comme de simples pions, tout cela était indéniable. Ses décisions à l'emporte-pièce, jusqu'à cet accès tyrannique, le jour même, avec moi… Mais cela faisait-il pour autant de lui un monstre, un quasi-meurtrier, tel que les deux complices cherchaient à me le dépeindre ?

Je tentai de déterminer quel obscur contrat les liait tous les deux. N'avaient-ils fait qu'allier leur dépit ?

— Comment Louis s'est-il remis de cet accident ? Je veux dire : hormis son genou ?

— Mal. Il s'est senti coupable de n'avoir rien pu faire ce jour-là. Mais plus encore de ne pas être intervenu plus tôt auprès de son frère. Quand il était encore temps de lui enlever Aurore.

— Qu'est-ce qui l'en a empêché ?

— Le jeu, m'asséna-t-elle pour toute réponse.

Je n'étais pas sûre d'en saisir tout le sens, dans ce contexte.

— Le jeu ?

— Le défi permanent entre David et lui. Louis est peut-être l'aîné… Mais, à cette époque-là, il était déjà clair que David avait gagné la partie. Définitivement.

— Avec ce qu'il savait sur lui, il aurait pu tout remettre en cause, me fis-je l'avocat du diable. Le faire chanter !

— C'était trop tard. André, leur père, avait déjà adoubé son héritier. Louis ne pouvait plus rien faire…

Pendant de longues minutes, elle me raconta comment Louis s'était réfugié dès lors dans un monde imaginaire fait d'amour des belles lettres, de passions aussi romantiques qu'éphémères, et de jeux érotiques plus ou moins tordus. Elle lui trouvait pourtant toutes les excuses : à l'écouter, Louis était la première victime, et même la seule véritable, de la mort d'Aurore. Rebecca s'évertuait à me brosser de lui un portrait sensible, fragile, écorché, fracassé par la folie de son père et la dureté de son frère autant que par les rochers de Dinard. Mais je ne pouvais occulter le manipulateur qui voulait tuer mon bonheur dans l'œuf. Lui, mon maître ?!

Plus elle me débitait son couplet, plus je me sentais sur le point d'exploser.

— Tu me demandais comment il s'en est remis ? La réponse est : en se donnant l'illusion de contrôler chaque aspect de sa vie. En s'inventant des scénarios toujours plus alambiqués… Tu auras sans doute du mal à me croire mais, en ce temps-là, ce n'était pas cette espèce de gommeux qui donne des leçons de vie et d'élégance à tout le monde.

Il était aussi beau qu'un bronze. Et aussi magnétique qu'un fauve. Et aussi…

Je savais tout cela. Je n'avais pas besoin que cette vieille maîtresse éconduite me fasse l'article. J'étais bien placée pour savoir quel pouvoir Louis exerçait sur les femmes.

— C'était un garçon tellement gentil… tellement généreux.

Sa dernière assertion, qui se voulait une confidence comme s'en font deux amies entre elles à l'heure du thé, eut raison de mon calme.

— Arrêtez votre cinéma ! S'il est aussi sensible et bon que vous le dites…

On y était. J'avais atteint cet instant critique, celui où je n'avais d'autre choix que de me dévoiler. D'abaisser les différents masques qu'on m'avait fait revêtir aux Charmes. Même Sophia n'en savait pas autant.

Loin de déferler comme les vagues dans la baie de Saint-Malo, frappant la côte à grands coups sonores, ma colère se déroulait tel un long cours d'eau, large et puissant, et qu'aucune digue ne saurait arrêter.

— …Pourquoi joue-t-il ce jeu avec moi ? Pourquoi cherche-t-il à foutre mon mariage en l'air, Rebecca ? Je suis quoi, moi, pour lui ? Un pion sur un vieil échiquier ? Sa revanche contre David ? L'épilogue de leur guerre commencée il y a vingt ans ?

— Rien de tout ça.

— Il ne voit pas qu'il pourra flinguer vingt filles comme moi sans même égratigner son frère ? Il peut me massacrer comme de la chair à canon, il peut me baiser ou me faire baiser par d'autres, et dans toutes les chambres d'hôtel de la terre, si ça lui chante… Il n'aura jamais le dessus sur David. Jamais !

Elle secouait sa tête chevaline de droite et de gauche. J'avais beau être sûre de moi, je trouvai presque un accent sincère à sa dénégation silencieuse.

— Tu n'as rien compris. Rien du tout.

Elle avait proféré cela comme une révélation qu'elle se faisait à elle-même.

— Compris quoi ?

Elle poursuivait son dodelinement incrédule, inlassable, comme s'il avait pu tout effacer.

Ce qui avait commencé par m'ébranler finit par m'agacer.

Alors, sous l'œil effaré des serveurs, emportée par ce besoin viscéral de me vider, épuisée par la constante pression de leurs secrets, je hurlai à pleins poumons :

— COMPRIS QUOI ???

Dans l'emboîtement de leurs mensonges, chaque révélation me piégeait à l'intérieur d'une matriochka plus petite. Leur maison de poupée allait m'étouffer. Bientôt, je serais moi aussi un jouet cassé entre leurs mains. Un jouet mort. Comme Aurore.

— Il ne fait pas tout ça contre David.

— Contre qui alors ?

Un sourire doux embellit soudain ses lèvres, que jusque-là j'avais toujours trouvées trop fines et sèches.

— Il ne le fait contre personne. Il le fait pour toi.

Un sourire bienveillant qui ressemblait à un passage de témoin, un cadeau qu'elle s'apprêtait à déposer dans mon oreille.

Le regard assuré, elle répéta :

— Simplement pour toi.

26

Simplement pour moi.

Je mis plusieurs minutes à mesurer l'étendue de cette révélation, à la sentir se diffuser en moi, lente perfusion d'incrédulité et de joie. Face à mon silence, Rebecca se sentit tenue de préciser que c'est bien volontiers qu'elle me cédait Louis. Que depuis longtemps elle avait accepté que le bonheur de son unique amour passât par d'autres femmes qu'elle-même. C'est dans le même élan – je ne captais plus qu'un mot sur deux ou moins encore – qu'elle me détailla tout ce qui les liait encore, Louis et elle. À commencer par leur lieu de vie. Depuis qu'il avait repris pour son propre usage le vaste cinq-pièces de l'avenue George Mandel, elle occupait elle-même le deux-pièces situé au-dessus. L'ancienne garçonnière de David. Comme Louis me l'avait dit, l'accès de service entre les deux logements avait été condamné. Si bien qu'aucun des deux ne pouvait plus débouler chez l'autre sans son autorisation. Si proches, et pourtant indépendants. Il leur arrivait même de ne pas se voir des jours et des jours durant. Mais savoir l'autre à quelques marches suffisait le plus souvent à les réconforter.

— Mais tout ça va bientôt finir… se lamenta-t-elle dans un soupir.

— Pourquoi ?

Ma question parut la surprendre.

— Ils ne t'en ont pas parlé ?

J'arrondis une bouche candide, encore sous le choc.

— De quoi ?

— Enfin… Des travaux !

Les coups de marteau et de pioche qu'on entendait depuis notre jardin. Richard-le-chauffeur en bleu de travail. Quelques instantanés me traversèrent.

— Quand ils se sont installés rue de la Tour-des-Dames, André et Hortense ont acheté l'hôtel particulier voisin.

— Celui de mademoiselle Mars… murmurai-je pour moi-même.

— Oui. Ils ont rénové le premier, le plus vaste des deux, et ils y ont emménagé avec les garçons, dès cette époque-là. L'hôtel de mademoiselle Mars, lui, est très longtemps resté en l'état, tel qu'il avait été aménagé dans les années 1940.

Je revis la plaque émaillée placardée au linteau de la porte d'entrée : « Bureau des voyages de la jeunesse. »

— L'hôtel Mars a été délaissé jusqu'à la mort d'André et Hortense, en fait, précisa-t-elle. Leur testament spécifiait que David devait hériter du Duchesnois, et Louis de l'autre.

Je perdis toute contenance, haussant à nouveau le ton.

— Louis… Louis est notre voisin ?

Comment avait-on pu me le cacher ? David, et plus encore Armand, qui avait commenté avec moi les désagréments suscités par le gros œuvre en cours dans l'édifice voisin… Pourquoi personne ne m'avait éclairée sur ce point ?

— Pas tout à fait encore. Ça fait dix ans qu'il s'est lancé dans un projet complètement fou : restaurer son hôtel particulier à l'identique de l'original. Jusqu'à la moindre fresque ou la moindre poignée de porte. Pour ce que j'en ai vu, c'est magnifique. Mais c'est aussi un vrai gouffre. Toute sa part d'héritage y est passée.

Voilà qui dissipait au moins l'un des mille petits mystères qui l'entouraient : Richard ne se trouvait pas par hasard derrière la porte bleue, au numéro 1, de la Tour-des-Dames, ce jour où Félicité s'était échappée. Le chauffeur de Louis prenait une part active au projet de son employeur.

Après une longue et chaleureuse accolade qui me prit de cours, Rebecca me fit profiter du confort de sa Mini couleur crème, jusqu'au pied de l'hôtel Duchesnois. Je n'arrivais plus à considérer le bâtiment voisin, sur sa gauche, avec un œil indifférent. Savoir que Louis y résiderait bientôt battait une fois de plus les cartes de mes doutes, de mes résolutions et de mes désirs, sans que je puisse déterminer lesquelles auraient la main sur moi, à la fin de la partie.

— Prends soin de toi, me souffla-t-elle, comme je sortais de sa voiture.

Je le fis en effet durant l'heure qui suivit. David absent une fois de plus, j'en profitai pour prendre un long bain chaud. Je tentais à tout prix de chasser les paroles de Rebecca, mais elles tournaient en boucle, au rythme des nuages de mousse. Elles ne disparurent pas, hélas, quand je tirai enfin sur la bonde. Elles me collaient à la peau. Elles m'habillaient mieux que n'importe quelle sortie de bain ou n'importe quel vêtement : « Il le fait pour toi. Simplement pour toi. »

Lorsque je descendis au rez-de-chaussée vêtue d'un simple peignoir – je pouvais entendre Armand qui s'affairait à la cuisine – je trouvai sur la console le contrat de mariage réédité ainsi qu'un nouveau paquet argenté. Richard-le-chauffeur était-il son messager ?

Je déchirai le papier et ouvris la boîte avec la ferveur d'une enfant le soir de Noël. Outre la carte magnétique et le bristol attendu, elle contenait un splendide éventail en dentelle noire, au manche verni lui aussi couleur ébène, et dont l'extrémité, affligée d'un renflement inhabituel, dardait tel un phallus. La note accompagnant le tout était semblable aux précédentes :

22 heures.
Comme d'habitude,
à toi de trouver notre chambre.
Prends tout avec toi.

Il n'y avait que cette dernière recommandation qui me laissait pantelante. *Tous* les objets qu'il m'avait offerts jusque-là ? Remontée dans la chambre, j'en fis un rapide inventaire et fourrai ce bric-à-brac dans un petit sac à main léger.

Serait-il une fois encore question de jouets, comme le laissait entendre son nouveau commandement ?

6 – Ton plaisir tu maîtriseras

Envisageait il, une fois de plus, de repousser l'instant où nous entrerions pour de bon en contact, au risque de me rendre folle ?

Au moment de sortir j'avisai le sablier géant, dont les trois-quarts du contenu avaient déjà changé de camp. Et moi, dans lequel étais-je, désormais ? Fallait-il absolument que j'en choisisse un ?

Faute de réponse, je laissais mon corps décider, mes pieds trouver leur chemin, mon ventre se ruer là où il obtiendrait les bonnes caresses, mon sexe se jeter sur tout ce qui voudrait bien le flatter, le sucer, le lécher ou le fendre en deux comme un fruit mûr, et qu'il aimait tant.

Je ne contrôlais plus rien. Je n'étais plus que la somme de mes organes affamés de sensations. Un puzzle érogène qui n'aspirait qu'à recoller ses morceaux, et qui gémirait à chaque nouvelle pièce retrouvant sa juste place.

La rue Pigalle était joyeuse, ce soir-là. La gaieté ambiante – des groupes de jeunes gens parlaient fort et buvaient beaucoup sur les terrasses – embaumait déjà l'air d'un parfum d'été. J'aurais dû être comme eux, au milieu d'eux, à siroter mon Monaco avec Sophia, à me laisser draguer sans y croire par un garçon de mon âge, à brûler mon insouciance par les deux bouts.

Mais j'étais tout l'inverse, tendue vers un but unique, aspirée par une seule force, inconséquente et pourtant lucide. Si concentrée que je n'éprouvai aucune peine à décoder l'énigme du jour. Monsieur Jacques pouvait bien aller se faire voir. Cet éventail me parlait plus que tous les autres objets contenus dans mon sac. Il ne pouvait appartenir qu'à une seule courtisane des Charmes : Caroline Otero, connue comme La belle Otero. Danseuse aux Folies Bergère au tournant des années 1900, cette ténébreuse beauté, réputée pour ses mœurs légères et la grâce éblouissante de ses seins à la rondeur parfaite, entretint en sus de ses amants quelques amitiés saphiques, notamment avec l'écrivain Colette.

Je ne pouvais pas me tromper. J'avais déjà occupé sa chambre lorsque j'étais encore une hotelle.

Comme la fois précédente, j'entrai sans un salut en direction du concierge et retrouvai Ysiam devant les ascenseurs, fidèle au poste.

— Vous êtes très jolie, ce soir... Je veux dire, encore plus que les autres fois, se reprit-il aussitôt avec une charmante maladresse.

— Merci, Ysiam. Vous pouvez me conduire à La Belle Otero, s'il vous plaît ?

Quelques instants plus tard, il m'annonça sur un ton de confidence :

— Premier étage. Vous voulez bien me suivre ?

Je trouvai touchant qu'il mît encore autant de cérémonial entre nous, quand bien même les situations et les gestes se répétaient à chaque fois, identiques : le couloir, la porte dorée qu'on m'ouvre, puis qu'on verrouille derrière moi aussitôt...

La pièce était conforme à mon souvenir, décorée comme un bordel des années folles, tout en tentures de velours rouge damassé et en miroirs rococo bordés d'arabesques. Au mur, des affiches originales des Folies Bergères rappelaient la gloire passée de celle qui donnait au lieu son nom et son âme. Dès le premier coup d'œil, je compris que ce rendez-vous serait en tous points différents des précédents. À commencer par l'éclairage, vif, presque criard sous la multitude des lustres allumés, aux antipodes de cette pénombre à laquelle j'avais fini par m'habituer.

L'autre changement fut, pour la première fois, la présence d'un individu dans la chambre avant que j'y pénètre moi-même. J'excluais volontairement la précédente rencontre, puisque Louis – ou celui qui s'était fait passer pour lui – était tapi dans l'ombre au moment de mon entrée et ne s'était manifesté que dans un deuxième temps. Enfin, et ce n'était pas la moindre des nouveautés, il n'était pas question ici d'un homme, mais d'une femme.

Le masque qu'elle portait et qui me cachait son identité ne laissait cependant aucune place au doute, tant son corps, à chacune des zones caractéristiques, poitrine que je détaillai, taille, hanches, fesses et plus encore ces jambes fuselées qui soutenaient l'ensemble, portait les voluptueux attributs de son sexe. Elle était tout simplement magnifique. Sa peau, dont la teinte ambrée habillait avec une élégance infinie des muscles qu'on devinait longs et déliés, achevait cette splendeur d'une note lumineuse, exaltée par les innombrables ampoules flottant au plafond. La fille était immobile mais tout en elle, dans ce déhanchement nonchalant, cette main gracile posée sur sa taille, trahissait la souplesse et la grâce d'une danseuse, à l'image de la Belle Otero. Comme cette dernière, enfin, elle arborait les plus beaux seins qu'il m'ait été donné de contempler, d'une fermeté haute et altière, d'un bombé irréprochable.

Mais ce n'est que lorsqu'elle s'avança vers moi, aussi féline et balancée qu'un mannequin de podium, que je la reconnus avec certitude. C'était celle que j'appelais Liane, la renversante métisse accrochée au bras de Louis, le soir de notre rencontre, puis de cet ancien client, dans le hall de ce même hôtel. De son physique irréprochable émanait la morgue de celle dont la perfection nous écrase, nous autres, simples mortels.

— Je n'ai aucune envie de…

Elle posa sur mes lèvres un index aussi étroit et léger qu'un roseau pour m'intimer le silence. Les siennes formaient un « chut » muet.

Elle guida mes gestes avec une autorité naturelle, et néanmoins sans brusquerie. J'étais surprise de découvrir en elle une douceur languide, presque aimable. Elle était sans aucun doute en service commandé mais, comme toutes les call-girls de haut vol, elle savait donner à ses gestes fabriqués l'illusion du sentiment. Comédienne, plus encore que prostituée.

Tandis que s'élevait autour de nous une pièce pour piano seul que je ne connaissais pas – encore du Chopin ? –, elle commença par ôter mes vêtements, lentement, avec l'application d'une habilleuse, soucieuse de ne rien froisser. Chaque pièce était l'occasion d'un nouvel effleurement de sa main sur ma peau, qui frémissait un peu plus fort à chaque contact.

Quand elle eut fini son effeuillage, elle fouilla sans me demander mon avis dans le sac lesté de mes trésors et en sortit l'éventail.

Elle me le présenta tel un sacrement, comme si mon approbation lui importait et, puisque je ne bougeais pas, stupéfaite, elle se mit à en frotter le manche contre sa vulve, dont je découvris alors que sa culotte fendue en laissait échapper le plus clair. Voilà au moins une chose qu'elle ne simulait pas : lorsqu'elle le brandit une fois encore sous mes yeux, l'objet était brillant, luisant de son envie.

— Lèche-le, m'intima-t-elle d'une voix profonde et caressante.

Je m'exécutai, d'abord timidement puis avec ardeur, gobant le renflement de laque noire du manche comme s'il s'était agi du plus délicieux des glands. Pour m'encourager, elle posa ses mains, longues et fabuleusement satinées, aussi souples et légères que des feuilles se couchant sur l'eau, sur mes épaules et me caressa avec une lenteur exaspérante, puis avec précipitation, jusqu'à ma gorge, mes seins et bientôt mon ventre. Là, ses doigts jouèrent un instant avec ma motte duveteuse, la survolant du plat de la main, un doigt ou deux s'égarant à la lisière de ma fente.

Rassurée sur ma docilité, elle se fit plus entreprenante. Elle s'agenouilla devant moi et, une main fermement arrimée à ma taille, agrippant mon petit bourrelet de toutes ses forces, elle insinua le bâton verni à l'entrée de mon vagin. Mes jambes tremblèrent malgré moi, et je faillis vaciller un instant. Mais la pression conjuguée de sa paume et du manche qui glissait peu à peu dans mon ventre me maintint dans une sorte d'équilibre, où l'éventail jouait le rôle d'un pal sur lequel je m'embrochais avec délectation, soupir après soupir.

Les dimensions de l'objet n'excédaient pas celles d'une verge. Mais ce qui produisait une sensation nouvelle, en revanche, c'était son extrême rigidité, repoussant les parois de mon sexe avec autorité. Je ne me sentais ni déchirée ni fouillée, je me sentais emplie, envahie, incroyablement dominée. Et qu'un tel bonheur puisse provenir de cet objet banal et m'être prodigué en outre par la plus exquise des femmes n'était pas pour atténuer mon trouble. Je m'enfonçai bientôt sur l'axe planté en moi, les genoux fléchis, éprouvant les insondables profondeurs où je pouvais accueillir cet intrus.

— Viens, maintenant.

Sans retirer pour autant l'éventail, elle me conduisit jusqu'à un lit couvert d'un unique drap blanc et m'allongea aussi précautionneusement que si j'étais une fleur, de telle sorte qu'aucun choc sur le manche ne puisse faire bouger l'autre extrémité et blesser mon intérieur.

Je comprenais bien qu'en acceptant cette nouvelle posture, je me livrais encore plus entièrement à elle. Je n'étais plus en mesure de calculer, de raisonner, d'opposer le moindre argument à cette douce folie. Si douce…

Les doigts de Sophia sortant de sa chatte. Les cris de la fille jouissant dans la lumière noire. La poitrine affolante d'une inconnue dans le métro, quelques jours plus tôt. Les flashes se succédaient en moi, petit carrousel d'images où les femmes occupaient le devant de la scène, et produiraient sur moi des effets que je ne pouvais plus nier. Je n'avais jamais touché la moindre d'entre elles, et voilà que toutes se liguaient pour m'offrir l'extase à mon tour. C'est moi qui les désirais, et c'est pourtant bien elles, par la main délicate de la « liane », qui me possédaient.

— Plus vite… m'entendis-je l'implorer sans reconnaître cette voix qui sourdait de ma gorge. Vas-y, plus vite !

Elle plongeait et retirait désormais l'éventail de mon vagin avec force et régularité, pistonnant mon sexe sans relâche, faisant preuve d'une vigueur que sa silhouette élancée ne laissait pas entrevoir *a priori*. Entre mes paupières mi-closes, je pouvais lire l'excitation dans ses yeux plissés, ses lèvres qu'elle mordait à pleines dents, cette tension de tout son être vers ma fente émerveillée, et qu'elle n'aurait de cesse d'agacer tant qu'elle n'en tirerait pas l'orgasme attendu.

Celui-ci s'annonça au plus profond de moi, comme une boule née sous mon nombril qui roula lentement, lourde et gonflée à l'excès, jusqu'à écraser tous les organes sur son passage. Parvenue en bordure de mon utérus, elle enfla plus encore, fit une brève halte et déferla enfin dans le conduit humide et distendu, emportant tout, arrachant à chaque millimètre des lambeaux de plaisir, pour finir par les hurler. J'eus le sentiment vivace que mon cri sortait de mon con dilaté plutôt que de ma bouche.

Sur l'instant, je ne pus distinguer les deux orifices, et le plaisir sidérant que chacun des deux prenait à s'exprimer.

— C'est bien… approuva-t-elle sur un ton docte. Tu jouis bien de ton vagin.

En effet, j'en tirais un plaisir tel que le retrait brusque de l'éventail manqua me faire hurler de douleur. Il me semblait qu'on venait d'arracher tout mon bas-ventre.

Louis s'était attribué le titre de révélateur. Et, livrée à des aspects jusque-là inexplorés de ma sexualité, je me trouvais pantelante, le sexe avide et nullement rassasié, espérant le prochain traitement qu'il me réservait en coulisse comme un enfant espère son dessert. Sans douter un instant qu'on voudrait bien me le donner. Confiante, en somme, en lui comme en ma capacité à recevoir ce qu'il m'offrirait. La peur effacée, les sens enfin en éveil, chaque nouvelle expérience dévoilait en moi tour à tour les facettes d'une autre femme, que mon éducation, mes principes et plus que tout mon ignorance avaient jusqu'ici cadenassées. Voici qu'elles se libéraient, enfin. Voici qu'elles prenaient la parole, l'une après l'autre, chacune exprimant ses envies singulières, ses fantasmes particuliers. À l'instant présent, je ne jouissais pas seulement comme la Belle Otero, mais aussi comme Marie, comme Joséphine ou comme Lola.

J'avais encore les yeux clos de bonheur quand j'entendis la porte se refermer. La liane avait quitté la chambre sans un au-revoir. Il n'y avait plus que moi, mon corps harassé de plaisir, abandonné sur le moelleux du lit, et la course endiablée du piano – une Mazurka ou une Polonaise ? – pour souffler sur lui, et en tirer les ultimes frissons.

Il me semblait inconcevable qu'on me laissât ainsi, incomplètement satisfaite, seule pour me dispenser les sensations que je réclamais encore. Rien ne pourrait me rassasier autant que lui. Je voulais Louis. Je le voulais pour moi, simplement pour moi, maintenant, quitte à n'être pour lui qu'un épisode, qu'une hotelle de plus à son tableau de chasse. Si seulement il me possédait une fois, ne serait-ce qu'une fois, peut-être pourrais-je en finir, laisser derrière moi son parfum si prenant, son regard possédé, cette fossette au bas de sa joue droite, et par-dessus tout me défaire de cette certitude, sans doute trompeuse, en vertu de laquelle je me persuadais qu'être sienne réunirait toutes ces femmes éparses et ferait de moi le centre d'un plaisir parfait, unifié, concentré. Je ne vivrais plus de mes seuls fantasmes. Il ne serait pas un amant comme les autres.

Oui, si seulement il me pénétrait une seule fois, d'un sexe que j'imaginais aussi long et rigide que le manche de l'éventail, aussi propre à me combler…

Quand j'étais adolescente et que je n'avais encore jamais connu le moindre garçon, je m'étais trouvée une fois si impatiente de connaître les sensations de la pénétration que j'avais improvisé à cet effet un sextoy à ma façon. Après m'être procuré un unique préservatif au distributeur sur rue d'une pharmacie voisine – j'avais attendu qu'il soit assez tard pour m'y aventurer sans être vue –, j'avais déballé la capote, puis je l'avais enfilée, non sans mal, sur une banane encore verte de petit calibre, que j'avais chapardée à la cuisine. Hélas, je n'étais parvenue à introduire entre mes lèvres que la pointe de mon godemichet de fortune, ce qui n'était pas suffisant pour me déflorer. La pression sur l'hymen, tendu comme un tambour, me dissuada d'aller plus loin, plus profond. Le souffle court, paniquée à l'idée de faire une bêtise que maman ne pourrait ignorer mais, plus encore, excitée, j'avais renoncé et m'étais contentée d'une masturbation en règle de mon clitoris, plus saillant et avide de caresses que jamais.

(Note manuscrite du 13/06/2009, rédigée par mes soins.)

Plus il me faisait languir, plus il repoussait cet instant, étirant nos désirs à l'envi, sciant nos nerfs par ses absences ou ses apparitions furtives, plus Louis me hantait. Il était bien mon maître parce qu'il avait su se faire désirer de moi, en me circonvenant par petites touches, aussi subtil et enveloppant que les notes qui déposaient sur moi un voile doux et invisible.

J'aurais pu l'appeler, hurler son nom, tambouriner sur la porte et ameuter tout l'hôtel. Je savais ces tentatives vaines. Je savais que l'heure de notre rapprochement serait celle qu'il choisirait, lui. L'avait-il déjà décidée ? L'avait-il programmée, quelque part, sur un agenda ou la feuille perforée d'un carnet ?

Les minutes filant, il devenait évident que personne d'autre ne se joindrait à moi. Et que je n'aurais d'autres ressources que les miennes pour m'occuper jusqu'à une libération qui tardait à venir. À défaut, je laissai mon regard se promener dans la pièce. Une lampe de chevet à abat-jour pyramidal ; un secrétaire en acajou aux pieds si fins qu'on peinait à croire qu'ils puissent le supporter ; un vase en pâte de verre dépoli, où s'épanouissait un bouquet de lys blancs…

Promenant ma main sur les draps autour de moi, je rencontrai l'éventail. Je m'étonnai un instant qu'elle ne l'eut pas confisqué, quand le commandement du jour me revint en mémoire : « Ton plaisir tu maîtriseras. »

C'était donc ce que l'on attendait de moi. Et, tant que je n'aurais pas sacrifié à cette exigence, je resterais prisonnière de cette chambre.

Je ne me précipitai pas pour autant. Je pris même tout mon temps pour considérer de plus près l'objet de collection. À bien y regarder, l'extrémité du manche ne faisait pas qu'esquisser la forme d'un gland turgescent d'envie. On retrouvait dans la noirceur de la laque certains détails au réalisme subtil : le repli de peau à sa base, la fine bande élastique du frein, et même les nervures saillantes sur la hampe, dont j'avais senti en moi le contact si plaisant. J'en vins à me demander quel modèle les avait inspirés. Se put-il que…

La question n'attendait pas de réponse. Elle n'attendait qu'une chose, que j'enfourne le manche entre mes lèvres rosies, liquéfiées, d'une main ferme. Que je me prodigue, à mon tour, et par mes seuls talents, ce plaisir qu'il persistait à me refuser. D'abord prudente, j'accélérai progressivement la cadence, jusqu'à le projeter au fond de moi, provoquant de violentes embardées où tout le bas de mon corps se soulevait, pour retomber lourdement dans une succession de râles indescriptible. Quand ce nouvel orgasme me frappa, je crois que je sentis plusieurs larmes rouler sur mes joues. Des spasmes courts et saccadés cognaient mon ventre sans relâche. J'étais un paysage sous la grêle, un petit bout de terre livré à la tempête. Soudain, je figeai mon geste, la chose au plus profond de mon fourreau, incapable de l'en sortir. Elle y demeura longtemps, jusqu'à ce que les muscles alentour enfin se détendent et m'affranchissent de lui.

Je lui offrais tant, et Louis me donnait si peu…

Ou bien était-ce l'inverse ?

27

13 juin 2009

Il y a quelques années, alors que nous peinions plus encore l'une et l'autre à boucler nos fins de mois, Sophia m'avait convaincue de participer à une combine qu'elle venait de découvrir. C'est ainsi que, contre un billet de trente euros qu'elle me donnerait à l'issue de la transaction, je lui confiai l'une de mes culottes usagées, un modèle en coton tout simple, qu'elle se chargea de vendre sur un site spécialisé. Mon argent en poche, je ne cherchai surtout pas à savoir ce qu'il était advenu de mon sous-vêtement. Tout cela me dégoûtait un peu, et je refusai d'ailleurs de renouveler l'expérience. Mais aujourd'hui, des années plus tard, je m'interroge encore parfois sur le destin de la culotte à peine souillée à l'entrejambe. A-t-elle gardé mon odeur ? L'homme y plonge-t-il encore le nez juste avant de se ~~branler~~ masturber ? L'a-t-il remisée au milieu des autres, rendue à son anonymat, ou l'a-t-il jetée après un usage unique ?

(Note manuscrite du 13/06/2009, rédigée par mes soins.)

« Aurore Delbard » : le moteur de recherche ne recensait que deux occurrences de son nom. Seulement deux, et toutes deux erronées. À bien y songer, Aurore était morte à une époque où les vies privées ne s'étalaient pas comme aujourd'hui dans l'espace ouvert du web et des réseaux sociaux.

Mais tout de même, qu'elle n'apparût nulle part, sur aucune photo de classe, aucun listing scolaire ou universitaire, aucun arbre généalogique, avait de quoi surprendre. Sa famille ou David lui-même avaient-ils fait appel à l'une de ces sociétés chargées de purger la mémoire électronique ? Dans tous les cas le résultat était là : Aurore Delbard n'avait laissé aucune trace sur la toile de son passage sur Terre.

Cette perspective s'ouvrit comme une brèche, bref instant d'ivresse et de panique, puis se referma aussitôt : et si Aurore n'était qu'un leurre, le fruit d'une imagination malade ? C'était impensable. Quel intérêt auraient-ils eu à inventer cette femme de toutes pièces ? Pourquoi composer une telle farce à mon intention ?

En passant de nouveau l'alliance à mon doigt ce matin-là, j'eus la sensation de me glisser dans la vie d'un fantôme, d'un ectoplasme sans passé ni contours. Pire, d'un être de pure fiction.

Le moyen le plus sûr de le renvoyer à ses limbes, de le chasser de ma vie, se trouvait au bout de mon stylo : en signant le contrat voulu par David, et soumis par Armand, je donnerais à notre union et au présent bien plus de consistance que tous les souvenirs, réels ou inventés. Mais je n'y parvenais pas. Dix fois ce matin-là je suspendis la pointe à bille au-dessus des coins de page à parapher, la retirant à chaque fois, empêchée par une force invisible dont je connaissais trop bien le nom et par l'emprise dont il jouissait désormais sur moi.

Rendez-vous à la chaîne, ma belle,
Je crois en toi.
Je t'aime.
D.

Le mot de David, déposé sur la table du petit déjeuner, ne me remonta pas le moral, sévèrement défaillant. C'était pourtant le grand jour. Celui de mon premier passage à l'antenne. Celui d'un accomplissement que j'avais tant appelé de mes vœux et que toute autre fille à ma place, consciente de sa chance, aurait considéré comme une bénédiction. Oui, tout aurait dû s'effacer – mes soirées aux Charmes auraient dû disparaître dans la nuit, la voix et l'odeur de Louis s'évaporer – devant l'importance de l'enjeu et l'imminence de l'événement. J'aurais dû grelotter de peur, trépigner d'impatience, geindre d'excitation. Mais c'était tout le contraire : je me sentais comme éteinte, aspirée ailleurs, bien loin de ces contingences et de mon ambition, qui ne m'apparaissait plus que comme une agitation vaine, et dérisoire.

J'y mettais tellement de mauvaise volonté que je pris tout mon temps pour rejoindre l'équipe qui, elle, m'attendait sur le plateau. Je me payai d'ailleurs le luxe d'un détour qui me surprit moi-même lorsque, carte de visite en main, je débouchai de la station Père Lachaise, sur la ligne 2 du métro.

Du côté opposé au célèbre cimetière parisien s'ouvrait l'avenue de la République, large et cossue, et, à sa gauche, la petite rue du Chemin-Vert, nettement plus étroite et populaire. Je descendis sa pente très douce, le nez chatouillé par les effluves de kebab qui, si tôt le matin, embaumaient déjà le trottoir encombré de poubelles débordantes. Les odeurs mêlées de viande grillée et d'ordures me donnaient un haut-le-cœur, heureusement balayé par un courant d'air frais.

Nichée entre un bazar pakistanais et une mercerie en gros, la devanture bordeaux de la librairie se repérait de loin. L'enseigne en saillie demeurait discrète, sans mention de la nature toute particulière des ouvrages proposés : La Musardine. Mais un coup d'œil rapide à la vitrine suffisait à dissiper les doutes.

Je poussai la porte et avançai dans l'espace feutré, moquette rouge et présentoirs généreusement garnis, où quelques badauds flânaient. Je m'attendais à y trouver des pervers en imperméable, de vieux messieurs à l'air libidineux, des amazones en petites tenues. Mais, en dépit d'une majorité masculine, les clients m'apparurent très banals. C'est tout juste si les deux ou trois couples présents se serraient d'un peu plus près, monsieur susurrant à l'oreille d'une compagne rosissante, ou tel autre laissant choir sa main sur le postérieur ample et rebondi de son amie. Iraient-ils faire l'amour dès leurs emplettes achevées ? Trouveraient-ils ici le carburant nécessaire à leurs fantasmes ?

L'agencement thématique était limpide : à gauche et dans l'entrée, la littérature érotique ; à droite et près de la caisse, tous les ouvrages photographiques et les beaux livres ; au fond à droite, les illustrés et les bandes dessinées ; et enfin, au fond et sur la gauche, les essais, les livres pratiques et les quelques gadgets vendus en guise d'à-côtés.

Ma liste en main, je dénichai sans difficulté les premiers titres recommandés, qui rejoignirent un à un la petite pile chancelante que je me composai. Comme il n'était pas question pour moi de m'attarder – certains regards plus appuyés sur mes courbes commençaient à susciter en moi un léger malaise –, je m'orientai vers l'unique vendeuse, brune sans charme aux cheveux courts, avachie derrière son comptoir. Mais plusieurs couvertures me figèrent en chemin. Il s'agissait d'une série d'albums photos, tous appartenant manifestement à une même série baptisée *Pink Pussy*. À l'intérieur s'y étalaient les vulves largement ouvertes de femmes jeunes et souriantes, visiblement ravies de se dévoiler ainsi. Fidèles à la promesse du titre, leurs sexes étaient aussi frais et rosés que possible, entre la fleur exotique et le papillon de chair.

Étais-je encore sous l'influence des écarts de la veille ? La liane dépêchée à moi par Louis m'avait-elle à ce point troublée ? Je me surpris à tourner les pages sans pouvoir m'arrêter, fascinée par cet étalage sans fard, me demandant si j'aurais pu moi aussi y figurer, et quel plaisir j'eusse tiré de ces fentes parfaites, ouvertes et humides si, à mon tour, je m'étais armée d'un jouet dur et oblong à y introduire.

L'effondrement de la pyramide de livres perchée sur mon bras me tira de mon hébétude. Une vingtaine d'yeux me scrutèrent, mi-réprobateurs, mi-hilares. Je bafouillai une excuse, m'ingéniai à récupérer mon bien en faisant attention que ma jupe ne découvre pas trop mes cuisses, ni ne moule indécemment mes fesses, et m'acquittai en hâte de mes achats, rouge de honte, avec aux joues et dans la voix cette confusion de jeune fille que je me croyais pourtant capable de surmonter.

Mon calme retrouvé, je n'osai cependant sortir aucun des livres du sac en plastique sombre, perlé de gouttes dorées, durant tout le trajet souterrain qui me conduisit jusqu'à la porte de Sèvres.

Une humiliation me suffisait pour l'heure, attendu que l'épreuve à venir le soir risquait de m'en réserver son lot.

— Tu es en retard, mais ce n'est pas grave…

David avait déboulé dans mon bureau sans un bonjour.

— … L'essentiel, pour l'instant, c'est que tu sois en forme. Tu as bien petit-déjeuné, au moins ?

À l'écouter, à sentir sur mon moi son regard survolté, j'avais l'impression d'être un yearling au matin de sa première course. Tout juste s'il ne me tâtait pas le museau ou ne me palpait pas la croupe pour évaluer mes faiblesses ou mes chances de victoire. Était-ce ce qu'il avait vu en moi, dans ce dîner si formel où nous nous étions rencontrés : la prochaine pépite de son antenne, la pierre encore brute qu'il façonnerait à sa guise, et dont il ferait son joyau ?

— Oui, oui, ça va… j'ai mangé.

— Des fruits secs ? Tu as pris des fruits secs ?

Il tournait en rond, il me jaugeait, manifestement inquiet des performances de sa pouliche, aussi fébrile qu'un fournisseur de pot belge avant le contre-la-montre.

— Non, mais ça ira. Je te le promets.

Je n'osais imaginer ce qu'il adviendrait de moi si je décevais ses attentes.

— Bien… Je suis sûr que tu vas *tout déchirer* !

Ce vocabulaire de jeune lui allait comme un kilt à un croque-mort. Mais peu lui importait le ridicule. Il se saoulait de sa propre adrénaline, il atteignait le surrégime avant même le lever du drapeau.

Si je me révélais à l'écran aussi tocarde que je le supposais, alors un sort comparable à celui d'Aurore me serait sans doute réservé. Me pousserait-il aux mêmes extrémités ? Mon nom disparaîtrait-il lui aussi dans un enfer numérique dont il ne ressortirait jamais ?

Posant sur ma nuque un baiser qui se voulait tendre, il s'appliqua à balayer les sombres idées accrochées à mes cheveux, le nez enfoui dans leur épaisseur, une main flattant mon épaule à demi-nue. Tant qu'il ne me parlait pas du contrat de mariage, tant qu'il se bornait à voir en moi sa nouvelle égérie, je pouvais bien m'abandonner à ses caresses brouillonnes.

— J'ai envie de toi, glissa-t-il à mon oreille.

Je courbai ma nuque pour la soustraire à ses baisers, de plus en plus pressants.

— Pas ici…

— Pourquoi ? Tu as peur de te faire surprendre par le patron ?

Il riait doucement de sa propre blague, satisfait de lui et de ceux sur qui il misait, comme toujours. Tout ce qu'il touchait était supposé se muer en or. Il en avait toujours été ainsi. Il avait toujours été le vainqueur. Sauf avec Aurore…

— Ah pardon…

Les yeux bleus de Fred s'étaient invités dans le cadre de la porte, puis ils se posèrent sur nous deux, surpris, et furent soudain traversés par cet éclat de colère que je connaissais par cœur. Mais il se contint, au contraire de David :

— Qu'est-ce que vous voulez ? Qu'est-ce que vous foutez ici ?

Je réalisai que les deux hommes ne s'étaient jamais rencontrés. Et si Fred ne pouvait plus ignorer à quoi ressemblait le big boss de BTV, son employeur, il n'en allait évidemment pas de même pour David, pour qui ce jeune homme mal rasé, habillé d'un jean et d'un T-shirt, ne pouvait qu'appartenir au lumpen de son entreprise. Population négligeable à ses yeux, et qu'il traitait comme tel.

— Je…

Devais-je les présenter ? Et, si oui, quels détails de nos histoires respectives devais-je révéler ? De son côté, Fred devait craindre que je ne dévoile le fin mot de son entrée à la chaîne, probable raison de son silence gêné, suspendu à ma réaction.

— « Je » quoi ? Foutez-nous la paix !

— Chéri… finis-je par intervenir sur un ton arrangeant. C'est Fred Morino. Il est preneur de son sur l'émission. J'imagine qu'on m'attend sur le plateau ?

J'écarquillai des yeux assez larges pour que notre vis-à-vis comprenne le message et entre dans mon jeu.

— C'est ça, approuva-t-il, tremblant de rage domptée.

— Ah… Très bien.

David ne perdait jamais la face, jamais, qui que fût son interlocuteur. Il se redressa donc, plus frustré que réellement furieux, et se contenta de tancer Fred sur un ton paternaliste, comme on reprend un garnement :

— Enfin, urgence ou pas, on frappe à la porte avant d'entrer.

Il désigna celle de mon bureau, grande ouverte quand Fred s'était présenté, avec une mauvaise foi si manifeste qu'il ne servait à rien de la confondre.

Et dire que j'avais ajouté mon ex à la liste des invités pour notre mariage. Le maître des lieux le chasserait-il de la réception avant qu'il ne puisse produire son carton ?

— Je me sauve, lançai-je sur un ton léger à David, emboîtant le pas du technicien.

C'était le moment où jamais de rouler des hanches pour lui, de battre des cils, d'arrondir ma bouche en cœur. En d'autres termes : de surjouer ma féminité comme dans une série Z. Sa sentence d'après le désastre s'en trouverait peut-être atténuée ou au moins différée.

— Et garde au chaud ce que tu voulais me *dire* tout à l'heure, minaudai-je… Ça m'intéresse.

Aussitôt dans le couloir, nous nous esquivâmes, Fred et moi, à grands pas. J'étais autant à fleur de peau que lui. L'incongruité de la situation ne m'avait pas seulement mise au supplice. Elle avait levé le voile sur un pan entier, et vicié, de ma relation avec David. Dieu sait que j'avais désiré tout cela, cet homme parfait, une vie de pouvoir et d'aisance, des privilèges parant mon quotidien d'une pellicule d'invulnérabilité. Mais je ne pouvais pas pour autant mépriser ce que j'avais été. Je ne pouvais pas laisser la fille de Nanterre, ou ceux qui l'avaient accompagnée, sur le pas d'une porte pourtant ouverte… Je ne pouvais pas être dedans et dehors à la fois.

Je me retins de passer mes nerfs sur Fred, déclencheur involontaire et victime collatérale de ce maelström.

— Personne ne t'a demandé de venir me chercher, hein ?

— Non, admit-il. Mais en jouant les plombiers avec la ligne fixe de notre ami Louis, j'ai trouvé un truc plutôt intéressant.

— Quoi donc ?

— La mémoire de ses appels depuis la dernière mise à jour de son standard, soit environ trois bons mois de communication.

— Et alors ? m'agaçai-je. Il se commande une call-girl tous les jours à 18 heures ?

— Pas vraiment, non, retint-il un sourire.

— Il appelle qui, alors ?

— Je sais que tu vas pas me croire, mais y'a aucun doute sur le numéro… Je l'ai reconnu tout de suite.

— Accouche, Fred, merde ! grinçai-je entre mes dents serrées.

— Il appelle ta mère. Maude. Le numéro composé est celui de votre pavillon.

Mon regard s'évada un instant dans le bureau paysager, où une armée de journalistes préparait les conducteurs pour les flashes infos de la mi-journée. Puis je revins à lui, médusée :

— Ma mère ? T'es sûr de toi ?

Il m'énuméra les chiffres de sa ligne fixe sans l'ombre d'une hésitation.

— Rien que cette semaine, il l'a contactée trois fois, lut-il sur le papillon collé au creux de sa main.

Je songeai à tous les cadeaux qu'il lui adressait, ces fameuses récompenses pour mes bons et horizontaux services.

— Et… Ils se parlent longtemps ?

— Plutôt, oui. Lundi, vingt-deux minutes. Mercredi, seulement onze minutes. Et hier, dix-huit, avec une petite interruption de trente secondes au milieu, il a dû prendre un double appel.

Cela excédait largement le temps d'un coup de fil de courtoisie ou une simple vérification – pour vérifier quoi, d'ailleurs ? Il s'agissait de vraies conversations.

— Elle ne peut pas avoir juste décroché, et posé le combiné sans rien dire ?

Ce n'était pas une hypothèse plus absurde qu'une autre. Pas plus que mon vrai-faux amant, vrai-faux beau-frère, appelant ma mère pour papoter comme deux vieux amis.

— Non, je ne pense pas. Les standards aussi sophistiqués ont un time-out qui se déclenche dès la prise de ligne pour éviter qu'elles ne soient occupées inutilement. Si personne ne parle, ça se coupe tout seul au bout d'une minute ou deux. Pas vingt.

Ce que l'expertise technique de Fred ne pouvait m'apprendre, c'était la nature de leurs échanges. Et sous quelle identité Louis parvenait à faire s'épancher ma mère ainsi. Se faisait-il passer pour son propre frère ? Ou encore pour Armand, sous le fallacieux prétexte de l'informer des préparatifs ?

— Tu dis qu'il l'appelle depuis quand ?

— Je ne te l'ai pas encore dit. Cela remonte à fin avril.

Soit peu après ma rencontre avec David, à une époque où cette relation était encore tenue secrète… et bien avant que Louis n'adresse à maman le moindre cadeau – pour ceux que je connaissais, en tout cas. Sous quel prétexte fumeux avait-il pu entrer en contact avec elle ? Et pourquoi s'était-elle liée à ce correspondant sans visage ?

Après une brève collation en compagnie d'une Albane intarissable, l'après-midi s'écoula comme un songe, agité néanmoins par une multitude d'activés que j'accomplis tel un robot.

14 heures, eût précisé Chloé : répétition sur le plateau en compagnie de Stan, notre réalisateur, pour détailler ma position initiale et mes déplacements au cours de l'émission, dans un décor champêtre bricolé à la hâte. N'avait été retenu des travaux de Chris que le logotype de l'émission, imprimé sur une large plaque de carton rigide fixé au fond et habilement éclairé pour qu'il ressorte à l'image.

16 heures : lecture en boucle des conducteurs rédigés par l'équipe d'Albane. Je soufflai en constatant que cette dernière avait veillé à ne pas faire de moi l'une de ces cruches sottement pétulantes comme elles pullulaient dans les émissions concurrentes. Mes textes étaient sobres, précis, enlevés mais sans excès, assez proches de ce que j'aurais écrit moi-même si la confiance de David était allée jusqu'à me confier cette partie-là.

17 heures : réception de mes deux invités – un libraire-star qui nous ferait partager sa sélection de livres pour la plage ainsi qu'une danseuse professionnelle qui nous dispenserait une

démonstration du « pas qui tue » pour briller sur les pistes de l'été – et simulation des échanges supposés « informels ».

18 heures : thé et biscuits, suivis d'une séance, à mes yeux interminable, d'habillage, de coiffure et de maquillage, durant laquelle je me fis l'effet d'une chantilly qui n'en finit pas de monter.

Cette poupée figée sous son glacis de fond de teint, potiche prête à prendre la lumière dans sa robe à fleurs… C'était bien moi ?

— Fais comme si tu avais douze ans et que tu jouais à l'animatrice télé avec des copines, me dispensa bientôt Albane comme dernier conseil.

— À douze ans j'avais plutôt envie d'être Marie Curie ou Françoise Giroud, mais bon…

— Tu as compris ce que je voulais dire : fais semblant. Tous ceux qui présentent les plus grosses émissions aujourd'hui ont commencé en grimaçant comme des crétins devant leur glace. Le reste va venir après, à force de bouffer de l'antenne.

Voilà qui n'était pas très rassurant, mais qui couperait peut-être l'herbe sous le pied de mes détracteurs, et du procès en inexpérience qu'ils ne manqueraient pas de m'intenter. Car ainsi allait ce joli petit monde, si vite oublieux de ses propres faux pas, prêt à tendre la jambe pour faire un croche-patte au nouveau venu susceptible de les éclipser par la seule vertu de sa fraîcheur.

19 h 30, et encore une heure entière à attendre. Je prétextai le besoin de m'isoler pour sillonner les couloirs déserts du dix-huitième étage dans ma tenue de plateau, plâtrée et choucroutée, à la recherche d'une issue de secours que je n'oserais emprunter. Le hasard de mes déambulations me conduisit devant un bureau qu'on venait manifestement de vider de ses meubles. « Alice Simoncini », annonçait encore la petite plaque en plastique blanc, à droite de la porte. J'abaissai la poignée : c'était ouvert. La seule chose qui me frappa, dans cet espace sans âme, fut l'odeur persistante. J'y décelai le parfum de la belle blonde, fleuri et sucré, auquel se mêlaient d'autres notes, plus acides. Était-ce la senteur de l'amour, le bouquet composé par leurs deux sexes ? Combien de fois avaient-ils pu s'ébattre ici, Chris et elle, à quelques pas du bureau de David ? Je tentais de me les représenter, tous les

deux, la grande silhouette molle de son amant pressant ses fesses contre la baie vitrée, fouillant son sexe d'une main fébrile, bavant son envie sur la nuque si fine et si fière de cette proie inespérée.

On ne devrait jamais surprendre ses amis
en train de faire l'amour…
Avant Sophia, ma meilleure amie était Sabine. On aurait dit ma jumelle, tant notre ressemblance était troublante, y compris pour nous deux. On passait des heures à s'observer ensemble dans le miroir, à traquer nos dissemblances. Le seul détail qui nous différenciait sans équivoque était sa paire d'yeux d'un bleu vif, éclatant. Un petit avantage sur moi, en termes de séduction, dont elle tirait tout le profit possible, attirant les plus beaux garçons du lycée.
Un mercredi après-midi où elle m'avait invitée à la rejoindre chez elle, j'arrivai une quinzaine de minutes avant l'heure convenue, persuadée de la trouver devant la télé ou plongée dans la lecture de l'un de ses livres de vampires – « mais trop sexy ! » – qu'elle affectionnait tant. La porte d'entrée du pavillon parental était ouverte. Ainsi que celle de sa chambre. Pour cause puisque, en pleine semaine et à cette heure-ci, elle était supposée être seule à la maison. Mais ce n'était pas le cas. Dès l'escalier, des gémissements, presque des miaulements, m'alertèrent sur la nature de ce qui se déroulait à l'étage. Mais je ne pus résister à la tentation. Je gravis les marches à tâtons et, par l'entrebâillement de la porte, j'appréciai, durant tout le quart d'heure précédant notre rendez-vous, la manière dont Sabine se déchaînait au lit. Cette façon, qui me parut alors totalement indécente, de cambrer sa croupe jusqu'à briser ses reins, au cours de la levrette. ~~Ces mots inconvenants qu'elle hurlait, où il se résumait à sa « queue », et elle se qualifiait elle-même de « chienne », de « pute » ou de « plus grosse salope du lycée »~~. Cet acharnement goulu à avaler le membre de son partenaire jusqu'à la garde.
Ces glapissements de hyène impudique, au moment de jouir…
Je partis sans un bruit et sans demander mon reste, moi qui étais encore pucelle, brusquement froissée dans mes rêves.

Dès le lendemain, et jusqu'à la fin de l'année, je refusai obstinément de lui adresser la parole. Elle dut deviner la raison de ma soudaine froideur mais n'osa jamais aborder le sujet de front. Cette scène de baise crue, animale, et dont je m'inspirerais pourtant de nombreuses fois par la suite pour m'exciter seule, constitue le dernier souvenir que j'ai de mon amie.

(Note manuscrite du 13/06/2009, rédigée par mes soins.)

T'es où ? On fait un dernier point en régie avec Luc et Stan. On t'attend, ramène tes fesses, la vedette !

Un SMS d'Albane me rappela à l'ordre et, comme elle l'aurait dit elle-même, je rappliquai fissa à l'étage en-dessous, qui bourdonnait désormais de cette tension si particulière qui précède le lancement d'un nouveau programme. David en personne honorait le plateau de sa présence, fait semblait-il extraordinaire si j'en jugeais par le bruissement mi-effrayé mi-excité des troupes.

En revanche, une absence me parut tout aussi notable, et même surprenante : celle de Louis que, me dit-on, personne n'avait vu dans l'immeuble de toute la journée.

Je fis semblant de regarder l'édition de 20 heures en compagnie de mon équipe, outrageusement potache – pour dissiper la pression, supposai-je –, l'esprit pour ma part envolé bien loin de la tour Barlet.

Où pouvait-il bien être ? Aux Charmes ? Hantant l'hôtel de mademoiselle Mars, spectre claudiquant au milieu des gravats ? Ou tout simplement chez lui, devant son écran, attendant comme n'importe quel téléspectateur l'heure fatidique de ma mise à mort télévisuelle ?

La suite fut un cauchemar pop et coloré, traversé d'éclats de rire contraints et enrobés de bonne humeur factice. Comme me l'avait soufflé Albane, je servis une pantomime proche du ridicule, mais que chacun fit mine de trouver pertinente, s'alignant sur mon débit trop survolté pour être intelligible… Sans compter mes cent cinquante « Alors maintenant » à la minute.

Les fiches préparées par la rédaction me brûlaient tant les mains, magnétisant mon regard, aspirant toute mon angoisse, que je n'écoutai pas un traître mot des reportages diffusés hors plateau et manquai même un ou deux lancements lors de mon retour à l'antenne, pourtant dûment signalés par Stan dans mon oreillette, et matérialisés à quelques pas de moi par le voyant rouge de la caméra.

— Respire, c'est pas un sprint ! susurra plusieurs fois le réalisateur au creux de mon conduit auditif. À ce rythme-là, on va à peine tenir une demi-heure. Cool !

Cinq minutes avant la fin, j'eus droit à un raccord maquillage et une pause pipi, le temps que soit diffusé le fameux sujet tourné à l'initiative de Louis, le tout dernier de l'émission. Après quoi, ne me resterait plus qu'une brève conclusion à lire sur le prompteur, et mon calvaire s'achèverait enfin.

— C'est super ! m'encouragea Albane sur le chemin des toilettes. Speed juste un peu moins. Laisse ton interlocuteur développer comme il veut. Tu auras toujours le temps de le couper sur la fin s'il patauge trop.

Isolée dans la cabine, incapable de produire la moindre goutte malgré une vessie prête à exploser, je tâchais de réprimer une furieuse envie de me vider l'estomac.

J'aurais voulu ne plus ressortir. Plus jamais. Rester dans ma petite robe fleurie et les odeurs de pipi, au chaud et à l'abri, monde sans mari, sans amant, et sans spectateurs pour rire de moi.

« ...Non, j'ai commencé par accident, je ne peux pas vraiment parler de choix... »

Les échos assourdis de l'antenne, relayés par les haut-parleurs du plateau, me parvenaient sous la forme de bribes, plus ou moins intelligibles :

« – Je vais être un peu indiscret, mais vous arrive-t-il de prendre du plaisir à ce que vous faites avec ces hommes ?

— Oui, bien sûr, ça m'arrive même assez souvent... Ce n'est pas qu'un job. »

Ce n'était pas qu'un job, en effet, que celui des hotelles. J'aurais pu en témoigner, moi aussi.

La prudence, et même un fond de peur, aurait dû me confiner là où j'étais. Et pourtant je sortis, curieuse malgré tout d'entendre ce que cette fille avait à dire. Sa voix, déformée dans les aigus pour préserver son anonymat, sautillait d'une manière qui ne m'était pas tout à fait étrangère. En entrant dans la régie, où une vingtaine d'écrans reproduisaient le même visage masqué, je manquai tomber de tout mon poids et vomir dans le dos des techniciens agrippés à leurs manettes.

Je connaissais ce masque : c'était la copie conforme de celui que Louis m'avait fait porter dans la chambre Marie Bonaparte quand j'avais observé ce couple en pleine action.

Mais il y avait plus familier encore : ces gestes amples, ces boucles brunes qui roulaient sur ses épaules, et plus que tout cette manière si directe de s'exprimer…

« – Enfin, c'est pas du cul pour du cul, hein, faut pas croire ! nasillait la voix modifiée. On se parle, on se raconte nos vies. Parfois même, on ressent un petit pincement… et eux aussi. »

Les seuls mots qui parvinrent à sortir de ma bouche, filet de voix si faible et si désespéré que je fus sans doute la seule à l'entendre, furent :

— Putain, Sophia… Non. Pas toi.

Son visage blanchi de stupeur, lorsque Louis s'était présenté à nous, au bois de Vincennes.

Son intérêt sincère, sous le rire égrillard, lorsque j'avais détaillé pour elle le piège dans lequel Louis me faisait sombrer petit à petit, « Tu veux pas me le présenter ? J'adore ce genre de mecs un peu joueurs ! » Son engouement pour mon Dix-fois-par-jour, dont elle n'avait pas manqué de dire qu'il lui serait mieux allé au teint qu'à moi.

Un à un ces éléments refaisaient surface et arrachaient de son visage le masque que tous voyaient à l'écran.

Quelle mauvaise comédie m'avait-elle jouée là ? Et surtout, quel avait pu être le prix de sa trahison ? Juste de quoi boucler ses fins de mois, peut-être. Quelques gros billets, comme ceux qu'il m'avait fourrés en main à la galerie ou donnés pour faire mon shopping érotique à la Musardine. Ou alors – la perspective me suffoquait au-delà des mots et de la douleur qui gonflait en moi –, ces deux-là étaient-ils amants ? Se moquaient-ils de moi, de ma crédulité, au moment de faire l'amour ? Raillaient-ils ma maladresse de pucelle, mes préventions d'oie blanche, au moment de se rouler l'un sur l'autre et de s'extasier sans aucune retenue, couple parfait dans sa soif de démesure ?

Depuis quand la possédait-il ?

— Antenne dans trente secondes, hurla Stan quelque part autour de moi.

— Elle ! Elle ça va ?

La voix d'Albane ne parvenait déjà plus à percer ce cocon qui s'épaississait à chaque seconde autour de moi. Est-ce que ça allait ? Que pouvais-je répondre à cela ?

Sa main me pressait la nuque, mais c'est une autre que moi qui tressaillait à chaque nouvelle secousse.

— Elle ! Elle, bordel ! Tu es avec moi ?

Non, gentille Albane, je n'étais plus avec toi depuis de longs, longs instants. J'avais perdu tout contact avec ta réalité. La mienne n'était plus qu'un long sanglot froid, qui m'enrobait comme une chape de glace. Esquimau géant au milieu du studio. Tout ce qui se passait au-dehors m'apparaissait à travers un hublot brouillé, assourdi, et rien ne me semblait pouvoir déchirer ce rideau-là.

— Antenne dans vingt secondes ! Les filles, faut me coller vos fesses sur le plateau, là... Maintenant !

— Putain, je sais pas ce qui lui arrive... glapissait une Albane en proie à la panique. On l'a perdue ! Appelez le toubib à l'infirmerie !

Sur les moniteurs, Sophia répondait à l'ultime question de l'interviewer, dont l'absence à l'image ne laissait pourtant aucun doute quant à l'identité :

« On m'a dit que vous vous surnommiez vous-mêmes les hotelles, c'est bien ça ?

— Oui, tout à fait.

— Vous pouvez expliquer en deux mots le sens de ce mot à ceux qui nous regardent ?

— Eh bien, hotelle c'est un mot-valise. D'abord, y'a l'adjectif anglais *hot*, je pense que c'est assez explicite...

— En effet ! »

Nouvel appel désespéré de Stan :

— Antenne dans dix secondes ! On fait quoi ?

— Balance le générique ! N'importe quoi ! brailla Albane. On s'en fout !

À travers mes larmes, le masque coulait comme s'il avait brutalement fondu.

« ...Et puis il y a Elle, qui signifie que lorsqu'on accepte ce rôle-là, on est capable d'interpréter toutes les femmes.

— C'est très joli. Et vous alors, vous vous sentez plutôt *hot*... ou plutôt Elle ?

— Oh moi je suis définitivement *hot* ! explosa-t-elle de rire. Elle... Elle, c'est pas moi. Elle, c'est mon amie... »

Jingle. Antenne. Sans moi.

Générique de fin.

28

13 et 14 juin 2009

Lorsqu'enfin je revins à moi, tout le monde fit comme si de rien n'était, prompt à mettre sous le boisseau de l'oubli et de la pudeur mon incompréhensible pétage de plombs. Le déni leur semblait probablement, dans l'immédiat, l'attitude la plus charitable.

Mieux, chacun vint me présenter son petit compliment pour ma « formidable prestation », jusqu'à Luc, Philippe et Sam, exagérément enthousiastes, qui pourtant risquaient gros dans l'affaire et que mon inconséquence professionnelle mettrait certainement dans la panade. J'avais beau ne pas être leur premier choix, il leur incombait de transformer le matériau brut que j'étais en un bon petit soldat, opérationnel et sans caprice ou raté de diva. À leurs mines déconfites derrière le sourire crispé, je devinais que c'est sur eux que retomberaient les foudres de David. Mon échec serait aussi le leur, ils ne pouvaient pas l'occulter.

— Albane ! Tu sais où est David ?

J'agrippai ma consœur par le bras. Je lus dans ses yeux un mélange de déception, de pitié, mais aussi de compassion. Albane n'était pas une tendre, mais elle était suffisamment indépendante d'esprit pour admettre ce genre de sortie de route. Elle était jolie, encore jeune, et compétente… Était-elle privée d'antenne à cause d'un incident comparable ?

— Dans son bureau. Pourquoi ?

— Je veux lui parler, soutins-je crânement son regard.

— Pas possible. Il a demandé que personne ne le dérange.

— Je dois lui expliquer ce qui s'est passé…

— Je sais, je comprends… mais il a spécifié « vraiment personne ». Je suppose que ça t'inclut aussi. Désolée.

Seigneur en son château, David devait ruminer sa colère et s'interroger sur l'attitude à adopter, d'une part dans le contexte de la chaîne, où il était hors de question qu'il perde la face ou fasse preuve de complaisance et de mollesse ; d'autre part dans notre couple, que cet incident, sans le remettre directement en cause, venait d'écorner. On aurait pu imaginer un cadeau de fiançailles plus approprié de ma part… Une montre de luxe, par exemple, qui me sembla s'effacer peu à peu dans la vitrine des Antiquités Nativelle, tel un souvenir hors de portée désormais.

Je m'attendais à tout venant de lui : le mépris souverain, signe de sa clémence et de sa générosité, comme une répudiation en bonne forme, ou bien une colère déferlant sur moi comme un torrent. Jusqu'où aurait-il à cœur de préserver notre couple ? Jusqu'où tiendrait-il à son image de directeur inflexible ? Une chose était certaine : il ne pouvait se montrer plus pusillanime avec moi qu'avec ses autres employés. Mon parachutage lui avait trop été reproché. M'accorder un passe-droit lui ferait perdre toute crédibilité, son régime d'autorité fondant sous le soleil de son amour pour moi.

Je rentrai donc seule à l'hôtel Duchesnois, ballottée par un taxi qui me parut traverser la capitale en deux battements de paupières las. Un Armand affairé, presque excité, visiblement bien loin de nos considérations du jour – si loin que je n'osai lui demander ce qu'il avait pensé de ma prestation – bondit sur moi, notes et documents en main.

— J'ai enfin le menu définitif. Souhaitez-vous que je vous le montre, mademoiselle ?

J'acquiesçai d'un sourire absent, et mes yeux voletèrent au-dessus des lignes plus qu'ils ne lurent l'impressionnante succession de mets. Il m'apparut simplement, du fond de mon hébétude, qu'Armand avait pris soin d'appliquer ses choix à mes goûts, faisant la part belle aux fruits de mer et à des douceurs où les fruits rouges dominaient.

— Ça me semble parfait, forçai-je mon ravissement.

— Vous êtes sûre ? Nous pouvons encore le modifier, vous savez.

— Non, non, ne changez rien. Je suis certaine que ce sera…

Ne pas dire « sublime », ni « splendide », ni « magnifique », aucun de ces superlatifs passe-partout dont David abusait.

— … Divin. Voilà, ce sera divin.

Il accueillit mon compliment avec un sourire bonhomme, puis son air réjoui se dissipa bientôt, cédant la place à un rictus chagrin.

— Cela m'ennuie de vous le rappeler… mais le notaire me réclame vos exemplaires signés.

— Mes exemplaires ? m'étonnai-je.

— Du contrat…

— Oh oui… le contrat.

— Tout doit être bouclé avant le mariage civil, sinon les termes du protocole seront caducs. Il faudra le rééditer complètement.

— Bien sûr, je comprends. Je vous rendrai ça demain.

— Signé ? insista-t-il, soulevant l'un de ses sourcils broussailleux.

Je sentis qu'il n'exprimait pas là que son souci du travail bien fait. Au-delà des intérêts de son maître, il semblait avoir un intérêt personnel à ce que j'accomplisse mon devoir.

— Oui, évidemment, répondis-je, comme prise en faute. Signé.

Tout a été dit et écrit, je crois, sur le pouvoir réconfortant des chats. Leur calme contagieux, leur douceur, leur indolence, leur ronronnement si régulier que leur écoute seule peut vous endormir…

C'est dans l'espoir qu'elle m'apporte la paix, même fugace, que je me collai à Félicité, enroulée autour d'elle comme si j'avais été sa mère. Je le faisais déjà, enfant, pour me consoler. Une fois ou deux j'interrompis ces effusions pour appeler Sophia mais, bien sûr, la scélérate était injoignable. Puis je finis par trouver un sommeil agité, hanté de rêves absurdes où Albane était choisie pour me remplacer à la présentation de *Cultur'Mix*, qu'elle décidait d'animer entièrement nue, sous l'œil étrangement indifférent des techniciens et des téléspectateurs.

À mon réveil, je ne perçus aucune trace de la présence de David. Ni de son passage à notre domicile. Aucune serviette laissée en boule sur le sol de la salle de bains, ni le moindre relief de son eau de toilette. Était-il seulement rentré ? Une fois de plus, mes appels sur son mobile sonnaient dans le vide. Quand, vers le milieu de la matinée :

— Elle ? Bonjour, c'est Chloé.

— Chloé ? Mais… vous travaillez le dimanche ?

— Non. J'ai transféré ma ligne à la maison. Je fais toujours ça quand je sens que le week-end va être un peu chaud à la chaîne.

Je supposai qu'il s'agissait d'un ordre de mon fiancé, et non pas d'une initiative personnelle. Même au repos, son armée devait être prête à reprendre le combat d'un simple signe de lui.

— OK… Qu'est-ce qui vous amène ?

— David m'a chargée de vous contacter. Il a passé la nuit dans son bureau.

Je me souvins du canapé situé face à sa table de travail, et où il était tout à fait possible de dormir, quoique dans un certain inconfort. Je supposai que cela ne l'avait jamais dissuadé d'y achever certaines soirées de travail particulièrement chargées. Et que Chloé remplissait dûment l'un de ses tiroirs en chemises et sous-vêtements propres, pour parer aux exigences du lendemain.

— Il souhaiterait que vous l'y rejoigniez, ajouta-t-elle d'un ton sans appel.

Ma gorge se serra. Nous y étions donc. Et je songeai que mes hésitations à parapher notre contrat de mariage avaient été finalement dictées par plus de prudence que de légèreté.

— Quand ?

— Maintenant.

Le nœud coulant autour de mon cou se serra d'un cran, laissant passer juste assez d'air pour que je puisse murmurer :

— Bien. Le temps de m'habiller…

— Super. Je le préviens tout de suite.

Pourtant, David en serait pour ses frais et Chloé pour une bonne réprimande. Car je n'étais pas plus disposée à me faire tancer comme une gamine que lui à passer l'éponge sur ma bévue. Oh, je répondrais à sa convocation dominicale, bien sûr. Mais je le ferais à mon heure, et quand je me sentirais prête à l'affronter. Pas avant.

En attendant, je paressai au lit avec Félicité, mon Dix-fois-par-jour ouvert sur les cuisses. Je tentai d'y écrire mais mon esprit s'échappait bien loin des douces choses du sexe. Ma plume griffait le papier à vide, et je raturais chacun de mes mots aussitôt posé. J'aurais aimé, comme Louis, parvenir à capter, en tous lieux et en toutes circonstances, les traces laissées par les amants qui m'avaient devancée. M'imprégner de leurs humeurs, soupirer à mon tour comme ils avaient soupiré, frissonner avec eux, à l'unisson. Mais rien ne vint ce jour-là dans l'hôtel Duchesnois, en dépit de tous les galants dont l'ombre y flottait encore – parmi lesquels on comptait l'Empereur en personne.

Le sexe est-il toujours ~~meilleur~~ plus fort que tout ? Est-il possible que l'esprit soit si torturé par des préoccupations plus graves ou plus urgentes que les pensées osées qui nous traversent habituellement disparaissent ? Ou bien le flot de la libido finit-il toujours par emporter et submerger le reste, comme un torrent sans fin ?

(Note manuscrite du 14/06/2009, rédigée par mes soins.)

Plus la matinée filait, et plus je m'attendais à des rappels courroucés de David. Mais, durant un temps qui me sembla aussi doux qu'infini, rien ne vint troubler cette quiétude printanière qui soufflait par la baie entrouverte un vent frais et apaisant. Ce qui me surprit davantage encore, s'agissant de mon apparition télévisée de la veille, fut le silence de mes proches. Que maman ne s'empresse pas de commenter ce moment pour elle historique, que quelques vieilles amies de fac ne profitent pas de l'occasion pour se manifester… Que Rebecca n'explose pas de colère à l'idée que j'aie rompu mon engagement de confidentialité vis-à-vis de Belles de nuit, tout cela était étrange… Presque suspect. Le final tronqué avait-il été si évident ? Si dommageable pour mon image ? Peut-être même avait-il provoqué quelques remous ?

Drapée dans ce qui me restait d'orgueil, je préférai garder ma réserve pour ne pas m'exposer à leurs faux compliments.

Nous étions dimanche, jour sans presse dans notre pays, jour sans zapping des meilleurs instants télé de la veille. Personne ne rendrait publiquement compte de ma désertion avant le lendemain. Sauf peut-être les réseaux sociaux, cette ruche bourdonnant sans cesse de mille cancans inutiles ?

Non, rien sur la page Facebook officielle de la chaîne, pas plus que sur le compte personnel qui avait été ouvert à la demande de Louis sous mon nom de présentatrice et bientôt de femme mariée : Elle Barlet. Les messages les plus récents dataient de l'avant-veille et émanaient des subordonnés de Louis qui tentaient d'alimenter ladite page pour lancer un buzz jusque-là plutôt rétif. *Cultur'Mix* ne figurait encore sur aucun programme télé, et pour cause, au vu de la précipitation dans laquelle il était né.

Faute d'autres diversions pour oublier ce qui m'attendait, je tuai le temps en piochant rêveusement dans la pile des livres achetées à la Musardine, picorai une ligne ici, un paragraphe là, ne parvenant à m'attacher à aucune de mes lectures. Tout glissait sous mes yeux comme un paysage d'après le désastre.

Que Louis demeure muet lui aussi n'était pas une surprise. Plutôt une déception. S'il voyait en moi autre chose qu'une proie, un nouveau rouage dans l'effarante machinerie érotique dans laquelle il broyait sa mélancolie, alors c'était le moment ou jamais de me manifester son soutien. Ou plus encore, qui sait…

Je finis par lire *in extenso* les quelques pages de la préface du Divin Marquis à son œuvre maîtresse, *La Philosophie dans le boudoir*. Il s'y adressait en ces termes et sans détour « aux libertins » :

> « Voluptueux de tous les âges et de tous les sexes, c'est à vous seuls que j'offre cet ouvrage : nourrissez-vous de ses principes, ils favorisent vos passions, et ces passions, dont de froids et plats moralistes vous effraient, ne sont que les moyens que la nature emploie pour faire parvenir l'homme aux vues qu'elle a sur lui ; n'écoutez que ces passions délicieuses ; leur organe est le seul qui doive vous conduire au bonheur. Femmes

lubriques, que la voluptueuse Saint-Ange soit votre modèle ; méprisez, à son exemple, tout ce qui contrarie les lois divines du plaisir qui l'enchaînèrent toute sa vie. Jeunes filles trop longtemps contenues dans les liens absurdes et dangereux d'une vertu fantastique et d'une religion dégoûtante, imitez l'ardente Eugénie ; détruisez, foulez aux pieds, avec autant de rapidité qu'elle, tous les préceptes ridicules inculqués par d'imbéciles parents. »

J'imagine que Louis n'aurait pas écrit autrement s'il avait voulu coucher sur le papier ses projets à mon endroit, moi qui, pour être sa chose, n'étais pas encore sa maîtresse. Aussi appropriés et virtuoses fussent-ils, ces mots ne me semblaient pas moins vains. Je ne voulais ni discours ni paroles. Ni leçon ni remontrances. Je ne voulais pas qu'on me traite en princesse, pas plus qu'en esclave, en simple objet de plaisir ou en élément décoratif. Je voulais seulement que l'un ou l'autre, David ou Louis, me prenne dans ses bras, m'offre sa douceur en même temps que je lui donnerais ma confiance, et que cet unique élan balaie un passé dans lequel ils me tenaient captive et qui ne me concernait pas. Je voulais exister devant eux, pour eux, contre eux, et non pas être une suite de concepts en jupon ou d'enjeux abstraits, fruits de leur désagrégation familiale.

C'est un débat que je n'ai jamais résolu en mon for intérieur : jusqu'à quel point est-il plaisant d'être un objet sexuel pour son partenaire ? Par là, j'entends être pour lui un pur jouet, un instrument dont il dispose au gré de ses besoins. ~~Une pute à sa merci~~. La manière dont l'un de mes rares clients des Charmes avait usé de ma bouche m'avait heurtée, et même un peu dégoûtée. Il ne la pénétrait pas avec son sexe selon cette retenue dont font preuve les amants ordinaires. Non, il la baisait à grands coups de reins, plongeant sa hampe entre mes lèvres avec violence, jusqu'à taper son bas-ventre sur mon nez, cherchant manifestement à cogner ma glotte de son gland énorme, prêt à jouir à chaque nouvelle poussée. Je suffoquais, et je trouvais quelque chose de dégradant à cette invasion

brutale de ma bouche, à ce qu'il m'impose d'être sa chose,
comme si les assauts brusques de sa bite allaient me bâillonner
à jamais, oblitérer mes mots, et il pourrait en disposer
désormais à sa guise, comme un orifice de plus à ravager.
Aurais-je réagi avec un tel dégoût si j'avais aimé
cet homme ? Pourrais-je supporter d'être la créature
de mon amoureux ?
(Note manuscrite du 14/06/2009, rédigée par mes soins.)

Cette pensée me ramena aux conversations téléphoniques entre Louis et maman surprises par Fred. Pourquoi se serait-il soucié d'elle tout ce temps ? Qu'est-ce qui aurait pu motiver une démarche aussi surprenante, voire déplacée, si ce n'est son intérêt pour moi et la construction de cette gigantesque entreprise pour me piéger – me détruire ?

Je peux t'appeler, là ?

Fred, justement, se manifestait enfin. Mais je n'avais ni la tête ni le cœur à entendre ses sarcasmes ou ceux qu'il avait pu glaner depuis la veille auprès de ses nouveaux collègues.

Vers midi, un autre message, celui-ci glacial, me rappela à mes obligations.

Je t'attends. D.

Je me douchai *presto* et enfilai à la hâte ma tenue numéro un, tailleur-pantalon, collier de perles synthétiques et chaussures à talons presque plats. Sobre et professionnelle.

Vingt minutes de taxi plus tard, je débarquai devant la tour de verre, éclatante sous le soleil. Pourtant, vues de l'extérieur et sous cet angle, il n'y avait pas plus opaque que ces immenses surfaces vitrées. Sous le clinquant, le mystère Barlet était décidément bien préservé.

En l'absence de Chloé, la porte du bureau de David restait entrouverte, invitation explicite à la pousser. Je me glissai dans l'entrebâillement, me voulant aussi fine et discrète qu'une feuille de papier, quand le bouchon de liège frôla mon visage, juste après le pop caractéristique.

— Vous êtes bien l'animatrice de *Cultur'Mix* ? m'accueillit-il sur un ton badin, bouteille de champagne en main.

Je restai prudente, dans mon coin de la pièce, à distance respectable de ses cris et, surtout, de ses mains.

— Euh… Il paraît.

Il remplit les flûtes posées devant lui puis s'avança vers moi, les deux verres délicats portés à bout de doigts, et me tendit l'un d'eux, tout sourire.

— Dans ce cas, buvez avec moi, mademoiselle… Quelque chose me dit que vous l'avez bien mérité…

— Quelque… quelque chose ? bégayai-je, interdite.

— …Et que, moi, j'ai bien fait de te bousculer un peu. Écoute ça, claironna-t-il en attrapant derrière lui un tableau chiffré. 5,2 % de parts de marché !

— C'est bon ? jouai-je l'innocente.

— Tu plaisantes ? Tu connais le meilleur score pour une chaîne de la TNT l'an dernier, chaînes infos et généralistes confondues ?

— Non.

— 7,8 %. Et sur un gros film américain ! 5,2 % sur un magazine et pour une première… C'est miraculeux !

— Vraiment ?

— Tu ne te rends pas compte : on est au pied du Top 20 ! Du premier coup !

Ses visées stratégiques m'échappaient pour l'essentiel mais, face à sa joie désarmante et après quelques gorgées du breuvage pétillant, je me laissai gagner moi aussi par cette ivresse du triomphe.

Pardonnée ma sortie prématurée et catastrophique. Oubliées mes approximations de débutante. Envolée la peur d'être démasquée par le reportage de Louis, évanouie la rancune que, quelques secondes plus tôt, je pensais devoir vouer éternellement à Sophia.

Ne restait qu'un chiffre si inattendu et surtout si favorable qu'il muait ma déroute en percée, ma défaite en victoire, et qu'il sanctifiait par avance mes futures prestations. J'étais tellement soulagée, soudain, que j'avais envie de rire et de célébrer l'événement avec lui. De lui rendre cette chance extraordinaire qu'il m'avait offerte et que, en ingrate que j'étais, j'avais ternie.

— Eh bien… à la prochaine, on sera en plein dans le Top 20 ! fanfaronnai-je, sottement sûre de moi.

— Attends, c'est un tel carton que, depuis hier soir, tout Paris m'appelle. Tout le monde veut en croquer, chérie.

Voilà qui justifiait, je suppose, sa nuit passée sur le divan, où un drap et un plaid gisaient en désordre. Ce n'était pas la fureur qui l'avait tenu ainsi éveillé, mais bien l'excitation. Cela expliquait aussi son silence et la convocation faite par Chloé plutôt que lui-même.

— Même ce nain de Heames est venu pleurer pour qu'on le reprenne sur l'émission ! jubilait-il, encore et encore.

Lorsqu'il m'embrassa avec une ardeur inhabituelle, je m'abandonnai sans résistance, prise par cette énergie et cette fougue qui m'avaient subjuguée dès nos premiers mots échangés. Napoléon-David venait de conquérir un nouveau territoire – en partie grâce à moi – et, en bonne Joséphine que j'étais, je devais le récompenser. Tout du moins, c'est ainsi que la main qu'il glissa alors dans ma culotte envisageait les choses.

La sonnerie de son téléphone l'en délogea aussi sec.

— On n'est jamais tranquilles ! Oui ? aboya-t-il dans le combiné après deux pas nerveux.

« C'est Louis », me fit-il lire sur ses lèvres, en désignant le combiné. Information suivie d'un moulinet de l'index qui voulait dire : « Va dans ton bureau, je te rejoins. »

Louis ? Où se terrait-il, cet animal, au moment de mon apogée ? Et qu'avait-il fait pour moi, au regard de tout ce que David m'avait apporté en une seule journée de travail acharné ? C'était tout à fait puéril, mais je ne pouvais repousser plus longtemps ces images de moi à la une des magazines télé, ces instantanés volés dans la presse people, ces soirées où, adoubée par mes pairs, je fréquenterais bientôt tout le gratin médiatique de notre pays, non plus en qualité de faire-valoir, non, mais bien d'égale à égal. Je me refaisais le cinéma de mes seize ans, et j'en étais l'héroïne.

Là où Louis me confinait dans mon rôle de courtisane, papillon certes précieux, mais livré à ses seuls yeux, David m'ouvrait en grand les portes du monde, celui auquel j'aspirais depuis si longtemps. Il partageait avec tous ce regard d'esthète et de conquérant qu'il posait sur moi. Je n'étais pas sa chose, j'étais un chef-d'œuvre dans son musée, et il était bien décidé à faire payer l'entrée à ceux qui voudraient me voir.

À peine avais-je refermé sur moi la porte de son bureau que j'entendis son premier éclat de voix :

— Tu ne me parles pas comme ça ! Tu m'entends ? Je te défends de… Je te défends…!

Je demeurai un instant à l'affût, mais la sonnerie de mon propre téléphone retentit, trahissant ma présence. Je n'eus d'autre choix que de m'éloigner dans le couloir.

— Merde, Fred, tu tombes mal. Qu'est-ce qu'il y a de si urgent ?

— Ton émission.

— Quoi, mon émission ?

C'est un succès. « Et ça t'emmerde, hein ? » me retins-je de lui lancer.

— Tu as vu des images, depuis hier soir ? Je veux dire : des images passées à l'antenne…

— Oui… hésitai-je.

— Pas ce que tu as vu sur les moniteurs de la régie. De vraies images diffusées sur un vrai téléviseur.

— Bon, OK, non… Qu'est-ce que ça change ?

— Elle n'est pas passée.

— Pardon ?

— Tu m'as très bien compris : le premier numéro de *Cultur'Mix* n'a pas été diffusé hier soir. Ils ont laissé le téléfilm prévu dans la grille.

— Tu plaisantes ?

À son absence de réponse immédiate, je devinai qu'il était sérieux. Grave, même.

— Comme on était tous à la chaîne, hier soir, et qu'on n'a pas pu le voir en direct, j'ai appelé un pote, ce matin, juste pour qu'il me dise ce que ça avait donné à l'écran. Comme à la maison, tu vois. Je voulais programmer un enregistrement et, avec le stress de la première, j'ai oublié.

Sur son téléviseur, à l'heure dite, le copain en question n'avait rien vu d'autre qu'un thriller poussif, rediffusé pour la énième fois.

— Il ne te chambrait pas ? m'étranglai-je.

— Non. J'ai vérifié. J'en ai appelé deux autres, qui ne se connaissent pas entre eux, pour être sûr qu'ils ne me menaient pas en bateau.

Ma voix grelottait comme en plein hiver. Des gouttes de sueur perlaient pourtant sur mon front brûlant.

Tels des acteurs le soir d'une répétition générale, nous avions joué notre émission à huis clos, sans véritables spectateurs. Entre nous, et pour la gloire.

— Écoute, c'est forcément une blague… Je sors du bureau de David. Il vient de me lire notre audience. On a fait un car…

— C'est bidon, Elle, me coupa-t-il. Je ne sais pas d'où il sort ces chiffres, mais c'est du pipeau. J'avais du mal à le croire, moi aussi. Alors j'ai fini par contacter le responsable technique de la diffusion, Guillaume. C'est lui qui gère le flux broadcast sortant de la tour. On se connaît depuis assez longtemps, lui et moi et, à force de le cuisiner, il m'a craché le morceau.

— Quel morceau ?

— Ce n'est pas un accident. Il a reçu un appel de David en personne, au moment de tes essais plateau.

Je refusai de voir l'évidence :

— Un appel pour quoi ?

— Merde, Elle… Je te jure que je ne te raconte pas ça à cause de nous ou pour essayer de recoller quoi que ce soit… Mais bordel, faut que tu ouvres les yeux sur ton mec !

— Un appel pour lui dire quoi, putain ?

Je retins mon cri, de peur qu'il n'éclate dans le couloir désert.

— Pour lui demander de ne pas traiter le signal venant de la régie plateau, et de diffuser le téléfilm programmé, à l'heure prévue.

Je ne trouvai rien à dire. Je me secouai enfin, alors que mes pas me portaient vers les ascenseurs :

— Pourquoi ça lui a pris, comme ça ? Enfin, *à ce moment-là* ?

— Aucune idée. Il a un écran de contrôle dans son bureau du dix-huitième. Il vise tout ce qui défile sur le moniteur de réal', en régie. Il a le droit de vie ou de mort sur ce qu'on diffuse, y compris les directs.

— Oui, d'accord. Mais ça n'explique pas… *ça*.

— Tout ce que je sais, c'est que David t'a vue à l'écran… et qu'il a donné cet ordre à Guillaume. Voilà. Tu connais toute l'histoire.

Toute l'histoire, oui, que je tentai de raccrocher à quelques aspects positifs, comme un homme à la mer se débat pour trouver une bouée de sauvetage. Au moins Rebecca ne me poursuivrait-elle pas ; au moins Sophia ne serait-elle pas exposée dans son rôle d'hotelle ; au moins personne ici ne pourrait-il m'associer à ma double vie. Au moins, et c'était peut-être le plus important dans l'immédiat, mon effondrement à la fin de l'émission n'aurait-il aucune conséquence fâcheuse.

Mais le soulagement n'étouffa pas longtemps la rage qui gonflait en moi. Hurler ? Me ruer dans le bureau de David ? Lui sauter à la gorge ? Le gifler à mon tour ? Solder tous ces comptes qui se vidaient, jour après jour, entre lui et moi, jusqu'à devenir si lourds ?

Je n'avais même plus envie de lever le voile sur cette pantomime. Ni de comprendre la raison de ce revirement. J'en avais assez des Barlet et de leurs simagrées. Qu'obtiendrais-je de plus de sa bouche, si ce n'est de nouveaux mensonges, de nouvelles humiliations ? Une trahison de plus…

— Elle ? Elle, ça va ?

Fred se rappela à mon souvenir.

— Oui…

— Tu es sûre ? Tu veux que je vienne ?

— Non, non, ça va aller… répondis-je en pressant le bouton d'appel. Je peux te demander un service ?

— Oui, bien sûr.

— Tant que ça ne filtre pas à l'extérieur, ne parle de ça à personne. Tu veux bien faire ça pour moi ?

La cabine apparut et ouvrit ses mâchoires d'acier. En entrant, j'eus la sensation de m'engouffrer de mon propre chef dans la gueule d'un monstre : le génie de la tour Barlet, qui bientôt allait m'avaler. Dès que l'ascenseur hoqueta, pour plonger aussitôt dans les profondeurs du bâtiment, le réseau se brouilla, et je n'entendis pas la réponse de Fred. Je supposai juste que je pouvais avoir foi en lui.

Qui d'autre me restait-il ?

29

Une boule de feu dans un manga japonais.

Une explosion dans un blockbuster américain.

Des infrabasses de techno anglaise.

Je me contentai de ces trois images. Mon prof à moustache serait fier de moi, quel que fût son avis sur ces métaphores d'une autre génération que la sienne. Sérieusement, je me sentais anéantie. David, Louis, Sophia, Rebecca… et même Maude, ma propre mère, tout le monde me mentait. Tout le monde dissimulait. Chacun me livrait une version tronquée, amputée ou maquillée. La réalité qu'ils m'offraient ressemblait à ces constructions virtuelles, dans les jeux vidéo ou les films de science-fiction, dont le protagoniste voit des pans entiers s'effondrer à mesure qu'il progresse. Comme un gigantesque décor fait de pixels, et qui n'a guère plus de consistance qu'un songe. *Matrix* pour les nuls, pour *la* nulle.

Quelle ironie de ne pouvoir compter que sur l'homme que j'avais abandonné. Et, dans la chaleur de ce midi estival qui me happa à la sortie de la tour, je vins presque à en rire. D'impuissance et de rage.

En parvenant à l'hôtel Duchesnois, je constatai que je n'étais pas la seule à être meurtrie. Les jeux entre ma chatte et les deux carlins avaient dû mal tourner, car je trouvai Félicité blottie dans un recoin, encore tremblante, le museau griffé et l'une des oreilles mordue jusqu'au sang. Je la pris dans mes bras, assez doucement pour qu'elle ne m'estropie pas à mon tour dans un réflexe de défense, puis me munis du nécessaire pour désinfecter ses plaies, à petits coups de coton tamponné.

Mon devoir accompli, je l'enfermai dans ma chambre, à l'abri des deux prédateurs à crocs. Elle n'y serait pas plus en sécurité que j'y étais moi-même mais, dans l'immédiat, je n'envisageai pas d'autre solution. Fallait-il que je la ramène à Nanterre ? Fallait-il que j'y retourne moi-même ? Je luttai pour ne pas remarquer le destin qui semblait nous unir, elle et moi, et pour ne pas voir dans sa déconfiture du jour un signe qui m'était adressé. Mais c'était difficile. Le malheur se repaît de tout ce qui peut faire sens autour de lui, pour l'accabler comme pour le dissiper. Pour l'heure, chaque détail me blessait et m'entraînait vers l'abîme.

Je me retins d'appeler tout à tour les acteurs de mon drame. Que me diraient-ils de plus ? À quelle nouvelle farce se livreraient-ils ? Je n'avais pour ma part et pour l'instant que mon incompréhension et ma colère à leur jeter au visage. Aucun élément tangible auquel les confronter, si ce n'est cette ultime découverte de Fred. Ce n'était pas assez. Certains pourraient plaider l'ignorance, et les autres se contenteraient d'invoquer une regrettable méprise : « Ah, personne ne te l'a dit ? C'était juste une répétition générale dans les conditions du direct. La vraie première est la semaine prochaine. » Ben voyons…

Les entendre me mentir, percevoir cette altération tout juste audible de leur voix ou ce regard qui fuit vers la gauche, tous ces symptômes incontestables de leur duplicité, c'en était trop pour moi. Ou plutôt, pas assez. Au milieu de cet imbroglio, dont le schéma directeur m'échappait – qui manipulait qui ? Quel était le rôle de chacun ? Qui avait conscience de l'imposture ? –, David m'apparaissait comme l'arcane la plus sombre, la plus insaisissable, du dispositif. Lui le lumineux, le solaire, le charismatique, il n'était en vérité qu'un astre noir, dont une seule face, étroit croissant trompeur, demeurait éclairée. Tout le reste n'était que ténèbres, et plus je m'y enfonçais, plus je m'interrogeais sur la manière dont j'étais tombée amoureuse de lui.

Comment m'était-il apparu la première fois ? Je me souvins de sa voix, si proche, si suave, si enjôleuse. Pourquoi n'avais-je pas entrevu ses autres versants ? Comment avait-il pu si facilement m'abuser, moi qui m'enorgueillissais depuis toujours de mon discernement, qualité grâce à laquelle mes profs me prédisaient un avenir radieux dans une carrière de journaliste ?

J'y étais. Je tenais mon fil. Je tenais mon angle. Si je voulais accéder au David secret, celui qui conspirait contre moi, celui qui me cachait encore l'essentiel de son passé, il fallait que je remonte à notre genèse. Au soir de notre rencontre. Quelques exercices de respiration, Félicité ronronnant sa reconnaissance contre mon flanc, continrent le feu qui me brûlait depuis les révélations de Fred. Bientôt, je fus assez calme pour passer à mon tour des appels. Embarrassants mais nécessaires.

— Maman ? C'est moi. Comment tu vas ?

— Je vais bien... puisque tu m'appelles.

Je la savais sincère, à mille lieues de vouloir me faire des reproches, et pourtant son ton de voix éteint comprima ma poitrine.

Certaines de mes affaires personnelles n'avaient pas quitté les tiroirs de mon minuscule secrétaire de Nanterre. Parmi lesquelles une pile désordonnée de cartes de visite, où l'on trouvait pêle-mêle quelques contacts professionnels, les bars ou les restaurants où nous traînions depuis plusieurs années avec Sophia, et enfin les clubs libertins et autres lieux de danse où cette dernière se produisait. Je répugnais à lâcher ma mère dans ce nid de guêpes, mais je ne voyais pas d'autre moyen de mettre la main sur les coordonnées de...

— Marchadeau, lui épelai-je. E, A, U à la fin. Voilà, comme l'eau de la source.

Ah, si tout avait pu être aussi limpide, aussi fluide, et désaltérer ma soif de vérité.

— Je crois que je l'ai, ma fille... François Marchadeau. Rédacteur en chef adjoint à *L'Économiste*. C'est ça ?

— C'est bien lui. Tu me donnes son numéro de portable ?

— Tu connais du beau monde, dis-moi !

Je renonçai pour l'instant à l'interroger sur ses mystérieux échanges téléphoniques avec Louis Barlet. Quel que fut son rôle dans la machination des deux frères, elle ne pouvait en être qu'un rouage involontaire, un pion inconscient. S'il y avait bien un amour qu'on me portât inconditionnellement, c'était le sien. Je pouvais tout mettre en doute, mais pas ça.

Sa voix était faible. D'appel en appel, je la sentais s'éloigner de moi, disparaître derrière un rideau de plus en plus épais qui filtrait les notes gaies, pour ne plus laisser passer qu'un grasseyement rauque, épais, par moments si confus que j'avais du mal à identifier le timbre que je connaissais mieux que n'importe quel autre. La main qui l'étranglait de l'intérieur ne la lâchait plus une seule seconde. Elle ne desserrerait sans doute plus son étreinte, désormais, jusqu'à la fin.

Après avoir activé la fonction d'appel masqué de mon mobile, j'appelai le journaliste économique une bonne dizaine de fois. Au début, la sonnerie retentit à plusieurs reprises avant de basculer sur sa messagerie. Finalement, après de nombreuses tentatives, j'atterris directement sur celle-ci, signe qu'il avait pris ses dispositions pour ne plus être importuné. J'avais omis ce détail. Aurais-je répondu si j'avais été, comme lui, dérangée par un correspondant anonyme, en plein repos familial, un dimanche après-midi ? Sans doute pas. Après un moment d'hésitation, je déposai un message savamment préparé :

— Bonjour François, ici Annabelle Lorand. Elle, si vous préférez. Je suppose que vous vous souvenez de moi. Je crois d'ailleurs avoir aperçu votre nom sur la liste des invités à notre mariage, jeudi prochain. Ce qui veut dire que nous nous verrons bientôt…

Plus que quatre jours, me surpris-je à penser, désormais plus frémissante d'angoisse que d'impatience.

— …Écoutez, mon appel est un peu particulier…

Si je voulais attirer son attention, et qu'il trahisse deux décennies d'amitié fidèle avec David, il fallait que je bluffe. Je ne disposais hélas d'autres armes que celles de l'imposture. Après tout, c'était bien mon tour !

— …Le hasard m'a mise en possession de certaines informations sensibles sur le groupe Barlet. Ainsi que sur David…

Je suspendis ma phrase à dessein. Que la future Mme Barlet cherche à déterrer une sale histoire sur son époux avait de quoi surprendre et scandaliser le vieux partenaire de tennis.

— ...Est-ce que vous pourriez me rappeler au numéro suivant ? C'est assez urgent. Je ne voudrais pas que ce genre de rumeur arrive à n'importe quelles oreilles.

Comme je l'espérais, cela suffit à le faire mordre à mon hameçon. Une dizaine de minutes plus tard, il me rappelait :

— Vous vous souvenez dans quelles circonstances nous nous sommes rencontrés, quand même ? entonna-t-il avec acrimonie, sans un bonjour. Et vous vous rappelez *qui* est David pour moi ?

— Je ne l'oublie pas du tout, François. Pas plus que je n'oublie avec qui j'ai fini la nuit aux Charmes, ce jour-là.

Rappel pour rappel, menace pour menace, nos positions étaient campées, et la discussion pouvait se poursuivre dans un climat certes détestable, mais équilibré, où chacune des forces en présence pouvait considérer l'autre depuis un point de vue solide et dégagé. Il n'y avait plus à faire semblant. Les masques étaient tombés.

— J'imagine qu'il ignore tout de votre démarche ?

— En effet.

— OK, approuva-t-il après un silence. Alors, mettons les choses bien au clair, tous les deux. David est mon ami, un ami comme on n'en a qu'un dans une vie, et je n'ai ni le besoin ni l'envie de passer un dimanche à écouter les mille racontars qui traînent à son sujet. De toute façon, j'en connais déjà la plupart.

— Il ne s'agit pas de ça...

— Il s'agit toujours de ça, me coupa-t-il. Vous ne connaissez David que depuis peu de temps, Elle. Vous ne mesurez sans doute pas encore ce que cela représente d'être un homme aussi en vue, aussi influent, aussi courtisé. Ni de vivre dans son entourage immédiat. Pour l'instant, vous n'avez entrevu que les aspects les plus plaisants, je dirais même les plus récréatifs, de cette vie : les portes qui s'ouvrent comme par enchantement, les salles qui se vident pour vous sur un claquement de doigts, les péniches au clair de lune...

Allusions directes au petit miracle que David avait accompli à mon intention, ce soir-là, et à sa demande en mariage sur la Seine. J'en déduisis que les deux camarades ne faisaient pas que frapper la balle, deux fois par semaine, sous les bulles en plastique blanc de ce club ultra-sélect à l'ouest de la capitale, La Châtaigneraie. Jusqu'à quel point poussaient-ils leurs confidences, au moment de la volée de revers ou du smash ?

— Je ne suis ni assez jeune ni assez sotte pour penser que ma vie avec lui va se résumer à ça. Ne me prenez pas pour plus dinde que je ne suis, vous serez gentil.

J'entendis le souffle discret d'un sourire qui satura un instant le micro de son combiné. François Marchadeau était homme à apprécier le répondant chez les jeunes femmes. Cela devait même un peu l'exciter, qu'on lui résiste ainsi. Nos brèves effusions m'avaient révélé un tempérament joueur, plus fin et plus habile que ne le laissait deviner sa position de retrait et d'humilité par rapport à ses anciens camarades de promotion.

— Je n'en doute pas, reprit-il, plus posé. Mais vous n'avez pas encore connu le reste : les paparazzis, les articles fielleux, les crocs-en-jambe des jaloux et des courtisans… Et je ne vous parle même pas des intimidations.

C'est pourtant ce qu'il fit, sûr de son effet :

— Vous voulez un exemple ? L'un de nos amis communs à l'HEF a retrouvé sa femme égorgée, chez lui, par les barbouzes d'un conglomérat gazier des pays de l'Est.

— Quand ça ? tentai-je pour ne pas trahir mon émotion.

— Ça remonte à une dizaine d'années. Mais ce genre *d'accidents industriels* fait partie des éventualités auxquelles les hommes tels que David doivent se préparer.

« Accident industriel. » Sa manière de qualifier la mort de cette femme innocente, sacrifiée sur l'autel des intérêts financiers, était glaçante.

Je ne me démontai pas pour autant. Je fouillai mon esprit à la recherche de l'argument ultime, celui qu'il ne pourrait pas réfuter, et qui l'inciterait à me voir.

— Justement.

— Justement quoi ?

— Ce que j'ai à vous dire me concerne *moi*. Directement.

— De quelle manière ?

— Mon intégrité est également en jeu.

Mon ton et le choix de mes mots étaient suffisamment dramatiques pour susciter chez lui une forme d'intérêt. Voilà qui titillait directement son instinct de journaliste. Je le savais puisque je détenais ce même instinct, quoiqu'encore à l'état de bouton, érectile à la moindre promesse de scoop.

— Intégrité... physique ? s'enquit-il avec gravité.

— Non, professionnelle.

Il libéra un petit rire nerveux, entrecoupé de grandes lampées sonores d'un breuvage que je devinais chaud. Il devait encore en être à son brunch dominical.

— Bon... Voyons-nous, si vous voulez. Mais nous sommes bien d'accord que vous n'avez jamais passé ce coup de fil et que notre entrevue de tout à l'heure n'aura jamais eu lieu.

— On ne peut plus d'accord, approuvai-je avec sérieux.

Ces formules de conspirateur n'étaient pas sans m'émoustiller. Elles ravivaient mes souvenirs cinématographiques les plus palpitants, fouettant mon imagination et convoquant les ombres de certains espions, réels ou fictifs. Mais ce sentiment puéril retomba bien vite. Ça n'avait rien de drôle ou de divertissant. C'est de ma vie, et de la manière dont deux frères névrosés jonglaient avec, qu'il s'agissait. C'est elle que je voyais se dissoudre dans les méandres fangeux de leur antique rivalité.

— Vous connaissez le Marly, dans la Cour carrée du Louvre ?

— Oui... Je n'y suis jamais allée, mais je vois.

— J'y serai dans une heure. Et pas plus d'une heure.

— D'accord.

— J'ai moi aussi une famille à deux doigts d'exploser et je préférerais que cela ne se produise pas un dimanche soir, à deux semaines des grandes vacances.

L'emploi de ce dernier terme, vaguement enfantin, indiquait qu'il tenait par-dessus tout à sa progéniture, et ce détail me toucha.

Sophia : trois appels manqués, m'indiqua l'écran de mon portable après que j'eus raccroché. Je me sentais incapable de lui parler pour l'instant. Peut-être bien... pour toujours.

Je pris une douche rapide et adoptai une tenue légèrement plus affriolante que mon strict tailleur-pantalon. Mon futur interlocuteur n'était pas indifférent à mes charmes pulpeux, je le savais déjà. Autant en profiter pour le déstabiliser et obtenir de lui un tout petit peu plus que ce qu'il était disposé à lâcher. Décolleté plongeant donc, assorti de son balconnet pigeonnant et d'une jupe à mi-cuisses.

Je n'avais aucune envie de séduire en me parant ainsi.
D'ailleurs, au cours de l'entretien avec Marchadeau, mes appâts ont joué leur partition sans moi, pour une fois.
J'étais une belle enveloppe sans personne pour en piloter les attributs. Mes seins pointaient s'ils le voulaient. Mes cuisses se dénudaient comme ça leur chantait. ~~Mon sexe pouvait se laisser entrevoir à travers le mince rideau de coton de ma culotte. Peu m'importait~~…
Et pourtant, tout en m'habillant tout à l'heure, je ne pus m'empêcher de songer à ce défi que s'était lancé un jour Sophia en ma présence : trouver la tenue parfaite, celle qui serait susceptible de dégeler l'homme le plus rigide ou le plus maître de ses réactions. Un ensemble comprenant une robe, des sous-vêtements et des talons hauts, le tout à la fois si court, si moulant, si transparent, si élancé, si intégralement voué à l'exaltation de ses charmes, que nul ne pourrait y résister. Tout spectateur de ce chef-d'œuvre de blandices aurait l'irrépressible envie de se jeter sur elle.
Je me demande si, à ce jour, elle a trouvé la formule magique.
Je me dis qu'au fond elle n'a pas besoin de ça pour mettre qui elle veut dans son lit.
(Note manuscrite du 14/06/2009, rédigée par mes soins.)

Ainsi vêtue, plus pimpante que je ne l'avais été depuis longtemps, je dévalais le grand escalier circulaire, quand Armand me cueillit au pied de la dernière marche :

— Annabelle… Vous sortez ?

J'aurai juré entendre le ton sourd du reproche. Sa stature plutôt large obstruait le passage, dissuasive.

— Oui. Pas longtemps. Pourquoi ?

— J'ai quelques détails à voir avec vous.

— De quel genre ?

— Eh bien, le fournisseur des dais ne les a plus en écru. Il faut choisir une autre couleur. Rapidement... Sinon nous n'en aurons pas du tout.

Je me sentais désormais si loin des dais écrus, des fournisseurs pour le mariage... et de cette union, sous quelque chapiteau que ce soit...

— Plus tard, d'accord ? esquivai-je sur un ton léger.

Je forçai le barrage naturel de son embonpoint, quand une idée me traversa. Je fouillai rapidement dans mon sac, à la recherche de cette grosse clé sans serrure qui ne me quittait plus. Une intuition.

— Armand... Vous connaissez cette clé, n'est-ce pas ?

Il parut surpris, plissa ses yeux enfouis sous la broussaille de ses sourcils, et enfin lâcha :

— Non, cela ne me dit rien...

— Cette clé n'ouvrirait pas le portail des Roches brunes, par hasard ?

Il leva un regard embarrassé sur moi qui se teinta brusquement de reproche, négligeant le fait que je n'étais pas censée connaître le repaire de la famille Barlet.

— Aucune idée. Vous savez, je n'y suis allé qu'une fois ou deux.

Je savais qu'il mentait, les mots de Louis résonnant encore à mon oreille : « Je crois qu'Armand va y faire un peu de ménage, une fois par an... »

— D'accord. Je verrai bien, conclus-je sur un ton volontairement énigmatique.

Sur place, préférai-je taire. Après tout, n'était-ce pas la destination de notre lune de miel, à David et moi ?

Je n'étais plus si sûre que ce fût du miel qui y coulerait. Je n'étais plus sûre de rien.

30

La voiture roulait à bonne allure sur l'autoroute presque déserte. Au fil des kilomètres, nous dépassions surtout des camions bravant l'interdiction de circuler le dimanche, sous le regard de concupiscence indolente de leurs conducteurs. Le soleil encore haut dans le ciel s'éclipsait à chaque entrée dans une portion de tunnel, nombreuses sur ce tronçon précédent le péage. Sophia ne ralentissait qu'à l'approche des radars fixes, signalés par de grands panneaux sur le bas-côté. Nous n'avions pas échangé un mot depuis le départ de la Tour-des-Dames et, quand bien même nous l'aurions voulu, le vent qui traversait le toit dénudé du cabriolet aurait tout emporté avec lui, dans le sillage des boucles brunes de mon amie qui voletaient avec grâce.

— T'as une voiture, toi, maintenant ? m'étais-je contentée de lui demander au téléphone, glaciale.

— C'est pas à moi. C'est celle de Peggy. Elle m'a toujours dit que si j'en avais besoin...

Peggy. Son *autre* meilleure amie. Celle qui partageait ses souvenirs d'enfance et que Sophia, dans un élan généreux, avait fait entrer avant moi chez Belles de nuit.

— Eh bien, je crois que c'est le jour ou jamais, en effet.

Mais, selon les termes de Rebecca, « Peggy était du genre emmerdeuse, une fille à histoires ». Elle avait fini par quitter l'agence dans des circonstances troubles, portant plainte pour viol à l'encontre de l'un de ses clients, lequel avait insisté pour finir la nuit ailleurs qu'aux Charmes, dans un établissement moins bordé que celui de monsieur Jacques.

Là, il aurait cherché à reproduire à l'identique certaines scènes particulièrement salées d'un best-seller érotique, dont les épisodes les plus violents n'auraient pas été du goût de la délicate Peggy, petit bout de femme à la poitrine disproportionnée, et qui captivait les hommes par son buste triomphant. Déposition à la police, procès, arrangement financier… De quoi remplumer la jeune femme, mais aussi de quoi ternir la réputation des hotelles de Mme Sibony.

La Coccinelle décapotable s'engagea sur une bretelle puis bientôt sur l'axe qui filait plein ouest, loin de la capitale, loin des révélations de ces dernières heures… pour mieux y revenir à la fin. Je le savais, et c'est bien à cet effet que j'avais eu cet urgent besoin de Sophia, elle, la traîtresse.

Deux heures plus tôt, en ce dimanche de juin, la terrasse du café Marly débordait de touristes. On parlait toutes les langues du monde autour de moi, excepté le français. Discrétion assurée. Et je ne doutais pas que c'était ce critère qui avait guidé le choix de mon interlocuteur.

François Marchadeau était arrivé avec dix minutes de retard, sans un mot d'excuse. À la place, il me désigna la cour du Louvre et sa pyramide de verre, et me lança :

— Vous saviez que c'est André Barlet qui a soufflé l'idée de la pyramide à Mitterrand ?

— Non… admis-je, sceptique.

Qui prétendait ça ? Les Barlet eux-mêmes ? Je voulais bien croire qu'André, comme Pierre avant lui, et David ensuite, avait arpenté les couloirs de la République en quête d'appuis. À un certain niveau, tout devient politique. Tout se joue ou se défait sous les ors des cabinets ministériels. Mais de là à imaginer qu'il soufflait à l'oreille du Président… À l'oreille du sphinx.

— Mitterrand ne pouvait pas décemment quitter l'Élysée pour s'installer au Louvre. Mais, en petit comité, il disait vouloir envoyer un signe fort de l'autorité présidentielle.

— Un signe de quel ordre ?

— Symbolique. En clair, il voulait les attributs du roi sans en avoir le titre. Alors André a eu cette idée de génie, à partir de ce surnom mythologique dont l'affublaient ses détracteurs. Et que trouve-t-on derrière le sphinx de Gizeh… si ce n'est une pyramide ?

Je sirotais mon Monaco, idéalement dosé, déterminée à écourter son bavardage érudit. Peu m'importait à cet instant les mille anecdotes dont la famille Barlet tissait sa propre légende. Je n'étais pas sa biographe, encore moins son hagiographe… tout juste une journaliste. J'étais juste une fille paumée en quête de vérité.

— Ce que j'ai à vous dire vous intéresse… ou on fait la queue pour poursuivre la visite ?

Je désignai la file des curieux qui s'étirait depuis l'entrée vitrée jusqu'à l'arc de triomphe du Carrousel. Habillé à la hâte, pantalon de toile et polo crocodile, il n'aurait pas déparé au milieu de cette foule bardée de mini sacs à dos et d'appareils photo en bandoulière.

— Vous êtes aussi jolie que dans mon souvenir, me flatta-t-il pour toute réponse, d'un sourire enjôleur.

— Apparemment, pas assez pour être digne d'un passage à l'antenne…

Cela ne cesse de m'étonner, tant le fossé entre les sexes semble grand sur ce point. Nous, les femmes, oublions facilement les hommes qui nous ont possédées, ~~baisées, fourrées, selon le cœur qu'ils y ont mis~~. Tout du moins, c'est ce que soutenait l'auteur d'un article de magazine, et je suis d'accord avec lui. Je n'occulte pas le sentiment qu'ils m'ont inspiré, mais leurs mains sur moi, leur queue en moi, toutes ces sensations qu'ils m'ont procurées s'effacent. Et je ne prétends plus à rien sur eux. Les hommes, en revanche, conservent à l'égard de leurs conquêtes, aussi anciennes puissent-elles être, une attitude de propriétaire. Le corps étreint un jour demeure le leur à jamais, même de manière ténue, même s'ils ne le désirent plus. Voilà qui explique bien des comportements masculins, et cette propension qu'ils partagent tous à vouloir coucher avec leurs ex, ~~revenir aux vagins connus~~, alors qu'une femme trouve cela anachronique, incongru, voire déplacé.

(Note manuscrite du 14/06/2009, rédigée par mes soins.)

Dès lors, je n'eus qu'à dérouler mon petit récit teinté de rage et d'amertume : la préparation de *Cultur'Mix* en un temps record, la date de première précipitée et, pour finir, un passage à l'antenne escamoté. Bien sûr, je gardai pour moi la partie qui concernait Louis et son reportage pour le moins orienté.

Je n'eus qu'à extrapoler faiblement, appliquant cette même formule à d'autres émissions et d'autres jeunes journalistes de la chaîne avant moi, pour parvenir à cette sentence :

— David bidonne des émissions et de faux résultats d'audience pour favoriser l'avancement des salariées qu'il met dans son lit... ou qu'il envisage d'y mettre.

Le regard de Marchadeau s'attarda une seconde de plus sur mon décolleté, comme si cela suffisait à justifier les motivations de son ami, puis se releva, inexpressif, visiblement blasé :

— Si tel est le cas, et si je ne m'abuse... ça vous a plutôt mieux réussi qu'aux autres ! David n'est pas vraiment du genre à demander la première venue en mariage.

— Un patron de chaîne ment à tous ses employés, il dilapide l'argent de son entreprise à des fins personnelles... et ça ne vous choque pas ?

— Si je devais m'émouvoir de tous les abus de bien sociaux des patrons du CAC 40, je passerais ma vie le nez dans un mouchoir, Elle.

Ce fut dit sans cynisme, mais plutôt comme un constat d'évidence. Une réalité qu'il ne pourrait infléchir dans un sens plus conforme à la morale.

— Croyez-moi, appuya-t-il son discours. Je n'ai aucune complaisance pour les combines vaseuses des grands patrons. David le sait. On s'est opposés mille fois, à ce sujet, lui et moi. Soit parce qu'il en montait lui-même, soit parce qu'il couvrait certains de ses petits copains.

— Mais vous n'en dites pas un mot dans vos colonnes ! répliquai-je du tac au tac, dédaigneuse.

— Si je me lançais dans cette croisade, je serais aussitôt grillé et sorti du jeu. Je ne vais pas vous apprendre ça, vous n'êtes pas si naïve : un contre-pouvoir est beaucoup plus efficace s'il avance masqué et s'il se laisse caresser la nuque par le prince, que s'il charge les moulins l'étendard au vent.

Sa métaphore donquichottesque ne me convainquit pas vraiment. Quand avait-il fait de sa plume une arme ? S'était-il jamais soustrait au pouvoir économique qui le tenait dans sa main pour dire à voix haute ce que les journalistes tels que lui se murmuraient à l'ombre des rédactions ?

— Votre loyauté vous honore. David a de la chance d'avoir des amis tels que vous… fis-je semblant de prendre son parti. Pour ma part, vous m'excuserez de pécher par excès de jeunesse, mais je nourris encore quelques illusions sur *notre* métier.

Tout mon effet résidait dans ce pronom personnel, qui nous associait volontairement, lui et moi. Tous deux journalistes, malgré notre différentiel abyssal d'âge et d'expérience.

— Ne me jouez pas le couplet de la probité qui s'étiole avec l'âge, Elle… Pas *vous*.

À son tour de jouer en sous-entendu. Ce « vous » si appuyé ne s'adressait pas à la jeune fille sage qu'il dévisageait, mais bien à la maîtresse qu'il s'était offerte aux Charmes, pour quelques billets, plusieurs mois auparavant. Malgré les risques encourus, je décidai de me hasarder sur cette voie périlleuse qu'il venait d'ouvrir en grand :

— C'est vous qui décidez de le prendre comme ça, François. C'est votre choix, bluffai-je. Comme ce sera le mien de révéler à David comment nous avons fini la nuit vous et moi, ce soir-là.

— Vous ne ferez jamais ça, cherchait-il à se convaincre. Vous avez trop à perdre.

— Vous vous trompez, j'ai déjà perdu l'essentiel.

— Et quoi donc ?

— Mes illusions. Sur lui… sur vous.

J'entamai un départ courroucé, tirant sur ma jupe au moment de me lever, quand sa main se posa sur mon poignet et plaqua celui-ci sur le bois brun de la petite table ronde.

— Attendez…

— Lâchez-moi, lui intimai-je d'une voix mesurée.

— Ce que vous me racontez là n'est rien à côté des dossiers dont je dispose sur le groupe Barlet…

Il libéra ma main, certain d'avoir retenu mon attention. De fait, je me laissai retomber sur mon fauteuil cramoisi.

— Vraiment ? le défiai-je d'en dire plus.

— Vraiment.

Ses épaules s'affaissèrent, soudain accablées par un poids invisible. Il semblait par avance épuisé par ce qu'il allait me dire. Son regard s'échappa un moment par les arches ouvertes qui laissaient glisser sur nous un petit zéphyr rafraîchissant. Dépourvu de lunettes de soleil, il luttait contre les rayons qui frappaient notre bout de terrasse, clignant des yeux avec insistance.

Revenu à l'ombre, il me dévisagea d'une manière ambiguë, que je ne sus décoder autrement qu'ainsi : j'étais à la fois la pire et la meilleure chose qui lui arrivait. Une malédiction, mais aussi une occasion qui ne se représenterait sans doute pas de sitôt. Celle de couper le cordon qui le retenait depuis toujours à David. L'heure de la revanche. L'heure de mordre cette main qui faisait ployer son cou depuis si longtemps. Trop longtemps.

— Nous sommes bien d'accord, reprit-il à mi-voix. Nous ne nous sommes jamais vus *et* je ne vous ai jamais dit ce qui suit.

— D'accord.

Il avala deux gorgées de bière avant de se lancer, un peu de mousse encore accrochée à sa lèvre supérieure. Une lèvre fine que j'avais pressée un soir contre les miennes, songeai-je, aussi inconvenante que fût cette pensée.

— Le groupe Barlet ne fabrique pas que des émissions de télé en France.

— Ça, je le sais.

— Bien sûr… Ce que vous ne savez pas, c'est qu'il y a certains pays où ce que le groupe produit n'a rien de conventionnel.

J'avais déjà compris et, pourtant, il me fallait entendre la suite.

— Quel genre ?

— Du X. Assez hard. Au travers de plusieurs sociétés-écrans, cela va sans dire.

Les détournements de titres de livres ou d'œuvres cinématographiques utilisés pour baptiser les films X m'ont toujours fait sourire. Et rosir. Autant en emporte le gland,

Citizen chienne ou autre Harry Ploteur. À partir de celui que je me projette souvent comme support de mes ébats solitaires, j'imagine le personnage principal, un hardeur aussi bien membré que vigoureux, traverser l'écran du porno, pour venir me satisfaire, moi, dans ma chambre. ~~Il me fait ma fête et n'épargne aucun de mes orifices~~. Arrivé là par accident, il finit même par me préférer aux actrices siliconées qui désespèrent, privées de partenaire de l'autre côté du miroir. Elles n'ont pour seule occupation que de nous observer, l'acteur et moi, en pleine démonstration de notre accord sexuel (presque) parfait. En effet, son sexe est trop gros pour le mien, ce qui nous oblige à adopter des positions où seuls son gland et le tiers supérieur de sa hampe, plus étroit, me pénètrent. Le titre de ce chef-d'œuvre diffusé dans une seule salle, celle de mes fantasmes : La Grosse Poutre du Caire.

(Note manuscrite du 14/06/2009, rédigée par mes soins.)

Je retournai l'information un instant, avant de répliquer :

— Et pourquoi ? Après tout, des groupes de médias bien connus ne se cachent pas d'être *aussi* producteurs de contenus pour adultes. Ça ne gêne personne, ni le public, ni surtout leurs actionnaires.

— Vous avez raison. C'est moins la teneur des programmes en question que les conditions dans lesquelles ils sont tournés qui posent problème dans le cas qui nous occupe.

— C'est-à-dire ?

Il se racla la gorge, qu'il lava d'une nouvelle rasade ambrée.

— Les jeunes femmes susceptibles de tourner dans ce genre de films sont beaucoup moins chères, et aussi beaucoup moins farouches, dans les pays situés à l'Est : Hongrie, Bulgarie, pays Baltes… Certaines tournent même gratuitement. Et là, ça devient réellement intéressant pour un producteur et diffuseur tel que Barlet. Économiquement, s'entend. Coût réduit à rien ou presque, profit maximum.

— Gratuitement ?

Je ne pus réprimer mon exclamation effarée.

— Quasiment. Le producteur local pratique le donnant-donnant : la fille tourne trois ou quatre films contre une carte de séjour en règle dans le pays de son choix. France, Royaume-Uni, Allemagne, etc. Graisser la patte d'un fonctionnaire reviendra toujours moins cher que le cachet d'une star du porno *made in France*.

Un détail m'échappait.

— Quel intérêt pour le producteur ? Si elles sont si bon marché, le producteur ne peut pas simplement payer ces filles pour leur prestation ?

— Si. Mais la méthode dont je vous parle permet d'élargir considérablement le vivier des actrices. Et donc de proposer des produits renouvelés plus souvent, car il y a beaucoup plus de candidates à l'immigration qu'à la double pénétration. Le porno est un genre de cinéma où le star-system a un impact très faible. Il n'y a que deux ou trois actrices réellement connues et qui font du chiffre sur leur nom.

J'avais l'impression qu'il me parlait de plats sous vide au rayon frais d'un hypermarché.

— C'est dégueulasse…

— Totalement dégueulasse. Mais ça l'est déjà beaucoup moins quand vous êtes une docteur en chimie de vingt-cinq ans payée trois cents euros par mois, et sans perspective d'évolution dans votre pays d'origine. Elles se disent que ce n'est qu'un mauvais moment à passer au regard de l'eldorado qu'elles vont trouver ici.

Sa manière de synthétiser la problématique de ces filles était crue, mais elle reflétait hélas la réalité.

Cette lucidité au vitriol que j'entendais et que je lisais aussi sur ses traits tirés – j'avais du mal à lui donner le même âge que David, il paraissait au moins dix ans de plus –, pourquoi l'appliquait-il avec tant de parcimonie ? Pourquoi n'en avais-je pas moi-même fait les frais, au soir de notre rencontre ?

Je ne devais pas oublier l'objet véritable de notre rendez-vous : une certaine soirée de gala, où David m'était apparu.

— Pourquoi vous ne lui avez rien dit ?

— Dit quoi ?

Il parut sortir d'un mauvais rêve.

— Sur moi. Sur ce que j'étais pour vous ce soir-là…

— À David ?

— Oui. À David. Les soirées, vos parties de tennis... Vous avez eu cent fois la possibilité de le faire. Il était facile d'occulter les *détails* trop embarrassants pour vous.

Ceux sur lesquels on s'attarde allongés et qu'on explore dans le décor d'une chambre Joséphine, Mata Hari ou autre.

Comme il ne trouvait rien à répondre, j'enfonçai ce clou qui m'accablait :

— Cela se fait entre amis, non ? On prévient l'autre de ce que l'on a découvert sur la personne dont il s'est entiché. On l'empêche de conclure une mésalliance. Vous pouvez appeler ça une *escort*, une hotelle, ou ce que vous voulez... Mais ce soir-là je n'étais rien de plus qu'une pute.

Il écarquilla des yeux pleins d'une candeur presque enfantine. Je pouvais voir que sa surprise n'était pas feinte. Une gamine qui courait dans le café Marly, longue arcade où la travée centrale était à peine assez large pour deux promeneurs, heurta son fauteuil sans qu'il réagisse. Il me considérait, un sourire contrit sur les lèvres.

— Enfin, Annabelle... Il savait pertinemment *qui* et surtout *ce que* vous étiez pour moi ce soir-là.

En dépit du bourdonnement qui gagna mes oreilles, j'avais bien entendu.

La déflagration ricocha sur les cintres de la galerie et retomba lourdement sur moi. Personne autour de nous n'avait bougé. Mon monde s'écroulait, pas le leur.

— Qu'est-ce qui vous rend si sûr de vous ?

— Ce qui me rend si sûr... répéta-t-il pour lui-même, le regard absent. Vous ne savez donc rien de ses activités hors audiovisuel ?

— Quelles activités ?

Je saisis ma chaise à deux mains, comme si celle-ci menaçait de se dérober sous moi.

— Belles de nuit, l'agence...

— Eh bien quoi ?

— Elle lui appartient, conclut-il d'une voix sourde, conscient du coup qu'il m'infligeait.

Et, en bon gestionnaire de son patrimoine, soucieux de la rentabilité de ses placements, il s'était investi dans ce qui n'était pourtant pour lui qu'un « petit business », dixit François Marchadeau.

En d'autres termes : aucune de celles qui figuraient au catalogue de Rebecca ne lui était totalement inconnue – au moins de visage, joli minois sur écran ou sur papier glacé –, si ce n'est de réputation.

Ne plus dire un mot.

Ne même pas lancer un au-revoir.

Sortir du café sans chanceler. Ni renverser aucun des enfants sur mon passage.

Passer le portillon du métro.

M'engouffrer dans la rame en espérant ne plus jamais en sortir et que le souffle aigu du métro m'emporte et dissolve ce qui reste de moi.

Rentrer à l'hôtel Duchesnois, vide, et préparer un sac en y fourrant quelques affaires au jugé. Sans vraiment réfléchir à ce qui me serait utile, ni à la durée de mon séjour.

Appeler Sophia, une boule de plomb dans le ventre, une autre dans la gorge. Tout juste capable d'articuler. Sentir son inquiétude à l'autre bout du fil, celle de l'amie qu'elle est encore, inconditionnelle.

Puis patienter avant qu'elle m'emporte au loin, écrasée dans un fauteuil du salon, Félicité sur mes genoux, des larmes figées à fleur de paupières. Incapables de couler, comme je suis incapable de comprendre ce qui m'arrive.

J'ouvrais la porte, décidée à attendre dans la rue une Sophia qui ne devait pas tarder, quand je reconnus mon Ysiam, aussi emprunté qu'à son habitude, se présenter à la grille, les bras chargés d'un petit paquet enveloppé dans un sac plastique. Je ne m'étais pas trompée. Il était bien un rouage du mécanisme qui me broyait. Innocente pièce transportant pourtant jusqu'à moi cette force qui me détruisait, jour après jour.

— Bonjour, mademoiselle.

— Bonjour, Ysiam.

— Vous partez ?

— Oui, bredouillai-je, comme prise en faute. Pas longtemps. Qu'est-ce qui vous amène ici ?

— J'ai un colis pour vous.

— De la part de qui ?

— Je ne sais pas. C'est monsieur Jacques qui me demande de livrer. Alors moi je livre.

Clic. Ysiam-l'engrenage venait faire son devoir.

— Je comprends. Donnez-le-moi.

J'entrouvris le grillage pour qu'il puisse faire glisser le sac, puis congédiai le jeune homme d'un sourire infiniment moins doux et désarmant que le sien.

— J'espère que ce sont de bonnes nouvelles, dit-il en s'éloignant déjà.

— Oui. Je l'espère aussi.

Sur les pavés de la petite cour circulaire, j'ouvris le paquet en deux gestes fébriles. Je n'espérais rien. Je voulais juste partir. Partir et comprendre. Et je savais que, une fois encore, cette boîte contiendrait plus de mystère que de réponses.

Cependant, pas de carte magnétique des Charmes. Pas de note me donnant rendez-vous. Posé à même le fond cartonné, un unique objet, accompagné d'un bristol. Je sortis le masque, un masque vénitien semblable à celui que Louis m'avait déjà fait porter, lors de l'une de nos rencontres. Je le fourrai sans ménagement dans mon sac, par l'entrebâillement de sa glissière défaite, et m'emparai alors du rectangle blanc au verso vierge. Le recto portait un unique commandement. Un de plus. Le septième, et auquel je n'avais plus aucune intention de me soumettre :

7 – L'inconnu tu exploreras

Pourtant, je songeai, bientôt tirée de ma mélancolie par un crissement de pneus à quelques pas de moi, que c'était bien ce que ce je m'apprêtais à faire. Spéléologue d'un gouffre où je comptais me retrouver.

31

Le soleil, jusque-là généreux, avait commencé à décliner, et l'atmosphère à fraîchir. Nous nous arrêtâmes pour recapoter la Coccinelle sur une aire d'autoroute. À deux semaines des vacances, elle était encore faiblement fréquentée, vide de ces cris d'enfants et de ces papiers gras qui ne tarderaient pas à l'envahir tout au long de la saison estivale.

Sophia fit le plein avec l'argent liquide que je lui donnai, toujours sans que nous n'échangions le moindre mot. Ce n'est qu'une bonne centaine de kilomètres plus loin, au moment de bifurquer à droite sur la branche qui se dirigeait vers Rennes, que je sortis enfin de mon mutisme borné. Pourquoi à cet instant ? Je n'en sais rien. J'imagine que j'étais prête. Et puis, je n'ai jamais été d'un naturel rancunier. Puisque la trahison était consommée, autant comprendre ce qui l'avait motivée. Autant savoir.

— T'as rencontré Louis comment ? l'attaquai-je de front.

— Je te jure que je ne savais pas qu'il s'agissait de Louis Barlet.

Elle paraissait sincère.

— Tu croyais que c'était qui ?

— Un client... Un client comme un autre.

Premier pic dans le cœur : ils avaient bien couché ensemble.

Comme j'avais pris le relai au volant, les mains fermement agrippées à celui-ci, je ne pus manifester ma colère par aucun geste. Je fermai juste les yeux une poignée de secondes, avant que Sophia ne s'exclame :

— Eh ! Fais gaffe !

Je revins à moi, et à elle.

— À aucun moment il ne t'a dit son nom ?

— Non. Il s'est présenté sous un prénom bidon, Richard.

Richard, le prénom de son chauffeur.

— Mais il n'est pas le seul, enchaîna-t-elle. Tu le sais aussi bien que moi : y en a beaucoup qui préfèrent garder un anonymat complet, au cas où...

Au cas où leur femme se montrerait trop curieuse. Au cas où, par accident, on serait amenés, lui et nous, à se recroiser dans un contexte... moins privé. Et, pourquoi pas, dans le cas improbable où le type en question serait le beau-frère (et l'amant) de notre meilleure amie.

— Tu l'as *vu* souvent ?

— Deux, trois fois, je ne sais plus exactement.

Si, elle connaissait précisément le nombre et les circonstances de leurs rencontres. Mais, comme me l'indiquait ce petit ton humble qui lui ressemblait si peu, elle cherchait à me ménager. Intérieurement, et en dépit de cette rage que je ne parvenais pas à évacuer tout à fait, je lui en savais gré.

— Et... comment il en est venu à te proposer une interview sur ton activité ?

— Il a prétendu qu'il était journaliste et aussi écrivain.

— Il t'a dit pour quel support ?

— Non. Seulement qu'il montait des sujets en freelance, qu'il revendait ensuite à des boîtes de prod', des agences de presse ou parfois directement à certaines chaînes. Il a minimisé à mort, genre : « Si ça se trouve, ça ne sera jamais diffusé. »

Je faisais confiance à Louis pour afficher le visage de la vérité au milieu des pires mensonges. Sophia n'avait sans doute pas eu le loisir de repérer sa fameuse fossette, celle qui ne trompait pas.

— Pourtant, tu savais que Rebecca nous interdisait de témoigner sur nos missions.

— Oui, bien sûr... Mais il m'a garanti que je serais floutée. Et qu'ils modifieraient ma voix. Bref, que ce serait totalement anonyme.

Anonyme pour tous les autres, sans doute, sauf pour moi.

— Il t'a payée pour ça ?

Je contrôlai mon rétro gauche avant de déboîter et entrepris de dépasser la voiture devant nous, manœuvre qui dispensa Sophia de répondre pendant un instant. Je n'étais pas dupe. Le tic-tac entêtant du clignotant tintait comme un aveu.

— Alors ? la relançai-je. Il t'a payée cher ?

— Deux mille.

— Euros ?

Je m'en étranglai presque.

— Ben oui… pas des kopeks.

— En liquide, j'imagine ?

— Oui. Des billets de cinq cents. J'en avais jamais eus entre les mains, dis donc… Ça fait tout drôle. Tu peux pas savoir le sentiment de pouvoir que ça te file !

Dans ces conditions, ce qui m'avait d'abord semblé un coup de poignard dans le dos apparut véritablement : elle n'avait agi que par nécessité, par instinct de survie. Par cupidité, aussi. Et Louis devait en savoir assez sur sa situation, et ses habitudes de panier percé, pour deviner qu'elle accepterait une telle offre sans une once d'hésitation ou de scrupules.

Car je ne parvenais pas à croire que le choix de mon amie fût fortuit. Encore moins innocent. C'est moi, évidemment moi, qu'on avait visée à travers cette combine particulièrement retorse.

Une foule de détails, une infinité de questions, demeuraient pourtant sans réponse. Si la diffusion de ce reportage était destinée à me déstabiliser, quelles conséquences en attendait Louis ? Qu'on me vire ? Que je démissionne ? Mon départ de BTV m'aurait certes livrée à lui mieux que jamais. Mais avait-il besoin de m'humilier pour cela ?

Borne après borne, kilomètre après kilomètre, mes interrogations passaient d'un frère à l'autre, de Louis à David. Car, et c'était le nœud du mystère, si David connaissait depuis le début la vraie raison de ma présence le soir de notre rencontre… pourquoi Louis avait-il voulu me faire chanter ?

Mes pensées s'embrouillaient comme chien et loup, recouvrant le paysage vert d'un voile gris rosé, puis de plus en plus neutre.

— Tu l'as revu ?

— Pas depuis le tournage, non. Rebecca m'a dit que « Richard » voulait me revoir, une ou deux fois, mais j'ai dit non. Je trouvais ça un peu spécial, de couch…

Elle se reprit avec une moue gênée :

— …de revoir un mec qui m'avait interviewée. Surtout sur ce sujet.

Son effarement, ce sentiment de panique que j'avais pu lire sur son visage au bois de Vincennes n'était pas feint. Pas plus que cette honte qui l'avait retenue à l'écart de moi depuis lors. Elle était à mille lieues d'imaginer au cœur de quelle machination elle avait, malgré elle, plongé. Et, pour ce que je sentais de désarroi en elle, que je voyais interdite, pelotonnée contre le plastique gris de la portière, elle en comprenait encore moins que moi.

Elle finit pourtant par balancer, sur un ton presque badin :

— Tu sais qu'il est un peu barge, quand même…

— Pourquoi tu dis ça ?

Elle se tourna vers moi, son sourire espiègle comme une excuse :

— Me dis pas que t'as pas vu ses tatouages ?

— Si. Le A, le D… Pourquoi ?

J'avais évoqué les deux qui demeuraient visibles en société et que j'avais pu apercevoir lors de mes balades avec Louis. Le friselis dans son œil me confirma que, contrairement à moi, elle avait eu le privilège de tous les admirer, et qu'ils dévoilaient d'autres mystères.

— Attends, ça, c'est la partie émergée de l'iceberg ! Le bout du bout d'Alphabet Man !

— « Alphabet Man » ? faillis-je éclater de rire. C'est quoi ce surnom ?

— Il t'a pas raconté ? Il se fait tatouer tout l'alphabet sur le corps.

— Oui, ça je sais, m'agaçai-je.

— C'est pas barge, ça ? Il s'est donné quatre ou cinq ans pour se faire graver les vingt-six lettres dans la peau. Pas toutes pareilles, hein : il varie les tailles, les typos, le décor, etc.

— C'est démentiel… approuvai-je.

Je perçus moi-même l'ambiguïté de ce qualificatif : c'était l'œuvre évidente d'un dément et, en même temps, c'était prodigieux. Parfaitement lui. Parfaitement cohérent. Je n'avais pas besoin qu'elle m'explique davantage la raison de cette entreprise, je la discernais sans peine : Louis rêvait de vivre de sa plume. Louis aurait tout donné pour écrire et ne faire que cela. Jusqu'à l'inscrire sur son propre corps, qui serait bientôt le matériau vivant de son art et dans lequel il puiserait, telle une palette.

Je me représentai un instant le corps dénudé de l'homme à la combinaison de latex noir qui m'avait échappé dans l'obscurité. Je tentai de disposer une à une les lettres de l'alphabet sur ses muscles secs, tendus, et dont les mouvements de félin exaltaient les pleins et les déliés des caractères.

Je ne devais pas me perdre dans de telles images. Après tout, c'est le même homme qui m'avait piégée ! Lui qui m'avait abusée tout ce temps.

— So'… J'ai une dernière question à te poser et…

Je déglutis bruyamment. Une douleur inattendue se fit sentir. J'avais l'impression d'avaler une boule de pétanque à chaque passage de salive.

— Oui ?

— Il faut que tu me dises la vérité.

— Mais oui ! se récria-t-elle, si désireuse de s'amender. Bien sûr.

Nouvelle oppression de mon larynx.

— Est-ce que… Est-ce que tu as eu David pour client ?

— Quoi ?

Elle hurla presque.

— Non mais t'es dingue ! Jamais de la vie !

— Tu t'es bien tapé Louis sans savoir qui c'était.

— Mais ça n'a rien à voir ! David est un personnage public. J'avais déjà vu sa photo.

Je ne me rappelais pas lui avoir jamais montré un portrait, ni à la une d'un journal, ni parmi les quelques images que je conservais dans la mémoire de mon téléphone.

— Avoue, la tançai-je avec un sourire : tu l'as googlé ?

— Ben oui, qu'est-ce que tu crois ? Ma meilleure copine sort avec un millionnaire. Le minimum c'est quand même de regarder à quoi il ressemble ! Non ?

— Si, si…

Un panneau balayé par les phares de la voiture nous indiqua que nous approchions de Rennes et qu'il nous faudrait bientôt sortir pour contourner la ville par l'ouest avant de remonter vers le nord, en direction de Saint-Malo.

Pourquoi tu me demandes ça ? Tu me crois assez tordue pour coucher avec ton fiancé en connaissance de cause ?

— Mais non, t'es bête… répondis-je de manière complice. Ce n'est pas ça.

— C'est quoi, alors ?

— Je ne sais pas bien. Une idée…

Un cauchemar, pour être plus juste. L'une de ces chimères échappées des bois sombres qui bordaient la route de part et d'autre. Je me souvins tout à coup que nous venions de traverser le Mayennais, région réputée pour ses légendes, ses rebouteux et ses sorcières. Comme un écho à ces dernières, une pancarte surgit soudain de la nuit pour nous annoncer le lieu-dit traversé : La Roche-Aux-Fées. Un frisson froid me parcourut, contractant mon pied droit sur l'accélérateur.

Heureusement, Sophia n'insista pas. Car, en fin de compte, qu'aurais-je pu lui dire qui ne fut l'expression brute de ma peur ? De mes plus sourdes angoisses ?

Louis et David, complices ? Tous deux unis dans cette ténébreuse et risible mise en scène ? Je ne parvenais pas y croire. Leur dispute au téléphone, juste avant que je ne parle à Fred au bout du fil, suffisait à me convaincre de leur désunion. À tout le moins, d'un profond désaccord, dont j'étais l'objet probable.

Ou alors les comparses en étaient-ils venus à se disputer leur butin, moi ? Pire : cette scène-là faisait-elle aussi partie de la pièce qu'ils me jouaient de concert ?

— T'as pas faim ?

Mon amie me ramena à des considérations plus terre-à-terre et plus immédiates, désignant de l'index une station-service, à laquelle était adossé un petit self.

— Si.

Le sandwich était caoutchouteux et sans goût. Mes pensées étaient à peine plus réjouissantes. Nous nous attardâmes le moins possible, avant de repartir pied au plancher, bien décidées à ne plus nous arrêter avant d'arriver à destination.

Il fallut encore une bonne heure avant de déboucher sur la pointe de la Malouine, siège des plus somptueuses villas de la côte. Saint-Malo, sa voisine d'en face, était sauvage, âpre et par-dessus tout chargée d'Histoire. Dinard se présenta à nous telle une belle endormie, aristocratique et sage, princesse Belle Époque dans sa robe de granit et de pins parasols. Le temps s'était couvert et, dans le ciel obscurci, on pouvait distinguer de lourds nuages rouler vers le rivage. La pluie menaçait.

Nos fantasmes sont-ils de simples lubies qu'il faut se garder d'appliquer à la lettre ou constituent-ils, au contraire, un carburant qu'il faut verser dans le grand moteur de la libido pour que celui-ci ronronne ? Ce que je sais, c'est que certains de ceux que j'ai pu expérimenter n'étaient pas plaisants à vivre. Faire l'amour dans l'eau par exemple. Nous l'avons tenté une fois, Fred et moi, lors d'une semaine de vacances aux Baléares. Le sel, le sable, le mouvement perpétuel de l'eau, la difficulté à trouver une position stable sur le fond, les fluides corporels, ces lubrifiants naturels, emportés par la mer… Rien n'avait été aussi aisé et agréable que nous l'avions imaginé. Mon partenaire, surpris par la fraîcheur de l'eau, avait fini par débander. Issue sans plaisir et assez lamentable. À ranger au rayon des mauvaises idées. Fantasme suivant ?
(Note manuscrite du 14/06/2009, rédigée par mes soins.)

Nous roulâmes au pas dans l'avenue Poussineau, les yeux rivés aux bâtisses de style 1900, toutes richement ornées de frises et de décors en céramique, et dont les noms faisaient rêver : Kerozar, Belle assise, Roche plate, Ker Annick… Les Roches brunes, celle que nous recherchions, était plantée à l'extrémité de la corniche, là où l'allée des douaniers décrivait un coude à angle droit vers l'ouest. Alors que le granit et la pierre brune dominaient dans les autres constructions, celle-ci se distinguait par son style pavillon de chasse Louis XIII, tout droit échappé de Versailles. Plus imposante que toutes ses voisines, édifiée à flanc de falaise, les Roches brunes se détachait du reste des villas alentour, comme pour mieux souligner ce statut privilégié dont elle jouissait. Nous pûmes donc nous garer devant sans problème. Et personne ne vint nous questionner quand nous nous présentâmes à la grille, dont les pointes acérées dissuadaient toute tentative d'effraction.

— Et maintenant ? s'enquit Sophia. On entre comment ?

Je sortis la grosse clé de mon sac.

— Avec *ça*... Enfin, j'espère.

De fait, la pointe de métal crantée s'inséra sans difficulté dans la serrure, laquelle n'opposa aucune résistance aux deux tours énergiques que je fis. Il n'y avait que quelques mètres de gravier couleur terre battue jusqu'à la porte d'entrée qui, comme par miracle, se rendit avec complaisance à notre unique sésame. Ce n'était certes pas le dispositif de sécurité le plus sécuritaire qu'on pouvait imaginer, mais cela prouvait en effet que la villa n'était plus occupée depuis longtemps, et cela nous arrangeait bien.

À l'intérieur, dès le hall d'entrée, l'odeur de poussière et de moisi nous prit à la gorge. Comme dans les films de fantômes, les meubles étaient tous recouverts de grands draps blancs, grisés par le temps.

— C'est charmant, dis-moi, la maison de vacances de ton mec ! ne put s'empêcher de commenter Sophia.

Il ne nous fallut guère plus de quelques minutes pour rétablir le courant, ôter les housses, passer un coup de balai rapide et redonner au rez-de-chaussée un semblant de vie. Il n'était pas si tard, mais aucune de nous deux n'envisageait encore de monter à l'étage pour préparer nos lits. Si tant est que des draps propres y fussent encore entreposés.

En fouillant mon sac à la recherche d'un mouchoir – trop d'acariens au mètre carré pour mon nez allergique –, je tombai sur mon mobile. Cinq messages texte et trois messages vocaux, indiquait-il. Tous provenant de David. Je n'hésitai pas plus d'une seconde avant d'éteindre mon téléphone sans les consulter.

Négligeant l'état de décrépitude du lieu, Sophia s'émerveillait de son lustre passé, qu'on entrevoyait encore dans tel ou tel détail, et que les seules dimensions des pièces suffisaient à attester :

— C'est dingue d'avoir un tel bien dans sa famille et de le laisser en friche… Je ne comprendrai jamais comment fonctionnent les riches. On dirait que rien de ce qu'ils possèdent n'a vraiment d'importance pour eux. Ça doit être parce qu'ils ont beaucoup de fric…

Je négligeai sa morale de comptoir, mais elle venait néanmoins de soulever un point intéressant : c'est donc dans cette maison presque en ruine, à l'intérieur vétuste et encrassé, que David envisageait de nous faire passer notre voyage de noces ? J'avais du mal à le croire.

Tandis que Sophia farfouillait dans la cuisine, j'entrepris d'explorer l'étage. Les chambres semblaient figées dans un état bien antérieur au drame d'Aurore. Certaines n'avaient pas dû être redécorées depuis un demi-siècle. La peinture s'écaillait en de nombreux endroits. Les lits paraissaient harassés par le poids de générations de dormeurs. Je ne m'attardai pas sur ces vestiges. J'en cherchais d'autres. J'étais en quête de souvenirs, n'importe quelle trace qui pourrait, mieux que les meubles ou les tentures, témoigner de ce que les frères Barlet avaient pu vivre ici. Les deux premières pièces étaient vides. La troisième fut plus intéressante, puisque les trois tiroirs d'une vieille commode en bois sombre, qui m'opposèrent d'abord une résistance, débordaient de vieux papiers, de carnets et de photographies empilés en vrac.

Je me retins d'inviter Sophia à me rejoindre. Je préférais les compulser seule, au moins une première fois. La plupart étaient des clichés de vacances remontant à une bonne trentaine d'années. On y découvrait David et Louis, petits garçons souriants et en apparence unis, dans une multitude de scènes de plage : sur un bateau pneumatique, en pleine construction d'un château de sable, équipés de pied en cap pour la pêche à la crevette, un crabe brandi à bout de pince, jouant au Jokari… Et ainsi de suite. Était-ce l'œil du photographe – André Barlet, supposai-je – ou bien un juste reflet de leurs rapports, mais David apparaissait toujours au premier plan, sûr de lui, triomphant, et Louis, dans son ombre, légèrement en arrière malgré ses quelques centimètres de plus. Le dominant et le dominé. Le cadet, convaincu de sa victoire à venir. Et son aîné, dauphin malheureux, sans doute déjà occupé à préparer sa revanche.

— Elle ? Ça va ? Tu veux que je monte ? brailla Sophia depuis le rez-de-chaussée.

— Non, non, j'arrive. Reste en bas. C'est encore plus dégueulasse, ici.

— Tu veux pas qu'on sorte prendre un verre ? On va pas passer la soirée le nez dans ces vieilleries crasseuses, si ?

— Hum… Pas moi, non, je suis naze. Mais sors, toi, si tu veux, l'encourageai-je. Tu n'as qu'à prendre la clé. Je l'ai laissée sur la cheminée du salon.

J'entendis son pas décidé à l'étage au-dessous, puis à nouveau :

— Tes sûre ? Ça te ferait du bien, tu sais. Ça te changerait les idées.

— Non, vraiment… C'est gentil.

Je n'aurais pas refusé un petit remontant. Mais, dans la dernière chambre à cet étage, je venais de mettre la main sur de nouveaux trésors. Le contenant n'était cette fois pas plus gros qu'une boîte à chaussures, mais celle-ci regorgeait d'instantanés de la famille Barlet au complet, y compris les parents, André et Hortense, que je voyais pour la première fois.

— Bon, conclut-elle sur un ton faussement résigné. Je reste avec toi, alors…

— Mais non, vas-y ! Fais-toi du bien.

J'entendis un petit rire étouffé et le pas de Sophia dans l'escalier, craquant sous son poids, puis sur le palier, jusqu'à la voir apparaître dans le cadre de la porte, restée ouverte :

— Non, c'est bon. Regarde le trésor que j'ai trouvé.

Elle brandit une bouteille aux formes arrondies, couverte d'une couche de poussière poisseuse d'alcool, ainsi que deux verres qu'elle avait pris soin de rincer, encore dégoulinants d'eau savonneuse.

— C'est quoi ? demandai-je en levant le nez.

— Vieil armagnac. Ça te dit ?

— Allez…, approuvai-je avec un sourire.

Après nous avoir toutes deux servies, elle s'accroupit à mes côtés sur le parquet et prit sa part de la pile.

— On cherche quoi, exactement ?

— N'importe quoi qui daterait du premier mariage de David.

Mais la plupart des images, de son côté comme du mien, remontaient à une époque bien antérieure. Du temps où les Barlet père et mère étaient eux-mêmes ce jeune couple souriant, pétri de projets et d'ambitions.

Plusieurs photos dataient du jour de leur mariage. Je reconnus immédiatement la robe Schiaparelli portée avant moi par Hortense. Cette robe que j'étais supposée enfiler trois jours plus tard et qui lui seyait à ravir, mieux qu'elle ne m'irait jamais. Si jamais je finissais par la passer pour de bon…

Il me traversa l'esprit que je n'avais toujours pas signé le contrat présenté par Armand et que les raisons de le faire m'échappaient de plus en plus.

Repas de famille, vacances à la mer ou à la montagne, Noël dans le salon des Roches brunes… La suite ne m'apprit rien que je ne savais déjà. Surtout, elle était étrangement exempte de toute présence féminine autour des frères Barlet. Même parvenus à l'âge adulte, ceux-ci n'y figuraient jamais au bras de la moindre fiancée ou maîtresse. Pas plus d'Aurore que de Rebecca sur ces images jaunies, bordées de blanc, ou ces polaroids aux couleurs passées collées les uns aux autres en petites piles compactes.

Un claquement sec, suivi d'une longue plainte métallique, stridente et sinistre, nous fit sursauter. Le bruit se reproduisit une fois ou deux, attestant d'un vent qui se levait au dehors et enveloppait la maison de son souffle haletant. Son haleine de mer.

— C'est rien, c'est les volets, voulut me rassurer Sophia. Les gonds doivent être complètement rouillés avec cette humidité.

Une grosse gorgée d'armagnac, longue langue de feu qui chauffait mon œsophage comme un âtre, acheva de me rasséréner.

— Faut que j'appelle maman, me rappelai-je brusquement avant de me redresser.

— OK. Je continue un peu, répondit Sophia sur un ton absent, absorbée par les chromos jaunis.

Quand je descendis l'escalier, je notai par la baie vitrée côté mer que la nuit enveloppait cette fois la villa d'un noir complet et insondable. Excepté le phare du Grand Jardin et l'éclairage public qui nimbait les remparts de Saint-Malo, l'horizon était saturé d'une obscurité de jais.

Toute cette opacité me fit penser à maman.

— C'est moi ! fis-je dans un effort surhumain pour paraître détachée.

— Bonsoir, ma fille.

La voix des mauvais jours. La voix qui cherche à cacher ce qu'elle a vraiment. Celle qui pouvait abuser tout le monde, y compris Laure Chappuis, mais pas moi.

— J'ai encore reçu une superbe corbeille de fruits, tout à l'heure.

— Et alors, tu les as goûtés ?

— Non… Non, je n'ai pas très faim, tu sais. Tous ces traitements, ça me barbouille.

La gourmandise incarnée boudait son plaisir. Décidément, ce n'était pas bon signe.

— Tu es sûre que ça va, maman ? Tu veux que je vienne ?

— Mais non… Reste où tu es ma chérie.

Elle écourta une conversation où chaque mot prononcé lui semblait une torture. Aussitôt raccroché, je composai un autre numéro, celui de Ludovic Poulain. Le jeune homme frais émoulu de son internat, mais que ma mère avait pris en sympathie, était devenu son médecin traitant. Jusqu'à ce que l'état de Maude nécessite des hospitalisations régulières, c'est lui qui l'avait suivie, lui encore qu'elle contactait en cas de faiblesse soudaine. C'était plus grave, ce soir, je le sentais bien.

— Docteur Poulain ?

— Oui… ronchonna la voix juvénile à l'autre bout. Qui le demande ?

— Je suis désolée de vous déranger si tard. Annabelle Lorand. On s'est déjà croisés chez ma mère. Je suis la fille de Maude Lorand.

— Oui, bien sûr, se radoucit-il vaguement.

— Docteur, je suis assez inquiète. Je suis en province, en ce moment. Et je viens d'avoir ma mère au téléphone… Elle ne va pas bien du tout.

— Hum… Vous voulez que je passe la voir ?

Je n'osais le lui demander. Malgré son jeune âge, ce médecin fleurait l'empathie et la conscience professionnelle. Je priais pour qu'elle ne s'émousse pas trop vite. Pas tant que maman aurait besoin de lui.

— Si ça ne vous dérange pas, je veux bien.

— Pas du tout. Je peux y aller demain matin, avant mes consultations. Mon cabinet n'est pas loin de chez elle.

— Demain… soufflai-je, incapable de cacher ma déception.

— Vous voulez que j'y aille maintenant, c'est ça ?

— Non…

Si ! hurlait ma dénégation.

— Ne vous en faites pas… Je comprends. J'enfile des chaussures et j'y vais. Je vous appelle pour vous rendre compte de ma visite.

Je raccrochai au moment exact où une rafale plus violente que les précédentes fit craquer la charpente, lugubre lamentation qui se propagea dans toute la structure du vieux bâtiment. À cet endroit de la côte, rien ne s'interposait entre la villa et le large. Les vents du nord venaient la frapper de plein fouet, ne laissant aucun répit à l'antique ossature.

Tant que je ne serais pas fixée, je n'aurais pas le cœur à reprendre mes investigations.

— Je reste un peu en bas, lançai-je à l'attention de Sophia.

— OK.

Pas de télévision. Pas de radio. Aucun magazine, même vieux. Je n'avais d'autre ressource, pour attendre les nouvelles, que ce livre que j'avais attrapé au moment du départ dans ma pile provenant de la Musardine. Le tout premier de la liste de Louis : *Femmes secrètes*, par Ania Oz. À ce moment, j'avais autant envie de littérature érotique que d'un bain glacé dans les vagues que j'entendais cogner sur les rochers. Ces vagues où Aurore s'était noyée.

La couverture était belle : corps de femme gracile, un lourd camé pendant à son cou, sortant d'un nuage violet qui épaississait son mystère. Puis, de page en page, je me laissai accrocher par le récit du narrateur, un écrivain, intrigué par des disparitions de femmes, jusqu'à découvrir un monde souterrain où une communauté d'amazones réduisait les hommes à l'état d'esclaves sexuels. Dont lui. Victime d'abord rétive, puis à la fin consentante. Je ne pus m'empêcher de faire la comparaison : cette histoire, aussi fascinante fût-elle, était l'exact négatif de ma présente situation. Son pendant masculin. Et je ne pouvais pas croire que Louis avait placé ce texte par hasard en tête de ses recommandations. Au-delà de cette opposition si évidente, si tranchée, avec ma propre existence, d'autres messages devaient s'y nicher, et cette perspective m'incita à une lecture plus attentive encore. Est-ce cela qu'il attendait de moi : une capitulation totale – et sans conditions – de mon corps ? D'une certaine façon, il le savait, celui-ci lui était déjà acquis… Alors quoi ?

Le Dr Poulain s'acquitta comme promis d'un bref coup de fil qui se voulait rassurant. Avec ce qu'il venait de lui prescrire, ma mère tiendrait jusqu'au mariage, puis jusqu'à son grand départ pour Los Angeles, deux jours plus tard. Après… Il ne pouvait rien garantir et s'en remettait, comme moi, comme elle, à l'expertise de ses confrères américains.

J'allais nous préparer un couchage sommaire sur des lits à l'étage, quand le vrombissement d'un moteur puissant se fit entendre à l'extérieur. Deux petits coups de klaxon retentirent au milieu du vacarme du vent et de la mer déchaînée.

Je glissai un œil par l'ajour vitré de la porte d'entrée. Une pluie battante s'était mise à tomber et je distinguai mal le véhicule, dont les phares, orientés vers la maison, m'éblouissaient. Ceux-ci clignèrent deux fois, sur le même tempo que l'avertisseur. Alors je me précipitai au-dehors, sous les trombes qui me giflaient, en direction de la voiture. Après quelques pas seulement, je reconnus la limousine de Louis. Mais, à sa place, sortant du faisceau lumineux, Richard-le-chauffeur s'avança vers moi, un large parapluie à la main.

— Bonsoir, grogna-t-il, aussi amène qu'à son habitude.

— Bonsoir. Je peux savoir ce que vous faites là ?

— Je dois vous emmener là où vous êtes attendue. C'est tout.

— Et vous êtes venu de Paris pour ça ? m'étonnai-je pour la forme.

— Oui, répondit-il platement, comme si cela tombait sous le sens.

— Et on va où ?

— Je ne sais pas. Tout ce que je connais, c'est l'adresse qu'on m'a donnée.

J'aurais pu dire non. J'aurais pu fuir, le planter là et me claquemurer dans la maison. J'aurais pu aussi courir vers le bas du jardin et sauter du mur d'enceinte, la tête la première dans la mer, comme Aurore avant moi. J'aurais pu punir les Barlet en les privant de leur nouveau jouet.

À la place, je lui demandai seulement :

— Vous me donnez quand même cinq minutes, pour que je me change ?

— Ce ne sera pas la peine. Prenez seulement le masque que vous avez reçu.

Je m'exécutai sans broncher, mon corsage détrempé collé à ma poitrine, laquelle se soulevait avec frénésie.

— So' ? la hélai-je depuis l'entrée.

— Oui, quoi ?

— Je sors.

— Tu *sors ?* Tu te fous de moi ? Tu ne voulais pas venir avec moi il y a dix minutes…

Je ne trouvai rien d'autre à lui rétorquer que ce motif résumé à un nom, aussi faible qu'explicite :

— C'est Louis…

Pas de réponse.

— Tu m'as entendue ?

— Ben oui. Qu'est-ce que je peux faire ? Va vivre ta vie.

Je ressortis aussitôt, masque en main, sous un véritable déluge.

Puisque Louis cassait lui-même les codes de nos rencontres, qu'il déplaçait notre terrain de jeu, c'est que nous allions franchir une nouvelle étape. Il ne pouvait en être autrement.

La voiture repartit au ralenti, disposée à livrer à qui de droit son colis. Je ne valais guère plus que cela, à l'instant présent, et cette perspective odieuse m'excitait.

32

Qu'ai-je à perdre, au fond ?
Qu'est-ce qui peut encore s'interposer entre mes désirs et moi ? Ma soif de vérité ? Je vois bien qu'elle m'en éloigne un peu plus, à chaque découverte. Ma loyauté envers David ? Quelle loyauté ?
Le mot me semble bien mal adapté, s'agissant d'un homme qui m'a trahi. J'ai dépassé ce genre de dilemme. Désormais, et ce soir en particulier, c'est mon corps et lui seul qui commande. C'est lui qui se laisse bercer à l'arrière de la limousine. Lui qui m'emporte vers son nouveau rendez-vous en sexe inconnu.
La nuit se déroule autour de nous, traversée d'échos maritimes et de brusques embardées du vent, mais je n'y prête pas attention. Je ne suis même pas surprise quand la voiture s'arrête au beau milieu d'une zone industrielle, juste après avoir dépassé le panneau Saint-Malo. La rue est déserte, flanquée tout le long de hangars sinistres. Le coin ne ressemble pas vraiment à un lieu de plaisir. Je crois presque à un canular, quand Richard-le-chauffeur se gare devant la vitrine spartiate d'un grossiste en salles de bain. Il ouvre la cloison qui nous sépare et, dans le rétroviseur, il me fait signe que je suis attendue sur le trottoir d'en face.
L'entrée du Brigantin, « sauna – hammam – espace de détente » ressemble à une paillote de plage greffée à l'un des bâtiments de tôles grises, en tous points identique à ses voisins

rectangulaires. Mon masque à la main, j'entre à l'intérieur.
On dirait l'accueil d'une piscine. Propre, blanc, hygiénique.
Un type bodybuildé, crâne rasé et T-shirt blanc moulant ses pectoraux, m'apostrophe comme si on se connaissait déjà :

— Vous êtes Elle. Je vous donne votre peignoir,
et votre serviette.
Les vestiaires sont tout de suite sur votre droite.

— Mais je vous dois… ?

— Rien du tout. C'est déjà réglé.

L'odeur persistante de chlore ne se prête pas à l'amour. Assis sur de petits bancs d'écolier, deux hommes aussi bien bâtis que le portier se déshabillent sans gêne. Une incertitude m'assaille. Car les deux garçons ne me prêtent aucune attention, alors même que je me dévêtis à mon tour, leur présentant mes fesses rebondies plutôt que mes seins et ma toison. ~~*J'ai toujours eu un peu honte de l'abondance bouclée de mes poils à cet endroit précis.*~~

Leurs regards ne calculent même pas mon derrière callipyge, mais se flattent déjà mutuellement le sexe, yeux curieux et avides, promesses de gestes bientôt plus explicites, plus directs. La salle où je les suis, mon masque revêtu, mon peignoir entrouvert sur mes seins lourds, me confirme ce que je redoutais : le Brigantin est un lieu de rencontres pour hommes, exclusivement. Je suis la seule femme. Peut-être même la toute première à y pénétrer. Cette pièce est dévolue aux travaux d'approche. Quelques dizaines d'hommes, serviette à la taille, se contentent d'œillades, de mains furtives ou franchement exploratrices,
et de baisers plus ou moins poussés.

L'un d'entre eux me repère et me prend d'autorité par la main :

— Viens… C'est par là que ça devient intéressant.

À l'instar du colosse de l'accueil, on a dû les informer de ma présence parmi eux. Aucun ne semble surpris de me voir.
Tous paraissent me tolérer.

Par un couloir faiblement éclairé, enfilade de minuscules veilleuses rouges serties dans le faux plafond, il me conduit jusqu'à une alcôve aussi sombre qu'exiguë. La lumière qui y parvient suffit tout juste, après un petit temps d'accommodation, à distinguer le nombre et la posture des occupants. J'évalue les protagonistes à une bonne quinzaine. Une houle de râles me frappe dès l'entrée, simple portillon de saloon qui laisse passer bruits et odeurs. Se mélangent la sueur, les eaux de toilette diverses, musquées, marines ou fleuries, et un fumet plus âcre, dont la nature ne fait aucun doute. La plupart sont accouplés par deux, missionnaire ou levrette, mais certains s'assemblent par trois ou quatre, sans qu'on parvienne bien à déterminer qui suce qui, qui pénètre qui. Peu à peu, mon embarras se dissipe, et je profite du privilège qui m'est offert : être la seule femme, la seule susceptible de regarder sans devoir participer pour autant. La façon dont un jeune garçon brun, éphèbe autour de la vingtaine, suce le membre disproportionné de son amant me bouleverse. C'est bien plus que de l'application ou de la gourmandise. Il semble prendre davantage de plaisir encore que celui sur qui il applique ses lèvres fraîches et complaisantes, barbouillées de liquide séminal. Lorsque l'autre éjacule à la fin dans sa gorge, il est pris d'un hoquet qui ressemble à s'y méprendre aux soubresauts d'un orgasme, et non à une légitime suffocation.

Tout à coup, un corps actif émerge de la masse et me fait face. Fin. Musclé. Tendu. Je ne parviens pas à le quitter des yeux. Je crois reconnaître chaque contour, chaque relief de ce buste sculpté. Je n'ose lever mon regard sur son visage. J'ai si peur de le reconnaître… Mais le fantôme de Louis s'évapore. L'homme qui me dévisage est un métis dont la pigmentation subtile m'apparaît dans un rayon plus ardent, alors qu'il me croise. Je n'arrive pas à dire si je suis soulagée ou déçue.

Je m'interroge sur le sens de cette nouvelle étape dans nos rapports. Pourquoi me confronter à ça ? Je n'entrevois qu'une réponse : il veut me faire goûter la beauté de ces effusions brutes, sans tabous ni barrières, ces étreintes directes, parfois brouillonnes, hasardeuses, et qui pourtant brillent d'un éclat si net, si pur, expurgé de tout le reste.

Pas de beaux, pas de moches ; pas de riches, pas de pauvres ;

pas de bons ou de mauvais coups. ~~Pas de petites ou de grosses queues.~~ Juste des bites et des culs qui se veulent, affamés. Des zones érogènes qui exultent au hasard de leurs collisions, l'une pour l'autre, l'une contre l'autre, parfaitement anonymes. Rien que du désir.

— Tiens, c'est pour toi.

Mon guide réapparaît et me tend un godemiché d'une taille qui me semble effarante. Je ne me vois pas introduire un tel monstre en moi. Encore moins devant eux, aussi occupés soient-ils. Alors, les reins calés contre un mur, les jambes écartées juste ce qu'il faut, j'introduis deux doigts dans ma fente liquéfiée. Je ne m'étais pas sentie si humide depuis longtemps. Mon vagin les aspire comme une bouche vorace. Le mouvement de balancier de mon bassin est doux, lent, et toutefois suffisant pour plonger en moi les phalanges nécessaires à mon plaisir. Mon gémissement se mêle aux leurs. Je suis leur diva. Je suis leur soliste. Et quand j'explose enfin, tout le long d'une seule note plaintive, mon œil embué accroché à leurs queues luisantes, je pourrais jurer que leurs cris m'applaudissent en retour.

L'inconnu j'ai exploré.

(Note manuscrite du 14/06/2009, rédigée par mes soins.)

33

15 juin 2009

J'étais rentrée très tard. Et Sophia très tôt, je le supposais, puisque la maison était vide à mon retour. Selon toute apparence, elle avait fini par abandonner les piles de vieilles photos pour s'octroyer à son tour un divertissement plus en accord avec ses habitudes. Je n'eus d'autre solution que de laisser la grille et la porte ouvertes derrière moi, à son intention. Je ne l'entendis pas se garer devant la villa, ni pousser ensuite les deux huis grinçants, et dormis pour ma part d'un sommeil éreinté.

Vingt et un appels manqués, sept messages.

Ainsi m'accueillit mon portable au saut du lit. Je m'étonnais un peu que David ne soit pas venu me chercher en personne. Ou qu'il n'ait dépêché sur place l'un de ses factotums. Mais qui sait : Armand n'avait peut-être pas vendu la mèche, ce qui ne cessait de me surprendre. Et puis, à bien y réfléchir, nous étions désormais lundi, début d'une semaine où, comme à l'accoutumée, chaque case horaire de son planning devait déjà être remplie. Verrouillée par ses obligations patronales. Que sa future femme ait pris la poudre d'escampette était certes un désagrément, caillou dans son soulier verni, mais aussi un événement mineur au regard des échéances cruciales qui devaient l'attendre dès la première heure.

— Salut, choupette ! lançai-je à une Sophia vêtue d'un vieux T-shirt et d'une culotte sans âge.

Ses boucles brunes retombaient sur un visage que je devinais chiffonné. La nuit avait dû être bien longue et bien arrosée. Peut-être très allongée, aussi. Avec elle, toutes les options devenaient possibles.

— Houla… tout doux !

Elle se tenait le crâne à deux mains, les paumes couvrant ses oreilles.

— Grosse soirée ?

— Hum… J'en ai connu de plus grosses, gloussa-t-elle, en sourdine, de son double sens graveleux. Mais pas mal.

D'une main effarouchée, je jouai ma partition de sainte-nitouche.

— Ne dis rien. Surtout, ne me dis rien.

— De toute façon, là… je suis pas en état.

— Petit déj' ?

— Carrément ! Double allongé sinon rien.

Le grain de la veille avait laissé place à un soleil généreux, et un ciel limpide nous accompagna jusqu'au centre-ville, sur une terrasse en bordure de plage. Les clients étaient rares. Le garçon, un rondouillard affable, manifesta sa joie de servir deux jeunes femmes « aussi jolies et sophistiquées » par de menus cadeaux : ration de café supplémentaire, extra de beurre et de confiture, jus d'orange pressé en lieu et place du jus en bouteille prévu dans le menu.

Peut-on être attirée sexuellement, de manière irrépressible,
par un homme en qui tout nous dégoûte ?
C'est la grande interrogation de saison
à la Une des quotidiens.
Une journaliste, écrivain, féministe réputée, vient en effet
de publier un roman où elle déballe sa brûlante relation
avec un homme politique déchu, tombé dans une affaire de
mœurs retentissante deux ans auparavant. Elle y exprime sa
fascination pour celui qu'elle qualifie de « porc », de vingt
ans son aîné, partouzard notoire, et dont l'addiction reconnue
– presque assumée – au sexe a précipité la déchéance
professionnelle et médiatique. Qu'elle fasse ainsi étalage de
sa dilection passionne et scandalise.
En lisant les colonnes du débat que cette publication suscite,
je me demande si j'ai déjà ressenti une telle attirance. Pas
réellement pour des hommes laids ou réputés infréquentables.

Mais il faudrait sans doute que je m'interroge sur le pouvoir qu'exercent sur ma jeune personne les hommes plus âgés. La facilité serait de faire le lien avec ce père absent, que je chercherais à suppléer. Mais il y a autre chose, de plus brut, de plus animal dans ce goût prononcé : leur corps plus rugueux, plus velu ; leur gland bruni par le temps ; leur scrotum plus lourd au creux de ma main ; leur odeur plus musquée ; j'adore ces attributs de vieux singe. Je ne pourrais jamais leur préférer la fraîcheur rose et imberbe des jeunes macaques. Pour me plaire, le corps d'un homme ne doit pas se résumer à une caresse délicate. Il doit être plutôt un gant de crin capable de m'écorcher le cuir. Je l'ai déjà noté aussi : quoique plus rare, leur sperme est plus collant, plus épais. Je le préfère.

(Note manuscrite du 15/06/2009, rédigée par mes soins.)

Repues, nous passâmes un long moment à contempler la baie et la mer au-delà, sous l'œil noir et factieux d'Alfred Hitchcock. Sa statue, ornée d'un corbeau sur chaque épaule, faisait écho à la villa qui surplombait la falaise du versant et réplique assez convaincante de l'inquiétante demeure des Bates dans *Psychose*.

— C'est à cause du festival, tout ça, nous expliqua le serveur, trop bavard à notre goût.

— Festival ? Sophia leva sur lui une paupière agacée.

— Ben oui, le festival du cinéma anglais. Ah, faut venir voir, hein, y a du beau monde, des vedettes et tout !

Notre silence eut bientôt raison de son babil parasite, et nous pûmes reprendre notre observation muette. Un souffle annonciateur d'une journée plutôt douce nous caressa, charriant depuis la plage des cris de mouettes et des odeurs de goémons.

Sophia rompit notre ascèse :

— Alors, t'as trouvé des trucs intéressants ?

— Quoi… ?

— Dans la maison. T'as bien fouillé tous les tiroirs, non ?

— Ah oui… Oui, enfin presque. Rien de très concluant.

— Tu t'attendais à quoi ?

La question, celle qui me taraudait, n'était pas « à quoi », mais bien « à qui ».

Au vu du secret que les frères Barlet cultivaient autour d'Aurore Delbard et du rôle qu'elle a joué dans leur vie, que la défunte jeune femme fût absente des archives familiales était plus une déception qu'une surprise à mes yeux. J'hésitai un bref instant avant de partager avec mon amie ce degré de confidence, puis lui détaillai l'état de mes connaissances sur le sujet.

— Si je te suis bien, ils ont complètement effacé cette fille de leur histoire ?

— Il semblerait...

— C'est louche, je suis d'accord, se corrigea-t-elle aussitôt. Et en même temps, si une fille était morte à cause de la rivalité que tu as toi-même entretenue entre tes fils, tu garderais des photos souvenirs chez toi ? Franchement ?

Son bon sens touchait plutôt juste. Certaines tentations ne se nourrissaient pas exclusivement de noirs desseins. Souvent, lorsqu'il était question d'un drame intime, il s'agissait davantage de jeter un linceul pudique et apaisant sur la douleur. Le plus sûr moyen d'oublier étant d'occulter les traces de la tragédie.

— C'est pas faux, admis-je du bout des lèvres.

— Mais si tu veux, je t'aide à fouiner. Je suis sûre qu'il reste des trucs que t'as pas encore vus au fond des placards.

J'acceptai son offre, et nous repartîmes vers les Roches brunes, cette fois en empruntant le sentier de douanier, découvert uniquement à marée basse. Cet étroit chemin de granit, cimenté sur une partie seulement, rasait le pied du promontoire rocheux de la Malouine. De là, la vue sur Saint-Malo et le reste de la baie, Grand et Petit Bé, Cézembre ou Conchée, était parfaite. À mi-parcours, un panneau rouge et blanc nous avertit en ces termes : *Nageurs attention, courant très violent. Danger.*

Peu après la corniche, je crus reconnaître le lieu tel que Louis me l'avait décrit à l'arrière de sa limousine : la muraille au bas de la villa, percée par une petite porte blanche assortie de quelques marches, lesquelles menaient jusqu'au sentier. En contrebas de celui-ci, de gros blocs affleuraient, feuilletis de granit dont les arrêtes semblaient aussi coupantes que des lames, et entre lesquels un pied ou une jambe pouvait facilement se coincer.

— Elle est morte ici.

Je désignai l'endroit à mon amie d'une voix blanche.

— Ici ? s'étonna-t-elle. Mais on est sur le rivage… On ne peut pas se noyer là ! C'est ridicule !

Le péril paraissait bien mince, en effet, à marée basse et par temps découvert. Mais il suffisait sans doute d'un peu plus d'eau et de houle pour piéger n'importe qui dans cette nasse, si vite immergée, coupée du monde qui vivait et palpitait à quelques mètres seulement de là.

Comme pour confirmer cette hypothèse, un promeneur nous indiqua un homme en combinaison de plongée, qui était visiblement pris au piège du flot ascendant, très rapide à cet endroit, sur une petite bande de sable à cent cinquante mètres de la plage. La distance semblait négligeable vue d'ici, et pourtant il était désemparé. Après plusieurs minutes d'hésitation, des minutes précieuses en telle circonstance, il finit par se jeter à l'eau et parvint non sans mal à rejoindre la rive, luttant contre le courant puissant.

Nous n'échangeâmes plus un mot jusqu'à la maison. Après avoir ouvert tous les volets en grand et laissé un peu d'air frais entrer par les hautes fenêtres, nous entreprîmes de vider sur le parquet poussiéreux le contenu de tous les tiroirs accessibles. Deux d'entre eux nous résistèrent cependant, et nos efforts pour crocheter leur serrure à l'aide de cintres ou d'un vieux tournevis furent vains.

Dans les anciennes vapeurs d'encaustique et de révélateur photo, nous passâmes les heures suivantes, accroupies à même le sol, à ausculter chaque cliché, revenant même sur ceux que j'avais rapidement survolés la veille. La pêche loin d'être miraculeuse – toujours aucune image d'Aurore – révéla toutefois quelques jolies prises. On y comptait notamment certaines photos réalisées, semblait-il, avant la disparition de la jeune femme, et d'autres après cette date, du vivant d'André et Hortense. Sur les premières, les expressions étaient bien sûr plus joyeuses que sur les secondes. On y découvrait notamment un Louis jeune, au sourire franc et insouciant, sensiblement plus rond de visage qu'aujourd'hui, tendrement enlacé par une jolie blonde au regard sauvage, dans laquelle je peinai à reconnaître Rebecca. C'était bien elle, pourtant, déjà aussi apprêtée, dans une marinière inspirée de Jean-Paul Gaultier ou Étienne Daho, bref, la branchitude de cette époque.

— Décidément, se lamenta Sophia, ils ont bien fait le ménage.

— Oui… C'est drôle…

— Drôle ?

— On dirait… Aurore a laissé si peu de choses… On dirait que c'est elle qui a voulu disparaître.

Ma remarque la décontenança, mais elle n'approfondit pas cette conjecture incongrue et replongea le nez dans les piles de papier jauni.

Inutile de lui exposer plus avant vers quel scénario nébuleux m'emportait cette hypothèse. Comme les disparues de *Femmes secrètes*, Aurore aurait pu décider de faire le vide derrière elle, suprême stratagème pour punir les Barlet de leurs mauvais traitements. Mais la comparaison s'arrêtait là : quand les amazones d'Ania Oz se terraient à l'abri des regards pour mieux ressurgir à la fin, triomphantes, Aurore, elle, était bel et bien morte. Plus lourdement châtiée encore que ceux qui l'avaient poussée à cette extrémité dramatique.

Notre dernière heure aux Roches brunes fut consacrée à une perquisition en règle du moindre recoin de la villa. Cette fois, il n'était plus question uniquement de photos, mais de tout indice qui nous permettrait de remonter une piste nous conduisant à Aurore ou, plus exactement, aux vestiges de sa vie passée.

Nous allions jeter l'éponge, découragées par les monceaux de bibelots ébréchés, les catalogues de vente par correspondance obsolètes et les bocaux périmés, quand Sophia s'écria :

— Regarde !

D'entre les couches d'un mille-feuille de prospectus divers, elle avait extrait une carte de visite professionnelle, sale et écornée, dont l'état attestait un âge avancé.

Jean-François DELBARD
Notaire
8, Placître
34 500 ST MALO
Téléphone : +33 99 32 69 45
Fax : +33 99 32 69 47

— Delbard, c'est pas le nom de ta noyée ?

— Si, approuvai-je laconiquement.

Je n'avais jamais entendu parler d'un Jean-François Delbard Ni Louis ni Rebecca ne l'avaient mentionné, à aucun moment.

— T'as vu le numéro ? insista Sophia. Et le fax. Ça date pas d'hier…

En effet. Et cela nous indiquait qu'un membre de la famille d'Aurore avait vécu et travaillé dans la région, *a priori* avant la mort de cette dernière, à en croire le système de numérotation employé. Un frère ? Un oncle ? Peut-être même son père ?

— C'est quoi déjà l'indicatif dans le coin ? demandai-je.

Elle s'empara du premier dépliant publicitaire venu, et me répondit :

— 02.

Je composai aussitôt le numéro au complet sur le clavier de mon mobile et attendis le bip répétitif de la sonnerie. Mais, à la place, un message vocal automatique m'indiqua que le numéro n'était plus attribué. Depuis quand ? Mystère. J'en profitai pour consulter l'annuaire par téléphone, dont l'opératrice ne trouva aucun Jean-François Delbard dans sa base de données, ni à Dinard, ni sur l'agglomération de Saint-Malo. Je lui demandai même de renouveler sa recherche avec des orthographes alternatives, sans plus de succès.

— Soit il a quitté le coin, soit il est mort, lui aussi, conclut Sophia, après que j'eus raccroché.

Mort. Morte.

Son observation, en apparence anodine, m'ouvrit une nouvelle perspective.

— T'es géniale ! m'exclamai-je, la prenant soudain dans mes bras.

— Mais qu'est-ce que j'ai dit ?

— Viens, on se casse. Je t'expliquerai en route.

Un quart d'heure nous suffit pour remettre un peu d'ordre et refermer la porte des Roches brunes sur ses secrets si bien gardés.

Par bonheur, le bureau d'état civil de la mairie de Dinard était encore ouvert. Malheureusement, aucune Aurore Delbard – ou même Barlet – n'y était enregistrée, ni au titre de sa naissance, ni depuis son décès.

Sans aucune hésitation, nous tentâmes notre chance auprès de leurs collègues de Saint-Malo.

— Oui, j'ai bien une Aurore Delbard. Née le 12 avril 1970. Décédée le 25 décembre 1989.

— Putain… siffla Sophia, exprimant à haute voix notre sidération commune. Elle s'est tuée le jour de Noël !

Le soir de Noël, en effet, et non pas à l'occasion d'une baignade estivale, comme Louis l'avait prétendu lors de sa toute première confession à ce sujet…

— Où est-elle enterrée ? m'enquis-je auprès de l'employée de mairie.

— Vous faites partie de sa famille, mademoiselle ?

— Non… Mais c'était la première femme de mon futur mari.

Je dus lui paraître sincère, et un peu attendrissante aussi, car elle concéda la chose suivante :

— Nous n'avons pas ce genre d'information dans nos registres. Mais vu l'adresse que vous me donnez… Il y a des chances qu'elle soit au cimetière de Rocabey. Si sa famille y possède une concession, bien sûr.

Munies d'un itinéraire griffonné de sa main pataude sur un plan touristique, nous filâmes dans la Coccinelle jusqu'au cimetière. Rocabey est un triste quartier de Saint-Malo, coincé entre la gare et les docks du port marchand. Une plaque à l'entrée renseignait malgré tout les visiteurs sur quelques-unes des célébrités inhumées ici : Robert Surcouf, le plus célèbre des corsaires malouins, ou encore le comédien Daniel Gélin.

Après plusieurs minutes d'une déambulation au hasard des allées, nous mîmes enfin la main sur un fossoyeur, portant rouflaquettes et brouette, qui se gratta le sommet du crâne un instant, avant de nous faire partager son illumination :

— Ah oui, Delbard... comme le notaire !

Bingo.

— C'est ça, approuvai-je. Comme le notaire. D'ailleurs, Aurore est sa... suspendis-je ma phrase, dans l'espoir qu'il la complète.

— ...Sa fille, oui. Ou peut-être bien sa nièce. Pas impossible que je confonde avec les Dolé. Ou même les Bazin.

On n'en tirera rien de plus, me fit comprendre Sophia en levant les sourcils.

La tombe des Delbard était une dalle de marbre rose assez simple, sans portraits et, selon toute évidence, abandonnée : pas de fleurs, pas de décorations, aucun signe d'intérêt pour leur sépulture. Il poussait une végétation sauvage que personne n'avait pris la peine d'arracher. Quatre noms y figuraient sous le même patronyme familial : Amédée (1910-1985), Suzanne (1912-1999), Jean-François (1938-2005) et Aurore (1970-1989).

— Elle est morte avant son père, nota Sophia.

— Et même sa grand-mère.

Plus un seul membre de la famille ne semblait encore être de ce monde, personne susceptible d'être interrogé. Si ce n'est...

— Sa mère... Elle ne repose pas avec eux.

— Elle est peut-être encore vivante, spéculai-je.

— Mouais... On n'a pas demandé le nom de ses deux parents à l'état civil. Et maintenant, ça va être fermé.

De fait, le soleil qui déclinait signalait une heure déjà tardive pour l'administration locale.

Usant de la connexion 3G de mon Smartphone – je remarquai au passage que David avait cessé de me harceler, aucune nouvelle tentative pour me joindre n'ayant été signalée depuis la fin de la matinée – je recherchai l'information suivante : « Rebecca Sibony » + « Belles de nuit ». La connexion, quoique faible, me renvoya le résultat suivant, grâce à l'enregistrement de Belles de nuit au registre des sociétés, celle de Rebecca étant manifestement domiciliée chez elle : Belles de nuit SARL, 118 avenue Georges Mandel, 75116 Paris Cedex.

— Tu veux qu'on débarque chez cette salope ?

Le naturel de Sophia reparaissait.

— Oui.

— Tu crois vraiment qu'elle va nous éclairer ?

— Je ne sais pas. C'est possible.

Je l'espérais.

Après tout, hormis David et Louis, elle était le dernier témoin du drame. Pas le plus impartial, certes, mais le seul encore vivant. Notre balade au bord de la mer n'avait pas fait que soulever le coin d'un voile qui, comme les housses des Roches brunes, enveloppait encore les Barlet et préservait leur énigme. Je comptais sur elle pour tout mettre enfin en lumière et dissiper la poussière qui poissait encore ses souvenirs. Elle en savait forcément plus que ce qu'elle m'avait dit la dernière fois, rue du Roi-de-Sicile.

Par-delà les années, sur cette photo que j'avais chapardée, son regard espiègle m'invitait à la rejoindre. Elle pouvait préparer ses réponses, les nettoyer de leurs ultimes mensonges et combler les derniers vides : j'arrivais.

34

15 et 16 juin 2009

Pause pipi. Pause dîner. Halte essence. Nous progressions vers Paris en pointillés, comme si nous repoussions l'échéance qui nous attendait dans la capitale. Peu pressées de combler ces zones d'ombre que les Roches brunes et ses tiroirs empoussiérés avaient mises en évidence au cours de cette journée bien remplie. Si tant est qu'Aurore fût originaire de la région, comment David et elle s'étaient-ils rencontrés ? Que s'était-il réellement passé ce 25 décembre 1989 pour que la jeune femme aille se jeter dans la mer déchaînée ? Pourquoi David s'était-il absenté le jour de Noël – « pour affaires », avait prétendu Louis – laissant derrière lui son frère, ses parents et par-dessus tout sa jeune épouse dépressive ? Quel rapport entretenaient-ils tous avec Belles de nuit ? Se pouvait-il qu'Aurore… ait été elle aussi une hotelle ?

Pour finir, nous fîmes halte dans un hôtel de bord d'autoroute, entre Angers et le Mans, aucune de nous deux n'ayant plus le courage de tenir le volant. Notre nuit avait été courte, la sienne plus encore que la mienne. Un minimum de repos nous était nécessaire si nous ne voulions pas risquer l'accident dans une circulation dense en camions.

J'écris dans le noir presque complet. Je crois que Sophia dort déjà, dans le lit à côté du mien. Elle respire fort mais de manière régulière. Moi, je n'arrive pas à trouver le sommeil. Par la faute de nos découvertes récentes ? À cause de tout ce qui nous attend encore à Paris ?

Non, juste parce que, à chaque accélération de son souffle, j'imagine que mon amie, loin d'être endormie, se masturbe frénétiquement~~, un index pressé sur le capuchon, un majeur plongé dans son sexe~~. Cette présomption n'est pas nouvelle : depuis mes seize ans, à chaque fois que j'ai eu l'occasion de dormir dans la même chambre qu'une amie, je me suis posé cette question. Se branle-t-elle ? Ou plutôt : pourrait-elle se caresser sans que je m'en aperçoive ? Cette pensée me taraude tant que je finis à chaque fois par glisser une main dans ma propre culotte et, d'un index que je tâche de contrôler au mieux, j'excite mon clitoris jusqu'à ce qu'il capitule et m'arrache quelques soupirs. Sophia m'a-t-elle entendue, cette nuit ? S'est-elle interrogée elle aussi sur mes activités nocturnes ? La cohabitation dans une même chambre de deux personnes, qu'elles soient du même sexe ou du sexe opposé, se borne-t-elle à cette question : a-t-elle envie ? De moi ? D'elle-même ?

(Note manuscrite du 16/06/2009, rédigée par mes soins.)

Le lendemain matin, nous repartîmes avant l'aube. Le tunnel de la porte d'Orléans, dont j'aimais l'éclairage de néons orangés, nous avala alors que le jour ne faisait encore que poindre sur le périphérique et sur l'entrelacs filamenteux des rocades saturant cette proche banlieue sud.

Nous empruntâmes la chaussée intérieure, en direction de l'ouest, et sortîmes Porte de la Muette, après avoir accompli un bon quart de tour sur l'axe circulaire, servilement guidées par le navigateur de la Cox.

Il était encore très tôt. Ce mardi matin-là, en plein Paris, la circulation demeurait fluide et l'activité réduite dans les rues. Seuls les boulangers, quelques troquets ainsi que les camions de poubelles étaient déjà en service. 5 h 50, indiquait l'horloge numérique de la voiture en gros chiffres verts.

— On va pas débarquer à cette heure-là chez elle, quand même ? s'enquit Sophia.

— Non, t'as raison. Café ?

— Café, abonda-t-elle.

Le 118 de l'avenue Georges Mandel était un large immeuble des années 1970 ou 1980, d'un blanc immaculé, et sur lequel chaque fenêtre ou baie vitrée était cerclée d'une alvéole de béton arrondie, en saillie sur la façade.

Le hall d'entrée était tout aussi kitsch, et trouver le nom de Rebecca parmi la multitude de résidents nous prit quelques minutes – je notai, comme escompté, la présence d'un Barlet au huitième étage. Une voix encore empâtée nous répondit à l'interphone, après un temps qui me parut interminable. Il était évident que nous la réveillions.

— Oui ?

— Rebecca. C'est Annabelle.

— Et Sophia ! brailla mon amie par-dessus mon épaule.

— Je vous ouvre, se contenta-t-elle d'approuver. C'est au neuvième, la première porte sur la droite.

Elle nous reçut pieds nus, dans un peignoir de soie fuchsia, jeté sur une nuisette d'un rose plus doux. Décoiffée, sans maquillage, elle accusait sa quarantaine bien sonnée. Je lui découvris des rides que je n'avais jamais remarquées jusque-là, habituellement ensevelies sous les couches de poudre et de fond de teint. Mais les yeux, eux, malgré la lourdeur des paupières, demeuraient ceux qui défiaient le photographe sur le cliché volé. Qui avait bien pu prendre cette image ?

— Vous voulez quelque chose ? Un thé ? Un café ? Un verre d'eau ?

Elle nous fit entrer dans le petit salon sur rue. C'était moderne, propre et coquet, et néanmoins encombré de souvenirs et de bibelots, pour l'essentiel des portraits de Rebecca en compagnie d'une impressionnante galerie de célébrités, bras-dessus, bras-dessous. Sophia ne put s'empêcher de rouler des yeux incrédules en reconnaissant tel présentateur télé ou telle star de la chanson.

— Non, merci, on sort d'un café, répondis-je pour nous deux.

— Bien… je vais me faire un thé, si ça ne vous ennuie pas.

Le temps qu'elle prépare son breuvage, je pus détailler son intérieur. De grands blocs en métal gris disparaissaient en partie sous un bureau encombré de paperasse en piles instables. Je supposai qu'il s'agissait des archives de Belles de nuit. Tout ce bazar devait provenir des bureaux vidés, rue du Roi-de-Sicile...

Puis, sur le pan de mur opposé, je remarquai un détail plus singulier encore : en dépit du papier peint jaune pâle, le cadre d'une porte se dessinait assez clairement, fin liseré noir affleurant sur la tenture. L'accès à l'appartement de Louis ! pensai-je avec un brusque pincement dans la poitrine que je tâchai de réprimer avant que la maîtresse des lieux ne revienne dans la pièce, tasse en main. Une nappe de Shalimar nous caressa et se mêla bientôt aux vapeurs de jasmin qui s'échappaient de l'eau fumante.

La regardant tourner sa cuillère machinalement dans un thé sans sucre, je repensai à notre dernière rencontre et, plus généralement, à sa vie. Elle aussi s'était agitée dans une existence dépourvue de réelle saveur, privée de la douceur que Louis lui avait refusée. Définitivement rejetée par son amant de toujours, elle ne s'était, selon toute apparence, jamais totalement relevée de cette déconvenue. Aucune rustine, ni dans ses amours ni dans ses affaires, n'était parvenue à combler cette brèche, par laquelle son énergie avait fini par fuir.

La pensée me traverse et je la repousse aussitôt :
une pièce, trois femmes... toutes ont été possédées (ou presque)
par le même amant.
Dois-je le déplorer ? Dois-je en rire ? Est-ce révoltant... ou au
contraire excitant ? Laquelle d'entre nous, au bout du compte,
aura su mieux que les autres le faire jouir ? La plus belle,
la plus amoureuse... ou, contre toute attente, la plus rétive ?
(Note manuscrite du 16/06/2009, rédigée par mes soins.)

Quoiqu'elle semblait espérer que j'ouvre enfin le feu, elle ne s'attendait certainement pas à ma question :

— Rebecca, en quelle année a été créée Belles de nuit ?

Je connaissais déjà la réponse. L'information figurait en effet sur la fiche signalétique de la société que j'avais consultée pour obtenir son adresse. Je voulais juste l'entendre de sa bouche.

— En février 1992.

Exact. Soit plus de deux ans après la mort d'Aurore. Selon toute logique, celle-ci n'avait donc pas pu être l'une des nôtres.

— Et avant Belles de nuit ?

Sophia s'immisça dans la conversation, pour une fois avec pertinence.

— Vous avez dirigé d'autres agences dans ce goût-là ?

— Non, c'était la première. Avant ça, j'avais fait un peu de relations publiques, en tant que salariée.

— Pour quelle boîte ?

— Pour différentes salles de spectacles et aussi un distributeur de films. Mais c'est très loin, tout ça.

Les amitiés qu'elle affichait si ostensiblement sur ses murs dataient sans nul doute de cette époque-là, et, spéculai-je, ces mêmes personnes avaient dû avantageusement gonfler les rangs de sa clientèle, une fois l'agence montée.

— Vous n'êtes quand même pas là pour me parler de ma carrière ? s'amusa-t-elle sur un ton doux et nostalgique. Si on peut appeler cela ainsi…

Maintenant qu'elle avait remis Louis entre mes mains, qu'elle avait vu en moi la dépositaire officielle d'un homme dont elle ne savait plus que faire, il ne lui restait plus que quelques vieux souvenirs. Et cet appartement, dont il s'éloignerait bientôt. Définitivement. Elle qui m'était apparue si sûre d'elle lors de notre première rencontre me faisait désormais l'effet d'une épave de bateau, usée par trop de tempêtes, qu'on remise dans un coin à l'écart du port, là où plus personne ne vient la visiter. Écaillée. Effondrée par endroits. La charpente presque à vif.

— La dernière fois… repris-je le cours de mon interrogatoire. Pourquoi ne m'avez-vous pas dit que David était le propriétaire de Belles de nuit ?

Évidemment, il n'apparaissait pas sur le registre des sociétés. Il était plus malin que cela. Son nom devait se cacher derrière l'un de ces intitulés obscurs, portés au nombre des actionnaires de l'entreprise, et que je n'avais pas eu le temps de sonder.

D'un double cillement rapide, elle me prouva que cette question l'étonnait. Puis, après une longue gorgée de thé brûlant, elle leva les yeux au ciel :

— Je ne te demande même pas qui t'a raconté ça…

— De toute manière, je ne vous répondrais pas, répliquai-je avec aplomb. Vous connaissez la règle : un journaliste protège toujours ses sources.

Je n'avais aucune raison de couvrir François Marchadeau. Et David finirait sans doute par apprendre qui avait fuité. Mais cela ne regardait que son vieil ami, lui, et moi.

— David m'a simplement prêté l'argent pour financer la création de la société, se disculpa-t-elle mollement. Il y a plus de quinze ans de ça… C'est tout.

— Vous voulez dire qu'il ne possède plus aucune part ? intervint Sophia, que je sentais s'impatienter à mes côtés.

— Si. Mais il n'est plus majoritaire depuis longtemps.

Avec quelques recherches, l'information serait facile à vérifier. Mais je ne me contentai pas de ses explications purement administratives.

— Vous ne m'avez pas répondu : pourquoi m'avoir caché le rôle de David dans Belles de nuit ? Pourquoi ne m'avoir pas dit qu'il connaissait mon rôle le soir de notre rencontre ?

— C'est si important ? demanda-t-elle en clignant des yeux.

— Oui, répondis-je avec fermeté.

Je n'avais pour moi qu'une poignée de dates, d'informations parcellaires, le tout nappé d'un saupoudrage d'intuition. Rien ne prouvait que l'activité de son agence pût être directement liée au drame d'Aurore Delbard. Rien ne m'expliquait la position si sensible que j'occupais manifestement entre les deux frères Barlet, ni le lien entre les deux énigmes.

Rebecca fut parcourue d'un frisson, qui l'incita à refermer l'encolure de son peignoir. Moins par pudeur que par un besoin patent de se protéger, d'envelopper son corps si maigre dans une armure satinée, douce et protectrice.

— Dieu sait que David n'a pas été pour Aurore le mari qu'elle pouvait espérer… Mais il a eu un mal fou à se remettre de sa disparition.

Le brassard. Les cicatrices sur son avant-bras gauche. Je savais déjà tout cela. Inutile d'y revenir. D'un sourire léger, aussitôt évanoui, je l'encourageai à poursuivre.

— Puisque les années passaient et qu'il n'arrivait pas à faire son deuil… il a eu cette idée. À moins que ce ne soit Louis. Je n'ai jamais vraiment su.

— Quelle idée ?

Problème : pourquoi pose-t-on des questions dont on connaît par avance la réponse ?

— De Belles de nuit, bien sûr !

Solution : parce qu'elle fait plus mal encore dans la bouche d'un autre. Les mots des autres sont des rasoirs ; notre quête naïve de la vérité, la veine qu'on leur tend. À eux d'agir, à eux l'irréparable.

— Je ne comprends pas, intervint mon amie. Quel rapport avec son ex ?

— Disons que David ne supportait pas de vivre seul. Mais il n'envisageait pas non plus de nouer une relation aussi destructrice que celle qu'il avait connue avec Aurore. Il ne voulait plus de toute cette folie, cette hystérie…

— Il a conçu l'agence comme un gigantesque casting, m'écriai-je dans un souffle.

Sophia n'en revenait pas, elle non plus. Tandis que je m'enfonçais dans le canapé, écrasée, elle se redressait au contraire, les fesses au bord des coussins, prête à bondir.

— Il ne s'est pas dit qu'il avait peut-être aussi une part de responsabilité dans cet échec ?

— David n'est pas tellement du genre à se remettre en cause.

Je ne pouvais qu'acquiescer sur ce point. Tout prenait un sens nouveau, chaque élément glané ces derniers jours occupait enfin sa place dans le tableau. Puisqu'il m'avait trouvée, moi, puisqu'il me pensait digne de succéder à Aurore, plus rien ne justifiait de perpétuer cette activité qui, tout ce temps, n'avait été qu'un prétexte à sa quête éperdue.

Après quelques respirations profondes, je parvins à sortir de ma torpeur.

— Et pourquoi vous a-t-il confié cette mission, à vous ?

— À l'époque, j'étais sans emploi. Je crois que Louis culpabilisait un peu de m'avoir à nouveau quittée…

Elle s'en excusait presque, comme si, pour sa part, elle n'avait pas été à la hauteur des attentes de l'aîné.

— Ça ne vous rendait pas compétente pour autant, la tacla Sophia sans ménagement.

— C'est vrai… mais j'ai vite appris. Et puis, mes jobs précédents m'avaient fourni le nerf de la guerre : le fichier clients.

Elle confirma mon sentiment en balayant du regard son petit musée personnel.

— Je croyais que c'était du bluff ? Peu importaient vos recettes !

— Pas avec David pour patron, soupira Rebecca.

En d'autres termes, bidon ou pas, l'agence était logée à la même enseigne que les autres filiales du groupe Barlet et se devait de souscrire à ses impératifs de rentabilité.

Une incohérence me frappa toutefois dans ce scénario si bien huilé.

— Vous n'avez tout de même pas mis dix-sept ans pour dénicher une fille telle que moi ?

« Aussi ordinaire que je le suis », s'entendait clairement dans mon inflexion consternée. Des Annabelle Lorand ne défilaient-elles pas à longueur d'année dans les castings qu'organisaient les chaînes de David, fraîches et prêtes à tout pour percer ?

— Si, affirma-t-elle cependant, cette fois sans sourciller. Je vous l'ai dit : David est très exigeant. Sur tout. Et plus encore sur la qualité des femmes qu'il fréquente. Alors imagine *sa* femme !

— S'il voulait la fille parfaite, vint à ma rescousse Sophia, il y a des sites de rencontres qui proposent des milliers de critères. Et c'est pas les candidates au beau mariage qui manquent, vous pouvez me croire.

— Je te confirme que David attire bien plus de jeunes femmes qu'il ne peut en mettre dans son lit. Mais ces sites n'existaient pas, à l'époque.

J'essuyai cette pique sans broncher. Elle ne faisait que me rappeler une évidence, que j'avais sans doute trop vite oubliée : l'homme que j'étais censée épouser était l'un des plus courtisés de France, sans doute d'Europe. Même si j'avais du mal à apprécier sa notoriété au-delà de nos frontières.

Elle reposa son mug sur la table basse puis releva une mèche décolorée qui retombait obstinément sur son front, tel un rappel à l'ordre.

— De toute façon, le problème n'est pas là...

— Enfin c'est grotesque ! finis-je par exploser. Qu'est-ce que j'ai de si exceptionnel ?

Elle me servit ce même regard empreint de tendresse et de compassion dont elle m'avait déjà couverte lors de notre précédente rencontre.

— Disons... Disons que c'est un ensemble de choses, se défila-t-elle, louvoyante. C'est difficile à résumer en trois mots.

— Va pour trois cents, rétorqua Sophia du tac au tac. On a tout notre temps.

Rebecca me lança un regard qui, sans se défausser tout à fait, renvoyait à d'autres la responsabilité de m'affranchir. Je ne me trompais pas, car elle ajouta aussitôt à ma seule intention, négligeant Sophia aussi bien que si celle-ci avait été absente de la pièce :

— Je crois que c'est plutôt à *eux* de te le dire...

L'ambivalence de sa réponse ne m'avait pas échappé : elle ne prétendait pas ignorer la réponse, elle croyait juste préférable qu'elle me soit délivrée par d'autres qu'elle-même. Par eux. Elle aurait pu dire : « C'est à David de te le dire. » Mais elle avait choisi d'associer les deux frères dans cet ultime secret. Éternellement liés.

Dans mon sac, je pouvais sentir le vibreur de mon portable insister. Le bougre ne lâchait pas prise, suspendant l'assaut de mes questions à un instant critique.

— Oui ? Allô ? décrochai-je sur un ton sec.

Le numéro était masqué. Mais j'avais du mal à croire qu'un appel aussi matinal, et surtout si obstiné, puisse être une erreur ou provenir d'un service de marketing téléphonique.

— Annabelle ?

Cette voix. Je connaissais cette voix. Je connaissais surtout ce timbre caractéristique qui, sous l'apparent détachement, ne parvenait pas à dissimuler pleinement ses accents dramatiques. La voix de la tuile, du coup dur, de l'annonce finale.

— Oui… C'est moi.

— Ludovic Poulain. Je suis désolé de vous appeler aussi tôt. Je ne vous dérange pas ?

Dites-moi que vous vous êtes trompé de numéro, docteur Poulain. Précisez-moi un détail sur les effets secondaires de la prescription établie pour maman. Dites-moi ce que vous voulez, n'importe quoi, plutôt que l'objet véritable de votre appel qui, sans avoir été dit, coulait déjà dans le combiné comme un poison.

Ses mots me transpercèrent sans rien toucher, sans accrocher sur leur passage la moindre émotion. D'une main tremblante, je me contentai de fouiller dans mon sac à main frappé des deux initiales entrelacées. Je m'acharnais tant à trouver un objet dont j'ignorais moi-même la nature qu'une photo en jaillit et glissa sur le sol, face tournée contre le parquet.

Rebecca se pencha pour la ramasser et, d'instinct, la retourna. Elle se vit, encore jeune, sur la plage de Dinard, dans les bras de Louis. Disparu de sa vie et pourtant encore présent dans chacun de ses gestes, chacun de ses mots, chacun de ses choix. Impossible à éradiquer. Son cancer à elle.

35

— Maman ? Maman tu m'entends ?

Aucune réponse, bien sûr. Pas même un battement de cils pour accuser réception. Juste une masse inerte dans un lit blanc. L'hôpital a cette faculté de rendre méconnaissables ceux qui nous sont proches et dont on croit avoir fixé une fois pour toutes l'apparence. Erreur grossière. Ils ne sont plus enfant, ami, père ou mère. Mais paquet de chairs, de draps et d'appareils clignotants. Ne les appelez plus Maude, Lola ou Henri. Appelez *ça* un malade, désormais. Indifférencié. Presque anonyme.

Enfouie sous les tuyaux et le masque du respirateur, ma mère me paraissait minuscule. On aurait dit un bébé, l'un de ces prématurés dont la vie ne tient qu'aux fils qui le relient aux machines, pulsantes, pompantes, flux artificiels et néanmoins propres à maintenir l'organisme dans une illusion de souffle.

C'est Laure Chappuis qui avait donné l'alerte. L'insupportable Mme Chappuis occupait donc bien une fonction en ce bas monde malgré ses récriminations perpétuelles et son caractère de dogue : ange gardien, comme on parle d'un chien derrière sa grille. Un ange acariâtre et revêche mais capable, en cas d'urgence, de veiller sur ma mère. Elle venait de le prouver. Au milieu de la nuit, elle avait repéré une fumée épaisse qui s'échappait par la bouche d'aération du pavillon de sa voisine. Il faut croire qu'elle n'avait rien de mieux à faire, à cette heure avancée, que d'inspecter les maisons environnantes. Elle devait être à court de magazines people ou de télénovelas. Ou peut-être avait-elle aperçu le « gentil docteur » passer un peu plus tôt et s'inquiétait-elle vraiment pour son amie.

Après la visite que le Dr Poulain avait effectuée chez elle à ma demande, Maude s'était mis en tête de réchauffer une portion du gratin dauphinois préparé la veille, prise d'une surprenante fringale nocturne. Là où n'importe qui se contenterait de réchauffer directement son assiette garnie au micro-ondes, elle avait enfourné le plat complet au four, réglé sur son thermostat maximum.

Mais le calmant administré par le médecin n'avait pas tardé à faire ses effets. Maman s'était endormie, laissant le gratin et le four s'abandonner à leur chaleur infernale. Deux heures plus tard, la maison était envahie d'une fumée grise et âcre qui menaçait son occupante d'asphyxie. Les pompiers étaient arrivés juste à temps pour la mettre sous oxygène et la transférer séance tenante à Max Fourestier, l'hôpital public de Nanterre, où son protocole de chimiothérapie lui était administré toutes les trois semaines environ.

Lorsque j'avais réussi à parler et à leur raconter l'objet de cet appel si mal venu, Sophia n'avait pas hésité une seconde :

— OK, on y va. Je te dépose, décréta-t-elle, déjà à la porte.

— Non, laisse, je vais me débrouiller. Et puis, faut que tu rendes sa voiture à Peggy…

— Arrête tes bêtises. Je lui ai dit que je la lui rapporterais aujourd'hui. J'ai pas précisé l'heure. Allez zou !

Rebecca resta dans son fauteuil, photo en main, incapable du moindre mouvement. Elle nous décocha un sourire accablé pour tout au-revoir. Tout lui serait donc toujours retiré, amputé, même la grande scène des révélations. *Sa* scène.

La circulation n'était plus aussi fluide qu'à notre entrée dans la capitale, et il nous fallut près d'une heure pour rejoindre l'avenue de la République, longue artère sans charme, bordée de barres d'immeubles et de pavillons décrépits. Le haut mur sur rue s'apparentait plus à l'enceinte d'une prison qu'à celle d'un établissement de santé. Pourtant, une fois passé le petit pavillon d'accueil des visiteurs, l'hôpital de Nanterre ne manquait pas d'une certaine majesté.

Après avoir traversé la cour sur notre gauche, nous passâmes sous une arche, derrière laquelle était affichée l'impressionnante liste des services. Tout en bas, signalés par de petits carrés de couleur rouge, deux d'entre eux me glacèrent : *Urgences*, *Chambre mortuaire*. Je repris ma consultation, jusqu'à tomber sur la ligne *Oncologie*, à peine plus réjouissante.

Le personnel, souriant et attentionné, nous conduisit jusqu'à sa chambre. Amenée dans un premier temps aux urgences, elle avait été transférée dans le service au petit matin, après qu'un médecin a estimé que son état ne nécessitait plus de soins immédiats et que son pronostic vital n'était plus engagé, tout au moins dans les heures à venir.

Sophia me laissa au chevet de maman où, faute d'un interlocuteur, je finis par m'assoupir sur ma chaise en plastique dur, bercée par le bip régulier du monitoring, assommée par la chaleur ambiante.

— Elle… Elle, ça va ?

Avant d'identifier sa voix, je le reconnus à sa main ferme et chaude, posée sur mon épaule. Je ne sursautai pas. Arrachée à un rêve dissipé aussitôt les yeux ouverts, je savais qu'il n'en faisait pas partie. Il appartenait à cette réalité crasse de l'hôpital : vétuste, sinistre, morbide.

Sans bien calculer les mots qui sortaient à cet instant de ma bouche, je chassai David de la pièce, avec une brutalité contenue qui me surprit moi-même, sorte de furie sédatée, perfusée au tranquillisant de ma propre douleur :

— Sors de là.

Je poussai son torse si ferme du plat de mes deux mains, comme on cherche à écarter les murs. Il reculait à peine.

— Chérie…

— Vire de là. T'as rien à faire ici.

— Explique-moi au moins ce qui se passe !

— Il se passe que tu sors de cette chambre. C'est clair, non ?

— Nom d'un chien, Elle… Tu as disparu depuis deux jours ! Et je te retrouve là…

— Dégage, je te dis !

— OK, OK…

Il capitula, regagnant le couloir à reculons, une grimace incrédule en guise d'excuses.

— Je t'attends dans la cour, me lança-t-il en s'éloignant.

Qui l'avait averti ? Rebecca, je ne voyais qu'elle, puisque j'avais requis de Sophia la plus absolue discrétion.

Durant l'heure et demie suivante, je fis des pieds et des mains pour entrevoir, ne serait-ce qu'un instant, le chef de service en charge de ma mère. Celui-ci, un bellâtre poivre et sel fier de son bronzage précoce pour la saison, apparut comme par miracle, peu après 11 heures.

— Vous vouliez me voir, mademoiselle ?

— Annabelle Lorand, tendis-je une main fiévreuse, tremblante d'espoir. Je suis sa fille.

Je désignai maman d'un geste vague, sans oser poser les yeux sur elle.

— Professeur Laurent Placement, je dirige ce service.

Je compris « Pansement », et crus à une mauvaise blague. Mais il m'opposait un visage calme, presque froid, loin des facéties de salle de garde. Seul mon inconscient avait besoin d'alléger une situation aussi pesante, fût-ce par un humour de carabin. Quant à la partie de moi lucide et raisonnée, elle n'espérait que les faits.

— L'incident de cette nuit… est-ce que ça a aggravé son état ?

— Non. Mais ça a juste mis en évidence la faiblesse extrême de votre mère.

— Faible… jusqu'à quel point ?

— Jusqu'à ne plus pouvoir rester seule chez elle, affirma-t-il, sûr de son fait. Elle a besoin de soins constants.

— Vous savez qu'elle doit partir se faire soigner aux États-Unis dans quatre jours ?

Il ne manifesta pas la moindre contrariété, et Dieu sait pourtant que ce genre de camouflet devait piquer son orgueil de praticien.

— Je suis au courant, oui. Mais je suis navré de vous dire que ce ne sera pas possible. Pour l'instant, on attend le résultat de nouvelles analyses que j'ai demandées cette nuit, au moment de son admission.

Le George Clooney de l'hôpital avait donc une conscience professionnelle, plus Dr Ross que Dr Maboule. Depuis combien de temps était-il sur le pont ?

— Ce voyage, c'est sa dernière chance ! m'insurgeai-je. Vous ne pouvez pas la priver de ça juste pour…

Pour préserver votre réputation ? Pour justifier votre salaire ? Je ne savais quelle formule aigre lui jeter à la figure.

Il devait avoir l'habitude de se faire sauter à la gorge par les proches, ivres d'incertitude et de chagrin. Je sentis néanmoins qu'il ne m'en tenait pas rigueur et qu'il décelait en moi autre chose qu'une souffrance aveugle et sourde à ses arguments. Il reprit sur un ton calme et sensiblement plus suave :

— Mademoiselle Lorand… Votre maman n'en a plus pour très longtemps.

— Mais je le sais ! C'est justement pour ça que…

— Vous ne me comprenez pas, s'exclama-t-il, empoignant mon épaule. Je ne vous parle plus de semaines, je vous parle de jours.

Comment cela était-il possible ? Il y a peu encore, la même équipe de médecins lui donnait plusieurs mois !

— Il semblerait que nous ayons été un peu trop optimistes dans nos dernières estimations, admit-il avec une sincérité qui me laissa sans voix. Les prélèvements qui ont été faits cette nuit devraient nous confirmer ce que nous redoutions : des métastases ont sans doute gagné les principaux organes vitaux. Même si nous étions capables de remplacer son cœur, ses poumons et son foie à neuf, et cela en une seule fois, nous ne pourrions plus rien pour elle. Tout ce que nous devons faire maintenant est la soulager du mieux que nous le permettent nos protocoles.

Cliniques. Précis. Dépourvus de tout affect. Tels étaient ses propos. Moi qui voulais un discours sans faux-semblant, j'étais servie.

— Vous savez, éprouva-t-il le besoin de se justifier, j'ai été le premier ici à soutenir cette thérapie alternative proposée par mes confrères américains. Quand le patient est pris en charge très tôt ils obtiennent des rémissions assez spectaculaires. Mais…

— Mais il aurait fallu le faire il y a longtemps ? C'est ça que vous être en train de me dire ?

— Pour être honnête, dans le cas de votre maman, je ne crois pas que cela aurait changé le scénario. Lorsqu'elle est arrivée dans ce service, il était trop tard pour envisager d'appliquer cette méthode avec de réelles chances de succès. La maladie était déjà installée.

Maman et sa vigilance appliquée à tous sauf à elle-même. Maman et ses « Mais non, c'est rien du tout » quand je la sermonnais à propos de ses petites douleurs. Maman qui, alors que j'étais encore gamine, s'était cassé le radius en chutant lourdement dans l'escalier et avait mis plus d'une semaine à se présenter à un médecin, le bras en écharpe, bleui et gonflé.

Maman qui avait toujours mieux et plus urgent à faire que de se soucier d'elle-même.

— Au mieux aurait-on gagné quelques semaines, peut-être quelques mois…

Ça le rassurait probablement de le penser, mais pour moi le doute persisterait. Même encore lorsque Maude Lorand ne serait plus à son tour qu'une dalle de marbre rose, quelque part dans un cimetière.

Je réfutai donc son conditionnel, et m'accrochai de toutes mes forces à la perspective de ce voyage salvateur :

— Pour le moment, je préfère qu'on reste sur ce qui est prévu. Si elle est transportable, bien sûr.

— Elle l'est…, admit-il du bout des lèvres. Enfin, elle le sera si elle sort de ce coma à temps.

— Évidemment, approuvai-je sur un ton docile et plein d'espoir.

— Néanmoins, dans l'immédiat, il serait préférable que vous vous organisiez pour passer le maximum de temps ici.

Je levai un regard d'enfant, rond, vide, suspendu à lui comme si, d'un bon gros sourire, il allait dissiper ce cauchemar :

— Je me marie après-demain, lâchai-je enfin.

Il demeura interdit un instant, toutes ses formules de circonstances épuisées, avant d'ajouter :

— Mariez-vous. C'est peut-être ce que pouvez faire de mieux, tout de suite. Pour vous comme pour elle.

S'il avait eu quelques années de plus, voilà le genre de papa idéal au bras duquel j'aurais rêvé de me présenter devant l'autel. Je chassai cette image saugrenue.

— Elle va reprendre conscience ? Je veux dire avant…

Je ne pouvais me résoudre à prononcer le mot, ni aucun de ses synonymes, aussi pudiques soient-ils. J'optai plutôt pour la formule suivante, plus optimiste :

— … avant notre départ ?

— Oui, bien sûr. Elle a encore de beaux moments de lucidité devant elle.

J'appréciai la formule, le goût aigre de l'ironie s'insinuant pourtant dans ma bouche : de beaux moments de lucidité. Entre deux quoi ? Deux comas ? Deux délires ? Les plus beaux moments de notre vie étaient-ils autre chose que cela : de beaux moments de rire, de plaisir ou de joie, entre deux tranches de pain noir ?

— Ne vous inquiétez pas, me conforta-t-il dans cette idée. Elle vous verra. Vous pourrez lui parler.

Poupée molle, j'aurais pu m'allonger à côté de maman, attendre avec elle que l'une de nous deux s'en aille ou encore me liquéfier tout de suite sur le lino gris, usé par l'âge et les tatanes des infirmières.

Il saisit à nouveau mon bras, cette fois, supposai-je, pour me soutenir.

— Ça va aller ? demanda-t-il en voulant faire preuve d'une ultime note d'humanité.

— Oui… Oui, merci. Je crois que j'ai besoin de prendre l'air.

Et comme je m'éclipsais de la chambre :

— Pensez bien à laisser votre numéro de portable aux infirmières de garde. Elles peuvent chercher à vous joindre à n'importe quelle heure.

Je négligeai toutefois son conseil et me ruai à l'extérieur. De chauds rayons me rappelèrent que, dans cinq jours, l'été serait là et avec lui sa douceur bienfaisante. Je n'en profiterais pas. Ce n'est pas cette année que j'arborerais le bronzage doré du professeur Placement.

Je n'avais pas fait trois pas dans la cour que David apparut devant moi. Son irruption me fit l'effet d'une mauvaise plaisanterie. Qu'il m'ait attendue tout ce temps était peut-être l'aspect le plus incongru de sa présence en ce lieu.

— T'avais pas un conseil d'administration ? l'agressai-je, à froid.

Il écarquilla des yeux désarmés.

— Non…

— Ah non, j'suis conne : c'est un audimat à bidonner !

Je ne sais même pas pourquoi j'avais dit ça. Provocation inutile. *Cultur'Mix*, mon émission fantôme et mort-née, était le cadet de mes soucis. La rage qui m'avait saisie après l'appel de Fred me semblait si anecdotique, désormais. Si dérisoire.

Je continuais à trotter sur les pavés disjoints, me tordant les chevilles à plusieurs reprises, quand sa main agrippa mon poignet et figea ma course malaisée.

— Tu peux me laisser t'expliquer ?

Je le considérai un instant, les yeux vides, incapable de retrouver dans ce pantin costumé, confit d'ambition, de pouvoir et d'orgueil, l'homme qui avait enchanté les premiers instants de notre rencontre. Même sa voix ne me semblait plus la même, soudain dévêtue de ses attributs célèbres : plus crécelle que caresse.

— Vas-y… le défiai-je sans rien attendre de lui.

Lui le suffisant, lui le superbe, il m'impressionnait par sa capacité à jouer soudain la plus convaincante des humilités. Son regard, d'ordinaire si droit, se perdait dans les irrégularités du sol cahoteux. Il ne me lâchait pas pour autant.

— Quand je t'ai vue dans cette robe, sur mon moniteur… coiffée comme ça…

— Quoi ? T'es expert en vêtements, maintenant ? Je croyais que c'est plutôt ce qu'il y a en-dessous qui t'intéressait.

Ma remarque le gifla, mais il ne parut pas décoder l'allusion perfide.

— Quand papa dirigeait encore le groupe, je lui avais demandé de faire faire des essais à Aurore.

La suite coulait de source :

— Dans cette robe, c'est ça ?

— Ce n'était pas celle-là, mais elle lui ressemblait beaucoup, oui.

S'il disait vrai, je pouvais en effet imaginer le choc au moment de me découvrir ainsi sur son écran.

Je le laissai poursuivre.

— Je crois juste… que je n'ai pas supporté de te voir arrangée comme elle.

La blessure, je pouvais le voir à ses paupières affaissées, était réelle.

— C'est pour ça que tu as demandé à Guillaume de ne pas diffuser l'émission ?

— C'est idiot, je sais. Je suis désolé…

Soit.

Mais que répondre à cela ? Aussi sincère fût-elle, sa confession n'effaçait pas le reste. Elle n'occultait en aucune façon ce que François et Rebecca nous avaient appris tour à tour.

J'aurais pu me contenter de son aveu touchant, de ces larmes qu'il semblait contenir avec peine et refermer bien vite le couvercle de l'oubli. J'aurais pu me satisfaire une fois de plus de ses promesses de vie meilleure. Mais j'en avais déjà trop appris…

— Belles de nuit n'a servi qu'à ça, n'est-ce pas : te trouver une autre femme ? Une autre Aurore ?

Son expression se verrouilla dans un rictus incrédule. Il ne s'attendait pas, manifestement, à ce que j'en sache autant. Encore moins que j'aie le toupet de l'énoncer ainsi, face à lui.

— Ce n'est pas aussi simple que ça… chercha-t-il à noyer le poisson.

— Oui ou non : la société de Rebecca t'a-t-elle servi d'agence matrimoniale privative ? Oui… ou non ? martelai-je ces derniers mots.

Son air penaud ne parvenait pas à dissimuler complètement l'agacement qui l'agitait. Il dansait d'un pied sur l'autre ou frappait le pavé de la pointe de sa chaussure, animé d'une fièvre impossible à refréner tout à fait.

— Oui… Mais je tiens à préciser que l'idée vient de Louis.

« À moins que ce ne soit Louis. Je n'ai jamais vraiment su », avait admis Rebecca.

— Et alors, qu'est-ce que ça change ?

— Ça change que je n'ai pas voulu tout ça. Belles de nuit n'a pas été conçu comme un piège. En tout cas… pas de mon point de vue. Juste un moyen de rendre possible notre rencontre.

— Et Louis ? le pressai-je aussitôt.

Ma question sembla le surprendre.

— Louis est un éternel célibataire. Le genre chasseur, tu vois… Toujours en quête de chair fraîche.

Le reproche me blessa autant que s'il m'avait été adressé. Non pas que je fasse partie de ce fameux cheptel où, en bon loup qu'il était, il venait chercher ses victimes. C'était comme si j'étais moi-même ce prédateur qu'il décriait, et que je ne supportais pas de voir ma nature profonde dépeinte de la sorte. Comme une vulgaire consommation. Un simple penchant morbide.

Après plusieurs séances aux Charmes, je le savais : c'était bien plus que cela.

— Pour lui, Belles de nuit a longtemps été une aubaine. Il n'avait qu'à décrocher son téléphone pour que Rebecca le fournisse. Drôle de rapport, d'ailleurs, quand le dealer est jaloux de la came qu'il fournit à son junkie…

C'était l'une des premières fois qu'il me parlait ouvertement de son frère, et le dézinguer ainsi ne lui posait visiblement aucun problème. Il ne cherchait même pas à le justifier ou à explorer la raison de son addiction au sexe. Il le condamnait, à mots à peine mouchetés.

— …Bref, je ne veux même pas connaître tous les détails, mais je crois que ça a parfois été assez glauque.

Glauque ?

Les obscures magouilles exposées par Marchadeau me revinrent en tête. Les lubies érotomaniaques de Louis étaient bien inoffensives en comparaison.

— Glauque ? sursautai-je. Glauque comme un film de cul avec des esclaves des pays de l'Est ?

Ma saillie le frappa de plein fouet et le laissa un instant sans réplique.

— Hein ? appuyai-je. Glauque comme me laisser coucher avec ton meilleur ami le soir de notre rencontre ?

Il lâcha ma main dans l'instant. À son expression, je sus que j'en avais trop dit. Il rentra la tête dans les épaules, comme pour se prémunir des coups qui s'abattaient sur lui puis, revenant à son attitude naturelle, il bomba de nouveau le torse, prêt à se défendre point par point :

— Les investissements dont tu me parles ont été faits à mon insu.

— Vraiment ? le crucifiai-je de mon sarcasme.

— Vraiment. Celui qui les a montés au nom du groupe a été licencié il y a déjà plusieurs années. Mais dans le monde joyeux de la finance, ce genre d'affaires te colle longtemps aux basques… Même quand tu as été blanchi à titre personnel.

Je restai pantoise. La bête médiatique qu'il était, rompu aux interviews les plus retorses, refaisait surface. Bien décidée à ne pas se laisser pousser dans les cordes sans combattre.

— Tu peux vérifier. Stephen Delacroix : c'est le nom de l'analyste que j'avais embauché. Et qui m'a planté.

— Et pourquoi aurait-il fait ça ?

— À ton avis ? Pour le compte de la concurrence. Pour me mouiller dans une affaire de mœurs bien dégueulasse. Pour m'éjecter de mon siège et racheter Barlet Groupe à bas prix. Ce genre de trucs arrive tous les jours, mais les médias n'en parlent presque jamais.

La méthode ressemblait fort, en effet, à ce que François Marchadeau avait pu me décrire au téléphone, puis à la terrasse du Marly. Une guerre économique où tous les coups étaient permis.

Comme je lui opposais encore un silence obstiné, il grimaça une provocation à sa manière, évidemment destinée à me faire réagir :

— Demande à Marchadeau si tu ne me crois pas ! Apparemment vous êtes plus proches que je ne le croyais, tous les deux…

Cet épisode avait-il dépassé les limites de l'accord passé entre eux ? Je me rejouai rapidement la séquence, telle qu'elle m'apparaissait désormais, plan après plan : François commande mes services auprès de Rebecca, sur ordre de David ; celui-ci fait mine de me découvrir lors de la soirée, gommant ainsi le viatique peu reluisant employé pour me dénicher – aurais-je accepté de le revoir, l'aurais-je trouvé moi-même si fascinant, si j'avais su à quoi et plus encore *à qui* nous devions cette rencontre magique ? Marchadeau est alors supposé céder sa place, sa mission étant remplie. Mais, au dernier moment, il craque et m'entraîne aux Charmes, convaincu que je n'irais jamais confesser un tel écart à celui qui serait mon futur mari.

Il fallait admettre que cela tenait debout. Après tout, David recherchait une nouvelle femme, pas la première catin venue…

Ce fut mon tour de saisir sa main. Puis de me coller à lui, spontanément, mue par un élan irrépressible. Il était aussi ferme et chaud que d'habitude. Il embaumait une eau de toilette que je ne lui connaissais pas, un hespéridé léger et acidulé à la perfection, qui acheva de m'adoucir.

Pourquoi revenir vers lui alors que je me languissais d'autres bras que les siens ? La culpabilité ? Le remord d'avoir vu en lui un monstre qu'il n'était pas ?

Je pouvais bien l'absoudre, puisqu'à l'entendre il n'y avait rien à pardonner. De quoi pouvais-je le blâmer, au fond ? D'avoir tout mis en œuvre pour me trouver ? D'avoir usé de sa fortune pour se fabriquer une vie plus belle, plus harmonieuse, sans drame ni folie ?

À ma manière, avec mes incessantes questions, mon obsession de la vérité, ma curiosité de reporter sans cesse piquée par les révélations de Rebecca ou de Louis, je ne m'étais guère mieux comportée.

David était peut-être bien un autocrate, instable et colérique, exigeant et fantasque, capable de tout pour obtenir les jouets dont il rêvait. Mais n'avait-il pas droit à une femme plus aimante qu'éprise de transparence ?

Il avait ses zones d'ombre. J'avais désormais les miennes.

Je crois que c'est à ce moment-là que je pris enfin conscience de l'échéance notifiée par le professeur Pansement, incapable d'apposer le moindre baume sur cette évidence crue : maman allait mourir, quels que fussent les effets bénéfiques de la thérapie américaine.

Peut-être le mois prochain. Peut-être dans un an. Ou encore là, tout de suite, maintenant. Sous ces plafonds à la peinture écaillée. Et je ne pourrais pas affronter ça seule. J'avais besoin d'un support sur lequel m'appuyer. Besoin d'un David contre lequel me blottir.

Besoin d'un pilier solide à cet édifice si fragile que j'étais devenue.

36

17 juin 2009

Quand un armistice est fragile et exposé par avance à de nouvelles crises, certains signes ne trompent pas. J'avais étudié ça, en cours d'histoire, à propos du traité de Versailles, dont chacun s'accorde à dire qu'il portait en lui les germes du conflit mondial à venir.

Pourtant, aucun mauvais présage ne vint perturber les heures qui suivirent. J'aurais dû me méfier. La décontraction qui habitait l'hôtel Duchesnois était trop idyllique pour être tout à fait réelle. Même Félicité, Sinus et Cosinus semblaient avoir atteint une forme d'accord tacite sur le partage de leur terrain de jeux, la première régnant sur l'étage, et les deux carlins installant leur empire sur le rez-de-chaussée et le jardin.

Article premier : Déposer les armes.

Contre toute attente, David ne repartit pas au bureau. D'un coup de fil expéditif, il signifia à Chloé qu'il ne reviendrait pas à la tour Barlet de toute la journée. Après tout, comme je l'entendis lui-même le rappeler à son assistante, nous étions à la veille de son mariage. Notre mariage.

Dans une inversion des rôles plutôt cocasse, il se mit à disposition d'Armand pour le seconder dans les derniers détails au milieu desquels le majordome, couperosé de stress, paraissait se noyer. La tâche de mon futur mari consista pour l'essentiel à guider les ouvriers qui, sur la pelouse déjà partiellement jaunie par les premières chaleurs, érigeaient le dais principal, la scène temporaire ainsi que plusieurs petites tentes en guise de dépendances.

Article deux : Se replier dans son camp.

Je me réfugiai pour ma part dans la chambre. Félicité s'était endormie sur le contrat de mariage, qui n'avait pas quitté notre lit conjugal. Extirpant le document de sous la paresseuse à poils, je paraphai une à une les nombreuses pages des trois exemplaires, exercice fastidieux, puis suspendis mon stylo une longue minute au-dessus de la case vierge dédiée à ma signature. S'il y a bien un geste que l'on effectue de manière automatique, irréfléchie, c'est celui-ci. Cependant, à cet instant, étrange réflexe de réserve ou de protection, je choisis de ne pas apposer ma griffe ordinaire. Je me contentai d'un « Annabelle Lorand » libellé à la hâte qui, quoique plus explicite et bien qu'écrit de ma main, n'en était pas moins un mensonge. Pire : un faux.

Armand devait l'ignorer, car il ne broncha pas quand je lui restituai enfin la liasse si épaisse, dont il contrôla devant moi les pages les plus importantes.

— Ne reste plus qu'à prier pour que le clerc de maître Olivo tamponne ça d'ici demain après-midi, se lamenta-t-il.

— Je vous fais confiance.

— Oh… Votre robe est revenue de chez la couturière. Si vous pouviez l'essayer maintenant, cela nous éviterait quelques soucis supplémentaires demain matin.

Article trois : Retirer l'uniforme et revêtir ses habits de paix.

J'obtempérai sur-le-champ, seule devant la psyché de la chambre, nimbée par le soleil chaud qui caressait tout le flanc du bâtiment côté jardin. Par la baie entrouverte, je pouvais capter les aboiements des ouvriers qui s'apostrophaient dans des langues diverses ainsi que le claquement sec des tubulures métalliques qu'on cogne et qu'on assemble.

Ajustée à la perfection par la couturière, la robe Schiaparelli épousait encore mieux mes formes amples et exigeantes que lors du précédent essayage. Seconde peau, gant… Je ne savais plus quelle image invoquer pour définir cette sensation étonnante de m'être fait coudre le tissu à même la chair. Et pourtant, je ne ressentais rien à me contempler dans ce fourreau parfait. Je me voyais étrangère à cette sublime enveloppe. Littéralement, je me trouvais dans la peau d'une autre. Dans un rôle qui ne me semblait pas avoir été écrit pour moi. Ma question restée sans réponse tournait, encore et encore : « Qu'est-ce que j'ai de si exceptionnel ? »

En quoi la fille toute simple que j'étais pouvait justifier dix-sept années de patience et de recherche acharnée ? Quel homme pouvait être assez fou pour sacrifier autant de temps à cette quête ? Tout ça pour ça, moi, nous ? Je n'osais rayer la mention inutile.

Article quatre : Honorer ses braves.

Allongée contre Félicité, mon nez dans son pelage chaud et odorant, je m'abandonnai à ces pensées, aussi indolente en apparence que tendue en mon for intérieur. *Femmes secrètes* en main, je ne lus pas une ligne. Pour la première fois depuis des jours et des jours, je ne consignai même pas le plus petit mot dans mon Dix-fois-par-jour.

Éros et Thanatos. Indissociables. Oui, mais, parfois, on entrait si entièrement dans le royaume de l'un d'entre eux, de plain-pied, sans partage, qu'il devenait impossible de songer à l'autre. On n'était dès lors empli que de sexe *ou* de mort, et l'un ou l'autre se retirait, beau joueur, acceptant de laisser pour un moment le champ libre à son éternel partenaire, interrompant quelque temps leur tango fou et entêtant.

Ce matin-là, la mort semblait être la grande gagnante du jour et des heures à venir. La chambre d'une mourante que je venais de quitter… La robe d'une morte que je m'apprêtais à porter… Et une autre défunte, encore, que j'allais bientôt remplacer au bras de son homme, lui bien vivant.

— Tu m'en veux si je sors ce soir ? demandai-je à David, penché avec Armand sur la liste des invités.

— Non… Bien sûr que non. Où vas-tu ?

— Sophia a improvisé un enterrement de vie de jeune fille pour moi.

— Ah… Je vois. Alors, amuse-toi bien.

Son sourire forcé contredisait son vœu.

— Franchement, je préférerais rester ici à vous aider…

— Pourquoi ?

— Ça m'ennuie un peu. Et puis je n'ai pas vraiment la tête à ce genre de plans entre copines.

— Mais si, vas-y, au contraire : sors ! Je suis sûr que ce sera sympa. Ta Sophia a l'air d'une fille marrante.

Lui qui avait fabriqué notre romance de toutes pièces et cadenassé le moindre aspect de notre union, voilà qu'il se montrait pour le moins libéral. Voilà qu'il croyait aux vertus curatives de l'improvisation.

Moi, je tentais de me persuader que ce mensonge serait mon dernier. Que je serais ensuite la meilleure des épouses possible, quelle que fût la durée de notre mariage. Une heure, ou une vie.

Article cinq : Revoir sa dissuasion.

Je n'avais pas été surprise de trouver un nouveau paquet argenté sur la console, quelques minutes auparavant. Et j'avais chassé aussitôt cette idée farfelue, gage pourtant de mes bonnes résolutions : l'ouvrir devant David. Lui révéler comment son frère s'était infiltré dans son propre stratagème, en passager clandestin, pour tenter de me ravir à lui. Lui parler des Charmes, des chambres sans numéro, des rendez-vous…

Mais rien ne servait de brouiller les frères Barlet plus qu'ils ne l'étaient déjà. L'heure des comptes viendrait assez tôt.

Outre une carte magnétique des Charmes, la boîte contenait le bristol habituel, ainsi qu'un unique objet : un boxer masculin noir, comme j'en avais vu plus d'un mouler les fesses des clients du Brigantin. À quelle courtisane célèbre un tel sous-vêtement pouvait-il bien correspondre ? Comme je retournais le dessus de coton en tous sens, un détail de fabrication me saisit. En plus des coutures habituelles sur le devant, d'autres ap rais-saient sur l'arrière, là où devait se loger le postérieur. sieurs petits renflements, perceptibles au toucher, attestaient ésence d'autant de boutons pression. Ceux-ci n'avaient rien écoratif. Ils fermaient une minuscule trappe de tissu, à peine longue et large qu'un ticket de métro. J'avais déjà aperçu c de dispo-sitif sur des culottes de femmes, et toujours d de la fente, que cette ouverture permettait de dégager en rgence. Qu'il fût présent ici côté face me laissa songeuse. tement dissipé l'instant d'après en découvrant le nouvea andement :

Voilà ce que Louis croyait pouvoir me réserver, dans sa folie, à la veille de mon mariage. La porte dérobée. L'accès interdit. La capitulation suprême, qu'on soit homme ou femme… L'ouverture d'un nouvel œillet de plaisir, d'une nouvelle fleur de sensations, perspective aussi plaisante que redoutée.

Article six : Consolider ses alliances.

Enfermée dans la penderie de la chambre, à l'abri des oreilles indiscrètes, j'appelai Sophia. Hors de question que je me rende seule à cette dernière entrevue.

— Tu peux être aux Charmes dans combien de temps ? chuchotai-je.

— Je suis au boulot, là…

— Où ça ? À Pigalle ?

— Oui. J'ai encore quatre rotations à faire.

Je me la représentai telle que je l'avais découverte il y a peu, offerte aux regards, sous l'éclairage rouge, son sexe fendu, ouvert, deux doigts en elle…

— Viens, s'il te plaît. Je te filerai ce que tu auras perdu en cash.

— Attends, si je fais ça, je peux dire au revoir à mon job !

— Putain, So', t'appelles ça un job ? Si tu veux, David passe deux coups de fil et il te trouve un poste dans une vraie compagnie. Pas du strip foireux devant des gros dégueulasses.

C'était sorti tout seul. J'exprimais à voix haute le dégoût si longtemps tu que m'inspirait son activité.

— Heureuse d'apprendre que tu aurais pu m'aider avant que j'en s rendue là, ronchonna-t-elle pour la forme.

— ne vais pas y arriver toute seule, insistai-je. J'ai vraiment besoin toi.

Rien ait plus vrai. Il me fallait un garde-fou. Évidemment, on ne p t imaginer pire chaperon que Sophia quand il était question ider mon corps et mes désirs et de me rappeler aux impé de la raison. Mais je ne voyais personne d'autre qui fut cap tout abandonner sur un coup de fil pour voler à mon aide, tenante.

Ainsi, trente minutes plus tard, c'est une Sophia débraillée, hirsute, et néanmoins ponctuelle, qui m'attendait sur la placette des Charmes, juste devant cette cabine publique bleue où Louis m'avait déjà mise au supplice.

À notre entrée dans le hall, monsieur Jacques plissa le front pour exprimer sa légitime surprise. Il ne devait pas s'attendre à nous voir débarquer en délégation. Les hotelles entraient parfois au bras d'un homme et sortaient toujours seules. Jamais elles ne venaient ici par deux, encore moins dans nos tenues négligées. Dès mes premiers mots, le ton fut donné, aussi tendu que lors de notre précédent échange :

— Quelle chambre ? l'interrogeai-je sèchement, sans préambule.

— Je constate que vous avez perdu vos bonnes, manières, Elle… Et j'en suis désolé pour vous.

— Gardez vos simagrées pour ceux qui règlent les chambres. Comme vous le savez, moi, je ne fais que m'y allonger.

Mon allusion à peine voilée à la vocation véritable de son établissement lui tira une grimace irritée. Ainsi était monsieur Jacques, ce tartuffe des maisons de passes. On pouvait bien s'adonner aux pires perversions dans son hôtel, pourvu qu'on ne le mentionne jamais devant lui.

Il se redressa, tira sur les pans de sa livrée, la nuque raide, prêt à me donner l'information voulue…

— Soit. Vous êtes attendue dans la…

…quand je l'interrompis :

— Attendez ! Ne me dites rien. Je préfère que vous l'écriviez là-dessus.

Je lui tendis le bristol du huitième commandement, tourné côté verso, le versant vierge. Ma soudaine lubie l'interloqua.

— Pourquoi cela ?

— Juste pour voir. S'il vous plaît.

Il nous dévisagea l'une et l'autre, puis mon amie le pressa à son tour :

— Allez-y, puisque la demoiselle vous le demande si poliment.

Il attrapa le stylo-plume qui ne quittait jamais son comptoir, ce modèle en laque noir avec lequel il jonglait continûment, et griffonna d'une écriture ronde et ample que je reconnus tout de suite :

Chevalier d'Éon
Troisième étage

Mon intuition était juste : il était bien l'auteur des invitations, et les grooms de l'hôtel, Ysiam en tête, ses probables coursiers. Les Charmes étaient le centre de la toile tissée par Louis. Là où il n'aurait de cesse de me ramener, tant que ce chapitre de notre relation ne serait pas clos.

— Merci, lui souris-je avec reconnaissance. C'est tout ce que je voulais savoir pour l'instant.

Nous nous hâtions déjà en direction des ascenseurs, quand je me retournai soudain :

— Ah si… J'oubliais une chose. Sophia va rester près de la porte. Et il est exclu que vous ou l'un de vos employés ne la déloge du corridor tant que je serai à l'intérieur.

— Comme vous voudrez, concéda-t-il sans me regarder.

Ce soir-là, le liftier roux était de service. Aussi peu causant qu'à son habitude, le jeune homme se contenta de nous hisser au troisième étage, celui des portes bleu nuit, et nous conduisit jusqu'à celle qui fermait l'extrémité opposée du couloir. Alors qu'il venait de déverrouiller la porte, Sophia le congédia de son regard de feu, et il s'éclipsa sans demander son reste, nous laissant toutes deux sur le seuil :

— Ça va aller, ma belle ?

— Oui, ne t'inquiète pas…

— T'hésites pas à crier s'il y a un souci, hein ?

— OK. Et toi, tu vas te planquer où ?

— J'ai repéré un escalier de service, juste à côté de l'ascenseur. Je vais attendre derrière la porte.

— Super.

— Tu veux que je t'appelle quand je le vois passer ?

J'étais certaine que Louis ne manquerait pas ce rendez-vous. Qu'il viendrait cette fois en personne, sans me planter au milieu d'un parterre de créatures en rut ou sans dépêcher à sa place l'une de ses doublures de l'un ou l'autre des deux sexes.

— Non. Ça ne changera rien. Je sais ce que j'ai à faire.

Ce disant, je plaquai une main sur le col croisé de mon trench, trop épais pour la saison et la chaleur ambiante, malgré la finesse de sa toile dépourvue de doublure.

Elle m'adressa un dernier clin d'œil à titre d'encouragement et disparut dans le demi-jour du couloir.

Article sept : Occuper les territoires désertés par l'ennemi.

La décoration Louis XV de la chambre Chevalier d'Éon, passablement chargée, ne faisait qu'augmenter le sentiment de touffeur. L'unique fenêtre, comme dans la plupart des autres pièces de l'hôtel, était fermée.

Tapis épais d'inspiration orientale, tentures murales en toile de Jouy bleutée et lourd mobilier en bois marqueté composaient ce décor. Les pièces maîtresses demeuraient une coiffeuse intégrant un miroir à bascule ainsi qu'une imposante tête de lit damassée. Sa structure en bois doré était coiffée d'un haut baldaquin de soie bleue et s'accordait à la couleur de l'étage.

Je brûlais sous mon manteau de serge rêche. Je me sentais comme prise au piège dans une camisole de sudation et, de ce que je pouvais apercevoir de mon visage dans les diverses surfaces réfléchissantes, je portais mon inconfort sur mes joues cramoisies. Je passai ma main encore fraîche sur ma nuque dégagée, mes cheveux relevés en chignon flou, dans l'espoir vain d'apaiser la sensation cuisante.

Mais je résistai à la tentation de me dévêtir. Je ne voulais pas éventer mon effet. J'y tenais plus que tout. C'était à mon tour de le surprendre. À moi de conserver un tout petit coup d'avance sur lui. Juste une case de plus. Lui prouver que je n'étais pas qu'un pion dans sa main fine.

L'ouverture brusque de la porte sonnait peut-être l'heure de ma libération. Et je ne songeais pas qu'à me délivrer de ce carcan dans lequel je m'étais volontairement enfermée. Pour la toute première fois, il apparut ici et devant moi en pleine lumière. Finis les masques, la cagoule ou les combinaisons. Adieu la pénombre et les savantes mises en scène destinées à l'effacer autant qu'à me perdre. Il portait l'un de ses costumes cintrés si élégants, ouvert sur un gilet de couleur bronze. Du pommeau de sa canne, il repoussa la porte dans son dos, jusqu'à faire claquer le pêne, signe que nous étions désormais otage l'un de l'autre.

— Bonsoir, Elle.

Avant de mûrir mon plan, j'avais retourné cent et mille manières de l'aborder. De lui dire son fait. De le renvoyer au purgatoire de sa libido délirante et de ses fantasmes tordus. Aucune ne convenait vraiment. Je me trouvais soudain démunie et incapable du moindre mot. J'avais bien fait de prévoir un plan B.

Il fit un pas dans ma direction, me contempla de la tête aux pieds, plus accablé semblait-il que réellement réjoui de me voir une fois de plus fidèle à son rendez-vous. De la pointe de sa canne, il entreprit de relever le bas de mon pardessus, depuis mes genoux jusqu'à mi-cuisse. Lentement. De manière la plus exaspérante possible. Glissant son œil sous la toile écrue à mesure que celle-ci remontait. J'attendis que l'embout métallique, si froid par contraste, fût assez haut entre mes jambes, pour m'en saisir et tirer dessus d'un coup sec.

Dans un geste réflexe, il s'agrippa à l'autre extrémité et, déséquilibré, chuta vers l'avant, en direction du lit.

Je sais : ce n'est pas joli de tirer profit du handicap de l'adversaire.

Il percuta le cadre de bois couché d'or, les deux genoux à terre, le souffle coupé par le choc du montant sur son sternum. Puis, il tourna enfin la tête vers moi.

Je dénouai alors ma ceinture et ouvris en grand les pans de mon trench : seins et ventre nus, je ne portais, pour toute toilette, que le boxer de coton noir qu'il m'avait expédié.

Article huit : Établir les règles du partage.

Il se redressa et, prenant appui du plat de la main, s'assit au bord du lit. Il n'affichait pas ce sourire arrogant que je lui avais connu au temps de notre rencontre. Il n'était pas non plus cet être souffrant, écrasé par son passé, qui m'avait promenée aux Tuileries et à Malmaison. Plus ébahi que vexé, enchanté que surpris, il semblait au spectacle. Heureux, peut-être soulagé, que je prenne enfin l'initiative et qu'il n'ait plus à définir les règles de nos jeux.

Je profitai de cette confusion pour quitter mon imperméable, lent écoulement de toile rigide le long de mon corps et jusqu'au sol, puis ôtai mes talons.

M'agenouillant entre ses jambes, j'abaissai d'un geste sec la glissière de son pantalon et fouillai dans l'ouverture, puis dans son caleçon, pour en extraire son sexe. Celui-ci se dressait, plante grimpante dont la longueur compensait la finesse. Son gland se décalotta spontanément sans que j'aie à le toucher. Le relief en pointe de ce dernier prolongeait la hampe de manière harmonieuse, sans décrochement trop prononcé. Une perle de liquide séminal pointait déjà à l'orée du méat, prête à couler le long du frein pour humecter la muqueuse violacée.

J'appliquai mes deux paumes sur ses cuisses, avec la plus grande fermeté, pour entraver tout mouvement de rébellion. Puis, sous son regard sidéré, impuissant, je plongeai la tête la première, ma langue dardée vers l'extrémité de son gland. Du bout de ma pointe rosée, petit lapement de chatte, j'y collectai la goutte de fluide épais, léchant bientôt tout le pourtour de la protubérance, lustrée de salive, calamistrée de désir, avant d'engouffrer sans préavis l'intégralité de sa verge.

— Non… Pas comme ça… gémit-il, en désaccord flagrant avec le membre qui prenait ses aises au fond de ma gorge.

À mesure que je faisais glisser ma bouche, les mouvements irrépressibles de son bassin en réclamaient plus, plus fort, plus vite. Mais, à chacune de ses embardées, je me retirais au contraire, laissant une seconde son sexe dans le vide, éperdu, pour mieux étirer son martyre et décupler d'autant son désir. Ces intermèdes, d'abord brefs, s'allongèrent assez pour me permettre d'intercaler quelques mots entre chaque nouvelle incursion de son membre en moi :

— Quel est l'interdit pour toi ?

Le propulser dans ma gorge jusqu'à la garde. Y prendre un plaisir qui me surprit moi-même.

— Posséder la femme de ton frère ? passai-je pour la première fois au tutoiement, au-delà du familier.

Enrouler ma langue autour du gland tuméfié, prêt à rompre, prêt à libérer son flot blanc et le laisser m'envahir. Sentir ma fente se liquéfier à son tour.

— Lui mentir… La faire jouir pour mieux te venger ?

Insinuer ma pointe dans le méat et percevoir son mouvement de repli, surpris par cet assaut en un lieu si sensible. Résister à l'envie d'insinuer un doigt en moi et d'y éprouver la sensibilité de ma matrice, que je sentais à chaque instant plus brûlante.

— Ça ne te suffit pas ?

Accélérer le mouvement de va-et-vient. Produire ces bruits de succion caractéristiques dont l'un de mes amants m'avait un jour avoué qu'ils ajoutaient à leur excitation et à leur plaisir.

— De toute façon, j'ai tout dit à David.

Renverser son buste sur le lit, d'une paume qui frappa soudainement sa poitrine. Couper court à toute tentative de ma victime pour se dégager.

— Quoi ? feula-t-il.

Reprendre mon travail sur son sexe extasié, désormais hors de son contrôle, livré à mes seuls caprices. Le perdre entre mes lèvres luisantes, par instants grandes ouvertes, puis mes joues à nouveau contractées autour de l'intrus.

Je le plongeai en moi jusqu'à suffoquer. Jusqu'à lui couper le souffle, lui aussi. Jusqu'à le priver de mots.

— Mais il m'aime, lui, tu vois.

Il tentait bien de se dégager mais, sa chair vibrante en bouche, je pressai son bas-ventre de mon front pour prévenir toute mutinerie. J'étais maîtresse de cet instant et comptais bien le rester.

— Il m'a tout pardonné.

Dernière immersion, traversée par un spasme qui annonce une fin prochaine.

— Arrête ! se mit-il à crier. Arrête, je te dis !

La gifle partit sans autre préavis. Elle n'était pas très appuyée, mais assez sèche pour arracher son pénis à mes lèvres. Nous nous redressâmes tous deux, aussi surpris l'un que l'autre par cette issue brutale. Il avait joué gros : j'aurais pu aussi bien fermer la mâchoire dans un mouvement réflexe et croquer son membre en son milieu, à belles dents. Le trancher net, comme un vulgaire biscuit.

— Tu ne comprends pas, se reprit-il, le sexe encore dur jaillissant de sa braguette.

— Je ne comprends pas quoi ? Que tu cherches à lui faire payer la mort d'Aurore ? Que tu t'es servi de mon activité dans l'agence qui a permis à David de me trouver pour me faire chanter ?

Alors, dans ses joues creusées par l'émotion, elle apparut, telle que je l'avais aperçue à Malmaison.

— Ce n'est pas ça… bredouilla-t-il, plus vulnérable que je ne l'avais jamais vu.

— C'est quoi alors ? hurlai-je presque. Que fait-on ici… si ce n'est trahir David ?

La fossette de la vérité. Ce petit trou charnu qui perce son visage quand celui-ci ne ment pas.

— On ne fait qu'appliquer son plan.

— Pardon ?

— Juste son plan… réitéra-t-il, le regard vide.

« Il ne fait pas tout ça contre David », l'avait défendu Rebecca. « Il le fait pour toi. »

Pour moi ou pour son frère ?

Le brouillard se dissipait soudain sur le paysage dévasté qu'évoquait Louis. Un champ de ruines. Tout ce temps, je les avais crus rivaux, et voilà qu'ils se révélaient complices.

— Tu veux me faire croire que c'est David qui t'a demandé de m'attirer ici, dans ces chambres ?

Il se contenta d'opiner du chef.

— Cette mise en scène, les paquets, les commandements… C'est lui qui l'a voulu ?

— Évidemment, lâcha-t-il douloureusement. Tout au moins sur le principe. Il m'a laissé libre sur la forme. Sur les détails.

Titubante, je tâchai de prendre appui sur le meuble le plus proche, un secrétaire agrémenté d'une infinité de petits tiroirs en façade.

C'était encore pire que ce que je pouvais imaginer. Je ne m'étais pas livrée à cette débauche pour un motif aussi noble que la rancœur ou le dépit. J'étais juste devenue l'accessoire érotique de deux fous. Deux frères assez cinglés pour partager leurs fantasmes, en même temps que leurs joujoux.

— Mais ce n'est pas pour la raison que tu crois, s'empressa-t-il d'ajouter.

— Ah bon ? Parce que tu vas me dire qu'il peut y avoir une bonne raison à cette…

Je balayai la chambre d'un geste de la main, qui incluait tout l'hôtel, mais aussi tous nos précédents rendez-vous. Le temps de trouver le mot juste, je me repassai les scènes une à une, à chaque fois plus corsées, lente montée vers mes envies brutes, féroces, anonymes. Éclosion de mon sexe avide.

— …À toute cette merde !

— Oui… dit-il en baissant les yeux.

— Vas-y ! Dis-moi !

Ses yeux se teintèrent d'une tendresse inédite. Il inspira profondément avant de me livrer ce qui ressemblait à une confession.

— Pour que tu ne sois pas comme elle.

Aurore. L'alpha et l'oméga de la féminité selon les Barlet. L'éternelle jument à laquelle, malgré leurs presque deux décennies de recherche et leurs efforts incommensurables pour me trouver, ils voulaient encore me comparer.

Oh, je voyais bien sur quel plan. J'entrevoyais sans peine ce qui péchait chez elle et qu'ils avaient cru bon de corriger cette fois-ci en moi : sa sexualité. Elle, je, moi, sa remplaçante, ne serait pas une poupée souffrante et sans plaisir. Pour atteindre la perfection voulue par David, il faudrait façonner l'impétrante, éveiller ses sens, piquer ses envies, stimuler chaque zone de son corps et de son cerveau dans un seul et même élan. Machine à jouir.

— Pour que tu sois…

Il cherchait le terme adéquat, un mot que, comme tous ceux qu'il m'adressait, il aurait pu composer avec les lettres inscrites dans sa propre chair. Indissociables de son corps et de son désir.

— Que je sois quoi ? Votre chose ? C'est ça ? Celle qu'on envoie se faire humilier dans les chambres d'hôtel ou les *backrooms* ?

— Non. Simplement pour que tu sois complète.

Les guillemets qui encadraient ce qualificatif étaient presque visibles, voletant autour de moi. Moi, l'inachevée.

Sonnée comme un boxeur à la fin de la reprise, je n'attendis pas la cloche ni le coup suivant. Je portai la main à mes cheveux et dégainai mon pic d'un geste vif. L'instant d'après, sans qu'il puisse réagir, j'étais debout devant lui, la pointe d'argent pressée sur sa gorge, prête à faire couler le sang. Il tenta de saisir mon poignet mais je tins bon, mue par une force insoupçonnée.

— Il y a au moins un chapitre sur lequel vous avez raison, David et toi…

— Pose ce truc, m'implora-t-il.

— Je ne serai jamais Aurore. Je ne me laisserai jamais écraser comme elle. Par aucun de vous deux.

J'appuyai l'aiguillon métallique avec une force accrue. J'aurais pu le planter, maintenant, laisser Louis pour mort dans ce décor surfait, victime de son propre scénario, tué par son personnage principal. J'aurais pu céder à ma pulsion première, ce besoin impérieux d'en finir, plus puissante encore que les plus viscéraux de mes désirs.

— Elle, lâche ce pic… Maintenant.

J'adoucis légèrement ma voix, mais pas ma menace, le dard toujours fiché dans son cou.

— Je vais le lâcher. Mais avant, il faut que tu entendes ça, Louis : ce jeu avec moi est terminé.

— Oui, je sais… geignit-il, à mille lieues de sa morgue d'antan.

— Maintenant je donne mon cul quand je veux et à qui je veux. Je le *donne*, tu comprends ? Je ne le vends pas. Je ne le troque pas. Et personne n'en dispose à ma place.

— Elle… Écoute-moi.

— Non ! grinçai-je, bien décidée à ne plus céder la parole une seule seconde. Non, c'est toi qui m'écoutes. Demain je vais épouser David, que tu le veuilles ou non. Qu'il m'ait manipulée comme tu le dis… ou que ce soit encore l'une de tes manœuvres. Je m'en fous. Et je ne baiserai plus qu'avec lui. Rien qu'avec mon mari.

— Je t'en prie… Il y a autre chose.

J'étais sourde. Dure. Forte. Rien de ce qu'il pourrait dire désormais ne me ferait vaciller.

— Tu peux bien te taper tout le fichier de Belles de nuit, je m'en fous.

Trois coups secs frappés sur la porte me sortirent de mon état second.

— Elle ? Elle, ma belle, ça va ?

Sophia s'inquiétait. Elle avait dû percevoir le tumulte et les sons assourdis de notre lutte.

Pour toute réponse, je lâchai le pic sur le parquet, où il rebondit plusieurs fois et tinta. Avant qu'il ne puisse se relever, le pantalon bridant ses chevilles, j'attrapai mon pardessus au sol et me ruai sur la porte. Encore nue. Enfin débarrassée de ce costume qui n'était pas le mien, de cette identité qu'ils avaient voulu l'un et l'autre me faire endosser de force.

Au même instant, comme un écho au tintinnabulement de ma barrette, le sablier géant se brisait sur le sol en damier de l'hôtel Duchesnois. Je ne le découvrirais qu'en rentrant, une heure plus tard.

Mille et un morceaux éparpillés sur toute la surface du hall. Mille et un éclats, par la faute de mon chat et des deux chiens de la maison. Les ennemis fraternels n'avaient su résister à la tentation d'un nouveau conflit, et leur ultime charge avait eu raison du colosse de bois et de verre.

Avec quelques heures d'avance, le compte à rebours s'était achevé. Et le destin qu'il égrenait s'était figé dans ce petit tas de sable immobile, au milieu des débris : j'épouserais David Barlet. Je n'échapperais pas à mon sort, même écrit par un autre. Je serais sa femme, sa maîtresse et plus que cela encore, s'il me le demandait ; attentive à ses besoins, sans jamais renoncer aux miens, sans jamais m'oublier ni me dissoudre dans ses douleurs passées. En aucun cas je ne serais Aurore.

Non. Je serais moi.

37

18 juin 2009

9 heures scintillaient au réveil de notre chambre. Le soleil, comme pressé d'entamer la journée, baignait déjà la pièce de rayons généreux. Le contact de David à Weather Channel avait tenu sa promesse : temps radieux, ciel sans nuage. Telle fut ma toute première pensée, au matin de notre mariage.

J'émergeai beaucoup trop tard pour une telle circonstance. Belle au Bois dormant abîmée dans un éternel sommeil – j'avais eu bien du mal à le trouver, après mon retour des Charmes –, j'attendais le baiser rédempteur de mon prince.

— Bonjour, madame ma femme ! me sourit David, au moment où j'ouvris enfin les yeux.

Assis sur le bord du lit, il portait un pantalon de toile beige et un polo jaune paille. Les échos affairés du personnel engagé pour l'occasion emplissaient déjà le bâtiment, cour et jardin compris, et remontaient jusqu'à nous par vagues assourdies.

— Dans trois heures, cher monsieur, répliquai-je sur le même ton badin, désignant la plus courte des deux petites flèches d'acier. Pas avant. Pour l'instant, ce sera donc encore « mademoiselle ta fiancée ».

— Comme madame-moiselle voudra. Néanmoins, monsieur rappellera à mademoiselle-sa-fiancée qu'il lui reste juste ce qu'il faut de temps pour s'apprêter comme elle le souhaite.

Je notai que la crêpe de soie sur son avant-bras gauche avait changé de couleur. Au blanc nacré habituel avait succédé un gris perlé très léger, si subtil que, selon l'angle et sous l'effet moiré, on aurait pu le confondre avec l'autre version. Je supposai néanmoins que celui-ci était mieux assorti à son habit de couleur gris souris, qu'il ne tarderait plus à passer.

— Tu n'es pas habillé ? m'étonnai-je pour la forme.

— Non. Il y a encore tout un tas de choses à faire. Et vu la chaleur prévue, je n'ai pas envie de laisser des auréoles sur mon costume dès maintenant.

Voilà. Nous étions là, souriants, beaux et affables. Je discutais avec lui, affichant la plus insouciante des désinvoltures et pourtant concentrée à l'extrême, afin qu'aucune de mes paroles ne trahisse ce que j'avais appris à propos de lui. David le manipulateur. Le pervers. Un homme assez fou ou malheureux – n'est-ce pas la même chose ? – pour consacrer dix-sept années de sa vie à chercher à prendre une petite dinde telle que moi dans ses rets. Et la tordre, corps et esprit, jusqu'à la calquer sur ses vieux et douloureux souvenirs. Une femme pour une autre, mais cette fois si conforme à ses attentes qu'aucune maladie, aucun accident, ne pourrait ternir son bonheur préfabriqué.

— D'accord. Alors file ! Je suis sûre qu'Armand a de quoi t'occuper.

Je tâchai de ne pas forcer mon sourire.

— Oh ça, le travail ne manque pas ! lança-t-il en disparaissant.

Avant de passer ma tenue d'apparat, et après être passée entre les mains de la coiffeuse et de la maquilleuse dès le saut du lit, j'enfilai un survêtement de molleton gris, puis descendis fureter au niveau inférieur. L'activité de ruche y était impressionnante, presque grisante, tant chacun semblait suivre un fil invisible, tendu à l'extrême, entre son point de départ et l'objet final de sa mission. Tous les corps de métier étaient déjà à pied d'œuvre : hôtesses d'accueil et de vestiaire, ouvriers, jardiniers, cuisiniers, sommeliers, serveurs et garçons divers, fleuristes, blanchisseuses, artificiers, roadies et techniciens du son, mais aussi une noria d'extras dévolus au service particulier des invités ainsi que d'autres fonctions ; et d'autres, que j'eus quelque peine à identifier.

— Bonjour Armand, apostrophai-je le majordome.

— Bonjour, Elle. Tous mes vœux en ce jour magnifique !

— Merci.

La solennité maladroite de ses propos me mit quelque peu mal à l'aise, si bien que je changeai aussitôt de sujet.

— Que font ces personnes dans le jardin ?

D'un mouvement de tête que je voulais discret, je lui indiquai deux femmes d'un certain âge, toutes deux vêtues de combinaisons en coton blanc, leurs cheveux relevés par un foulard de couleur vive, qui sillonnaient l'espace où se dressaient les tables, l'une un pendule à la main, l'autre le doigt levé au vent.

— Ah, ce sont les dames du Feng shui.

— Du Feng shui ? m'étonnai-je.

— Oui. Je ne suis pas censé vous le dire, mais c'est l'un des cadeaux de Louis : pour que votre mariage se déroule sous les meilleurs auspices possibles, il a tenu à ce que des spécialistes contrôlent le lieu de la réception.

Question : existe-t-il un Feng shui érotique ? Peut-on influer sur la nature et la qualité de nos ébats en fonction des lieux où on les pratique et la manière dont on aménage ceux-ci ? Mon clitoris sera-t-il plus réactif selon la disposition des meubles ou la couleur des murs ? ~~Mon anus plus complaisant et disposé à se dilater pour qui veut s'y aventurer ?~~ Mon amant bandera-t-il plus ou moins fort ? Mon conseil : choisissez l'orange pour les orgasmes multiples !

(Note manuscrite du 18/06/2009, rédigée par mes soins.)

Cette attention avait de quoi surprendre, mais je reconnaissais bien là la sensibilité de mon futur beau-frère à l'âme des lieux et à leur mémoire. Je me demandai s'il entourerait son nouveau logis, l'hôtel de mademoiselle Mars, de telles précautions. C'était probable… Une interrogation qui en appela aussitôt une autre : quand emménagerait-il ? Quand l'homme qui m'avait infligé ces semaines d'humiliation, d'angoisse, mais aussi d'une intensité rare, quand cet homme-là deviendrait-il notre voisin ?

Rendant le vieux domestique à ses urgences, je poursuivis mon tour d'inspection. Il n'y avait plus une pièce, plus un recoin de la maison qui ne fût investi et livré aux préparatifs de cette armée laborieuse. Éviter les portants et les plats, les sièges et les pupitres, slalomer entre les tables et les chariots garnis, devenait un sport en soi. Je me retins de dénombrer les quantités invraisemblables de victuailles que je voyais passer, toutes emballées avec un soin irréprochable. Certaines disparaissaient sous les cloches en argent ou le papier aluminium, d'autres se laissaient à peine entrevoir, et ces montagnes de délices me renvoyaient à la reine des gourmandes, qui ne goûterait pas la moindre miette des trésors sucrés.

Depuis mon lever, je n'avais pas lâché mon téléphone, talisman dérisoire au creux de ma main, repoussant le moment d'appeler l'infirmière de garde. En quelques mots expéditifs, celle-ci finit par m'apprendre que ma mère avait repris conscience, mais qu'elle demeurait très faible. Ses mots étaient aussi comptés que ses jours. Elle les délivrait désormais avec parcimonie et réduisait chaque phrase à l'essentiel, loin de tout bavardage. Écouter les autres semblait tout autant l'épuiser. « Je crois qu'elle se réserve un peu pour vous », s'ingénia la soignante à me faire culpabiliser. Au moins m'épargna-t-elle la question fatale, celle que je redoutais plus que tout et que j'esquivais moi-même autant que possible : « Quand pensez-vous venir la voir ? »

Quand il serait trop tard ? Quand les mots ne se compteraient plus en jours ou en heures, mais en minutes ? Quand elle serait incapable de me reconnaître ?

Ma déambulation rêveuse avait au moins cette vertu : me vider la tête. Je flânai au gré des pièces et des attroupements, simplement soucieuse de ne pas gêner. Parvenue sous le grand dais, que les ouvriers avaient fini d'édifier la veille au soir, je m'approchai d'un jeune homme blanc, chemise blanche et gilet noir, qui disposait les noms des invités devant les assiettes de porcelaine immaculée. Il me parut très jeune, liste des convives et plan de table en main, les sourcils froncés, et je souris à le voir si appliqué.

— Bonjour. Tout se passe bien ?

— Bonjour… répondit-il en levant tout juste les yeux.

— Je suis… je suis la mariée, éprouvai-je le besoin de me présenter en bonne et due forme.

Pour accréditer cette hypothèse que ma tenue contredisait, je désignai ma coiffure apprêtée, d'un doigt virevoltant autour du chignon haut.

Il se redressa aussitôt et me fit face, interrompant son ouvrage, comme pris en faute :

— Ah pardon ! Bonjour, madame ! Euh… mademoiselle. Tous mes vœux.

Je faillis éclater de rire et me contentai d'un sourire légèrement goguenard, que j'espérais rassurant.

— Merci. Mais je ne veux pas vous empêcher de faire votre travail.

Alors mon regard tomba sur le petit rectangle de bristol plié en deux qu'il venait de déposer sur la nappe immaculée, d'où s'échappait un parfum entêtant de fleurs fraîchement coupées. *Luc Doré*, annonçait le carton. Je l'arrachai presque de sa main, sous ses yeux effarés. Mais ce n'était pas le nom de l'invité qui venait de comprimer d'un coup ma poitrine.

Luc Doré

Non, c'était la graphie si particulière de cette écriture. Celle-là même qui s'étalait sur toutes les missives anonymes de mon Dix-fois-par-jour.

— Excusez-moi, importunai-je une nouvelle fois le garçon. Vous savez qui a écrit sur ces cartons ?

— Oui, mademoiselle, c'est monsieur Armand.

— Vous êtes sûr ?

Pas mécontent de se voir interroger sur un détail plus noble que la seule disposition des étiquettes, il se rengorgea un peu, sans toutefois abandonner son rôle ni sa courtoisie.

— Ça oui, je suis sûr, je l'ai vu faire tout à l'heure. Y en a même qui ne sont pas encore tout à fait secs.

Je frémis à cette idée : Armand, l'éternel complice de Louis, rédigeant sous la dictée de ce dément toutes les horreurs que celui-ci m'avait adressées. Que lui avait donc promis Louis pour lui faire accepter une mission aussi malsaine, aussi ingrate ? Quelques bouteilles de plus ? Son silence sur les chapardages du vieux majordome dans la cave familiale ?

Ou bien était-il aussi pervers que celui qui le mandatait ? Il fallait toujours se méfier des vieux messieurs à l'air inoffensif. On n'imagine pas le reste de vie et de désirs qui grouillent sous les pantalons de velours et les gilets en laine torsadée.

Je me demande si Louis a tenu lui aussi
le journal de nos rencontres.
A-t-il consigné quelque part ce qu'il a ressenti
à chacune de nos entrevues ?
~~*Y a-t-il chez lui un second Dix-fois-par-jour*~~
~~*plus hard encore ?*~~
Lui qui fait tant cas de ses écrits, lui qui n'aimerait vivre
que de sa littérature, quels mots a-t-il pu choisir pour décrire
mon trouble, mon corps affamé de lui, mon sexe pénétré
par tous ces objets qu'il m'a offerts
faute de se donner lui-même ?
(Note manuscrite du 18/06/2009, rédigée par mes soins.)

Évidemment, le coupable était introuvable. Où que je le demande, on me renvoyait dans une autre partie du bâtiment. Peu m'importait, au fond. J'en savais bien assez.

Sans cesse, la sonnerie de l'entrée résonnait de manière guillerette, interminable défilé de fournisseurs et de livraisons en tous genres : plats, fleurs, bouteilles, vaisselle et draperies diverses, matériel sonore ou pyrotechnique, etc.

Ce fut un tout autre colis qui déboula dans le hall au moment où je le traversais, sur le chemin de ma chambre :

— C'est moi !

Sophia, moulée dans la plus indécente des robes qu'il m'ait été donné de voir, se tenait là, les bras levés dans un V triomphant, le bassin balancé sur le côté dans un déhanchement propre à exalter ses formes.

— Eh oui, ma chérie, tu as le droit de te décrocher la mâchoire.

Elle gardait la pose, attendant selon toute vraisemblance que je tourne autour d'elle pour mieux m'extasier ! Le bout d'étoffe qui la couvrait était non seulement ajusté au plus près de sa ligne, mais il était aussi transparent sur la moitié de sa surface et plus court qu'aucune autre robe en vente dans le commerce. Étonnamment, peut-être grâce à la teinte écrue du textile, l'impression générale ne versait pas dans la vulgarité.

— La vache ! Tu te cherches un mec ou quoi ?

— Un mec, je ne sais pas... Mais je crois bien que je *l'ai* trouvée !

Inutile qu'elle spécifie. Je la connaissais assez, elle et ses lubies, pour comprendre ce dont il s'agissait : sa tenue idéale, celle qu'il lui conférerait un pouvoir d'attraction sans égal sur la gent masculine. Le piège à mecs parfait.

J'approuvai d'un hochement de tête et d'une moue exagérés.

— On dirait bien. À moins de fondre le tissu dans ta peau, je vois mal comment faire plus moulant. Tu l'as dénichée où, cette merveille ?

— En triant de vieilles fringues avec Peggy. Tu vas pas me croire, mais elle allait la jeter !

— Attends, mais Peggy est une vraie crevette... Elle fait pas deux tailles de moins que toi ?

— Ben si ! Justement !

Ceci expliquait en partie cela.

— Tu crois que c'est en portant des fringues à ta taille que tu vas faire tourner les têtes, toi ? soutint-elle crânement.

— Vu comme ça, c'est sûr...

Elle me gratifia d'un sourire éclatant, de nature à effacer le souvenir de nos désolantes péripéties de la nuit précédente.

— Bon, c'est pas tout ça. T'aurais pas une autre robe à me montrer ?

Je l'entraînai à l'étage, ralentie par son émerveillement qui, à chaque porte entrebâillée sur un décor somptueux, la pétrifiait d'incrédulité :

— Quand tu m'as parlé d'un hôtel particulier, j'imaginais quand même pas ça aussi luxueux !

Je haussai les épaules, comme pour m'excuser et lui signifier que je n'étais, tout comme elle, qu'une visiteuse en ces lieux. En aucun cas la responsable de cette débauche de raffinement. Je crus que Sophia allait défaillir pour de bon quand je dégageai enfin la Schiaparelli de son impressionnante housse de plastique blanc mat et quand elle eût éclos sur le lit où je la déposai avec précaution.

Lorsqu'elle sortit de son hébétude, Sophia me gratifia d'une de ses répliques où, sur le ton de l'humour, la bienveillance l'emportait toujours sur l'aigreur ou la jalousie :

— Tu me rappelleras d'épouser un millionnaire dans une prochaine vie. OK ?

— Pas de souci, m'amusai-je de sa remarque. Je te le rappellerai.

— Tu la mets maintenant ? me pressa-t-elle avec un air gourmand.

Je la fixai une seconde, élargissant mon sourire en une moue connivente, le genre qui annonce ces bêtises qu'on aimait tant faire ensemble, quand nous étions étudiantes.

— Minute… J'ai une petite idée.

Puis je filai vers le dressing, d'où je revins presque aussitôt, les mains chargées de bobines de fil, d'un étui plein d'aiguilles et de plusieurs chutes de feutrines de coloris variés.

— Attends… Tu déconnes, là ?

Elle avait parfaitement compris où je voulais en venir. Elle connaissait par cœur mes lubies de couture.

— J'ai l'air ? la défiai-je du regard, déjà prête à passer un fil rose dans le chas récalcitrant.

— Putain, Elle, tu vas pas customiser ta robe de mariage ? C'est sérieux, là !

— Hum… On est bien d'accord. C'est un peu trop sérieux à mon goût.

Elle en suffoquait presque de stupeur et d'indignation, sa main tendue vers la mienne, disposée à retenir mon geste sacrilège.

— Non mais tu connais le prix d'une pièce pareille ?

Pour tout dire, je ne sais pas ce qui me prit sur le moment. La formule la plus simple et la plus commode qui me vint en tête est : être moi-même.

— Oui, justement... approuvai-je d'un geste évasif. C'est bien le problème : je connais son prix.

Et je n'étais pas sûre à cent pour cent de vouloir m'en acquitter intégralement, ni aujourd'hui ni un autre jour. Alors autant rendre ce fardeau de soie et de broderies plus agréable. Autant lui ajouter un peu de couleur, *mes* couleurs, pour oublier de qui ce vêtement avait été le linceul.

Intuition : nos fantasmes sont comme ces pièces d'étoffe
décoratives dont j'agrémente mes robes.
On les colle ici ou là, sur la réalité de nos effusions,
pour rehausser leurs couleurs, rompre leur monotonie.
Grâce à eux, on customise notre sexualité.
Exemples d'empiècements : une bouche soudée à mon sexe ;
un torse collé à mes fesses ; une langue qui le lèche
de haut en bas, comme pour le laver...
(Note manuscrite du 18/06/2009, rédigée par mes soins.)

En quelques coups de ciseaux et d'aiguille experts, je fis jaillir un champ de fleurs sauvages, volontairement grossières et anarchiquement disposées, fixées à leur support par des surpiqûres aussi visibles que possible.

Sophia ne savait plus quoi dire ni quoi faire pour m'empêcher de perpétrer un tel carnage.

— Tu n'as pas peur de la réaction de David ?

— Peur ? Non... Je n'ai plus peur, répondis-je sans une once d'hésitation.

Entre deux points piqués avec rage, je lui exposai la complicité – cette fois avérée – d'Armand, au service des deux frères Barlet et de leur machination digne d'un polar. Sachant cela, je pouvais me permettre de semer quelques graines de fantaisie et de rébellion dans leur scénario si parfait, si implacable qu'il aurait pu tout aussi bien me conduire aux mêmes extrémités qu'Aurore.

— Je comprends mieux comment Louis pouvait savoir tout ça sur moi avant même qu'on ne se rencontre. Facile : il avait deux espions dans la place !

— Savoir quoi exactement ? voulut connaître Sophia.

— Tu n'imagines même pas. Des détails qu'on ne se raconte que sur l'oreiller.

Elle était capable d'en entendre et d'en tolérer beaucoup en matière de plans tordus. Mais elle aussi avait ses limites, sa morale. Le respect de la vie privée en faisait partie.

— Tu veux dire que David est allé jusqu'à lui raconter la manière dont tu baisais ?

— Vu ce que j'ai pu lire dans certains de ses messages...

Je fis mentalement l'inventaire de toutes ces confidences faites à David – si ce n'était lui la source, je préférais ne pas savoir comment Louis s'était procuré ces informations – que j'avais retrouvées dans le carnet : la découverte de mon propre sexe, ma première fois, mon goût spécifique pour la levrette, ma sensibilité hors norme aux odeurs intimes, mes orgasmes en « Non » plutôt qu'en « Oui »...

— ...Il n'y a pas de doute possible.

— Dégueu ! s'indigna Sophia comme le font les adolescentes.

Nous pouffâmes sous cape, le nez plongé dans l'immensité de soie et ses replis bouffants.

Bientôt, mon bricolage toucha à sa fin. Sophia n'osa pas commenter, car elle savait que je me fichais pas mal qu'elle criât au massacre. Alors, comme cette fois où David m'avait prise sur la table de la salle à manger, cette unique fois où, par ses propres moyens ou presque, il m'avait fait jouir, je me glissai dans cette merveille faite robe.

— Ouaouh ! Juste : ouaouh ! s'exclama-t-elle en roulant des yeux éloquents. Je ne sais pas si la mienne donne l'envie de me violer... Mais la tienne donne clairement celle de t'épouser.

Je ris sans retenue à sa remarque quand mon mobile s'agita sur le lit où, mes deux mains occupées par l'ouvrage, je l'avais déposé. L'indicatif laissait augurer un appel passé depuis un standard.

Sous l'œil fixe de Sophia, et de plus en plus contractée à mesure que l'étrange dialogue se déroulait, j'enchaînai une impressionnante série de monosyllabes approbateurs.

— C'était l'hosto ?

— Oui... murmurai-je.

— C'est…

La fin. Le terme. La conclusion. Le bout du bout. Le terminus pour tout le monde, et pour une certaine femme en particulier. Elle avait l'embarras du choix quant au terme à employer et, au final, juste de l'embarras et plus un seul mot qu'elle parvînt à prononcer.

Je déposai mon portable sur le lit, comme si l'épaisseur de la couette allait pouvoir l'engloutir et, avec lui, les mauvaises nouvelles.

— Non, ce n'est pas encore terminé… Mais elle me réclame à tout prix. Faut que j'y aille.

— Tu veux que je vienne ?

— Non… Non, reste avec Armand. Il va avoir besoin de toi s'il faut faire patienter tous les invités.

— OK. Ils doivent arriver à quelle heure ?

— Midi, pour l'apéritif.

J'enfilai la première paire de ballerines venue sans un mot de plus et me ruai dans l'escalier, Sophia à mes trousses :

— Hé ! Tu préviens pas David ?

— Fais-le, toi ! lançai-je par-dessus mon épaule.

— Mais il me connaît même pas !

Son cri impuissant ne s'accrocha pas à ma traîne. J'étais déjà dehors, dévalant la rue de la Tour-des-Dames vers l'ouest, mes pieds frappants l'asphalte chaud comme le cuir d'un tambour, chaque nouvel impact propulsant en moi une onde sourde qui palpitait dans mes tempes et semblait fendre un peu plus mon crâne entrouvert comme un fruit blet.

Je connaissais la station de taxi la plus proche, devant l'Église de La Trinité. Une vieille Peugeot blanche m'y attendait, son chauffeur noir débordant par la vitre grande ouverte, d'où s'échappaient les échos pétaradants d'un grand prix de Formule 1. Il mit aussi peu de temps que l'un de ces bolides à rejoindre Max Fourestier.

Dans le couloir du service d'Oncologie, on pouvait croiser la mort sous ses différents visages : chauves émaciés, malades en pyjama traînant leur perfusion comme s'ils avaient mille ans, infirmières harassées et guère plus vaillantes que leurs patients… Tous étaient si azimutés que personne ne remarqua mon exubérante tenue, ni mon intrusion dans la chambre de maman en dehors des heures de visite.

Moi, je ne vis qu'elle, encore plus enfouie sous l'écheveau des tubes que lors de ma précédente visite. Le papillonnement de ses paupières, quoique faible, attestait que son esprit était en alerte. J'approchai ma chaise du lit et me penchai sur son corps en instance de départ.

— Maman… Maman, c'est moi, c'est Elle.

Nouveau battement de cils pour valider. Car, à cet instant, je n'eus besoin d'aucun médecin pour établir le bon pronostic : sa sortie du coma n'était qu'un dernier rappel avant sa sortie de scène. Cette fois définitive.

Nous ne verrions jamais l'Amérique ensemble. Nous ne tenterions pas l'impossible par-delà les océans. L'aventure s'achèverait ici.

— Je vois bien que tu m'entends, mais est-ce que tu es capable de me parler ?

Le « oui » fut si faible qu'on aurait pu croire un glouglou timide dans l'une des multiples poches de sa perfusion.

— Approche, m'implora-t-elle en formant les mots sur ses lèvres, manquant de souffle pour les prononcer à voix haute.

— C'est Louis…

Elle allait mourir, et ses derniers mots évoquaient l'homme à qui je devais mon martyre – exaltant, excitant supplice. Un homme dont elle n'avait jamais prononcé le nom devant moi, et avec qui elle entretenait des échanges secrets.

— Qu'est-ce qu'il y a ? Qu'est-ce qu'il t'a fait, maman ?

— … Il m'a offert tout ça.

Je remarquai seulement les deux immenses gerbes de fleurs et une boîte de chocolats aussi large que sa table de nuit. Mais je comprenais que son aveu excédait ces quelques présents et qu'elle reconnaissait aussi en lui le bienfaiteur anonyme qui, tout ce temps, l'avait couverte de cadeaux.

— Je le sais… Mais toi, comment tu…

Elle posa son index tremblant et décharné sur mes lèvres pour m'intimer le silence. Comme pour me signifier que mes questions étaient superflues, qu'elle me donnerait plus de réponses encore que je n'en attendais.

— Il est venu les déposer…

— Aujourd'hui, tu veux dire ?

— Non. À chaque fois.

— Louis ? Il est venu te voir à Nanterre ?

Jamais cette éventualité ne m'avait effleurée. Qu'ils fussent en contact téléphonique était déjà assez inattendu. Mais Louis visitant Maude Lorand dans le petit pavillon de la rue Rigault… C'était bien au-delà de ce que je pouvais comprendre.

Elle acquiesça.

— Il est venu souvent ?

Un phénomène étrange se produisit. Elle esquissa un sourire qui s'élargit peu à peu et transfigura son faciès agonisant en une icône rayonnante.

Néanmoins, l'effort qu'elle produisit pour me répondre semblait colossal.

— Presque tous les jours. Et quand il ne pouvait pas venir, il m'appelait.

Les fameux coups de fil détectés par Fred. À leur souvenir, elle paraissait s'affranchir de la douleur qui la mordait sans relâche comme un chien mauvais.

Il était indéniable que, quelles que fussent les sombres motivations de Louis Barlet, celui-ci avait apporté aux derniers souffles de ma mère un réconfort, une joie, même, que j'avais moi-même été incapable de lui offrir. Je trouvais cela si absurde, si injuste, que je mordis l'intérieur de mes joues pour ne pas exploser.

— Maman… Ce que je vais te demander est très important : depuis quand Louis te rend-il visite ? Est-ce que tu t'en souviens ?

— Oui, oui… Je suis mourante, pas folle ! s'insurgea-t-elle, tout juste audible, dans un ultime élan de survie. Ça doit faire trois mois. Peut-être plus…

Soit vraisemblablement avant ma rencontre avec David, dans cette période que je désignais maintenant comme celle des « travaux d'approche ». Une fois repéré le spécimen que j'étais, les deux frères Barlet avaient patiemment ciblé ceux et celles – Maude, Sophia, Fred, etc. – qui composaient le cercle de mes intimes. Ainsi, aucun de ces derniers n'avait songé à s'opposer à mon entrée dans ma nouvelle famille, et l'infernal duo n'avait plus eu qu'à me cueillir.

Cela n'expliquait pas pour autant l'assiduité avec laquelle Louis avait fréquenté ma mère. Qu'elle fût flattée de recevoir de tels égards pouvait se comprendre. Mais, de son côté, quel plaisir ce dandy décadent avait-il pu prendre à sa compagnie ? Banlieusarde, pauvre et vieille, elle était tout ce que cet esthète, érotomane de surcroît, aurait dû fuir. Pourquoi jouer son rôle enjôleur au-delà du nécessaire ?

— Pourquoi tu ne m'en as jamais parlé ?

— Il ne voulait pas. C'était notre petit secret. Comme les *stètss*.

— Les States ? la corrigeai-je sans y penser.

— Oui. Il devait venir avec moi, affirma-t-elle aussi fièrement que le lui permettait son minuscule filet de voix.

Je crus à un délire, à un effet secondaire de la morphine qui, en soins palliatifs, devait couler en dose conséquente dans ces petits tuyaux translucides, puis dans ses veines.

— Tu es sûre de ça ?

— Regarde dans mon sac…

Ses yeux épuisés, saturés de vaisseaux éclatés et recouverts d'un léger voile blanc qui n'annonçait rien qui vaille, m'indiquèrent la table basse de l'autre côté du lit.

La poche de cuir râpée et distendue contenait peu de choses, et je n'eus aucune peine à en extraire une enveloppe rouge, blanche et bleue, frappée d'un planisphère en larges ellipses filaires. À l'intérieur, sagement rangés, je trouvai non pas un, mais bien deux billets aller-retour pour Los Angeles, datés du 20 juin et en business class.

Sa réticence à me laisser l'accompagner dans ce périple m'apparaissait sous un tout autre jour. Il n'était plus question de pudeur, du sacrifice d'une mère pour son enfant. Mon bourreau et ma mère étaient assez intimes, désormais, pour qu'elle s'enferrât d'elle-même dans ces cachoteries. Grâce à lui, elle avait retrouvé un moment la légèreté de ses vingt ans et un jardin secret comme on n'en cultive qu'à cet âge tendre et pétri d'illusions. Et, rien que pour cela, j'aurais souhaité le remercier.

Elle inspira bruyamment, d'une façon que je trouvai inquiétante et ajouta, à bout de forces, éprouvée par notre échange pourtant bref :

— Je crois qu'il t'aime beaucoup, lui aussi…

Je ne savais quoi répondre à cela. J'enchaînai plutôt sur une dernière question :

— Il te l'a dit ?

Plus aucun mot ne pouvait sortir d'elle, à moins d'y laisser son souffle. Elle opina d'un mouvement de tête presque imperceptible.

— Quand ?

À nouveau ses yeux servirent de pointeur et m'apportèrent la réponse attendue : les fleurs encore fraîches, la boîte de chocolats restée intacte… toutes ces choses qui n'étaient pas présentes dans cette chambre la veille. Le message était clair : aujourd'hui. Ce matin. Peut-être même juste avant que je n'arrive à mon tour.

Puis son regard las s'attarda sur ma robe qu'elle semblait découvrir, et elle la détailla autant que ses forces évanouies le lui permettaient.

— Tu es si belle… murmura-t-elle. Louis doit être tellement fier.

Je ne relevai pas l'erreur sur le prénom. Ou peut-être n'en était-ce pas une. Peut-être était-ce sa manière à elle de sanctifier le choix qu'elle sentait lentement naître en moi. De me donner sa bénédiction.

Je pris sa tête entre mes mains et enfouis mon nez dans son cou, réduit à un creux osseux et un pan de peau grise et sèche. Malgré les odeurs persistantes des détergents et des produits employés pour ses soins, je retrouvai son parfum de rose. Ou bien le convoquai-je, je ne saurais dire. Je restai là un assez long moment, à m'abreuver à cette source rassurante, incapable que j'étais de la désaltérer, moi, cette fille qui avait tant reçu et si peu donné. Pas même ces dernières semaines, tout occupée que j'avais été à construire ce bonheur pipé…

Pendant ce temps, c'est Louis qui avait été présent à ses côtés. Il l'avait entretenue dans une douceur de vivre qui avait atténué les effets délétères de la maladie. Sa bouche avait dû lui paraître moins sèche, ses vertiges moins graves, ses accès de faiblesse plus surmontables.

Il resterait à jamais le bon génie de ses derniers jours.

Maman cligna des yeux plusieurs fois, me sembla-t-il pour attirer mon attention. Ou était-ce un ultime réflexe, l'un de ces tressautements musculaires qui annoncent le grand plongeon ?

Un déclic léger dans son cathéter libéra une dose d'antalgique qui me parut conséquente. Le monitoring cardiaque restait égal. Néanmoins, je la sentais partir vers un état de conscience qui m'échappait. Il était impossible de dire si elle en ressortirait encore une fois, ou même plusieurs, avant que tout ne s'achevât enfin. Mon visage touchait presque le sien, et pourtant ses iris m'évitèrent, glissant peu à peu sur la gauche, à mesure que ses paupières retombaient. Qu'avait-elle voulu me dire ?

J'observai la chambre autour de moi comme si je la découvrais pour la première fois. Tout était vide et d'un blanc pisseux. Hormis les cadeaux de Louis, le seul objet apparent était un petit gilet de laine rose que le bon Dr Poulain avait dû attraper à la volée, au moment d'embarquer sa patiente dans l'ambulance.

L'unique placard, pour moitié occupé par une penderie, était à demi-ouvert. Je faillis tomber de ma chaise en apercevant, par l'entrebâillement, le paquet qui occupait toute une tablette.

Un paquet argenté. Selon toute évidence, déposé là par Louis en personne, à mon intention.

Vacillante, je parvins toutefois à me lever et à déloger le colis de sa petite case de mélaminé crasseux. En quelques coups de griffe impatients, je l'ouvris. Sur le dessus, posé sur un double-fond de papier argenté, trônait juste un bristol, l'habituel commandement :

9 – Ses fantasmes tu épouseras

Quels fantasmes ? Mais surtout : de qui donc ?

Je posai la carte sur le drap jaune, petit rectangle pur qui tranchait sur son support, et retirai la feuille intercalaire. Ce qu'il y avait en-dessous me surprit tant que je restai sans bouger plusieurs secondes. Puis j'empoignai le petit paquet de photos et, le souffle emballé, j'entrepris de les regarder, une à une, luttant pour ne pas trop précipiter mon observation et ne manquer aucun détail.

Dès le premier cliché, une photo prise sur les marches d'une mairie quelconque – celle de Dinard ? –, le jour des noces de David et d'Aurore, j'eus le sentiment de sortir enfin de mois entiers de cécité. Je voyais, à la fin. L'évidence jaillissait du papier jauni et me crevait les yeux. Aurais-je préféré ne rien voir, ne rien savoir ?

D'une image à l'autre, le phénomène aurait pu varier, se faire moins surprenant, moins flagrant, mais c'est bien l'inverse qui se produisait. Plus je découvrais Aurore telle qu'elle avait été, telle qu'elle avait vécu – ici au bras d'Hortense lors d'une promenade au bord de la mer, là allongée sur le sable dans un maillot à pois –, plus je devais accepter l'évidence et me rendre à sa cruauté, sèche, implacable, tranchante comme les rochers qui l'avaient assassinée : j'étais son sosie. Comme elle était le mien. Deux sœurs jumelles, nées à deux décennies d'intervalle et tombées sous le signe de leur bourreau commun.

Car il ne s'agissait pas d'une lointaine ressemblance. Nous ne partagions pas que nos rondeurs, notre longue chevelure brune, nos yeux verts et ces taches de rousseur constellant notre nez et nos joues. En tous points, jusqu'à la forme spécifique du visage, l'ourlé des paupières, et cette indécence charnue des lèvres, je lui étais conforme.

« Je ne serai jamais Aurore », m'étais-je promis la veille aux Charmes, devant un Louis à ma merci. Je l'avais pourtant été dès la seconde où David, à moins que ce ne fût Louis ou Rebecca, m'avait repérée dans le fichier de Belles de nuit… et à chacune des étapes suivantes : la rencontre miraculeuse avec David, sa demande sur la péniche… y compris ces moments où je m'étais sentie comme une vulgaire balle dans un jeu de raquettes entre les deux frères.

Sur les trois dernières photographies, Aurore portait une petite robe corolle tombant juste au-dessus du genou, dont la coupe et les grosses fleurs printanières évoquaient de manière frappante le modèle que l'habilleuse de BTV avait choisi pour la première de mon émission. Avait-elle été mandatée en ce sens par David ? Ou n'était-ce qu'une coïncidence accidentelle qui justifiait à elle seule la réaction impulsive de ce dernier et mon retrait de l'antenne ?

Dix-sept années pour trouver son clone parfait. Sans doute des dizaines de candidates malgré elles que David avait recalées. Jusqu'à moi. Jusqu'à ce que j'apparaisse, fantôme d'une autre femme, palimpseste d'une histoire qui n'était pas la mienne et que l'on avait voulu me faire endosser.

Mais je n'étais pas plus parfaite qu'Aurore, Aurore la folle, Aurore l'intouchable et la frigide, ne l'avait été avant moi. C'est là que Louis était intervenu, et que sa mission avait commencé : effacer le souvenir pur de la sainte et faire de moi une femme pleine, désirante, sensuelle, une femme d'envies et d'orgasmes, là où l'original s'était perdu dans un monde de souffrances dépourvu du moindre plaisir. Tel était le sens de cette éducation que, rendez-vous après rendez-vous, il était supposé me dispenser. « Tout ce que je fais… c'est révéler », m'avait-il dit dans un accès de sincérité. Révéler l'infinie palette des jouissances qui m'étaient accessibles, tout en me conservant intacte pour son cadet. Voilà pourquoi il ne m'avait jamais pénétrée. Voilà pourquoi il avait sciemment préservé cette distance entre le maître et son élève.

La toute dernière image du paquet fut un nouveau choc. Elle avait été prise à la galerie Sauvage, le soir où Louis m'était apparu. J'ignorais qu'un appareil avait pu capturer cet instant. Nous nous faisions face. Nous nous regardions, intensément, emportés par cette tension étrange qui s'était emparée de nous. Ce n'était pas le meilleur des souvenirs que je partageais avec lui. Et pourtant, ainsi ranimé, il agissait lui aussi comme le liquide magique qui, seconde après seconde, exciterait les sels d'argent de ma mémoire : Louis qui avait veillé sur ma mère ; Louis qui avait fourni à Sophia de quoi survivre au moment le plus critique pour elle ; Louis qui avait sorti Fred de son chômage ; Louis qui écrivait mon nom dans la ville… Louis qui, en dépit de la mission assignée par son frère, s'était comporté comme l'ange protecteur de ces temps troublés.

Louis qui n'avait agi, selon les termes de Rebecca, que pour moi. Simplement pour moi. Malgré son frère.

— Ça va, mademoiselle ?

L'infirmière qui me croisa dans le couloir, pantelante, perdue comme une petite fille dans ma robe de mariée froissée, ma liasse de photos en main, me prit au dépourvu. De longs sanglots s'écoulaient de moi sans soubresauts, flot lourd et apaisant. Juste avant de sortir de la chambre, j'avais fait mes adieux à maman aussi tendrement que possible, long baiser sur son front, puis sur ses joues. Je ne pouvais faire plus. Je ne pouvais supporter d'assister à la suite. J'avais clos ses paupières encore chaudes et tremblantes sur des yeux qui se vidaient peu à peu de leur lumière, deux petites flammes sur lesquelles la mort n'en finissait plus de souffler.

L'infirmière insista :

— Ça va ? Vous voulez vous asseoir ? Ou prendre un verre d'eau ?

Que pouvais-je lui répondre ? Que je perdais ma mère et gagnais un amour au même instant ? Qu'il me fallait abandonner la première sur son lit de souffrance pour aller droit au second ? Qu'enfin mon ventre allait être en accord avec mon cœur ? Qu'enfin je pourrais laisser libre cours à ce que j'avais ressenti lors de nos balades mais aussi, plus fugacement, lors de nos entrevues aux Charmes ? Et que plus le portrait véritable de Louis se révélait, inattendu, si différent de ses masques cyniques et pourtant si proche de celui que Rebecca m'avait brossé, plus mes doutes s'envolaient ?

J'aurais pu ne rien lui dire. Ou répondre banalement, au présent.

Je choisis à la place un autre temps. Une autre vue.

Je laissai un sourire doux s'inviter sur mes lèvres trempées de larmes.

— Merci. Ça *va* aller… Ça va très bien aller, maintenant.

38

Rien n'était moins sûr. Je n'étais que cette mariée dépenaillée, le visage baigné de larmes, qui avançait à tâtons dans le couloir puant la Javel et l'éther, ballottée d'un mur à l'autre, petite bille d'acier au moment de l'éjection dans le flipper de sa nouvelle vie. Prête à jaillir…

…Et pourtant encore incertaine. À deux doigts de m'écrouler sur le lino verdâtre. Incapable de voir plus loin que la douleur de cet instant.

Annabelle = Aurore. Une équation simple, pourtant, mais que je n'arrivais toujours pas à comprendre, encore moins à accepter.

Et si cette déclaration en images était une ultime ruse de Louis ? Et si j'entrais dans la toute dernière phase du plan conçu par David, et que son frère, pour des raisons qui m'échappaient encore – la culpabilité ? –, avait suivi jusque-là à la lettre ?

J'avais pourtant vu naître la sincérité sans qu'il la contrôlât, petite anfractuosité que son visage offrait à mon œil et mes espoirs : sa fossette. « Il y a autre chose », avait-il murmuré juste avant que je ne sorte de la chambre, la nuit précédente. Autre chose à me dire, à me montrer… ou bien à m'infliger ?

Les usagers qui patientaient à l'arrêt du 378 ignorèrent ma tenue excentrique et mon air décomposé, occupés à porter leurs cabas lourds ou à ruminer leur propre souffrance. Une mariée chiffonnée qui prend le bus, ils avaient dû en voir d'autres. C'était l'avantage des quartiers défavorisés : chacun y cultivait son petit malheur sans s'immiscer dans l'affliction des autres. Une forme de respect indifférent préservait le chagrin de chacun.

Puis enfin le bus arriva, et le petit groupe compact se pressa contre la double porte pneumatique qui s'ouvrit dans un chuintement tonitruant.

J'étais partie si vite que je n'avais aucune affaire, si ce n'est une pochette contenant mes clés et un paquet de mouchoirs que je froissai un à un, épongeant ce qui pouvait l'être, pleurs et maquillage. Le taxi de l'aller serait porté sur le compte de BTV. Mais je me trouvai fort démunie quand le chauffeur, un homme au crâne rasé et portant une boucle à l'oreille droite, m'apostropha :

— Votre titre de transport, mademoiselle…

— Ah oui… balbutiai-je.

Je fouillai mon sac, le fis tomber dans un cliquetis honteux, ramassai mes clés au milieu des chaussures empressées, prêtes à me fouler pour se ruer dans le véhicule, quand une main ferme me releva.

— C'est bon, elle est avec moi.

Le visage ne m'était pas totalement inconnu.

— Super. Félicitations à la jeune mariée, ironisa le conducteur. Mais ça ne la dispense pas de payer son trajet.

L'inconnu, un brun de taille moyenne dans une tenue de week-end plutôt élégante, fouilla rapidement dans la poche de son jean et en sortit une pièce de deux euros qu'il fit claquer sur le guichet. Il paraissait agacé par le ton tranchant de l'agent.

— Voilà. Ça ira comme ça ?

— Vot' monnaie, se contenta de répondre le chauffeur d'un ton sec. Et vot' ticket.

Mon sauveur prit le petit rectangle de carton magnétisé, le composta à ma place et m'attira vers un siège, où je m'effondrai sans un mot, le regard aspiré par le défilement ininterrompu des pavillons miséreux et des barres d'immeubles. Le bus était déjà reparti. Même sous le soleil, ce coin de banlieue enclavé entre les grands ensembles, le no man's land industriel et les interminables bretelles d'autoroute, distillait une poésie sinistre.

— Vous ne me reconnaissez pas ? s'enquit l'homme providentiel avec un sourire timide.

Je le dévisageai un moment, puis avouai, laconique :

— Non… Enfin, pas vraiment.

— Bertrand Passadier. On a parlé dans le RER, l'autre jour.

Un autre jour distant déjà de plusieurs mois et qui me revenait vaguement, telle une nappe de brume. Que pouvait-il bien fabriquer ici, un jeudi midi ? Était-il déjà en vacances ou en RTT ? Avait-il pris un congé exceptionnel pour visiter un proche ? Somme toute, je m'en fichais.

— C'est possible, concédai-je.

— Non, c'est sûr. je me souviens bien. Vous deviez déménager à Paris.

Je ne répondis rien. Que dire ? Comment résumer le fiasco monumental qu'étaient ces dernières semaines ? Comment partager avec lui ce champ de ruines qu'était ma vie, mais où une pousse minuscule avait percé, au chevet de ma mère agonisante ?

— C'est le cas, finis-je par lâcher. Mais je reviens à Nanterre.

— Ah bon ? Mais votre robe, là…

Il désigna ma tenue d'un œil mi-inquisiteur, mi-effaré.

— C'est juste un déguisement.

— Ah. Ça me surprenait aussi…

Décidément, ce pauvre garçon avait toujours un métro de retard sur ma réalité ou sur mes mensonges.

J'explorai nerveusement ma pochette, pour constater que mon mobile était resté dans cette chambre conjugale où je ne convolerais plus jamais.

— Vous avez un portable ? lui demandai-je en plantant mon regard délavé dans le sien.

— Oui. Bien sûr.

— Vous pouvez passer un appel pour moi ?

— À votre place, vous voulez dire ?

— C'est ça.

Il extirpa son Smartphone dernier cri de son blouson et me le tendit avec un air qu'il voulait engageant.

— Vous ne préférez pas que je vous le prête ?

— Non… Non, je ne préfère pas.

Je n'avais aucune envie d'entendre Armand me sermonner, percevoir le brouhaha des invités qui s'impatientent derrière lui ou laisser hurler dans mon oreille les cris de rage de David cherchant à lui arracher le combiné.

Je dictai le numéro de l'hôtel Duchesnois à un Bertrand Passadier déconcerté, qui retint à la fin un index prudent au-dessus du bouton vert.

— Je suis censé tomber sur qui ? hésita-t-il.

— Peu importe... Les gens chez qui je logeais à Paris.

— Qu'est-ce que vous voulez que je leur dise exactement ?

— Dites simplement que vous appelez de la part d'Aurore...

Le message me semblait assez explicite. Ainsi David saurait que je savais. Ainsi les masques tomberaient, et la vision qu'avait David de mon visage se dévoilerait aux yeux de tous : l'image d'une autre que moi. Celui de sa femme défunte, la seule et unique Mme David Barlet. À vie son épouse. Ou plutôt, à mort.

— Aurore, c'est votre prénom ? sourit-il, sottement dragueur.

— Oui, mentis-je. Dites qu'Aurore veut récupérer ses affaires à Nanterre... Et dites-leur aussi qu'elle ne reviendra plus.

— Vous êtes sûre ?

Il se rembrunit, mesurant enfin le drame de cette situation qui ne lui était apparue jusqu'ici que comme une heureuse coïncidence.

— Oui.

— Et si la personne demande à vous parler ?

— Dites-lui... que je ne suis plus avec vous. Que vous êtes simplement le messager.

Il approuva d'un hochement de tête contraint et s'exécuta, répétant mot pour mot le texte que je lui avais soufflé. Comme les voix semblaient s'enchevêtrer et enfler dans le haut-parleur de son combiné, je lui fis signe de raccrocher sans plus attendre, coupant court à l'hystérie et aux tentatives pour me récupérer. Car, dans une longue avenue en bordure de voie rapide, sans obstacles ni feu tricolore, le 378 m'emportait au loin, le chauffeur écrasant ses contrariétés du jour sous l'accélérateur.

— Là où j'ai appelé, s'enquit mon vis-à-vis, indiscret et empathique... C'est votre mariage, c'est ça ?

— *C'était*, oui. Mais ça n'a plus aucune raison d'être.

— Vous êtes sûre de vous ?

Une fois encore, je ne trouvai rien à répliquer. Je n'étais sûre de rien. Excepté peut-être cet instinct de survie qui m'emportait loin de la rue de la Tour-des-Dames.

Je n'avais guère d'effort à produire pour imaginer le chaos laissé derrière moi. David ivre de colère. Armand dépité. Sophia sommée de justifier ma désertion. Les autres invités, interdits, n'osant croire à ce scénario comme on n'en écrit que pour le cinéma, hésitant entre le retrait poli ou l'indéfectible soutien au mari bafoué.

Déjà, les employés engagés pour la journée devaient remballer victuailles, alcools et douceurs. Déjà, les fleurs devaient se faner d'indignation dans leurs vases, où l'eau ne m'avait pas attendue pour croupir. Déjà, chacun débitait son petit couplet navré, proposant une aide qu'il n'offrirait jamais, et se dépêchait de fuir le lieu du désastre, de crainte d'être infecté. Il y a des malheurs qu'on croit contagieux.

Lorsque nous descendîmes au terminus avec le reste des voyageurs, mon bon Samaritain des transports publics me tendit sa carte de visite, un modèle épuré et bon marché comme on en commande par centaines sur Internet :

— Tenez… On ne sait jamais, si vous voulez parler à quelqu'un. De n'importe quoi.

Je la saisis et, aussitôt eût-il disparu à l'angle de la pharmacie qui regardait la gare, je la jetai dans la première poubelle venue. Je n'avais pas plus besoin d'un Bertrand Passadier dans ma vie que d'un Fred ou d'un David.

Bertrand Passadier s'est-il masturbé en rêvant de moi, ces dernières semaines ? Non, la vraie question est : combien de fois s'est-il masturbé en pensant à moi ? L'ai-je fait plus jouir que ses autres images mentales~~, ou que ces chiennes qu'il reluque sans nul doute sur Internet~~ ?
Tous autant que nous sommes, nous devrions être dotés d'une sorte de détecteur, d'une boule de cristal érotique, capable de nous annoncer, dès le premier contact, si nous coucherons

ou non avec cette personne qui nous attire tant. Combien de déceptions tuées dans l'œuf ? Combien de tensions, de conflits, peut-être même de guerres, évités, grâce à un tel gadget ? Combien de temps gagné et d'énergie sauvée pour de plus nobles causes ? Au lieu de cela, on passe sa vie à courir après plus beau et sexy que soi…

(Note manuscrite du 19/06/2009, rédigée par mes soins.)

Rentrer dans le pavillon déserté et silencieux me fit une impression étrange. Il était certain, désormais, que je serais la seule à y mettre les pieds. J'avais beau avoir grandi là, je me sentais comme une intruse parmi les affaires de maman, amas de vieilleries poussiéreuses. L'odeur de brûlé persistait dans toutes les pièces. Personne n'avait dû prendre le soin d'aérer après son départ précipité pour l'hôpital.

Dans le salon, à côté du petit mémorial dont toutes les images m'étaient dédiées, je trouvai les vestiges des cadeaux apportés en main propre par Louis, chaque boîte ou emballage religieusement conservé, même quand ils étaient vidés de leur contenu. Macarons, calissons d'Aix, pâtes de fruits… Je les inspectai, croquant sans appétit dans l'une ou l'autre des friandises restantes. Je ne pouvais me résoudre à la perspective du tri à venir, ces sacs-poubelles qu'il faudrait remplir par dizaines pour emballer les reliefs de sa vie dans le plastique étanche et finir par tout jeter dans la rue, le jour des encombrants.

Dans ma chambre – je ne savais même plus quand j'y étais entrée pour la dernière fois –, je fus frappée par l'éclat d'un pan de papier argenté froissé dans la corbeille et qui brillait dans les rayons de la mi-journée telle une boule à facettes tombée du plafond. Aussi cocasse qu'inopportune. Fut un temps, maman l'aurait délogée de là sur-le-champ, lors de son ménage pluri-hebdomadaire. Mais, ces dernières semaines, elle avait paré à l'essentiel, incapable ou presque de se hisser jusqu'à l'étage.

La sonnerie retentissante du téléphone fixe, dans l'entrée, me tira de ces pensées accablantes. J'hésitai un instant à me précipiter. Après seulement deux coups, le bruit cessa, puis reprit presque aussitôt, après trois secondes exactement, par deux coups supplémentaires, et ainsi de suite : le code convenu avec Sophia. Il était entendu entre nous que, en cas d'urgence, nous recourrions à cette méthode.

— So ?

— C'est moi. Je n'ai pas beaucoup de temps.

— Tu es toujours là-bas ?

— Oui. Enfin, je suis sortie dans la rue deux minutes, mais David ne me lâche pas.

— Je suis désolée…

— T'as pas à l'être, j'te jure. Ce mec est taré. Depuis qu'Armand a reçu le coup de fil de ton pote, il tyrannise tout le monde. Il s'en est pris au personnel. Il a jeté à la porte ceux qui voulaient l'empêcher de renverser les tables…

J'avais du mal à me le représenter aussi violent. Et pourtant…

— En même temps, il y a de quoi criser, admis-je.

— C'est pour ça que je t'appelle : il sait que tu es au pavillon. Il va venir te chercher.

Je pouvais toujours me barricader comme nous l'avions fait avec maman, ce jour où Fred avait débarqué, éméché et ivre d'impuissance. Je faisais confiance à David pour trouver bien d'autres moyens de persuasion qu'un tambourinement rageur sur la porte vitrée. N'avait-il pas quelques amitiés chez des flics haut placés ?

— Merci ma So'.

— De rien. Surtout, barre-toi de là.

Elle avait raison : je devais partir au plus vite. Sans attendre une confrontation qui ne pourrait tourner qu'en ma défaveur, et dont je n'espérais pour plus rien. La vérité, je la portais sur moi, sur mon visage, sur chacun de ces traits qui me ramenaient à son passé. À *leur* passé.

— Au fait… Louis est là ?

— Non, pas encore vu le loup.

En d'autres circonstances, un tel jeu de mots, dans la bouche d'une fille à la sexualité si débridée, m'aurait fait sourire. Je me contentai d'enregistrer l'information. Louis n'était pas absent par incurie. Il se doutait que je trouverais son ultime cadeau avant l'heure de mes épousailles. Il savait l'onde de choc que cette révélation provoquerait en moi, le commandement « Ses fantasmes tu épouseras » sonnant comme un écho à ces clichés qui signaient la machination de David de manière si explicite.

Après avoir raccroché, je remontai les marches quatre à quatre. Depuis sa tanière, le papier argenté n'en finissait plus de me faire de l'œil. Malgré son clinquant et les milles illusions que dispensait son habit de lumière, il s'était montré plus authentique que tous les présents et toutes les marques d'affection de David. En dépit de son mystère, il m'avait ouvert à cette part si profondément enfouie de moi-même. À ces sensations qui m'étaient jusque-là interdites, ces désirs inattendus.

Louis me l'avait bien dit, à plusieurs reprises : les jeux licencieux qu'il avait imaginés pour moi n'avaient d'autre but que celui-ci, me révéler. Et ceux-ci ne devaient rien à l'esprit retors de son frère. Ils ne venaient que de lui, lui et son amour pour moi.

Qu'attendais-je donc pour en faire autant ? Que me fallait-il de plus pour agir enfin ?

Je saisis le papier froissé, pour découvrir qu'une seconde boule, faite du même matériau, gisait sous la première. L'emballage de son tout premier envoi. C'est celui-ci, qu'il me fallait. C'est avec lui que je devais boucler ce cycle commencé une douzaine de jours plus tôt. Tout au fond de la corbeille, je trouvai enfin la boîte cartonnée qu'il avait enveloppée.

Je savais quoi faire avant de prendre la fuite. Je ne concevais plus le moindre doute, ni sur le destinataire de mon propre envoi, ni sur son contenu. Par chance, l'armoire à pharmacie de la salle de bains recélait encore quelques préservatifs, du temps de Fred. J'attrapai l'un d'eux et le plaçai dans le carton. Faute de bristol vierge, je griffonnai l'ordre suivant sur un vulgaire papillon coloré, arraché à son bloc :

10 – À mon maître je me soumettrai

Le plus fervent des commandements n'est-il pas celui auquel le fidèle souscrit de lui-même ? Celui qu'il se choisit, qu'il s'écrit, fût-il un acte de soumission... J'aimais l'idée de jouer avec les codes de Louis. De lui chiper sa rhétorique, quitte à le paraphraser.

L'intention, elle, ne devait qu'à moi.

Je veux me soumettre, je veux m'ouvrir, je veux mouiller pour toi infiniment. Je veux m'inventer de nouveaux organes, de nouveaux orifices, de nouveaux sexes pour mieux t'accueillir. Je veux corriger mon ADN pour t'offrir un corps inédit et comme aucun homme n'en a jamais connu. Je veux redéfinir pour toi le concept même de soumission. Je veux être la femme multiple qui remplacera toutes les autres, celle qui exaltera en toi la bête comme celle qui caressera l'agneau, les deux enfin réconciliés en toi.

(Note manuscrite du 19/06/2009, rédigée par mes soins.)

Le tout empaqueté à la hâte, il ne me restait plus qu'à inscrire le nom et l'adresse sur une feuille vierge que je scotcherais ensuite sur le devant du colis :

LOUIS BARLET

J'hésitai sur l'adresse. Mais puisque Louis avait souhaité demeurer dans l'ombre, celle-ci s'imposa :

118, avenue Georges Mandel
75016 Paris

Ma main était fiévreuse. Mon écriture confuse. Suffisamment lisible, estimai-je toutefois, pour parvenir entre les bonnes mains. Des mains que j'imaginais déchirer le papier, avant de courir bientôt sur moi, cette fois libres, dégagées de toutes leurs obligations fraternelles, revenues au seul temps présent.

J'omis sciemment d'ajouter une heure et un lieu pour notre rendez-vous. Ces détails n'allaient-ils pas d'eux-mêmes ? 22 heures. Il savait où.

Quant à la chambre, il n'aurait besoin ni de ses yeux ni de son intelligence pour la deviner ; juste de sa mémoire. Et de son nez.

J'empruntai à maman son eau de rose, posée comme d'habitude sur la coiffeuse de sa chambre, et en vaporisai généreusement le paquet. Rose comme le château de Malmaison. Rose comme Joséphine. Rose comme l'odeur d'une femme qui ne voulait plus d'autre Bonaparte.

L'heure tournait, le danger approchait. Et pourtant, je n'en avais pas fini avec mes travaux d'écriture. Sur une feuille volante, je jetai les lignes suivantes, d'un trait, et sans aucune rature :

David,
On n'analyse jamais assez ce qui nous motive pour partager la vie d'un homme ou d'une femme.
J'ai bien peur que, dans ton cas, et à mon égard, tu ne l'aies su que trop bien.
Je ne veux pas devenir une autre, même aimée par toi à la folie, même façonnée sans les « défauts » de celle que je remplace. Contrairement à ce que disait mon message à Armand, je suis Annabelle, Elle, et en aucun cas Aurore. Nos enveloppes sont peut-être semblables, mais nos cœurs ne pourraient être plus différents. Je n'aspire qu'à vivre. Je n'aspire qu'à jouir de chaque instant.
Je te laisse pourchasser son âme et compte bien, de mon côté, exalter la mienne autant que possible.
Pardonne-moi par avance si certains de mes choix futurs te blessent. Estimons-nous quittes, alors.
Je t'embrasse.
Elle

Je glissai ma missive dans une enveloppe au format américain. De sous ma robe, je sortis l'un des portraits d'Aurore, que j'avais fourré sous l'élastique de ma culotte, et l'ajoutai au pli. Je déposai celui-ci, cacheté, sur la table du séjour, recouverte de son éternelle toile cirée. Convaincue que, d'une manière ou d'une autre, David finirait par l'y trouver.

Sur l'antique combiné à cadran circulaire, je composai enfin le numéro du service de courses intégré au groupe Barlet, que je ne me souvenais même pas d'avoir mémorisé.

— Oui, bonjour, Annabelle Lorand, de BTV.

— Bonjour, vous pouvez me rappeler votre code client, s'il vous plaît ?

— Oui, 1806.

Un code que j'avais choisi, bien sûr. Ma date d'anniversaire. La date de ce même jour. Le 18 juin. Le jour d'un appel qui bousculerait mon existence.

— C'est parfait. Que puis-je pour vous, mademoiselle ?

— J'aurais besoin que vous veniez prendre un pli au 29, rue Rigault, à Nanterre.

— Destination, s'il vous plaît ?

— 118, avenue Georges Mandel, Paris 16e.

— Très bien. C'est un colis urgent ?

— Oui. *Très* urgent, appuyai-je ma demande.

— C'est noté. Bonne journée à v…

— Attendez ! Est-ce que la prise du pli peut se faire plutôt au numéro 27 de la rue Rigault ?

— Oui, pas de problème. Chez qui doit-il être retiré ?

— Chez Mme Chappuis. Laure Chappuis.

— OK. 27, rue Rigault, donc.

— C'est bien ça. Merci.

Mme Chappuis ne s'étonna de rien : ni de me voir débouler chez elle en robe de mariée, mon maquillage barbouillé en longues traînées noirâtres sur mes joues ; ni que je sois là, devant elle, à 13 heures passées, soit pendant la cérémonie dudit mariage ; même ce service inédit que je sollicitais de sa part, ne sembla pas la surprendre. La seule chose qui lui importait, c'était ce que je lui appris de ma mère et qui suffisait à ses yeux à justifier mon état et ma présence sur son perron. Laure Chappuis aimait sa voisine. Comme une amie, peut-être même comme une sœur. C'était maintenant une évidence, qui roulait en deux grosses larmes sur ses joues fanées, emportant avec elles un peu de poudre. Il avait fallu attendre ce jour-là, après plusieurs décennies de camaraderie sèche et de chipotages, pour qu'elle s'autorise à l'exprimer sans détour, abandonnant enfin son masque acariâtre.

Elle me rassura quant au soin qu'elle prendrait de mon colis et claqua sa porte sans un mot de plus. Sans le vouloir, je venais de la pousser elle aussi vers la tombe.

À ma manière, je sortais de celle où David avait voulu m'enfermer.

39

Je m'appelle Annabelle Caroline Lorand.

Mais tout le monde m'appelle Elle. Tous mes proches, au moins.

Je suis née le 18 juin 1986, à 22 heures très précises.

C'est à cette même heure, ce 18 juin 2009, au jour, à la minute et à la seconde exacte de mon vingt-troisième anniversaire, que je suis entrée dans la chambre Joséphine de Beauharnais de l'Hôtel des Charmes. Entrer, pour sortir d'une adolescence qui n'avait que trop duré. Entrer pour sortir de cette enveloppe qui ne me correspondait plus et dont l'amour naissant m'avait peu à peu dévêtue. Quitter enfin les contours indécis de la jeune fille potelée et devenir cette femme accomplie que Louis avait su percevoir en moi. Dégrossie. Taillée au ciseau aigu de son œil et de ses mains si fines. Sortie de ma gangue, désormais éclose.

Née de mon sexe.

Tout le jour durant, après avoir fui Nanterre, j'avais erré dans Paris et dans ma robe de mariée rapiécée, mes ballerines à la main, pieds nus sur l'asphalte chauffé par un soleil brûlant. L'été était déjà là, avec quelques jours d'avance. L'été et ses terrasses bondées ; l'été et ses tenues courtes, qui révèlent soudain les cuisses, les ventres et les épaules ; l'été et ses dragueurs de rue qui semblent avoir hiberné et qui refleurissent aux premiers rayons du soleil. Au gré de mes déambulations, je laissais ceux-ci me flatter, doux écho à ce bien-être qui grossissait en moi. Un feu dont j'anticipais déjà le souffle dévastateur à l'instant où je le libérerais. Bientôt. Ce soir.

— Hé, mademoiselle ! Tu m'épouses !

— Désolé, pas aujourd'hui, ris-je de bon cœur.

— Allez, fais pas ta tepu, tu m'épouses ! Regarde, t'as la robe, t'as la classe, t'as tout ! Moi je fais ton mari ! Je vais te faire tout un tas de gosses.

Et le lascar de mimer un chaloupement suggestif du bassin, ses incisives mordant la lèvre inférieure dans une grimace d'avant le coup final.

Le moins que l'on puisse dire, c'est qu'ici ma tenue ne laissait pas indifférent. Il n'y avait pas que les mâles en rut pour se retourner sur mon passage. Pour les petites filles j'étais une princesse de contes. Pour les ados, une mariée destroy dans un groupe de rock alternatif. Pour tous les autres adultes, une espèce de folle, une excentrique, peut-être même une fille un peu dangereuse, tendance junkie, qu'il convenait d'éviter, certains allant jusqu'à changer de trottoir lorsqu'ils m'apercevaient au loin.

Je m'en fichais pas mal. J'ignorais les regards. J'étais éreintée mais j'étais bien. Mes pieds usés semblaient flotter au-dessus du revêtement luisant de chaleur, comme portés par un coussin d'air et de désinvolture. Je ne craignais plus le moindre obstacle, ni la moindre rencontre, puisque je savais désormais vers qui je cheminais. Vers quel bonheur plein et sans conditions. Je pensais bien à maman, par instants, mais je savais sans les entendre quels encouragements à saisir ma chance elle m'aurait adressés, à ne pas m'apitoyer sur son sort, à vivre ma vie sans m'attarder sur son départ inéluctable.

Dans un vieux moulin à café de la cuisine, j'avais récupéré quelques billets de dix euros. Le « trésor d'urgence », selon les termes de maman. De quoi m'offrir plusieurs Monaco mousseux et un petit casse-croûte au bar d'un bistrot.

C'était un troquet assez rustique pour disposer encore d'un téléphone derrière le comptoir. La patronne, une cinquantenaire aux cheveux rouges, me le tendit avec un sourire de connivence.

— Tiens, beauté ! T'as cinq minutes pour lui dire non.

— Moi je dis oui tout de suite ! brailla un ivrogne avachi à l'autre extrémité du zinc rutilant. T'as vu un peu la poulette, Simone ? Elle me rappelle ma Véro…

— Eh ben justement, ta Véro a dit non. Alors tu laisses la demoiselle tranquille. D'accord ?

J'appelai Max Fourestier. L'état de maman était critique, mais stationnaire. Chaque minute qui passait pouvait être décisive, sans qu'il fût possible d'anticiper laquelle. Je donnai à l'infirmière le numéro de portable de Sophia, lui demandant de prévenir cette dernière en cas d'urgence. Au moins jusqu'au lendemain. Après… Dieu sait où je me trouverais et dans quelle mesure je serais joignable.

Ces précautions prises, je repris ma promenade, traversant le cœur de la capitale, nonchalante, abandonnée à la douceur, l'esprit aussi vide que ma poitrine était pleine d'élans, tiraillée en tous sens.

Au Louvre des Antiquaires, je restai un moment bouche bée devant une vitrine de cannes anciennes. Adieu montres vintage. Je n'avais d'yeux désormais que pour ces élégants bâtons de marche, dont les pommeaux ouvragés, argent, vermeil ou ivoire, racontaient autant d'histoires singulières.

Je ne sais pas bien comment je parvins rue du Chemin-Vert. Je reconnus d'instinct l'alignement de bazars et de kebabs. Puis l'enseigne et la devanture bordeaux. Au tintement du carillon, dix paires d'yeux masculins se braquèrent de concert vers mon imposante silhouette de soie et de feutrine. Je crus identifier un ou deux visages aperçus lors de ma précédente visite.

J'évitai soigneusement les ouvrages *Pink Pussy* et fondis sur un exemplaire de *Femmes secrètes,* sur l'une des tables dédiées à la littérature. Il ne me restait qu'une cinquantaine de pages à lire. Cela justifiait amplement d'en acheter un second exemplaire.

Mon livre en main, délestée de mes derniers euros, je remontai la rue en sens unique, laissant sur ma droite le cimetière du Père-Lachaise. J'élus domicile sur le premier banc venu exposé au soleil, sous les frondaisons ombrées du boulevard de Ménilmontant.

Enveloppée par le brouhaha de la circulation, je me plongeai sans peine dans ma lecture.

De prime abord, la fin du livre me déconcerta. Le personnage principal, cet auteur parti à la recherche de sa femme disparue dans le dédale d'une cité souterraine, y acceptait sans conditions son nouveau statut d'esclave érotique, livré au bon plaisir de ces dames. Devenu la chose de Cyprie et Sophie, il adhérait de lui-même à leur projet de fonder une nouvelle communauté d'amazones.

Je ne tardai pas à faire le parallèle avec mon état présent. J'étais prête, moi aussi, pour une reddition complète et sans autre réserve que ma soif de découverte, dont l'étendue me semblait infinie. Mais, comme le narrateur du roman, je ne cédais pas par pure lascivité. Mon abandon à Louis n'était pas qu'une capitulation de mes sens exacerbés, échauffés par les traitements successifs qu'il m'avait infligés. Ni même une extrémité à laquelle j'aurais souscrit par amour pour lui. Je le voyais, maintenant : c'était un épanouissement de tout mon être. Comme on pèle un fruit, chaque contact électrique sur mon corps avait mis à nu la couche inférieure, séance après séance, jusqu'à dévoiler ma chair vibrante. Et aimante. Jusqu'à mettre mes sentiments à vif et les laisser palpiter au grand jour.

La lumière qui me caressait acheva de m'en convaincre. Les volants de ma robe relevés sur mes cuisses, les yeux clos, je la laissais irradier les pores de ma peau, dont la sensibilité s'éveillait un peu plus à chaque minute. L'après-midi s'étira comme un songe, traversée par les voix lointaines des promeneurs et quelques instantanés de mes nuits aux Charmes. C'est comme si je visitais la totalité des chambres, l'une après l'autre, et que chacune déclenchait en moi une sensation nouvelle, un désir inédit. Derrière chaque porte, je retrouvais une lettre de cet Alphaville, déposée par mon Alphabet Man. Se pouvait-il que l'hôtel compte tout juste vingt-six chambres ? La perspective était plaisante, et je retournai ainsi dans ma tête d'autres idées tout aussi farfelues, livrée à mon indolence.

J'imaginai aussi le coursier déposant mon paquet argenté avenue Mandel. Louis ouvrant la porte à l'homme casqué puis explorant le contenu de la boîte, son beau visage émacié tendu par la surprise.

Fendu par un sourire grave.

Autour de l'heure du dîner, j'empruntai le métro pour me rapprocher du lieu de notre rendez-vous. Descendue à la station Notre-Dame-de-Lorette, j'aurais pu tout à fait éviter la rue de La Rochefoucauld pour remonter jusqu'à Pigalle. Mais un fond de curiosité me fit bifurquer à gauche, dans la rue Saint-Lazare, jusqu'à couper l'extrémité de la rue de la Tour-des-Dames, à quelques pas seulement de l'hôtel Duchesnois. Vu de là, la panique consécutive à ma disparition semblait retombée. Tous les invités s'étaient retirés depuis longtemps, une fois épuisés les consolations et les encouragements de circonstance.

J'avisai seulement deux camions de location, portes arrière grandes ouvertes, l'un rempli de nourritures demeurées intactes, l'autre de planches et de tubes métalliques, issus sans doute de la scène qu'on avait démontée. Je me demandai si la Madone, dont le concert privé devait être le clou de la réception, s'était elle aussi cassé le nez sur ma défection. À moins qu'on ne l'ait prévenue à temps.

J'en étais là de ma contemplation, quand une silhouette épaisse sortit de la courette circulaire et fondit sur moi, trébuchant sur la chaussée malaisée.

— Elle !

Je me sauvais déjà, poursuivie par un Armand à bout de souffle, de nouveau revêtu de son velours et de son gilet.

— Elle ! Revenez !

Grâce à la déclivité assez prononcée de la rue, et en dépit des falbalas de soie qui entravaient mes enjambées, je n'eus aucune peine à le semer. À l'angle de la rue d'Aumale, il était clair qu'il ne me rattraperait plus. D'un coup d'œil par-dessus mon épaule, je le vis qui battait en retraite et retournait probablement avertir son maître de mon apparition furtive.

Mon irruption était stupide. Mais je suppose qu'elle m'était nécessaire. On ne laisse ses anciennes peaux derrière soi qu'après les avoir dûment brûlées. Il fallait que je mesure une dernière fois ce que j'avais choisi de perdre pour estimer à sa juste valeur tout ce que j'allais bientôt gagner.

J'hésitai à convoquer Sophia, puis je renonçai. Que m'aurait-elle appris que je ne pouvais deviner ? Je laissais la fureur de David derrière moi, et son récit n'y pourrait rien changer. Plutôt que de ressasser un passé impossible à réécrire, il m'était infiniment plus doux de laisser gonfler en moi cette petite bulle de présent, vive et sucrée, pailletée de promesses et de sensations imminentes.

Vraiment, je ne tenais pas en place. Plus l'échéance approchait et moins j'étais capable de m'apaiser, encore moins de m'asseoir. C'est debout que j'avalai le savoureux bobun servi par un traiteur vietnamien, à quelques pas seulement de l'hôtel, engouffrant chaque fourchetée dans ma bouche comme si ma survie en dépendait.

Je passai la dernière heure, alors que les boutiques fermaient l'une après l'autre, à tourner dans le quartier, effectuant inlassablement la même boucle, constatant à chaque passage les mutations du décor. À chaque rotation, je me sentais lui appartenir un peu plus, adhérer à ses façades. Je devenais une Athénienne, enfin. Sans doute pas aussi accoutumée que Louis à lire chaque détail architectural comme s'il m'était adressé, mais plus perméable qu'avant à sa poésie. Le quartier s'inscrivait en moi de la même manière que mon nom s'était écrit sur lui.

À ce propos, je ne regrettais pas d'avoir laissé mon second exemplaire de *Femmes secrètes* sur ce banc, boulevard de Ménilmontant. Bientôt, un(e) inconnu(e) s'en saisirait et plongerait à son tour dans cette stupéfiante cité où les femmes étaient les maîtresses. Il choisirait d'être l'une d'entre elles ou de devenir leur jouet. Peu m'importait : la suite lui incombait totalement.

22 heures et une minute. 22 + 1 = 23. J'ai vingt-trois ans.

Je pousse la porte dorée de la Joséphine. Monsieur Jacques m'a fourni une carte sans rien exiger de moi en retour et sans m'adresser la moindre remarque désobligeante. Il a paru presque soulagé de me voir. Moi aussi, je fais partie des murs. Marie,

Margaretha, Caroline, Esther, Lola et les autres. Je suis l'une d'entre elles, maintenant.

La chambre est telle que je l'ai occupée, deux semaines plus tôt, avec mon client athlétique. Mais je ne l'ai connue que plongée dans l'obscurité la plus totale, et la voici inondée de soleil couchant. L'astre ne s'est éclipsé que depuis trois minutes à peine, et il couvre l'immeuble de son ultime lueur. L'unique fenêtre est ouverte. La lumière s'y engouffre pour venir lécher les dorures, dont sa teinte orangée exalte l'éclat.

Louis est planté au milieu de la pièce.

Nu. Fragile.

Il m'attend.

Lui aussi prend un relief nouveau dans ce feu qui décline. Lui aussi se livre, pour la première fois, sans détour ni artifice. Sans même son éternelle canne. Juste lui, à la merci de cette nouvelle histoire qui commence, lui et cette attitude soudain si vulnérable, ouverte comme les pages blanches d'un second carnet que nous écrirons ensemble. En dépit de mon invitation, aucun de nous deux ne commandera l'autre, dorénavant. Nous ne serons plus qu'ainsi, dans cette posture de découverte, disposés à accepter l'instant, prêts à laisser jaillir entre nous ce qui doit naître. Ne rien anticiper. Ne rien programmer.

Muet, il me regarde entrer dans la pièce. D'un doigt sur sa bouche, il me signifie que toute parole serait superflue, ce soir. Je m'arrête à quelques pas de lui. Je jouis du spectacle avant toute chose. Je me rince l'œil, avant de me laver de ses fluides. Je veux me décaper contre sa peau, m'éclabousser de son désir, me rouler dans la peinture de nos sueurs, de nos odeurs, me dorer à l'or fin de son amour.

La lumière le façonne, statue de peau blanche et de muscles longs, perfection de chair que je brûle d'étreindre et de mordre. Je le découvre réellement pour la première fois. Dans son intégralité. Dans sa grâce. Je me repais de son harmonie. Qui a dit que seul le corps des femmes pouvait être un spectacle fascinant ?

Mon appétit de lui est entier, intact, dévorant, boule chaude qui pulse selon l'instant dans ma poitrine, mon ventre ou mon sexe. Bientôt, je ne pourrai plus me retenir. Bientôt, il ne sera plus seulement question de corps qui se cherchent, se pétrissent et à la fin fusionnent. Bientôt, nous nous aimerons.

Mais rien ne sert d'aller trop vite. Ses yeux me le disent.

À mesure que le soleil achève sa course derrière les meringues blanches du Sacré-Cœur, sa silhouette s'abîme dans l'ombre. Ne demeurent éclairés que son visage de profil et le haut de son épaule gauche. Je ne l'avais pas encore remarqué, mais cette dernière est couverte d'un tatouage inédit : ses initiales, arabesques à l'anglaise, nichées dans un buisson de roses grimpantes tracées à l'encre noire. Aucune couleur, uniquement les lignes et l'ombrage subtil des niveaux de gris. Une branche épineuse en jaillit, court dans le creux de sa clavicule jusqu'à la naissance du cou, où éclôt un bourgeon timide. Il a dû le faire apposer récemment, car sinon je l'aurais vu dépasser de son col de chemise.

Et le voilà qui s'incarne sous mes yeux : l'homme-alphabet, bien décidé à écrire sur moi son propre langage. À trouver à la fin les bons mots. Pas ceux qui jouent et se jouent de moi, mais ceux qui expriment, ceux qui se hument et se ressentent.

Sa seule présence fait vibrer l'air, comme cette musique en sourdine qui densifie l'espace vide entre nous, soufflant chaque poussière en suspension : « *Words like violence break the silence, come crashing in, into my little world.* »

Les éléments du décor qui nous entourent me semblent se dissoudre et se mêler aux particules qui flottent alentour. Bientôt, tout le reste est annihilé ; il n'y a plus que lui. Et moi. Et cette lumière.

Il s'approche à pas lents. Il n'est pas pressé. Nous ne le sommes pas, ni l'un ni l'autre. Nous avons toute une nuit pour réviser cette copie restée entre nous à l'état de brouillon.

Son regard plonge en moi, me transperce en douceur, et des pointes incandescentes s'allument aussitôt dans mon ventre. Elles flambent et me brûlent. « *Painful to me, pierce right through me. Can't you understand, oh my little girl.* » Louis souligne l'intention, et il martèle l'injonction d'un index léger. Son doigt d'ange frappe le creux sur sa lèvre supérieure au rythme du tempo électronique. J'ai bien compris ma leçon : nos corps, et nos corps seuls, seront autorisés à s'exprimer. À eux incombera la tâche folle de panser les plaies et de combler ces mille fissures qui nous éloignent encore.

Ses mains s'y emploient les premières, messagères des plaisirs à venir. Elles sont plus proches de moi que jamais. Elles sont si fines et me paraissent pourtant si fermes, si puissantes.

En quelques gestes délicats, elles me délivrent de mes pétales de soie blanche. La robe s'effondre mollement sur le tapis oriental. Je ne suis vêtue que d'un soutien-gorge à balconnets et d'une culotte immaculés, qui appellent la lune à notre sabbat. Les paumes tremblantes se lovent naturellement au vallon de ma taille. Sous ses mains, je sens mon corps rayonner. Nos peaux se fondent l'une dans l'autre comme une seule et même matière. « *All I ever wanted, all I ever needed is here, in my arms. Words are very unnecessary, they can only do harm.* » Je suis enfin sienne. Il est enfin mien. Nous avons tout vaincu, tout surmonté. Nous nous sommes trouvés.

Pourtant, le frisson léger qui le parcourt le révèle incrédule : il ne parvient pas encore à y croire. Alors il resserre son étreinte. Il me tient, il ne veut plus me lâcher. Il m'agrippe comme s'il redoutait que je m'envole. Et pourtant, dans cette manière de m'attacher, je sens qu'il me veut libre, désormais. Que son amour ne sera plus cette geôle étouffante que furent nos débuts sur commande.

À mon tour, je tremble si fort que je crois m'écrouler. Son contact me maintient debout. Chaque nouvelle pression manque de me faire défaillir. Il est la cause et sa solution. Le mal… et son remède. J'ai envie de m'effondrer contre son torse, d'éprouver sa force et me livrer à lui tout entière.

Ce n'est pas ce qu'il veut. Il me relève. Il me veut droite, tendue, fière. Divine. Je ne serai pas une poupée alanguie dans ses bras. Il ne m'a pas fait franchir toutes ces étapes, découvrir toutes ces ressources en moi, pour n'exiger qu'un simple abandon. M'a-t-on jamais aimée ainsi ? M'a-t-on jamais désirée au point de m'infliger mille supplices, mille délices, aussi doux et cuisants les uns que les autres, indissociables ? Des larmes naissent au creux de mes yeux et bientôt me submergent.

Mais je ne dois pas me relâcher. Je dois agir. Je dois le prendre à bras-le-corps, moi aussi. Je dois l'investir comme un relief, planter mes griffes sur sa paroi comme autant de piolets. Je dois le gravir. Il m'a déjà conquise, corps, cœur et âme. Moi, je veux le posséder, comme un homme possède une femme. À mon tour d'investir chacun de ses organes et d'y faire circuler plus vite un sang régénéré. À moi de lui apporter la vie.

Un éclat de rire nocturne s'invite depuis la rue et nous souffle, telles deux chandelles. Nous ne sommes pas près de nous éteindre pourtant. Nous brûlons. Nos deux corps ne se sont pas encore touchés, et ils se consument déjà. La surface de nos peaux semble échappée d'une planète trop proche de son étoile. Le contact ne pourra être que douloureux.

À son eau de toilette se mêle son odeur corporelle, que je découvre pour la première fois. D'entre ses cuisses, je perçois aussi le parfum de son sexe, déjà prêt, affamé. Il se dresse contre moi, abolissant la toute dernière distance. J'ai le sentiment que nos intimités se mêleront avec autant de grâce que nos odeurs. Que le bouquet de nos peaux et nos cheveux mêlés sera aussi harmonieux. *Touch down*.

Oui, cette fois, c'est bien moi qui initie, moi qui conquiers. J'attrape son membre – le velouté de sa peau sur la hampe est une divine surprise – et je l'amène doucement à mes lèvres détrempées. L'effleurement de son gland sur mon clitoris agit telle une décharge électrique. Une déflagration y ouvre la brèche ultime, celle qui n'attendait que cela.

Ma gorge se fige soudain, alors qu'une boule de lave dévale depuis ma poitrine jusqu'à mon ventre, entraînant dans sa chute autant de réactions irrépressibles, et délicieuses. Je cambre mon dos, creuse mes reins, entrouvre mes lèvres avides. L'envie m'arrache un bref gémissement, balayé à son tour par une nouvelle vague qui secoue tout le bas de mon corps et me fait vaciller. Je brûle et me liquéfie tout à la fois.

Des années de désir s'écoulent et me submergent, marin emporté par la mer. Je titube un instant, puis reprends ma posture, toujours debout, mon corps à ma seule disposition.

Depuis plusieurs semaines je n'attends qu'un seul instant : lui en moi. Depuis des mois il l'espère aussi. Infiniment attendu, attendant, prêt pour moi. Destiné à me combler entre toutes.

Son sexe ne peut certes pas effacer, d'un coup de reins, toutes les épreuves qu'il m'aura par ailleurs infligées. Ce serait trop facile. Il faudra que je jouisse beaucoup, pour réparer. Que je l'aime plus encore. Il en faudra, des milliers de caresses, de gestes suaves, de regards saturés de désir et de bienveillance.

Il faudra que moi aussi je le fasse exulter, que je mène sa baguette de la mienne, que je torture ses sens, impitoyable, lubrique, vicieuse, pour oublier ce qu'ont été nos débuts faussés. Planifiés par un autre.

Mais je ne doute pas qu'à la fin nos corps réunis, fondus, amalgamés en une seule et même pâte d'orgasme, magma lourd et collant, recouvriront tous ces mots blessants que nous avons pu nous dire.

Comme pour me donner raison, une nouvelle éruption nous ébranle, née de nos sexes joints, et relance l'activité du volcan qui nous unit.

D'une main, je le masturbe doucement contre ma cuisse. Lui qui a étiré mon désir tout ce temps en un interminable supplice, je veux allonger sa frustration jusqu'à son point de rupture. Qu'il n'en puisse plus. Qu'il me supplie. Qu'il se frotte à moi comme un chien éperdu d'envie. Qu'il aboie sa fringale de moi. Qu'il me morde de dépit. C'est son tour d'être mon jouet.

Alors je joue, avec soin, avec tendresse, comme on flatte ce que l'on a de plus précieux. Ma main me semble minuscule autour de son membre. Je l'enveloppe tout entier avec peine. J'aime le sentir immense pour moi. Je le caresse du bout des doigts, et chaque passage provoque un tressaillement du long fourreau soyeux et lui tire un soupir émerveillé. Par instants, je l'emprisonne dans ma paume, petit oiseau recueilli, puis je le libère aussitôt, pour qu'il reprenne son envol. Une autre fois, je sens son gland humide et gonflé palpiter au creux de ma main, comme si son cœur n'avait plus de limite et vibrait dans chacun de ses organes.

Mais plus je le cajole et plus il souffre, je le sens bien. Aux souffles courts succèdent de longs gémissements. Une plainte presque continue. Il devient fou. Il m'implore de sa voix grave, qui résonne comme un bourdon entêtant à mon oreille :

— Prends-moi… Prends-moi, maintenant.

Qu'il le réclame comme le ferait une femme fait couler une larme incandescente dans mes entrailles. Qu'il se rende à moi me bouleverse. Dehors, le jour a disparu. Nos corps ne se découpent plus de l'ombre que par des miettes de lumière projetées jusqu'à nous par les réverbères de la placette.

Je sens son liquide suinter de désir sur ma cuisse et se fondre à la rivière de cyprine qui s'y répand déjà. Nos fluides ne font qu'un. Ils m'enduisent d'une même envie. J'ai de plus en plus de mal à me réfréner. Être maîtresse de nos jeux, n'est-ce pas aussi succomber comme je l'entends ? Me donner si je le souhaite ?

Nos deux ventres sont maintenant soudés l'un à l'autre. Nos souffles profonds les gonflent, les pressent et les moulent ensemble, prélude doux et apaisant à la fusion de nos sexes. Mais rien ne presse, une fois de plus. Une heure, une nuit, une vie d'envies s'ouvrent à nous.

Il tente l'introduction d'un doigt en moi, que je retire pour l'accompagner plutôt dans sa promenade languide à l'orée de mon vagin, puis sur les rebords tumescents de mes lèvres, dans le buisson fou qui les recouvre à l'extérieur, jusqu'à la pointe avide qui en émerge. Mon pic d'amour. Le contact de son index sur mon sommet pudique me tire une nouvelle larme. Il n'est plus le sauvage qui me dévaste, le mercenaire qui répond aux ordres. Il est l'homme qui désire tout de moi. Celui que j'accueille en vainqueur, et à qui mon arc minuscule fait maintenant un triomphe.

Il le sait. Il prolonge sa pression, décrit tout autour du bouton des cercles qui m'affolent et dont les effets sur moi embuent ses yeux. Il clôt ses paupières, concentré sur les seules sensations qui fleurissent sous la pulpe de ses doigts. Il jouit de me voir si prête à exploser. Il m'aime de si bien m'aimer. Mon bassin ondule doucement sans que je puisse le contrôler. Mon corps m'échappe. Il n'obéit plus qu'à ses mains expertes. Nous chaloupons de concert, souples, fluides, à peine secoués par de petits soubresauts, en une danse dont chaque figure nous invente et nous définit.

Mon regard remonte vers son visage et cherche éperdument le sien. Une même onde silencieuse nous parcourt. Cet instant au bord du précipice est le plus délicieux que nous ayons connu jusqu'alors. Et nous avons beau savoir l'un et l'autre que de plus sublimes encore nous attendent, nous restons là, pétrifiés, à sucer le moment comme un berlingot d'éternité. Seconde acidulée. Dans ma gorge étreinte, je réprime mille douceurs et un unique « Je t'aime ». L'heure des déclarations sonnera bien assez tôt. Hormis nos corps, il ne faut rien presser.

Tandis qu'il amignote mes lèvres avec un entêtement exquis, mes yeux se ferment à leur tour, et je sens l'orgasme gronder à l'horizon de mon ventre, tsunami qui domine déjà l'étendue de mon paysage, du nombril jusqu'à mes lèvres, prêt à tout emporter. Son sexe pressé contre ma hanche, Louis n'en finit plus de haleter. Va-t-il jouir avec moi ? Peut-on se donner autant de plaisir, aussi vite, en quelques effleurements ?

Alors je suis la femme de la chute, l'ange de notre déchéance voluptueuse. Je le prends par la main comme le ferait une jeune fille avec son tout premier amant. Je le conduis jusqu'au lit. Nous avons tout le temps nécessaire pour réinventer notre plaisir, mais je sais ce que je veux de lui maintenant. Me revient en mémoire cette citation de Saint-Exupéry que mes copines de lycée recopiaient à l'envi sur leurs cahiers : « Aimer*, ce n'est pas se* regarder *l'un l'autre,* c'est regarder *ensemble* dans la même direction. »

Ce soir, pour notre première fois, faire l'amour ne se fera pas yeux dans les yeux. Mais nous jouirons dans la même direction. Nos orgasmes viseront le même point, lointain et invisible. Le firmament.

Je m'allonge sur le ventre. J'écarte légèrement les cuisses pour lui réserver une place suffisante. Sous mon dos creusé, mes fesses bombent fièrement, dessinées, généreuses. Ma fente, luisante d'envie, se laisse tout juste deviner au creux de mes jambes. Elle n'a pourtant jamais émis d'appel aussi clair, aussi tonitruant, à se faire prendre. Il se couche sur moi sans m'écraser, comme une couverture de peau et de chair, longue et chaude, douce quoiqu'anguleuse par endroits, solide. Ses épaules et sa poitrine et, plus bas encore, son ventre, tous incroyablement fermes, épousent chaque plein et chaque délié de mon relief.

D'une main, il attrape le petit étui argenté qui patientait sur la table de nuit. D'une main encore il parvient à déchirer l'enveloppe et à en faire jaillir le contenu d'un geste sûr. D'une main toujours il en revêt son membre que je sens s'impatienter entre mes fesses. Il pourrait s'en passer. Je pourrais m'en dispenser. Mais il respecte mon ordre : il se veut tel que je l'ai voulu.

Il entre en moi lentement, centimètre après centimètre, sentiment après sentiment. Une sensation de bien-être et de délivrance m'envahit. Mon corps le reçoit pour la première fois, et pourtant mon vagin le reconnaît. Il est tel que je l'avais déjà aperçu, puis accueilli dans ma bouche. Long et fin. Précis, quand il s'agit de toucher ces zones réactives dans mes profondeurs. Doux, quand il est question de les presser là où elles sont le plus sensibles, sur cette frontière si ténue entre l'extase et la douleur. Fort, quand il va et vient en moi, les parois de mon sexe épousant ma forme, s'effaçant avec ravissement à chacune de ses embardées, jusqu'à guider son gland puis sa hampe dans mes replis les plus voluptueux. Je l'accueille, je l'aspire, je l'engloutis. Je me fais profonde pour qu'il m'envahisse tout entière. Il glisse en moi encore et encore, comme le long d'un toboggan. Il me fouille avec tendresse. Par moments, il se retire, pour mieux éprouver la douceur parfaite de l'instant et nous donner à tous deux les joies des retrouvailles quand il m'emplit et me comble de nouveau.

Une autre secousse naît bientôt, déferle en moi en une vague, puis une autre, et gonfle jusqu'à écraser mon plaisir sur ma fente qui n'en finit plus de s'ouvrir à lui. Deux fleurs immenses me semblent naître alors, une en haut, une en bas, issues de la même racine, alimentées par la même sève.

Quand le premier orgasme survient, j'enfouis mon visage dans l'épaisseur de l'oreiller. Je le tourne de droite et de gauche. Ma tête se rebelle. Mon sexe se rend. Je gémis interminablement, la bouche entrouverte, ma joue masquée par le rideau pudique de mes cheveux, d'où émergent mes lèvres aussi charnues qu'une orchidée. Ses dents tentent de les croquer. Il cogne plus dur en moi et contre mes fesses amollies. Il accélère. Mon abîme s'embrase. Il ne me donne aucun répit. Il ne se contentera pas d'une seule jouissance. Il veut nous assommer de plaisir. Nous épuiser d'amour. Tapis de baisers-bombes. Hiroshima mon A, mon E, mon L.

Sa main droite est passée sous mon ventre, d'où elle rayonne sur tout le massif de ma vulve. Un majeur autoritaire écrase à nouveau mon clitoris. D'abord rétif, celui-ci accepte le traitement et gonfle, et roule, et réclame plus de fermeté encore. Un pic presque douloureux en jaillit et vient rejoindre les grondements sourds nés autour de mon utérus. Les deux vibrations se rejoignent enfin. Elles s'unissent dans un concert où le pizzicato de mes cris, incontrôlable, vient exciter les grognements de fauve qui accompagnent son éjaculation, grands traits secs aussi vifs que la foudre.

Là où mes amants d'hier se seraient effondrés, il continue à ondoyer sur moi, en moi, dur et résolu. Je comprends que nous n'en sommes qu'au tout début, et mon con tremble de spasmes réjouis, radieux, en aucun cas rassasiés.

— Encore…

Ma plainte n'attend pas de réponse. Je sais bien qu'il y en aura encore, durant des nuits et des jours, d'une chambre à l'autre. Que nous édicterons mille autres règles que nous n'aurons de cesse de transgresser.

Sa ténacité dans cet assaut me prouve combien je suis voulue, attendue, désirée. Peut-être même aimée. Non, mon bonheur me corrige aussitôt : certainement aimée. Totalement, même. Une lueur étrange semble s'élever de nos corps, un halo miraculeux, l'aurore de nos orgasmes à venir. Elle nous enveloppe sans jamais décliner, et nous suspend dans l'air, tremblants, fragiles, comme deux papillons amoureux.

La chambre n'existait déjà plus autour de nous. Voilà que le ciel s'ouvre au-dessus et nous attire jusqu'à lui. La bulle de lumière s'élève lentement et nous emporte avec elle, en elle. Le temps d'un souffle, d'un vent de nuit, nous sommes suspendus dans l'espace, en orbite, deux fœtus soudés l'un à l'autre. Nous contemplons la terre nouvelle qui naît en contrebas. Cela pourrait ne durer qu'une seconde, cela pourrait durer quelques milliards d'années. Temps et espace sont définitivement abolis, ainsi nos corps assemblés viennent-ils d'en décider. Nous ne dormons pas, nous ne rêvons pas : nous jouissons de l'instant et recréons le monde selon notre plaisir. Elle et Louis. Elle et lui.

Sans arrêter un seul instant d'aller et venir en moi, quoique plus paisiblement, il a lancé un bras en direction d'un petit tiroir, qui perce la console à notre gauche. Il en sort un objet plat, que je ne reconnais pas tout de suite mais qui luit dans la pénombre d'une manière étrangement familière.

Mon Dix-fois-par-jour ! Il m'apparaît bientôt, reconnaissable entre mille à son manteau argenté, alors qu'il le dépose sur les draps, à proximité de mon visage. Il l'ouvre à la toute dernière page, et je constate que les lignes qui y courent ne sont pas de ma plume. Peu m'importe de savoir comment il l'a récupéré.

Tout ce que je vois, tout ce qui danse sur le papier, c'est la valse de nos confessions entremêlées, ce pas de deux qui ne fait plus qu'un.

Je souris. J'ai compris. Il le voit et crible ma nuque de baisers légers, petite pluie de douceur qui me donne des frissons et réveille d'autres appétits, là, au creux de mes cuisses.

Mon envie de toi est totale, fût-elle fatale.
Je veux passer ma vie à t'explorer et, surtout,
ne jamais te découvrir tout entière.
Plus je te posséderai, plus tu recèleras de secrets.
Plus ton sexe sera ce continent inconnu et indompté,
riche de tant de ressources, jaloux de ses plaisirs.
Promets-le-moi.
(Note manuscrite du 18/06/2009, rédigée par Louis.)

Sa main se tend à nouveau, et il extrait cette fois une petite chose qui semble tenir au creux de sa main. Il la place sur la couverture de notre œuvre commune. C'est une clé. Pas une carte magnétique, une véritable clé, d'un métal mat et lourd dans la paume. À sa tête est nouée une petite étiquette cartonnée. Malgré l'obscurité, je parviens à lire le message manuscrit :

Bienvenue dans la chambre
numéro un

Chambre numéro un ?

Je manque rompre notre silence caressant pour l'interroger. Puis je me contiens. L'instant d'après, tout est clair. Si les chambres des Charmes ne portent pas de numéros, c'est qu'il revient à chacun de les attribuer, selon les expériences qu'il y vivra. Selon l'amour qu'il y fera naître et qu'il y concevra.

La Joséphine sera donc à jamais, pour moi, la chambre numéro un. Celle de mon premier orgasme de femme comblée, de femme qui a choisi de capituler pour mieux jouir. Celle de notre première nuit.

L'aura qui nous nimbe ne s'est pas dissipée. Au contraire. Elle est plus intense que jamais. Je la perçois tout autour de nous, étonnamment familière. Elle ne nous quittera plus, maintenant.

En revanche, je n'avais pas noté que, à la première chanson, si chargée de sens, a succédé une nappe musicale plus douce, plus hypnotique, que je ne saurais nommer.

— *Home*, me souffle-t-il à l'oreille avec un sourire.

Le titre du morceau. Et le nouveau statut de cet hôtel, puisqu'il est entendu qu'il sera à jamais le siège de nos plaisirs. Notre havre. Notre maison.

Je n'ai jamais appartenu à cette catégorie de femmes qui prétendent que toutes les chambres d'hôtel se ressemblent. Qu'elles ne sont qu'un seul et même espace anonyme, sans cachet ni personnalité.

Maintenant, je sais pourquoi.

Remerciements

Je tiens tout d'abord à remercier Anna Jarota, mon agent.

Merci aussi à l'équipe formidable dont elle est entourée et qui a veillé à la bonne éclosion de ce projet : Ted, Gwladys, Marc, Anne, Audrey, Anaïs, Victoria, Katharina, Alexis, et tous ceux que j'oublie et qui se reconnaîtront.

Merci aux éditeurs de par le monde qui ont fait confiance à la plume française que je suis, avec tous ses tics, ses coquetteries et ses gallicismes intraduisibles !

Une pensée en particulier pour Maya, mon éditrice chez HarperCollins, que je remercie pour son soutien si enthousiaste.

Merci aux divers tatoueurs qui ont accompagné à leur manière la gestation de cet ouvrage, durant tous ces mois, et en particulier les filles formidables de Dragon Tatoo.

Merci à Alphabet Man, moins virtuel qu'il ne le croit lui-même.

Merci aux amis et aux proches, au soutien indéfectible et néanmoins, pour certains d'entre eux, de nature à m'aiguillonner : en particulier Emmanuelle, pour sa bienveillante lecture et sa patience ; mais aussi Véronique, Christine, Valérie, Philippe, Éric, Virginie, etc.

Bibliographie indicative

Ceux d'entre vous qui aiment lire en musique pourront parcourir les pages qui précèdent en écoutant les morceaux suivants (dans le désordre) :

Nocturne n° 20 en do dièse mineur, Frédéric Chopin
More Than This, Roxy Music
Neighborhood #1 (Tunnels), Arcade Fire
69, année érotique, Serge Gainsbourg
Boléro, Maurice Ravel
Karmacoma, Massive Attack
Dancin', Chris Isaak
Forever Without End, Jocelyn Pook
If You'll Be Mine, Baby bird
Trio pour piano op. 100 (second mouvement), Franz Schubert
Bust Apart, The Antlers
If You Run, The Boxer Rebellion
Carolyn's Fingers, Cocteau twins
L'amour, Dominique A
Party Day, Cosmo Vitelli
Shadow Magnet, Dead can dance
The Last Beat Of My Heart, Devotchka
Something Good, Paul Haig
By this river, Brian Eno
Bela Lugosi's Dead, Camping car
Walker, Cascadeur

Willow Tree, Chad VanGaalen
Für Alina, Arvo Pärt
Hoppipolla, Sigur Rós
Gnosienne n° 1, Erik Satie
The Persuaders Theme, John Barry
I Sold My Hands For Food So Please Feed Me, Get well soon
See My Eyes, DWNTWN
Breathe, Telepopmusik
Surface To Air, The Chemical Brothers
Consequence, The Notwist
Go With The Flow, Lacquer
A Pure Person, Lim Giong
Lady Sleep, Maximilian Hecker
A New Error, Moderat
Your Silent Face, New order
Our Darkness, Anne Clark
Sehnsucht, Ellen Allien
All I Want, Kodaline
How It Ended, The Drums
Enjoy The Silence, Depeche Mode
Home, Wave Machines

Ceux qui commencent tout juste à constituer leur propre bibliothèque de littérature érotique pourront suivre les recommandations de Louis Barlet et lire avec profit (dans leur ordre chronologique de publication) :

Ode à Aphrodite, Sappho
Le Satyricon, Pétrone
L'Art d'aimer, Ovide
Le Décaméron, Boccace
Les Contes de Canterbury, Geoffrey Chaucer
Vies des dames galantes, Brantôme
Contes interdits, Jean de la Fontaine
Sonnets érotiques, Giorgio Baffo
Histoire de ma vie, Giacomo Casanova
Le Sopha, Conte moral, Claude Crébillon

Mémoires de Fanny Hill, femme de plaisir, John Cleland
Erotika Biblion, Honoré-Gabriel de Mirabeau
Le Pornographe, Nicolas Edme Restif de la Bretonne
La Philosophie dans le boudoir, Marquis de Sade
Ma vie secrète, Anonyme
L'Enfant du bordel, Pigault-Lebrun
Gamiani, Alfred de Musset
La Vénus à la fourrure, Leopold Von Sacher-Masoch
Chansons pour elle, Paul Verlaine
Journal d'une enfant vicieuse, Hugues Rebell
Les Onze Mille Verges, Guillaume Apollinaire
Les Exploits d'un jeune Don Juan, Guillaume Apollinaire
Manuel de civilité pour les petites filles à l'usage des maisons d'éducation, Pierre Louÿs
Le Con d'Irène, Louis Aragon
Histoire de l'œil, Georges Bataille
L'Amant de Lady Chatterley, David Herbert Lawrence
Tropique du Cancer, Henry Miller
Notre-Dame-des-Fleurs, Jean Genet
Sexus, Henry Miller
Histoire d'O, Pauline Réage
Lolita, Vladimir Nabokov
Emmanuelle, Emmanuelle Arsan
Septentrion, Louis Calaferte
La Marge, André Pieyre de Mandiargues
Portnoy et son complexe, Philipp Roth
Vénus Erotica, Anaïs Nin
Contes de la folie ordinaire, Charles Bukowski
Moi et lui, Alberto Moravia
Le Complexe d'Icare, Erica Jong
Les Mémoires d'une culotte, Aymé Dubois-Jolly
Lunes de fiel, Pascal Bruckner
L'Amant, Marguerite Duras
L'Orage, Régine Deforges
Le Boucher, Alina Reyes
La Femme de papier, Françoise Rey
La Mécanique des femmes, Louis Calaferte

Autoportrait en érection, Guillaume Fabert
Baise-moi, Virginie Despentes
Sex Vox Dominam, Richard Morgiève
Éros mécanique, Pierre Bourgeade
Dans ma chambre, Guillaume Dustan
La Foire aux cochons, Esparbec
Les Vies de Loulou, Almudena Grandes
Vers chez les blancs, Philippe Djian
La Vie sexuelle de Catherine M., Catherine Millet
Ma reddition, Toni Bentley
Femmes secrètes, Ania Oz
Le Cahier noir, Joë Bousquet
Dictionnaire horizontal, Jean-Luc Fornelli
Le beau sexe des hommes, Florence Ehnuel

Composition et mise en pages
Nord Compo à Villeneuve-d'Ascq

DÉPÔT LÉGAL : Mai 2014
Imprimé en Espagne